Le destin des O'Hurley

NORA ROBERTS

Le destin des O'Hurley

Jade

Titres originaux :

SKIN DEEP
Traduction française de Odile Retz

WITHOUT A TRACE
Traduction française de Marie-Claude Cortial

Photo de couverture
Paysage : © DARYL BENSON / MASTERFILE
Conception graphique : © VIVIANE ROCH

83-85, boulevard Vincent-Auriol 75646 PARIS CEDEX 13.

ISBN 978-2-2808-3374-5 — ISSN 1773-7192

Première partie

Prologue

— Qu'est-ce que nous allons bien pouvoir faire de cette enfant ?

— Allons, Molly, tu t'inquiètes toujours trop.

Jetant un œil dans le miroir, Frank O'Hurley ajouta une touche de fond de teint sur son menton afin d'éviter qu'il ne brille sur scène.

— Nous avons quatre enfants, Frank, reprit-elle tout en se tortillant pour remonter la fermeture Eclair dans le dos de sa robe, et je les aime tous autant les uns que les autres. Mais je pense que Chantel est une tête folle.

— Tu es trop dure avec elle.

— Seulement parce que tu ne l'es pas assez.

Frank gloussa, puis se retourna et attira sa femme dans ses bras. Après plus de vingt ans de mariage, ses sentiments pour elle étaient toujours aussi vifs qu'au premier jour. Elle était toujours sa Molly, jolie et intelligente, même si elle était la mère de son fils de vingt ans et de ses trois filles adolescentes.

— Molly, ma chérie, Chantel n'est rien d'autre qu'une très belle jeune fille.

— C'est bien le problème. Et elle ne le sait que trop.

Par-dessus l'épaule de Frank, Molly loucha sur la porte de la loge, lui intimant silencieusement de s'ouvrir sur-le-champ. En vain. Où diable cette enfant était-elle passée ? Il ne restait plus que quinze minutes avant leur entrée en scène et Chantel demeurait introuvable.

Quand elle avait donné naissance à ses trois filles, qui

s'étaient suivies à quelques minutes d'intervalle, elle était loin de se douter que la première lui causerait plus de souci que les deux autres réunies.

— Sa beauté finira par lui attirer des ennuis, murmura Molly. Quand une fille est aussi belle que Chantel, elle se retrouve rapidement entourée d'un essaim de soupirants.

— Elle est tout à fait capable de gérer ça. Elle sait s'y prendre avec les garçons.

— Si tu veux mon avis, elle sait trop bien s'y prendre.

Molly soupira. Frank était d'une bienveillance et d'une gentillesse à toute épreuve. Comment pouvait-elle espérer que quelqu'un comme lui saisisse toutes les complexités du caractère féminin ? Elle se contenta donc de se laisser tomber dans un fauteuil.

— Frank, elle n'a que seize ans.

— Et quel âge avions-nous toi et moi lorsque… ?

— C'était différent, voyons ! dit Molly, tout en répondant malgré elle au sourire enjoué que lui adressait Frank.

Elle s'approcha de lui et ajusta tendrement sa cravate.

— Elle n'aura peut-être pas la chance de tomber sur un homme comme toi, dit-elle tout en époussetant ses épaules où s'accrochaient encore quelques traces de poudre.

Il l'immobilisa doucement en attrapant ses coudes des deux mains.

— Et quel genre d'homme suis-je donc ?

Ses mains posées sur les épaules de son mari, Molly contempla le visage de Frank dans le miroir. Il était étroit et les marques du temps y étaient déjà visibles, mais ses yeux malicieux étaient toujours ceux du jeune homme enjôleur qui lui avait fait perdre la tête autrefois. Même si leur vie n'avait jamais vraiment ressemblé au conte de fées qu'il lui avait promis jadis, ils formaient la meilleure équipe du monde, et ils étaient devenus des partenaires dans tous les sens du terme. Pour le meilleur et pour le pire, dans les périodes d'opulence comme dans celles de vaches maigres. Et Dieu sait qu'il y en avait eu, des périodes de vaches maigres ! Et pourtant, alors qu'elle avait passé la moitié de sa vie avec cet homme, il réussissait encore à la séduire et à l'émouvoir.

— Le meilleur, lui répondit-elle tout en déposant un baiser sur ses lèvres.

Puis elle se redressa vivement. Elle avait entendu la porte de l'entrée des artistes s'ouvrir.

— Ne sois pas trop dure avec elle, Molly, dit Frank en retenant sa femme par le bras. Tu sais bien que ça ne fera qu'envenimer la situation. Elle est là, c'est l'essentiel.

Molly se dégagea en grommelant, tandis que Chantel descendait le couloir menant aux loges en sautillant. Elle portait un pull rouge vif et un pantalon noir moulant qui soulignait ses formes juvéniles. L'air piquant de l'automne avait rosi ses joues, mettant en valeur ses pommettes. Ses yeux, d'un bleu profond, avaient une expression d'assurance joyeuse.

— Bonsoir, Chantel.

Chantel s'arrêta devant la porte de la loge qu'elle partageait avec ses sœurs.

— Bonsoir, maman, dit-elle en souriant posément.

Son sourire se réchauffa lorsqu'elle aperçut son père qui lui adressait des clins d'œil par-dessus l'épaule de Molly. Elle savait qu'elle pouvait toujours compter sur lui.

— Je sais, je suis un peu en retard, poursuivit-elle, mais je serai prête à temps, ne t'inquiète pas.

Une lueur d'exaltation s'alluma dans ses yeux.

— J'ai passé un moment formidable, tu sais. Michael m'a laissée conduire sa voiture.

— Le petit bolide rouge ? commença Frank, intéressé.

Devant le regard de rappel à l'ordre que lui adressa Molly, il s'interrompit et toussota d'un air penaud.

— Dois-je te rappeler que tu n'as ton permis que depuis quelques semaines, Chantel ?

Molly détestait sermonner sa fille, mais elle se força à le faire en se disant que c'était pour son bien. Elle se souvenait de ses seize ans, c'est pourquoi elle savait qu'en tant que mère, son rôle était de tempérer l'insouciance et la témérité qui caractérisaient cet âge de la vie.

— Ton père et moi pensons que tu n'es pas encore prête à conduire à moins que l'un de nous ne soit avec toi.

Chantel s'apprêta à protester, mais Molly poursuivit avec autorité.

— D'ailleurs, c'est toujours risqué de conduire la voiture de quelqu'un d'autre.

— Nous étions sur des petites routes, dit Chantel en s'approchant de sa mère pour déposer deux gros baisers sur ses joues. Tu ne devrais pas t'inquiéter autant. Il faut bien que je m'amuse un peu, tu ne voudrais pas que je dépérisse et que je devienne toute rabougrie d'ennui, non ?

Molly connaissait ce numéro de charme par cœur, et ne se laissa pas prendre au piège.

— Chantel, tu es trop jeune pour partir en balade seule dans la voiture d'un garçon.

— Michael n'est plus un garçon, c'est un homme. Il a vingt et un ans.

— Précisément. C'est un adulte et tu n'es encore qu'une jeune fille inexpérimentée.

— Michael est un minable, annonça posément Trace, qui venait d'apparaître dans le couloir derrière Chantel.

Elle fit volte-face et le fusilla du regard.

Pas impressionné pour un sou, Trace se contenta de hausser un sourcil indifférent.

— Si jamais j'apprends qu'il a osé te toucher, je le réduis en bouillie, dit-il.

— Occupe-toi de tes oignons ! J'ai seize ans, pas six, et j'en ai assez que tout le monde soit sans arrêt sur mon dos.

C'était une chose d'être sermonnée par sa mère, mais Chantel n'était pas prête à accepter que son frère se permette de lui prodiguer des leçons de morale.

— Il va falloir t'y faire, ma petite, dit son frère en prenant le menton de Chantel dans sa main.

Elle eut beau essayer de se dégager, il la retint. Trace avait la même beauté que sa sœur, mais plus brute, plus masculine. En les regardant, Frank sentit sa poitrine se gonfler de fierté. Ces deux-là étaient les passionnés de la famille. Ils ressemblaient davantage à leur mère qu'à lui. Il les aimait plus qu'il n'aurait pu le dire.

— Allons, allons, un peu de calme, dit-il en se levant. Nous parlerons de tout cela plus tard. Chantel doit se changer, maintenant. Tu as dix minutes, princesse. Ne traîne pas. Viens, Molly, allons chauffer la salle pour eux.

Molly lança à Chantel un regard qui signifiait qu'elle ne s'en tirerait pas à si bon compte et que leur mise au point n'était pas terminée. Puis elle se radoucit et effleura la joue de sa fille.

— Nous avons le droit de nous inquiéter pour toi, tu sais.

— Peut-être, concéda Chantel, le menton toujours levé d'un air provocateur, mais c'est inutile. Je suis parfaitement capable de mener ma vie toute seule.

Molly poussa un soupir résigné.

— C'est bien ce qui me fait peur, dit-elle en quittant la pièce au bras de son mari pour descendre vers la petite scène où ils devaient se produire pendant toute la semaine.

Sans avoir rien perdu de son aplomb, Chantel posa sa main sur la poignée de la porte de la loge et regarda son frère droit dans les yeux.

— C'est à moi de décider qui a le droit de me toucher ou pas, Trace. Souviens-toi de ça.

— Assure-toi quand même que ton ami l'as du volant ne te manque pas de respect. A moins qu'il n'ait envie que je lui brise les deux bras.

— Va au diable !

— Remarque superflue, sœurette. Ça m'étonnerait que ma destination finale soit le paradis, répondit Trace d'une voix placide. Je préparerai le terrain pour toi, dit-il en lui tirant gentiment une mèche de cheveux.

Pour qu'il ne voie pas qu'elle avait envie de rire, Chantel entra dans la loge et lui referma la porte au nez.

*
* *

Maddy jeta un coup d'œil par-dessus son épaule, tout en continuant de boutonner le costume d'Abby.

— Tiens ! Tu as fini par te décider à venir ?

— Tu ne vas pas t'y mettre aussi ? dit Chantel, en attrapant prestement une robe assortie à celle de sa sœur accrochée à une barre de métal qui traversait toute la pièce.

— Oh, moi, pour ce que j'en dis... Mais quand même, la conversation dans le couloir avait l'air plutôt intéressante.

— Si seulement ils pouvaient m'oublier un peu de temps en temps, soupira Chantel en jetant la robe par terre.

D'un mouvement vif, elle retira son pull, révélant une peau pâle et lisse et un torse dont les courbes étaient déjà douces et féminines.

— Je ne suis pas d'accord : ils sont tellement préoccupés par ton cas que, du coup, ils nous fichent une paix royale, à moi et à Abby.

— Je me souviendrai de ça le jour où j'aurai un service à te demander !

Chantel se débarrassa de son pantalon.

— Maman était vraiment inquiète, tu sais, dit Abby.

Comme Abby avait fini de se maquiller, elle disposa les tubes et les fards devant le miroir pour Chantel.

Désormais en soutien-gorge et en culotte, Chantel se laissa tomber devant la table de maquillage que les trois sœurs partageaient. La remarque d'Abby avait éveillé chez elle un petit pincement de culpabilité.

— Elle n'avait aucune raison de s'inquiéter. Tout allait très bien. Je me suis beaucoup amusée, dit Chantel.

Maddy attrapa une brosse et se mit en devoir de coiffer Chantel.

— Il t'a vraiment laissée conduire sa voiture ? demanda-t-elle, intéressée.

— Oui. Je me suis sentie... comment dire... importante.

Elle parcourut du regard la petite pièce sans fenêtres, le sol en béton et les murs défraîchis.

— Je n'ai pas l'intention de rester toute ma vie dans un taudis pareil, tu sais.

— On croirait entendre papa, dit Abby en souriant.

Elle tendit une éponge de maquillage à Chantel.

— Peut-être, mais c'est ce que je pense.

D'une main experte, Chantel étala le fond de teint sur son visage en quelques passages rapides.

— Un jour, poursuivit-elle, j'aurai une loge pour moi toute seule, trois fois plus grande que celle-ci. Elle sera toute blanche, avec une moquette si profonde qu'on s'y enfoncera jusqu'aux chevilles.

— Moi, je préférerais quelque chose de plus gai, dit Maddy d'un ton rêveur. Une loge de toutes les couleurs.

— Blanche, répéta Chantel fermement, avant de se lever et d'attraper sa robe. Il y aura une étoile sur la porte. Je me déplacerai en limousine et j'aurai une voiture de sport à côté de laquelle celle de Michael aura l'air d'un jouet.

Ses yeux s'assombrirent alors qu'elle enfilait son costume qui avait été raccommodé des dizaines de fois.

— Et j'aurai une maison avec un jardin et une grande piscine.

La capacité à échafauder des rêves magnifiques faisait partie de ce que les trois sœurs avaient hérité de leurs parents. Abby compléta donc celui de Chantel tout en boutonnant le dos de sa robe.

— Et quand tu entreras dans un restaurant, le maître d'hôtel te reconnaîtra. Il te donnera la meilleure table et une bouteille de champagne aux frais de la maison.

— Tu seras courtoise avec les photographes, poursuivit Maddy, et tu ne refuseras jamais un autographe.

— Ça va de soi, une star ne peut pas se permettre d'être ingrate avec son public, dit Chantel, les joues roses de plaisir.

Tout en suspendant de grosses boucles d'oreilles en strass à ses lobes, elle pensait aux rivières de diamants qu'elle porterait une fois son rêve réalisé.

— Il y aura deux suites immenses réservées en permanence dans le plus grand hôtel de la ville pour mes deux sœurs, reprit-elle. Nous passerons des nuits entières à discuter en mangeant du caviar à la petite cuiller.

— Je préfère la pizza, dit Maddy en appuyant négligemment un coude sur l'épaule droite de sa sœur, j'ai su garder des goûts très simples malgré la célébrité.

— De la pizza au caviar ! dit Abby, imitant la pose de sa sœur à la gauche de Chantel.

Chantel éclata de rire et passa ses deux bras autour de la taille de ses sœurs. Elles étaient réunies maintenant, comme elles l'avaient été dans le ventre de leur mère.

— Nous allons voir du pays, les filles, dit-elle les yeux brillants. Nous deviendrons des gens importants.

— Nous sommes déjà des gens importants : les trois sœurs O'Hurley.

Chantel jeta un regard de défi à l'image que leur renvoyait le miroir.

— Bientôt, le monde entier connaîtra notre nom.

1

La maison était grande, fraîche et blanche. En ces premières heures du matin, une brise légère s'engouffrait par les portes de la véranda que Chantel avait laissées entrouvertes, amenant avec elle le parfum des arbres et des fleurs. Au fond du jardin, dissimulé derrière un bosquet, il y avait un belvédère peint en blanc, sur lequel serpentait une glycine qui retombait en grappes par-dessus le toit. Parfois, Chantel en percevait la senteur depuis la fenêtre de sa chambre à coucher.

A l'est de la pelouse se dressait une fontaine en marbre. Elle était éteinte à l'heure qu'il était. Chantel l'allumait rarement lorsqu'elle était seule dans la maison. A proximité de la fontaine, la piscine octogonale était bordée par un vaste patio et un petit pavillon de repos aux murs peints en blanc. Plus loin, au-delà d'un groupe de bouleaux et de saules, s'étendait un magnifique court de tennis. Cela faisait plus de trois semaines que Chantel, par manque de temps et d'envie, n'avait pas touché à une raquette.

La propriété était entourée d'une haute muraille de pierre qui donnait à Chantel tantôt le sentiment rassurant d'être en sécurité, tantôt l'impression oppressante d'être enfermée. Mais à l'intérieur de la maison, les plafonds hauts et les murs blancs et frais faisaient oublier à Chantel les murs et le système de sécurité sophistiqué qui la protégeaient. C'était le prix à payer pour la célébrité qu'elle désirait si ardemment depuis toujours.

Les quartiers des domestiques se trouvaient dans l'aile ouest, au premier étage. Pas un bruit n'y retentissait. Les premières lueurs du jour venaient à peine de colorer le ciel, et Chantel était seule.

Elle enroula prestement ses cheveux sous un chapeau, sans se donner la peine de vérifier le résultat dans la psyché du dressing. C'était dans un souci de confort et non d'élégance qu'elle avait choisi la grande chemise et les ballerines qu'elle avait enfilées en sortant de la douche. Le visage qui avait brisé le cœur de tant d'hommes et tordu de jalousie celui de tant de femmes ne portait aucune trace de maquillage. Chantel le protégea en abaissant le large bord de son chapeau et en chaussant une énorme paire de lunettes noires. Alors qu'elle empoignait le fourre-tout qui contenait tout ce dont elle aurait besoin pour la journée, l'Interphone à côté de la porte vibra.

Elle jeta un coup d'œil sur sa montre. 5 h 45. Elle appuya sur le bouton de l'Interphone.

— Quelle ponctualité !

— Bonjour, miss O'Hurley.

— Bonjour, Robert. Je descends.

Après avoir pressé l'interrupteur qui commandait l'ouverture de la grille, Chantel s'engagea sur les marches du grand escalier qui menait dans le hall. La rampe en acajou glissait comme du satin sous ses doigts. Le grand lustre du hall scintillait doucement sous les premières lueurs du petit matin. Le dallage de marbre de l'entrée luisait comme un miroir. Le luxe sobre de la maison était à l'image de la grande star qu'elle était devenue. Parfois, Chantel avait encore du mal à considérer ce cadre de vie magnifique comme naturel. Réaliser ce rêve lui avait demandé beaucoup de temps et de travail, et pour éviter qu'il ne parte en fumée, il lui fallait faire des efforts constants.

Elle s'apprêtait à franchir la porte d'entrée quand le téléphone sonna.

Zut, pensa-t-elle. La production avait-elle encore changé son emploi du temps ? Elle traversa d'un pas vif la bibliothèque et décrocha.

— Allô ? dit-elle en saisissant machinalement un crayon et en s'apprêtant à prendre des notes.

— Je voudrais te voir maintenant.

Le murmure familier la fit frissonner. Ses paumes devinrent moites. Le crayon s'échappa de ses mains et retomba sans bruit sur le buvard posé à côté du téléphone.

— Pourquoi as-tu changé de numéro ? poursuivit la voix. Tu n'as pas peur de moi, n'est-ce pas ? Il ne faut pas avoir peur de moi, Chantel. Je ne te ferai pas de mal. Je veux juste te toucher. C'est tout. Es-tu en train de t'habiller ? Es-tu…

Etouffant un cri de désespoir, Chantel plaqua brutalement le récepteur sur le combiné. Le bruit de sa respiration semblait terriblement amplifié dans la grande maison vide. Voilà que tout recommençait.

Quelques instants plus tard, elle s'engouffrait dans la limousine sans gratifier son chauffeur du sourire charmeur qu'elle lui adressait habituellement. Une fois installée à l'arrière, Chantel renversa la tête en arrière, ferma les yeux et tenta de se calmer. Dans quelques heures, elle serait devant les caméras. Il fallait qu'elle donne le meilleur d'elle-même. C'était son travail. C'était sa vie. Rien ne devait pouvoir empiéter sur cela, ni la voix d'un inconnu au téléphone, ni des lettres anonymes ordurières.

Le temps que la voiture passe les grilles du studio, Chantel avait repris le contrôle d'elle-même. Elle était en sécurité ici. Elle était dans son monde, un monde où elle pouvait se plonger entièrement dans ce travail qui la passionnait. C'était dans ces bureaux et ces édifices de carton-pâte que l'on fabriquait les rêves, et elle participait à ce rituel. Même la laideur n'y était qu'un simulacre. Le meurtre, l'intrigue et la passion, tout n'y était qu'un jeu. Sa sœur Maddy appelait cela l'usine à rêves. A juste titre, pensa Chantel en souriant, compte tenu du travail de titan qu'il fallait pour donner à ces rêves l'aspect de la réalité.

A 6 h 30, Chantel était au maquillage. A 7 heures, tandis qu'elle relisait ses répliques, sa coiffeuse, armée d'une batterie de peignes, de brosses, et de bombes de laque, s'employait à donner à ses boucles souples l'aspect de la crinière blonde et opulente de son personnage.

— Je n'ai jamais vu une telle matière, murmurait la coiffeuse tandis qu'elle s'emparait du séchoir. J'en connais qui vendraient père et mère pour avoir des cheveux aussi épais que ceux-là. Et cette couleur !

Elle se pencha au-dessus de l'épaule de Chantel pour contempler le résultat de son travail dans le miroir.

— Même moi, j'ai du mal à croire qu'elle est naturelle, murmura-t-elle.

— Cadeau de ma grand-mère paternelle, dit Chantel en tournant la tête pour vérifier son profil gauche. Dis-moi, Margot, je suis censée avoir vingt ans dans cette scène. Tu crois que je suis crédible ?

La coiffeuse était une petite créature fine et nerveuse, dont les grands yeux ingénus et la chevelure courte d'un roux doré la faisaient ressembler à un lutin. Elle fit un pas en arrière et partit d'un rire cristallin.

— Je ne vois vraiment aucune raison de t'inquiéter pour ça ! Avec un visage et une présence comme la tienne, tu pourrais jouer une petite fille de huit ans, on n'y verrait que du feu ! La seule chose qui me fait mal au cœur, c'est qu'ils vont abîmer tout mon travail avec leur pluie artificielle.

— Je m'en serais passée aussi, dit Chantel en se levant. Merci, Margot.

Elle avait à peine fait deux pas que son assistant arriva près d'elle. Chantel l'avait engagé parce qu'il était jeune et enthousiaste et qu'il n'avait pas la moindre envie de devenir acteur.

— Alors, chef, quelle est la prochaine étape ?

Larry Washington rougit et bafouilla, comme il le faisait toujours au cours des cinq premières minutes qu'il passait avec Chantel. Il était petit et d'allure sportive, fraîchement sorti de l'université, et était doué d'un sens de l'organisation redoutable. Son rêve le plus fou pour le moment était de posséder un jour une Mercedes.

— Je suis désolé si je vous parais autoritaire, miss O'Hurley, je..., dit-il en rougissant.

Chantel lui tapota l'épaule.

— Au contraire, Larry, vous êtes parfait. Sans vous, tout

partirait à vau-l'eau et personne ne saurait ce qu'il a à faire. Pourriez-vous aller chercher l'assistant du réalisateur et lui dire que je vais dans ma loge jusqu'au début des répétitions ?

Le partenaire de Chantel venait de faire son apparition, une cigarette à la main, et tous les signes d'une méchante gueule de bois sur le visage.

— Voulez-vous que je vous apporte un café, miss O'Hurley ? demanda Larry tout en commençant à s'éloigner.

Tout le monde sur le plateau savait qu'il valait mieux se tenir à distance de Sean Carter lorsque ce dernier souffrait des séquelles d'une soirée bien arrosée.

— Volontiers, merci, Larry.

Chantel salua quelques membres de l'équipe technique occupés à organiser le plateau pour la première prise, qui se déroulait sur le quai d'une gare. C'est là qu'elle devait dire adieu à l'amour de sa vie. Chantel espéra en silence que d'ici là, quelques cachets d'aspirine auraient eu raison du mal de tête de Sean Carter.

Larry la rattrapa tandis qu'elle traversait le plateau, se baissant pour éviter les projecteurs et enjambant l'enchevêtrement de câbles qui couvrait le sol du plateau.

— Je vous rappelle que vous avez une interview cet après-midi, miss O'Hurley. Le journaliste de *Star Gaze* arrivera à 12 h 30. Dean, du service de presse, vous fait dire qu'il pourra être présent pendant l'interview si vous le désirez.

— Inutile, je m'en sortirai, dit Chantel en souriant. Voyez si vous pouvez nous trouver des fruits frais, des sandwichs et du café, ou plutôt du thé glacé pour l'interview. Je recevrai le journaliste dans ma loge.

— Très bien, miss O'Hurley, dit Larry en prenant des notes sur son calepin. Désirez-vous autre chose ?

Chantel s'arrêta un instant sur le seuil de sa loge.

— Depuis combien de temps travaillez-vous pour moi, Larry ?

Larry rougit, légèrement inquiet.

— Euh, trois mois, miss O'Hurley.

— Je pense que vous pourriez commencer à m'appeler Chantel, dit-elle.

Elle sourit, puis referma la porte sur le visage rayonnant du jeune Larry.

La décoration de la loge avait été récemment refaite à neuf. Le script à la main, Chantel traversa le petit espace de réception à l'avant de la loge et s'installa dans la pièce du fond, réservée à l'habillage et au maquillage. Après avoir enlevé ses vêtements, elle enfila le sweat-shirt et le jean qu'elle devait porter dans la première scène.

Son personnage était celui d'une jeune étudiante des beaux-arts, torturée par les affres de sa première histoire d'amour. Chantel feuilleta le scénario. Il était bon, solide. Le rôle qu'on lui avait confié lui donnerait la possibilité d'exprimer une vaste gamme de sentiments qui lui permettraient d'affiner encore son art. C'était un défi, et il fallait qu'elle le relève et qu'elle en profite pour enrichir encore sa palette d'artiste.

Son personnage, Hailey, lui avait plu dès sa première lecture du scénario du film, intitulé *Etrangers*. C'était une jeune artiste trahie par un homme et hantée par le souvenir d'un autre, une femme qui finissait par trouver le succès mais qui perdait l'amour. Chantel comprenait Hailey. Elle comprenait la trahison. Et elle savait quel était le prix du succès, songea-t-elle en jetant un coup d'œil sur la petite loge élégante.

Elle avait beau connaître ses répliques sur le bout des doigts, elle emporta le script avec elle en revenant dans l'espace de réception de la loge. Avec un peu de chance, elle aurait le temps de prendre une tasse de café avant de répéter la scène avec son partenaire. Quand elle était en tournage, Chantel aimait vivre de café et de repas légers. Elle se nourrissait de ses rôles. Elle avait rarement le temps de faire les magasins, de piquer une tête dans la piscine ou de s'offrir un massage avant qu'un tournage ne soit terminé. C'était là des récompenses qu'elle s'offrait lorsqu'elle était satisfaite du travail accompli.

Elle s'apprêtait à s'installer sur le canapé qu'elle avait fait installer dans sa loge lorsque son regard s'arrêta sur un gros bouquet de roses rouges posé sur le bar américain aménagé au fond de la pièce. Sûrement un cadeau d'un des directeurs du studio, pensa-t-elle en saisissant la petite enveloppe glissée entre deux roses en bouton. Les quelques mots écrits sur la carte la pétrifièrent. « Je ne te quitte pas des yeux. Pas un seul instant. »

En entendant frapper à la porte, elle sursauta si violemment qu'elle dut se retenir au bar pour ne pas tomber. Le parfum entêtant des roses derrière elle s'était insidieusement répandu dans toute la pièce. Elle porta une main à sa gorge et fixa la porte, se sentant, pour la première fois de sa vie, glacée de terreur.

— Miss O'Hurley… Chantel, c'est Larry. J'ai votre café.

Etouffant un sanglot de soulagement, elle se précipita vers la porte et l'ouvrit.

— Larry…

— Ni lait, ni sucre, comme vous… Que se passe-t-il ?

— Je… c'est juste que…

Elle s'interrompit. « Contrôle-toi, pensa-t-elle en essayant de ralentir les battements de son cœur. Tout est perdu si tu perds le contrôle. »

— Larry, reprit-elle plus calmement, savez-vous d'où viennent ces fleurs ?

Elle les désigna du menton sans pouvoir les regarder.

— Ces roses ? Oh, c'est le cuisinier qui les a trouvées en préparant le buffet du petit déjeuner. Comme il y avait votre nom sur l'enveloppe, je les ai portées dans votre loge. Je sais combien vous aimez les roses.

— Jetez-les.

— Mais…

— Je vous en prie, Larry, dit-elle en quittant la loge, donnez-les à quelqu'un, jetez-les, ou gardez-les pour vous, mais débarrassez-moi de ces fleurs. Je ne veux plus les voir.

— Bien sûr, dit Larry en entrant dans la loge tandis que Chantel se dirigeait vers le plateau. Tout de suite, miss O'Hurley.

*
* *

Quatre aspirines et trois cafés bien tassés avaient réussi à redonner à Sean Carter l'apparence d'un être humain. Il était temps de commencer à travailler. Ce n'était pas quelques mots griffonnés sur une carte de visite qui empêcheraient Chantel de donner le meilleur d'elle-même. Depuis le début de sa carrière, elle avait travaillé dur pour donner l'image d'une professionnelle, perfectionniste, efficace et fiable. Elle n'était pas l'une de ces divas capricieuses qui s'effondraient à la moindre contrariété. Elle était toujours prête lorsqu'on l'appelait, et savait toujours son texte sur le bout du doigt. S'il fallait soixante prises pour qu'une scène soit parfaite, elle s'y prêtait sans jamais sourciller. Elle se répéta tout cela pour se donner du courage tandis qu'elle venait à la rencontre de Sean et de la réalisatrice.

— Comment se fait-il que tu aies toujours l'air de sortir tout droit des pages d'un magazine de mode ? grommela Sean.

Chantel remarqua que la maquilleuse et la coiffeuse avaient fait du bon travail. Les cernes de l'acteur avaient disparu, son teint était lisse et doré. Son épaisse chevelure auburn retombait avec un naturel étudié sur son front. Il respirait la jeunesse, la fougue et la sensualité : il était l'incarnation de la séduction masculine telle que pouvait en rêver la jeune femme idéaliste qu'était son personnage.

Chantel sourit et posa une main sur la joue de Sean.

— Mais parce que c'est de là que je viens, mon chéri.

— Quelle femme ! dit Sean, amusé, en affichant l'expression d'un amoureux foudroyé.

Sans laisser à Chantel le temps de réagir, il la saisit par la taille et, d'un mouvement souple, la fit basculer en arrière.

— Dites-moi, Rotschild, lança-t-il à la réalisatrice tout en approchant ses lèvres de celles de Chantel. Comment un homme ayant toute sa raison pourrait-il quitter une femme comme celle-ci ?

— Qui a dit que tu — ou plutôt Brad —, répondit Mary

Rotschild se référant au personnage de Sean, avait toute sa raison ?

— Et tu es censé être un goujat, ne l'oublie pas ! dit Chantel.

Comme s'il était satisfait qu'on le lui rappelle, Sean se redressa et remit Chantel d'aplomb.

— Cela fait bien cinq ans que je n'ai pas eu le plaisir de jouer un vrai goujat, dit Sean en époussetant le sweat-shirt de Chantel. Je ne crois pas avoir remercié le scénariste comme il se doit pour m'en avoir donné l'occasion.

— Qu'à cela ne tienne, dit Mary Rotschild, tu pourras le faire aujourd'hui même. Il est là-bas.

Le regard de Chantel se porta sur un homme grand et maigre qui se dandinait nerveusement à côté d'un projecteur en fumant cigarette sur cigarette. Elle l'avait rencontré plusieurs fois avant le début du tournage. D'après ses souvenirs, il n'avait jamais rien dit qui ne soit pas en rapport direct avec son histoire ou ses personnages. Elle lui adressa un sourire vaguement amical avant de se tourner vers la réalisatrice.

Tandis que Mary Rotschild leur résumait la scène et ce qu'elle attendait d'eux, Chantel chassa de son esprit tout ce qui pouvait interférer avec son travail. Il ne devait plus rester dans son cœur que la douleur et le désespoir de son personnage qui voyait s'échapper son amour. L'esprit totalement absorbé par leur travail, Sean et Chantel répétèrent brièvement leur scène d'amour.

— Je pense que je devrais toucher ton visage de cette manière, dit Chantel en posant sa paume sur la joue de Sean et en lui adressant un regard suppliant.

— Oui, ensuite je te prends la main comme ça, dit Sean.

Il enroula ses doigts autour du poignet de Chantel, puis déposa un baiser au creux de sa paume.

— Je t'attendrai…, marmonna Chantel, répétant rapidement son texte tout bas tandis que les techniciens mettaient la dernière main au décor.

— Essayons plutôt ceci, dit Sean.

Il posa ses mains sur ses épaules et ils restèrent face à face quelques instants. Puis il déposa deux baisers légers sur les commissures de ses lèvres.

— Oh, Brad, je t'en supplie, ne t'en va pas… Et là, je t'embrasse jusqu'à ce que tu étouffes.

Sean sourit.

— Vivement qu'on y soit !

— Bien, tout le monde est prêt ? On répète tout ça ensemble ! dit la réalisatrice à l'attention de ses acteurs et de l'équipe technique.

Les femmes réalisatrices étaient encore rares dans ces studios. Mary Rotschild ne pouvait se permettre la moindre erreur. C'est pourquoi elle était aussi exigeante avec son équipe qu'avec elle-même.

— Je veux sentir l'émotion monter jusqu'au moment du baiser, d'accord ? Laisse bien venir les larmes, Chantel. Souviens-toi qu'au fond de ton cœur, tu sais qu'il ne reviendra pas.

— Je suis vraiment un goujat, dit Sean en souriant.

— En place, tout le monde ! cria Mary.

Les caméramans se postèrent derrière leurs viseurs.

— Silence sur le plateau !

Mary s'éloigna, testa le cadrage à travers le viseur de deux ou trois caméras, puis se posta dans un coin du plateau où elle avait la meilleure visibilité de l'ensemble de la scène.

— On y va !

Chantel fit son entrée sur le quai, fouillant la foule du regard tandis que des figurants se pressaient autour d'elle. L'angoisse, les dernières lueurs d'espoir, la volonté de ne pas renoncer à son rêve, tout cela transparaissait sur son visage. Grâce aux effets spéciaux, on entendrait tout à l'heure les grondements d'un orage qui se préparait. Des éclairs, le tonnerre. Enfin, elle aperçut Brad. Elle cria son nom, se frayant un chemin à travers la foule jusqu'à parvenir près de lui.

Ils répétèrent la scène trois fois avant que la réalisatrice estime qu'elle était suffisamment au point pour pouvoir tourner. Chantel repassa brièvement au maquillage et à la coiffure. Quand Mary Rotschild cria « Moteur ! », elle était prête.

Ils passèrent la matinée à peaufiner la première partie de la scène, sa quête désespérée de Brad dans la foule, son impatience, et sa joie de le retrouver. Une prise après l'autre, elle répétait les mêmes mots, les mêmes gestes, la caméra par moments à moins d'un mètre d'elle.

A la sixième prise, Rotschild donna le signal d'envoyer la pluie. La bruine s'abattit sur elle tandis qu'elle était debout face à Brad. Les yeux pleins de larmes, la voix tremblante, elle le suppliait de ne pas partir. Mouillés et transis, ils continuèrent à fignoler ce qui, à l'écran, ne représenterait pas plus de cinq minutes du film.

L'heure du déjeuner arrivée, Chantel se retira dans sa loge, se débarrassa des vêtements mouillés de Hailey et les confia à l'habilleuse pour que celle-ci les fasse sécher. Ses cheveux seraient encore coiffés puis mouillés bien des fois avant la fin de la journée.

Les roses avaient disparu de la loge, mais leur parfum était encore perceptible. Quand Larry ouvrit la porte pour annoncer à Chantel que le journaliste était arrivé, elle lui demanda de lui accorder cinq minutes avant de le faire entrer.

Elle avait repoussé ce coup de téléphone bien trop longtemps, se dit-elle en décrochant le récepteur. Elle avait beau essayer de se persuader du contraire, elle savait que ces harcèlements ne s'arrêteraient pas. Ils étaient devenus trop fréquents pour qu'elle puisse les ignorer.

— Agence Burns, bonjour.

— Je voudrais parler à Matt.

— Je suis désolée, répondit la secrétaire de Matt d'un ton las, M. Burns est en réunion. Puis-je prendre un message ?

— Chantel O'Hurley à l'appareil. Je dois absolument parler à Matt. C'est urgent.

La voix de la secrétaire devint soudain empressée.

— Je vous le passe tout de suite, miss O'Hurley.

Fouillant dans son tiroir à la recherche du paquet de cigarettes qu'elle y conservait pour les urgences, elle en alluma une et tira nerveusement une bouffée en attendant que Matt prenne la communication.

— Chantel ? Qu'est-ce qui se passe ?

— Il faut que je te voie. Ce soir.

— Ma chérie, c'est impossible. Je suis débordé. Veux-tu que nous nous voyions demain ?

— Ce soir, répéta Chantel.

Son angoisse transparaissait malgré elle dans sa voix.

— C'est important, Matt, j'ai besoin d'aide. Vraiment.

Parce que c'était la première fois depuis qu'il la connaissait que Matt percevait de la peur dans la voix de Chantel, il ne lui posa aucune question.

— Bien. Je passerai chez toi à… disons 20 heures ?

— Merci, Matt. C'est parfait.

— Tu peux m'en dire un peu plus ?

— Non, pas maintenant. Pas au téléphone.

L'idée d'avoir entrepris quelque chose pour résoudre son problème lui fit retrouver un peu de calme.

— D'accord. Je serai chez toi à 20 heures.

— Merci.

Chantel raccrocha le téléphone au moment même où on frappa à la porte. Elle éteignit soigneusement sa cigarette, arrangea ses cheveux encore humides et se leva pour faire entrer le journaliste dans la loge.

Matt Burns arpentait nerveusement le salon de Chantel, habité d'un désagréable sentiment d'impuissance.

— Pourquoi diable ne m'as-tu pas parlé de tout cela plus tôt ?

En douze ans de travail acharné, il avait grimpé patiemment les échelons de la hiérarchie. Il avait débuté comme jeune stagiaire affecté au tri du courrier, et aujourd'hui, il était l'agent le plus réputé de la ville. Il avait toujours su quoi faire en n'importe quelle situation. Et voilà qu'il se retrouvait avec une bombe prête à exploser dans les mains, et qu'il ne savait comment la désamorcer.

— Bon sang, Chantel, depuis combien de temps est-ce que cela dure ?

— Le premier coup de téléphone date d'il y a environ six semaines.

Chantel était assise sur un petit sofa gris perle, le nez dans un verre d'eau minérale. Tout comme Matt, elle détestait ce sentiment d'impuissance. Elle détestait encore plus l'idée de devoir faire appel à quelqu'un d'autre pour l'aider à résoudre un problème qui ne concernait qu'elle.

— Les premiers coups de fil et les premières lettres avaient l'air inoffensifs. Je n'y ai pas fait attention.

Les glaçons tintèrent dans son verre tandis qu'elle le déposait sur la table basse, puis le saisissait de nouveau.

— Mon visage est dans tous les magazines et sur tous les écrans, il est normal que j'attire l'attention des gens, et que parmi ces gens se trouvent un ou deux cinglés. Je me suis dit que si j'ignorais ces coups de fil et ces lettres, le coupable se lasserait de lui-même.

— Mais il ne s'est pas lassé.

— Non.

Elle contempla son verre, les mots écrits sur la carte résonnant dans sa tête. *Je ne te quitte pas des yeux. Pas un instant…*

— En fait, cela n'a fait qu'empirer, poursuivit-elle. J'ai fait changer mon numéro de téléphone, et ça s'est arrêté quelque temps.

— Tu aurais dû m'en parler.

— Tu es mon agent, pas ma mère.

Il se tourna vers elle, légèrement froissé.

— Je suis ton ami.

Elle leva les yeux vers lui et sourit.

— Je sais, dit-elle en lui tendant la main.

Les vrais amis étaient rares dans l'univers qu'elle avait choisi.

— C'est pour cela que je n'ai pas attendu de devenir hystérique pour t'appeler, conclut-elle.

Il rit, puis lâcha sa main pour se servir un autre verre.

— Tu n'as jamais été hystérique et je ne vois pas comment tu pourrais le devenir un jour.

— Quand ce bouquet est arrivé, j'ai su qu'il fallait que je fasse quelque chose. Mais je ne savais pas quoi.

— Il faut prévenir la police.

— Certainement pas ! dit-elle en levant un index menaçant. Matt, tu n'es pas né de la dernière pluie. Tu sais très bien ce qui se passera si nous appelons la police. La presse sera immédiatement au courant de l'affaire. Je vois d'ici les gros titres : Chantel O'Hurley persécutée par un admirateur. Coups de fil anonymes. Lettres d'amour désespérées.

Elle secoua la tête et passa une main dans ses cheveux.

— Nous arriverions peut-être à tourner ça en ridicule, et même, jusqu'à un certain point, à exploiter cette publicité, mais nous risquerions de donner des idées à tout un tas de détraqués qui se mettront à me submerger de lettres enflammées ou décideront de camper devant ma porte d'entrée. Je ne pense pas que je pourrais en supporter plus d'un à la fois.

— Et si ce type était dangereux ?

— J'ai envisagé cette éventualité, tu penses bien.

— Il te faut une protection.

— Peut-être bien, dit-elle en faisant la grimace. L'ennui, c'est que je suis en plein tournage. Je me vois mal débarquer sur le plateau, encadrée par deux mastodontes avec des lunettes noires. L'équipe ne tarderait pas à jaser.

— Depuis quand te soucies-tu des commérages ?

Elle réussit à sourire.

— Ce n'est pas la même chose lorsqu'il s'agit de quelque chose de vraiment personnel. Ma… comment dire… vie sentimentale haute en couleurs et mon mode de vie sont une chose. Mon existence telle qu'elle est réellement en est une autre. Pas de police, Matt, je t'en prie. Du moins pas tout de suite. Il me faut une autre solution.

Matt se tut, l'air songeur. Il l'avait accompagnée depuis le début de sa carrière, des publicités pour des shampooings jusqu'aux plus grands films. Et jamais, ou très rarement, il ne l'avait vue demander de l'aide pour un problème personnel. Pendant toutes ces années, il l'avait rarement vue se départir de cette image de femme fatale qu'ils avaient construite ensemble.

— J'en ai peut-être une. Tu me fais confiance ?

— Ne t'ai-je pas toujours fait confiance ?

— Ne bouge pas. Je vais passer un coup de fil.

Chantel laissa aller sa tête contre le dossier du sofa et ferma les yeux. Peut-être exagérait-elle la gravité de cette histoire. Peut-être accordait-elle trop d'importance aux frasques d'un fan qui avait poussé son admiration un tout petit peu trop loin.

Je ne te quitte pas des yeux… pas un instant…

Elle se redressa. Non, décidément, elle avait raison de s'inquiéter. Elle aimait qu'on la regarde — sur l'écran. Elle pouvait accepter qu'on la prenne en photo chaque fois qu'elle entrait ou qu'elle sortait d'un restaurant, qu'elle assistait à une projection ou allait à une réception. Mais cela, c'était… effrayant, s'avoua-t-elle. Comme si quelqu'un la surveillait en permanence, posté derrière ses fenêtres. Machinalement, elle se tourna vers la baie vitrée. Personne, évidemment. D'ailleurs, il y avait la grille, le mur, le système d'alarme. Mais elle ne pouvait pourtant pas rester enfermée dans sa maison vingt-quatre heures sur vingt-quatre.

Elle s'arrêta en face du miroir ancien qui surplombait la cheminée en marbre blanc. Un visage qu'elle connaissait bien la contemplait, un visage que les critiques de cinéma avaient qualifié de renversant, d'incomparable, et même de cruellement beau. C'était un heureux hasard de la nature, pensait-elle parfois, ce teint transparent, ces yeux en amande d'un bleu nordique et ces pommettes hautes. Elle n'avait rien fait pour mériter ce visage, sa découpe ovale classique, ces lèvres pleines et sensuelles ou cette crinière blonde luxuriante. Elle était née avec tout cela. Pour le reste, elle avait travaillé. Durement.

Elle était sur les planches depuis qu'elle savait marcher. Dès sa plus tendre enfance, elle avait sillonné les routes avec sa famille, allant de cabaret en théâtre. Elle avait payé son tribut de sueur bien avant son arrivée à Hollywood, à l'âge de dix-neuf ans. Elle avait abordé cet univers mythique non pas avec les yeux remplis d'étoiles comme des kyrielles de jeunes filles de province qui tentent d'y décrocher la lune, mais avec la volonté farouche de réussir. Au cours des années qui avaient suivi, elle avait remporté des rôles, elle en avait perdu aussi. Elle avait vanté les mérites de shampooings et de pâtes dentifrices, vendu des litres de parfum dans des publicités souvent stupides. Quand sa chance s'était enfin présentée, elle était prête, plus que prête à jouer ce personnage de femme fatale cruelle qui n'occupa l'écran qu'une vingtaine de minutes. Le film suivant avait fait d'elle une star. A partir de ce moment, la machine était lancée, plus rien n'avait pu la faire revenir en arrière.

Ce film lui avait donné la célébrité dont elle avait toujours rêvé. Et, indirectement, il avait failli détruire sa vie.

Elle avait survécu, pourtant, se dit-elle en regardant son image dans le miroir. Elle n'avait pas laissé les événements la détruire. Tout comme elle refusait aujourd'hui de se laisser déstabiliser par ce qui lui arrivait.

— Il arrive dans cinq minutes.

Chantel se tourna vers Matt qui venait de revenir dans la pièce.

— Pardon ?

— Je dis qu'il arrive dans cinq minutes. Laisse-moi te préparer un verre.

Elle secoua la tête.

— Non. Je dois être sur le plateau à 6 h 30. Qui arrive dans cinq minutes ?

— Quinn Doran. C'est peut-être lui, notre solution. J'ai pu le persuader de… réfléchir à notre affaire.

Chantel glissa les mains dans les poches de son pantalon blanc.

— Qui est Quinn Doran ?

— Une sorte de détective privé.

— Comment ça, *une sorte* de détective privé ?

— Il dirige une société de gardiennage. A une certaine époque, il a participé à un genre de mission secrète. Peut-être pour le gouvernement. Mais je n'en suis pas sûr.

Chantel haussa un sourcil.

— Fascinant… Mais ce n'est pas un James Bond qu'il me faut, Matt. En l'occurrence, un boxeur poids lourd serait plus utile.

— Et plus repérable. Tu as dit toi-même que tu ne voulais pas d'un garde du corps. D'ailleurs, tu pourrais facilement te payer les services de deux malabars toi-même, ma chérie. Ce qu'il nous faut, c'est du doigté, de l'intelligence, de la discrétion. Bref, ce qu'il nous faut, c'est Quinn.

Il vida son verre et s'apprêta à s'en servir un autre.

— Il a une équipe à son service maintenant, et il n'intervient que dans les situations particulièrement délicates. Mais je veux que tu aies le meilleur.

— Et le meilleur, c'est Quinn, dit Chantel d'un ton ironique. Et qu'est-ce qu'il pourra bien faire pour m'aider, ton Quinn ?

— Je n'en sais fichtrement rien, c'est bien pour cela que je l'ai appelé. Il est un peu ours, poursuivit Matt, et il ne s'embarrasse pas de mondanités avec ses clients. Mais il est d'une efficacité redoutable, et je n'hésiterais pas à lui confier ma vie.

— Tu veux dire la mienne.

Le visage de Matt se figea.

— Chantel, si tu penses que ta vie est en danger, tu…

— Non, non, dit Chantel en balayant les inquiétudes de Matt d'un geste de la main. J'ai le sentiment que ton Quinn Doran va écouter mon histoire, me gratifier d'un rictus désapprobateur, me faire un sermon sur mon irresponsabilité et m'expliquer du haut de sa grande expérience comment gérer ce genre de situation. Je ne le connais pas encore, mais déjà, je ne l'aime pas.

— Tu es angoissée, c'est tout, dit Matt en lui tapotant amicalement le genou tout en se dirigeant vers le bar. C'est normal, Chantel, n'importe qui le serait à ta place.

— Je ne suis pas angoissée, répondit Chantel en se forçant à parler d'un ton posé. Une femme comme moi n'est jamais angoissée. Cela ne correspond pas à l'image que tu m'as aidée à créer.

— Tu n'as pas eu besoin d'aide pour cela.

Matt sourit et contempla la tenue de satin blanc que portait Chantel.

— Ton talent est inné. Je n'ai fait que t'aider à le développer.

Chantel pencha la tête sur le côté et lui adressa un sourire ravageur.

— Et que penses-tu du résultat ?

— Disons que personne, en te regardant aujourd'hui, ne devinerait que tu as connu une époque où tu reprisais tes chaussettes.

Elle rit et se leva.

— Tu es si généreux avec moi, Matt.

— C'est ce que je ne cesse de te répéter depuis des années. J'entends la sonnette. Je vais ouvrir.

Chantel attrapa son eau minérale et fit tourner ce qui restait des glaçons dans le verre. Si Matt pensait que Quinn Doran pouvait l'aider, elle devait lui faire confiance. N'empêche que cela l'agaçait d'avoir à expliquer ses problèmes personnels à un parfait inconnu.

L'inconnu en question venait de faire son apparition dans le salon.

Si Chantel avait dû trouver un acteur pour jouer le rôle d'un agent secret, d'un détective ou d'un garde du corps, elle aurait certainement choisi Quinn Doran. Il était plus grand que Matt, sa carrure était plus imposante aussi, mais sa musculature allongée et nerveuse suggérait qu'il était capable de se mouvoir avec souplesse et agilité.

Il n'était pas à proprement parler un sex-symbol, mais ses traits virils et son air réservé auraient troublé n'importe quelle femme. Ses boucles brunes retombaient sur le col de sa chemise en jean. Son visage aux traits bien dessinés était bronzé, et ses yeux d'un vert très clair étaient d'une froideur presque palpable. Ses cils étaient longs et recourbés — presque trop pour un homme — et pourtant, il n'avait rien de féminin. Tout chez lui était extrêmement masculin. Sa démarche souple et mesurée était celle de quelqu'un que l'on devinait rompu aux filatures et à la discrétion.

Ses lèvres esquissèrent un sourire lorsqu'il s'approcha de Chantel, mais elle ne décela aucune chaleur dans ses yeux. Bien au contraire, elle crut y percevoir une légère touche d'ironie.

— Voici donc le palais de glace, dit-il d'une voix étonnamment mélodieuse. Et sa reine.

2

Quinn l'avait déjà vue, évidemment. A l'écran, elle semblait immense, indomptable, intouchable. Son visage, d'une perfection presque irréelle, était de ceux qui pouvaient hanter les rêves d'un homme pendant longtemps. Une façade parfaite. Quinn s'y connaissait en façades, savait comment les construire, les modifier ou les abandonner en fonction des circonstances. Tandis qu'il balayait la pièce du regard, enregistrant le moindre détail, il se demanda si cette enveloppe de soie et de satin blanc cachait une profondeur quelconque.

Matt connaissait Quinn depuis trop longtemps pour être troublé par son attitude quelque peu cavalière.

— Chantel, voici Quinn Doran.

Dans un chuchotement de satin, Chantel croisa ses longues jambes et lui tendit la main d'un geste gracieux et nonchalant.

— Enchantée, dit-elle, se raidissant tandis que la main de Quinn serrait fermement la sienne.

Il ne lui secoua pas la main, pas plus qu'il ne la porta à ses lèvres. Il se contenta de la serrer en rivant ses yeux vert d'eau aux siens. La peau de Chantel évoquait pour Quinn le satin qu'elle portait. Douce, parfumée, fraîche et féminine. La sienne était rugueuse et brunie par le soleil. Ils restèrent un instant immobiles dans cette position, Chantel sur le sofa et Quinn debout face à elle. Chantel avait combattu des hommes avant, et n'avait perdu qu'une seule fois. Elle comprit aussitôt qu'un défi avait été lancé entre eux, qu'elle accepta tacitement de relever.

— Une vodka, comme d'habitude ? demanda Matt à Quinn en se dirigeant vers le bar.

— Oui, répondit Quinn tout en inclinant légèrement la tête à l'attention de Chantel, lui signifiant ainsi qu'il avait compris qu'entre eux, le jeu avait commencé.

Il libéra lentement la main de Chantel en la laissant glisser entre ses doigts.

— Matt m'a dit que vous aviez des soucis.

— Il semblerait que oui.

Chantel prit une cigarette dans un étui posé sur la table puis haussa un sourcil. Quinn sortit un briquet de sa poche et lui tendit la flamme. Elle sourit et se pencha vers lui.

— Je ne suis pas sûre que ce travail vous convienne réellement, monsieur… Doran.

Toujours penchée vers lui, elle leva les yeux, le contempla un instant puis reprit sa position initiale.

— Je n'en suis pas sûr non plus, miss… O'Hurley.

Pour la deuxième fois, leurs regards se rencontrèrent, et une tension plutôt désagréable sembla circuler entre eux.

— Mais puisque je suis là, autant m'expliquer quel est votre problème, conclut Quinn.

Matt s'avança vers Quinn un verre à la main, et s'apprêta à parler.

— Puisque c'est miss O'Hurley qui a un problème, je pense que c'est à elle de me l'expliquer, lui dit Quinn en l'arrêtant d'un geste de la main.

— Très bien. Dans ce cas, je vais m'empiffrer de quelques-uns de ces délicieux canapés qu'on a laissés tout seuls sur le bar, dit Matt en s'éloignant.

— J'ai reçu quelques coups de fil déplaisants.

Chantel s'était efforcée de prononcer ces mots d'un air détaché, mais son angoisse était perceptible à la manière dont elle croisait et décroisait ses mains. Quinn avait l'habitude d'être attentif à ce genre de détails. Il remarqua également que les mains de

Chantel étaient petites et étroites, que ses doigts étaient longs et que ses ongles étaient décorés d'un vernis beige. Elles étaient sans cesse en mouvement.

— Des coups de fil ?

— Et des lettres.

Elle bougea ses épaules, et le satin bruissa doucement.

— Cela a commencé il y a environ six semaines.

— Des coups de fil obscènes ?

Chantel leva le menton, incapable de résister à l'envie de le toiser.

— Je suppose que cela dépend de ce que vous entendez par « obscène ». Je suspecte que votre définition diffère sensiblement de la mienne.

Une lueur amusée s'alluma dans ses yeux, les rendant étrangement attirants. Chantel se demanda combien de femmes avaient été prises dans les filets de cet homme et dévorées toutes crues.

— Je n'en doute pas. Mais continuez, je vous en prie.

— Au début, je crois que j'en étais presque amusée. C'était contrariant, mais assez inoffensif. Et ensuite… Ensuite, c'est devenu un peu plus direct. Plus explicite.

— Vous avez changé de numéro de téléphone ?

— Bien sûr. Les coups de fil ont cessé pendant environ une semaine. Ils ont repris aujourd'hui.

— Vous avez pu reconnaître la voix ?

— Non, il parle toujours en chuchotant.

— Vous pourriez changer de numéro de nouveau, dit Quinn en agitant négligemment les glaçons dans son verre. Ou bien demander à la police de mettre votre ligne sous surveillance.

— Je ne vais pas changer de numéro de téléphone toutes les semaines, dit Chantel en haussant les épaules. Et je ne veux pas que la police se mêle de cette histoire. Je souhaite que tout cela reste confidentiel. Matt semble penser que vous êtes le champion de la discrétion.

Quinn prit une gorgée de vodka et promena son regard autour de lui. La pièce où ils se trouvaient était peinte dans différentes nuances de blanc. Cette absence de couleur, dans laquelle Chantel trônait comme dans une sorte d'écrin, était extrêmement séduisante. Quinn était persuadé que Chantel le savait. Dans tous ses films, elle avait joué des personnages de femmes qui exploitaient sciemment les convoitises des hommes, les manipulaient en jouant avec leurs faiblesses et leurs rêves les plus intimes. Il éprouvait peu de sympathie envers une femme qui cultivait délibérément une image propre à éveiller les désirs des hommes, et se plaignait ensuite de quelques innocents coups de fil.

— Miss O'Hurley, vous savez probablement que les individus qui passent ce genre de coup de fil ne font jamais rien d'autre que parler. Je suggère que vous changiez de nouveau de numéro, et que vous fassiez prendre les communications par un de vos domestiques pendant quelque temps, jusqu'à ce que le coupable se fatigue de lui-même.

— Quinn, intervint Matt. Excuse-moi, mais tu ne nous aides pas beaucoup.

— Elle peut engager un garde du corps si elle a peur de ne pas être en sécurité. Et renforcer le système d'alarme de la maison.

— Vous voulez dire mettre des barbelés et acheter une meute de pitt-bulls ? dit Chantel en se levant avec humeur.

— C'est le prix à payer pour ce que vous êtes, dit Quinn d'une voix glaciale.

Chantel se tourna vivement vers lui, les yeux étincelants.

— Ce que je suis ? Je vois... Je m'affiche sur les écrans, je ne m'habille pas avec un sac de pommes de terre et je ne porte pas de voile, c'est pourquoi je n'ai que ce que je mérite, n'est-ce pas ? Je l'ai bien cherché, n'est-ce pas ?

Sa froide beauté était fascinante, et cet éclat de rage faisait l'effet d'un feu qui s'était allumé sur de la glace. Ignorant l'émotion qui palpitait dans son estomac, Quinn haussa les épaules.

— En quelque sorte.

— Merci de vous être déplacé, dit Chantel en s'éloignant.

Mais la colère était trop forte et elle revint presque aussitôt sur ses pas.

— D'où sortez-vous, monsieur ? Du Moyen Age ? Pensez-vous réellement que le simple fait qu'une femme soit attirante et qu'elle ne fasse rien pour le dissimuler signifie qu'elle mérite d'être maltraitée, verbalement, physiquement ou affectivement ?

— Je ne crois pas avoir dit qu'aucune femme méritait d'être maltraitée.

Son ton posé ne fit qu'attiser la fureur de Chantel.

— Ce n'est pas parce que je suis une actrice et que la séduction fait partie de mon métier que je dois être jetée en pâture à tous les hommes. Si je joue le rôle d'une meurtrière, je devrais aussi passer devant un tribunal ?

— Vous jouez sur les fantasmes les plus primitifs des hommes, miss O'Hurley. Cela entraîne fatalement quelques conséquences.

— Je vois. C'est ma faute si les hommes sont incapables de se contrôler et de faire la différence entre la fiction et la réalité. Monsieur Quinn, laissez-moi vous dire que vous êtes un idiot. Vous êtes le genre d'homme dont le cerveau se situe au-dessous de la ceinture. Le genre d'homme qui pense que si une femme accepte de dîner avec lui, elle doit sauter dans son lit en échange. Eh bien, sachez que je peux payer mon dîner, et que je peux régler mes problèmes toute seule. Je ne vous raccompagne pas.

— Chantel…, commença Matt.

Elle se tourna vers lui comme un chat sauvage prêt à bondir.

— C'est bon, je retourne à mes canapés… je n'ai pas dîné de toute façon, murmura Matt, penaud.

— Miss O'Hurley ? dit une voix venant de l'autre côté de la pièce.

— Quoi ? lança Chantel en faisant volte-face.

Elle se trouva nez à nez avec son majordome, prit une inspiration profonde et recula un peu.

— Oui, Marsh, qu'y a-t-il ? demanda-t-elle d'une voix radoucie.

Le ton qu'avait pris Chantel pour s'adresser à Marsh surprit Quinn. Il était cordial, sans la moindre trace de condescendance. C'était celui d'un être humain s'adressant à un autre être humain. En dépit de sa colère et de sa nervosité, Chantel regardait le vieil homme avec amabilité et lui souriait.

— On vient de livrer cela pour vous.

— Merci, Marsh.

Chantel traversa la pièce et prit les lis que Marsh avait déjà disposés dans un vase.

— Je n'aurai plus besoin de vous ce soir, Marsh.

— Très bien, miss.

Passant à côté de Quinn, Chantel se dirigea vers un guéridon près de la fenêtre, où elle déposa le bouquet.

— Raccompagne ton ami, veux-tu, Matt ? Je ne crois pas que…

Chantel tenait la carte de visite dans ses mains et la regardait, pétrifiée, puis elle la froissa vivement d'une main. Avant qu'elle ait pu la jeter, Quinn s'empara de son poignet et la força à lui donner le petit carton chiffonné. Ce qu'il lut le remplit de dégoût.

— Je n'ai que ce que je mérite, n'est-ce pas ?

La voix de Chantel était froide, presque détachée, mais lorsque Quinn regarda ses yeux, il vit qu'ils étaient pleins de terreur. Il glissa le carton dans sa poche et prit le bras de Chantel.

— Asseyez-vous.

— Encore une de ces lettres ? demanda Matt en se dirigeant vers eux.

Quinn fit un signe en direction du bar.

— Sers-lui un whisky, Matt, tu veux ?

— Je ne veux pas d'un whisky. Je ne veux pas m'asseoir. Je veux que vous partiez.

Chantel essaya de dégager son bras, mais Quinn la serra un peu plus fort et la conduisit vers le sofa.

— A quelle fréquence recevez-vous ce type de message ?

— Quasiment tous les jours.

Chantel s'assit et serra ses mains entre ses genoux.

— Tous sont aussi… directs ?

— Non.

Elle saisit le verre que lui tendait Matt et prit une gorgée de whisky.

— Ils ont commencé à prendre cette tournure il y a quelques semaines.

— Qu'avez-vous fait des autres messages ?

— Les premiers, je les ai jetés. Puis, quand ils ont commencé à devenir plus directs, comme vous dites, j'ai eu envie de les brûler.

Le whisky la réchauffait mais ne la réconfortait pas.

— Finalement, je les ai gardés, reprit-elle. Je ne sais pas exactement pourquoi. Probablement parce que je pensais que j'en aurais besoin si les choses prenaient un tour plus grave.

— Rappelez votre majordome, s'il vous plaît. Je voudrais lui poser quelques questions. Et allez chercher les autres messages.

Le ton autoritaire de Quinn irrita Chantel qui sentit ses muscles se raidir.

— Cela ne vous regarde plus, monsieur Doran. Il me semblait pourtant que nous étions d'accord là-dessus.

— Ceci m'a fait changer d'avis, dit Quinn en lui montrant la carte froissée.

Chantel se détendit légèrement.

— Je ne veux pas de votre aide.

— Je n'ai pas encore dit que je vous l'offrais.

Chantel ne répondit pas. Ils restèrent un instant à se regarder en silence.

— Les messages ? reprit Quinn. A moins que vous n'ayez une meilleure idée pour résoudre ce problème vous-même ?

A cet instant, elle le méprisa. Elle aurait pu dissimuler ce sentiment. Elle était suffisamment rompue à ce genre de pratique. Mais elle ne s'en donna pas la peine. Avant qu'elle ait eu le temps de parler, Matt posa une main sur son épaule. Il semblait aussi tendu qu'elle.

— Je t'en prie, Chantel. Réfléchis avant de dire quoi que ce soit.

Chantel fixait toujours Quinn.

— Je préfère garder ce que je pense pour moi, dit-elle.

Mais Quinn esquissa un sourire ironique qui eut le don de pousser Chantel à bout.

— Et puis après tout, je ne vois pas pourquoi je me tairais…, commença-t-elle.

Matt la coupa par une pression de la main sur son épaule.

— Ecoute, Chantel, ça me déplaît de te poser un ultimatum, mais si nous ne pouvons pas faire affaire avec Quinn, j'appellerai la police.

Chantel s'apprêta à protester, mais Matt l'en empêcha.

— Je suis sérieux, Chantel. Tu es une femme intelligente. Sois rationnelle. Nous devons résoudre ce problème.

Chantel détestait être mise au pied du mur. Quinn le voyait bien. C'était une femme qui mettait un point d'honneur à faire ses choix elle-même et à tenir les rênes de sa propre vie sans que personne ne s'en mêle. Une qualité qu'il admirait, et qui lui inspirait même un certain respect. Peut-être — peut-être, seulement — Chantel O'Hurley n'était-elle pas la diva capricieuse qu'elle semblait être au premier abord.

— Très bien, Matt. Je te laisse juge. Pour le moment.

Elle se leva, majestueuse et digne, et se tourna vers Quinn.

— Ne brusquez pas Marsh, ordonna-t-elle. Il se fait vieux et il devient fragile. Je ne veux pas qu'il s'inquiète.

— Cela va être difficile, répondit Quinn, ironique. Mon passe-temps favori est de brutaliser les vieillards.

Chantel haussa les épaules.

— Ainsi que les petits-enfants et les chatons, j'imagine, dit-elle en quittant la pièce.

— Sacrée bonne femme, ta cliente, dit Quinn en se tournant vers Matt.

— Oui. Mais elle est terrorisée par cette histoire. Et pourtant, elle n'est pas du genre craintif en temps normal.

— Je veux bien le croire.

Quinn s'empara d'une cigarette qu'il tapota négligemment sur le paquet afin d'en tasser le tabac. Il était forcé de reconnaître qu'il avait pensé que Chantel avait exagéré la gravité de la situation. Les quelques phrases écrites sur la carte l'avaient fait changer d'avis. Elles étaient tout bonnement odieuses. Pour Quinn, la limite entre le bien et le mal avait beau être perméable, cette carte tombait indubitablement dans la seconde catégorie. Néanmoins, il avait envie de clarifier deux ou trois choses avant d'accepter cette affaire.

— Quelle genre de relation avez-vous, tous les deux ? demanda-t-il à Matt qui arpentait nerveusement la pièce.

— Nous avons un arrangement mutuel solide, dont nous tirons tous deux profit. Et nous ne sommes pas amants, ajouta-t-il en souriant faiblement.

— Tu t'égares.

Il secoua la tête.

— Elle sait ce qu'elle veut et ce qu'elle ne veut pas. Elle avait besoin d'un agent. Mais elle compte pour moi.

Il jeta un coup d'œil inquiet vers la porte du salon et ajouta à mi-voix :

— Elle a déjà bien assez souffert comme ça.

— Que veux-tu dire ?

Matt fit un geste de la main et s'assit sur le sofa.

— C'est une autre histoire, qui n'a rien à voir avec celle-ci. Tu vas pouvoir l'aider ?

Quinn tira pensivement une bouffée de sa cigarette.

— Je ne peux pas encore le dire.

Marsh fit son apparition sur le seuil.

— Pardon, messieurs. Miss O'Hurley dit que vous souhaitez me parler ?

— Oui. Je me demandais si vous pourriez me décrire la personne qui a apporté ces fleurs, dit Quinn en désignant le bouquet de lis blancs.

— Certainement. C'était un jeune homme âgé d'environ dix-huit ans. Il a sonné à l'Interphone et m'a dit qu'il avait une livraison pour miss O'Hurley.

— Portait-il un uniforme ?

Marsh réfléchit un instant.

— Je ne crois pas, monsieur. Je n'en suis pas certain, cependant.

— Avez-vous pu apercevoir sa voiture ?

— Non, monsieur. J'ai pris le bouquet de fleurs et je suis rentré aussitôt.

— Pensez-vous pouvoir le reconnaître si vous le revoyez ?

— Peut-être. Je pense que oui.

— Je vous remercie, Marsh.

Marsh hésita un instant, comme s'il avait voulu poser une question à Quinn. Puis il s'inclina légèrement et se retira.

Depuis le salon, Matt entendit Chantel arrêter Marsh dans le couloir et lui parler brièvement à voix basse. Il remarqua que sa voix semblait apaisante et calme. Matt pensa à ce timbre un peu rauque que la presse évoquait si souvent, et qui avait le don d'éveiller le désir des hommes.

Un instant plus tard, Chantel revenait dans la pièce, un petit paquet de lettres à la main.

— De la grande littérature, vous verrez, dit-elle en jetant le paquet sur les genoux de Quinn. Quelque chose me dit que la technique qu'il emploie ressemble à celle que vous utilisez pour séduire les femmes.

« Elle a retrouvé son aplomb », dirait-on, pensa Quinn en ouvrant la première enveloppe. L'adresse, comme les quelques lignes de la missive, était écrite en petites capitales. Le papier à lettres était ordinaire, d'un modèle qu'on trouvait dans tous les supermarchés. Il pourrait travailler des semaines sans réussir à savoir où il avait été acheté.

Les premiers messages exprimaient une admiration respectueuse, subtilement suggestive. Ils étaient d'ailleurs plutôt bien écrits, se dit Quinn. C'était l'œuvre d'une personne éduquée. Dans les suivants, l'écriture et la syntaxe demeuraient correctes, mais le contenu se dégradait. Même Quinn, qui avait pourtant vu pas mal de choses, eut un choc en les lisant. L'auteur décrivait dans les moindres détails ses fantasmes les plus grossiers, ses désirs et ses intentions. Dans les dernières lettres, il suggérait à demi-mot qu'il n'était jamais très loin de Chantel. Qu'il l'observait, attendant son heure.

Lorsqu'il eut fini, Quinn empila soigneusement toutes les lettres.

— Vous êtes certaine que vous ne voulez pas avertir la police ?

Chantel s'était assise en face de lui. Elle croisa ses mains sur ses genoux. Décidément, elle n'aimait pas cet homme, se dit-elle. Elle n'aimait ni son apparence, ni sa façon de bouger, ni sa voix mélodieuse qui formaient un contraste déroutant avec son visage de baroudeur. Dans ce cas, se demanda-t-elle, pourquoi avait-elle le sentiment qu'elle voulait son aide, qu'elle en avait besoin ? Elle le contempla un instant. Sans doute fallait-il parfois se résoudre à passer un marché avec le diable.

— Non, finit-elle par répondre. Je ne veux aucune publicité autour de cette affaire. Ce que je veux, c'est que l'on retrouve cet homme et qu'on l'empêche de nuire.

Quinn se leva et se servit un autre verre. Les verres et le récipient à glaçons étaient en cristal. Quinn appréciait les objets élégants, tout comme il appréciait les choses un peu plus rudes qui peuplaient sa vie. Boire une bière à même la canette ou un grand vin dans un verre en cristal, quelle importance tant que la soif était étanchée ? Il appréciait la beauté, mais il n'en était pas dupe. L'apparence ne signifiait rien.

Chantel O'Hurley possédait la beauté et l'élégance. S'il acceptait cette mission, il serait fatalement amené à découvrir quelle était la part de l'apparence et celle de la réalité chez elle. C'était cela qui le faisait hésiter. Il savait combien le fait de percer quelqu'un à jour, de le connaître intimement pouvait être dangereux.

Il se sentait capable de contrôler l'attirance qu'il éprouvait pour elle, tant qu'il le décidait. Sa disposition d'esprit sur ce point pouvait changer d'un jour à l'autre. Mais ce qu'il ne pouvait maîtriser, ce qu'il n'avait jamais réussi à maîtriser, c'était sa curiosité.

Prenant une gorgée de vodka, il se tourna vers elle. A la voir ainsi assise calmement sur une chaise, on aurait pu croire qu'elle était parfaitement détendue, voire détachée. Seuls les doigts de sa main gauche, qu'elle repliait et détendait régulièrement, trahissaient sa nervosité. Il haussa les épaules et aligna son attitude sur la sienne.

— Cinq cents dollars par jour, plus les frais.

Elle haussa les sourcils. Ce fut son seul mouvement. Mais il exprimait toute une gamme de sentiments : l'amusement, la réflexion, et le déplaisir. Ce que ce geste ne montra pas, ce fut à quel point elle était soulagée.

— Voilà des honoraires princiers, monsieur Doran.

— La qualité des services sera à la hauteur de vos dépenses.

— J'y compte bien.

Elle s'appuya contre le dossier de sa chaise et cala son menton sur sa main droite. Ses poignets étaient fins, et ses doigts aussi délicats que son visage. Un diamant étincela fugitivement sur sa main droite, puis devint aussi blanc et froid que le reste de sa personne.

— Et qu'est-ce que j'aurai exactement en échange de ces cinq cents dollars ?

Il sourit et prit une gorgée de vodka.

— Vous m'aurez moi, miss O'Hurley.

Elle sourit faiblement.

— Intéressant.

Le regard qu'elle lui décocha était destiné à foudroyer l'adversaire et à le jeter à genoux, suppliant. Quinn encaissa le coup et fut forcé de reconnaître qu'elle avait du pouvoir.

— Et que dois-je faire de vous ? poursuivit Chantel.

— Vous prenez le problème à l'envers, miss O'Hurley, dit Quinn en s'approchant d'elle.

Chantel huma un effluve léger. L'odeur qui se dégageait du

corps de Quinn n'était pas celle de l'eau de toilette, ni du savon, ni aucune de ces odeurs masculines traditionnelles. C'était autre chose, quelque chose de plus subtil et de plus brut à la fois, quelque chose de totalement masculin.

— Que voulez-vous dire ?

— La question est ce que *je* vais faire de vous. Cinq cents dollars et votre confiance, voilà ce que je demande. En échange, vous serez protégée vingt-quatre heures sur vingt-quatre. Pour commencer, l'un de mes hommes surveillera votre porte en permanence.

— J'ai déjà une grille, je n'ai pas besoin de quelqu'un pour la garder.

— Avez-vous jamais songé qu'une grille ne sert à rien si on laisse entrer n'importe qui ?

— Ce à quoi je n'avais jamais songé, c'est à transformer ma maison en camp retranché.

— Vous feriez mieux de vous habituer à cette idée. Compte tenu des circonstances, quiconque vous envoie des fleurs est suspect.

Une lueur de panique scintilla brièvement dans ses yeux. Quinn fut impressionné par la rapidité avec laquelle elle la maîtrisa.

— Je sais.

— J'ai besoin que vous me communiquiez le détail de votre emploi du temps. A partir de demain, l'un de mes hommes sera sur vos talons chaque fois que vous mettrez le nez dehors.

— Il n'en est pas question, répliqua Chantel en se dressant face à lui. Pour cinq cents dollars par jour, c'est vous que je veux, Doran, pas l'un de vos collaborateurs. C'est à vous que Matt fait confiance et c'est vous que je paye.

Ils étaient à peine à quelques centimètres l'un de l'autre. Quinn pouvait percevoir le parfum qui semblait émaner non pas de ses vêtements, mais directement de sa peau. Ce parfum n'était ni sucré ni précieux, comme la plupart des parfums féminins. Il avait quelque chose d'étrangement indomptable, de presque sauvage. La perfection de son visage était à couper le souffle. Sa chevelure était pareille à une cascade dorée. Si un homme y posait la main, qu'y trouverait-il ? se demanda Quinn. L'enfer ou le paradis ?

— Vous pourriez le regretter, murmura-t-il en souriant.

Il avait raison, se dit Chantel. Il était possible qu'elle s'en morde les doigts, mais l'orgueil l'empêchait de revenir sur ce qu'elle avait dit.

— C'est vous que je veux, monsieur Doran. C'est à prendre ou à laisser.

— C'est vous le patron, dit-il en levant son verre à son intention. Je devrais néanmoins envoyer deux de mes hommes demain dans la matinée. Pour mettre votre téléphone sur écoute.

— Je ne veux pas…

Il la coupa.

— Je ne peux pas travailler pour vous si vous ne me laissez pas prendre les choses en main. Votre téléphone sera mis sur écoute. Il est possible que votre persécuteur laisse échapper involontairement un indice qui nous mette sur sa piste.

Chantel ne protesta pas.

— Si c'est la crainte de ne plus pouvoir faire de confidences à vos proches qui vous retient, poursuivit-il en souriant, vous avez tort. Nous avons écouté des milliers de conversations et nous avons entendu tout ce qu'il est possible d'entendre, croyez-moi.

La colère avait toujours été l'émotion que Chantel avait le plus de mal à maîtriser. Une vague de rage monta en elle mais elle parvint à la dompter avant de reprendre la parole.

— Je n'en doute pas. Quoi d'autre ?

— Je vais emporter ces lettres. Il y a peu de chances que nous réussissions à déterminer d'où provient ce papier, mais nous allons essayer.

Chantel hocha la tête.

— Voyez-vous qui que ce soit dans votre entourage qui pourrait être à l'origine de ces harcèlements ? demanda Quinn.

— Non, répondit Chantel.

Elle avait répondu fermement et sans la moindre hésitation.

Elle semblait avoir une confiance aveugle dans les gens qui lui étaient proches. Quinn décida néanmoins de mener une enquête sur tous ceux qui étaient amenés à la côtoyer quotidiennement.

— Un amoureux transi ? Quelqu'un qui vous aurait fait des avances au cours des derniers mois ?

Chantel sourit.

— On m'a fait des centaines d'avances au cours des derniers mois.

Quinn haussa les sourcils.

— Je vois. Charmant !

Il prit un bloc-notes et un crayon dans la poche arrière de son pantalon.

— Il me faut les noms de tous vos amants au cours des trois derniers mois.

— Allez au diable ! lui dit Chantel avec le plus charmant des sourires.

Elle s'apprêta à se rasseoir sur le sofa, mais Quinn l'attrapa fermement par le poignet.

— Ecoutez, je n'ai pas le temps de jouer au chat et à la souris. Personnellement, je me fiche complètement de savoir avec qui vous avez batifolé, quand et combien de fois. J'ai besoin de ces informations pour faire mon travail.

— Je ne crois pas. Cela ne vous regarde pas.

— L'une de ces personnes a peut-être été blessée ou humiliée et a perdu la tête. Quelqu'un avec qui vous auriez passé une ou deux nuits et qui se serait fait des illusions sur la nature de vos relations. Réfléchissez. Tout cela a commencé il y a six semaines. Avec qui étiez-vous à ce moment-là ?

— Avec personne.

De l'agacement se peignit sur son visage et il serra son poignet plus fort.

— Ne me racontez pas d'histoires ! Je n'ai pas l'intention de vous cuisiner toute la soirée.

Chantel se dégagea brusquement.

— Je vous ai dit que je n'étais avec personne ! répéta-t-elle.

Pendant un instant, elle aurait aimé pouvoir lui citer une douzaine de noms juste pour le faire enrager.

— Croyez ce que vous voulez ! ajouta-t-elle, au comble de l'exaspération.

— Vous n'espérez tout de même pas me faire croire que vous passez vos soirées, seule à faire de la tapisserie !

— Je ne me précipite pas dans le lit du premier homme qui croise mon chemin, figurez-vous. Je suis désolée de vous décevoir, mais j'ai besoin d'être un minimum intéressée par quelqu'un pour qu'il se passe quelque chose. Au cours des derniers mois, je ne l'ai pas été. D'ailleurs, j'ai eu énormément de travail et peu de temps libre. Cela vous satisfait ?

— Quinn, je t'en prie, laisse-la respirer un peu, dit Matt en s'avançant entre Quinn et Chantel.

Il se posta derrière Chantel et posa une main sur son épaule.

— Tu ne crois pas qu'elle a été suffisamment harcelée comme ça ces derniers temps ?

— Je ne suis pas payé pour la ménager.

Quinn empocha le paquet de lettres, irrité par le léger sentiment de honte qu'il éprouvait.

— Je serai de retour demain. A quelle heure vous levez-vous ?

— 5 h 15.

Chantel ne put s'empêcher de sourire ironiquement à la vue de l'étonnement qui se peignait sur le visage de Quinn.

— … du matin, bien sûr, précisa Chantel. Je pars au studio à 5 h 45. Ce n'est pas trop tôt pour vous, monsieur Doran ?

— Ne vous en faites pas pour moi. Contentez-vous de me préparer un chèque de mille cinq cents dollars en guise d'avance.

— Très bien. Bonne nuit, monsieur Doran.

— Ne répondez plus au téléphone ce soir, cela vous fera du bien, dit Quinn.

Il salua Matt d'un hochement de tête et quitta la pièce. Chantel attendit que la porte d'entrée se soit refermée sur lui pour se tourner vers Matt.

— Ton ami est une brute, dit-elle.

— Il l'a toujours été, concéda Matt. Mais c'est le meilleur.

3

Chantel pensait qu'elle ne trouverait pas le sommeil. La maison, brusquement, lui semblait si immense, et le silence autour d'elle si impressionnant. De plus, l'image de Quinn Doran planait encore dans son esprit lorsqu'elle se coucha. Le seul fait de penser à lui la rendait furieuse, insultait son intelligence et la vexait. Mais cela la rassurait aussi.

Elle ne dormit que six heures, mais d'un sommeil profond.

Elle fut réveillée par la musique du poste de radio. Elle s'étira, sentant la caresse des draps sur sa peau. Elle dormait toujours nue.

Le lit avait été le premier luxe qu'elle s'était offert. Cet achat avait été une folie. A l'époque, elle ne pouvait même pas encore vraiment se le permettre. C'était un grand meuble ancien, de bois sculpté, qui l'avait fait penser aux lits des princesses des contes de son enfance. Adulte, elle avait passé beaucoup de nuits dans des hôtels, et lorsqu'elle avait signé son premier contrat pour le cinéma, elle avait décidé qu'un lit déraisonnablement luxueux était un cadeau qu'elle méritait. Des années plus tard, se réveiller dans cet énorme lit à colonnes lui procurait toujours le même plaisir.

Elle repensa à l'époque où elle l'avait acheté. Elle vivait encore dans un petit appartement à Los Angeles. Il occupait presque toute la pièce, et elle devait l'escalader pour atteindre la porte. Lorsque ses deux sœurs lui avaient rendu visite un jour, elles s'étaient toutes les trois étendues sur le lit et avaient parlé et ri pendant des heures.

Elle aurait tant voulu que ses sœurs soient près d'elle en ce moment.

Elle avait failli se confier à Maddy à propos des lettres et des coups de fil lorsqu'elle était allée à New York quelques semaines auparavant. Mais Maddy était tellement absorbée par sa propre vie qu'elle s'était retenue. A juste titre, d'ailleurs, pensa Chantel en se redressant. Elle était à la veille de la première de sa pièce, et éperdument amoureuse de l'homme qui l'avait produite. Elle avait raison, se dit Chantel en souriant : la pièce était un succès et à l'heure qu'il était, Maddy cherchait une date pour son mariage.

Son futur mari avait intérêt à bien la traiter, songea-t-elle sentant se réveiller chez elle un vieil instinct protecteur. L'une de ses sœurs avait déjà traversé un mariage malheureux. Si Maddy devait être blessée elle aussi, Chantel ne pourrait pas le supporter.

« Tout ira bien », songea-t-elle pour se rassurer. D'ailleurs, Abby était heureuse, elle aussi. Elles avaient toutes deux trouvé l'homme qui leur convenait. L'une de ses sœurs préparait son mariage et l'autre attendait son troisième enfant. Elle ne pouvait se permettre de gâcher tout cela en les accablant avec ses problèmes. De plus, c'était elle l'aînée, même si ce n'était que de quelques minutes. Aux yeux de Chantel, cela signifiait qu'elle avait le devoir d'être la plus forte.

Ses sœurs avaient fait tellement de chemin, se dit-elle, tout en balayant du regard la chambre à coucher qui était deux fois plus grande que son premier appartement californien. Pourquoi était-elle toujours insatisfaite, pourquoi avait-elle toujours l'impression qu'elle pouvait aller encore plus loin ?

Mais l'heure n'était pas aux grandes questions existentielles, se dit Chantel : l'équipe du tournage l'attendait. Elle s'ébroua, sauta hors du lit, et après avoir augmenté le volume du poste de radio, se dirigea d'un pas vif vers la salle de bains.

*
* *

Quinn n'avait pas l'habitude de se lever aux aurores. Il était plutôt du genre à passer des nuits blanches et à ne retrouver son lit qu'à l'aube. Non qu'il n'appréciât pas le lever du soleil sur Los Angeles. Il préférait simplement le contempler après une nuit passée à festoyer — au lit ou dehors.

Au volant de sa voiture, il traversa la ville dont les rues étaient encore désertes, sous un ciel éclairé de teintes roses et mauves, jetant de temps à autre un regard légèrement méprisant à un jogger isolé. Les survêtements, même de grande marque, n'étaient pas son style. S'il avait besoin d'un coup de fouet, il préférait aller soulever quelques haltères à la salle de sport. Pas dans ces clubs de fitness aux murs pastel où on passait de la musique sirupeuse et où l'on buvait du jus de carottes biologique, non, une vraie salle de sport. Un monde d'hommes où on ne voyait aucune tenue à la mode, mais de bons vieux shorts trempés de sueur. Un monde dans lequel une femme comme Chantel O'Hurley n'oserait jamais poser son petit pied délicat.

Quinn fronça les sourcils et laissa échapper un grognement mécontent. Cela faisait bien longtemps qu'une femme ne l'avait pas autant troublé que cette miss O'Hurley. Mais tout en elle était conçu pour troubler un homme, pour éveiller son désir. Le pire, c'est qu'elle le savait et, Quinn en était certain, qu'elle y prenait plaisir.

Mais il ne pouvait pas se permettre de se laisser perturber ainsi. Il était payé pour accomplir une mission. La seule chose dont il devait se soucier était sa sécurité. Les honoraires qu'elle lui payait lui donnaient droit au meilleur. Et il *était* le meilleur. D'ailleurs, le contenu des lettres qu'elle lui avait montrées ne le troublait pas plus que ça, du moins tentait-il de s'en persuader.

Le moins qu'on puisse dire, c'est que Quinn n'était pas un fanatique de l'émancipation féminine. A ses yeux, les hommes et les femmes étaient différents, un point c'est tout. Si une femme passant devant un chantier se sentait offensée à cause de quelques sifflements ou de commentaires inoffensifs, elle n'avait qu'à aller se promener ailleurs. Après tout, il ne s'agissait que de plaisanteries bon enfant.

Il n'y avait rien de bon enfant dans ces lettres toutefois, ni rien de drôle non plus, il fallait bien le reconnaître. Elles étaient plutôt inquiétantes, et s'il y avait bien une chose que Quinn pouvait comprendre, c'était ce que signifiait le fait d'avoir vraiment peur.

Tôt ou tard, il découvrirait l'identité de leur auteur. Il lui faudrait de la patience, mais en attendant, il donnerait à Chantel la protection pour laquelle elle l'avait payé. Se remémorant son visage, Quinn se dit qu'il lui faudrait de la volonté pour résister à sa force d'attraction. Mais il l'avait, cette volonté, se dit-il en s'approchant de la grille de la propriété de Chantel. D'ailleurs, il était fort probable qu'au saut du lit, elle ne soit rien de plus qu'une femme comme une autre.

Il passa le bras par la fenêtre de la voiture et appuya sur le bouton de l'Interphone.

— Oui, qui est-ce ?

Il fronça les sourcils. Le timbre de voix de Chantel était reconnaissable entre mille. Il ne s'attendait pas à ce qu'elle réponde elle-même.

— Doran, dit-il.

— Vous êtes ponctuel.

— Cela fait partie de mon travail.

Chantel ne répondit pas, mais la grille s'ouvrit lentement. Quinn la franchit, puis s'arrêta un instant pour s'assurer qu'elle se refermait derrière lui.

Il examina les abords de la maison attentivement. Quiconque le voulait vraiment n'aurait aucune difficulté à escalader la muraille et à s'introduire dans la propriété.

Les arbres en fleurs sur la pelouse dégageaient un parfum sucré. Et offraient une cachette parfaite pour un intrus. Il faudrait qu'il examine l'alarme une fois dans la maison, même s'il savait bien qu'avec le matériel approprié, n'importe quel système pouvait être désactivé.

Quinn s'arrêta près du perron, descendit de la voiture et tendit l'oreille. Le bruit de la circulation ne parvenait pas jusque-là. On n'entendait que le gazouillis des oiseaux. Il repéra quelques lampes aux abords de la maison, ainsi qu'une douzaine de spots placés dans le sol, dont la fonction semblait plus esthétique que sécuritaire. Après avoir jeté un coup d'œil à sa montre, Quinn décida de faire le tour de la maison afin de repérer les lieux.

Peut-être par provocation, Chantel décida de laisser Quinn attendre dehors pendant qu'elle se préparait. Dans d'autres circonstances, elle l'aurait fait entrer et invité à prendre un café avant l'arrivée de la limousine. Ce manque de courtoisie ne lui ressemblait pas. Mais elle n'était pas d'humeur à se montrer avenante. Elle prit donc tout son temps pour caler ses cheveux sous son grand chapeau, passer en revue le contenu de son fourre-tout et noter quelques instructions sur un bloc à l'attention de sa femme de chambre. Lorsque la sonnette de l'Interphone retentit, elle parla au chauffeur, prit son scénario et se dirigea vers la chambre… où elle se trouva nez à nez avec Quinn. De perplexe son expression devint franchement furieuse.

— Qu'est-ce que vous faites ici ?

— Je viens d'examiner votre système d'alarme.

Il s'obligea à lui parler d'un ton impersonnel. Même à cette heure matinale, elle était magnifique.

— Il est lamentable, reprit-il. Un enfant de dix ans saurait le désactiver.

— Lorsque je l'ai fait installer, on m'a assuré que c'était ce qu'il y avait de mieux sur le marché.

Quinn haussa les épaules.

— Je vais le faire renforcer par l'un de mes hommes.

Chantel était née avec un esprit pratique, et rien n'avait jamais pu changer cela.

— Combien cela va-t-il me coûter ? demanda-t-elle.

— Je ne peux pas vous le dire avant qu'il l'ait examiné précisément. Entre trois et cinq mille à vue de nez.

— Très bien, monsieur Doran, faites ce que vous jugez

nécessaire, dit-elle en se dirigeant vers sa table de nuit. Mais la prochaine fois que vous décidez d'examiner mon système d'alarme, je vous prierai de ne pas vous introduire dans ma chambre sans y avoir été autorisé.

Lorsqu'elle se retourna, elle tenait un petit revolver à crosse de nacre dans la main.

— J'ai tendance à être un peu nerveuse ces derniers temps, poursuivit-elle en le brandissant devant lui.

Quinn contempla le revolver et haussa les sourcils, incrédule.

— Vous savez vous servir de ce genre de joujou ?

Chantel sourit.

— Il n'y a qu'à appuyer sur cette petite détente ici, vous voyez ? Evidemment, je ne suis pas une tireuse chevronnée. Si je vise votre jambe, je vous enverrai sans doute une balle dans le cerveau !

— Il n'y a qu'une chose dont il faut se souvenir avec les revolvers…, dit Quinn en se dirigeant vers elle d'un pas nonchalant.

Avant qu'elle ait pu faire le moindre geste pour se défendre, il l'avait désarmée et plaquée sur le lit.

— … Ne mettez pas quelqu'un en joue à moins d'être absolument certaine de vouloir tirer, murmura-t-il tout près de son visage.

Elle ne bougea pas, tentant de maîtriser sa colère. D'un geste négligent, il ouvrit le barillet.

— Il n'est pas chargé.

— Bien sûr que non. Je ne garderais pas une arme chargée dans la maison.

— Un revolver n'est pas un bibelot.

Il remit le barillet en place et la regarda. Son visage n'était pas maquillé, et il était aussi beau qu'il était furieux. Son corps était petit et nerveux sous le sien, pas aussi charnu et féminin qu'il l'avait cru en la voyant pour la première fois. Mais son parfum était présent, toujours aussi féminin et légèrement sauvage que la veille.

— Pas mal, votre lit, dit-il en posant malgré lui son regard sur sa bouche.

Il crut sentir que les battements du cœur de Chantel s'accéléraient.

— Ravie qu'il vous plaise, monsieur Doran. Maintenant, si vous voulez bien me lâcher, je dois aller travailler.

Combien d'hommes l'avaient couchée entre leur corps et ce matelas vaste et ferme ? Combien d'hommes avaient éprouvé le désir effréné qu'il ressentait en cet instant ? Ces deux questions incitèrent Quinn à s'écarter vivement et à bondir sur ses pieds. Mais Chantel était toujours près de lui.

— Peut-être que nous en resterons à un cadre strictement professionnel… Mais peut-être pas, lui dit-il calmement.

Le cœur de Chantel battait à toute vitesse, et elle n'était pas assez malhonnête avec elle-même pour attribuer son émotion à la colère. Elle comprenait le désir, même si c'était un sentiment qu'elle avait rarement éprouvé pour un homme. Elle savait aussi le contrôler. Et c'était exactement ce qu'il fallait faire en ce moment.

— Vous voulez vraiment que je mette des balles dans ce revolver, monsieur Doran ?

— Ce serait une décision judicieuse, dit Quinn en rangeant l'arme dans le tiroir de la table de nuit. Et appelez-moi Quinn, voulez-vous ? Après tout, nous venons de nous allonger sur le même lit.

La prenant par le bras, il l'escorta à l'extérieur.

— Bonjour, Robert, dit Chantel en souriant au chauffeur tandis que ce dernier lui ouvrait la porte arrière de la limousine. Voici M. Doran, qui m'accompagnera au studio pendant quelques jours.

— Très bien, miss O'Hurley.

Le regard méfiant que lui décocha le chauffeur avant de remonter la vitre fumée qui séparait l'habitacle de l'arrière de la voiture n'avait pas échappé à Quinn.

— Vos talents de séductrice ont encore frappé, à ce que je vois.

Chantel se cala contre le dossier de la banquette.

— Robert n'est encore qu'un gamin.

— Cela fait-il une différence pour vous ?

Derrière ses lunettes noires, Chantel ferma les yeux.

— Ah oui, j'avais oublié. Je suis l'une de ces femmes sans cœur qui provoquent et torturent, puis jettent les hommes au rebut après les avoir dévorés.

Amusé, Quinn étendit ses jambes.

— Voilà une définition à peu près correcte de votre personne.

— C'est incroyable à quel point vous méprisez les femmes, monsieur Doran.

— Non, vous vous trompez. Il se trouve que les femmes sont un de mes passe-temps favoris.

— Un de vos…

Chantel s'interrompit juste à temps pour ne pas exploser.

Elle retira ses lunettes et l'examina, tentant de déterminer s'il la provoquait ou s'il pensait réellement ce qu'il disait. Comme elle préférait se convaincre qu'il était absolument détestable, elle opta pour la deuxième solution.

— Vous êtes donc un macho du genre le plus classique, monsieur Doran. Et moi qui pensais que votre espèce avait totalement disparu de la surface de la planète…

— Nous avons la vie dure, mon ange.

Il appuya sur un bouton et contempla la porte du minibar qui s'ouvrait silencieusement. Quinn songea un instant à se concocter un Bloody Mary, mais il se rabattit sur un jus d'orange.

Chaussant de nouveau ses lunettes, Chantel jugea qu'il était inutile d'entrer dans de grands débats avec quelqu'un d'aussi obtus.

— Je préfère ne pas vous présenter comme mon garde du corps. Les ragots risqueraient d'aller bon train si je le faisais.

— Qui serai-je alors ?

— Je suppose qu'ils penseront que vous êtes mon amant. Ce genre de potin-là ne me fait pas peur. J'y suis habituée.

— J'en suis convaincu. C'est vous qui décidez. Faites comme vous voulez.

— C'est bien mon intention. Et vous, qu'allez-vous faire ?

— Mon travail. Contentez-vous de sourire aux caméras, mon ange, et laissez-moi me charger du reste.

C'en était trop. La mâchoire de Chantel était tellement tendue qu'elle se sentait quasiment prête à mordre. Elle se tourna vers lui et serra convulsivement son bras.

— Oh, Quinn, c'est juste que... j'ai si peur. Ce sentiment de ne jamais être en sécurité nulle part me rend folle.

Sa voix se brisa et elle se rapprocha de lui.

— Je ne peux pas vous dire à quel point je suis heureuse que vous soyez là, près de moi. Pour me protéger. Vous allez me protéger, n'est-ce pas ? dit-elle en levant des yeux de biche traquée vers lui. Je suis si vulnérable, si fragile. Et vous êtes si... fort.

Elle était si près de lui qu'il pouvait distinguer ses yeux qui se fermaient derrière les verres fumés de ses lunettes. Le désir monta en lui, en même temps que le besoin de la protéger et de la réconforter. Elle était douce, abandonnée et sans défense. Tandis qu'il se rapprochait d'elle, son parfum devint plus fort au point de l'étourdir.

— Ne vous inquiétez pas, murmura-t-il. Je veillerai sur vous.

— Quinn, dit-elle dans un souffle.

Son visage se leva vers lui jusqu'à ce que ses lèvres ne soient qu'à quelques millimètres des siennes. Lorsqu'elle sentit qu'il était sur le point de craquer, elle s'écarta brusquement et glissa un bout de papier dans sa main.

— Votre chèque, dit-elle d'une voix glaciale avant de descendre de la limousine.

Il fallut dix bonnes secondes à Quinn pour se remettre. Il constata que c'était la première fois de sa vie qu'il éprouvait le désir d'étrangler quelqu'un. Lorsqu'il descendit de la voiture et se trouva à côté d'elle, il lui empoigna le bras.

— Voilà un numéro que vous maîtrisez à la perfection.

— N'est-ce pas ? dit-elle en lui souriant d'un air détaché.

Quinn se contenta d'observer Chantel tandis que celle-ci passait, comme tous les matins, au maquillage et à l'habillage. Il y avait bien une douzaine de gens qui la côtoyaient ne serait-ce que durant ces premières heures de la journée. Il y avait d'autres acteurs, des techniciens et toute une batterie d'assistants. Quinn se dit qu'il aurait besoin d'une liste, qui promettait d'être assez longue.

— Miss… Chantel ? dit une voix timide.

Larry s'arrêta près d'elle, une tasse de café à la main.

— Oh, merci, Larry. Vous lisez dans mes pensées.

Larry sourit, flatté.

— Je savais que votre coiffure prendrait plus de temps ce matin, poursuivit Larry.

En effet, Margot, concentrée, était occupée à enfiler des perles sur les boucles du chignon déjà très élaboré de Chantel.

— Vous serez magnifique dans la scène du bal.

— Ça sera toujours mieux qu'hier, dit Chantel en sirotant son café. Un déluge de plus, et j'étais bonne pour la pneumonie.

— Miss Rotschild dit que les rushes sont fantastiques. J'ai vérifié.

— Merci, Larry.

Apercevant le reflet de Quinn dans le miroir, Chantel décida que c'était le bon moment pour le présenter.

— Larry, voici Quinn Doran, un ami.

Seules des années d'entraînement l'empêchèrent de s'étouffer lorsqu'elle prononça le mot « ami ». Elle tendit la main par-dessus son épaule en direction de Quinn.

— Quinn, Larry est mon bras droit… et bien souvent mon bras gauche aussi ! Quinn va venir voir le tournage pendant quelques jours.

— Ah, oui ? dit Larry en s'éclaircissant la gorge. C'est une bonne idée.

Quinn voyait bien que le jeune homme pensait tout le

contraire. Une autre conquête, se dit-il, compatissant. Mais il ne pouvait se permettre de ressentir de la sympathie, seulement de la méfiance.

— Ne vous inquiétez pas, je ne serai pas dans vos jambes. Je voulais voir Chantel au travail, dit-il en pressant les doigts que Chantel lui tendait.

— N'est-ce pas adorable ? dit Chantel avec un large sourire. Quinn est au chômage en ce moment et a beaucoup de temps. Allons, chéri, il n'y a pas à avoir honte, dit-elle en tapotant la main de Quinn avant qu'il ne la retire. Nous savons tous combien il est difficile de trouver un travail stable par les temps qui courent, surtout lorsqu'on est botaniste.

Satisfaite, Chantel se leva.

— Je dois aller passer mon costume, maintenant.

— Une séance de photos est prévue ce matin, dit Larry après avoir jeté un regard incertain à Quinn. On vous attend sur le plateau de la salle de bal dès que vous serez prête.

— Très bien.

— Je t'accompagne, chérie, dit Quinn en passant un bras autour des épaules de Chantel.

Il la serra juste un peu trop fort, en guise de vengeance et susurra à son oreille :

— Tu auras peut-être besoin de moi pour remonter des fermetures Eclair inaccessibles.

— Du calme, Doran, murmura Chantel tandis qu'ils s'éloignaient. Je porte une robe bustier dans cette scène et je ne tiens pas à avoir les bras couverts de bleus.

Il lui jeta un regard furieux.

— Alors comme ça, vous m'avez transformé en botaniste ?

— J'ai toujours été attirée par les garçons qui aimaient la nature. Le genre romantique et sensible.

— Comme Larry ?

— Larry est mon assistant. Fichez-lui la paix.

— Ne me dites pas comment faire mon travail.

— Larry est un gentil garçon, il a d'excellentes références et…

— Depuis combien de temps travaille-t-il pour vous ?

Agacée, Chantel ouvrit la porte de sa loge d'un geste brusque.

— Environ trois mois.

Quinn referma derrière lui et sortit un bloc-notes.

— Quel est son nom de famille ?

— Washington, Larry Washington. Mais je ne vois pas…

— Vous n'avez pas à voir quoi que ce soit. Qu'en est-il du maquilleur ?

— George ? Ne soyez pas idiot, il est assez vieux pour être mon grand-père.

Quinn soupira.

— Il n'y a pas d'âge pour être détraqué. Son nom, s'il vous plaît ?

Elle lui répondit en marmonnant, puis se glissa dans la pièce du fond pour s'habiller.

— Je n'aime pas votre façon de travailler, Doran.

— J'en aviserai le bureau des réclamations.

Quinn s'assit et examina rapidement la loge. Comme la maison de Chantel, elle était décorée tout en blanc.

— Tant que nous y sommes, poursuivit-il, donnez-moi donc le nom de tous les membres masculins de l'équipe.

Il y eut un lourd silence.

— Tous ?

— Oui.

— C'est impossible. Je ne connais la plupart d'entre eux que de vue, je connais leurs prénoms, mais c'est tout.

— Alors renseignez-vous.

— Ecoutez, je n'ai pas que ça à faire. J'ai un travail à accomplir.

— Moi aussi.

Chantel remonta une fermeture Eclair avec humeur.

— Bien. Je demanderai à Larry de me faire une liste.

— Sûrement pas. Ce serait le meilleur moyen d'éveiller les soupçons.

— D'accord, d'accord. Je me débrouillerai.

Pendant un instant, elle se demanda si le fait d'avoir eu recours à Doran n'allait pas lui créer un surplus de désagréments. Puis elle se souvint du contenu de la dernière lettre qu'elle avait reçue. Que cela lui plaise ou non, elle avait besoin de Quinn.

— L'assistant du réalisateur s'appelle Amos Leery. Le responsable de la photographie s'appelle Chuck Powers. Tous deux sont dans le métier depuis des années. Tous deux sont mariés avec des enfants.

— Cela ne fait aucune différence. Le fait d'être marié et d'avoir une famille n'a jamais été une garantie contre les fantasmes obsessionnels.

Lorsque Chantel revint dans la pièce, Quinn griffonnait les noms sur son bloc-notes.

— Et le réalisateur ?

— C'est une femme, dit Chantel en enlevant sa montre. Je pense que nous pouvons l'éliminer de la liste des suspects.

— Et le..., commença Quinn.

Il fit l'erreur de lever les yeux et ne put continuer sa phrase. Elle portait une robe rouge, d'un rouge vibrant et flamboyant qui semblait enflammer sa peau. La robe moulait les globes parfaits de ses seins, puis suivait les courbes de sa taille. Elle était fendue d'un côté, jusqu'à la naissance de la hanche. La bouche de Quinn devint soudain totalement sèche.

Chantel remarqua son regard et devina ses pensées. En temps normal, cela l'aurait fait sourire. Mais en cet instant, son cœur battait trop vite. Il se leva lentement, et elle fit un pas en arrière. Ce n'est que bien plus tard qu'elle réalisa que c'était la première fois qu'elle reculait devant un homme.

— Je vous donnerai les autres noms plus tard, dit-elle vivement. On m'attend sur le plateau.

Retenu par un instinct de conservation, Quinn se garda de faire un autre pas vers elle.

— Quel personnage êtes-vous censée jouer dans cette scène ?

Chantel sourit.

— Une femme qui cherche à se venger.

Il la regarda de nouveau, de la tête aux pieds, puis releva les yeux jusqu'à rencontrer son regard.

— A mon avis, vous êtes bien partie pour ça.

Chantel fit un effort pour se maîtriser. Elle prit une inspiration profonde et expira doucement. Le rôle, jouer le rôle, se dit-elle. Il n'y avait que cela qui pouvait la sauver.

— Ça vous plaît ? dit-elle en faisant un tour sur elle-même, révélant délibérément le décolleté profond qui dévoilait son dos.

— Je dirais que c'est un peu excessif pour 7 h 30 du matin.

— Vraiment ? dit-elle en souriant, reconnaissante que Quinn désamorce la tension en plaisantant. Vous n'avez pas encore vu l'artillerie lourde qui va avec. Cartier nous prête un collier et des boucles d'oreilles. Ensemble, ça vaut deux cent cinquante mille dollars. Nous aurons deux gardes armés et un bijoutier très nerveux sur le plateau dans quelques minutes.

— Pourquoi n'utilisez-vous pas des faux bijoux ?

— Parce que Cartier ne pourrait pas avoir le nom de la maison au générique. Vous venez ?

Quinn l'arrêta sur le seuil en posant juste son index sur son épaule. Ce contact infime se répercuta comme un éclair dans leurs deux corps.

— Une question. Vous portez quelque chose là-dessous ?

Chantel réussit à sourire.

— Nous sommes à Hollywood, monsieur Doran. Les petits détails de ce genre sont laissés à l'imagination du spectateur.

Elle sortit, espérant que l'émotion qui lui coupait le souffle se dissiperait avant la première prise.

A la fin de la matinée, Quinn avait été contraint de revoir son opinion à propos de Chantel au moins sur un point. Elle n'était pas la diva chouchoutée et capricieuse qu'il avait imaginée. C'était une bosseuse hors pair, capable de reprendre les scènes dix fois, vingt fois sans jamais se plaindre.

Elle s'était montrée très courtoise avec les photographes, même si ces derniers avaient à ses yeux été exigeants, tatillons et peu efficaces. Elle n'avait pas été désagréable avec le maquilleur, comme l'avait fait l'une de ses partenaires au moment de la énième retouche de la matinée. Il faisait une chaleur accablante sur le plateau, à cause des projecteurs. Mais pas une fois il ne l'avait entendue se plaindre. Entre deux prises, elle sirotait un verre d'eau minérale debout. Elle ne pouvait pas s'asseoir sous peine de défaire les plis savants que les habilleurs avaient apportés à son costume.

Deux vigiles armés gardaient les yeux rivés sur elle et le demi-million de dollars qu'elle portait autour du cou. Il était forcé de reconnaître que la parure lui allait à merveille : l'épais collier d'or incrusté de rubis et de diamants mettait en valeur la courbe gracieuse de son cou, et la pluie de rubis qui s'égrenait depuis ses lobes faisait ressortir la blancheur de sa peau. Elle les portait avec l'aisance d'une femme qui savait qu'elle les méritait.

Quinn se tenait à bonne distance du plateau pour ne pas gêner, et se demandait comment les acteurs pouvaient supporter la monotonie de rejouer cent fois la même scène.

— Instructif, n'est-ce pas ?

Quinn se retourna et vit un homme élancé aux cheveux grisonnants qui se tenait derrière lui.

— Que voulez-vous dire ?

L'homme prit un long cigarillo dans un étui à cigarettes.

— Je suis toujours étonné de voir qu'ils passent des heures à filmer une scène qui ne durera que deux minutes dans le film. Je ne sais pas pourquoi je viens, cela me rend nerveux. Mais je n'arrive pas à rester chez moi pendant qu'ils dissèquent mon œuvre.

Quinn haussa les sourcils.

— Votre œuvre ?

Il aspira une profonde bouffée de fumée et sourit.

— C'est moi qui ai écrit le scénario. Ou plutôt, devrais-je dire que j'ai écrit ce à quoi ce film va vaguement ressembler.

Il lui tendit une main étroite, soigneusement manucurée.

— James Brewster.

— Quinn Doran.

— Oui, je sais. Vous êtes l'ami de miss O'Hurley.

Devant l'air surpris de Quinn, il sourit et haussa les épaules.

— Les nouvelles vont vite dans ce petit univers, vous savez. C'est une actrice extrêmement talentueuse, n'est-ce pas ?

— Je ne saurais le dire. Je n'y connais pas grand-chose, vous savez.

— Je vous assure qu'elle est exceptionnelle. Personne d'autre n'aurait pu jouer Hailey comme elle le fait. Froide, vindicative, combative, et en même temps si vulnérable et assoiffée d'amour. S'il y a une chose pour laquelle je ne me fais aucun souci, c'est la qualité de l'interprétation de miss O'Hurley.

— Elle semble savoir ce qu'elle fait.

— Plus encore, elle ressent ce qu'elle fait.

Brewster tira une autre bouffée tandis que l'équipe préparait le plateau pour la prochaine prise.

— Je prends un plaisir immense à la regarder jouer, dit-il.

Quinn ajouta mentalement Brewster à la liste de personnes sur lesquelles il devrait faire une petite enquête.

— C'est une femme d'une beauté extraordinaire, dit Quinn.

— Cela va sans dire. Mais, pour utiliser un cliché, ce n'est qu'une enveloppe extérieure. C'est ce qu'il y a à l'intérieur de Chantel qui est fascinant.

Voilà qui était intéressant, se dit Quinn, décidé à en savoir davantage.

— Et comment le définiriez-vous ?

— Je dirais, monsieur Doran, que c'est là quelque chose que chaque homme doit découvrir lui-même.

La réalisatrice demanda le silence, et Brewster se tut. Pensif, Quinn l'observa un instant puis se tourna vers le plateau pour regarder jouer Chantel.

En effet, elle semblait ressentir profondément son personnage.

Dans la scène clé, elle était confrontée à son amant trois ans après que ce dernier l'eut quittée, la laissant seule et abandonnée. Même après une demi-douzaine de prises, ses yeux prenaient un éclat glacé, et il y avait dans sa voix juste la dose de venin qu'il fallait. Sur une piste de danse remplie de couples, elle s'employait à séduire et à humilier. Chantel s'acquittait de ces deux missions avec tant d'aisance que Quinn se dit qu'elle y trouvait probablement du plaisir.

Même Quinn, qui n'était pourtant pas homme à se laisser duper par les apparences, avait l'impression que lorsque Chantel dansait, il n'y avait plus rien d'autre autour d'elle que son cavalier. Les caméras, les techniciens, le décor en carton-pâte, tout l'attirail de l'usine à rêves n'existait plus. C'était comme si tout était réel.

Il y eut des dizaines de prises, et le processus dura plusieurs heures. Mais Quinn était patient. Il constata avec intérêt que chaque fois qu'une pause durait plus de cinq minutes, Larry apparaissait à côté de Chantel, lui tendant un nouveau verre d'eau minérale. A plusieurs reprises, l'assistant de la réalisatrice s'approcha d'elle, lui prit la main et lui glissa quelques mots à voix basse. Le maquilleur fit des retouches plusieurs fois, appliquant précautionneusement de petites touches de couleur ici et là, comme si le visage de Chantel était un tableau de maître.

Il était déjà plus de 19 heures lorsque la réalisatrice annonça que la journée était terminée. La pause déjeuner avait duré une heure. Hormis cette interruption, Quinn calcula que Chantel avait travaillé quatorze heures.

— Avez-vous jamais pensé à changer de métier ? demanda-t-il lorsqu'ils furent de nouveau seuls dans sa loge.

— Grands dieux, non ! dit Chantel en retirant ses chaussures et en massant ses pieds endoloris. J'adore le côté glamour de ce travail.

— Ah ? Et où était-il, ce côté glamour ?

Chantel sourit.

— Vous comprenez vite. Si la réalisatrice avait voulu une prise de plus, juste une de plus, je crois que je l'aurais assommée.

Vous voulez bien m'aider avec cette fermeture Eclair ? J'ai l'impression d'avoir les bras en compote.

— C'est parce que vous avez passé la journée à vous pendre au cou de Carter.

— C'est un des inconvénients du métier.

Quinn descendit la fermeture Eclair de sa robe.

— C'est un chic type, dit-elle. Si l'on apprécie le style jeune premier.

Elle jeta un œil par-dessus son épaule et sourit.

— Personnellement, j'adore.

— Avez-vous jamais envisagé que Carter puisse être l'auteur de ces lettres ?

Elle se raidit un peu, puis se dirigea vers la pièce du fond.

— Il est bien trop occupé à essayer de se débarrasser de sa troisième femme. Je le connais depuis des années.

— Les gens peuvent changer. Vous passez quand même des heures tous les jours dans les bras l'un de l'autre.

— Ce n'est que du travail.

— Un travail bien agréable. Quoi qu'il en soit, vous devriez vous méfier de tout le monde.

— Tout le monde à part vous, je suppose ?

— Exactement. Brewster avait l'air sacrément fasciné par vous aussi.

— Brewster ? Le scénariste ? dit Chantel, réellement amusée.

Elle revint dans l'espace de réception, fermant les derniers boutons de son chemisier.

— James est bien plus intéressé par ses personnages que par les acteurs qui les incarnent. De plus, il est marié depuis plus de vingt ans, et parfaitement heureux avec sa femme. Vous ne lisez jamais la chronique mondaine ?

— Tous les jours, dit Quinn.

Il s'apprêtait à prendre une cigarette dans son paquet lorsque Chantel s'assit et porta vivement la main à son pied.

— Un problème ?

— C'est toujours quelques minutes après avoir retiré ces

engins de torture qu'on souffre le plus, dit Chantel en faisant la grimace et en massant son pied. Je ne sais pas quel cerveau masculin tordu a inventé les talons hauts, mais je peux vous dire qu'il avait un compte à régler avec les femmes pour vouloir les faire souffrir ainsi. C'est sans doute le même qui a inventé les soutien-gorges.

— Ce sont les femmes qui aiment porter ces attirails, remarqua Quinn tout en s'agenouillant à côté d'elle.

Il prit son pied nu dans sa main et le palpa.

— C'est le tendon ? demanda-t-il.

— Oui, mais vous…

Elle s'interrompit dès qu'il commença à presser doucement l'endroit douloureux et poussa un soupir de soulagement.

— Vous êtes très doué ! Vous avez raté votre vocation, vous feriez fortune comme kinésithérapeute.

— Vous n'avez encore rien vu… Le massage des cuisses n'a pas de secret pour moi non plus.

— Restons-en aux pieds, merci. Si j'étais un peu plus grande ou Sean un peu plus petit, j'aurais pu porter des talons plats pour la plupart des scènes.

— Les scènes d'amour entre vous deux étaient frappantes de vérité.

— C'est le but recherché. Nous sommes des professionnels. Elles avaient l'air vraies parce que nous les avons travaillées en ce sens, et non parce que nous sommes attirés l'un par l'autre.

— Ce n'est pas ce qui m'a semblé. Surtout quand il a posé ses mains sur vos…

Elle l'interrompit, agacée.

— Vous faites fausse route, Doran.

— Vous allez encore m'apprendre comment faire mon métier ?

— Au contraire, répliqua-t-elle. J'aimerais justement que vous fassiez votre travail au lieu de vous acharner sur quelqu'un qui n'est rien d'autre qu'un excellent comédien. Je ne veux pas qu'on espionne mes collègues ou mes amis.

— Si vous vouliez quelqu'un qui vous dise que tout va pour

le mieux dans le meilleur des mondes et que tout le monde est beau et gentil, vous auriez dû engager une autre personne.

— C'est précisément la réflexion que je ne cesse de me faire.

Chantel ne savait pas bien à quoi attribuer cette colère qui montait en elle, mais les mains de Quinn qui montaient et descendaient lentement le long de sa cheville lui procuraient des sensations qu'elle s'en voulait de ressentir. Il était temps qu'il disparaisse de sa vie.

— Vous savez quoi, Doran ? Allez au diable ! dit-elle en lui retirant son pied avec humeur. J'ai vraiment du mal à vous supporter.

Elle se leva et se posta derrière lui.

— Vous pouvez garder votre avance.

— Très bien, dit-il, aussi remonté qu'elle et tout aussi perplexe quant à la raison de cette colère soudaine.

La seule chose qu'il savait, c'était que pendant un instant, il avait éprouvé quelque chose pour elle, quelque chose de doux et de simple. Ce sentiment avait disparu maintenant, laissant place à la colère, violente, à une pulsion qui ne pourrait être calmée que physiquement.

— Je ne partirai pas sans emporter un souvenir, dit-il en prenant Chantel par les épaules.

Elle savait qu'il ne serait pas doux. Sa main s'enfonça dans ses cheveux tandis que ses lèvres se plaquaient sur les siennes. Elle savait qu'il ne serait sans doute pas très subtil. Mais elle ne s'attendait pas à répondre si volontiers à son étreinte. A moins qu'elle n'ait pas voulu tout simplement se l'avouer…

Aucun homme ne l'avait embrassée sans que ce soit elle qui le décide. Aucun homme ne pouvait lui prendre ce qu'elle ne voulait pas donner. Et pourtant, Quinn la tenait bel et bien dans ses bras, et elle ne trouvait rien au fond d'elle-même qui puisse lui donner envie de l'arrêter. Il aurait été facile de se défendre, mais elle n'en fit rien. Ses genoux tremblaient, mais elle n'en était même pas consciente. Tous ses sens étaient concentrés sur leur baiser.

Quinn s'inquiétait rarement des conséquences lorsqu'il approchait une femme. Lorsqu'il avait ressenti le désir de la toucher, il y avait cédé. Mais déjà, il payait le prix de son impulsivité. Son contact était encore bien plus agréable qu'il ne l'avait imaginé. Son corps était encore plus doux, encore plus tiède qu'il ne l'avait cru. Ce n'était pas une image, froide et irréelle, qu'il tenait dans ses bras, mais une femme passionnée, au sang chaud. Tandis qu'il explorait la saveur et la texture de ses lèvres, il sut que ce baiser n'étancherait pas sa soif d'elle, qu'il lui en faudrait plus. Voilà quel était le piège. Et il venait d'y foncer tête baissée.

Il s'écarta un peu pour voir son visage. Ses yeux s'ouvrirent doucement, si profondément bleus qu'il en fut ébloui. Quinn sentit son désir se changer en souffrance, puis sa souffrance laissa place à la perplexité. Il fit un pas en arrière.

— Voilà qui fut une journée intéressante, dit-il. Je crois qu'il vaudrait mieux que vous demandiez à Matt de vous trouver quelqu'un d'autre.

Chantel tenta d'ignorer la douleur qu'elle ressentit à l'idée de ne plus le voir et l'humiliation que suscitait le fait d'être rejetée par un homme pour la première fois.

— Si vous avez fini votre numéro de domination masculine, je ne vous retiens pas. Si j'entends parler de quelqu'un qui a besoin d'un garde du corps pour son caniche, je transmettrai vos coordonnées.

Au moment où Chantel se retournait, le téléphone sonna. Elle décrocha et regarda Quinn par-dessus son épaule jusqu'à ce qu'il ouvre la porte.

— Oui, allô ?

La voix était déjà bien trop familière. Plus effrayante que d'habitude aussi.

— J'ai attendu toute la journée pour pouvoir te parler. Tu es si belle, si excitante. Toute la journée, j'ai pensé à ce que nous ferions si…

— Arrêtez de me harceler ! hurla-t-elle, à bout de nerfs. Laissez-moi tranquille !

Avant qu'elle ait eu le temps de raccrocher, Quinn s'était emparé du récepteur.

— Ne te fâche pas, s'il te plaît. Je t'aime. Je peux te rendre heureuse. Plus heureuse que tu ne l'as jamais été, continua la voix.

— Miss O'Hurley est plus heureuse sans vous, dit Quinn d'une voix posée. Vous feriez mieux d'arrêter de l'appeler.

Il y eut un long silence à l'autre bout du fil, pendant lequel Quinn perçut la respiration rauque de l'homme.

— Elle n'a pas besoin de vous. Elle a besoin de moi. De moi, susurra la voix avant d'interrompre la communication.

Quinn reposa le récepteur sur le combiné. Chantel lui tournait le dos, mais après quelques instants, elle se retourna vers lui.

Quinn voyait bien qu'elle avait fait de gros efforts pour reprendre contenance. Mais son visage était aussi pâle que la mort.

— Je croyais que vous alliez partir.

— Moi aussi.

Quinn mettait un point d'honneur à ne jamais s'excuser pour ce qu'il avait fait. En ce cas précis, il décida de s'en approcher aussi près que possible sans pour autant s'excuser ouvertement.

— Ecoutez, nous n'avons pas besoin de nous apprécier pour que je puisse faire mon travail, et je n'aime pas abandonner une affaire avant qu'elle soit résolue. Oublions ce qui vient de se passer, d'accord ?

Chantel n'appréciait pas davantage que Quinn l'idée de devoir s'excuser. Elle n'aimait pas les compromis non plus. Mais elle aimait encore moins l'idée de devoir affronter la situation seule. Afin de satisfaire sa volonté de résoudre son problème tout en ménageant sa fierté, elle lui adressa un large sourire et dit :

— Il s'est passé quelque chose ?

Quinn hocha la tête.

— Rien du tout. Venez, partons d'ici.

4

Chantel avait compris depuis longtemps qu'entre célébrité et vie privée, il fallait choisir. Si l'on voulait une vie privée, il fallait quasiment toujours renoncer à la célébrité. Allait-elle dîner tranquillement avec un ami ? Les journaux en parlaient le lendemain. Dansait-elle avec un acteur ? Aussitôt, les photographes étaient là et les commérages allaient bon train. D'après la presse, sa vie sentimentale était riche, pleine d'aventures scandaleuses et d'histoires d'amour passionnées. Chantel l'avait accepté. Elle savait que si elle se montrait grossière ou hostile avec les paparazzi, ces derniers se vengeraient en publiant des photos peu avantageuses, et sa carrière en souffrirait. Elle était donc disposée, dans les limites du raisonnable, à se montrer avenante avec eux afin de présenter une image prestigieuse au public.

Mais le fait d'avoir son téléphone sur écoute et un garde du corps posté devant sa grille était entièrement différent. Ces dispositifs ne s'harmonisaient pas avec l'image mystérieuse et sophistiquée qu'elle avait choisie de cultiver. Si seulement elle avait eu le choix… Chaque fois qu'elle repassait ce raisonnement dans sa tête, elle en arrivait toujours à la même conclusion : elle était bel et bien obligée d'accepter la situation telle qu'elle était.

Cela avait beau être difficile à admettre, elle aurait dû être reconnaissante à Quinn d'être là. Depuis le coup de fil reçu dans sa loge, elle n'avait plus été ennuyée. Plus de fleurs, plus de lettres, plus d'appels. Elle essaya de se convaincre qu'elle aurait dû se sentir soulagée. Au lieu de cela, elle avait la désagréable impression que ce silence n'annonçait rien de bon.

Dans la semaine, son travail lui occupait tellement l'esprit qu'elle n'avait pas le temps de penser à autre chose. Elle pouvait se plonger entièrement dans le personnage de Hailey et oublier ses problèmes. Plus d'une fois, le travail l'avait sauvée dans des moments difficiles.

Mais le samedi, le rythme se ralentissait, et la production ne l'avait pas appelée aujourd'hui. En temps normal, elle savourait les matinées qu'elle pouvait passer au lit à se reposer, mais ce matin-là, elle se réveilla à 7 heures.

Elle tenta bien de se rendormir, mais un quart d'heure plus tard, elle était couchée sur le dos les yeux grands ouverts en train de fixer le plafond, l'esprit traversé par un million de pensées. Les stars étaient censées dormir jusqu'à midi, se dit-elle, puis passer la journée à se faire masser et bichonner, du moins d'après ce que prétendait la presse mondaine. Chantel l'aurait cru elle-même si elle n'avait pas été dans le métier depuis si longtemps.

Repoussant les couvertures avec humeur, elle se dirigea vers le petit bureau qui jouxtait son dressing. C'était la seule pièce dans la maison qui lui ressemblait vraiment, qui montrait qui était la vraie Chantel. Les meubles, quoique raffinés, étaient fonctionnels et simples. L'espace était aménagé de manière rationnelle. Elle avait choisi son bureau autant pour son apparence que pour son utilité. Elle l'utilisait souvent d'ailleurs, tout comme l'ordinateur qui y trônait.

Certes, elle avait un agent, un manager, une équipe de publicitaires et un assistant qui s'occupaient de ses affaires. Mais Chantel tenait à garder un certain contrôle sur sa vie professionnelle et ses affaires. Elle était au fait de l'évolution de son portefeuille d'actions et connaissait le détail de ses cachets. Des doubles de tous ses contrats étaient soigneusement classés dans un meuble à côté du bureau. Chantel ne se contentait pas de les signer, elle les lisait en détail.

Elle s'installa à son bureau et, ignorant son agenda débordant de notes et de cartes de visite ainsi que la pile de messages que lui avait laissés sa femme de chambre, s'empara de trois scénarios qu'elle n'avait pas encore eu le temps de lire. Le tournage d'*Etrangers* ne durerait pas éternellement. Plus vite elle commencerait à songer à son prochain film, moins elle aurait de temps libre à tuer.

Chantel retourna se coucher, cala le premier scénario sur ses genoux et se dit qu'elle attendrait jusqu'à 20 heures pour prendre un café. Il ne lui fallut qu'une demi-heure pour constater que le premier scénario était bon à jeter. L'histoire en elle-même n'était pas inintéressante, mais la plupart des scènes où elle apparaissait étaient des scènes d'amour torrides où elle était nue. Non que Chantel soit prude, mais elle n'était pas non plus disposée à utiliser son corps pour vendre un film dont le scénario ne valait rien. D'ailleurs elle était fatiguée de jouer des rôles de vamps ou de victimes. Elle jeta le scénario par terre à côté du lit et prit le deuxième. Dès la première page, elle fut captivée.

C'était une comédie. Enfin quelqu'un lui avait envoyé une histoire qui ne tablait pas uniquement sur son physique ! Les dialogues étaient vifs et spirituels, et l'histoire allait de rebondissement en rebondissement, tous plus cocasses les uns que les autres. Le comique était tantôt dans la situation, tantôt dans le dialogue. Son personnage ne cessait de se ridiculiser, et terminait son épopée le nez dans la boue. Et cela lui plaisait énormément.

Intérieurement, elle bénit Matt de lui avoir envoyé ce scénario. Il savait qu'elle avait envie de faire quelque chose de différent, qui ne correspondait pas à l'image d'elle qu'ils avaient méticuleusement construite pendant des années. C'était un risque. Les gens paieraient-ils pour la voir tomber dans une flaque de boue ? Chantel avait envie de parier que oui.

Cela faisait des semaines que Chantel ne s'était pas sentie d'aussi bonne humeur. Elle pressa le bouton de l'Interphone et demanda qu'on lui monte son petit déjeuner. Puis elle se replongea dans le scénario, et décida de ne pas le lâcher avant d'avoir atteint la dernière page. Quand elle aurait fini, elle appellerait Matt pour en savoir davantage. Elle était prête à tout pour avoir ce rôle. Participer à un casting, faire des bouts d'essais, accepter un cachet moins important, tout cela n'avait pas d'importance. Elle voulait ce rôle et elle l'aurait.

Chantel se cala confortablement contre les oreillers et continua sa lecture.

Quand on frappa à la porte, elle était totalement absorbée. Elle répondit d'une voix absente, puis glousa car le personnage, *son* personnage, se trouvait dans une nouvelle situation impossible.

— Ça a l'air drôle, dit Quinn.

Chantel leva les yeux, stupéfaite. La lueur d'amusement qui dansait dans ses yeux se transforma aussitôt en agacement. Pourquoi donc fallait-il que cet homme soit si diablement attirant ? se demanda-t-elle avec irritation.

— Dommage que je n'aie pas suivi vos conseils et mis des balles dans ce revolver.

— Vous ne tireriez pas sur un homme qui vous apporte votre petit déjeuner au lit.

Il traversa la pièce, posa le plateau sur ses genoux et s'installa à côté de Chantel sur le lit. Il portait un T-shirt et un jean délavé, et ne semblait pas se soucier le moins du monde de ses baskets poussiéreuses qui salissaient le couvre-lit immaculé.

— Qu'est-ce que vous lisez ? demanda-t-il en allongeant les jambes et en croisant les bras derrière sa nuque.

— Les cours de la Bourse.

— Je comprends pourquoi vous étiez si gaie. Moi aussi j'adore les lire. Je ne connais rien de plus drôle.

Les coussins étaient imprégnés de son parfum. Sexy, féminin, à la fois raffiné et un peu sauvage. Ses cheveux étaient en désordre mais même dans la lumière crue du matin, Quinn ne décela aucun défaut sur son visage. Deux fines bretelles blanches serpentaient sur ses épaules, et un peu plus bas, une ganse de dentelle ajourée révélait une peau satinée. Quinn se souvint d'une chose qu'il s'était pourtant promis d'oublier : le contact de sa peau et de ses lèvres. Il prit un toast sur le plateau et tendit la main vers la confiture.

— Servez-vous, je vous en prie, grommela Chantel.

— Trop aimable, dit-il en se penchant pour saisir une cuillère.

Chantel perçut une onde de tiédeur en provenance de son corps et se raidit, se forçant à se rappeler combien cet homme l'agaçait.

— Ce lit est incroyable, ajouta-t-il en étalant tranquillement de la confiture sur son toast.

— Quand j'aurai la facture du teinturier pour le couvre-lit, je la déduirai de vos honoraires, dit Chantel en se servant du café. Que puis-je faire pour vous, Doran ?

Quinn ne répondit pas, se contentant de la regarder en souriant et en mordillant son toast.

— Me poser une question stupide, par exemple, finit-il par dire.

— Ecoutez, je suis occupée, alors si vous…

— Oui, je vois que vous êtes très occupée.

— Lire des scénarios fait partie de mon travail, figurez-vous.

— Et celui-là est bon ?

Chantel prit une profonde inspiration, dans l'espoir de calmer l'irritation qui montait en elle. Certains hommes étaient plus obtus que d'autres, se dit-elle. Pour s'en débarrasser, il fallait se montrer polie, patiente, désamorcer toute trace de conflit ou de séduction.

— En fait, oui, il est très bon. J'aimerais le finir ce matin, alors si vous vouliez bien me dire ce qui…

— Vous allez dévorer un autre homme dans celui-là ?

« Patience, se dit-elle. Soyons humains. Avec les idiots, il faut être doux et patient. »

— Non. Il se trouve que c'est une comédie.

— Vous ? Dans une comédie ? dit Quinn en partant d'un bref éclat de rire avant de prendre une gorgée de café.

Elle fronça les sourcils.

— Faites attention, Doran, vous allez trop loin.

— Allons, donc ! Vous n'avez pas le genre de visage sur lequel on écrase des tartes à la crème.

— C'est de la boue.

— Quoi ?

— Dans le cas présent, je tombe dans une flaque de boue.

— Voilà une chose que je ne voudrais rater pour rien au monde.

— Je compte bien que plusieurs millions de spectateurs se feront la même réflexion. Après tout, vous êtes plutôt représentatif de l'Américain moyen, non ?

— Tout ce qu'il y a de plus moyen, répondit-il, sans sembler le moins du monde vexé.

— Maintenant, pourquoi ne me dites-vous pas ce qui vous a incité ce matin à venir vous prélasser sur mon lit et dévorer mon petit déjeuner ?

— Ça fait partie des prestations de base. Excellent, ce café !

— Je transmettrai votre bon souvenir au cuisinier, mais venez-en au fait, s'il vous plaît. Qu'est-ce qui vous amène ?

— Vous ne mangez pas ? dit-il, la bouche à moitié pleine. Vous avez tort, cette confiture de fraises est délicieuse.

— Doran !

— C'est bon, c'est bon, dit-il en prenant un dossier qu'il avait glissé dans le porte-journal du plateau. J'ai déjà pu rassembler quelques informations, je pensais que vous aimeriez y jeter un coup d'œil.

— Quel genre d'informations ?

— Sur Larry Washington, Amos Leery et James Brewster. J'ai aussi quelques renseignements sur le maquilleur et votre chauffeur.

— Vous faites une enquête sur Robert ? C'est ridicule, voyons !

Chantel se redressa. Sous la bordure de dentelle, le caraco de Chantel était de soie vieux rose.

— Vous ne lisez jamais de romans policiers, chérie ? Le coupable est toujours celui qu'on soupçonne le moins.

— Je ne vous paye pas pour jouer les Sherlock Holmes, Doran, ni pour chercher des renseignements sur des gens aussi irréprochables que Robert et George.

Quinn reprit du café.

— Avez-vous jamais remarqué la façon dont Robert vous regarde ?

Chantel pencha la tête sur le côté.

— Mais voyons, chéri, tous les hommes me regardent ainsi.

Il la contempla longuement avant de prendre une gorgée de café. Même lui avait du mal à savoir quand elle jouait la comédie et quand elle était elle-même.

— Je dois bien commencer quelque part. Je commence donc par votre entourage proche.

— Dans une minute, vous allez me dire que vous faites une enquête sur Matt, je suppose.

Comme Quinn ne répondait pas, elle le regarda, incrédule.

— Ne me dites pas que c'est le cas ? Matt est…

— … un homme, compléta Quinn. Ne disiez-vous pas que tous les hommes vous désiraient ?

Furieuse, Chantel s'empara du plateau et le posa brutalement sur les genoux de Quinn.

— Ecoutez, nous allons mettre un point final à tout cela dès maintenant. Je refuse que les gens que j'aime soient espionnés et ennuyés. Matt est un ami proche, et je pensais qu'il était également le vôtre.

— Cela n'a rien à voir. Je ne fais que mon travail.

— Alors, disons que votre travail est terminé. Les appels ont cessé, je ne reçois plus de lettres.

Quinn émit un sifflement ironique.

— Depuis deux jours… Une éternité !

— Cela me suffit. Je vais vous régler vos honoraires et nous…

Elle s'interrompit. La sonnerie du téléphone à côté de son lit venait de retentir. Sans même s'en apercevoir, Chantel avait saisi la main de Quinn et la serrait.

— Les domestiques vont décrocher en bas, murmura-t-il. Ne paniquez pas. Faites-le parler, essayez de rester en ligne aussi longtemps que possible. Nous avons besoin de temps pour localiser l'appel.

Lorsque l'Interphone retentit, elle sursauta.

— Courage, Chantel, dit Quinn. Vous pouvez y arriver.

Faisant un effort pour réguler sa respiration, Chantel pressa le bouton de l'Interphone.

— Oui ?

— Un homme souhaite vous parler, miss O'Hurley. Il refuse de me donner son nom, mais il dit que c'est important. Dois-je lui dire que vous êtes occupée ?

— Oui, je..., commença Chantel.

Sentant la main de Quinn qui pressait la sienne, elle se ravisa.

— Non, non. Passez-le-moi. Merci.

— Allez-y doucement. Contentez-vous de le laisser parler, souffla Quinn.

La main de Chantel était raide et froide lorsqu'elle décrocha le récepteur.

— Allô ?

Un seul regard suffit à Quinn pour comprendre que Chantel entendait le murmure familier.

— Ne le perdez pas, dit-il en gardant la main libre de Chantel dans la sienne. Restez calme et discutez avec lui.

— Merci, disait Chantel, malgré le nœud qui bloquait sa gorge. Oui, oui, j'ai eu toutes vos lettres. Non, je ne suis pas fâchée.

Elle ferma les yeux, essayant d'ignorer le dégoût que suscitaient en elle les paroles de l'homme.

— J'aimerais savoir qui vous êtes. Si vous...

Partagée entre la déception et le soulagement, Chantel reposa le récepteur.

— Il a raccroché.

— Zut ! jura Quinn.

Il déposa le plateau par terre et se pencha par-dessus Chantel pour attraper le téléphone.

— C'est Quinn, vous… Zut ! Oui, oui, je comprends. Vous n'avez pas eu assez de temps. La prochaine fois.

Il raccrocha et se tourna vers Chantel.

— Vous a-t-il dit quoi que ce soit qui vous a fait penser à quelqu'un que vous connaissiez ?

— Non, dit Chantel en frissonnant. Aucune personne de ma connaissance n'a l'esprit aussi tordu.

— Prenez un peu de café. Ça vous fera du bien, dit-il en lui servant une tasse.

La boisson chaude et sucrée la réconforta un peu.

— Quinn… Il a dit qu'il avait une surprise pour moi. Une grande surprise. Il a dit que nous serions bientôt réunis.

Quinn fut troublé de la voir si effrayée.

— Ne vous inquiétez pas, dit-il d'une voix rassurante. Je m'occupe de tout.

Il avait toujours eu de la compassion pour les faibles et ceux qui étaient sans défense. Ce trait de caractère lui avait valu bien des problèmes au cours de son existence, en Amérique du Sud, en Afghanistan et dans beaucoup d'autres endroits. Même s'il savait que la situation présentait encore d'autres dangers que ceux qu'il avait dû affronter dans ces pays, il passa son bras autour des épaules de Chantel.

— Il va venir ici, dit-elle d'une voix résignée. Je le sens.

— Il aura affaire à moi d'abord, dit Quinn. Ecoutez, deux de mes hommes surveillent la propriété en permanence et deux autres le téléphone.

— Cela ne semble pas l'arrêter, dit-elle en fermant les yeux et en laissant aller sa tête contre la poitrine de Quinn. Peut-être que j'ai le sentiment qu'ils ne sont pas là parce que je ne les vois pas.

— Et moi, vous me voyez, non ?

— Oui, dit-elle avec un faible sourire.

— Vous voudriez me voir plus souvent ?

Chantel se raidit. Elle s'écarta un peu pour voir son visage. Il y avait une lueur amusée dans les yeux de Quinn. Mais elle crut aussi y déceler une préoccupation sincère.

— Pardon ?

Il sourit.

— Cette froideur hautaine transformerait un homme en iceberg en moins de deux…

— Expliquez-vous.

— Je pourrais m'installer ici pendant quelque temps. Vous avez de nombreuses pièces dans cette maison, et même si je dois avouer que je commence à m'attacher à ce lit, je peux m'accommoder d'un autre. Qu'en dites-vous, mon ange ? Un colocataire, cela vous tente ?

Elle fronça les sourcils, agacée de devoir reconnaître qu'elle se sentirait beaucoup plus en sécurité si Quinn était présent en permanence. La maison était assez grande pour leur permettre de ne pas se marcher sur les pieds. La seule chose qui l'inquiétait, c'était le souvenir de l'émotion qu'elle avait éprouvée lors du baiser qu'ils avaient échangé dans sa loge. S'il était près d'elle toute la journée, ce souvenir risquait de ne pas en rester un bien longtemps.

— Peut-être que je devrais vraiment m'acheter un gros chien, marmonna Chantel.

— C'est à vous de décider.

C'était vrai. Et Chantel savait parfaitement comment gérer Quinn, c'était elle qui mènerait le jeu.

— Allez chercher votre sac de couchage, Quinn. On vous trouvera un coin où dormir.

Elle se redressa et feuilleta le scénario qu'elle avait laissé posé sur le lit. Elle se sentait bien mieux, elle ne pouvait le nier.

— Combien d'honoraires supplémentaires vos services à demeure vont-ils me coûter ?

— Le prix des repas — je précise que j'ai besoin d'un peu plus que des toasts et quelques fruits pour mon petit déjeuner — l'accès à la salle de bains, à la piscine et au tennis, et comme cela va considérablement réduire ma vie sociale pour un temps, je dirais deux cents dollars de plus en guise de compensation.

— Deux cents ! s'écria Chantel. Je ne peux imaginer que votre vie sociale vaille plus de cinquante dollars ! N'est-ce pas le tarif horaire pour un massage californien ?

— Vous fréquentez les centres de massages californiens ?

Elle lui décocha un regard furieux.

— Sûrement pas, mais je lis les publicités dans les magazines.

— Vous ne savez pas ce que vous ratez. Une petite démonstration ? dit-il en faisant glisser la bretelle de son caraco.

Au lieu de la remettre en place, Chantel se contenta de plonger le nez dans son scénario.

— Non, merci. Ça m'étonnerait que vous puissiez m'apprendre quoi que ce soit.

— Mais peut-être que *vous* pouvez m'apprendre quelque chose ?

Il fit glisser l'autre bretelle du caraco. Chantel leva les yeux.

— Revenez me voir quand j'aurai quelques semaines de vacances. Je suis sûre qu'avec un ballot comme vous, la formation prendra un certain temps.

— J'apprends vite, dit-il en faisant glisser sa main le long de son épaule jusqu'à ce que son pouce effleure sa mâchoire.

Elle s'empara de son poignet et l'arrêta.

— Faites attention, Quinn.

— A force de faire attention, on finit par passer à côté de la vie.

Il avait désiré toucher sa peau une fois encore, la sentir, douce et tiède sous ses mains. Il avait voulu revoir la colère et le désir donner un éclat plus sombre à ses yeux. En cet instant précis, elle avait l'air prête à lui arracher les yeux tant elle semblait furieuse, embrasée par ce feu qu'elle tentait de contrôler, et auquel elle donnait libre cours devant les caméras.

Il approcha ses lèvres des siennes, mais ne l'embrassa pas.

Chantel ressentit un choc, à la fois de surprise et de désir, lorsqu'il prit sa lèvre inférieure entre ses dents et la mordilla.

Elle aurait pu l'arrêter. Son frère Trace lui avait appris, ainsi qu'à ses sœurs, comment se défendre contre les assauts excessifs du désir masculin. Elle savait que, d'un coup de genou rapide au bon endroit, elle pouvait neutraliser Quinn et le laisser pantelant de douleur. Mais elle restait immobile, hypnotisée par les yeux vert d'eau plongés dans les siens.

Elle n'était pas censée éprouver ce genre de sentiments, cette soif dévorante. Elle les avait refoulés des années auparavant, car ils l'avaient trop fait souffrir. Elle n'était pas censée éprouver cette sensation insidieuse qui montait en volutes dans son estomac. Elle avait tourné des dizaines de scènes d'amour et n'avait jamais rien éprouvé qui n'ait pas été programmé pour son personnage. Elle savait à quel point une étreinte qui semblait passionnée à l'écran pouvait être insignifiante pour les comédiens qui la jouaient.

Ce mordillement léger sur sa lèvre aurait dû tout au plus l'agacer. Mais elle restait immobile, prisonnière du désir impérieux d'absorber toute la gamme de sentiments qui déferlaient en elle.

Impossible. C'était impossible, se dit Quinn. Pourtant, c'était bien de l'innocence qui se dégageait d'elle en cet instant. Si c'était une mise en scène, elle était sacrément douée. Si ce n'en était pas une… Mais il était incapable de penser. Chaque fois qu'il la touchait, son image emplissait tout son esprit, au point qu'il en oubliait tout le reste.

Le désir. Il suffisait de l'assouvir pour qu'il se dissipe. Puis venait l'oubli. Quinn le savait. Aucun homme ne pouvait regarder Chantel sans la désirer. Quant à l'oublier… Trop de pouvoir se dégageait d'elle, le pouvoir de rendre un homme assoiffé, de le faire souffrir, de le rendre faible. Quinn ne pouvait se permettre de perdre le contrôle. Tout en savourant ses lèvres tièdes et douces sous les siennes, il se dit qu'il avait deux priorités. La première était d'assurer la sécurité de Chantel. La seconde était d'assurer la sienne.

Au moment où il sentit qu'il était sur le point de basculer, il s'écarta. Pour une fois dans sa vie, décida-t-il, il allait se montrer prudent.

— Sacré crochet du droit, dit-il en la regardant.

Aussitôt, Chantel lutta pour reprendre le contrôle de ses sens. Ce baiser ne signifiait rien, rien d'autre que l'éternelle lutte d'orgueil que se livraient les hommes et les femmes depuis des siècles. Elle n'avait pas été troublée, elle n'avait pas ressenti le besoin d'être aimée, ni pensé que peut-être, peut-être seulement, quelque chose était possible entre eux. Elle ne lui donnerait pas la satisfaction de lui montrer que, pendant un instant, c'était cela qu'elle avait éprouvé.

— La prochaine fois, je vous mets au tapis.

— Vous pourriez avoir raison, marmonna-t-il en baissant les yeux. Vous êtes un peu pâle, dit-il en regardant ses épaules nues et en se maudissant de ressentir de nouveau le désir de les toucher. Habillez-vous et venez me retrouver au bord de la piscine. Je vous débrieferai sur ce que nous avons trouvé.

Il se leva, s'emparant du dossier qu'il avait apporté, et quitta la pièce.

Quinn fendait l'eau turquoise de la piscine avec l'agilité d'une anguille. Ses mouvements étaient rapides et fluides. Lorsque Chantel arriva dans le patio, elle s'arrêta un instant pour le regarder nager. Elle ne s'était pas trompée au contact de ses muscles. Ils étaient fins, longs et polis. Il portait un caleçon de bain noir qu'il avait choisi parmi ceux qu'elle laissait à la disposition de ses invités près de la piscine. Il moulait parfaitement ses hanches étroites mais puissantes.

Elle s'installa dans une chaise longue près du parasol et attendit qu'il sorte de l'eau.

Quinn ne tarda pas à s'arrêter. Il avait nagé trop vite dans l'espoir de calmer ses émotions, et il était à bout de souffle. Il ne comprenait pas bien pourquoi il l'avait de nouveau approchée aujourd'hui. N'importe quel homme intelligent se tenait à distance d'une femme aussi dangereuse. Il avait toujours compté sur son intelligence. Elle l'avait sortie de bien des mauvais pas dans sa vie. C'était ainsi que l'on survivait. Malheureusement, il avait toujours eu du mal à ne pas céder aux tentations. C'était ainsi que l'on vivait. Et même si sa vie n'avait jamais manqué de tentations, Chantel O'Hurley était la pire tentation à laquelle il avait été soumis jusqu'alors.

Arrivé au bout de la soixantième longueur, il s'arrêta, rejeta ses cheveux mouillés en arrière et se mit debout dans le petit bain. C'est alors qu'il l'aperçut.

Installée dans une chaise longue blanche, le visage à demi caché par l'ombre du parasol, elle était l'incarnation même de la beauté froide et altière. Elle avait relevé ses cheveux, révélant les courbes parfaites de son visage. Le haut moulant qu'elle portait dégageait ses épaules et suivait la ligne de sa taille jusqu'à un short qui dévoilait de très longues jambes. Son regard s'attarda sur ses jambes tandis qu'il se hissait hors de la piscine.

— Vous avez une propriété magnifique.

— C'est ce qu'on dit, lança-t-elle en attrapant une serviette qu'elle lui tendit. Vous n'avez aucun mal à vous y repérer, semble-t-il.

Quinn se contenta de mettre la serviette-éponge blanche autour de son cou. Le soleil faisait scintiller les gouttes d'eau qui perlaient sur sa peau dorée.

— Très belle piscine.

— Oui, je la trouve très agréable, moi aussi.

— Dans ce cas, vous devriez vous en servir plus souvent. La natation est une activité idéale pour garder la forme.

— Merci de vous soucier de ma santé, mais je m'en occupe, rassurez-vous.

Sentant la colère monter de nouveau, Chantel opta pour le sarcasme.

— Cette petite session de travail va durer longtemps ? J'ai un rendez-vous chez la manucure cet après-midi.

— Nous y serons à temps, rassurez-vous.

— Nous ? s'étonna Chantel. Un baroudeur tel que vous

dans mon salon de beauté du centre-ville, ça risque de faire désordre.

— Je sais m'adapter. Autre chose au programme aujourd'hui ?

Il attrapa une chaise longue et s'y installa après l'avoir placée en plein soleil.

— Peut-être un peu de lèche-vitrines à Rodeo Drive, dit-elle, continuant sur sa lancée, puis un déjeuner léger chez Latour. Cela fait des siècles que je n'ai vu personne, j'ai des potins en retard. Vous avez une tenue un peu élégante, n'est-ce pas ?

— Je repasserai chez moi en prendre une. N'oubliez pas le dîner de bienfaisance dans la soirée.

Le sourire de Chantel s'évanouit.

— Comment savez-vous cela ?

— C'est mon travail de tout savoir.

Quinn feuilleta ses notes.

— Ma secrétaire a contacté Sean Carter et lui a dit que vous aviez un autre cavalier pour ce soir.

— Alors il va falloir qu'elle le rappelle. Sean et moi avons prévu d'aller à ce dîner ensemble depuis des semaines afin de soutenir la promotion de notre film.

— Vous tenez vraiment à vous introduire dans une limousine obscure en compagnie de quelqu'un qui pourrait…

— Ce n'est pas Sean !

Chantel s'empara de son paquet de cigarettes et en alluma une avec humeur.

— Procédons à ma manière, voulez-vous ? Je vous accompagne à votre dîner. Rien ne vous empêche de passer la soirée avec Sean et de faire risette aux photographes avec lui. Et demain ?

— Puisque vous savez tout, je suppose que vous allez me le dire.

Quinn ouvrit patiemment son dossier.

— A 13 heures, vous recevez un journaliste et un photographe de *Styles de vie* pour un article sur vous et la décoration de votre maison. C'est tout ce que j'ai.

— C'est tout ce qu'il y a de prévu. J'ai du travail personnel à faire à la maison, ensuite j'irai me coucher tôt car je travaille le lendemain.

Quinn sourit.

— Matt m'avait prévenu que vous aviez l'esprit pratique. Venons-en à Larry Washington.

— Si vous y tenez.

— En apparence, rien à signaler. Le gamin semble irréprochable. Diplômé en management à l'université de Californie l'année dernière. Semble avoir toujours eu un goût prononcé pour le théâtre, mais préfère les coulisses à la scène.

— C'est exactement pour cela que je l'ai engagé.

— Il semble qu'il ait eu une relation très sérieuse avec une étudiante de sa promotion qui s'est terminée il y a environ six mois. Une très jolie blonde aux yeux bleus. Elle l'a laissé tomber.

Chantel soupira.

— Beaucoup de jeunes gens ont des petites amies blondes aux yeux bleus ; et beaucoup d'histoires d'amour de jeunesse ne durent pas.

— Passons à Amos Leery, dit Quinn en ignorant le commentaire de Chantel. Saviez-vous que sa première femme l'a quitté parce qu'il ne cessait de la tromper ?

— Oui, je le sais. C'était il y a quinze ans, alors je…

— Les vieilles habitudes ont la vie dure. George McLintosh, maintenant. Maquilleur depuis trente-trois ans. Cinq petits-enfants et un sixième en route, qui doit naître à l'automne. Depuis la mort de sa femme il y a quelques années, il a quelques problèmes avec l'alcool.

— En voilà assez !

Chantel se leva et se dirigea vers la piscine. L'eau était calme et claire comme du cristal. Comme sa vie il y avait encore quelques semaines.

— Je refuse de continuer à vous écouter énumérer les problèmes personnels des gens avec lesquels je travaille.

Elle lui jeta un coup d'œil par-dessus son épaule.

— Vous faites un métier sordide.

— C'est exact, dit-il en prenant soin de ne rien dévoiler de ce qu'il pensait sur la question. J'en viens à James Brewster. Semble mener une vie familiale tout à fait stable. Marié depuis vingt-deux ans. A un fils qui étudie le droit sur la côte Est. Point intéressant : suit une psychanalyse depuis plus de dix ans.

Chantel haussa les épaules.

— Tout le monde est en analyse dans ce milieu.

— Pas vous.

— Ça risque de m'arriver si je dois vous supporter encore longtemps.

Il eut un bref sourire, puis tourna une nouvelle page de son dossier.

— Votre chauffeur, Robert, est un personnage intéressant. Le jeune Robert DeFalco mène de front toute une série de liaisons parallèles avec plusieurs jeunes filles.

— Le genre de trait de caractère que vous appréciez.

— Je ne peux m'empêcher d'être impressionné par son endurance. Quant à Matt Burns…

Elle se retourna franchement et le dévisagea. Il n'y avait pas la moindre trace de colère sur son visage. C'était de la répulsion. Il en fut désagréablement remué.

— Comment pouvez-vous faire cela ? demanda-t-elle d'une voix calme mais choquée. Matt est votre ami.

— Je fais mon travail.

— C'est votre travail de fouiller dans la vie des gens que vous êtes censé aimer ?

— Je ne peux pas me permettre de me soucier de quelqu'un d'autre que de mes clients lorsqu'ils me payent pour que je les protège.

— Dans ce cas, gardez vos renseignements pour vous. Quel que soit ce que vous avez trouvé sur Matt, je ne veux pas le savoir.

Il décida de ne pas prendre le risque de voir Chantel regretter de l'avoir engagé. Il avait fait pire que fouiller dans la vie de Matt, bien pire. Il se demanda ce qu'elle penserait de lui si elle le savait.

— Chantel, il va falloir vous résoudre à envisager toutes les possibilités.

— Non, c'est *votre* travail. Et depuis ce matin, je vous paye sept cents dollars par jour pour que vous le fassiez correctement. Votre rôle est d'identifier la personne qui me harcèle et de me protéger jusqu'à ce que vous l'ayez trouvée.

— C'est ainsi que je m'y prends. C'est ma méthode.

— Bien. Dans ce cas, la seule information que vous me communiquerez à l'avenir sera votre facture.

Elle le planta là et se dirigea vers la maison au pas de charge. Il la suivit et l'empoigna par l'épaule.

— Grandissez, Chantel.

Il réalisa qu'elle souffrait sincèrement pour les gens qui l'entouraient. Il devait la convaincre qu'elle ne pouvait pas se le permettre.

— N'importe qui pourrait être à l'origine de ces appels. Il est possible qu'il s'agisse de quelqu'un que vous n'avez jamais rencontré, mais mon instinct me dit le contraire. Je pense que cette personne vous connaît. Et qu'elle vous désire à en mourir. Alors jusqu'à ce que nous l'ayons trouvée, vous allez suivre mes instructions.

Le souvenir du coup de fil de ce matin était encore trop frais pour que Chantel ignore les conseils de Quinn.

— D'accord, Quinn, je suivrai vos instructions. Mais seulement jusqu'à un certain point. Je suis d'accord pour que ma ligne reste sur écoute et que vos hommes continuent de surveiller la propriété. Mais je refuse d'écouter ces horreurs sur mes amis.

— En d'autres termes, vous coopérerez, mais vous ne voulez rien savoir des détails.

— Vous avez tout compris.

Il lâcha son épaule.

— Je pensais que vous aviez plus de tripes que cela.

Elle s'apprêta à protester, mais se ravisa. Il avait raison. Elle n'avait pas le cran nécessaire pour supporter tout cela.

Elle se retourna et continua son chemin vers la maison.

Tout en la regardant, Quinn se dit que son instinct ne l'avait jamais trompé, et qu'il n'y avait pas de raison pour que ce soit le cas concernant Chantel. Elle tiendrait le coup s'il le fallait. Elle en avait la force.

5

Ils réussirent à survivre au week-end sans se disputer, si bien que Chantel se mit à penser qu'après tout, la cohabitation avec Quinn allait peut-être pouvoir se passer sans heurts. Evidemment, c'est à contrecœur qu'elle l'avait emmené au dîner de bienfaisance samedi soir, et elle avait eu bien du mal à faire semblant d'apprécier sa compagnie. Elle s'était persuadée qu'elle devait considérer cette sortie comme un travail. Un travail certes difficile et déplaisant, mais nécessaire. Et finalement, Quinn lui avait facilité la tâche. A sa grande surprise, il s'était montré charmant.

Chantel avait été étonnée de constater qu'il portait le smoking avec classe, même si la tenue ne parvenait pas à dissimuler totalement son côté fruste. Il ne serait jamais obséquieux, nonchalant ou mondain. Et c'était tant mieux, se disait Chantel. Même en costume trois pièces et un verre de champagne à la main, on savait — du moins lorsqu'on était une femme — que ces oripeaux cachaient mal le barbare qui dormait en lui.

Dès le milieu de la soirée, il avait successivement devisé avec le producteur le plus célèbre de la ville et dansé trois fois avec une actrice qui avait déjà quatre oscars à son palmarès. Le producteur, un vétéran du milieu, âgé de plus de soixante-dix ans, avait tapoté amicalement le genou de Chantel en lui disant que ses goûts en matière d'hommes s'étaient nettement améliorés. Chantel avait encaissé en maugréant intérieurement, mais elle avait été forcée de reconnaître que pas une fois durant toute la soirée, Quinn ne lui avait donné une raison de lui faire des reproches.

Dimanche, il l'avait laissée vaquer à ses occupations sans jamais la déranger. Lorsqu'elle avait reçu l'équipe de *Styles de vie* pour une interview et une visite de la maison, il était resté totalement invisible, comme s'il n'avait même pas été là. Elle savait bien qu'il était dans les parages, quelque part, mais il n'empiétait pas sur son intimité. Après le départ des journalistes, elle put donc retourner tranquillement à la lecture de son scénario, puis s'offrir un long bain bouillonnant dans le Jacuzzi installé dans le petit pavillon à côté de la piscine. Puis elle rédigea des lettres et passa quelques coups de fil. Quand Quinn et elle quittèrent la maison lundi matin, Chantel était presque disposée à revoir son opinion à son propos.

Chantel se sentait reposée et enthousiaste à l'idée de retourner à son travail. La veille, elle avait fini le scénario dont elle avait entamé la lecture au début du week-end et était plus exaltée que jamais. Elle avait réveillé Matt aux aurores pour lui dire qu'elle voulait le rôle. Il était à peine 6 heures du matin, mais Chantel se sentait merveilleusement bien.

Elle jeta un œil sur Quinn à côté d'elle. Il avait étendu les jambes et posé sa tête en arrière sur la banquette. Derrière ses lunettes de soleil, ses yeux étaient fermés. Apparemment, il ne s'était pas rasé depuis samedi soir. Mais cet air négligé lui allait à ravir.

— La nuit a été longue, on dirait.

Quinn ouvrit un œil mais le referma aussitôt.

— Partie de poker.

— Vous avez joué au poker hier ? Je ne savais pas que vous étiez sorti.

— Je ne suis pas sorti. Nous avons joué dans la cuisine, marmonna-t-il, en se demandant dans combien de temps il pourrait mettre la main sur une deuxième tasse de café.

— Ma cuisine ? demanda Chantel en fronçant les sourcils, un peu vexée qu'on ne l'ait pas conviée à participer à la partie. Avec qui ?

— Le jardinier.

— Raphaël ? Il parle à peine trois mots d'anglais.

— Pas besoin d'en parler plus pour savoir qu'un full l'emporte sur une suite.

— Je vois, dit-elle en souriant. Alors vous et Raphaël avez joué au poker toute la nuit en vous soûlant et en disant du mal des femmes.

— Oui. Il y avait Marsh, aussi.

Chantel sursauta.

— Marsh ? *Mon* Marsh a joué au poker avec vous ?

— Je ne sais pas. C'était un grand type, plutôt dégarni, plaisanta Quinn.

— Vraiment, Quinn, vous n'êtes pas sérieux. Il a presque quatre-vingts ans et il n'est plus très alerte. Je m'étonne que vous ayez pu profiter ainsi de lui.

— Plus très alerte, hein ? Il m'a soulagé de quatre-vingts dollars, votre vieillard.

— Bien fait pour vous, dit-elle, satisfaite. C'est tout ce que vous méritez pour vous être prélassé dans ma cuisine en vous abreuvant de bière et en racontant des horreurs sur les femmes. Quand je pense que je vous paye sept cents dollars par jour…

— Vous dormiez.

— Et alors ? Vous êtes payé pour veiller sur moi, pas pour jouer au poker.

— J'ai veillé sur vous.

Chantel se servit un verre de jus d'orange.

— Vraiment ? Je n'ai même pas vu le bout de votre nez de toute la journée, hier.

— J'étais là, pourtant. Le Jacuzzi, c'était bien ?

Chantel se figea.

— Pardon ?

— Vous y avez passé plus d'une heure, dit-il en lui chipant son jus d'orange et en l'avalant d'un trait. C'est drôle, je pensais qu'une femme comme vous avait des dizaines de maillots de bain différents. Je suppose que vous étiez en rupture de stock.

— Vous m'avez espionnée !

Il lui rendit le verre puis se cala de nouveau contre la banquette et ferma les yeux.

— C'est pour ça que vous me payez, non ?

Outrée, Chantel remit brusquement le verre en place dans le bar.

— Je ne vous paie pas pour jouer les voyeurs. Vous serez gentil de satisfaire vos pulsions perverses pendant vos loisirs.

— Je n'ai plus de loisirs, mon ange, souvenez-vous que vous m'avez engagé à demeure. D'ailleurs, je vous ai vue presque aussi dénudée à l'écran dans *Sables mouvants*. Et si j'avais eu l'intention de satisfaire mes pulsions, je vous aurais rejointe au lieu de vous regarder.

— Vous auriez passé un sale quart d'heure, dit-elle avec humeur.

Quinn se contenta de sourire sans bouger.

Sa tête pesait une tonne. Il avait déjà passé des nuits blanches, mais jamais sans l'avoir décidé. Cette partie de poker était le seul moyen qu'il avait trouvé pour oublier que Chantel dormait à l'étage, pour oublier à quel point elle était belle, allongée dans l'eau bouillonnante du Jacuzzi cet après-midi-là.

Contrairement à ce que pensait Chantel, il ne l'avait pas espionnée. Il l'avait vue entrer dans le pavillon à côté de la piscine. Ne la voyant pas ressortir trois quarts d'heures plus tard, il était allé voir si tout allait bien. Elle était allongée dans l'eau, les yeux fermés, écoutant les accords passionnés d'un concerto de Rachmaninov à la radio. Ses cheveux flottaient librement autour d'elle, comme une couronne dorée. Et son corps… son corps était long, mince et pâle. Il gardait encore le souvenir du choc qu'il en avait ressenti au creux de l'estomac.

Il s'était éloigné aussi vite que possible. Il avait eu peur qu'elle ouvre les yeux et le regarde. Si elle l'avait fait, il n'aurait pu s'empêcher de la rejoindre.

Son image le hantait jour et nuit. Mais il était déterminé à ne pas se laisser dominer par elle. Rien ni personne ne devait avoir un quelconque pouvoir sur lui. Malgré tout, il commençait à comprendre comment une femme, par le simple fait d'exister, pouvait devenir une obsession pour un homme. Il commençait à comprendre comment un homme pouvait devenir dépassé par ses propres fantasmes.

Cela l'inquiétait pour lui-même, mais encore plus pour Chantel. Si un autre homme était devenu obsédé par son image, et qu'il avait déjà franchi certaines limites pour l'approcher, jusqu'où cet homme serait-il capable d'aller ? Les lettres et les appels devenaient de plus en plus pressants. Il risquait à tout moment de passer à un mode d'approche bien plus direct.

Chantel avait beau avoir peur, elle n'avait pas la moindre idée des extrémités auxquelles son magnétisme pouvait pousser un homme. Plus il était à son contact, plus il le comprenait lui-même.

Ce jour-là, le tournage devait se passer sur un plateau à ciel ouvert. Une équipe s'était envolée pour New York afin de filmer des plans en extérieur. Chantel attendait avec impatience le moment de les rejoindre pour tourner quelques scènes sur place. Cela lui donnerait l'occasion de voir sa sœur Maddy. Peut-être même aurait-elle la chance de la voir jouer à Broadway.

Installés non loin du plateau, Quinn et Chantel attendaient depuis plus d'une heure que les techniciens aient résolu un problème d'éclairage qui empêchait le tournage de commencer.

— On se croirait en Nouvelle-Angleterre, dit Quinn en balayant le décor du regard.

— Dans le Massachusetts, pour être exacte, dit Chantel en grignotant un croissant. Vous y êtes déjà allé ?

— Je suis né dans le Vermont.

— Moi, je suis née dans un train.

Elle prit un nouveau morceau de croissant et rit.

— Enfin, presque. Mes parents se rendaient à une séance d'improvisation quand ma mère a perdu les eaux. Le train s'est arrêté assez longtemps pour permettre à ma mère de nous mettre au monde.

— *Vous* ?

— J'ai deux sœurs. Nous sommes des triplées.

— Vous existez en trois exemplaires ! Seigneur !

— Il n'y a qu'une seule Chantel, Doran. Nous sommes des triplées, mais nous avons toutes une personnalité différente. Abby élève des chevaux et des enfants en Virginie, et Maddy fait un malheur à Broadway.

— Vous n'avez pas tellement l'air d'être du genre famille.

Chantel était de trop bonne humeur pour être offensée par cette remarque.

— Vous vous trompez. J'ai aussi un frère. Je ne peux pas vous dire ce qu'il fait dans la vie, personne ne le sait vraiment. Je penche pour un métier situé quelque part entre gigolo de haut vol et voleur de bijoux international. Vous vous entendriez à merveille avec lui.

Chantel regarda un accessoiriste soulever un énorme rocher en carton-pâte et le déplacer de quelques mètres.

— Etonnant, n'est-ce pas ?

Quinn étudia les arbres. Ils avaient l'air vrais, mais lorsqu'on apercevait leur socle de bois, on ne s'y trompait pas.

— Y a-t-il quoi que ce soit de vrai sur ce plateau ?

— Pas grand-chose. Donnez-leur quelques heures et ils vous transformeront cet endroit en une clairière de la jungle amazonienne. En principe, nous devions tourner ces scènes en extérieur, mais il y a eu des problèmes techniques.

— On passe beaucoup de temps à attendre dans ce métier.

— Oui. Je le déconseille à ceux qui ne tiennent pas en place. Il m'est arrivé d'attendre dans ma loge pendant des heures avant qu'on ne vienne me chercher pour tourner une scène de cinq minutes. Et il y a d'autres jours où on travaille quatorze heures d'affilée.

— Pourquoi ?

— Pourquoi quoi ?

— Pourquoi faites-vous ce métier ?

— Parce que c'est ce que j'ai toujours voulu faire. Quand

j'étais petite, je passais ma vie dans les théâtres. J'ai toujours su que je voulais faire partie de ce monde.

— Alors vous avez toujours voulu être comédienne.

Elle rejeta ses cheveux en arrière et sourit.

— J'ai toujours *été* comédienne. Je voulais être une star.

— On dirait que vous avez réussi.

— On dirait, oui, murmura-t-elle, chassant bien vite un léger sentiment de tristesse soudain. Et vous ? Vous avez toujours voulu être… ce que vous êtes ?

— Je voulais être un délinquant juvénile, et je m'en sortais plutôt bien.

— Fascinant, dit-elle d'un ton ironique, mais vous ne semblez pas être allé aussi loin que vous le pouviez sur cette voie. Si vous aviez été un délinquant qui se respecte, vous devriez être dans une prison haute sécurité à l'heure qu'il est.

Elle avait parlé d'un ton ironique, mais en réalité, elle avait envie d'en savoir davantage sur Quinn. Elle voulait tout savoir sur lui, mais n'avait nullement l'intention de le lui montrer.

— Oui. On a brisé mon ascension. La patrie avait besoin de moi.

— Rien de tel que l'armée pour forger un caractère, à ce qu'on dit.

— Oui, c'est ce qu'on prétend. Quoi qu'il en soit, j'ai appris à développer mes talents, à m'assurer des revenus confortables et à rester loin de la prison.

— Et combien de temps avez-vous passé à l'armée ?

— Je n'ai jamais dit que j'avais été à l'armée.

Il lui offrit une cigarette, puis s'en alluma une.

— Vous avez dit que la patrie avait eu besoin de vous.

— Oui. Les services secrets. Encore un peu de café ?

— Non, merci. Combien de temps avez-vous travaillé pour eux ?

— Trop longtemps.

— C'est là que vous avez appris à ne jamais donner une réponse directe ?

— Exactement, dit-il en souriant.

Il la dévisagea longuement puis soudain, tendit la main et lui ébouriffa légèrement les cheveux.

— Vous avez l'air d'une gamine avec cette coiffure.

Chantel s'en voulut de sentir son cœur battre à tout rompre. Il n'avait fait que la regarder un peu plus longtemps que d'habitude après tout, n'avait fait qu'effleurer ses cheveux. Il n'y avait pas de quoi être aussi émue.

— C'est le but recherché, dit-elle, la voix un peu tremblante. J'ai vingt ans dans cette scène, je suis innocente, naïve, enthousiaste... et sur le point de perdre ma virginité.

— Ici ?

— Non, là-bas, dit-elle en désignant une petite clairière dans la forêt artificielle. Brad me séduit, me jure un amour éternel. Il éveille toute la passion que, jusqu'alors, je n'ai consacrée qu'à ma peinture, et s'en sert pour me manipuler.

Quinn émit un léger sifflement.

— Et tous ces gens vont vous regarder ?

— Le public, c'est ma vie, plaisanta Chantel.

— Et dire que vous vous êtes mise en colère parce que je vous ai regardée dans votre Jacuzzi.

— Vous...

— Tout est prêt, Chantel. Le tournage va pouvoir commencer.

Larry venait d'apparaître devant eux.

— Merci, Larry, j'arrive. Installez-vous confortablement, Quinn. Vous pourriez apprendre deux ou trois choses.

Suivant son conseil, Quinn la regarda tandis qu'elle répétait la scène avec son partenaire. Depuis son poste d'observation, il lui sembla que la scène était plutôt tiède et assez banale : une jeune femme naïve, un séducteur habile dans un cadre printanier. Du toc, rien que du toc, songea-t-il, des acteurs jusqu'au décor. Quinn observa George tandis qu'il retouchait le maquillage de Chantel, et vit l'accessoiriste lui tendre un carnet à dessin et un fusain.

— Tout le monde en place ! Silence sur le plateau !

Le brouhaha se dissipa peu à peu pour laisser place à un silence complet.

— Moteur !

Le clapman se posta devant la caméra et donna le signal de la première prise.

— Action !

La scène commençait comme à la répétition. Chantel était assise sur un rocher et dessinait. Sean fit son entrée et resta un instant immobile à la regarder. Lorsque Chantel leva les yeux et le regarda, Quinn sentit sa bouche devenir sèche. Tout ce qu'un homme pouvait désirer était dans ce regard. L'amour, la confiance, le désir. Un homme qu'une femme regardait ainsi était invincible. Il pouvait escalader des montagnes et gagner des guerres.

Quinn n'avait jamais désiré être aimé. L'amour vous enfermait, vous rendait responsable de quelqu'un. L'amour vous prenait autant de choses, si ce n'était plus, que ce qu'il vous donnait. Voilà ce qu'il pensait, voilà ce dont il était certain. Jusqu'au moment où il avait vu ce regard dans les yeux de Chantel.

Ce n'était qu'un film, se dit-il. Ce regard était tout autant une illusion que ces arbres. Et de toute façon, ce n'était pas à lui qu'il était destiné. C'était un film, Chantel était une actrice, et tout cela était consigné dans le scénario.

La première fois que Sean la toucha, Quinn sentit sa mâchoire se crisper. Heureusement pour lui, la réalisatrice coupa la scène.

Lorsque le tournage reprit, Quinn pensait qu'il avait réussi à maîtriser ses émotions. Mais lorsqu'il la vit effleurer les lèvres de Sean, doucement, timidement, il eut envie de le tuer.

Pourtant, ce n'était qu'un film. Tout était en toc : les arbres, les rochers, les émotions. Mais cela semblait si vrai, si sincère. Chantel tremblait. Elle tremblait réellement sous les caresses de Sean. Quinn l'avait vu au moment où Sean enlevait le ruban qui retenait ses cheveux. Sa voix tressaillit quand elle lui dit qu'elle l'aimait, qu'elle le désirait, qu'elle n'avait pas peur. Quinn s'aperçut que ses poings étaient serrés dans ses poches.

Les yeux de Chantel se fermèrent et Sean couvrit son visage de baisers. Elle avait l'air si jeune, si vulnérable, si prête à être aimée. Quinn ne remarqua même pas les caméras qui se rapprochaient du couple. Il ne voyait que Sean qui commençait à déboutonner lentement le chemisier de Chantel. Et les yeux de Chantel. Grands et bleus, plongés dans ceux de Sean. Timidement, elle déboutonna sa chemise. Ses joues rosirent lorsqu'elle l'écarta et pressa son visage contre sa poitrine. Le couple glissa sur le sol, dans l'herbe tendre.

— Coupez !

Le retour à la réalité fut un choc. Quinn regarda Chantel se lever et dire quelque chose à Sean qui le fit rire. Elle portait un soutien-gorge sans bretelles qui devait rester hors champ et un jean. Larry jeta son chemisier par-dessus ses épaules et elle lui sourit d'un air absent.

— Nous allons refaire une prise. Chantel, après avoir enlevé ton chemisier, je voudrais que tu lèves les yeux vers lui, dit Mary Rotschild. Je veux un baiser à ce moment-là, un bon baiser long et langoureux, avant que vous glissiez sur l'herbe, O.K. ?

Ce ne fut qu'à partir de la cinquième prise que Quinn réussit à retrouver un semblant d'objectivité. Il examina les visages de ceux qui regardaient la scène. Son travail était de découvrir qui regardait Chantel non pas d'un air professionnel, approbateur ou critique, mais d'un air atrocement jaloux. Ou ébloui. Comme lui un instant plus tôt…

Après avoir allumé une cigarette, il passa donc discrètement en revue tous ceux qui étaient autour du plateau et regardaient le tournage. Ses hommes étaient en train de rédiger des rapports sur tous les membres de l'équipe, du photographe à l'accessoiriste. Son instinct lui disait que l'auteur des lettres était quelqu'un qu'elle connaissait, peut-être même quelqu'un avec qui elle échangeait quelques mots anodins quotidiennement.

Quinn était déterminé à le trouver, et à le trouver rapidement avant de tomber totalement sous l'emprise de Chantel lui-même.

L'assistant de la réalisatrice mit son bras autour des épaules de

Chantel et, lui murmurant quelque chose à l'oreille, la conduisit vers la caravane qui lui servait de loge. Avant qu'ils aient pu atteindre la porte, Quinn était debout devant eux.

— Où allez-vous ?

Chantel lui lança un regard furieux mais resta calme.

— Je voulais m'isoler quelques minutes. Amos était en train de me dire quel était l'emploi du temps pour le reste de la journée. Il faut excuser Quinn, Amos, il est jaloux comme un tigre.

Amos sourit.

— Je ne lui jette pas la pierre ! Ça se comprend avec une beauté comme toi, dit Amos en tapotant amicalement l'épaule de Chantel. Tu as été magnifique, proprement magnifique. Je t'appellerai dès qu'on sera prêts pour les gros plans et les contrechamps. Tu devrais pouvoir te reposer une bonne demi-heure.

— Merci, Amos.

Elle attendit qu'il se soit éloigné et se tourna vers Quinn.

— Ne faites pas ça !

— Quoi ?

— Si vous aviez eu un couteau entre les dents, vous n'auriez pas eu l'air plus agressif, marmonna-t-elle en ouvrant la porte de la caravane. Je vous ai pourtant dit qu'Amos était inoffensif. Il…

— Semble aimer tripoter les femmes. Il se trouve que l'une de ces femmes est ma cliente.

Chantel prit une canette de Coca dans le réfrigérateur et se laissa tomber dans un petit sofa.

— Si je ne voulais pas qu'il me touche, je vous assure qu'il ne le ferait pas. Ce n'est pas la première fois que je travaille avec Amos, et à moins que vous ne persistiez à vous comporter comme un idiot, ce ne sera pas la dernière.

Quinn ouvrit le réfrigérateur et, à sa grande satisfaction, y trouva une bière.

— Ecoutez, mon ange, je ne peux pas réduire ma liste de suspects juste pour vous faire plaisir. Il est temps que vous cessiez de vous raconter que la personne qui vous harcèle est quelqu'un que vous ne connaissez pas.

— Je ne me raconte rien du tout, commença-t-elle.

— Si. Et vous n'y croyez même pas vous-même car vous êtes loin d'être aussi convaincante que lorsque vous vous rouliez dans l'herbe avec Sean il y a une minute.

— Ça, c'est mon travail. Nous parlons de ma vie.

— Précisément. C'est cela que je suis censé protéger. Si ça peut vous rassurer, j'ai pratiquement rayé Carter de ma liste de suspects.

— Sean ? s'écria Chantel, soulagée. Pourquoi ?

— Le raisonnement est simple : un homme qui est obsédé par une femme ne pourrait pas passer la moitié de la journée à se rouler dans l'herbe avec elle et se relever deux secondes plus tard en époussetant tranquillement sa veste comme si rien ne s'était passé.

— Je vous avais dit qu'il était au-dessus de tout soupçon.

— Sur l'affaire qui nous occupe, peut-être. Quant au reste de son existence, je n'en mettrais pas ma main à couper.

Chantel rit et s'installa plus confortablement dans le sofa.

— A part ça, qu'avez-vous pensé de la scène ?

— On ne peut plus torride…

— Allons, Quinn, il y avait d'autres enjeux. Il ne s'agit pas simplement de sexe. C'est une scène sur la trahison de l'innocence et de la confiance. Ce qui arrive à Hailey dans cette forêt de Nouvelle-Angleterre va marquer son existence à tout jamais. De rapides ébats dans la verdure n'ont pas cet effet-là sur quelqu'un.

— Peut-être, mais cela fait vendre des tickets.

— C'est un téléfilm. Nous parlons de taux d'audience, ici, rectifia Chantel. J'ai tout donné dans cette scène, Quinn ! C'est le moment charnière de la vie de Hailey. Si, à vos yeux, ce n'est rien de plus que…

Quinn leva les deux mains, vaincu, et la coupa.

— D'accord, d'accord ! Vous étiez bien.

Chantel le dévisagea et posa sa canette de Coca sur la table.

— Vous le pensez vraiment ?

— J'ai dit que vous étiez bien, c'est tout. Je ne fais pas partie du jury des oscars, vous savez.

Elle releva ses genoux et y posa son menton. Elle avait toujours l'air aussi jeune et innocente que durant la scène.

— Bien comment ?

— Comment faites-vous pour satisfaire votre orgueil quand il n'y a personne pour vous flatter ?

— Je n'ai jamais prétendu que je n'étais pas orgueilleuse. J'assume. Bien comment ?

— Assez bien pour me donner envie de coller un œil au beurre noir à Carter.

— Vraiment ? Avant ou pendant que les caméras filmaient ?

Chantel ne se tenait plus de joie. Elle fit un effort pour ne pas lui montrer à quel point cela lui faisait plaisir de l'entendre la complimenter sur son travail.

— Avant, pendant et après. Je dois dire que ça m'a agacé de vous regarder vous tripoter, Sean et vous.

— Nous ne nous tripotions pas, comme vous dites si élégamment, nous…

— Appelez ça comme vous voulez. D'ailleurs, je n'ai pas passé mon temps à vous regarder, figurez-vous. J'ai examiné le plateau et remarqué deux ou trois détails tout à fait intéressants.

— C'est-à-dire ?

— Brewster a fumé la moitié d'un paquet de cigarillos pendant que vous et Carter étiez en train de… travailler.

— C'est un homme nerveux. J'ai vu des scénaristes faire bien pire en voyant ce qu'il advenait de leurs écrits sur un plateau de tournage.

— Leery s'est pratiquement assis sur vos genoux pour mieux voir ce qui se passait.

— C'est son travail d'observer ce qui se passe.

— Et votre assistant a failli avaler sa langue lorsque Carter vous a enlevé votre chemisier.

Chantel en avait assez entendu. Elle se leva d'un bond. L'équipe allait bientôt venir la chercher. Elle ne pourrait pas jouer si elle laissait Quinn continuer à la contrarier avec ses commentaires déplaisants.

— En voilà assez ! Vous ne faites que projeter vos pensées les plus viles sur des gens dont vous n'arrivez pas à la cheville. Tout le monde n'est pas aussi grossier que vous, figurez-vous !

— A propos, cela me fait penser à autre chose, dit Quinn sans relever la provocation.

Il attendit que Chantel se retourne pour continuer.

— Matt ne s'est pas encore montré sur le plateau. C'est curieux, non ? N'êtes-vous pas sa cliente la plus importante ?

Elle le fixa longuement.

— Vous avez donc juré de faire le vide autour de moi. De me laisser sans personne à qui faire confiance.

— C'est exact. Pour le moment, il n'y a qu'à moi que vous puissiez faire confiance.

Elle se détourna et se dirigea vers une petite pièce au fond de la caravane.

— On va bientôt m'appeler. Je vais m'allonger quelques instants.

Quinn éprouva soudain le besoin de jeter sa canette de bière contre le mur. Juste pour le plaisir de l'entendre se briser. Elle n'avait pas le droit de le faire se sentir coupable. Il ne faisait que son travail. Il avait besoin qu'elle soit sur ses gardes pour l'aider. Si cela n'allait pas sans quelques larmes, il n'y pouvait rien. Et d'ailleurs il s'en fichait.

En jurant, il posa bruyamment sa canette sur la table et se dirigea vers la porte qui donnait sur la pièce où se trouvait Chantel.

— Ecoutez, Chantel, je…

Chantel était assise sur le lit, les yeux fixés sur une enveloppe qu'elle tenait dans ses mains. Quinn perçut l'odeur capiteuse et lourde d'un bouquet de roses sauvages posé sur la coiffeuse.

— Je n'ai pas la force de l'ouvrir, murmura-t-elle.

Lorsqu'elle leva les yeux sur lui, il ressentit comme un coup à l'estomac. Ce n'était pas seulement sa pâleur. Ce n'était pas seulement la peur que trahissaient ses mains qui tressaillaient. C'était le désespoir absolu qu'il lisait dans ses yeux.

— Je n'en peux plus, souffla-t-elle.

— Vous n'êtes pas obligée de l'ouvrir, dit Quinn.

Animé d'un sentiment de compassion dont il ne se savait plus capable, il s'assit à côté d'elle et entoura ses épaules de son bras.

— Je ne veux plus que vous ouvriez aucune de ces enveloppes. Je suis là pour m'en charger. Si vous en recevez d'autres, vous me les donnerez, d'accord ?

— Je ne veux pas savoir ce qu'il a écrit, dit-elle en fermant les yeux. Déchirez-la.

— N'y pensez plus, dit Quinn en glissant la lettre dans sa poche.

Il posa un baiser sur son front, tout en se disant qu'il allait devoir enquêter pour savoir qui était entré dans cette caravane depuis ce matin.

— Vous devez me faire confiance. Je m'occupe de tout.

La tête de Chantel reposait sur ses épaules.

— Vous ne pouvez pas vous occuper de tout. Vous ne pouvez pas faire disparaître les sentiments que cette histoire suscite en moi. J'ai toujours voulu être quelqu'un. J'ai toujours voulu me sentir importante. Est-ce pour cette raison que tout cela m'arrive ?

Etouffant un sanglot, elle s'écarta.

— Peut-être que vous aviez raison. Peut-être que j'ai mérité tout ça.

— Ne dites pas de bêtises ! dit Quinn en la prenant par les épaules et en priant pour qu'elle ne laisse pas libre cours à ces larmes qu'il voyait prêtes à couler. J'ai dit n'importe quoi. Vous êtes belle, vous avez du talent, et vous vous en êtes servie. Vous n'êtes pas responsable du fait qu'il y a des fous et des détraqués sur cette terre.

— Mais c'est à moi qu'il en veut. Et j'ai peur.

— Vous n'avez pas à avoir peur. Je ne le laisserai pas vous faire de mal.

Elle soupira et serra sa main dans la sienne.

— Juré ?

Il sourit et lui caressa légèrement la joue.

— Juré craché !

Chantel posa brièvement sa joue contre la sienne pour se rassurer. Quinn frissonna.

— Merci.

— Pas de quoi, mon ange.

— Ecoutez, je sais que je ne vous ai pas facilité la tâche jusqu'ici, dit-elle en s'écartant. Je ne le voulais pas.

— J'aime la difficulté. D'ailleurs, j'aime bien votre style.

— Puisque nous en sommes aux compliments, j'aime bien le vôtre, aussi.

— Ce jour est à marquer d'une pierre blanche, murmura-t-il en portant sa main à ses lèvres.

Ce fut une erreur. Ils le comprirent tous deux au moment où les lèvres de Quinn touchèrent la main de Chantel. Mais il était déjà trop tard. Leurs regards se rencontrèrent et plongèrent l'un dans l'autre. Chantel crut percevoir la tension qui circulait entre son corps et le sien, de sa main à la sienne. Il ne s'agissait plus d'une tentation, de colère ou même d'une brève flambée de désir. L'envie d'être dans ses bras semblait une nécessité, un besoin. Elle avait besoin de sentir ses bras autour d'elle, ses lèvres sur les siennes, tièdes, impérieuses, passionnées. Cela lui ferait oublier tout le reste, elle le savait.

Leurs mains étaient toujours jointes. Elle ne protesta pas lorsque Quinn serra ses doigts plus fort. Que se passait-il dans sa tête ? Elle éprouva soudain le besoin impérieux de le savoir, de voir ce qu'il ressentait dans son esprit, dans son cœur. Etait-il possible qu'il la désire aussi violemment qu'elle le désirait en ce moment ?

Aucune autre femme n'avait jamais produit cet effet sur Quinn. Ce n'était pas seulement du désir. Il aurait pu rester là pour toute l'éternité, ses yeux plongés dans les siens. Etait-ce seulement sa beauté ? Etait-il possible qu'un visage sans défaut pût provoquer en lui un tel tumulte d'émotions ?

Ou s'agissait-il d'autre chose, de quelque chose d'intangible qui semblait émaner de l'intérieur d'elle-même ? Il y avait dans ses yeux quelque chose de fugitif, de secret qu'on ne percevait que si on les sondait avec attention. Il lui sembla le voir en cet instant.

Il leva sa main libre et la posa sur ses cheveux. De l'or pur, comme ceux d'un ange. Mais Chantel était bien réelle, elle était en chair et en os. Elle était une femme, et non une image. Il s'approcha d'elle, et vit ses paupières se fermer.

Les trois coups sur la porte de la caravane la firent violemment sursauter. Elle posa machinalement ses mains sur son visage. Mais lorsque Quinn fit mine de se lever pour aller ouvrir la porte, elle secoua la tête.

— Non, non. Tout va bien. C'est juste Amos qui me prévient qu'on m'attend sur le plateau.

— Asseyez-vous. Je vais leur dire que vous ne vous sentez pas bien.

Chantel se leva.

— Non. Cette histoire ne doit pas empiéter sur mon travail.

Elle regarda le bouquet de roses sur la coiffeuse et se redressa.

— Je ne le permettrai pas.

Quinn songea un instant à la convaincre de se reposer encore un peu, mais cette détermination et ce courage faisaient partie des choses qu'il admirait en elle. Elle était forte. Assez forte pour ne pas se laisser vaincre par cet inconnu.

— D'accord, Chantel. Vous voulez quelques minutes pour reprendre vos esprits ?

— Oui, peut-être.

Elle se dirigea vers la fenêtre et ouvrit les rideaux. L'obscurité était trop effrayante. La nuit, elle était seule avec ses pensées et son imagination.

Le soleil était haut dans le ciel. Il fallait qu'elle retourne sur le plateau.

— Vous pouvez leur dire que j'arrive dans cinq minutes ?

— Je m'en occupe.

Il hésita un instant, luttant contre son désir de la prendre dans ses bras. Il savait que cela aurait été une erreur. Pour elle comme pour lui.

— Je suis devant la porte si vous avez besoin de moi. Prenez votre temps.

— Ça va aller, merci.

Elle attendit qu'il ait quitté la pièce pour laisser aller sa tête contre la vitre. Pleurer aurait été un tel soulagement. Pleurer, crier, exprimer toute cette tension qui lui mettait les nerfs en pelote. Mais elle ne pouvait pas se le permettre. Pas plus qu'elle ne pouvait se permettre d'avoir les nerfs dans cet état. La journée de travail était encore longue. Elle avait besoin de toute sa présence d'esprit et de toute son endurance.

Elle y arriverait, se dit-elle. Inspirant profondément, elle se détourna de la fenêtre. Le bouquet de fleurs avait disparu. Elle fixa la table, se sentant bêtement soulagée. Quinn les avait emportées. Elle n'avait même pas eu besoin de le lui demander.

Quel genre d'homme était-il ? Brutal et sarcastique un instant, tendre et protecteur le suivant. Pourquoi n'était-il pas facile à cerner et facile à rejeter ? Secouant la tête, elle se dirigea vers l'avant de la caravane. Impossible de le comprendre. Et pourtant, il la touchait. Aucune femme ne pouvait se sentir à l'aise avec un homme pareil, aussi belliqueux et hostile à la gent féminine. Et pourtant, elle se sentait totalement en sécurité quand il était là.

Si elle ne se connaissait pas si bien, si elle n'avait pas su qu'elle était capable de contrôler ses émotions, elle aurait presque cru qu'elle était en train de tomber amoureuse de lui.

6

Même si Chantel passa la plupart de son temps dans un lit, la semaine fut tout sauf reposante. Le lit en question était grand et luxueux, et se trouvait en plein centre du plateau. La scène se déroulait pendant la nuit de noces de Hailey. Qu'elle passait non avec l'homme qu'elle aimait, mais avec celui qu'elle voulait aimer.

Les accessoires comprenaient un seau à champagne rempli de glace, un long manteau de zibeline négligemment jeté sur une chaise et une table couverte de roses que l'on devait constamment arroser avec un pulvérisateur afin qu'elles gardent leur fraîcheur sous les projecteurs. Don Sterling, un acteur relativement peu connu, avait été choisi pour jouer le rôle du mari de Hailey. On l'avait pris essentiellement pour son physique, et quoique les dernières répétitions avec Chantel se soient bien passées, sa nervosité le fit rater une bonne douzaine de prises durant la matinée.

Nichée dans ses bras, Chantel sentit qu'il était tendu. Avant même qu'il ne rate la scène, Chantel s'arrangea pour faire en sorte de se tromper elle-même, espérant ainsi le détendre.

— Désolée, Mary. Nous pouvons prendre cinq minutes ? Je ne suis plus dedans.

— D'accord, dit la réalisatrice, puis elle se tourna vers son assistant pour le consulter.

Chantel enfila la robe de chambre qu'on lui tendait et sourit à Don.

— Une tasse de café ?

— Seulement si elle est assez grande pour que je puisse m'y noyer.

— Commencez par la boire.

Elle fit un signe à Larry, repéra deux sièges relativement à l'écart et y entraîna Don. Quand elle vit Quinn s'approcher, elle secoua la tête pour lui faire comprendre de s'éloigner.

— C'est une scène difficile.

— Elle ne devrait pas l'être, dit Don, en passant nerveusement une main dans ses cheveux.

— La manière dont ils planifient le tournage ne simplifie pas les choses. Nous n'avons eu qu'une ou deux scènes ensemble. Et voilà que nous sommes mariés et en pleine lune de miel. Je ne sais pas ce qu'il en est pour vous, mais je trouve ça plus facile d'être dans un lit avec quelqu'un quand on a pu faire un peu connaissance.

Larry leur avait apporté deux tasses de café. Don tenait la sienne dans ses deux mains et réussit à sourire.

— Je suis censé être un acteur.

— Moi aussi.

— Vous pourriez jouer cette scène les yeux fermés. Je vais être tout à fait honnête. Vous m'intimidez complètement.

Chantel se contenta de hausser les sourcils. Don soupira et détourna les yeux.

— Quand mon agent m'a appelé pour me dire que j'allais vous avoir pour partenaire, j'ai failli tomber dans le coma.

— Pas simple d'avoir l'air passionnément amoureux quand on est dans le coma, je vous le concède.

Il sourit.

— Ecoutez, les bouts d'essai se sont très bien passés. Personne n'a été aussi bon que vous.

— Il s'agissait de la scène dans l'atelier de Hailey. Pas le moindre lit à l'horizon.

— J'ai joué ma première scène d'amour avec Scott Baron. Légende vivante de Hollywood, l'homme le plus sexy du monde. Je devais l'embrasser. Mes dents claquaient, tellement j'avais le trac. Il m'a prise à part, m'a offert un sandwich et m'a raconté des tas de potins amusants, dont il avait sans doute inventé la moitié. Il m'a dit que tous les acteurs étaient des enfants, et que tous les enfants aimaient jouer. Si on ne jouait pas comme il fallait, on était forcé de devenir adulte et de chercher un vrai travail.

Don avait déjà l'air plus détendu.

— Et ça a marché ?

— Je ne sais pas si c'était ce qu'il avait mis dans le sandwich ou ce qu'il m'a dit, mais cinq minutes plus tard, nous étions sur le plateau et nous tournions la scène.

— Vous lui avez volé la vedette dans ce film.

Elle sourit.

— C'est ce qu'on dit, répondit Chantel en prenant une gorgée de café. Mais n'allez pas vous imaginer que je vais vous laisser me voler la vedette dans celui-là, poursuivit-elle en souriant.

— Vous avez fait exprès de rater votre dernière réplique, n'est-ce pas ?

— Pas du tout.

— Vous avez la réputation d'être froide et déterminée. Je ne m'attendais pas à ce que vous soyez... sympathique.

— Ne le dites à personne.

Elle se leva et lui tendit la main.

— Débarrassons-nous de cette lune de miel.

La scène marcha comme sur des roulettes. Quinn ne savait pas ce que Chantel avait dit à Don, mais en tout cas, elle avait été efficace. Quinn commençait à apprendre à ne pas être tendu lorsque Chantel était dans les bras d'un partenaire. Les caméras, l'équipe et toute l'artillerie de l'usine à rêves étaient tellement présentes que Quinn ne se laissait plus prendre à l'illusion de la réalité. Les projecteurs avaient été assombris pour simuler la lumière de bougies. Chantel et Don étaient allongés dans le lit, Don nu jusqu'à la ceinture, elle dans une nuisette. La caméra était quasiment au-dessus d'eux. La réalisatrice s'agenouilla sur le lit et leur rappela la chorégraphie de la scène. Quand les caméras commencèrent à tourner, Chantel et Don se tournèrent l'un vers l'autre comme s'ils étaient seuls au monde.

C'était tellement facile pour elle de simuler la passion. Quand il la regardait jouer, il se demandait si elle était capable d'éprouver des sentiments véritables. Ses émotions fonctionnaient sur commande, elle les suscitait et les faisait disparaître comme si elle n'avait qu'à appuyer sur un bouton. Elle était comme une poupée extrêmement élaborée. Magnifique en surface, vide à l'intérieur.

Pourtant, il l'avait tenue dans ses bras. Il avait senti les feux de la passion s'allumer fugitivement en elle, perçu ses sentiments, ses besoins, ses doutes. Cela aussi avait-il été un jeu ? Et après tout, quelle importance ? se dit-il en allumant une cigarette. Ce genre de questions n'avait pas à le préoccuper. Chantel était une cliente, un point c'est tout. Si elle éveillait des sentiments en lui, comme elle le faisait avec une régularité inquiétante, il fallait qu'il prenne ses distances. S'engager dans une relation avec une femme comme Chantel était du suicide.

Mais quand il la regardait, son cœur battait la chamade.

Ce n'était que du désir, se répétait-il. Plus précisément, de la convoitise. N'importe quel homme sain de corps était forcé de désirer Chantel O'Hurley. C'était naturel. D'un autre côté, ce n'était pas seulement du désir qu'il avait éprouvé lorsqu'il l'avait tenue dans ses bras. C'était de la compassion.

Bon, et alors, se dit Quinn, poursuivant son débat intérieur. Qu'y avait-il de si extraordinaire à éprouver de la compassion pour une femme persécutée et sans défense. Le contraire eût été monstrueux ! Mais était-ce bien de la compassion ? Le sentiment qu'il avait éprouvé n'était-il pas plus violent ? Quinn fut forcé de reconnaître qu'il l'était. C'était de la rage qu'il avait ressentie. De l'indignation à l'idée que cette femme, *sa* femme soit menacée. Plus il était à ses côtés, plus il avait le sentiment qu'elle lui appartenait.

Il fallait qu'il prenne ses distances, et vite, conclut-il en écrasant sa cigarette dans un cendrier.

Il y avait eu deux autres lettres cette semaine-là. Des lettres qu'il n'avait pas montrées à Chantel. De suppliant, leur ton était devenu larmoyant, ce qui inquiétait Quinn davantage que les menaces voilées que contenaient les lettres précédentes. L'auteur était sur le point de craquer. Et Quinn sentait que s'il craquait, ce serait comme une éruption volcanique, rapide et violente. D'une certaine manière, Quinn appelait cet instant de ses vœux, l'instant où il pourrait enfin affronter cet homme et mettre un terme au calvaire de Chantel.

— Fini pour aujourd'hui, les enfants ! Ne vous roulez pas trop dans la débauche ce week-end, dit la réalisatrice. Nous vous attendons entiers et en pleine possession de vos facultés lundi matin !

Toujours en nuisette, Chantel était assise au bord du lit, en pleine conversation avec Don. La jalousie, se dit Quinn en sentant une sensation désagréable se tordre au creux de son estomac. D'où lui venait soudain ce sentiment qu'il croyait réservé aux romans de gare ? Jusqu'alors, sa devise avait toujours été « vivre et laisser vivre ». Si une femme, même une femme avec laquelle il avait une relation, décidait de s'intéresser à un autre homme, c'était son droit le plus strict. Pas d'attaches, pas de souffrance, pas de complications. Ces principes lui avaient permis de vivre plutôt agréablement pendant des années. Il n'aimait pas ce sentiment. Il était laid et petit. C'était comme une maladie contre laquelle on ne pouvait lutter. Incapable de s'en empêcher, il se dirigea vers Chantel et la fit se lever.

— Assez joué pour aujourd'hui, lui souffla-t-il en l'entraînant avec lui.

— Vous allez me lâcher, oui ? murmura-t-elle tandis qu'ils se dirigeaient vers sa loge.

Larry, qui était venu à leur rencontre avec la robe de chambre de Chantel, fit demi-tour lorsqu'il vit l'expression du visage de Quinn.

— Taisez-vous.

— Doran, ceci est mon lieu de travail et il me serait pénible de m'y donner en spectacle autrement que dans le cadre de mon personnage. Mais si vous m'y contraignez, je vais faire le scandale le plus incroyable que vous ayez jamais vu. Les journaux en parleront pendant des semaines.

— Allez-y.

Elle serra les dents.

— Quel est, au juste, votre problème ?

— C'est vous, mon problème, ma chérie. Pour quelqu'un qui doit être sur ses gardes, je vous trouve extrêmement sympathique avec ce gamin.

— Don ? Au nom du ciel, Quinn, c'est un collègue. De plus, Don n'est pas un gamin, il a deux ans de plus que moi.

— Ce n'est pas une raison pour vous approcher si près de lui quand vous lui parlez.

— Vous n'en avez pas assez de toujours répéter la même rengaine, Quinn ? Si vous avez fait votre travail correctement, je suppose que vous avez déjà un rapport sur Don Sterling et que vous savez qu'il est pratiquement fiancé à une femme qu'il fréquente depuis plus de deux ans.

— Un femme qui habite à plus de mille kilomètres d'ici.

— Je le sais, merci, dit Chantel en ouvrant la porte de sa loge. Quand vous m'avez empoignée sans ménagement tel un homme des cavernes emmenant sa femelle, Don était en train de me raconter qu'il prenait l'avion de nuit pour la côte Est afin de pouvoir passer le week-end avec elle. Il est amoureux, Doran. Vous savez ce que ça veut dire ? Non, sans doute.

— Un homme pourrait très bien être amoureux d'une autre femme et vous désirer quand même.

Elle claqua la porte de la loge et se retourna, plaquant son dos contre la porte.

— Que savez-vous de l'amour ? Que savez-vous des émotions sincères ?

— Vous voulez des émotions ? dit Quinn appuyant ses deux mains sur la porte de part et d'autre de Chantel, qui sembla un peu effrayée, mais ne broncha pas. Vous voulez savoir quel genre d'émotion vous pouvez susciter chez un homme ? reprit-il. Sentir ce que sont de vraies émotions ? Et pas des sentiments de pacotille écrits sur les pages d'un scénario ? Vous croyez que vous pourrez le supporter ?

Le cœur de Chantel battait la chamade. Elle ne percevait rien d'autre que de la fureur dans les yeux de Quinn, mais d'une certaine manière, elle s'en délectait. Quelle folie de vouloir cet homme, de vouloir se sentir faible et démunie dans ses bras.

— Laissez-moi tranquille, murmura-t-elle.

— Vous avez raison d'avoir peur de moi.

— Je n'ai pas peur de vous.

Il s'approcha un peu plus près d'elle.

— Vous tremblez.

— Oui, de rage.

— Peut-être. Mais peut-être est-ce également parce que vous ne savez pas vraiment ce qui va arriver dans quelques instants. La prochaine scène n'est pas écrite, Chantel.

— Ecartez-vous.

— Pas encore. Je veux savoir ce que vous ressentez.

Il appuya légèrement son corps contre le sien.

— Je veux savoir si vous êtes capable de ressentir quoi que ce soit.

Chantel commençait à perdre pied. Si Quinn la touchait maintenant, la touchait vraiment, elle avait peur de se laisser aller. Comment pouvait-elle lui dire ce qu'elle ressentait, puisque ce qu'elle ressentait était contraire à ce qu'elle voulait ? Elle voulait être protégée, embrassée, chérie, aimée. Si elle lui avouait cela, il ne ferait que profiter d'elle. On lui avait brisé le cœur une fois. Elle s'était juré que cela n'arriverait pas de nouveau.

Chantel leva le menton et attendit que Quinn approche ses lèvres tout près des siennes.

— Vous ne valez pas mieux que ce type qui me harcèle.

Il recula, pétrifié, comme si elle l'avait giflé en plein visage. Regrettant ses paroles, Chantel ressentit l'envie de courir vers lui et de le prendre dans ses bras. Au lieu de cela, elle s'immobilisa et continua de le regarder d'un air de défi.

— Habillez-vous, dit-il en tournant les talons.

Il se dirigea vers le frigo et y prit une bière. Elle avait raison, se dit-il. Il avait voulu lui faire peur, l'affaiblir, puis la prendre selon ses propres règles du jeu. Inconsciemment, il s'était dit que s'il parvenait à se persuader que ce qui se passait entre eux était froid et calculé, il réussirait à croire qu'elle ne signifiait rien pour lui.

Il avait voulu lui faire mal. Elle mettait sa tranquillité d'esprit en danger. Il fallait qu'il riposte. S'ils avaient fait l'amour, cela les aurait soulagés, cela aurait compensé les nuits sans sommeil qu'il avait passées. Quinn se dégoûtait. D'abord la jalousie, ensuite cela... Décidément, cette femme lui révélait des aspects de lui-même dont il n'était pas très fier.

Il s'était pourtant dit qu'il fallait qu'il prenne ses distances. Au lieu de cela, il s'était jeté dans la gueule du loup. Pour la première fois de sa vie, il avait honte.

Lorsqu'elle revint dans la pièce, il jeta la canette dans la poubelle. Elle portait un pantalon de toile beige et une veste en velours. Elle avait une allure sobre, posée, et ne ressemblait en rien au personnage passionné et fougueux qu'elle avait joué toute la journée.

Sans un mot, elle passa à côté de lui et posa une main sur le bouton de la porte. Avant qu'elle ait pu l'ouvrir, Quinn posa une main sur la sienne. Il se maudit lorsqu'il la sentit se raidir et qu'elle lui lança un regard froid et indifférent.

— Vous avez le droit de m'envoyer quelques flèches, dit-il d'une voix douce. Je ne ferai rien pour les éviter.

Elle resta silencieuse un instant. Tandis que sa colère se dissipait, elle soupira. Elle était fatiguée, vidée d'avoir eu à jouer et à rejouer la passion toute la journée.

— Je les garde en réserve pour plus tard.

Elle tourna la poignée, mais Quinn pressa sa main un peu plus fort.

— Chantel, je...

— Quoi ?

Il voulait s'excuser. Ce n'était pas son genre, mais il voulait vraiment lui dire qu'il était désolé. Il le voulait, mais les mots ne venaient pas.

— Rien. Partons.

Ils furent silencieux sur le trajet du retour. Quinn était dévoré par la culpabilité. Ce sentiment se dissiperait, se dit-il pour se rassurer. Ce n'était rien d'autre qu'une de ces émotions inconnues qu'elle suscitait en lui. Elle avait l'air épuisée. Mais elle était toujours aussi belle. Tellement belle.

Quinn détourna les yeux et tenta de se sermonner. Il avait une affaire à résoudre, et il le ferait. Il ne perdrait plus le contrôle de ses émotions. Il la raccompagnerait dans la maison, vérifierait que le système d'alarme était allumé puis se retirerait. Enfin, il pourrait se reposer. Il devait aussi étudier le rapport que lui avait envoyé son équipe d'enquêteurs. Même s'il savait qu'ils n'avaient pas réussi à trouver d'où provenait le papier à lettres. Il fallait attendre que le persécuteur de Chantel fasse un faux pas. Une erreur qui leur permettrait de le coincer. Jusqu'alors, il s'était montré habile. Il n'en avait fait aucune.

Quand la limousine s'immobilisa devant la maison, Quinn descendit, prit Chantel par la main et l'entraîna vers l'arrière de l'édifice.

— Qu'est-ce que vous faites ?

— Nous sommes vendredi et je suis fatigué d'être enfermé en permanence dans cette maison. Nous allons dîner dehors.

Il s'arrêta devant sa voiture et adressa un signe de tête à l'un de ses hommes qui gardait l'arrière de la maison.

— Il ne vous est pas venu à l'idée que je pourrais ne pas avoir envie de sortir ?

— Là où je vais, vous allez aussi.

Il ouvrit la portière du côté passager.

— Doran, j'ai travaillé soixante heures cette semaine et je suis fatiguée. Je n'ai pas envie d'aller dans un restaurant où tout le monde passera la soirée à me dévisager.

— Qui parle d'un restaurant ? Contentez-vous de monter, mon ange.

— Je n'ai pas faim.

— Moi, si.

Il la poussa dans la voiture et ferma la portière.

— Vous a-t-on déjà dit que vous manquiez totalement d'éducation ?

— On me le dit tous les jours.

Il démarra et descendit en trombe l'allée menant vers le portail. Chantel attacha sa ceinture.

— Vous avez peur ?

— Vous ne me faites pas peur, Doran. Vous m'agacez, c'est tout.

— C'est un début.

Il alluma la radio et trouva une station qui passait de vieux rocks endiablés. Chantel ferma les yeux.

Quand la voiture s'arrêta, elle resta immobile, déterminée à se montrer totalement indifférente. Autour d'elle, elle entendait le bruit de la circulation. Sans doute étaient-ils sur l'autoroute. Elle n'avait pas la moindre idée de l'endroit où ils allaient. La portière de Quinn s'ouvrit puit se referma. Chantel ouvrit les yeux.

Elle vit Quinn se diriger vers un petit fast-food et réfréna un gloussement. Chez elle, son cuisinier lui aurait préparé une délicieuse salade qu'elle aurait dégustée avec un verre de vin. Quoi que Quinn ait acheté dans ce fast-food, elle ne le mangerait pas, se promit-elle.

Elle referma les yeux tandis que Quinn remontait dans la voiture, un sac en papier à la main. Un fumet merveilleusement appétissant s'en dégageait, mais elle résista. Il redémarra.

Chantel ne savait toujours pas où ils allaient, mais la route commença à dessiner des lacets et le bruit de la circulation devenait moins fort. Elle faillit s'assoupir tandis qu'elle sentait sur sa peau la tiédeur des rayons du couchant. Elle ne s'était pas rendu compte à quel point elle avait besoin de s'échapper. De son travail, de sa maison, peut-être même d'elle-même. Ce serait difficile de ne pas montrer qu'elle lui était reconnaissante d'avoir eu cette idée. Mais elle se promit d'y arriver.

Quand la voiture s'arrêta de nouveau, elle resta immobile. Elle avait beau être dévorée par la curiosité, elle ne bougea pas. Quinn attrapa le sachet du fast-food, descendit et claqua la portière.

L'estomac de Chantel se contracta. Elle se souvint qu'elle n'avait mangé qu'un peu de fromage et de fruits à midi. Furieuse qu'il ne l'ait pas forcée à le suivre comme il l'avait forcée — du moins était-ce ce qu'elle se plaisait à se dire — à faire d'autres choses, elle se décida à ouvrir les yeux et descendit de la voiture.

Stupéfaite, elle regarda autour d'elle. Ils étaient sur les hauteurs de la ville, plus loin qu'elle ne l'avait jamais été. Des kilomètres plus bas, Los Angeles s'étendait à perte de vue, scintillante aux lueurs du couchant. Les couleurs du ciel étaient magnifiques. Au zénith, il était encore profondément bleu. Puis ce bleu pâlissait pour se fondre dans un rose léger qui devenait plus foncé en s'approchant de la ligne d'horizon. La première étoile clignotait déjà, attendant que les autres s'allument. Une brise légère faisait frissonner les feuilles. La ville qu'elle connaissait si bien semblait posée sous une cloche de verre, tant le silence était profond.

— Impressionnant, non ?

Elle se retourna et vit Quinn appuyé contre une pancarte géante en forme de « H ». Les lettres géantes du mot « Hollywood » surplombaient la ville. Chantel rit. Voilà donc où ils étaient ! Elle avait vu ces lettres si souvent qu'elle ne les remarquait même plus. Depuis Beverly Hills, elles semblaient immuables, éternelles, immaculées. De près, tout comme la ville qu'elles dominaient, elles ne semblaient rien d'autre qu'une énième illusion en carton-pâte. Certes, elles étaient immenses, mais un peu instables, un peu usées, couvertes de quelques graffitis.

— Il faudrait repeindre tout ça, marmonna-t-elle.

— Non, c'est plus honnête de les laisser comme ça. Les adolescents viennent ici avec leurs petites amies pour leur conter fleurette. Ou avec leurs ennemis pour régler leurs comptes, dit Quinn en envoyant un coup de pied dans une canette de bière vide.

Chantel le regarda.

— Et vous, pourquoi venez-vous ici ?

— J'apprécie le panorama, et le silence.

Il escalada quelques rochers avec aisance et s'installa au pied du premier « L ».

— Quand il n'y a pas de vent, il n'y a pas un bruit ici. C'est à peine si on entend hurler un coyote de temps à autre.

— Il y a des coyotes ? dit Chantel en regardant autour d'elle, un peu inquiète.

— Parfois.

Il plongea la main dans le sac en papier.

— Un hamburger ?

— Nous avons fait tout ce chemin pour manger un pauvre hamburger ?

— J'ai aussi de la bière.

— Charmant !

— Elle commence à être chaude. Vous feriez mieux de la boire.

— Non. Je ne veux rien.

— A votre guise.

Il déballa un hamburger et mordit dedans à belles dents.

— Il y a aussi des frites, si vous voulez. Un peu graisseuses, peut-être, mais elles sont encore chaudes.

Chantel fit la moue et se détourna.

Malheureusement, la brise amenait le fumet de la nourriture jusqu'à ses narines et la faisait saliver. Jurant intérieurement, elle continua de contempler obstinément la ville qui s'étalait à ses pieds.

— Je suppose qu'une femme telle que vous ne mange que du caviar ?

Elle fit volte-face. Quinn tressaillit. La ville scintillait derrière elle et les couleurs du couchant se reflétaient dans ses cheveux. Elle n'avait jamais été aussi belle.

— Vous ne savez rien de moi. Rien.

Les accents de sa voix n'étaient pas ceux de la provocation ou de l'ironie. Quinn fronça les sourcils, intrigué.

— J'ai passé les vingt premières années de ma vie à voyager de ville en ville, à manger dans des fast-foods qui sentaient le graillon et à dormir dans des motels, poursuivit Chantel. Parfois, quand nous avions de la chance et que notre numéro avait été apprécié, on nous servait un repas chaud dans les cuisines des hôtels où nous nous produisions. Sinon, nous nous rabattions sur des œufs durs et du café. Ne me jetez pas la pierre sans savoir de quoi vous parlez, Doran. Vous ne savez pas ce que je suis, ni qui je suis. Tout ce que vous savez, c'est ce que j'ai fait de moi.

Il posa doucement sa canette sur un rocher à côté de lui.

— Voyez-vous ça, dit-il posément. Voilà des informations qu'on ne trouve sans doute pas dans votre biographie officielle, n'est-ce pas ?

Chantel fut incapable de répondre. Elle était trop stupéfaite de cette réaction. Elle s'en voulait de lui avoir révélé tout cela.

— Je veux rentrer.

— Je ne vous crois pas, dit-il d'une voix plus douce. Il n'y a que vous et moi ici, Chantel. Venez donc me rejoindre et contemplons le monde d'en haut, pour une fois.

Sans réfléchir, Chantel se laissa tenter et fit un pas dans sa direction. Lorsqu'il lui tendit une main pour l'aider, elle la prit sans hésiter. L'hésitation n'arriva qu'au moment où sa paume toucha la sienne. Elle se souvint de ce contact, de sa force, et ses yeux rencontrèrent les siens. Ils restèrent immobiles un instant, tandis que le ciel s'assombrissait autour d'eux. Puis il la hissa près de lui.

— Je suis désolé, dit Quinn, aussi surpris que Chantel d'entendre ces mots sortir de sa bouche.

— Désolé de quoi ?

Elle voulut retirer sa main de la sienne mais il leva son autre main pour écarter une mèche blonde qui retombait sur sa joue.

— Pour ce qui s'est passé dans votre loge. Je ne sais pas pourquoi, mais vous me rendez nerveux.

Elle le regarda.

— J'en ai autant à votre service.

Quinn savait que, dans toute situation, il y avait un moment où il fallait parler à cœur ouvert. Peut-être ce moment était-il venu.

— Chantel, je vous désire. Et j'ai beaucoup de mal à gérer cette situation.

D'autres hommes l'avaient désirée, d'autres hommes le lui avaient dit d'une manière bien plus élégante. Mais jamais auparavant elle n'avait été aussi émue.

— Je pourrais vous renvoyer.

— Cela ne changerait rien.

— Je suppose que non, dit-elle en détournant les yeux, surprise de sentir la force de son propre désir. Ecoutez, nous ne pouvons pas faire l'amour ensemble, murmura-t-elle.

— Je m'attendais à cette réponse, dit Quinn en commençant à se lever.

Elle prit sa main dans la sienne pour l'empêcher de s'en aller.

— Quinn, je ne sais pas pourquoi vous pensez que je vous dis non, mais je suis sûre que vous vous trompez sur mes raisons.

— Je ne suis pas votre style, dit-il à mi-voix en prenant sa canette. Je ne fais pas partie de votre monde.

Chantel s'empara de la canette et la jeta contre un rocher où elle se brisa en mille morceaux.

— Vous ne savez pas ce que je pense ! Vous ne savez pas ce que je ressens !

— Alors dites-le-moi, dit-il en l'attirant à lui.

— Je ne suis pas obligée de vous dire quoi que ce soit. Je ne suis pas obligée de vous expliquer. Je veux juste un peu de tranquillité. Pouvoir oublier toute cette pression quelques heures par jour. Je ne sais pas si je pourrai supporter plus longtemps d'être accablée de tous les côtés comme c'est le cas en ce moment.

— D'accord, d'accord, dit-il en la tenant plus doucement.

Il lui caressa doucement le dos.

— Vous avez raison, poursuivit-il. Je vous ai amenée ici pour que vous puissiez vous détendre, pas pour me disputer avec vous. Mais vous me rendez tellement nerveux.

— Rentrons, alors. Cela vaut mieux.

— Non. Asseyez-vous. S'il vous plaît. Essayons de passer une heure assis côte à côte sans nous disputer. Prenez un hamburger.

Il déposa un baiser léger sur ses cheveux et lui sourit. Chantel se rassit et soupira.

— Je m'avoue vaincue. Je meurs de faim.

— C'est bien ce que je me disais, dit-il en lui tendant un hamburger et une serviette.

Pendant quelques minutes, ils mangèrent en silence.

— Vous avez eu une enfance difficile ?

Chantel était en train d'ouvrir un petit paquet de sel. Tout en saupoudrant les frites, elle secoua la tête.

— Non, pas du tout. Ce n'est pas ce que je voulais dire. C'est juste que ma vie n'était pas tout à fait la même que celle des autres enfants. Mes parents sont artistes de music-hall. Ils chantent et dansent depuis plus de trente ans. Tous les six, nous passions notre temps à sillonner le pays, et certains des endroits où nous nous sommes produits étaient vraiment minables. Mais ma famille…

Elle sourit, acceptant la bière que lui tendait Quinn.

— Ils sont merveilleux, reprit-elle. Trace faisait quelques numéros, mais son plus grand talent était le piano. J'avais beau m'entraîner, je n'arrivais pas à jouer aussi bien que lui. Cela me vexait.

— Rivalité familiale…

— Exactement. La vie serait ennuyeuse si cela n'existait pas. Trace et moi nous ressemblons tellement que nous étions toujours en train de nous disputer. Je n'ai jamais eu ce genre de rapport avec mes sœurs. Nous étions trop complices.

Elle prit quelques gorgées de bière et contempla la ville.

— Nous le sommes toujours, d'ailleurs, poursuivit-elle. Parfois, elles me manquent terriblement. Quand nous étions petites, nous avions fait des tas de projets de numéros en commun. Et puis nous avons grandi.

— Quel genre de numéros ?

Chantel rit.

— Vous n'avez jamais entendu parler des sœurs O'Hurley ?

— Désolé.

— Vous le seriez sans doute encore plus si vous aviez assisté à un de nos spectacles. Nous avions répété des chansons à trois voix, des airs populaires et certains standards de la comédie musicale.

— Vous chantez ?

— Doran, je suis une véritable diva !

— Mais vous ne chantez jamais dans vos films.

Elle haussa les épaules.

— L'occasion ne s'est jamais présentée. Matt dit tout le temps qu'un jour, nous devrions surprendre le public et me trouver un rôle où je pourrais chanter, et peut-être danser. Oui, je sais danser aussi, ajouta-t-elle en lançant un regard en biais à Quinn.

— Pourquoi ne mettez-vous pas ce projet à exécution ?

— Aucune occasion ne s'est présentée. D'ailleurs, je me suis dit qu'il valait mieux que je me consacre à ce que je sais faire le mieux.

Quinn froissa le sac en papier vide et le posa à côté de lui.

— C'est-à-dire ?

— Jouer la comédie, dit-elle en lui lançant un regard taquin.

Il ne répondit pas à son sourire, mais tendit la main vers son visage et replaça une mèche de cheveux derrière son oreille.

— Je ne crois pas que vous soyez en train de jouer la comédie.

Elle détourna son regard. La nuit était presque tombée, mais il n'y avait encore que quelques étoiles.

— Comment savoir ? Parfois, je ne le sais plus moi-même.

— Je crois que vous le savez.

Lorsqu'elle le regarda, son visage était près du sien. Très près.

— Non, Quinn, murmura-t-elle. Je vous l'ai dit, nous ne…

Mais ses lèvres effleurèrent les siennes, tièdes et légères.

— Vous savez ce que j'ai éprouvé quand vous étiez allongée dans ce lit avec Sterling aujourd'hui ?

— Non. Je ne veux pas le savoir. Je vous l'ai dit. C'est mon travail.

Quinn sentait au son de sa voix qu'elle était déjà à moitié séduite. Il frissonna à l'idée de la serrer plus près de lui.

— Je ne savais pas bien si c'était lui ou vous que j'avais envie d'étrangler, mais je savais que j'avais envie que vous me regardiez de la façon dont vous le regardiez lui.

— Ce n'est qu'un rôle, je suis censée…

— Il n'y a pas de caméras, ici, Chantel. Il n'y a que vous et moi. Et je crois que c'est cela qui vous fait peur. Il n'y a personne pour vous dire ce que vous devez ressentir. Personne pour dire « coupez ! » avant que les choses n'aillent trop loin.

— Je n'ai besoin de personne pour savoir ce que je ressens. De personne, dit-elle en attirant sa bouche vers la sienne.

Elle en avait envie. Elle avait envie de sentir de nouveau ce tumulte de sensations qu'il provoquait en elle. Personne, personne ne l'avait touchée comme lui. Elle aurait pu le lui dire. Mais il ne l'aurait pas crue. L'image, son image était gravée dans le marbre, et c'était elle qui l'avait construite. Ce qu'il y avait à l'intérieur lui appartenait. Elle était déterminée à ne plus jamais laisser quelqu'un y pénétrer.

Mais elle pouvait prendre cela, ce désir, cette chaleur, cet abandon. Elle pouvait le prendre et lui donner la même chose en retour. Tant qu'elle ne lui en donnait pas trop. Tant qu'elle ne lui donnait pas tout.

Le ciel s'assombrissait au-dessus d'eux et le vent murmurait dans les feuilles.

Les mains de Quinn étaient fébriles lorsqu'elles se perdirent dans ses cheveux. Son esprit était assailli par toutes sortes de besoins et de désirs, mais ces désirs étaient loin d'être aussi bruts et aussi simples qu'il s'était plu à le croire. Le désir pouvait être une douleur, mais pas vous déchirer à ce point.

Il voulait l'aimer là, tout de suite, entre les rochers et les arbres. Il voulait la cajoler, la manipuler avec précaution, comme une porcelaine fragile.

Tout son corps était tendu, prêt à exploser. Il fallait qu'il la touche, même si ce n'était qu'une fois. Doucement, il fit glisser sa main sur sa cuisse, par-dessus sa hanche, jusqu'à trouver le globe de son sein. Elle était petite, incroyablement fragile, et douce comme de l'eau. Il déboutonna doucement sa veste pour mieux sentir la chaleur de sa peau.

Chantel soupira. Cela faisait si longtemps, si longtemps qu'elle n'avait laissé personne la toucher, qu'elle n'avait pas éprouvé le besoin d'une telle proximité avec quelqu'un. Elle désirait ses mains sur son corps, ses lèvres sur les siennes, son corps, tendu et débordant de désir contre le sien. Qu'importe le lieu où ils se trouvaient. Qu'importe le prix qu'elle aurait sans doute à payer pour se laisser aller à l'aimer.

Dans un geste d'abandon qui l'ébranla, elle l'entoura de ses bras et nicha son visage au creux de son cou.

— Chantel…

Il voulut relever son visage. Sans savoir pourquoi au juste, il voulait voir ce que disaient ses yeux en cet instant.

Soudain, il entendit un bruit dans les broussailles. Un craquement qui se répéta une fois, puis deux.

Chantel l'avait entendu aussi.

— Qu'est-ce que c'est ? Un animal ? dit-elle en saisissant convulsivement le bras de Quinn.

— Sans doute, dit-il.

Mais il n'en pensait rien. Les sens en alerte, il l'écarta doucement et se leva.

— Où allez-vous ?

— Jeter un coup d'œil. Ne bougez pas.

— Quinn, je…

Elle s'était déjà levée.

— Ne bougez pas, Chantel. C'est probablement un lapin.

Ce n'était pas un lapin. Chantel l'avait deviné à la voix de Quinn.

— Je viens avec vous.

— Chantel, restez assise, je n'en ai que pour un instant.

— Non.

Elle prit son bras et escalada les rochers. Résigné, Quinn l'aida.

— Très bien. Mais faites attention. Si vous écorchez cette peau magnifique à cause de moi, votre producteur va me sermonner.

Ils se dirigèrent vers la voiture de Quinn pour prendre une lampe de poche. Puis Quinn la prit par le bras et l'entraîna vers les broussailles. Il avançait à quelque pas devant elle, afin de la protéger de son corps en cas d'agression.

— Vous avez dit qu'il y avait des coyotes par ici.

— Oui, dit Quinn en se baissant.

Il avait aperçu des traces de pas sur le sol. Il braqua le faisceau de la lampe sur les empreintes.

— Je suppose que ce n'était pas un coyote, dit Chantel.

Quinn perçut la frayeur dans sa voix.

— Ce n'était probablement qu'un gamin.

— Arrêtez, Quinn. Vous ne le croyez pas vous-même.

Elle regarda les empreintes. Les broussailles où ils les avaient découvertes étaient à peine à quelques mètres de l'endroit où ils étaient assis quelques minutes auparavant.

— Quelqu'un nous espionnait, et je pense que nous savons tous les deux de qui il s'agit.

Elle pressa ses mains sur ses yeux.

— Mon Dieu ! Il était là. Il était juste là. A regarder. Pourquoi ne s'arrête-t-il pas ? Pourquoi…

— Calmez-vous, Chantel ! dit Quinn.

Il la prit par les épaules et la secoua un peu. Elle prit une profonde inspiration, puis faillit crier lorsqu'elle entendit le bruit d'une voiture qui démarrait.

— Il nous a suivis. Combien de fois m'a-t-il déjà observée ainsi ?

Sa voix était devenue blanche.

— Je ne sais pas.

Contrarié, Quinn fit quelques pas sur la route. La nuit était tombée. Même s'il avait envisagé de laisser Chantel seul, il était trop tard pour se lancer à sa poursuite.

— Je ne le laisserai pas vous approcher, dit-il en se tournant vers Chantel.

Elle le regardait calmement, son expression était presque résignée.

— Pendant combien de temps y parviendrez-vous ?

Elle se détourna et se dirigea vers la voiture.

— Je veux rentrer.

7

— Nous n'avons pas avancé d'un iota, dit Chantel en se servant un whisky.

Elle servit un verre à Matt et y laissa tomber deux glaçons.

— Je suis désolé, Chantel, j'aurais juré que si quelqu'un pouvait t'aider, c'était Quinn.

— Je ne lui reproche rien, il a fait tout ce qu'il a pu.

Elle se dirigea vers la fenêtre, serrant son verre dans ses deux mains. C'était le crépuscule. Les couleurs du ciel lui rappelaient un autre coucher de soleil.

— Tu sembles avoir changé d'avis sur lui.

« Tu ne crois pas si bien dire », pensa Chantel, tout en haussant les épaules.

— C'est juste que je ne peux pas nier qu'il fait tout son possible, dit-elle d'un ton tristement résigné.

— Je ne suis pas d'accord. Il ne nous a rien donné de solide pour le moment. Il y a une piste quelconque concernant les lettres ?

— Ce modèle de papier à lettres se trouve dans une bonne douzaine de grandes surfaces de Los Angeles et de sa banlieue. Il n'y a aucun moyen de découvrir sa provenance.

— Et les fleurs ? demanda Matt, arpentant nerveusement la pièce. Il doit bien y avoir un moyen de savoir où elles ont été achetées.

— Apparemment, non. La plupart du temps, elles se matérialisent dans ma loge ou quelque part sur le plateau sans que personne n'ait vu le moindre livreur les apporter.

— Les fleuristes ont des registres de commandes.

— Si on paye en liquide et qu'on achète les fleurs soi-même, un fleuriste n'a aucune raison de demander une pièce d'identité ou d'inscrire quoi que ce soit dans un registre.

Chantel se massa la nuque, espérant soulager la tension qui s'y accumulait.

— Mais quelqu'un pourrait se souvenir de…

— Quinn m'a dit que ses hommes avaient écumé tous les fleuristes de la ville. Ils n'ont rien trouvé.

— Et les coups de fil ?

— Ils n'ont pas réussi à localiser les appels. Il ne reste jamais au bout du fil assez longtemps.

— Zut ! Il doit pourtant bien y avoir un moyen de mettre la main sur ce type !

Matt se resservit un verre de whisky.

— Chantel, reprit-il, peut-être est-il temps de faire appel à la police.

Elle se retourna. Elle ne fit aucun effort pour dissimuler sa lassitude. Avec Matt, elle pouvait se permettre de se relâcher un peu.

— Que pourront-ils faire que Quinn n'ait déjà fait ? Ils vont refaire les mêmes recherches, arriver aux mêmes résultats, et en attendant, nous aurons perdu du temps.

Le désespoir qu'il percevait dans ses yeux lui tordait le cœur. Baissant les yeux sur son verre de whisky, il étouffa un juron.

— Je ne sais pas, je ne sais plus.

Il soupira et leva les yeux.

— J'étais tellement sûr que cette histoire allait être réglée en un rien de temps.

— Ce n'est pas si simple. Apparemment, nous n'avons pas affaire à un idiot. En tout cas, il est prudent, c'est le moins qu'on puisse dire.

— Tu es sûre que tu as dit tout ce que tu savais à Quinn ?

Chantel haussa les épaules.

— Quand je ne lui dis pas quelque chose, il le trouve tout seul. Il fait des enquêtes sur tous les gens que je connais.

— C'est normal, il…

— Toi y compris.

Matt se figea et la dévisagea. Avec une moue mécontente, il fourra une main dans sa poche et en sortit son briquet.

— Ça prouve qu'il fait bien son travail, dit-il.

— Je n'aime pas ça, Matt.

Pour la première fois, l'émotion eut le dessus sur la résignation et la lassitude et fit trembler sa voix.

— Je me sens… je ne sais pas… sordide et sournoise à l'idée qu'il fouine dans la vie des gens à cause de moi.

Un peu mal à l'aise, Matt passa un bras autour des épaules de Chantel.

— Ecoute, ma chérie, s'il doit agiter quelques squelettes dans mon placard pour mettre un terme à cette histoire, ça vaut le coup.

Il resta un instant silencieux, puis s'éclaircit la gorge.

— Alors qu'est-ce qu'il a trouvé ?

— Sur toi ?

— Commençons par là.

— Je ne sais pas, dit-elle en soupirant et en appuyant sa tête sur son épaule.

Le soleil avait complètement disparu, ne laissant qu'une touche de rose sur les nuages.

— Je lui ai dit que je ne voulais pas le savoir, Matt. Il a commencé à me dire ce qu'il avait trouvé sur des gens comme Larry et James Brewster, et ça m'a tellement dégoûtée que je lui ai demandé d'arrêter. Nous avons décidé que je suivrais ses instructions en prenant quelques précautions, mais qu'il garderait toutes les informations de ce genre pour lui.

Chantel se souvint de la réaction de Quinn à ce moment, de sa déception en constatant son manque de courage.

— Tu caches ta tête dans le sable, Chantel.

— Je m'en fiche.

— Ecoute, il n'y a personne sur cette terre et encore moins

dans ce milieu qui, passé vingt ans — voire même avant — n'ait pas fait quelque chose de peu avouable. Quinn a le droit d'enquêter sur les gens qui t'entourent. De plus, il n'est pas du genre à faire mauvais usage de ce qu'il sait et à déballer des informations confidentielles au premier venu.

— Merci pour le vote de confiance.

Quinn s'arrêta un instant sur le seuil de la pièce et les regarda. Le bras de Matt était toujours autour des épaules de Chantel. Sa tête reposait sur l'épaule de Matt. Elle avait l'air de se sentir bien avec lui, constata Quinn avec un pincement de jalousie.

— C'est moi qui t'ai recommandé, dit Matt en souriant. Ça m'embêterait d'avoir à dire que je me suis trompé.

— Tu ne t'es pas trompé.

Quinn se dirigea vers le bar pour se servir un whisky.

— Comment ça va, Matt ? Je pensais que nous te verrions sur le plateau plus souvent.

— J'ai été débordé ces derniers temps.

Percevant la tension entre eux, Chantel intervint.

— Arrêtez, Quinn. Ne commencez pas à l'embêter.

— Ne me dites pas comment je dois faire mon travail, mon ange.

— Je ne vous permets pas de jouer à ce petit jeu avec mes amis.

Quinn se prépara à répliquer, mais Matt intervint.

— Asseyons-nous tranquillement tous les trois, d'accord ? J'apprécie que tu prennes ma défense, ma chérie, mais ce n'est pas nécessaire.

Il regarda Quinn bien en face.

— Je suppose que lorsque j'ai conseillé à Chantel de t'engager, j'aurais dû me douter que tu découvrirais la vérité.

Quinn soutint le regard de Matt, mais son expression ne trahissait aucun sentiment particulier.

— Oui, tu aurais dû.

— Découvrir quelle vérité ? demanda Chantel.

Quinn leva son verre à l'attention de Matt.

— Peut-être que tu devrais le lui dire toi-même.

— Oui. Assieds-toi, Chantel.

Pétrifiée, Chantel se contentait de le fixer d'un air interrogateur.

— Assieds-toi, répéta-t-il en lui pressant l'épaule. S'il te plaît.

Un désagréable sentiment de malaise au creux de l'estomac, Chantel obtempéra.

— Voilà, je suis assise.

— Il y a quelques années, presque dix ans maintenant, j'ai eu des problèmes financiers.

Il s'empara de son verre et prit une bonne gorgée de whisky.

— Matt, tu n'es pas obligé de me raconter ça si tu n'en as pas envie, dit Chantel.

— Si, dit-il en regardant Quinn. Je ne veux pas que tu l'apprennes par quelqu'un d'autre.

— Matt…, commença Chantel.

Il leva la main pour l'arrêter.

— Ecoute-moi sans m'interrompre. Quand j'aurai fini, je serai peut-être enfin débarrassé de ce sentiment d'avoir une épée de Damoclès au-dessus la tête en permanence.

— D'accord, dit Chantel, résignée mais la mort dans l'âme.

— Je pariais aux courses, dit-il, une pointe de honte dans la voix.

Chantel rit.

— Mais enfin, Matt, c'est absurde ! Tu ne jouerais même pas au poker pour des allumettes !

— Ça, c'est aujourd'hui. A l'époque, j'étais complètement accro. C'est une drogue, tu sais, et j'ai fini par parier bien plus que ce que je ne pouvais me permettre. J'étais au bord de la ruine. J'ai emprunté de l'argent à des gens assez peu recommandables — le genre qui vous coupe un petit doigt ou une oreille s'ils n'ont pas leur argent le jour dit.

Le cœur de Chantel se gonfla.

— Oh, Matt…

— J'avais besoin de dix mille dollars et je ne les avais pas. J'ai falsifié un chèque. Le chèque d'un client.

Il ferma les yeux avant de prendre une autre gorgée de whisky. Chantel attendait qu'il continue en silence.

— Evidemment, reprit Matt, le pot aux roses n'a pas tardé à être découvert. Mon client ne voulait pas faire de scandale et ne m'a pas poursuivi. Je me suis mis entièrement à sa merci et j'ai vendu tout ce que j'avais pour le rembourser. On peut dire que ça a été un moment charnière dans ma vie.

Il rit, mais il n'y avait aucune gaieté dans ce rire.

— Ma carrière était en jeu, alors j'ai décidé de regarder les choses en face. Parce que je n'étais pas fier de ce que j'ai vu, j'ai décidé de faire une thérapie pour me débarrasser de mon obsession du jeu. Cela fait presque huit ans que je tiens le coup. Le jeu a failli détruire ma vie. Et pourtant, je dois lutter tous les jours pour résister à l'envie d'aller au champ de courses.

Chantel se leva lentement et se dirigea vers lui. Sans un mot, elle le prit dans ses bras et le serra contre lui. Par-dessus son épaule, elle envoya un long regard inexpressif à Quinn.

— Je ne veux pas d'autre agent que toi. Tu sais bien que je veux toujours avoir ce qu'il y a de meilleur.

Avec un rire étouffé, il posa un baiser sur son front.

— C'est normal, tu es la meilleure.

— Je ne crois pas, mais j'ai un ami qui persiste à me répéter ça tous les jours, dit-elle en lui souriant.

Il prit sa main dans la sienne et Chantel sentit qu'elle était froide et tremblante.

— Je ne te laisserai jamais tomber, Chantel.

— Je sais.

Il l'embrassa de nouveau avant de s'écarter.

— Je dois y aller. Si je peux faire quoi que ce soit, tu m'appelles, n'est-ce pas ?

— Bien sûr.

Il se tourna vers Quinn. Pendant un instant, les deux hommes se toisèrent en silence. Si l'un ou l'autre regrettait ce qu'il avait fait, aucun n'en laissait rien paraître en tout cas.

— Prends soin d'elle.

— C'est pour ça que je suis là.

Avec un bref hochement de tête, Matt quitta la pièce.

Chantel se tourna vivement vers Quinn.

— Comment avez-vous pu ? Comment avez-vous pu l'humilier ainsi ?

— C'était nécessaire, dit Quinn, tout en sentant un goût amer dans sa bouche.

Il se servit un autre verre de whisky. Mais il savait bien que l'alcool ne pouvait effacer ce genre d'amertume-là.

— Nécessaire ? Pourquoi ? Quel rapport entre une dette de jeu vieille de dix ans et ce qui m'arrive aujourd'hui ?

— Si un homme est capable d'avoir une obsession, il peut très bien en avoir une autre. On appelle ça une personnalité obsessionnelle.

— C'est ridicule.

— Non, c'est un fait avéré.

Elle frissonna, non de peur mais de colère.

— Matt Burns n'a jamais essayé d'être autre chose pour moi qu'un agent et un ami. Et il a eu de multiples occasions d'essayer.

— Vous l'auriez laissé faire ?

Chantel prit une cigarette et dut s'y reprendre à trois fois pour l'allumer.

— Quel rapport avec ce qui nous occupe ?

Quinn se rapprocha et la prit par le bras.

— Répondez-moi.

— Non ! dit-elle en exhalant furieusement la fumée. Non. Voilà, vous êtes content ?

— Matt le sait.

Chantel se dégagea brusquement et se mit à arpenter la pièce au pas de charge.

— Vous qui êtes douée pour les scénarios, poursuivit Quinn, dites-moi donc ce que vous pensez de celui-là. Un homme travaille avec vous pendant des années. Il assiste à votre ascension. Il vous a aidée, petit à petit, à construire l'image d'une femme fatale froide et impitoyable. Vous êtes partiellement sa création. Il n'est pas rare qu'un homme désire sa création. Déjà entendu parler d'Amphitryon ?

Elle frissonna de nouveau, écœurée.

— Ça ne tient pas debout, Doran !

— Si.

— Non !

La peur était revenue. Elle lutta de toutes ses forces pour ne rien en laisser paraître.

— Pourquoi un homme que je connais, un homme dont je suis proche emploierait-il des moyens détournés pour me… séduire ? Je le vois tous les jours, il pourrait m'en parler ouvertement.

— Parce que cet homme sait qu'il n'a aucune chance avec vous sur ce plan-là, justement parce qu'il est proche de vous et que vous êtes amis. Il sait qu'il ne sera jamais rien d'autre qu'un ami s'il n'essaye pas de jouer sur un autre tableau.

— Comment le saurait-il s'il ne l'a jamais demandé ?

Quinn posa une main sur sa joue afin de la calmer.

— Vous ne croyez pas qu'un homme est capable de savoir si une femme est attirée par lui ou non sans avoir à le demander ?

Il l'attira un peu plus près de lui. C'était là, entre eux. Ce désir toujours renouvelé qui les faisait vibrer dès qu'ils se touchaient. Elle le sentait, même si elle refusait de le lui montrer.

— Vous ne croyez pas qu'en la regardant, poursuivit Quinn, en voyant ce qu'il y a dans ses yeux, un homme peut savoir si une femme sera à lui ou pas ?

Elle posa une main sur son poignet avec précaution et l'écarta. Elle avait le sentiment que sa joue garderait la mémoire de la tiédeur de la main de Quinn pendant des heures.

— Je suis fatiguée. Je vais me coucher.

Une fois seul, Quinn fut tenté de noyer sa frustration dans le whisky. Parce que cette solution lui parut trop facile, il quitta la pièce et sortit de la maison pour inspecter la propriété.

*
* *

Chantel avait de plus en plus de mal à s'endormir. Généralement, à force de se tourner et de se retourner dans son lit, elle finissait par sombrer dans un demi-sommeil à une heure déjà avancée de la nuit. Mais elle se réveillait une demi-heure plus tard et recommençait à s'agiter. A plusieurs reprises, elle avait été tentée de se faire prescrire des somnifères. Mais chaque fois qu'elle était sur le point de craquer, elle se souvenait qu'elle s'était fait la promesse solennelle de ne jamais avoir recours à ce genre de palliatif pour fuir la réalité, que ces problèmes soient d'ordre personnel ou professionnel.

Elle pensa à Matt, au dégoût et à la tristesse dans sa voix lorsqu'il lui avait avoué un secret qu'elle n'aurait jamais dû savoir.

Elle pensa à Quinn qui, bien que ferme et implacable, avait quand même donné à Matt la possibilité de s'expliquer.

Bizarrement, elle pensa aussi à son frère et à une dispute qu'ils avaient eue quand elle était encore adolescente. Trace avait menacé d'apprendre à vivre à tous les garçons qui oseraient s'approcher trop près de sa sœur. Chantel se souvint qu'elle lui en avait voulu, qu'elle avait eu le sentiment qu'il se mêlait de choses qui ne le regardaient pas, et qu'elle lui avait dit qu'elle était assez grande pour s'occuper de sa vie elle-même.

Pourquoi avait-elle le sentiment de perdre le contrôle aujourd'hui ?

Elle avait pourtant toujours maîtrisé ce qui lui arrivait. Même Trace le savait. Elle avait connu des tragédies, des désillusions et des pertes, mais elle avait toujours trouvé la force de retomber sur ses pieds. Et maintenant, au moment où elle aurait dû mobiliser toutes ses forces pour résister, elle en était incapable. Elle n'avait jamais eu besoin d'un homme pour la protéger, et pourtant…

Elle pensa de nouveau à Quinn et à sa promesse de la protéger. Elle voulait le croire. Quand il était là, tout près d'elle, elle le croyait.

Mais à cette heure de la nuit, elle était seule, et elle n'arrivait plus à réfléchir tant elle était fatiguée. Elle ne voulait qu'une chose : dormir. Les draps s'enroulèrent autour d'elle, tandis qu'elle se retournait de nouveau. Enfin, elle finit par s'endormir.

Lorsque le téléphone sonna, elle tendit la main vers le récepteur dans un demi-sommeil. Elle était encore à moitié imprégnée d'un rêve, et pensait que c'était sa mère qui l'appelait pour lui dire qu'elle était en retard pour une répétition.

— Oui, marmonna-t-elle. Oui, j'arrive.

— Je n'arrive pas à dormir. Je ne cesse de penser à toi.

Le murmure avait un ton désespéré. Comme frappée par la foudre, Chantel se réveilla aussitôt.

— Il faut que vous arrêtiez de me harceler.

— Je ne peux pas. J'ai essayé, mais je n'y arrive pas. Tu ne comprends donc pas ce que tu me fais ? Chaque fois que je te vois, chaque fois que tu es près de moi, je…

— Non ! hurla Chantel.

A son grand désespoir, elle se mit à pleurer.

— Je vous en prie, laissez-moi tranquille. Je vous en prie. Je ne veux plus vous entendre.

Mais il continua à parler. Lorsqu'elle enfouit sa tête dans l'oreiller, elle l'entendait encore. Lorsqu'elle raccrocha maladroitement le récepteur, elle l'entendait. Même une fois qu'elle eut raccroché, elle l'entendait toujours, comme un écho dans son esprit. Chantel se recroquevilla sur elle-même et donna libre cours à ses larmes.

Quinn était debout devant la fenêtre, perdu dans ses pensées, quand il entendit le téléphone sonner. Etouffant un juron, il traversa la pièce à toute allure, espérant décrocher avant que la sonnerie ne réveille Chantel. Mais le murmure avait déjà commencé. Pendant un instant, il crut reconnaître quelque chose — une manière de parler, un accent, une façon de tourner les phrases. Il tenta de se concentrer, d'oublier les mots eux-mêmes et la terreur de Chantel. Il entendit Chantel commencer à supplier, puis se mettre à pleurer. Il eut le temps d'entendre que l'homme sanglotait avant que la communication ne soit coupée.

Il remit brutalement le récepteur en place et plongea ses mains dans ses poches, les poings serrés. Il était passé à côté de quelque chose, quelque chose de décisif, peut-être, tout cela parce qu'il avait perdu sa concentration et son objectivité quand Chantel avait commencé à pleurer.

Cette femme le rendait faible. Il ne pouvait se le permettre. Il ne le permettrait pas. Elle *voulait* être seule, se dit-il. Elle n'aurait pas voulu qu'il la voie maintenant qu'elle avait perdu le contrôle. Une femme telle que Chantel ne pleurait qu'en privé. Même si elle avait besoin d'être consolée, il était la dernière personne vers laquelle elle se tournerait. Luttant contre un sentiment de colère et d'impuissance, il reprit son poste devant la fenêtre.

Elle avait l'air si effrayée.

Il ne pouvait pas la laisser seule maintenant. Pas maintenant, pensait-il tout en tapant du poing contre l'appui de la fenêtre. Peut-être avait-elle envie de rester seule, mais elle avait besoin de lui en ce moment. La seule chose qu'il espérait, c'est qu'il saurait quoi faire une fois qu'il serait près d'elle.

Quelques rayons de lune jetaient une lumière argentée par les fenêtres de Chantel. Quinn entra sur la pointe des pieds, espérant qu'elle se serait rendormie et qu'il pourrait se contenter de s'assurer qu'elle allait bien sans qu'elle s'aperçoive qu'il était venu. Si elle savait à quel point il désirait être près d'elle, la protéger, la chérir, elle n'aurait que plus de raisons de le repousser.

Il n'avait jamais eu à se montrer prudent avec une femme car, avant Chantel, aucune femme n'avait jamais vraiment compté. Et Chantel comptait bien trop.

Elle ne dormait pas. Tandis qu'il s'approchait du lit, Quinn entendit ses pleurs étouffés et s'arrêta net, terrifié. Il connaissait le son d'une grenade qui explosait, celui des salves de balles sortant d'une mitraillette, celui, atroce, d'une balle pénétrant la chair d'un être humain. Ces bruits l'avaient moins pétrifié que celui des sanglots de Chantel en cet instant.

Si elle avait été en colère, il aurait pu faire face. Si elle avait seulement eu peur, il aurait pu la rassurer. Mais elle pleurait.

Sans bruit, il avança jusqu'au pied du lit et s'accroupit. Souhaitant trouver les mots justes mais sachant qu'il n'y parviendrait pas de toute façon, il posa doucement une main sur ses cheveux et chuchota :

— C'est moi, Chantel. Ce n'est que moi.

Il prit ses deux mains dans les siennes et les serra.

— Détendez-vous. Personne ne vous fera de mal.

Ses mains étaient presque inertes entre les siennes, puis se raidirent tandis qu'elle essayait de se dominer.

— Quinn. Vous m'avez surprise.

— Je suis désolé.

La lumière de la lune était assez forte pour lui permettre de distinguer son visage et les larmes qui coulaient sur ses joues.

— Ça va ?

La poitrine de Chantel était douloureusement oppressée. Sa gorge était nouée.

— Oui, ça va. Je suppose que vous avez entendu le téléphone…

— Oui, dit-il en lâchant les mains de Chantel de peur de lui faire mal tant il les serrait. Vous avez besoin de quelque chose ? reprit-il. Un verre d'eau ?

— Non, je n'ai besoin de rien, dit Chantel en passant ses paumes sur ses yeux pour les sécher. Je n'ai pas pu le faire parler plus longtemps. Je n'en ai pas eu la force.

— Ce n'est pas grave.

— Si.

Elle releva ses genoux et y posa le menton.

— Ce n'est pas en refusant de l'affronter que je vais résoudre ce problème. Tout ce que vous m'avez dit jusqu'à aujourd'hui s'est vérifié, tout ce que vous avez fait était juste, et moi, je me suis conduite comme une idiote. J'ai caché ma tête dans le sable.

— Vous n'êtes pas responsable, Chantel.

Il s'apprêta à la toucher de nouveau, à caresser ses épaules satinées, mais il se ravisa à temps.

— Vous devriez essayer de dormir.

— Oui.

Quinn se sentait complètement impuissant. Où était-il allé chercher l'idée qu'elle avait besoin de lui ? Il ne savait pas réconforter et consoler. Il ne connaissait pas les mots qui la détendraient et la rassureraient. Il n'y avait rien d'autre en lui en cet instant que de la rage qui bouillonnait et le désir impérieux de la protéger.

— Ecoutez, je peux vous apporter quelque chose si vous voulez. Je peux vous faire une tisane, par exemple.

Le menton toujours posé sur ses genoux, Chantel ferma les yeux.

— Non merci. Ça va aller.

— Mais je veux faire quelque chose ! explosa Quinn. Je ne peux pas supporter de vous voir dans cet état. Laissez-moi au moins vous apporter une aspirine ou m'asseoir dans cette chaise le temps que vous trouviez le sommeil. Vous ne pouvez pas me demander de partir comme ça.

— Prenez-moi dans vos bras, dit Chantel en étouffant un sanglot. Juste une minute, s'il vous plaît.

Il s'assit à côté d'elle, l'attira contre lui et pressa sa tête contre son épaule.

— Bien sûr, mon ange, aussi longtemps que vous voudrez.

Elle n'avait plus la force de se retenir, et ne voulait plus se retenir. Les bras de Quinn autour d'elle, elle laissa exploser ses sanglots librement. Quinn la berçait et lui murmurait des paroles dont il espérait qu'elles la calmeraient. Lorsqu'elle commença à se calmer, il lui caressa les cheveux sans rien dire.

— Quinn ?

— Oui ?

— Merci.

— Pas de quoi.

— Il ne faudrait pas que ça devienne une habitude, quand même, dit-elle en reniflant. Vous avez un mouchoir ?

— Non.

Répugnant à s'éloigner de lui ne serait-ce qu'un instant, elle allongea le bras jusqu'à une boîte de mouchoirs sur sa table de nuit.

— J'aurais pensé qu'un homme comme vous prendrait ses jambes à son cou dès qu'une femme se mettait à… pleurnicher.

— Ceci est différent.

Elle pencha la tête en arrière pour le voir. Ses yeux étaient gonflés, ses joues meurtries par les larmes.

— Pourquoi ?

— C'est différent, c'est tout.

Il cueillit une larme au bord de ses cils et, se sentant un peu stupide, tenta de la garder discrètement sur le dos de sa main sans l'essuyer.

— Vous vous sentez mieux ?

Chantel se sentait mieux, c'était incontestable, même si elle n'avait jamais cru au pouvoir des larmes. Elle s'était toujours dit que pleurer ne servait strictement à rien. Maintenant qu'elle l'avait fait, elle se sentait vide et embarrassée.

— Je… Je vous serais reconnaissante si nous pouvions oublier cette petite faiblesse dès demain.

Quinn sourit tristement.

— Toujours impitoyable envers vous-même, hein ?

— Je déteste pleurer.

Elle avait dit cela avec tellement de sincérité que Quinn devina que quelque chose avait dû lui faire verser des pleurs amers dans le passé. Quelque chose ou quelqu'un.

— Moi aussi.

Elle sourit.

— Vous êtes un chic type quand vous le voulez.

— Ne le répétez à personne.

Il l'attira à lui de nouveau. Cela n'avait pas été si difficile de consoler, se dit-il. Ce n'était pas si difficile de faire en sorte que quelqu'un ait besoin de vous.

— Vous pensez pouvoir dormir, maintenant ?

— Je l'espère.

Elle ferma les yeux, découvrant qu'elle se sentait merveilleusement bien ainsi, sa joue contre la poitrine de Quinn.

Il lui caressa le dos d'un geste rassurant, puis se tendit lorsqu'il sentit le contact de la soie laisser la place à celui de sa peau.

— Demain, c'est dimanche. Vous pourrez rester au lit toute la journée.

— Non. J'ai une séance de photos à 13 heures.

Les yeux toujours fermés, elle explora les muscles de ses épaules du bout des doigts.

— Annulez.

— C'est inutile, ça ira. Le photographe a organisé une séance un dimanche, exprès pour moi parce que je suis prise les autres jours.

— Alors vous feriez mieux de vous reposer, sans quoi vous aurez une mine affreuse.

— Merci beaucoup !

— Je vous en prie.

Lorsqu'il l'écarta, elle pencha la tête en arrière et lui sourit. Les mains de Quinn se raidirent sur son épaule, et les mains de Chantel sur la sienne. Le désir vibrait si fortement entre eux qu'ils en percevaient les ondes dans tout leur corps.

— Il vaut mieux que je redescende.

— Non.

Avant même de parler, Chantel savait que sa décision était prise. Son cœur venait de l'accepter. Elle aimait. On ne pouvait rien y changer. Jusqu'à aujourd'hui, jusqu'à ce que Quinn entre dans sa vie, elle n'avait pas su à quel point elle avait besoin de pouvoir aimer de nouveau.

— Je veux que vous restiez. Je veux que nous fassions l'amour, dit-elle en posant ses deux mains sur ses épaules.

Le désir qui avait commencé à pulser dans le corps de Quinn quand il était entré dans la chambre devint aigu et douloureux.

C'était une sensation à la fois pénible et douce. Ses mains étaient si fraîches sur sa peau. Ses yeux avaient l'air à la fois si chaleureux et si sombres. La lumière pâle de la lune la rendait presque irréelle. Mais Quinn ne devait pas oublier la réalité.

— Chantel, je vous désire tellement en cet instant que je peux à peine respirer. Mais… Je ne sais pas si je pourrais supporter l'idée d'avoir fait l'amour avec vous parce que vous aviez peur et que vous étiez désespérée.

Un sourire se dessina sur ses lèvres tandis qu'elle les approchait des siennes.

— Vous n'avez donc pas encore compris que je sais ce que je veux ? dit-elle en déposant un baiser sur son menton. N'avez-vous pas dit qu'un homme pouvait deviner en regardant une femme si celle-ci le désirait ou pas ? Ne voyez-vous pas la manière dont je vous regarde ?

— Peut-être que je ne vois que ce que j'ai envie de voir.

Ses mains avaient plongé dans ses cheveux.

— Je veux que tu restes, dit-elle. Ce n'est pas parce que j'ai peur. Je veux que tu restes à cause de ce que je ressens quand tu me prends dans tes bras, quand tu m'embrasses, quand tu me touches.

Elle pressa sa joue contre la sienne.

— Je veux que tu restes parce que, quand tu es là, j'oublie tout.

Il y eut comme un déclic en lui, une barrière qui tomba. Il se pencha sur son visage et pressa ses lèvres contre les siennes.

Elle était mystérieuse et fragile, forte et vulnérable. Elle était l'érotisme à l'état pur. Tandis qu'ils s'agenouillaient sur le lit, il laissa ses rêves devenir réalité et couvrit son visage, ses cheveux, son cou de baisers. Le parfum qui faisait tellement partie d'elle l'enivrait. Elle tremblait. Non parce qu'un scénario ou un réalisateur le lui disait, mais parce qu'elle éprouvait du plaisir. Un plaisir dont il était la cause. A moitié fou, il pressa passionnément ses lèvres contre les siennes et explora sa bouche.

Jamais auparavant, et plus jamais à l'avenir un homme ne pourrait l'embrasser ainsi. Chantel en était certaine. Plus jamais elle ne désirerait quelqu'un aussi violemment. Son corps était comme une fournaise, tandis que son esprit semblait s'être transformé en un kaléidoscope de sensations multicolores. Non, plus jamais un homme ne lui apporterait cela, car il n'y avait qu'un seul homme pour elle. Elle le savait. Elle l'avait su depuis le début.

Tout était si évident. Le contact un peu rêche de son menton sur son épaule, le matelas qui ployait sous le poids de leurs deux corps enlacés. La lune faisait miroiter la peau lustrée de ses épaules qu'elle caressait doucement. Ses muscles se contractèrent à son contact, elle le sentit frissonner et retenir sa respiration. Le parfum des fleurs et de l'herbe fraîche parvenait du jardin jusqu'à sa chambre. C'était une mosaïque de sensations, une tornade, une chevauchée sauvage. Soupirant de plaisir, elle appliqua ses lèvres sur son épaule et la mordilla.

Un homme pouvait se perdre corps et âme entre les bras de cette femme, se dit Quinn. Il sentit sa gorge se serrer lorsqu'il laissa glisser librement ses mains sur sa peau. Joie et souffrance, voilà de quoi était fait son désir pour elle. La tenir dans ses bras le faisait souffrir tant son plaisir était grand, et l'emplissait d'une joie si immense qu'il se sentait invincible.

Ce n'était pas seulement la perfection de son corps et de son visage, c'était la sensualité torride et sauvage qu'elle avait cachée sous cette façade marmoréenne. C'était comme si une boîte de Pandore d'émotions s'était ouverte, certaines obscures et inquiétantes, d'autres douces et lumineuses.

Il ne pouvait lui résister. Il en était incapable. Il la sentait trembler, l'entendait gémir sous ses caresses. Sa peau était brûlante. Entre deux soupirs, elle prononçait son nom en balbutiant. Cette nuit, même si ce n'était qu'une fois, il la rendrait aussi folle de désir que lui.

Il rassembla ses cheveux dans sa main et tira sa tête en arrière, mettant à nu la longue ligne de sa gorge. Son pouls battait à toute vitesse lorsqu'il passa sa langue sur les veines palpitantes. Les mains de Chantel caressèrent la poitrine de Quinn, puis glissèrent lentement vers son ventre. Le contact de ses doigts sur les muscles de son abdomen le fit frissonner. Tandis qu'elle déboutonnait son jean, il posa ses mains sur ses seins qui frémissaient sous la fine étoffe de son caraco. Lorsqu'il y porta la bouche, tout son corps se tendit contre le sien. Tout en proférant des murmures de plaisir indistincts, elle fit glisser le jean de Quinn au bas de ses hanches.

Sentant ses mains sur lui, il perdit le peu de rationalité qu'il lui restait. D'un geste frénétique, il arracha la fine pellicule de soie qui le séparait de la poitrine de Chantel, déchirant son caraco par le milieu. Le cri de surprise qui monta de la gorge de Chantel fut aussitôt étouffé par les lèvres de Quinn qui se posèrent sur sa bouche.

Il ne pouvait plus penser. Il ne pouvait que sentir. Lorsqu'il plongea en elle, elle était si tiède, si palpitante. Il se demanda si un homme pouvait mourir après que son désir le plus fou se fut réalisé. L'instant d'après, les longues jambes de Chantel s'enroulaient autour de son corps, impérieuses et excitantes. Ses cheveux étaient étalés autour de son visage comme une muette tempête dorée, ses paupières tremblantes étaient à demi closes, ses lèvres frémissantes.

Elle prononça son nom, comme si c'était la seule parole capable d'exprimer l'ouragan de sensations qui se déchaînait en elle. Chaleur, lumière, bourrasques. Rien ne l'avait préparée à cela. Elle essaya de le lui dire, mais ses lèvres se posèrent de nouveau sur les siennes. Elle était une partie de lui. La jouissance arriva dans un torrent si violent qu'il la laissa incapable de parler.

Elle ne savait que dire. Attendait-il d'elle quelque commentaire détaché, quelque remarque blasée ? Elle ne pouvait pas lui avouer qu'elle ne s'était donnée ainsi qu'à un seul homme avant lui, et encore, pas aussi totalement. Si cela n'avait pas été aussi important, si Quinn n'avait pas été aussi important, elle était convaincue qu'elle n'aurait eu aucune difficulté à dire quelque chose qui aurait pu rompre le silence et la tension qui montait de nouveau entre eux.

Quinn non plus ne savait pas quoi dire. Il lui avait fait l'amour comme un sauvage. Elle méritait mieux que cela, plus d'attention, de délicatesse, de subtilité. Si seulement il n'avait pas perdu le contrôle, se dit-il. Mais c'était le cas. Il ne pouvait plus rien y changer, pas plus qu'il ne pouvait changer le fait d'avoir peut-être brisé net ce qui était en train de se construire tout doucement entre eux. Il ne pouvait qu'espérer de toutes ses forces qu'il n'était pas trop tard pour le réparer.

Tous deux se crispèrent, puis se tournèrent l'un vers l'autre, commencèrent à parler en même temps, puis se turent un instant, gênés, avant de se sourire.

— J'étais en train de me dire que tu avais raison, commença Chantel. Que j'étais perdue sans scénario. Je ne sais pas quoi dire.

— J'ai exactement le même problème.

Il prit sa main dans la sienne et la porta à ses lèvres.

— Je crois que j'ai été un peu brutal.

— Vraiment ? dit Chantel.

Amusée et soulagée, elle tendit la main vers ce qui restait de son caraco. Haussant un sourcil, elle le laissa tomber sur la poitrine de Quinn.

Tortillant les lambeaux de soie entre ses doigts, gêné, Quinn réussit à sourire timidement.

— Tu pourrais le déduire de mes honoraires.

— J'en ai bien l'intention. Trois cent cinquante dollars.

Quinn se redressa et s'appuya sur un coude.

— Trois cent cinquante ? dit-il en examinant le caraco plus attentivement. Il faut être fou pour dépenser autant d'argent pour une chemise de nuit.

— J'aime me faire plaisir, dit-elle.

Joignant le geste à la parole, elle se pencha sur ses lèvres et les mordilla.

— D'ailleurs, poursuivit-elle, ce n'est que la moitié du prix, estime-toi heureux.

— La moitié ! s'écria Quinn, stupéfait.

— Mais oui. Compte tenu des circonstances, je considère que c'est normal. Après tout, nous sommes deux à être coupables.

Elle caressa son torse du bout des doigts.

— Et ça en valait la peine, murmura-t-elle.

Le visage de Quinn s'éclaira.

— Vraiment ? demanda-t-il en posant une main sur la cuisse de Chantel. Tu le penses vraiment ?

Chantel fronça les sourcils, l'examinant d'un air faussement sceptique.

— Eh bien… Je suis une femme prudente, tu le sais. Et tu sais aussi ce qu'on dit dans les affaires.

— Non. Que dit-on dans les affaires ?

Ses cheveux chatouillèrent son torse quand elle se pencha plus près de son visage.

— Il faut toujours y regarder à deux fois avant de se faire une opinion, murmura-t-elle en pressant tout son corps contre le sien.

8

— Quinn, je te jure que cela va prendre au moins trois heures.

Chantel descendit de la voiture, puis se pencha à l'intérieur pour attraper le cintre suspendu au crochet près de la porte passager.

Il remarqua à quel point sa jupe moulait joliment ses hanches.

— J'attendrai.

— Une séance photo est souvent très pénible pour les gens qui y participent. Elle l'est encore plus quand on n'a rien à faire à part regarder.

— Ne t'inquiète pas pour moi, d'accord ? dit-il en lui prenant le cintre.

— Mais si, je m'inquiète. Te savoir là à ronger ton frein va me rendre nerveuse.

Chantel appuya sur le bouton d'un Interphone à côté de la porte d'un grand immeuble art déco, puis baissa ses lunettes de soleil et regarda Quinn.

— Et on verra que je suis nerveuse sur les photos. Cette séance photo est très importante pour la promotion du film.

Il remonta d'un doigt les lunettes de soleil de Chantel.

— Toi aussi, tu es très importante.

Chantel sentit son cœur se réchauffer. Elle ne pouvait plus dissimuler à quel point les sentiments de Quinn lui faisaient plaisir. Se hissant sur la pointe des pieds, elle déposa un baiser sur ses lèvres.

— Tu es gentil de dire ça. Mais je serai parfaitement en sécurité dans le studio. Margot sera là pour me coiffer, et je connais la maquilleuse pour avoir déjà travaillé avec elle. Elle s'appelle Alice Cooke. Elles seront là pendant toute la séance. Tu vois, je ne serai entourée que de femmes, et qui plus est, bienveillantes.

— Que fais-tu du photographe ? Je n'ai pas l'intention de te laisser seule avec Bryan Mitchell ou qui que ce soit d'autre de sexe masculin.

Chantel s'apprêta à protester, mais se ravisa. Après tout, elle se sentait si bien quand Quinn était près d'elle. Pourquoi ne pas en profiter ? Elle passa le bout de ses doigts sur le col de sa chemise.

— Jaloux ?

— Prudent, disons.

— Bryan Mitchell. Qui est là ?

La voix qui résonna dans l'Interphone était grave, douce et féminine.

— C'est Chantel O'Hurley.

— Bonjour, Chantel ! Tu es juste à l'heure !

Le mécanisme vibra et la porte d'entrée s'ouvrit.

— Bryan Mitchell a une magnifique crinière blonde et mesure près d'un mètre quatre-vingts, dit Chantel tandis qu'ils montaient l'escalier. Nous sommes amies depuis des années.

Quinn prit sa main dans la sienne.

— Raison de plus pour ne pas te laisser seule avec lui. Jusqu'à ce que cette histoire soit réglée, le seul homme avec qui tu seras en tête à tête, ce sera moi.

Ils étaient arrivés devant la porte du studio.

— Voilà une excellente nouvelle, murmura Chantel en l'entourant de ses bras. C'est un programme qui me plaît, dit-elle encore plus bas et en l'embrassant.

— Je vois ça ! intervint Bryan, debout sur le seuil du studio, un large sourire aux lèvres.

— Bryan, je te présente Quinn Doran. Quinn, voici Bryan Mitchell.

Le photographe, en effet, était grand, blond, magnifique… Et c'était une femme. Quinn lança un regard décontenancé à Chantel qui le contemplait en souriant.

— Enchanté, dit-il à Bryan.

Bryan lui tendit la main.

— Bienvenue dans mon capharnaüm, dit-elle en leur faisant signe d'entrer. Je suis encore en pleins préparatifs. Chantel, tu sais où est le frigo. Servez-vous quelque chose à boire pendant que je termine. La coiffeuse et la maquilleuse sont dans la pièce du fond en train de se disputer sur les dernières tendances. Personnellement, j'ai du mal à me sentir concernée par la question de savoir si le henné revient à la mode ou pas.

Tout en parlant, elle s'était dirigée vers une série de projecteurs et avait commencé à les disposer autour du plateau.

Chantel se dirigea vers une petite pièce encombrée au fond du studio et explora le frigo.

— Quinn, la séance va durer des heures. Tu as sûrement mieux à faire que d'attendre ici.

Quinn entendait les deux autres femmes discuter dans la pièce voisine. Elles parlaient de masques pour le visage et de patchs anti-rides.

— Sûrement.

— Alors vas-y. Bryan a fait installer un système de sécurité il y a quelques mois, suite à une série de cambriolages dans le voisinage. Personne ne peut entrer dans l'immeuble sans utiliser l'Interphone. Je suis entourée de femmes qui vont passer des heures à me pomponner, et tu vas toutes nous détourner de notre travail. Va jouer au foot ou quelque chose du genre.

Elle avait raison. Elle était en sécurité ici, et en plus de s'ennuyer à mourir, il ne ferait que les déranger. De plus, cela lui ferait du bien de passer quelques heures loin de Chantel, à faire du sport par exemple, afin de relâcher cette tension permanente qu'il ressentait en sa présence.

— Bien. Je vais à la salle de sport. Elle n'est qu'à quelques rues d'ici.

— Tu veux dire ce genre d'endroit rempli d'haltères et d'instruments de torture ?

— Plus ou moins.

Il sortit un carnet de la poche arrière de son jean et y inscrivit un numéro de téléphone.

— Appelle-moi quand tu auras fini. Je viendrai te chercher.

— « Chez Rizzo », lut Chantel sur le papier qu'il lui avait donné. Ça a l'air d'être du sérieux.

— Va donc te faire belle au lieu de te moquer de moi, dit-il en posant les mains sur ses hanches.

Elle posa ses bras sur ses épaules et le regarda d'un air de défi.

— Je ne le suis pas déjà ?

Quinn savait qu'elle ne s'était pas maquillée ce matin. Ses yeux étaient brillants. Son teint pâle et lumineux. Fraîche et innocente comme elle l'était en ce moment, sa beauté était extrêmement touchante. Il lui caressa la joue du dos de la main.

— Une vraie mégère.

Sans lui laisser le temps de protester, il posa ses lèvres sur les siennes pour un baiser qui sembla durer des heures. Il avait besoin d'exercice, se dit Quinn. Il avait besoin de se démener à la salle de sport afin d'extirper Chantel de son corps.

Il s'écarta et la regarda d'un air faussement consterné.

— Essaye de faire quelque chose à propos de cette verrue poilue sur ton nez, d'accord ?

— Disparais, Doran.

Il lui sourit, puis quitta la pièce. Chantel poussa un soupir tremblant d'émotion et s'appuya contre le plan de travail encombré. Elle était amoureuse de cet homme, et elle ne pouvait rien y faire. Elle était même prête à se dire qu'elle ne voulait rien y faire. C'était probablement une erreur, une terrible erreur, mais il était déjà trop tard pour revenir en arrière.

Si seulement elle avait pu protéger une partie d'elle-même. Elle ne serait pas aussi désespérée à l'idée qu'il partirait un jour. Et il partirait, sans aucun doute. Un homme tel que

Quinn vivait seul, travaillait seul, traçait sa route seul. Quand il aurait accompli sa mission, il lui dirait adieu et s'en irait. Elle se mordit la lèvre inférieure et tenta de se remettre d'aplomb. Non, se dit-elle. Il ne partirait pas. Pas si elle avait son mot à dire sur la question.

« Doran, mon bonhomme, tu vas perdre cette partie-là, se dit-elle. Pas question que tu t'en ailles et que tu me laisses seule. »

— Chantel, tes esthéticiennes t'attendent !

Chantel posa le soda qu'elle buvait sur le plan de travail.

Pendant deux heures, elle travailla sans s'arrêter. Ses cheveux furent successivement frisés, lissés, couverts de laque puis de gel. Son visage fut poudré et maquillé. Chaque fois qu'elle changeait de tenue, sa coiffure et son maquillage étaient subtilement mis en harmonie avec ses vêtements. Bryan travaillait avec un enthousiasme posé et continu, comme toujours.

— Je ne t'ai pas encore demandé de nouvelles de Shade, Bryan. Comment va-t-il ?

— Mets ta main droite sur ton épaule gauche, dit Bryan. Ecarte les doigts… Voilà, parfait. Shade va très bien. Il est à la maison en train de changer les couches d'Andrew.

Bryan captura le sourire narquois de Chantel sur la pellicule.

— Voilà une chose que j'aimerais bien voir.

— Il s'en tire merveilleusement bien. C'est le roi de l'organisation.

— En tout cas, tu es magnifique. Personne ne devinerait que tu as accouché il y a à peine deux mois.

— C'est parce que je n'ai pas le temps de manger. Lève le menton et prends une pose altière. Voilà. Andrew Colby est un tyran miniature.

— Et tu es folle de lui.

Bryan baissa son appareil photo et la regarda d'un air rayonnant.

— C'est un bébé génial, tu sais. A nous deux, Shade et moi

avons déjà une bonne centaine de pellicules de photos de lui. Tous les jours, il change un peu.

Elle rejeta sa longue tresse blonde en arrière.

— Il n'y a qu'à voir comment il regarde les choses pour comprendre tout de suite qu'il est extrêmement éveillé. Hier encore…

Elle s'interrompit et rit.

— Il faut me dire d'arrêter, tu sais. C'est une véritable obsession, je pourrais en parler des heures…

Chantel sourit, tout en ressentant un vague pincement d'envie qui la surprit.

— Non, c'est adorable.

— Ça l'est. Vraiment. Tu sais, je ne m'étais jamais vue en maman. Aujourd'hui, je ne peux plus imaginer ma vie sans Andrew. Ou sans Shade.

Elle remit son appareil photo en place.

— Je suppose que sur ce sujet, quand l'homme qui convient débarque, on peut changer complètement d'avis.

Bryan décida que l'expression mélancolique qui traversa les yeux de Chantel à ce moment précis lui donnerait la meilleure photo de la séance.

— Tu me facilites vraiment la tâche.

Chantel regarda le viseur.

— Qu'est-ce que tu veux dire ?

— Mets-toi de profil et regarde par-dessus ton épaule. Prends un air un peu boudeur. Voilà. C'est toujours un plaisir de photographier un visage comme le tien. Mais je ne m'attendais pas à ce petit extra.

— Quel extra ? demanda Chantel tout en suivant les instructions de Bryan.

— Il n'y a rien de plus agréable que de photographier une femme amoureuse. Ferme la bouche, ordonna-t-elle.

Enfin, elle baissa l'appareil et s'étira un peu.

— Ça se voit tant que ça ?

— Ça t'embête ?

— Non… Oui. Je ne sais pas, dit Chantel en passant une

main dans ses cheveux si méticuleusement coiffés. Je ne veux pas me rendre ridicule.

— Ça, c'est inévitable quand on tombe amoureux. Mais je pense que tu y survivras. Il a un beau visage. Tu crois que tu pourrais le convaincre de poser pour moi ?

— Peut-être que si tu le ligotes… Bryan, comment t'y es-tu prise avec Shade ?

— Tu me demandes des conseils sur les hommes ? *Toi ?* A *moi ?*

Bryan prit une barre chocolatée dans la poche de sa veste et en tendit un morceau à Chantel.

— Ne le dis à personne.

Bryan réfléchit un instant.

— T'est-il déjà arrivé d'avoir envie de le tuer ?

— Plusieurs fois.

— Tu fais des progrès. Le meilleur conseil que je puisse te donner est de laisser les choses se faire d'elles-mêmes.

Elle avala un morceau de chocolat.

— En ce qui me concerne, j'ai fini, reprit-elle. Si j'étais toi, je ne gaspillerais pas ce qui reste du week-end…

La salle de sport sentait l'homme. L'homme en plein effort. La plupart des membres avaient enlevé leur T-shirt et ne portaient que des shorts. Allongé sur un tapis, un homme avait coincé ses jambes sous des haltères et travaillait ses abdominaux. Dans un cliquètement mécanique régulier, un autre travaillait ses dorsaux sur une machine de musculation et laissait échapper un juron à chaque traction. L'équipement était de première qualité, mais avait perdu l'éclat du neuf depuis bien longtemps.

Quand Chantel apparut dans la salle, l'air absorbé et les sourcils froncés, personne ne la remarqua tout de suite. Le premier qui l'aperçut fut un jeune homme occupé à actionner des poids sur une machine installée contre le mur. Ses mouvements étaient réguliers, les veines de son cou saillaient chaque fois qu'il tirait sur les deux câbles de métal auxquels les poids étaient suspendus et les hissait vers le haut. Quand il vit Chantel, il fut tellement étonné qu'il lâcha tout et que les poids retombèrent dans un sifflement métallique. Chantel lui sourit.

Evitant soigneusement de s'approcher trop près des machines afin de ne pas tacher son chemiser, Chantel passa à côté de la table de musculation. L'homme qui y travaillait cessa instantanément de jurer.

En moins de dix secondes, la salle de sport fut plongée dans le silence. Puis Chantel aperçut Quinn.

Il n'avait pas encore remarqué qu'il n'y avait plus un bruit autour de lui. Le dos tourné à la salle, il travaillait devant un punching-ball. Il était magnifique, les jambes légèrement écartées, le regard intense, les muscles puissants de son dos tendus tandis qu'il se concentrait pour garder le rythme. Chantel se dirigea vers lui, attendit un moment, puis posa une main sur son épaule.

— Bonjour, chéri.

Etouffant un juron, Quinn fit volte-face, les poings toujours serrés. Chantel haussa les sourcils, puis son menton, comme pour le provoquer.

— Qu'est-ce que tu fais ici ?

— Je te regarde. Dis-moi, à quoi ça sert de s'acharner ainsi sur cette pauvre chose ? demanda Chantel en passant un doigt sur le punching-ball.

— Je t'avais dit de m'appeler, pas de débarquer ici.

Il s'essuya le visage et la regarda.

— J'avais envie de faire un tour avant de te retrouver. Et puis j'avais envie de voir à quoi ressemblait cet endroit. C'est fascinant.

Chantel balaya rapidement la salle du regard par-dessus son épaule.

Tous les hommes se redressèrent et rentrèrent immédiatement leur ventre.

Quinn secoua la tête et la prit par le bras.

— Tu es folle. Tu n'as rien à faire dans un endroit pareil.

— Et pourquoi donc ?

En passant à côté de la machine de musculation, Chantel décocha un sourire ravageur à l'homme qui s'y trouvait.

— Tu veux bien arrêter ce petit jeu ? murmura Quinn. Rizzo, j'ai besoin de ton bureau pendant cinq minutes.

Chantel regarda autour d'elle.

— Oh, lequel de ces hommes est Rizzo ? Je meurs d'envie de le rencontrer !

— Tais-toi. Tu trouves ça malin de débouler ici avec des jambes pareilles ?

— Je n'en ai pas d'autres.

— Assieds-toi, ordonna Quinn tandis qu'il la poussait dans le bureau de Rizzo. Qu'est-ce que je vais bien pouvoir faire de toi ?

Elle lui lança un sourire coquin.

— Je peux te faire quelques suggestions si tu es à court d'idées.

— Je ne plaisante pas, Chantel. Nous avions décidé que tu m'appellerais. Je devais venir te chercher.

D'un geste nerveux, il alluma une cigarette.

— Ecoute, Quinn, il fait merveilleusement beau dehors et la salle de sport est tout près du studio. Je n'ai pas souvent l'occasion de me promener tranquillement dans Los Angeles et je n'ai pas pu résister à la tentation. Ne me dis pas que je n'ai plus le droit de faire cinq cents mètres à pied toute seule ou je deviendrai hystérique.

Il exhala une longue bouffé de fumée et écrasa la cigarette dans un cendrier débordant de mégots.

— Tu ne vas nulle part sans moi. Tu avais des instructions, Chantel. Je pensais que tu allais les respecter. J'avais confiance en toi.

— Détends-toi, dit-elle en posant une main sur son torse. Je suis là, non ? Il ne m'est rien arrivé.

Il la prit par le poignet et écarta sa main.

— Je suis en sueur, marmonna-t-il en baissant les yeux.

— J'ai remarqué. J'ignore l'attrait que peut avoir pour les hommes un endroit qui a l'odeur d'une vieille chaussette de football, mais si c'est comme ça que tu te maintiens en forme, dit-elle en balayant son corps du regard d'un air approbateur, il va peut-être falloir que j'installe quelques appareils à la maison.

— N'essaye pas de changer de sujet.

— Quel était le sujet ?

— Je ne veux pas qu'il t'arrive quoi que ce soit.

Elle se rapprocha de lui.

— Pourquoi ? Tu as déjà été payé cette semaine, pourtant.

— Ce n'est pas pour ça, l'argent ne compte pas ! dit-il, le visage crispé.

— Qu'est-ce qui compte, alors, Quinn ?

— Toi, marmonna-t-il entre ses dents avant de se détourner. Ne recommence plus.

— D'accord, je suis désolée.

— Je dois prendre une douche. Attends-moi ici.

Lorsque la porte se referma bruyamment derrière lui, Chantel se rassit. Elle comptait pour lui. Elle ferma les yeux pour savourer pleinement cette découverte. Elle avait réussi à le lui faire avouer. Maintenant, il fallait qu'elle parvienne à lui faire aimer ça.

— Tu vas être en colère longtemps ?

Ils étaient dans la voiture et se dirigeaient vers la maison de Chantel. Depuis qu'ils avaient démarré, Quinn n'avait pas dit un seul mot.

— Je ne suis pas en colère.

— Tu es crispé, je le vois bien.

Il ne répondit pas.

— Quinn, je t'ai déjà dit que j'étais désolée. Je ne vais pas passer la journée à m'excuser.

— Personne ne te le demande. Ce que je te demande, c'est de prendre la situation au sérieux.

— Tu penses que ce n'est pas le cas ?

— Ton attitude prouve que non.

Elle descendit la vitre et pencha la tête à l'extérieur. Le vent ébouriffa ses cheveux tandis qu'elle sentait monter la colère en elle.

— Si tu arrêtais de me traiter comme une enfant ? Je suis parfaitement consciente de la situation. Je la subis vingt-quatre heures sur vingt-quatre, chaque jour et chaque nuit. Chaque fois que le téléphone sonne, chaque fois que je trie mon courrier. C'est la dernière chose à laquelle je pense avant de m'endormir le soir et la première quand je me réveille le matin. Si je ne peux plus me détendre une heure de temps à autre, je deviendrai folle. J'essaye de survivre, Doran. Ne me parle pas comme si j'étais une irresponsable.

De nouveau, le silence s'installa dans la voiture. Il avait raison, se dit Quinn en ralentissant. Mais elle aussi. Il y avait des moments où il avait l'impression qu'elle avait oublié ce qui lui arrivait, car elle parvenait à refouler sa peur et à faire bonne figure face au danger. Il comprit qu'il avait eu tort de penser cela. Elle n'oubliait jamais. Elle refusait simplement de céder à la panique, même auprès de lui. Il aurait voulu pouvoir lui dire que c'était pour cela qu'il l'aimait surtout, pour sa force et son courage.

Quinn tressaillit. Qu'il l'*aimait* ? Etait-ce bien cela qu'il avait pensé ? se demanda-t-il. Voilà qui était difficile à accepter. Mais la vérité était souvent difficile à accepter. Plus ses sentiments pour Chantel se développaient, plus il s'inquiétait pour sa sécurité. Elle travaillait dur, et ses journées étaient longues, Quinn le savait bien maintenant. Elle ne pourrait pas supporter cette pression éternellement. Même une femme aussi forte et volontaire que Chantel finirait par craquer.

Si seulement il avait une piste, aussi mince soit-elle, qui lui permette d'avancer ! Cela faisait bientôt trois semaines qu'il enquêtait, et il en était quasiment toujours au même point qu'au premier jour. Il avait tant besoin de la savoir en sécurité, définitivement à l'abri. Même s'il craignait qu'une fois l'affaire résolue, elle se contente de lui signer un chèque et de lui dire adieu.

Les mains de Quinn se crispèrent sur le volant, puis se détendirent petit à petit. Il venait de décider qu'il n'était pas question qu'il la laisse se débarrasser de lui, qu'il ferait tout ce qui était en son pouvoir pour l'en empêcher. Cette pensée l'avait rassuré un peu. Il lui jeta un regard en biais et constata qu'elle était tendue et affichait une moue contrariée. « Mon ange, lui dit-il en silence, je suis celui qui te coupera les ailes. »

Il passa négligemment son bras droit autour de ses épaules.

— Tu boudes ?

— Laisse-moi tranquille.

— Tu vas te fabriquer plein de rides si tu continues.

Il se rangea sur le bas-côté et l'attira à lui.

— Je vais devoir défroisser ce joli visage.

— Non.

— Commençons par le cou alors, dit Quinn en l'attirant plus près et en se penchant sur sa gorge.

Chantel se débattit.

— Non ! Je n'ai pas envie que tu m'embrasses !

— Tu es sûre ? Même pas ici ? dit-il en prenant son bras et en déposant un baiser à la saignée de son poignet.

— Non.

— Ici, alors, dit-il en embrassant le lobe de son oreille.

Elle ne se défendit pas. Mais resta immobile.

— Les autres endroits possibles sont un peu difficiles à explorer dans une voiture, mais s'il le faut…

Chantel gloussa et le repoussa gentiment. Elle se cala contre la portière et croisa les bras.

— Espèce d'obsédé.

— J'adore que tu m'insultes.

— Qu'à cela ne tienne, tu…, commença-t-elle.

Mais Quinn fut trop rapide. Il lui coupa la parole en posant ses lèvres sur les siennes. Elle s'abandonna aussitôt. Elle l'entoura de ses bras et lui rendit son baiser. Pendant un instant, il n'y eut plus rien d'autre au monde que le plaisir qu'elle éprouvait et le chaud soleil de l'après-midi.

Ses yeux restèrent fermés pendant plusieurs secondes après qu'il se fut écarté. Lorsqu'ils s'ouvrirent doucement, Quinn vit que son regard était sombre et voilé.

Il déposa un baiser léger sur ses lèvres, puis redémarra.

— Au fait, Rizzo m'a demandé si tu pouvais lui donner une photo dédicacée pour son bureau.

Chantel rit, puis s'installa confortablement dans son siège, de nouveau parfaitement détendue. Tandis qu'ils s'approchaient de la propriété, elle se dit que quelques brasses dans la piscine avec Quinn leur feraient le plus grand bien. Bryan avait raison. Il ne fallait pas gâcher ce qui restait du week-end. Elle se tourna vers Quinn pour lui faire part de ce projet, mais ce dernier stoppa brusquement la voiture.

Elle sourit.

— Tu ne crois pas que nous devrions attendre d'être à la maison, Quinn ?

— Il y a une voiture devant la grille. Tu vois cet homme, on dirait qu'il est en train de faire un scandale au garde.

Chantel sentit la peur monter en elle.

— Tu ne crois tout de même pas qu'il viendrait ici ?

— Nous allons bien voir.

Il retira les clés de l'allumage et ouvrit la boîte à gants. Il en sortit un pistolet qui ne ressemblait en rien au joli petit revolver de Chantel. Et il y avait fort à parier qu'il était chargé.

— Quinn…

— Reste ici.

— Non, je…

— Ne discute pas.

— Mais je ne veux pas que tu…

Chantel s'interrompit. Le ton entre les deux hommes au portail commençait à monter et elle distingua la voix de l'inconnu. Elle posa une main sur le bras de Quinn, concentrée sur les sons qui lui parvenaient.

— Impossible, murmura-t-elle, ça ne peut pas être…

Soudain, elle ouvrit la portière et bondit hors de la voiture.

Stupéfait, Quinn la suivit.

— Chantel !

Riant aux éclats, elle se retourna vers Quinn tout en courant vers la grille.

— C'est mon père !

Elle continua sa course en ouvrant grand les bras.

— Papa !

Frank O'Hurley se retourna et son visage s'éclaira d'un grand sourire.

— Mais c'est ma petite fille !

En deux enjambées, il fut près de Chantel, la prit dans ses bras et la fit tourner trois fois dans les airs, comme si elle avait huit ans.

— Comment va ma princesse ?

— Quelle surprise ! Je ne savais pas que tu venais, dit Chantel en embrassant son père.

Comme toujours, il sentait la poudre et les pastilles à la menthe.

— J'ai besoin d'une invitation officielle, maintenant ?

— Bien sûr que non, voyons.

— Alors peut-être que tu pourrais dire ça à ce grand farceur qui refuse de me laisser entrer.

Le garde jeta un regard sceptique à Frank O'Hurley. Ce vieux fou l'avait menacé de lui sortir la langue de la bouche et de l'étrangler avec.

— Je suis désolé, miss O'Hurley, dit-il. Il n'y avait personne pour me confirmer l'identité de ce monsieur.

— Ce n'est pas grave, dit Chantel.

— Pas grave ? s'indigna Frank, s'apprêtant avec délices à jouer la grande scène du père offensé. Pas grave que ton propre père, ta chair et ton sang, soit traité comme un vulgaire intrus ?

Chantel sourit.

— Ne te mets pas en colère. J'ai juste renforcé un peu la sécurité, c'est tout.

Il fronça aussitôt les sourcils.

— Pourquoi ? Qu'est-ce qui se passe ?

— Ce n'est rien. Je t'expliquerai plus tard. Je suis tellement contente de te voir. Où est maman ?

— Elle prétend qu'il est hors de question qu'elle voie qui que ce soit avant d'avoir passé quelques heures chez l'esthéticienne. Comme je n'avais pas l'intention de poireauter pendant qu'on la pomponne, je l'ai précédée. Elle nous rejoindra en taxi plus tard.

Chantel le prit par le bras.

— Maintenant, explique-moi pourquoi tu es là. Combien de temps vous pouvez rester ? Qu'est-ce qui…

Il rit.

— Seigneur, ma fille ! Laisse-moi respirer un peu. Nous sommes venus directement de Las Vegas.

— Las Vegas ? Je ne savais pas que vous aviez un contrat là-bas.

— Tu ne sais pas tout, dit-il en lui pinçant le nez.

Il jeta un œil par-dessus son épaule et aperçut Quinn.

— Tu ne vas pas me présenter ?

— Bien sûr que si. C'est Quinn, dit-elle en lui jetant un rapide coup d'œil en biais. Quinn Doran. Tu as raison, papa, nous serons mieux pour discuter à l'intérieur, devant un verre de whisky.

— Voilà qui est parlé !

Frank s'installa dans sa voiture et franchit la grille que le garde avait ouverte. Il lui lança un regard condescendant au passage.

— Alors c'est ton père ? demanda Quinn lorsque Chantel remonta dans la voiture.

— Oui. Je ne l'attendais pas, mais il vient toujours à l'improviste. Tu as rangé le pistolet ? demanda-t-elle en le regardant d'un air soucieux.

Quinn salua le garde en passant la grille.

— Ne t'inquiète pas.

— Mais si, je m'inquiète. Je ne veux pas que ma famille soit au courant de tout ça.

Elle ferma les yeux.

— Il va falloir que je leur donne une explication. Papa a vu le garde. Il va forcément remarquer les hommes qui surveillent la propriété.

— Dis-lui la vérité.

— Je ne veux pas que mes parents s'inquiètent. Je ne les vois que trois ou quatre fois par an.

Elle regarda Quinn tandis qu'il ralentissait et garait la voiture dans l'allée.

— Il va aussi falloir que j'explique ta présence.

— La vérité, répéta-t-il.

— D'accord. Je n'ai pas d'autre idée, de toute façon.

Avant de descendre, elle posa une main sur son bras.

— Mais laisse-moi lui expliquer à ma façon, d'accord ? Je veux minimiser le danger autant que possible.

Frank O'Hurley les avait rejoints et souriait d'un air affable.

— Eh bien, on dirait que tu t'es trouvé un charmant et solide gaillard, ma fille ?

— Quinn Doran, mon père Frank O'Hurley.

— Enchanté de vous rencontrer, dit Quinn, serrant la main que Frank lui tendait d'un air enthousiaste.

— Moi de même, monsieur Doran. Voudriez-vous me donner un coup de main avec mes bagages, fiston ?

Chantel ne put s'empêcher de sourire lorsque Frank ouvrit le coffre de sa voiture et empoigna un petit sac de voyage, laissant deux énormes valises aux bons soins de Quinn.

— Tu seras toujours le même, décidément, dit-elle en lui prenant le bras et en le conduisant à l'intérieur. Laisse-les en bas de l'escalier, dit-elle à l'attention de Quinn. Tu les monteras plus tard.

— Trop gentil, grommela Quinn.

Chantel lui sourit.

— Allez donc prendre un verre dans le living, vous deux, dit-elle. Je dois prévenir le cuisinier que nous serons plus nombreux que prévu pour le dîner.

Elle jeta un bref regard de mise en garde à Quinn, puis s'éloigna.

Frank se tourna vers Quinn et lui tapa amicalement sur le dos.

— Eh bien, fiston, je ne sais pas ce qu'il en est pour vous, mais en ce qui me concerne, je boirais bien un petit verre ! Je vous sers quelque chose ? demanda-t-il en se dirigeant vers le bar.

— Un scotch.

Il haussa les épaules et prépara les verres.

— A chacun son plaisir ! Je suis un inconditionnel du whisky irlandais. Eh bien, Quinn, dit-il en se dirigeant vers lui, je propose que nous buvions à la santé de ma fille.

Il fit tinter son verre contre celui de Quinn et prit une bonne goulée de whisky.

— Voilà du douze ans d'âge ou je ne m'y connais pas, dit-il en soupirant d'aise. Asseyez-vous, fiston, asseyez-vous ! poursuivit-il en s'installant lui-même dans le sofa.

Il se tut un instant, un sourire planant sur ses lèvres. Puis, brusquement, il se tourna vers Quinn et le regarda avec gravité.

— Maintenant, expliquez-moi ce que vous faites avec ma fille.

— Papa, voyons ! dit Chantel, tandis que Quinn remerciait le ciel de son arrivée inopinée. Excuse-le, Quinn, la subtilité n'a jamais été l'une de ses plus grandes qualités.

Quinn considéra son verre un instant.

— Il n'y a pas de mal. Il me semble qu'il s'agit d'une question tout à fait légitime.

— Tu vois ? dit Frank d'un air satisfait. Je sens que nous allons bien nous entendre, tous les deux.

Chantel s'assit sur l'accoudoir du sofa à côté de son père.

— Ça ne m'étonnerait pas, dit Chantel et ébouriffant les cheveux de Frank. Raconte-moi, maintenant. Comment ça s'est passé à Vegas ?

— Qu'à cela ne tienne, je te raconterai avec plaisir, dit son père en savourant une nouvelle gorgée de whisky. Dès que tu m'auras expliqué pourquoi tu as posté un gorille professionnel devant ta porte.

— Je te l'ai déjà dit. J'ai simplement renforcé un peu la sécurité.

Chantel voulut se lever, mais Frank posa une main ferme sur son genou.

— Allons, Chantel, ce n'est pas à un vieux singe que l'on apprend à faire des grimaces. Dis-moi la vérité.

Résignée, Chantel se rassit.

— J'ai reçu quelques appels douteux, c'est tout. Il m'a semblé sage de prendre quelques précautions.

— Quel genre d'appels, exactement ?

— Juste quelques appels anonymes.

Frank connaissait très bien sa fille. Ce n'était certainement pas quelques coups de fil anonymes qui l'auraient poussée à prendre des mesures de sécurité supplémentaires. Elle se serait contentée d'en rire et les aurait oubliés très vite.

— Chantel, dit-il en la regardant dans les yeux. Est-ce que tu as reçu des menaces ?

— Non, non. Rien de ce genre.

Se rendant compte qu'elle allait être acculée à dire la vérité, elle se tourna vers Quinn et lui lança un regard suppliant.

— La vérité, Chantel, dit-il simplement.

— Merci, cela m'aide beaucoup !

— Quinn, expliquez-moi donc ce qui se passe. Et toi, dit-il en se tournant vers sa fille, tais-toi.

Sa voix était pleine d'une autorité si inhabituelle que Chantel en fut surprise.

— Quinn, je…, commença-t-elle.

— Chantel Margaret Louise O'Hurley, dit Frank, fermez votre clapet et ne vous avisez pas de le rouvrir.

Chantel obtempéra, penaude, ce qui fit sourire Quinn.

— Vous avez une technique efficace, dit-il à Frank. J'essaierai de m'en souvenir.

— Le secret est de ne l'utiliser que très rarement. Ainsi, elle garde tout son pouvoir. Je vous écoute.

Brièvement, de manière concise, Quinn expliqua à Frank la situation dans laquelle se trouvait Chantel. Pendant qu'il parlait, les sourcils de Frank s'étaient d'abord froncés, puis son expression s'était durcie, et enfin sa main qui reposait toujours sur le genou de Chantel s'était contractée.

Quand Quinn eut fini, il se leva, poings serrés.

— Il faut coincer ce monstre, marmonna-t-il entre ses dents. Si vous êtes détective, Quinn, comment se fait-il que vous ne l'ayez pas encore trouvé ?

Quinn posa son verre et soutint le regard outré de Frank.

— Parce qu'il n'a pas encore fait la moindre erreur. Mais il en commettra fatalement une, aussi infime soit-elle. Et à ce moment-là, nous l'aurons.

— S'il touche à un seul cheveu de ma fille…

— Je ne le laisserai pas s'approcher d'elle, interrompit Quinn. Il faudra qu'il me passe sur le corps d'abord.

Frank ravala sa colère, ce qu'il faisait très rarement, et jaugea l'homme qui lui faisait face. Il s'était toujours vanté d'avoir une perception très juste des gens. Quinn était aussi solide qu'un roc et aussi dangereux qu'un serpent. Sa fille était en sécurité avec lui.

— Alors vous habitez ici, avec Chantel ?

— C'est exact. Je veillerai à ce qu'il ne lui arrive rien, monsieur O'Hurley, vous avez ma parole.

Frank hésita un moment, puis sourit.

— Dans le cas contraire, vous aurez affaire à moi, Quinn. Et vous pouvez m'appeler Frank.

Froide et majestueuse, Chantel se leva.

— Maintenant que vous avez fini, peut-être que vous m'autoriserez à dire un mot ?

Frank se dirigea vers elle et prit son visage dans ses mains.

— Ne prends pas tes grands airs avec moi, gamine. Tu aurais dû parler de cela à ta famille.

— Cela vous aurait inquiétés inutilement.

Frank secoua la tête.

— Inutilement ? Nous sommes une famille, ma chérie. Les O'Hurley. Nous sommes solidaires.

— Papa, Maddy se marie à la fin de la semaine. Abby est enceinte. Trace est…

Frank se raidit.

— Tu seras gentille de ne pas me parler de Trace. Il ne s'intéresse pas à la famille. C'est son choix.

— Vraiment, papa, après tout ce temps, tu devrais…

— N'essaye pas de changer de sujet. Ta mère, tes sœurs et moi avons le droit de nous faire du souci pour toi.

Chantel sentit que ce n'était pas le moment de plaider la cause de son frère. Dans l'immédiat, elle ne voulait qu'une chose : chasser cette expression inquiète du visage de son père.

Elle déposa un baiser sur son front.

— D'accord, papa. Inquiète-toi tant que tu veux, mais sache que nous faisons absolument tout ce qui est nécessaire pour résoudre cette affaire.

Tout en gardant une main sur l'épaule de Chantel, Frank se tourna vers Quinn.

— Nous allons à New York vendredi pour assister au mariage de ma fille. Vous serez des nôtres, n'est-ce pas ?

— Je ne pense pas qu'il soit nécessaire de traîner Quinn au…

— Je viendrai, coupa Quinn, en lançant un regard de défi à Chantel. J'ai déjà pris mes dispositions.

Chantel le regarda, étonnée.

— Tu ne m'en as rien dit.

— Pourquoi l'aurais-je fait ?

Il observa amusé la colère monter dans les yeux de Chantel.

— Apparemment, vous n'avez pas besoin de moi pour régenter mon emploi du temps. Alors si vous voulez bien m'excuser.

Le menton haut, elle quitta la pièce d'un pas décidé.

— Sacré numéro, hein ? dit Frank à Quinn avec une fierté paternelle évidente.

— Comme vous dites.

— C'est le sang irlandais, vous savez. Les Irlandais sont soit des poètes, soit des combattants. Les O'Hurley sont un peu des deux.

— Je suis impatient de connaître le reste de votre famille.

« Ils seront probablement curieux de vous rencontrer aussi », se dit Frank pour lui-même.

— Dites-moi, Quinn, commença-t-il d'un ton affable. Avez-vous l'intention de… comment dire… garder un œil sur Chantel après que cette affaire sera résolue ?

Quinn examina attentivement Frank. Apparemment, le quart d'heure de vérité n'était pas terminé.

— Oui. Que cela lui plaise ou non.

Frank rit.

— Prenons un autre verre, voulez-vous ?

9

— Maman, tu n'as pas besoin de faire ça, voyons.

Molly O'Hurley terminait de plier une veste blanche dans un papier de soie.

— Tu sais très bien que personne ne fait ça mieux que moi.

En effet, la mère de Chantel avait passé une grande partie de sa vie à faire et à défaire des bagages, et elle avait acquis dans cette activité une expérience et une dextérité sans pareil.

— Mais c'est le travail de la femme de chambre. Elle est payée pour faire ça.

Molly balaya les objections de Chantel d'un revers de main.

— Je n'aime pas être entourée de valets et de femmes de chambre. On ne peut jamais parler librement en leur présence.

Chantel considéra la valise et ses piles de vêtements. Elle avait passé les vingt premières années de sa vie à voyager. Dès qu'elle avait pu se payer les services d'une femme de chambre, elle avait mis un point d'honneur à ne plus s'occuper de ses bagages. Mais elle n'avait jamais pu gagner la partie contre sa mère. Résignée, elle commença à effectuer une sélection soigneuse parmi ses produits de toilette.

— Je regrette que nous n'ayons pas pu passer plus de temps ensemble ces derniers jours.

Rapide et efficace, la mère de Chantel déplia une nouvelle feuille de papier de soie.

— Ne sois pas stupide. Tu es en plein tournage. Ton père et moi ne sommes pas venus ici pour que tu nous divertisses.

— Pourtant, papa avait l'air de s'amuser comme un fou le jour où tu es venue assister au tournage.

Molly gloussa et leva les yeux. C'était une jolie femme d'allure sportive et énergique, qui paraissait dix ans de moins que son âge. En la regardant, Chantel se dit que le rythme décousu et effréné de la vie que menaient ses parents convenait merveilleusement à sa mère comme à son père.

— Ça, tu peux le dire ! Quand même, je pense qu'il est allé un peu trop loin lorsqu'il a voulu expliquer à la réalisatrice comment tourner la scène.

— Ce n'est pas grave. Mary a le sens de l'humour.

— C'est une chance.

Pendant quelques minutes, elles s'activèrent à leurs tâches en silence.

— Chantel, dit Molly. Nous sommes inquiets pour toi, tu sais.

— Je ne veux pas que vous vous inquiétiez, maman.

— Mais nous t'aimons. Nous ne pouvons pas t'aimer sans nous soucier de ce qui t'arrive. Tu dois comprendre que cela va ensemble.

Chantel glissa une bouteille de parfum dans une petite boîte matelassée.

— Je le sais, maman. C'est bien pour ça que je n'ai pas voulu vous parler de ce qui se passait. Tu t'es fait suffisamment de souci à propos de moi et des hommes quand j'étais adolescente.

— Tu ne crois tout de même pas que les parents cessent de s'inquiéter pour leurs enfants le jour où ils atteignent leur majorité ?

Elle sourit et rangea son jeu de pinceaux de maquillage dans sa trousse de toilette.

— Non, je suppose que non. Je pensais juste que, passé un certain âge, on devait s'épargner certains soucis.

— Tout ce que je peux te dire, c'est qu'un jour, tu comprendras toi-même que ce n'est pas le cas.

Chantel ressentit de nouveau le pincement qu'elle avait éprouvé lors de la séance de photo chez Bryan, quand celle-ci lui avait parlé de son bébé. Elle fronça les sourcils et essaya de l'ignorer.

— Je n'en suis pas si sûre, murmura-t-elle. Ce que je sais, c'est que je ne veux pas que cette histoire affecte ma famille.

— Ce qui touche l'un d'entre nous nous affecte tous. C'est ça la famille.

Molly avait prononcé ces mots d'un ton qui n'admettait pas de réplique, ce qui fit sourire sa fille.

— Tes côtés irlandais sont de plus en plus apparents.

— Et pourquoi pas ? Ton père et moi envisageons de venir passer quelque temps près de toi après le mariage.

Chantel se figea et la regarda.

— Quoi ? C'est impossible. Vous avez un spectacle dans le New Hampshire.

Molly termina de plier un pantalon de lin beige et sourit.

— Chantel, Frank et moi sommes sur les planches depuis plus de quarante-cinq ans. Ce n'est pas l'annulation d'un spectacle qui va briser notre carrière.

Chantel posa les flacons qu'elle tenait dans ses mains et prit sa mère par le bras.

— Il n'en est pas question. Je ne peux te dire à quel point ça me touche que vous vouliez être près de moi. Mais vous ne pourriez rien faire de toute façon.

— Si. Etre avec toi.

— Même ça, vous ne pourriez pas le faire. Maman, j'ai encore plusieurs semaines de tournage. Tu as bien vu ces derniers jours que je n'étais pratiquement jamais à la maison. Je serais mortifiée de vous savoir ici à vous tourner les pouces alors que vous avez envie de travailler.

— Nous tourner les pouces ? Par exemple dans la piscine ?

Chantel sourit, mais elle secoua la tête.

— Si je pouvais croire que papa et toi seriez capables de supporter ce régime plus de deux jours, les choses seraient différentes. Sois logique, maman. Si vous restiez, je serais inquiète parce que vous êtes inquiets. Papa rendrait les domestiques fous, et je ne serais même pas là pour savourer le spectacle.

Molly soupira.

— J'avais bien dit à Frank que tu ne serais pas d'accord.

Elle posa une main sur les cheveux de Chantel.

— Depuis toujours, c'est pour toi que je m'inquiète le plus.

— Je suppose que c'est moi qui t'ai donné le plus de raisons de t'inquiéter.

— Tu n'as fait qu'agir selon ta nature, et c'est bien. Je savais que Trace ferait son propre chemin lui aussi, quoi qu'il arrive et quoi que nous lui disions. Ton père refuse de l'admettre, mais Trace a toujours été ainsi, c'était évident dès qu'il a su mettre un pied devant l'autre. Quelque part, j'ai toujours su qu'Abby et Maddy s'en tireraient, même quand Abby traversait les difficultés de son premier mariage et quand Maddy luttait pour réussir à tenir debout dans des chaussures de danse. Mais toi… J'ai toujours eu peur qu'à force d'avoir les yeux rivés à l'horizon, tu passes à côté de ce qui était juste sous ton nez. Je veux que tu sois heureuse, Chantel.

— Je suis heureuse, maman. Vraiment. Ces dernières semaines, en dépit de toute cette histoire, je crois que j'ai trouvé quelque chose.

— Quinn.

Chantel secoua nerveusement la tête et se dirigea vers la fenêtre.

— Tout le monde semble s'apercevoir des sentiments que j'ai pour lui, sauf lui.

Molly s'était fait son opinion sur Quinn Doran. Cet homme n'était ni facile, ni particulièrement doux et gentil. Mais sa fille n'avait pas besoin d'un homme doux et gentil. Elle avait besoin de quelqu'un qui lui donne un peu de fil à retordre.

— Les hommes sont plus obtus que nous, dit-elle. Pourquoi ne lui avoues-tu pas tes sentiments ?

Chantel se retourna et s'appuya contre le rebord de la fenêtre.

— Non. Du moins pas tout de suite. C'est peut-être idiot mais je veux qu'il me respecte. Moi, pour ce que je suis. Je dois être sûre que je ne suis pas juste un passe-temps pour lui.

— Chantel, tous les hommes ne sont pas comme Dustin Price.

Chantel sentait la colère monter, mais le regard posé de sa mère l'encouragea à la maîtriser.

— Je sais. Mais ce n'est pas facile à oublier.

— C'est impossible à oublier. Mais tu ne peux pas organiser ta vie en fonction de cette expérience. Est-ce que tu as parlé de lui à Quinn ?

— Non. Je ne peux pas. Maman, nous avons déjà suffisamment de problèmes comme ça, pourquoi en créer un nouveau ? Cela fait presque sept ans, maintenant.

— Est-ce que tu fais confiance à Quinn ?

— Oui.

— Tu ne crois pas qu'il comprendrait ?

Chantel pressa ses doigts contre ses paupières et soupira.

— Si j'étais sûre qu'il m'aime, vraiment sûre que ce qu'il y a entre nous est sérieux, je pourrais lui dire n'importe quoi. Même cela.

Molly rejoignit sa fille et l'attira dans ses bras.

— J'aimerais pouvoir te dire que, dans ce cas, il y a des garanties, mais ce serait te mentir. Ce que je peux te dire, c'est que je n'envisagerais pas une seule seconde de te laisser seule si je n'étais pas convaincue que Quinn te protégera.

— Je me sens en sécurité avec lui. Avant de le rencontrer, je ne savais pas que quelqu'un pouvait me procurer ce sentiment.

Elle ferma les yeux.

— Je ne savais pas que j'avais besoin que quelqu'un me le procure, poursuivit-elle à mi-voix.

— Nous avons tous besoin de nous sentir en sécurité, Chantel. Et aimés.

Elle caressait doucement les cheveux de Chantel, ces boucles blondes qu'elle avait si souvent brossées et nattées.

— Il y a quelque chose que je ne t'ai jamais dit, ma fille. Je suis très fière de toi.

— Oh, maman.

Les larmes commencèrent à monter mais Molly secoua la tête.

— Allons, je ne veux pas de ça, Chantel, murmura-t-elle. Si nous descendons dans le salon avec les yeux rouges, ton père ne me laissera pas de répit avant de savoir pourquoi nous avons pleuré. Finissons les valises, d'accord ?

Elle berça Chantel encore quelques instants entre ses bras puis s'écarta et l'embrassa.

— Maman ?

— Oui, ma chérie.

— Moi aussi, j'ai toujours été fière de vous.

Molly toussota, gênée, mais sa voix était encore voilée quand elle parla.

— Eh bien, voilà une chose qui fait plaisir à entendre dans la bouche d'une fille adulte. Tout va bien, maintenant ?

— Tout va très bien.

— Magnifique, ça, c'est ma grande fille. Allons, retournons à nos moutons.

Molly se détourna et s'affaira de nouveau devant la valise ouverte. Après un instant, elle émit un sifflement admiratif et se retourna, une nuisette de dentelle et de soie noire à la main.

— Quelle merveille ! Cette plaisanterie est le péché incarné…

Chantel s'essuya les yeux et gloussa.

— Je ne sais pas encore quel effet elle produit. Je viens de l'acheter.

Molly leva la nuisette et la considéra avec attention.

— Je pense qu'elle parle d'elle-même.

Ravie que la nuisette plaise à sa mère, Chantel se dirigea vers elle, la prit, la plia soigneusement et la tendit à sa mère.

— Tiens, c'est pour toi. Souvenir de Beverly Hills.

— Ne sois pas stupide, dit Molly. Je ne pourrais jamais porter une chose pareille.

— Pourquoi pas ?

— Eh bien, ton père ne…

Elle s'interrompit, pensive. Chantel vit une lueur coquine s'allumer dans ses yeux.

— Merci, ma chérie, dit Molly en posant la nuisette à part. Merci pour moi… et pour ton père !

Lorsqu'elles s'approchèrent du salon, elles entendirent Frank qui égrenait quelques notes sur son banjo.

— Il s'entraîne, dit Molly, pour pouvoir jouer au mariage, il y tient absolument. Il faudrait l'assommer pour l'en empêcher.

— Tu sais bien que Maddy y tient beaucoup aussi.

— Ah ! Ce n'est pas trop tôt, mesdames ! dit Frank. J'ai besoin de quelqu'un pour chanter pendant que je joue. Celui-ci, dit-il en désignant Quinn, refuse catégoriquement de pousser la chansonnette.

— J'essaye juste de vous épargner ce supplice, répondit Quinn en souriant.

— C'est la première fois que je vois ça. J'en ai connu beaucoup qui ne savaient pas chanter, mais jamais aucun qui ne voulait pas. Assieds-toi près de moi, Molly, ma chérie. Montre donc à cet homme ce que les O'Hurley ont dans le ventre.

Molly obtempéra, se concentra un instant pour se caler sur le rythme, puis se mit à chanter d'une voix puissante et exercée. Chantel s'assit sur l'accoudoir du sofa à côté de Quinn et écouta ses parents. La tension qu'elle avait ressentie ces dernières semaines se dissipa lentement.

— Chante avec nous, princesse, tu te souviens des chœurs, n'est-ce pas ?

Chantel obéit, le rythme et les paroles de la chanson lui revinrent facilement. Elle chantait rarement seule. Pour elle, la chanson était une affaire de famille. A chanter ainsi avec eux, le souvenir des innombrables fois où elle avait entonné ce refrain en compagnie de ses parents, de ses sœurs et de son frère lui revint à la mémoire.

Surpris et ravi, Quinn les écoutait enchaîner une chanson après l'autre. En cet instant, Chantel n'était plus la star de cinéma lointaine, ni la femme passionnée et tumultueuse qu'il avait découverte derrière cette façade. Elle était en famille, redevenue une enfant aimante. En la voyant rire et accuser son père d'avoir fait une fausse note, il retrouvait l'innocence qu'il avait, un jour, cru percevoir en elle.

Son parfum était présent aussi, à la fois féminin, sombre et sauvage, contrastant avec son comportement détendu et enjoué. Il ne l'avait jamais vue comme ça. N'avait jamais su qu'elle pouvait être ainsi. Il se demanda si Chantel était consciente de l'importance qu'avait sa famille pour elle, si elle savait à quel point son image de star hollywoodienne disparaissait quand elle était avec ses parents.

La semaine avait été bonne. Chantel ne savait rien des nouvelles lettres. Quinn les avait interceptées. Elle ne savait pas non plus que ses hommes avaient réussi à localiser l'un des appels. Il provenait d'une cabine du centre-ville. Quinn ne voyait aucune raison de le lui dire. Ni de lui révéler que les deux dernières lettres demandaient un rendez-vous à New York.

Quinn leva une main et la fit glisser le long de son bras. Les doigts de Chantel se mêlèrent naturellement aux siens. Il n'y avait pas de raison de le lui dire. Elle ne serait pas seule à New York, pas un instant. Il avait déjà pris ses dispositions pour que trois de ses meilleurs hommes les rejoignent à Manhattan. Chantel serait sous surveillance en permanence.

Frank interrompit les pensées de Quinn lorsqu'il jeta un regard de défi à sa fille.

— Tu en joues toujours ou c'est pour la décoration ? demanda-t-il en désignant le piano à queue blanc qui trônait dans le salon.

— Je pianote un peu de temps à autre.

— Tu devrais pouvoir faire bien plus que pianoter avec un instrument pareil.

— Je ne veux pas t'embarrasser en te montrant ma virtuosité, papa.

— Au contraire, j'aimerais bien voir ça.

Chantel haussa les épaules, se leva et se dirigea vers le piano. Délibérément, elle battit des cils, s'assit et exécuta une longue série d'arpèges compliqués.

— Tu t'es entraînée ! dit Frank en gloussant de plaisir.

— Je ne passe pas mes soirées à repriser des chaussettes, dit-elle en lançant un regard entendu à Quinn.

Quinn inclina la tête, beau joueur.

— Votre fille est pleine de surprises, Frank.

— A qui le dites-vous ! Je pourrais vous en raconter des vertes et des pas mûres. Tenez, le jour où…

— Papa, arrête ça tout de suite, s'il te plaît, interrompit Chantel d'une voix affable.

Toujours prudent, Frank toussota et se tut un instant.

— Tiens, pourquoi ne nous chantes-tu pas ce petit air que Molly et moi ne voulions pas te laisser jouer avant que tu aies dix-huit ans ? dit-il.

— C'est Abby qui le réussissait le mieux.

Frank sourit.

— C'est vrai. Mais tu n'étais pas mauvaise non plus.

Molly dissimula un sourire en voyant les yeux de Chantel étinceler.

— Pas mauvaise !

Elle lui tira la langue, puis se lança.

C'était une ballade lente et mélancolique. Quinn frissonna. La voix de Chantel était chaude et sensuelle. Les paroles étaient plaintives et tristes. Mais sa voix les rendait ensorcelantes. Elle portait des vêtements blancs. Le piano était blanc. Mais ce n'était plus à un ange qu'elle ressemblait. Toute la pièce semblait se réchauffer aux accents de sa voix. Elle semblait envelopper Quinn entièrement, l'oppresser au point qu'il avait du mal à respirer.

Egrenant les derniers accords, Chantel leva les yeux et regarda Quinn.

La chanson parlait d'un amour perdu. Quinn se dit que s'il devait perdre Chantel, aucun mot ne serait en mesure d'exprimer la profondeur de son désespoir. Chantel l'avait déjà fait souffrir, fait brûler de plaisir. Maintenant, elle le rendait faible.

— Pas mal, dit Frank quand Chantel eut fini. Et maintenant, si tu…

Molly posa sa main sur son bras.

— Il est tard, Frank. Nous devrions aller nous coucher. Une longue journée nous attend demain.

— Tard ? Qu'est-ce que tu racontes, il est à peine…

— Il est tard, répéta Molly. D'ailleurs, j'ai une surprise qui t'attend en haut.

— Mais enfin je… Une surprise ?

Il s'était tourné vers sa femme, les yeux brillants.

— Mais oui. Allez, viens. Bonne nuit, Quinn.

— Bonne nuit, Molly, dit Quinn, sans avoir la force de quitter Chantel des yeux.

— Bon, je viens, dit Frank. Bonne nuit, vous deux. Chantel, vois donc si ton cuisinier peut nous préparer des gaufres pour le petit déjeuner. Rien de tel qu'une bonne gaufre croustillante pour bien commencer la journée.

— D'accord. Bonne nuit, papa.

Elle lui tendit la joue, mais elle non plus ne pouvait détacher son regard de celui de Quinn.

Molly et Frank quittèrent la pièce.

— Tu avais raison, murmura Quinn lorsque la pièce fut de nouveau silencieuse.

— A propos de quoi ?

— Tu es une diva.

Il se leva et s'approcha d'elle. Il prit ses deux mains dans les siennes et les retourna. Puis il déposa deux baisers au creux de ses paumes.

— Plus je suis avec toi, murmura-t-il, plus je te connais, et plus je désire rester près de toi.

Ses mains toujours dans les siennes, Chantel se leva. Ses yeux brillaient de joie.

— Je veux que tu saches que je n'ai jamais rien ressenti d'aussi fort pour quelqu'un. J'ai besoin que tu me croies.

— Et j'ai besoin de te croire.

Ils étaient à deux doigts de franchir cette dernière étape. Celle des promesses et des engagements. Quinn sentait les mots prêts à être prononcés au bord de ses lèvres. Mais il craignait s'il allait trop vite que Chantel recule.

— Dis-moi ce que tu veux, Chantel.

— Toi. Je ne veux rien d'autre qu'être près de toi.

C'était une réponse qu'elle pouvait donner, sans craindre d'exiger plus que ce qu'il était prêt à lui donner.

Pour combien de temps ? La question lui brûlait les lèvres, mais Quinn avait peur de la poser. Il décida de prendre ce qu'elle lui donnait aujourd'hui, cette nuit. La lutte continuerait demain.

— Viens, dit-il.

Les mains jointes, le cœur éperdu, ils montèrent l'escalier.

Ils laissèrent une veilleuse allumée près du lit. N'était-il pas étrange, se demanda Chantel, que son cœur batte si vite, que l'émotion soit si grande au creux de son ventre, alors qu'elle savait déjà ce qu'ils pouvaient se donner l'un à l'autre ? Pourquoi était-ce si différent cette fois-ci ? Si précieux ? Comme s'ils allaient faire l'amour pour la première fois.

Elle lui offrit sa bouche, allant au-devant d'un désir qu'elle imaginait sauvage et impérieux.

Mais Quinn se montra doux. Et tendre. Il effleura légèrement sa bouche de la sienne. Elle sentit tout son corps se détendre. Il prit son visage entre ses mains et caressa son cou de ses pouces, effleurant légèrement sa peau comme pour y déposer des murmures d'amour, de silencieuses promesses. Elle soupira.

Quelle était cette émotion nouvelle qui s'insinuait doucement en elle, grandissant à chaque instant ? Le désir était là, embrasant déjà son corps. Mais chacune de ses caresses adoucissait ses brûlures, tout en augmentant sa plénitude. Sa bouche, patiente, glissait doucement sur la peau de son visage comme pour retenir le souvenir de sa texture et de son odeur. Il déposa de légers baisers sur ses pommettes, puis chercha sa bouche. Sa langue en traça les contours, puis s'attarda sur sa lèvre inférieure. Dans la tête de Chantel, toute la pièce commença à tanguer.

Elle était précieuse. Cette fois-ci, Quinn se l'était promis, il le lui montrerait. Il savait maintenant que sa beauté était bien plus que superficielle. Il passa doucement ses mains dans ses cheveux, savourant leur contact soyeux. Il murmura son nom, elle soupira et se pressa contre lui.

Tandis que sa bouche continuait de l'explorer, il commença à défaire la rangée de boutons qui fermait sa robe de soie blanche dans son dos. Lorsqu'elle s'ouvrit, il caressa doucement sa colonne vertébrale, comme quelqu'un qui manipule un objet fragile. La robe glissa sur le sol et Chantel trembla. Son corps était chaud et nu contre le sien. Son cœur battait à tout rompre.

Quinn s'écarta pour la regarder à la lumière de la veilleuse. Elle était si petite, si délicate. Sa peau était comme de la porcelaine et ses formes paraissaient sculptées dans l'albâtre. Ses cheveux tombaient sur ses épaules pour s'arrêter juste à la naissance de ses seins. Son torse était étroit. Il le caressa, surpris qu'un corps si fragile puisse receler autant de force. Sa taille était si fine que ses mains pouvaient presque l'encercler entièrement.

— Tu es si belle.

Elle se lova dans ses bras.

Le contact de sa chemise était rêche contre sa peau nue. Les yeux mi-clos, Chantel pressa ses lèvres contre les siennes et l'embrassa longuement, explorant les recoins veloutés de sa bouche.

Les senteurs du jardin pénétraient dans la chambre. Doucement, avec autant de précautions que lui, Chantel défit les vêtements de Quinn.

Elle frotta ses paumes contre les muscles de ses épaules et laissa aller sa bouche sur son torse. La force et la maîtrise qui se dégageaient de son corps la fascinaient. Dans un murmure de plaisir, elle remonta doucement vers sa bouche.

Ils se laissèrent glisser sur le lit.

Ils n'étaient pas pressés. Comme dans un rêve, le temps s'était ralenti. Chantel posa son visage au creux de son épaule. Comment lui dire à quel point il était devenu important pour elle ? Comment lui expliquer qu'elle avait besoin de savoir qu'il serait près d'elle, aujourd'hui, demain, toujours ? Un homme tel que Quinn croyait-il au mot « toujours » ? Elle secoua légèrement la tête, espérant chasser cette question. Elle ne pouvait pas le lui dire. Elle ne pouvait pas le lui demander. Mais elle pouvait le lui montrer.

Doucement, Chantel posa ses lèvres sur les siennes, puis les caressa d'un doigt comme pour sentir l'effet qu'elle y avait produit. Satisfaite, elle y porta de nouveau les lèvres.

Quinn ne savait pas que faire l'amour pouvait être aussi doux et intense. Même dans les moments les plus passionnés qu'il avait connus entre ses bras, il n'avait pas soupçonné que quelque chose d'aussi miraculeux pût exister. Il s'était déjà dit que Chantel lui appartenait, mais en cet instant, son corps souple et tiède contre lui, il pouvait enfin le croire. Plus encore, il était à elle aussi. Totalement à elle. L'amour nourri de tendresse était bien plus entier que les feux de la passion.

Il entra en elle naturellement, avec évidence. Elle le reçut avec un soupir. Ils se fondirent l'un dans l'autre dans une harmonie merveilleuse. Lorsqu'ils n'eurent plus rien à se donner, ils se pelotonnèrent l'un contre l'autre et s'endormirent.

La démarche sautillante, Frank rejoignit Molly devant l'employé de la compagnie aérienne.

— Il faut que je m'assure qu'ils n'envoient pas mon banjo à Duluth.

— Aéroport de La Guardia, monsieur, New York, dit l'employé en lui montrant les cartes d'embarquement et le reçu de bagages. Ne vous inquiétez pas.

— Facile à dire pour vous. Ce banjo fait partie de ma vie depuis plus longtemps que ma femme, gloussa-t-il en entourant les épaules de Molly de son bras. Ce qui ne veut pas dire que tu es moins importante, ma chérie.

— Disons que je suis à égalité avec le banjo, n'est-ce pas ? Tu as pris tes comprimés ?

— Oui, oui, ne t'inquiète pas.

Molly rangea le reçu des bagages et la carte d'embarquement.

— Frank est terrible en avion. Chantel a hérité ça de lui.

Surpris, Quinn se tourna vers elle.

— Tu n'aimes pas prendre l'avion ?

— Mais si, ça va, dit Chantel, un peu agacée.

Elle avait déjà englouti une demi-boîte d'aspirine et deux comprimés contre le mal de l'air.

Molly jeta un coup d'œil à sa montre.

— Nous ferions mieux d'y aller.

— Les femmes, toujours pressées. Pourquoi les supportons-nous, Quinn ? dit Frank en lui tapant amicalement sur le dos.

— C'est le seul gibier disponible quand on vit en ville.

— Vous avez raison, fiston.

Rayonnant, Frank gloussa tout en passant le portillon des détecteurs de métaux.

— Tu es gai comme un pinson ce matin, papa, dit Chantel, refoulant la sensation d'accablement qu'elle ressentait à l'idée de monter dans un avion.

— Et pourquoi pas ? Une bonne nuit de sommeil, rien de tel pour être en pleine forme !

Il jeta un regard entendu à Molly, espérant qu'elle porterait de nouveau cette délicieuse nuisette noire qu'elle avait la veille.

Lorsqu'ils entrèrent dans la salle d'attente, Chantel commença à faire quelques exercices respiratoires pour se détendre.

Quinn la prit à part.

— Tu ne veux pas prendre un tranquillisant ou quelque chose de ce genre, mon ange ?

— Je n'en prends jamais, dit-elle en tournant nerveusement la lanière de son sac à main. D'ailleurs, je vais très bien.

Il prit ses mains dans les siennes.

— Tes mains sont glacées.

— Mais non. Je prends tout le temps l'avion, j'ai l'habitude.

— Je sais. Ça doit être dur.

Dégoûtée de sa faiblesse, elle lui jeta un regard en biais.

— Tout le monde a des phobies, ce n'est pas la peine d'en faire une histoire.

— Tu as raison. Mais laisse-moi quand même t'aider, dit-il en portant sa main à ses lèvres.

Elle voulut se dégager mais Quinn la tenait fermement.

— Ecoute, Quinn, je me sens un peu ridicule, là. Je préférerais que tu lâches ma main.

— D'accord. A condition que tu ne voies pas d'inconvénient à tenir la mienne pendant le vol. D'accord ?

— Il dure six heures, marmonna-t-elle. Six interminables heures.

Il se pencha à son oreille.

— Nous devrions pouvoir trouver un moyen de passer agréablement le temps.

Tandis qu'il l'embrassait, un homme portant des lunettes noires se glissa discrètement sur un siège dans un coin de la salle d'attente. Ni Chantel ni Quinn ne remarquèrent qu'il les observait, les poings serrés.

— Si c'est ce à quoi je pense que tu as en tête, on va nous arrêter, murmura Chantel, tout en sentant la tension dans ses épaules se dissiper un peu.

— Tu as vraiment l'esprit mal tourné. Je pensais à une partie de gin rami.

— C'est ça.

Lorsqu'on appela les passagers pour l'embarquement, Chantel se leva et prit une inspiration profonde.

— Un dollar le point ? demanda-t-elle.

— Marché conclu.

Elle rit et suivit Quinn et ses parents sur la passerelle qui menait à l'appareil.

L'homme aux lunettes noires se leva, ajusta un chapeau à larges bords sur sa tête, sortit sa carte d'embarquement et se mêla à la foule des passagers.

10

— Tu es sûr que ça ne t'embête pas d'avoir été réquisitionné par la famille ?

Chantel remonta avec précaution la fermeture Eclair de la housse qui protégeait sa robe. C'était une des plus célèbres stylistes de Hollywood qui l'avait créée pour elle. Mais elle n'était pas destinée à être portée sur une scène ou un plateau de tournage. C'était sa robe de demoiselle d'honneur pour le mariage de sa sœur.

— Réquisitionné ? demanda Quinn, amusé.

Il s'assit sur le lit, vêtu seulement d'une serviette de bain enroulée autour de ses hanches. Un costume trois pièces fraîchement repassé l'attendait dans la penderie.

— Ça correspond assez bien au style un peu martial de papa, non ? Il a dit qu'il fallait que tu sois dans la suite de Reed une heure avant le début de la cérémonie.

Elle le regarda.

— Qu'est-ce que les hommes peuvent bien avoir à comploter ensemble avant un mariage ?

— Secret d'Etat, dit Quinn. Et, non, ça ne m'embête pas d'avoir été réquisitionné, comme tu dis.

Pensive, Chantel tapota le manche de sa brosse à cheveux sur la paume de sa main.

— Quelle impression t'a faite Reed ? Je sais que nous ne l'avons vu que quelques heures hier soir, mais tu dois t'être fait une première opinion.

— Tu es inquiète pour ta sœur ?

— Esprit de famille…

Quinn s'adossa contre les coussins du lit et la contempla. Elle portait une jupe droite en lin beige et un chemisier de soie. Ses cheveux étaient relevés grâce à deux peignes en cuivre martelé. Chantel O'Hurley ne ressemblait pas le moins du monde à une mère poule. D'un autre côté, Quinn avait appris à se méfier des apparences. Quand il s'agissait de sa famille, Chantel était très sentimentale.

— Je pense que c'est un homme qui a le sens des responsabilités. Il est probablement brillant dans son travail. Méticuleux. Un peu conservateur.

— Et Maddy ?

— Chaotique, théâtrale et un peu candide.

— En plein dans le mille, murmura Chantel. On jurerait que le nombre de leurs points communs ne leur permettrait pas d'avoir une conversation de plus de dix minutes, et pourtant…

— Pourtant ?

— J'ai l'impression qu'ils se sont trouvés.

— Alors qu'est-ce qui t'inquiète ?

— C'est ma sœur cadette.

— De combien de minutes ? demanda-t-il, sarcastique.

Chantel répondit avec tant d'assurance que Quinn sentit qu'on avait déjà dû lui faire cette réflexion avant.

— Le temps n'a rien à voir là-dedans. Elle *est* ma petite sœur, et elle a toujours été la plus confiante, la plus aimante de nous trois. Abby est tellement solide. Quant à moi, j'ai assez de hargne et d'orgueil pour garder toujours la tête hors de l'eau. Mais Maddy… Maddy est le genre de femme qui croit un producteur qui lui dit que son chèque est parti le matin même, un amoureux négligent qui lui pose un lapin en prétextant que son réveil n'a pas sonné ou un séducteur qui lui fait le coup de la panne.

— Je pense que ta sœur sait exactement ce qu'elle veut et comment l'obtenir.

— Tu as raison, je suppose que je fais juste une crise de sentimentalisme.

Quinn haussa les sourcils.

— Pourquoi ne viens-tu pas la faire près de moi ?

Elle sourit.

— Je pensais que tu attendais le *room service*.

— Je n'aime pas attendre seul.

— Quinn, si je retourne dans ce lit…

— Oui ?

— Je vais te faire sauvagement l'amour.

— Vraiment ?

Il s'étendit sur le dos et croisa ses bras derrière la nuque.

— Essaye un peu.

Elle posa sa trousse de toilette et se dirigea vers lui.

— Tu es bien téméraire.

— Tu parles, tu parles, et en attendant…

Elle s'assit sur le lit.

— Je peux faire bien plus que parler, dit-elle en caressant la jambe de Quinn du bout des doigts.

Il la prit par le poignet et la fit basculer sur le lit. Son rire vint mourir doucement sur les lèvres de Quinn.

Se pouvait-il qu'elle le désire autant que la nuit dernière, quand ils s'étaient couchés pour la première fois entre les draps du lit de l'hôtel ? se dit Chantel. C'était le cas. Elle le désirait tout autant, voire plus encore.

Sa peau sentait le savon, elle était fraîche et encore légèrement humide. Ses cheveux étaient mouillés. Son corps s'offrait à elle, fort, viril et nu. Riant de nouveau, elle posa un baiser sur son cou.

— Qu'est-ce qu'il y a ?

— Je me sens en sécurité, dit-elle en levant les yeux vers lui. Si merveilleusement en sécurité.

Il saisit une mèche folle près de son visage, la retint un instant puis la fit glisser doucement entre ses doigts. Comment cette femme était-elle devenue si importante pour lui ? En si peu de temps ?

— La sécurité n'est pas le seul sentiment que je voudrais que tu éprouves.

— Non ? Quoi d'autre ?

L'amour, la loyauté, le dévouement, voilà les mots qui lui vinrent spontanément à l'esprit. Quinn en fut effrayé. Pour se protéger, pour la protéger, il ne les prononça pas.

— Je vais te montrer, dit-il en faisant basculer Chantel sous lui.

Seul le contact de leurs corps maintenait la serviette qui lui entourait les hanches en place. Lorsque sa bouche trouva la sienne, Chantel tira sur la serviette. Il rit et se mit en devoir de déboutonner son chemisier. Puis on frappa à la porte et tous deux soupirèrent. Chantel se releva en s'appuyant sur son coude et écarta ses cheveux de son visage.

— Il fallait absolument que tu commandes un petit déjeuner ?

Quinn glissa une main sous sa jupe pour explorer ses cuisses.

— Ne répondons pas. Il reviendra plus tard.

Les coups sur la porte retentirent de nouveau, plus insistants cette fois.

— J'y vais, dit Chantel en se levant.

Elle rajusta son chemisier et se recoiffa. Puis, avec un sourire, elle arracha la serviette de Quinn et la jeta à l'autre bout de la pièce.

— Toi, tu restes ici. Je reviens.

— Bien, chef. C'est toi le patron.

— Ne t'avise pas de l'oublier, dit-elle en se dirigeant vers l'entrée.

Quinn se tourna paresseusement sur le dos. Les rideaux étaient encore tirés et on distinguait à peine la pièce. Ils auraient pu être n'importe où. Pendant un instant, il se laissa aller à imaginer qu'ils étaient dans leur chambre — pas dans la maison de Chantel, pas dans la sienne, pas dans un hôtel de luxe, mais dans une maison à eux.

Peut-être était-il temps de lui avouer qu'il l'aimait et qu'il voulait partager sa vie avec elle, et pas seulement assouvir la soif passagère d'un désir brûlant. Toute sa vie : passé, présent et avenir. La passion était là, mais elle ne serait jamais satisfaite. Le désir ne serait jamais assouvi. Il y avait plus encore. Il y avait ces sentiments qui grandissaient et devenaient plus intenses à chaque moment passé près d'elle.

Il voulait qu'elle soit sa femme. Cela aurait dû le terrifier, mais en réalité, il en était presque amusé. Il voulait toutes ces choses qu'il avait longtemps rejetées parce qu'il les trouvait réductrices et sans importance. Il voulait une maison, une famille, une bague à son doigt. Quinn Doran, père de famille. L'idée avait cessé de lui sembler saugrenue.

Elle résisterait, peut-être. Sûrement. Il faudrait juste qu'il sache la convaincre. Y penser le fit sourire. Convaincre Chantel O'Hurley de l'épouser pourrait bien être la mission la plus difficile de toute sa carrière.

— Quinn.

— Oui ?

— Tu peux venir un instant ?

Il décela une pointe de tension dans sa voix. S'arrachant à ses rêves, Quinn empoigna sa robe de chambre. Dès qu'il entra dans le corridor, il aperçut les fleurs. Une douzaine de roses rouge sang posées sur la table à côté de la porte. Chantel était debout à côté du bouquet, le visage plus pâle que la carte qu'elle tenait à la main.

Elle réussit à parler d'une voix posée, presque calme.

— Il sait que je suis ici. Il dit qu'il me suivra au bout du monde. Qu'il attend le bon moment.

Elle tendit la carte à Quinn.

Quinn parcourut le message. Dans le coin de l'enveloppe, il y avait le nom et le logo du fleuriste.

— Il vient de faire sa première erreur, murmura Quinn. Qui a apporté ces fleurs ?

— Un chasseur. Je ne lui ai même pas donné de pourboire, répondit-elle d'une voix absente.

Chantel fixait la reproduction de Monet accrochée au mur de l'entrée d'un regard vide, et se demandait pourquoi elle ne ressentait rien. Absolument rien.

— Chantel ?

La voix de Quinn la ramena à la réalité. Elle frissonna et le regarda. Elle ne voulait pas de sa compassion. Elle voulait la vérité.

— Il est ici, n'est-ce pas ? Peut-être même dans cet hôtel ?

— Assieds-toi, dit-il en la prenant par le bras.

Elle se dégagea.

— Je ne veux pas m'asseoir. Je veux que tu me répondes.

— Chantel…

On frappa de nouveau à la porte. Chantel porta une main à sa bouche pour étouffer un cri. Quinn la fit asseoir, se dirigea vers la porte et jeta un coup d'œil par le judas.

— C'est bon, dit-il par-dessus son épaule. C'est le petit déjeuner.

Il ouvrit la porte et laissa l'employé pousser la table roulante dans le petit salon de la suite. Après avoir signé le registre, il suivit l'employé jusqu'à la porte pour jeter un rapide coup d'œil dans le corridor. Il n'y avait personne.

— Un peu de café te ferait du bien, dit Quinn en revenant dans la chambre.

— Non. Ce sont des réponses que je veux. Tu savais qu'il serait ici.

Ignorant son refus, Quinn prépara deux tasses de café.

— Oui.

Chantel pressa ses mains contre ses tempes et partit d'un rire sec.

— Voilà au moins une réponse claire. Comment le savais-tu ? Sixième sens ? Instinct ? Intuition masculine ?

Un désagréable sentiment de culpabilité naissant au creux de l'estomac, Quinn se tourna vers elle.

— Il a dit qu'il serait ici dans les dernières lettres qu'il a envoyées.

Elle croisa les bras sur sa poitrine. Une colère froide montait en elle.

— Et tu ne me l'as pas dit ?

— Si j'avais jugé cela utile, je te l'aurais dit. Tu devrais manger quelque chose.

Sans un mot, Chantel se leva, prit une assiette sur la table roulante et, regardant Quinn bien en face, la laissa tomber par terre.

— Pour qui te prends-tu ? dit-elle entre ses dents. Comment oses-tu me traiter comme si j'étais une pauvre petite chose qu'il faut mener par le bout du nez ? J'avais le droit de savoir qu'il avait l'intention de me suivre, que les choses seraient exactement pareilles ici qu'à Los Angeles.

Quinn s'assit et prit une gorgée de café. La colère avait dissipé la peur de Chantel. Il valait mieux pour elle qu'il la laisse donner libre cours à sa fureur. C'est pourquoi il la provoqua sciemment.

— J'ai fait les choses à ma manière. Tu me payes pour cela.

Prise au dépourvu, Chantel fit un pas en arrière. Elle le payait. Comment avait-elle pu oublier que Quinn était juste en mission ? Une douleur aiguë la transperça. Mais même cette douleur-là, d'une certaine manière, était préférable à l'impuissance et à la peur.

— Je te paye aussi pour que tu me tiennes au courant des progrès de ton enquête.

— C'est fait, dit-il tout en étalant paisiblement de la confiture sur un toast.

— Bien. Je vais te laisser savourer ton petit déjeuner.

Elle se dirigea vers la porte.

— Chantel, tu ferais mieux de t'asseoir, dit Quinn d'une voix douce, mais suffisamment ferme pour l'arrêter. Il n'est pas question que tu quittes cette chambre seule.

— Je descends juste voir Maddy.

— Pas maintenant. Je t'accompagnerai dès que j'aurai terminé, et tu resteras dans sa chambre jusqu'à ce que je revienne te chercher.

— Je ne crois pas que…

— Un de mes hommes surveille le corridor, et un autre est

posté en face de la chambre de Maddy. Tu es en sécurité à l'intérieur, mais je tiens à t'accompagner moi-même si tu sors.

Chantel était presque assez en colère pour lui désobéir. Elle évalua la distance qui la séparait de la porte, puis le regard de Quinn. Sans un mot, elle s'assit sur une chaise et attendit qu'il ait fini son petit déjeuner.

La boutique du fleuriste se trouvait sur la Soixantième Avenue. En dépit de l'air conditionné, l'atmosphère était lourde et humide à l'intérieur, saturée par le parfum des fleurs. Il y avait trois clients. Deux d'entre eux attendaient devant un long comptoir usé couvert de bouts de papier. Un vieux téléphone que le petit homme derrière le comptoir ignorait ostensiblement ne cessait de sonner. Un autre client était debout devant une vitrine et examinait les bouquets.

— Impossible avant 16 heures, dit le fleuriste en griffonnant une adresse sur un bloc et en secouant la tête.

Il prit la carte de crédit du client et la passa dans la machine.

— Les bouquets seront très jolis, vous verrez, dit-il au client. De grands œillets roses, quelques marguerites et du feuillage : très ingénu, très frais. Signez ici, s'il vous plaît.

Quinn se dirigea vers un bouquet de lis tandis que le petit homme terminait de s'occuper des autres clients.

— Je peux vous aider, monsieur ? demanda-t-il une fois qu'il eut terminé.

Quinn se tourna vers lui. Il tentait désespérément de mettre de l'ordre dans les divers papiers épars sur le comptoir.

— Vous avez du monde aujourd'hui.

— Ne m'en parlez pas ! répondit l'homme en prenant un mouchoir dans sa poche pour s'éponger le front. Par-dessus le marché, l'air conditionné fait des siennes, mon vendeur a la bonne idée de faire une crise d'appendicite et je n'ai jamais vu autant de gens mourir ou se marier en une seule semaine. A croire que tout le monde s'est donné le mot.

Quinn se dirigea vers le comptoir, effleurant au passage un grand bouquet de glaïeuls.

— Cela vient de chez vous ?

L'homme regarda la carte que lui tendait Quinn.

— C'est écrit dessus : « Fleurs Bernstein ». Je suis Bernstein. Vous avez eu un problème avec une livraison ?

— Une question, plutôt. Une douzaine de roses rouges livrées au Plazza ce matin. Savez-vous qui les a achetées ?

Bernstein le contempla un instant, puis éclata de rire.

— Vous voulez savoir qui les a achetées ? Mais, mon pauvre monsieur, j'ai vendu des dizaines de bouquets de roses cette semaine. Comment voulez-vous que je m'en souvienne ?

— Vous avez bien un registre ? Des tickets de caisse ? Vous avez sûrement des reçus pour les livraisons. Une douzaine de roses livrées vers 10 h 30 ce matin au Plazza.

— Vous voulez que je fouille dans mes reçus de livraisons ?

— Oui, dit Quinn en lui tendant un billet de vingt dollars.

L'homme se raidit et le toisa.

— Je ne prends pas de pots-de-vin. Si vous tenez à dépenser vingt dollars, achetez vingt dollars de fleurs.

— Très bien. Et les reçus ?

— Vous êtes de la police ?

— Détective privé.

Bernstein hésita. Puis, tout en grommelant, il ouvrit le tiroir dans lequel il conservait les reçus de la journée. Il les parcourut en marmonnant.

— Personne n'a acheté de roses aujourd'hui.

— Hier ?

Bernstein décocha un regard écœuré à Quinn, mais ouvrit un autre tiroir qui contenait les reçus de la veille.

— Des roses rouges pour le Maine, deux douzaines pour la Pennsylvanie, une douzaine pour la 27e Rue… et une douzaine pour le Plazza Hôtel, suite 203, à livrer ce matin.

— Vous permettez ?

Sans laisser au petit homme le temps de protester, Quinn lui prit le reçu des mains.

— Il a payé en liquide, dit Quinn.

— Oui.

— A quoi il ressemblait ? Vous vous en souvenez ?

Le fleuriste parut scandalisé.

— Non mais qu'est-ce que vous croyez ? Les gens défilent sans arrêt ici. Mon boulot, c'est de leur vendre des fleurs, pas de me demander quelle tête ils ont. Et puis je suis tellement occupé en ce moment que si un type avec les cheveux verts et un œil au milieu du front entrait dans ma boutique, je ne m'en apercevrais même pas.

— Essayez juste d'y réfléchir un instant, dit Quinn en prenant un autre billet de vingt dollars dans son portefeuille. Vous avez des fleurs magnifiques ici. Ces œillets, par exemple, dit-il en désignant un gros bouquet d'œillets rouges derrière lui.

L'homme haussa les épaules mais empocha les deux billets. Tout en préparant le bouquet d'œillets, il fronça les sourcils.

— Je me souviens qu'il a dit d'adresser le bouquet à Chantel O'Hurley. Il y a eu pas mal de stress à la boutique hier : mon premier vendeur a dû être transporté à l'hôpital d'urgence et l'autre est en vacances. Et nous avons deux mariages sur les bras ! Mais je me souviens que le nom de Chantel O'Hurley m'a frappé. Je lui ai demandé : « Hé, dites donc, c'est cette célèbre actrice, non ? » Vous savez, ma femme et moi allons beaucoup au cinéma. Il a juste hoché la tête et… Ah oui, je lui ai demandé s'il venait de Californie. Il portait un chapeau du genre panama et des lunettes noires.

— Qu'est-ce qu'il a dit ?

— Je ne crois pas qu'il ait dit quoi que ce soit. Et ne me demandez pas à quoi il ressemblait, parce que je ne m'en souviens pas.

Il secoua la tête.

— Tout ce que je peux dire, c'est que c'était un homme. Je n'ai quasiment pas vu son visage.

— Quel âge environ ?

— Peut-être plus jeune que vous, peut-être plus vieux. Difficile à dire. En tout cas, il n'était pas aussi grand.

Il resta un instant silencieux, absorbé par son bouquet, puis leva soudain les yeux.

— Je me souviens qu'il avait l'air nerveux, agité. Il bougeait tout le temps les mains. Et il fumait. Des cigarettes étrangères. Très mauvais pour les fleurs, dit-il en se replongeant dans son bouquet.

— Comment savez-vous que c'était des cigarettes étrangères ?

— Je le sais, c'est tout. Je sais reconnaître une cigarette américaine quand j'en vois une. Et ce n'était pas une cigarette américaine. Je lui ai demandé de l'éteindre, d'ailleurs. Il y a vraiment des gens sans gêne…

— Et il bougeait tout le temps les mains ?

— De vrais papillons. Une fois qu'il a éteint sa cigarette, il n'a pas arrêté de les agiter.

Il termina le bouquet en l'emballant dans du papier de soie.

— Ecoutez, monsieur, j'étais débordé hier et ce type était le dernier de mes soucis.

— Avez-vous remarqué autre chose ? demanda Quinn sans lâcher prise. Quelque chose qu'il a dit ? N'importe quoi qui vous ait frappé ?

L'homme soupira et réfléchit un instant.

— Une pince à billets, dit-il. Son argent était dans une pince à billets et non dans un portefeuille. Un truc drôlement chic, d'ailleurs, pas de la camelote. En argent, avec un monogramme.

— Vous avez pu déchiffrer les initiales ?

— Vous rigolez ? Je suis fleuriste, je ne suis pas Superman. J'ai juste remarqué qu'il y avait quelque chose de gravé dessus.

— Avait-il une bague ? Une montre ?

— Je ne sais pas. J'ai remarqué la pince parce que c'était inhabituel et que le type avait une sacrée liasse de billets dedans.

— Merci.

Quinn prit une carte de visite et y inscrivit son numéro de téléphone à l'hôtel.

— Appelez-moi si vous vous souvenez de quoi que ce soit d'autre, d'accord ? Ou si ce type revient.

— Il a des problèmes ?

— Disons juste que j'aimerais lui parler.

L'homme hocha la tête.

— N'oubliez pas vos œillets.

Quinn coinça le bouquet sous son bras et se dirigea vers la porte.

— Je suppose que vous devez avoir votre lot de détraqués en Californie, dit Berstein.

— Pas plus qu'ailleurs.

— Les stars de cinéma…, dit-il en secouant la tête. Le type a dit qu'il était un proche collaborateur de miss O'Hurley. Très proche.

La main de Quinn se contracta sur la poignée de la porte.

— Merci, dit-il en quittant la boutique.

Dans la rue, il donna le bouquet d'œillets à une passante qui portait un sac à provision. Il ne se retourna pas pour voir sa réaction. Un sentiment de malaise l'avait envahi. Il connaissait quelqu'un qui avait une pince à billets. Une pince qui lui avait été offerte par Chantel.

Il ne voulait pas le croire. Matt était un ami. Personne ne savait mieux que Quinn à quel point il était difficile de se faire des amis fidèles dans son métier. Mais connaissait-il Matt aussi bien qu'il le pensait ?

Il ne savait rien de ses problèmes de jeu avant de les avoir découverts dans le cadre de son enquête. Matt avait trompé un client à cause de cette faiblesse. N'avait-il pas pu tromper Chantel à cause d'un autre genre de faiblesse ?

Beaucoup de gens avaient une pince à billets, se dit-il en s'engageant dans la direction opposée à l'hôtel. Il avait besoin de réfléchir tranquillement avant de retourner auprès de Chantel. Beaucoup d'hommes fumaient des cigarettes étrangères. Mais combien parmi ces hommes connaissaient Chantel et travaillaient avec elle ?

Ces hésitations étaient stupides, décida-t-il en s'arrêtant devant une cabine téléphonique. C'était Chantel qui le rendait faible. Son travail n'était pas de trouver des raisons pour innocenter Matt, mais de vérifier s'il pouvait être coupable.

Ouvrant son carnet d'adresses, il chercha le numéro de Matt et le composa.

— Bureau de Matt Burns.

— Je voudrais lui parler, s'il vous plaît.

— Je suis désolée, M. Burns n'est pas disponible aujourd'hui.

— Ne me faites pas ce coup-là, ma petite. C'est important.

La voix devint très sèche.

— Je regrette. M. Burns est en déplacement.

Quinn fronça les sourcils.

— Où ?

— Je n'ai pas l'autorisation de divulguer cette information.

— C'est Quinn Doran à l'appareil. J'appelle de la part de Chantel O'Hurley.

— Oh, je suis désolée, monsieur Doran ! Vous auriez dû me le dire plus tôt. M. Burns est parti à New York pour affaires personnelles. Voulez-vous que je lui dise de vous contacter s'il appelle ici ?

Quinn étouffa un juron.

— Inutile, merci.

Il raccrocha et resta un instant devant la cabine, pensif. Chantel allait être blessée. Cruellement blessée.

Maddy O'Hurley bondit de sa chaise, arpenta un instant la pièce nerveusement, puis se laissa retomber sur le sofa.

— Que c'est long ! Encore trois heures à attendre. Nous aurions dû nous marier le matin.

Chantel terminait sa troisième tasse de café en se demandant ce que fabriquait Quinn.

— Patience. Tu devrais savourer tes dernières heures de célibat, tu ne crois pas ?

— Je suis trop à cran pour pouvoir savourer quoi que ce soit.

Maddy se leva de nouveau, faisant danser ses boucles rousses, puis s'arrêta pour prendre Chantel dans ses bras.

— Je suis tellement heureuse que tu sois là. Je deviendrais folle sans toi. Je voudrais bien qu'Abby descende elle aussi.

— Elle ne va pas tarder. Pense à autre chose.

— Autre chose ? Tu en as de bonnes ! C'est le jour le plus important de ma vie ! Il ne faut pas que je rate mon entrée…

— En parlant d'entrée, comment marche la pièce ?

Une lueur de plaisir s'alluma dans les yeux couleur d'ambre de sa sœur.

— Du tonnerre ! Peut-être que je ne suis pas très objective parce que c'est grâce à cette pièce que j'ai rencontré Reed, mais je crois que c'est la meilleure chose que j'ai faite de ma vie. J'espérais que tu pourrais rester pour assister à une représentation.

— Je serai bientôt de retour à New York pour le tournage de mon film. Tu seras revenue de ta lune de miel et de nouveau sur les planches. Et à en juger par les critiques dithyrambiques, la pièce devrait rester à l'affiche encore longtemps.

Maddy regarda sa sœur allumer une cigarette et fronça les sourcils. Elle fumait rarement. Seulement quand elle était tendue.

— Comment se passe le tournage ?

— Très bien.

— Et ce Quinn ? C'est sérieux entre vous ?

Chantel haussa les épaules.

— C'est juste un flirt.

Maddy s'assit près de sa sœur sur l'accoudoir du sofa.

— Ne me raconte pas d'histoires, Chantel. Je t'ai vue quand tu avais « juste un flirt » avant. Ceci est différent. Tu avais l'air si heureuse hier soir. Chaque fois que tu le regardais, tu rayonnais.

— Bien sûr que je suis heureuse. Ma petite sœur épouse un homme absolument formidable ! Comment pourrais-je être malheureuse ?

Maddy prit la main de Chantel dans la sienne.

— Ne te défile pas, Chantel. Il y a vraiment quelque chose qui ne va pas, n'est-ce pas ?

— Mais non, voyons, je…

Elle s'interrompit. Quelqu'un venait de frapper à la porte. Maddy sentit la main de Chantel se contracter dans la sienne.

— Qu'est-ce que tu as ?

Retirant sa main de celle de Maddy, Chantel se leva.

— Rien, rien. Va voir qui c'est, tu veux ? Si c'est Reed, il ne faut pas le laisser entrer, c'est la tradition !

Maddy obtempéra, sceptique.

— C'est Abby, dit-elle après avoir jeté un œil par le judas. Comment se fait-il que ton ventre ne soit pas encore énorme ? demanda Maddy à Abby en ouvrant la porte.

Elle rit et tapota son ventre.

— C'est parce que j'ai encore cinq mois de grossesse devant moi, ma chérie. Comment se fait-il que tu ne sois pas encore prête ?

— C'est parce que le mariage n'est que dans trois heures.

— Juste assez de temps pour te pomponner, dit-elle en entrant dans la chambre. Tu crois qu'on devrait s'occuper de son cas ? demanda-t-elle à Chantel.

— Peut-être. Au moins, elle arrêterait d'arpenter la pièce en tous sens. Elle me donne le tournis.

— Tu as laissé Dylan et les garçons avec papa ?

Abby se mit entre ses deux sœurs et les prit par les épaules.

— Oui. Maman était en train de se coiffer, et quand je suis partie, papa échafaudait des stratégies de Sioux pour convaincre Dylan de faire un petit discours avant le mariage. Au fait, dit-elle en caressant le bras de Chantel avant de la libérer, j'aime bien ton Quinn.

— Le possessif est un peu prématuré, dit Chantel en souriant.

Brusquement, elle se dirigea vers le téléphone d'un pas décidé.

— Je sais ce qui manque ici. *Room service ?* Je voudrais une bouteille de champagne et trois verres. Dom Pérignon 71, oui. La suite de Madeline O'Hurley. Merci.

Abby haussa un sourcil.

— Il est à peine 11 heures.

— Et alors ? dit Chantel. Les sœurs O'Hurley ont quelque chose à fêter, il me semble !

Sans crier gare, ses yeux se remplirent de larmes.

— Mon Dieu, dit-elle. Parfois, vous deux me manquez tellement que je peux à peine le supporter.

Les trois sœurs s'étreignirent. Maddy reniflait, Abby la consolait. Soudain, Chantel éclata en sanglots.

Abby la conduisit vers le sofa, jetant au passage un regard inquiet à Maddy.

— Oh, ma chérie ! Qu'est-ce qui ne va pas ?

— Rien, rien, dit Chantel en essayant de se calmer. C'est juste une crise de nostalgie. Je crois que je suis un peu nerveuse. J'ai trop travaillé ces derniers temps. Vous voir ainsi toutes les deux, toi avec ta merveilleuse famille, Abby, et Maddy qui s'apprête à en fonder une. Je me demande si les choses auraient été différentes si…

Elle ne termina pas sa phrase et secoua la tête. « Non. J'ai fait mes choix, maintenant je dois les assumer. »

Abby écarta quelques mèches du visage de Chantel. Sa voix était toujours calme, ses gestes toujours réconfortants.

— Chantel, c'est à propos de Quinn ?

— Oui… Non.

Elle leva les deux mains dans un geste d'impuissance, puis les laissa retomber sur ses genoux.

— Je ne sais pas. J'ai quelques problèmes avec un fan un peu trop enthousiaste. J'ai engagé Quinn pour qu'il reste à distance, et puis je suis tombée amoureuse de lui et…

Elle s'interrompit de nouveau, puis sourit un peu tristement.

— Ça y est, reprit-elle. Je l'ai dit.

Maddy se pencha et déposa un baiser sur son front.

— Et tu te sens mieux ?

Chantel se sentait un peu mieux, en effet.

— Peut-être. Je suis stupide, dit-elle en cherchant un mouchoir dans son sac. Et il n'est pas question que Maddy descende l'allée centrale suivie par une demoiselle d'honneur toute bouffie.

— Voilà qui est parlé. Et puis c'est formidable que tu sois amoureuse de Quinn.

Chantel haussa les sourcils.

— Mais si, insista Maddy. Abby a trouvé Dylan. Moi, j'ai trouvé Reed. Maintenant c'est ton tour. Il ne nous reste plus qu'à caser Trace.

Chantel rit.

— Tu rêves ! J'aimerais rencontrer la femme qui réussira à mettre la corde au cou de Trace !

On frappa à la porte. Chantel sursauta, mais retrouva vite le contrôle de ses émotions.

— C'est sûrement le champagne.

Elle se dirigea vers la porte et plaqua un œil contre le judas.

— Tiens, tiens, dit-elle. Il y a du champagne, mais ce n'est pas tout. Abby, emmène Maddy dans la chambre à coucher. Il y a un maniaque dangereux transi d'amour devant la porte.

— Reed ? C'est Reed ?

Maddy avait déjà fait la moitié du chemin jusqu'à la porte.

— Pas question, dit Abby en l'attrapant par le bras. Allez ouste, dans la chambre à coucher ! Chantel et moi transmettrons le message s'il y en a un.

Maddy se débattit.

— Mais enfin, c'est idiot.

— Pas de discussion !

Haussant les épaules, Maddy tourna les talons et se dirigea vers la chambre à coucher. Elle claqua la porte derrière elle.

Chantel ouvrit la porte.

— Vous pouvez poser le champagne ici, merci, dit-elle à l'employé. Quant à toi, Reed, pas question que tu entres.

— Je veux juste la voir une minute.

Chantel sourit et secoua la tête. Il avait l'air tellement amoureux que le sentiment qui émanait de lui était presque tangible. Il ne portait pas encore son smoking. Il était vêtu d'un polo et d'un pantalon de toile qui correspondait à son style classique. Il avait l'air d'un homme d'affaires. Il *était* un homme d'affaires. Chantel était très loin d'imaginer que sa tête folle de sœur, si exubérante et excentrique, se marierait un jour avec un homme aussi sérieux. Et pourtant, ils avaient l'air de s'accorder parfaitement. Chantel se dit que c'étaient ses yeux gris posés qui avaient dû séduire Maddy en premier.

— J'ai quelque chose pour elle. Je ne fais que rentrer et sortir.

Chantel l'empêcha de passer.

— Ni entrer ni sortir. Nous sommes irlandais, Reed, rappelle-toi. En plus, nous sommes des gens du spectacle. Tu ne trouveras pas plus superstitieux que nous ! Tu verras Maddy à l'église.

Reed hésita. Il avait tellement besoin de voir Maddy, de la toucher, de s'assurer que tout cela était bien réel.

— Descends donc prendre un verre avec papa.

— Je veux juste…

— Pas question, dit Chantel d'une voix douce. Crois-moi, ça vaut la peine d'attendre.

Elle déposa un baiser sur sa joue.

Reed prit une petite boîte dans sa poche.

— Tu veux bien lui donner ça ? Je voulais le lui offrir plus tard, mais en fait, j'aimerais bien qu'elle le porte aujourd'hui.

— D'accord, dit Chantel en prenant la boîte.

Il s'apprêtait à partir quand Chantel l'attrapa par l'épaule.

— Bienvenue dans la famille, Reed, dit-elle avant de refermer la porte sur lui.

— Seigneur ! Quelques secondes de plus et j'étais en larmes ! Laisse sortir Maddy.

Maddy se glissa rapidement hors de sa prison.

— Qu'est-ce qu'il t'a donné ?

Elle s'empara de la boîte que lui tendait sa sœur et l'ouvrit.

— Oh, regardez comme c'est mignon !

La boîte contenait un petit pendentif de diamant en forme de cœur et une chaîne en argent.

— Ce sera encore plus mignon sur ta robe, dit Abby. Il faudrait songer à t'habiller, Maddy.

— Je sens que je vais pleurer ! dit Maddy en serrant le pendentif dans sa main.

Dans quelques heures, il serait à elle. Rien qu'à elle. Et sa nouvelle vie pourrait commencer.

— Pas question, ordonna Abby. Il y aura suffisamment de larmes tout à l'heure.

Chantel déboucha la bouteille de champagne. Le bouchon sauta bruyamment et retomba sur le tapis.

— Je vais vous dire ce que nous allons faire, les filles. Nous allons nous soûler un peu, enfin Maddy et moi, dit-elle en regardant Abby, toi, tu n'as droit qu'à une demi-coupe ! Ensuite, nous allons fabriquer à nous trois la plus belle mariée qu'on ait jamais vue. A toi, petite sœur, dit-elle en levant son verre.

— Non, dit Maddy en faisant tinter son verre contre celui de Abby puis de Chantel. A nous, pour toujours sœurs et pour toujours solidaires !

11

Chantel avait insisté pour que Quinn et elle retournent à Los Angeles par le vol de nuit de samedi. Elle n'avait pas trouvé à New York le répit qu'elle avait espéré. Une fois la cérémonie achevée et sa sœur partie pour une lune de miel dans les Caraïbes, Chantel ne pensa plus qu'à une chose : rentrer chez elle.

La réception avait été fatigante. Elle s'était surprise à dévisager les inconnus, à scruter les visages familiers à la recherche d'un quelconque détail révélateur. Son persécuteur était-il parmi eux ? Tout en essayant de dormir, elle se fit la promesse que la prochaine fois qu'elle viendrait à New York, elle serait libérée de cette peur.

Et que pouvait-elle dire à Quinn ? se demanda-t-elle. Elle se sentait trahie par son silence. Mais n'avait-elle pas elle-même suscité ce comportement en s'en remettant entièrement à lui et en refusant qu'il lui livre tous les détails de son enquête ? Etait-elle donc si faible qu'il avait jugé nécessaire de la protéger de tout ? Elle voulait sa protection, mais elle voulait aussi son respect. L'avait-elle perdu en refusant d'écouter ses rapports, en l'autorisant à intercepter les lettres et à lui en dissimuler le contenu ? Il fallait que cela cesse. Hormis pendant une brève période de sa vie, elle avait toujours gardé le contrôle de ce qui lui arrivait. Il était temps qu'elle reprenne les commandes.

Quinn se demanda combien de temps durerait la colère de Chantel. Elle s'était montrée froide toute la soirée. Froide, distante et altière. Il avait été forcé de l'accepter. Pourtant, lorsqu'il l'avait vue descendre l'allée centrale de l'église devant sa sœur, dans cette robe bleu pâle, romantique et ingénue, il avait dû se retenir pour ne pas se lever, la prendre dans ses bras et l'enlever. Quelque part. N'importe où.

Il se demanda ce qu'il éprouverait, debout à côté d'elle comme Reed Valentine à côté de Maddy, quel effet cela lui ferait de regarder Chantel le rejoindre devant un autel, vêtue de dentelle blanche, de l'entendre prononcer les mêmes serments que sa sœur.

Ils étaient sur le point d'atterrir, et Chantel était de plus en plus agitée à côté de lui. Ne pouvait-elle comprendre qu'il avait agi pour son bien ? Parce qu'il avait tant besoin de la voir détendue, ne fût-ce que pendant quelques jours ? Elle ne comprenait pas, ou peut-être refusait-elle de comprendre. Il n'avait pas essayé de le lui expliquer. Il ne savait pas comment s'y prendre.

Il n'avait ni la classe ni l'aisance d'un de ses partenaires à l'écran. Son rôle et ses répliques n'étaient pas écrits dans un scénario. Il n'avait que ses sentiments, et les expliquer semblait impossible. Les mots n'étaient pas des sentiments, ni les phrases des émotions. Et les émotions étaient tout ce qu'il avait.

Lorsqu'ils atterrirent, Chantel avait l'air fraîche et reposée, comme après une bonne nuit de sommeil. Ils récupérèrent leurs bagages sans encombres et vingt minutes plus tard, la limousine de Chantel les emportait vers Beverly Hills.

— Je voudrais voir tes rapports, tous tes rapports dès demain, dit Chantel.

Les lumières de la ville se reflétaient par intermittence dans les vitres de la voiture. Le visage de Quinn était à moitié dans l'ombre.

— Très bien. Ils seront sur ton bureau à midi.

— Je voudrais aussi que tu me dises tout ce que tu as trouvé à New York.

— C'est toi le patron.

— Je suis contente que tu ne l'aies pas oublié.

En cet instant, Quinn aurait pu l'étrangler. Mais il se contenta de garder le silence et de ravaler sa colère. Une fois devant la grille, Quinn descendit de la voiture pour faire le point avec le garde qui surveillait l'entrée de la propriété. Il échangea quelques mots avec lui puis reprit place dans la voiture, qui glissa silencieusement sur l'allée principale et s'immobilisa devant la porte d'entrée.

Chantel pénétra dans la maison et se dirigea vers l'escalier, ignorant Quinn royalement.

— Quelque chose qui ne va pas, mon ange ?

Chantel dégagea doucement son bras de la main de Quinn, qui l'avait attrapée au passage.

— Tu permets ? Je voudrais prendre un bain.

Elle se détourna et monta l'escalier.

Quinn resta un instant immobile. Décidément, cette femme s'y entendait mieux que personne quand il s'agissait de se montrer glaciale. Sans le moindre éclat de voix, d'un seul mot et d'un seul regard, elle vous réduisait à néant.

Quinn pensait qu'il était calme jusqu'au moment où il entendit Chantel fermer la porte de sa chambre à clé. C'en était trop. Il y eut un déclic en lui. Toute la colère de la journée se mit à bouillonner en lui. Sans hésiter, sans réfléchir, il se dirigea vers la porte de la chambre et la défonça.

Chantel le regarda, stupéfaite. Elle avait déjà enlevé la veste de son tailleur. Elle était debout devant la coiffeuse, en caraco de soie crème et jupe rose pâle. Sa main droite resta figée sur le haut de sa tête, où elle avait commencé à fixer ses cheveux avec une pince.

Elle avait déjà vu les effets de la colère chez quelqu'un auparavant. Réelle et simulée. Mais elle n'avait jamais rien vu de pareil à ce qui bouillonnait dans les yeux de Quinn en cet instant.

— Ne ferme jamais ta porte à clé devant moi. Ne me tourne jamais le dos comme ça.

Sa voix était tellement calme que Chantel frissonna.

Lentement, elle baissa sa main et ses cheveux retombèrent sur ses épaules.

— Sors d'ici.

— Peut-être qu'il est temps que tu comprennes que tu ne peux pas toujours obtenir ce que tu veux. Je ne sortirai pas. Je ne partirai pas. En tout cas, ce n'est pas une porte fermée à clé qui suffira à me tenir loin de toi.

Il se dirigea vers elle et la prit par les cheveux. Elle se raidit, mais ne recula pas.

— Tu m'en veux, d'accord. Je comprends. Mais ne me dis pas comment je dois faire mon travail.

Chantel le regardait d'un air de défi.

— Je n'accepterai pas d'être traitée comme une idiote. Tu savais qu'il me suivrait à New York. Tu savais que je ne serais pas plus en sécurité là-bas qu'ici.

— C'est vrai, je le savais. N'empêche que tu as pu passer une nuit tranquille sans te tourner et te retourner dans tous les sens.

— Tu n'avais pas le droit…

— Si, j'en avais le droit ! J'ai le droit de tout faire pour assurer ta sécurité, ta tranquillité d'esprit. Et je le ferai, quoi que tu en dises, parce qu'il n'y a rien qui compte plus pour moi que toi !

Elle l'avait vu dans ses yeux. Derrière la colère, derrière la frustration, mais elle n'avait pas été certaine de pouvoir le croire.

— Est-ce que c'est ta façon…

Elle s'arrêta, serrant les lèvres. Sa voix ne devait pas trembler maintenant. Elle voulait être forte, pour lui comme pour elle.

— Est-ce que c'est ta façon de me dire que tu m'aimes ?

Il la regarda, plus ahuri par la révélation qu'il venait de faire que Chantel elle-même. Il n'avait pas eu l'intention de le lui avouer de cette façon, si brusquement. Il avait voulu leur laisser du temps, à tous les deux, la cajoler afin de lui faire accepter doucement qu'elle avait besoin de lui. Mais les câlins n'avaient jamais été son fort.

— C'est à prendre ou à laisser, marmonna-t-il, embarrassé.

— A prendre ou à laisser, répéta-t-elle à mi-voix.

— Cela t'embêterait de me rendre mes cheveux ? J'en ai besoin dans une scène lundi. En plus, de cette façon tu auras les deux mains libres pour me prendre dans tes bras.

Avant qu'il ait pu obtempérer, Chantel était nichée contre lui, le serrant de toutes ses forces en priant pour que cet instant ne soit pas un rêve.

— Je suppose que ça veut dire que tu prends, murmura-t-il timidement.

Il plongea son visage dans ses cheveux, se demandant comment il avait pu survivre toute la journée sans son contact, sans son parfum.

— Oui, dit-elle. Tu ne peux pas savoir combien je me suis cassé la tête pour trouver un moyen de te faire tomber amoureux de moi, pour que tu ne partes pas.

Elle s'écarta un peu et le regarda.

— Tu ne partiras pas, n'est-ce pas ?

— Non.

Il posa ses lèvres sur les siennes et l'embrassa.

— Dis-le-moi, Chantel. Je voudrais t'entendre me le dire.

— Je t'aime, Quinn, comme je ne pensais pas qu'il soit possible d'aimer. Et ça me terrorise.

— Moi aussi, ça me terrorise, dit-il avant de l'embrasser de nouveau.

— Nous avons tant de choses à nous dire.

— Plus tard.

Quinn défaisait déjà la fermeture Eclair de sa jupe.

— Plus tard, opina Chantel. Tu veux prendre un bain ?

— Oui.

— Avant ou après ?

— Après, dit-il en l'entraînant sur le lit.

Leurs étreintes avaient été passionnées puis tendres. Maintenant, il y avait de l'amour, ressenti, exprimé, mutuel. Elle avait cessé de croire que sa vie la mènerait à l'amour, à la compréhension, à la reconnaissance. Jusqu'au jour où elle n'avait eu qu'à s'ouvrir et à l'accepter. Dans une explosion d'émotions, ils furent dans les bras l'un de l'autre, leurs bouches ouvertes et avides, leurs corps ardents et leurs sens en éveil. Elle entendit son souffle tremblant alors qu'il enfouissait son visage dans ses cheveux, comme si lui aussi venait de prendre conscience du cadeau qui leur avait été fait.

Il tremblait. Elle perçut le frissonnement de ses muscles tandis que sa main caressait son dos. Elle n'eut pas envie de le calmer. Elle voulait qu'il soit lui-même, étonné, un peu effrayé, et infiniment heureux. Lorsqu'elle pressa ses lèvres contre son cou, elle sentit les pulsations de l'excitation et la chaleur de son sang. Elle pressa tout son corps contre le sien. Il était à elle. A partir de cet instant, il était entièrement à elle.

Elle était douce et s'abandonnait à lui. Et pourtant, elle était aussi assez forte pour le tenir dans ses bras. Il n'avait jamais cherché une femme comme elle. Il n'avait jamais cherché quelqu'un avec qui partager sa vie. Mais il l'avait trouvé, et elle était tout pour lui désormais. Il avait trouvé une compagne, quelqu'un avec qui se rouler dans les draps pendant les nuits d'été, avec qui se réveiller pour contempler le soleil levant, quelqu'un à qui se confier, quelqu'un à protéger et à aimer.

Il ferma les yeux, comme pour mieux graver cet instant dans sa mémoire. Doucement, il suivit les contours de son visage du bout des doigts.

— Tu es si belle, murmura-t-il. Ici (ses doigts s'attardèrent sur sa joue) et ici..., dit-il tandis que ses mains suivaient le galbe de sa taille.

— Non, je...

— Ne contredis pas l'homme qui t'aime.

Il posa un baiser au creux de sa paume, puis embrassa un par un chacun de ses doigts. Son diamant scintillait à son annulaire, froid, dur et brillant, comme un symbole de ce qu'elle représentait aux yeux du public. La main de Chantel trembla comme celle d'une jeune fille.

La peau de Chantel vibrait sous les caresses de Quinn. Petit à petit, elle sombrait dans un univers obscur et liquide, dans lequel les sensations étaient son seul guide.

Seul Quinn pouvait lui faire oublier les barrières qu'elle

avait érigées autour d'elle et en elle. Seul Quinn pouvait lui faire oublier qu'aimer était dangereux. Avec lui, elle pouvait se donner sans crainte, sans réserves ni restrictions. Il y aurait un lendemain avec Quinn. Une vie entière de lendemains.

Quinn ne savait pas bien comment lui montrer ses sentiments. Le romantisme, c'était bon pour les livres, le cinéma et les jeunes filles en fleur. Pourtant, il désirait ardemment lui faire comprendre que ses sentiments allaient bien au-delà du désir.

Prenant appui sur son coude, il lui caressa les cheveux. Doucement, comme s'il avait peur de le briser, il prit son visage entre ses mains. Etait-il possible qu'elle soit un jour plus belle qu'en cet instant ?

Il passa son pouce sur ses lèvres, fasciné par leur forme, leur douceur, leur saveur qu'il connaissait. Comme si c'était la première fois, il posa ses lèvres sur celles de Chantel.

Tout son corps se détendit. Tandis qu'il l'embrassait, la main de Chantel retomba sur les draps, sans force. Elle avait cru savoir ce qu'était la possession, mais elle comprit qu'elle n'en savait rien. Elle avait cru savoir ce que signifiait aimer et être aimé, pleinement et totalement. Mais jusqu'alors, elle l'avait ignoré.

Ensemble, ils roulèrent sur les draps et s'étreignirent. Ensemble, ils s'abandonnèrent. Ses mains étaient rapides, mais pas plus que les siennes. Ses lèvres étaient avides. Ils s'aimèrent comme des fous, montant ensemble jusqu'aux sommets du désir. Aux premières lueurs de l'aube, ils s'endormirent dans les bras l'un de l'autre.

Chantel plongea ses épaules dans l'eau chaude et mousseuse, puis saisit un verre de vin posé sur le bord de la baignoire.

— Quelle chance que nous soyons dimanche ! C'est tellement bon de pouvoir prendre son temps. Cette mousse n'est pas là pour t'embêter tu sais, dit-elle à Quinn qui avait froncé les sourcils et tentait d'écarter les bulles du bain moussant.

Quinn s'empara de son verre.

— Je vais empester en sortant de là, grommela Quinn.
— Chéri, personne ne sentira ton odeur à part moi.
— Avec tous les trucs que tu as versés là-dedans, j'aurai de la chance si l'odeur se dissipe en une semaine. Mais il y a des compensations, dit-il en glissant sa jambe par-dessus celle de Chantel.
Elle appuya sa nuque sur le rebord de la baignoire et ferma les yeux.
— J'ai besoin de ce moment de détente. Le planning de tournage de la semaine prochaine est infernal. Surtout les scènes où Brad et Hailey manquent de mourir dans un incendie. Celles-là seront particulièrement épuisantes.
— Quel incendie ?
— Lis le scénario, dit-elle en soufflant quelques bulles en sa direction. Je fais confiance à l'équipe des effets spéciaux, mais ce n'est pas facile de ramper sur le sol pendant qu'on envoie des flammes et de la fumée sur le plateau. Voilà pourquoi j'apprécie particulièrement de pouvoir passer mon dimanche dans la baignoire à ne penser à rien d'autre que faire l'amour avec toi.
— Tu peux être dans ta baignoire *et* faire l'amour avec moi. En même temps.
Chantel rit et croisa ses bras derrière sa nuque. L'eau déborda sur le carrelage.
— Il y a trop d'eau dans la baignoire.
— C'est toi qui l'as remplie.
— Je sais, j'ai mal dosé. Mais d'habitude, je prends mon bain seule.
— Plus maintenant, dit-il en s'approchant d'elle pour l'embrasser. Pourquoi ne vides-tu pas un peu d'eau ?
— Je n'arrive pas à atteindre la bonde. Le mécanisme est derrière moi. C'est un travail pour un homme grand et fort comme toi.
— Ici ? demanda Quinn.
Elle sentit ses mains glisser sur ses hanches.
— Tu te rapproches, mais…

Elle ne put prononcer le reste de sa phrase car Quinn posa ses lèvres sur les siennes et l'embrassa. Elle se trouva soudain la tête presque sous l'eau.

De nouveau à l'air libre, elle reprit son souffle, essuya son visage et s'ébroua.

— Quinn !

— J'ai glissé, dit-il en actionnant le mécanisme de la bonde.

La baignoire commença à se vider.

— C'est ça ! J'ai du savon dans les yeux, maintenant.

Quinn sourit, mais son visage se figea lorsqu'elle se leva, superbe et ruisselante. Elle attrapa une serviette.

— Fais-moi penser à apporter un tuba la prochaine fois que je prends un bain avec toi.

Quinn se leva et la prit dans ses bras.

— Je n'aurais jamais pensé que cela pouvait être aussi merveilleux, murmura-t-elle.

— A qui le dis-tu ? demanda Quinn.

Il l'avait trouvée. Cela lui semblait tellement miraculeux qu'il avait encore du mal à le croire. Il la serra dans ses bras.

— Tu commences à avoir froid. Je ne veux pas qu'on me tienne pour responsable si tu arrives sur le plateau le nez rouge lundi matin.

— Je n'ai jamais le nez rouge. C'est stipulé dans mon contrat.

Elle attrapa une serviette et l'enroula autour des hanches de Quinn.

— Tu crois que tu pourrais faire une petite pause quand le tournage sera terminé ?

Elle sourit.

— Ça dépend où et avec qui.

— Avec moi. Nous trouverons bien où.

— Je devrais avoir terminé dans trois semaines. A toi de choisir notre destination.

Elle sortit de la baignoire.

— Attention, dit-elle. Nous avons provoqué une véritable inondation.

— Tu n'as qu'à éponger avec quelques serviettes, dit Quinn en en étalant quelques-unes par terre.

— Ma femme de ménage va t'adorer !

Par habitude, Chantel prit un flacon de lait pour le corps sur une étagère et commença à en appliquer sur ses jambes.

— Quand nous serons mariés, les règles du bain dominical vont changer. La mousse, d'accord, mais sans parfum capiteux. Il n'est pas question que nos enfants se demandent pourquoi leur papa porte du parfum pour dames.

Quinn n'avait pas remarqué que Chantel avait pâli. Malgré son trouble, elle réussit à reboucher le flacon de lait pour le corps et à le remettre en place sur l'étagère.

— Nous allons nous marier ?

Quinn n'eut pas besoin de la regarder pour comprendre qu'elle venait de faire machine arrière.

— Absolument.

Le cœur de Chantel battait la chamade, mais elle s'était entraînée à maîtriser ses émotions et à toujours parler d'une voix posée.

— Et tu veux des enfants ?

Quinn sentit sa gorge se nouer.

— Oui. C'est un problème ?

— Je... Je trouve que les choses vont un peu trop vite.

— Nous ne sommes plus des adolescents, Chantel. Je pense que nous savons tous les deux ce que nous voulons.

— Il faut que je m'asseye, dit-elle en se dirigeant rapidement vers la chambre.

Elle enfila une robe de chambre et s'assit sur une chaise. Quinn attendit un instant avant de la rejoindre. Le grand miroir de la salle de bains était recouvert de buée, mais il pouvait l'imaginer assise dans l'autre pièce, sa beauté reflétée dans ce miroir, jeune, mince, parfaite. Elle était un rêve, bien plus qu'un rêve, une star, quelqu'un qui illuminait l'écran et créait des fantasmes. La mâchoire serrée, il la rejoignit dans la chambre.

— On dirait que je n'ai pas dit ce qu'il fallait, dit-il en attrapant sa chemise pour y prendre une cigarette. Je croyais que c'était ce que tu voulais aussi. Mais je suppose qu'un mari et des enfants s'intègrent mal dans le tableau général.

Elle leva lentement les yeux. Ils étaient secs, mais il y reconnut de la douleur, une douleur profonde, ancienne et persistante.

— Chantel…

Elle l'arrêta d'un geste de la main.

— Non. Peut-être que j'ai mérité cela. Ma carrière est très importante pour moi, mais je ne l'ai jamais laissée empiéter sur ma vie privée, ni l'inverse d'ailleurs. Mon travail est exigeant. Tu as vu toi-même que les horaires pouvaient être impossibles.

— Ce qui veut dire que tu n'as pas de place pour moi et une famille ?

La douleur réapparut sur son visage. Une douleur mêlée d'un peu de colère cette fois.

— Mes parents ont élevé quatre enfants en étant sur les routes du matin au soir. Il y avait toujours de la place, toujours du temps pour la famille.

— Alors quel est le problème ?

Elle plongea ses mains dans les poches de sa robe de chambre et les ressortit aussitôt, incapable de les garder immobiles.

— D'abord, il faut que tu saches qu'il n'y a rien au monde que je veuille plus que t'épouser et fonder une famille. Non, s'il te plaît ! dit-elle lorsque Quinn fit mine de se diriger vers elle. Assieds-toi et écoute-moi. Ce sera plus simple.

— D'accord.

Elle prit une inspiration profonde.

— Il y a des choses que tu dois savoir avant d'aller plus loin. C'est difficile, du moins pour moi, d'admettre des erreurs passées, mais tu as le droit de savoir. Si j'avais écouté ma mère, je te l'aurais dit bien plus tôt. Peut-être que cela aurait été plus facile.

— Ecoute, si tu veux me dire que tu as eu d'autres hommes avant moi…, commença Quinn en souriant.

Elle eut un rire sarcastique qui l'empêcha de continuer.

— Il ne s'agit pas de ça. Je n'ai eu qu'un seul homme avant toi. Surpris ? Ça non plus, ça ne s'intègre pas très bien au tableau général, hein ?

Quinn était perplexe.

— J'avais à peine vingt ans quand je l'ai rencontré, poursuivit Chantel. Je tournais des publicités, j'allais à des cours de comédie. Je vendais même des abonnements à des magazines par téléphone. C'était un boulot à mi-temps. Je me répétais que ce n'était qu'une question de temps, et j'y croyais. Mais c'était dur, très dur d'être seule. Et puis un jour, Matt a appelé et m'a dit qu'il m'avait arrangé un bout d'essai pour un petit rôle dans un film. *Sans foi ni loi*, c'était mon premier vrai succès. Le producteur était…

— Dustin Price.

Chantel se retourna. Ses poings étaient serrés.

— Comment connais-tu son nom ?

— Il est assez connu des cinéphiles, mais il se trouve que je sais déjà que tu as eu une histoire avec Price. J'ai fait une enquête sur toi.

— Sur moi ?

— Oui. C'est une procédure de routine, Chantel. Cela peut servir à faire resurgir quelqu'un que le client a oublié… ou oublié de mentionner. Comme Dustin Price. Je l'ai tout de suite mis hors de cause, d'ailleurs. Cela fait dix-huit mois qu'il est en Angleterre.

— Une procédure de routine, hein ? J'aurais dû m'y attendre, je suppose, poursuivit-elle d'une voix résignée.

— Quelle importance, maintenant ? Tu as eu une histoire avec lui. Bon, et alors ? Tu avais besoin de soutien, il t'en a donné. Et alors ? C'était il y a des années, et je m'en fiche.

Tout son corps se raidit.

— C'est ça que tu penses ? Tu penses que j'ai couché avec lui pour avoir un rôle ?

— Je te dis que je m'en fiche, Chantel.

Il se dirigea vers elle.

— Ne me touche pas ! dit-elle en s'écartant vivement. Je n'ai pas besoin de coucher avec qui que ce soit pour avoir un rôle, et je ne l'ai jamais fait. J'ai peut-être fait certains compromis, j'ai peut-être renoncé à plus de choses que je ne l'aurais dû, mais je ne me suis jamais prostituée !

Cette fois-ci, il la prit par le bras, ignorant sa résistance.

— Je suis désolé. Ce que j'essaye de te dire, c'est que ce qui est arrivé entre Price et toi n'a pas d'importance.

Elle se dégagea doucement et se servit un verre de vin.

— Si, ça en a. Quand Matt m'a appelée pour m'annoncer que j'avais le rôle, j'étais folle de bonheur. Je savais que c'était le début. J'allais voir du pays. J'allais enfin devenir quelqu'un.

Elle pressa ses doigts contre ses lèvres jusqu'au moment où elle fut sûre de pouvoir parler calmement, et poursuivit :

— Dustin m'a envoyé une douzaine de roses, une bouteille de champagne et une adorable lettre de félicitations. Il disait qu'il savait que j'allais devenir une star et me proposait de dîner avec lui pour discuter du film et de ma carrière.

Elle avala une gorgée de vin, puis reposa le verre, refusant de compter sur le soutien de l'alcool pour aller au bout de son histoire.

— Evidemment, j'ai accepté. C'était l'un des plus grands producteurs de la ville, il accumulait les succès. Il était marié, mais je n'y ai pas pensé.

Il y avait de l'ironie dans sa voix, de l'ironie et du dégoût pour elle-même.

— Chantel, c'était il y a des années.

— Il y a certaines erreurs que l'on paye toute sa vie. Je voulais l'impressionner en me montrant subtile et brillante. Nous devions juste dîner entre collègues. Seigneur, il était si charmant !

Repenser à Dustin faisait toujours mal, mais la douleur était plus sourde maintenant, elle avait été pansée et estompée par les années.

— Il m'a envoyé d'autres bouquets de fleurs, pousuivit-elle, m'a invitée à d'autres dîners. Il savait tant de choses à propos du métier et du milieu. Il savait à qui il fallait parler, avec qui il fallait s'afficher. Tout cela était tellement important pour moi à cette époque. Je pensais que je pouvais gérer la situation. Mais la vérité, c'était que j'étais juste une petite fille naïve livrée à elle-même pour la première fois de sa vie.

» Je suis tombée amoureuse de lui. Il me disait qu'il m'aimait, que lui et sa femme ne vivaient ensemble que pour sauvegarder les apparences, qu'ils étaient déjà en train de divorcer discrètement. Que nous allions former le couple le plus beau et le plus brillant d'Hollywood depuis l'âge d'or de la ville. Et je le croyais. Les choses auraient pu suivre leur cours naturel jusqu'à notre séparation : j'aurais fini par devenir un peu plus lucide, lui aurait fini par s'ennuyer, et nous nous serions quittés. Seulement j'ai fait une erreur. »

Elle lissa sa robe de chambre des deux mains, baissa les yeux et inspira profondément. Puis elle regarda Quinn.

— Je suis tombée enceinte. Tu n'as pas trouvé ça dans ton enquête, hein ?

Quinn pâlit.

— Non.

— Il avait assez d'argent et d'influence pour faire en sorte que cela ne se sache pas. D'ailleurs, pour lui le problème était simple.

Quinn luttait désespérément pour tenter de comprendre.

— Tu as avorté ?

— C'est ce qu'il voulait. Il était furieux. Je suppose que beaucoup d'hommes le sont lorsque leur maîtresse — et c'est bien cela que j'étais pour lui — tombe enceinte et menace un mariage très confortable. Evidemment, il n'avait jamais envisagé de divorcer, encore moins de m'épouser. Mais tout cela, je ne l'ai compris que lorsque je lui ai annoncé que j'avais l'intention de garder cet enfant.

— Il t'a utilisée, souffla Quinn, la rage au cœur. Tu avais vingt ans et il t'a utilisée.

— Non, dit Chantel, surprise de s'entendre parler si calmement. J'avais vingt ans et je faisais semblant d'avoir compris toutes les règles. Puis j'ai fait une première erreur. Et une deuxième. Je lui ai dit qu'il pouvait aller au diable. Que je garderais l'enfant. C'est à ce moment que les choses ont commencé à devenir moches. Il a menacé de détruire ma carrière si je ne me rangeais pas à sa solution. Nous nous sommes dit des horreurs. Quoi qu'il en soit, après cela, l'histoire d'amour était bien terminée et j'avais les yeux grands ouverts.

— Mais tu souffres toujours, dit Quinn.

— Oui, mais pas pour les raisons que tu imagines. Je pensais que je l'aimais, mais dès que les paillettes ont disparu, j'ai su qu'il n'en était rien. J'ai appelé mes parents. J'étais prête à retourner à la maison et à tout laisser tomber. J'ai acheté des billets d'avion. Quinn, honnêtement, je ne sais pas quelle aurait été ma décision finale si j'avais eu l'occasion d'y réfléchir à tête reposée. C'est ce qu'il y a de pire, cette incertitude.

Elle inspira profondément, luttant pour arriver jusqu'au bout de son histoire.

— J'ai eu un accident sur le chemin de l'aéroport. Rien de très grave. Le chauffeur de taxi s'en est tiré avec quelques côtes fêlées. Et moi… j'ai perdu le bébé.

Elle prit sa tête dans ses mains et étouffa un sanglot.

— J'ai perdu le bébé, et j'ai essayé de me dire que c'était mieux comme ça. Mais je n'ai jamais cessé de penser que ce bébé n'a jamais eu une chance. Je n'étais enceinte que de six semaines. Six semaines, et puis tout à coup, plus rien ! Matt m'a aidée à m'en sortir, à me remettre sur pieds. Il m'a retrouvé un travail presque aussitôt après ma sortie de l'hôpital. Et puis tout a commencé à décoller. Les rôles se sont enchaînés, et le succès est arrivé, la célébrité, la reconnaissance que j'avais toujours voulue. Et il avait fallu pour cela que je perde un bébé…

Il s'approcha d'elle et caressa son visage, ses cheveux, son corps.

— Chantel. Je ne sais pas quoi dire. Je ne sais pas comment te réconforter.

— Ce n'est pas fini.

— Si, dit Quinn. Tu en as assez dit.

Ignorant sa remarque, Chantel poursuivit. Il fallait aller jusqu'au bout.

— Quand j'ai perdu le bébé, il y a eu des complications. Les médecins m'ont dit qu'il était possible que j'aie d'autres enfants mais qu'ils ne pouvaient pas le garantir. Possible. Pas même probable. Il n'y aura peut-être jamais d'autre bébé, de deuxième chance, tu comprends, Quinn ?

Il prit ses mains dans les siennes.

— Vas-tu m'épouser, oui ou non ?

— Quinn, tu n'as pas entendu ce que je t'ai dit ? Je…

— J'ai parfaitement entendu. Tu ne pourras peut-être pas avoir d'autre enfant. Je veux des enfants, c'est vrai. Si nous pouvons avoir des enfants à nous deux, ce sera merveilleux. Mais avant tout, je te veux toi, mon ange. Le reste, il appartient au hasard et à la chance de le décider.

— Je t'aime, Quinn.

— Alors, marions-nous demain.

Elle posa fermement ses deux mains sur son torse.

— Non. Je veux que tu réfléchisses à tout cela. Que tu y réfléchisses vraiment. Tu as besoin de temps.

— Non. J'ai besoin de toi.

— Quinn, s'il te plaît. Juste quelques jours, d'accord ?

Quinn aurait pu insister, il aurait pu la pousser et gagner. Mais la douleur que ressentait Chantel semblait encore trop présente en cet instant.

— D'accord, mon ange, quelques tout petits jours, alors.

Chantel se laissa aller contre lui et il la serra dans ses bras.

— Je ne laisserai plus personne te faire du mal, murmura-t-il.

Chantel ferma les yeux. Elle aurait tant voulu le croire. Elle savait que Quinn était profondément sincère. Mais elle n'était pas sûre que l'inconnu qui la persécutait le laisserait tenir sa promesse.

12

La journée commença à 6 heures du matin et Chantel n'eut pas un instant de répit. Le tournage se déroulait dans un petit bâtiment constitué de quelques planches de bois figurant un chalet. On l'avait déjà utilisé pour d'innombrables tournages. Pour *Les Etrangers*, on avait rénové un peu la façade, qui ressemblait maintenant à un joli chalet censé se trouver dans les forêts de Nouvelle-Angleterre. Dans la scène la plus importante, l'équipe des effets spéciaux devait simuler un incendie qui se déclenchait mystérieusement tandis que Brad et Hailey étaient à l'intérieur.

Les scènes d'intérieur devaient être tournées plus tard, après l'incendie, dans les studios principaux. La matinée se passait en extérieur. La scène commençait par l'arrivée de Hailey devant le chalet désert au volant de sa Ferrari. Elle traversait la crise la plus grave de son existence, et était venue chercher un peu de calme et de réconfort, afin de retrouver les racines de son inspiration artistique, qu'elle avait le sentiment d'avoir perdue dans le tourbillon du succès.

Toutes les scènes étaient filmées séparément et devaient être rassemblées au montage. Ils passèrent plusieurs heures à tourner des scènes sans dialogues. Chantel fut filmée déchargeant son matériel, ses toiles et ses pinceaux, installant un chevalet sur la petite véranda à l'avant du chalet, entrant puis ressortant de la maison dans une tenue différente. Il y eut un long plan d'elle, assise en silence sur les marches du porche, une tasse de café à la main. Sans avoir à prononcer un seul mot, Chantel parvenait parfaitement bien à transmettre les sentiments contradictoires qui agitaient son personnage.

Elle fut filmée, peignant sous le porche, faisant des croquis assise sur les marches, plantant des fleurs. Par ses mouvements et les traits de son visage, Chantel montrait que son personnage reprenait peu à peu goût à la vie.

En la regardant jouer, Quinn sentit son cœur se gonfler de fierté. Il ne connaissait pas tous les détails du scénario, mais le jeu de Chantel transmettait à merveille toutes les subtilités de la personnalité de Hailey.

Il y eut une scène poignante durant laquelle Chantel, assise sous le porche, confiait son désespoir et ses doutes à un gros chien. Dans ce monologue, elle faisait le point sur sa vie, sur ses erreurs et ses regrets. Même lorsqu'on fit une deuxième prise afin de tourner la scène sous un angle différent, l'intensité du jeu de Chantel resta la même.

L'heure du déjeuner arrivée, ils avaient joué un grand nombre de scènes, y compris une dispute brève mais violente entre Hailey et Brad sous le porche du chalet. Durant son heure de pause, Chantel fit une courte sieste, puis, afin de reconstituer ses réserves d'énergie, elle déjeuna légèrement de fromage et de fruits et avala une boisson protéinée.

L'après-midi fut consacré aux scènes en intérieur. Le décor était aussi rustique qu'à l'extérieur, mais quelques anciens tableaux de Hailey étaient suspendus aux murs. Parmi les accessoires, il y avait une grande boîte à musique de bois sculpté qui jouait l'air de la *Sonate au clair de lune*. C'était le cadeau que son mari avait offert à Hailey pour leur mariage. Lorsque Chantel joua la première scène, elle prit soin de transmettre de nouveau la tension qu'éprouvait Hailey au début de son séjour.

Mécontentes de la manière dont la scène se déroulait, Chantel et la réalisatrice interrompirent le tournage et se mirent à discuter.

— Alors, que pensez-vous de notre petite histoire ?

Quinn se retourna et aperçut James Brewster.

— Difficile à dire lorsqu'on la voit par petits bouts et dans le désordre.

Tout en parlant, Quinn observait Larry. Il venait d'apporter un verre de jus d'orange à Chantel et se tenait à côté d'elle, prêt à bondir au moindre souhait qu'elle formulerait.

— Mais je suppose que le film aura du succès, poursuivit-il à l'attention de Brewster. Il y a tout ce qu'il faut : du sexe, de la violence, des grands sentiments.

— Ces ingrédients sont indispensables au succès, dit Brewster sans paraître le moins du monde offusqué du ton légèrement ironique de Quinn. Evidemment, l'élément moteur est Chantel, c'est sur son personnage que tout repose. Ce qu'elle fait, ce qu'elle ressent affecte l'ensemble des autres personnages. Lorsque j'ai commencé le scénario, je pensais que je racontais l'histoire d'une trahison suivie d'une renaissance. Mais c'est devenu l'histoire d'une femme, et de la manière dont elle détermine la destinée de tous ceux qu'elle côtoie.

Il s'interrompit et partit d'un petit rire.

— Ça a l'air prétentieux dit comme ça, reprit-il, et peut-être l'histoire le serait-elle sans Chantel. Elle est l'incarnation même de Hailey.

— Elle est très convaincante, en effet, murmura Quinn.

Satisfait, Brewster hocha la tête.

— Oui. Pour un scénariste, il n'existe pas de plus grande récompense que de voir un personnage que l'on a créé prendre vie, particulièrement lorsque ce personnage vous tient à cœur. J'ai failli la tuer dans l'incendie, vous savez.

Quinn se raidit.

— Pardon ?

Brewster rit de nouveau et alluma une cigarette.

— Vous êtes décidément très premier degré, monsieur Doran. Ne le prenez pas mal, c'est très rafraîchissant. Je voulais dire que j'ai failli terminer le scénario à ce moment-là, dans ce chalet, décider de tout faire perdre à Hailey, y compris sa vie, dans un incendie déclenché par le seul homme qui l'ait jamais aimée.

Mais je me suis rendu compte que c'était impossible. Il fallait qu'elle continue, qu'elle surmonte ses épreuves. Qu'elle vive.

Ils restèrent un instant silencieux à observer les techniciens qui préparaient le plateau pour la scène suivante.

— C'est une femme extraordinaire, murmura Brewster. Tout le monde ici est un peu amoureux d'elle.

— Vous aussi ? demanda Quinn.

Un sourire douloureux dans les yeux, Brewster se tourna vers lui.

— Je suis écrivain, monsieur Doran. Mon métier, ce sont les rêves et les fantasmes. Chantel est faite de chair et d'os.

L'assistant de la réalisatrice demanda le silence et la prise de vue commença.

Discrètement, Quinn examina attentivement Brewster. Il semblait moins nerveux que durant les premiers temps du tournage. Peut-être était-il satisfait de la manière dont les choses se passaient, moins inquiet maintenant qu'il s'était assuré que le film correspondait à ce qu'il avait imaginé. C'était Larry qui semblait plus nerveux maintenant. Il ne cessait de s'agiter en tous sens. La tension que Quinn percevait sur le plateau venait-elle de lui ? Il n'aurait su le dire, mais en tout cas, cette tension était bien là. Il la sentait. C'était quelque chose d'électrique et de désespéré qui vibrait dans l'air. Pourtant, partout où il posait les yeux, les gens vaquaient à leurs tâches, calmes et concentrés.

Certes les raisons d'être nerveux ne manquaient pas à Quinn. Chantel demeurait hors d'atteinte, elle n'était pas encore prête pour s'engager. Lorsqu'un homme qui avait passé sa vie à éviter les engagements finissait par trouver ce qu'il voulait, il était naturel qu'il soit un peu impatient, se disait Quinn tout en regardant Chantel penchée sur la boîte à musique, ses yeux remplis de douleur et d'indécision.

Pensait-elle à lui, se demanda-t-il, ou interprétait-elle son rôle ? Son talent, le naturel avec lequel elle jouait faisait qu'il était très difficile de faire la différence entre l'actrice et son personnage.

Tous les regards étaient braqués sur elle, mais elle était seule, dans un chalet perdu dans les bois, à un moment charnière de sa vie.

— Coupez ! C'est dans la boîte ! Tu étais magnifique, Chantel, dit Mary Rotschild. Vraiment magnifique.

Chantel prit une profonde inspiration et s'ébroua un peu.

— Merci, Mary. Je suis contente de ne pas avoir à refaire la scène.

— Nous allons enchaîner sur la dispute avec Brad.

Mary se dirigea vers Chantel et la prit par l'épaule.

— Tu sais ce que tu ressens. Tu le désires toujours. Même après tout ce qu'il t'a fait, tout ce que tu sais de lui, tu ne parviens pas à oublier la jeune femme qui est tombée amoureuse de lui autrefois. Tu veux aimer ton mari. Tu as essayé de l'aimer. Mais tu n'as réussi qu'à lui faire du mal. Tu es à un moment clé de ta vie. Tu sais que si tu suis Brad, tu cours à ta perte. Et pourtant tu es tentée de le faire.

— Je me bats contre moi-même plus que contre lui.

— Exactement. Faisons une petite répétition.

Ils travaillèrent jusqu'à 18 heures. Pour la dernière scène, l'équipe des effets spéciaux diffusa de la fumée sur le plateau. Hailey, à moitié asphyxiée, terrifiée par les flammes qui avaient commencé à ronfler dans le chalet, rampait sur le sol et cherchait désespérément la sortie. La seule chose qu'elle tenait convulsivement serrée contre elle était la boîte à musique.

— Sacrée journée, dit Quinn lorsqu'ils furent seuls dans la loge de Chantel un peu plus tard.

— Ne m'en parle pas ! Je n'ai même pas envie de dîner. Je ne veux qu'une chose : dormir.

D'un geste fatigué, elle passa un coton imbibé de lait démaquillant sur son visage afin d'enlever les traces de suie.

— Je viendrai te border.

Elle sourit, termina sa toilette par un peu de lotion tonique puis une crème hydratante et se leva.

— Me border ? Je préférerais avoir quelqu'un contre qui me pelotonner.

— Tu l'auras. Dans quelques heures.

Ils quittèrent la loge et traversèrent le plateau, saluant au passage la réalisatrice et le photographe qui devisaient gaiement.

— Tu vas quelque part ? demanda Chantel à Quinn.

Quinn pensa à Matt, son ami, et à Chantel, la femme qu'il aimait.

— Oui. J'ai une affaire à régler. Je t'en parlerai à mon retour.

Chantel se dirigea vers la limousine qui les attendait à l'extérieur.

— Je préférerais que tu m'en parles maintenant, dit-elle. Quinn, je ne veux plus que tu me protèges de cette façon. Plus maintenant.

Elle avait raison, et il savait bien que tôt ou tard, il devrait lui en parler. Lorsqu'ils furent installés dans la limousine, il passa un bras derrière ses épaules, prêt à la réconforter.

— Je n'ai pas voulu te le dire quand nous étions encore à New York. Il y avait le mariage de ta sœur et nous avions nos propres problèmes à régler. Quant à hier, je voulais garder cette journée entièrement pour nous.

Elle lui prit la main.

— Je comprends, Quinn. Alors, de quoi s'agit-il ?

— J'ai une piste à propos de l'homme qui t'a envoyé les roses à New York.

Il sentit le corps de Chantel se tendre, mais poursuivit. Elle n'avait pas besoin d'être réconfortée maintenant. Elle avait besoin de savoir.

— Il a payé en liquide, poursuivit Quinn, donc il n'y avait pas de reçu. Le fleuriste ne m'a donné qu'une description assez imprécise. L'homme portait un chapeau et des lunettes noires. Mais il a remarqué quelques détails.

Quinn s'interrompit un instant.

— Oui ? dit Chantel, un soupçon d'inquiétude dans la voix.

Quinn se lança.

— Il fumait des cigarettes étrangères et avait une pince à billets en argent gravée de ses initiales.

Matt. Pendant un instant, l'esprit de Chantel se vida. Très lentement, elle assimila les informations que venait de lui donner Quinn. Puis la détermination l'emporta sur la désillusion et la déception.

— Beaucoup d'hommes préfèrent les cigarettes étrangères et possèdent une pince à billets.

— Peut-être, mais combien font partie de tes proches collaborateurs ?

— Il aurait pu mentir.

— Oui. Mais nous savons tous les deux qu'il ne mentait pas. Depuis le début, la seule chose dont nous sommes certains, c'est que cet homme te connaît, et qu'il te connaît bien. Chantel, il n'y a qu'un seul homme qui travaille avec toi à qui tu aies offert une pince à billets en argent.

Les lèvres de Chantel se serrèrent.

— Ce n'est pas Matt !

— Mon ange, il est temps de regarder la réalité en face. Il est fort possible que ce soit Matt.

— Non. Je ne le crois pas et je ne le croirai jamais.

Quinn serra sa main plus fort et la regarda dans les yeux.

— J'ai appelé Matt de New York. Il n'était pas là. Il était en déplacement, Chantel.

— Et alors ? Matt se déplace beaucoup. D'ailleurs, bien des gens quittent Los Angeles le week-end.

— Il était à New York pour affaires personnelles. C'est ce que m'a dit sa secrétaire.

Elle pâlit, mais secoua la tête.

— Quinn…

— Je dois aller lui parler.

— Je ne veux pas que tu l'accuses, je…

Mais un regard de Quinn l'interrompit.

— D'accord, murmura-t-elle en regardant par la fenêtre. Je ne suis pas censée te dire comment tu dois faire ton travail.

— Regarde-moi, dit-il en posant la main sur son épaule.

Chantel se tourna vers lui. Le cœur de Quinn se gonfla de compassion. Jamais il n'avait vu une expression si douloureuse dans ses yeux. Il lui caressa la joue.

— Chantel, mon ange, je ne veux pas que cela te blesse.

Elle haussa les épaules.

— Tu es en train de me dire que mon ami le plus proche est suspect, et tu voudrais que cela ne me fasse pas de mal ? Je suis désolée, mais c'est impossible.

Il s'approcha d'elle et déposa un baiser léger sur ses lèvres.

— Rentre à la maison et repose-toi. Essaye de ne plus y penser, pour moi. Je t'aime, Chantel.

— Rentre avec moi et prouve-le-moi.

— Non.

Il prit son visage entre ses mains.

— Je ne serai pas long. Et tout ça sera bientôt terminé. Je te le promets.

Ils franchirent la grille de la propriété, et la voiture glissa silencieusement le long de l'allée jusqu'à la porte de la maison.

— Je te fais confiance, dit-elle en se forçant à sourire. Je t'attendrai.

— Attends-moi au lit, murmura-t-il, tout en espérant que pour son bien, elle aurait déjà réussi à trouver le sommeil à son retour.

Ils descendirent de la voiture.

— Tu me promets d'être prudent ?

— Je suis toujours prudent.

Elle gravit les premières marches du perron et se retourna à mi-parcours.

— Je déteste cette situation, mais je ne peux plus la regretter, car c'est grâce à elle que nous nous sommes rencontrés. Reviens vite.

Elle entra dans la maison et ferma la porte derrière elle.

Elle résolut de ne plus penser à Matt ni à toute cette histoire. Elle était tellement fatiguée que cette décision ne devrait pas être trop difficile à tenir. Elle ferait apporter un souper dans la chambre dès que Quinn serait rentré. Pour l'instant, elle allait descendre à la piscine pour faire quelques brasses, suivies d'un bon Jacuzzi, se dit-elle.

Si c'était bien Matt le coupable, tout pourrait être terminé le soir même. Pendant un instant, elle se concentra sur cet espoir. Mais aussitôt, elle éprouva un terrible sentiment de malaise au creux de l'estomac. Non, se dit-elle, elle ne pouvait espérer cela. Secouant la tête comme pour chasser ces pensées, elle monta l'escalier et se dirigea vers sa chambre.

— Je suis content de te trouver chez toi.

— Même les plus grands agents ne sortent pas tous les soirs.

Matt portait un pull en coton, un pantalon de toile beige et des mocassins de cuir souple. Il semblait à cran.

— Je dîne seul à la maison ce soir, poursuivit-il. Je ne m'attendais pas à ta visite. Tu veux prendre un verre ?

— Non, merci.

Matt reposa la carafe de vin rouge.

— Comment va Chantel ?

— Bien.

Quinn fit quelques pas avant de se lancer.

— C'est curieux, j'aurais pensé que tu viendrais la voir sur le plateau plus souvent. Que tu prendrais de ses nouvelles régulièrement.

— Je me suis dit qu'avec toi, elle était en de bonnes mains.

Matt se dandinait nerveusement d'un pied sur l'autre. Il toussota.

— En fait, j'ai été assez occupé par des affaires personnelles moi-même ces derniers temps.

— Le genre d'affaires pour lesquelles tu es allé à New York ce week-end ?

Matt fronça les sourcils.

— New York ?

— Inutile de nier, le fleuriste t'a reconnu, dit Quinn en allumant une cigarette.

Compte tenu des circonstances, il avait décidé que le bluff était la meilleure solution pour faire avouer Matt.

Un peu ahuri, Matt resta un instant silencieux puis partit d'un petit rire.

— Le fleuriste ? De quoi parles-tu, Quinn ?

— Les roses que tu as envoyées à Chantel. Cette fois, tu as fait une erreur. L'enveloppe qui contenait la carte portait le logo et l'adresse du fleuriste.

Matt secoua la tête.

— Des roses ? A Chantel ? Mais qu'est-ce que tu racontes ? Je ne…

Il s'interrompit, comprenant brusquement ce que Quinn insinuait, et bondit de sa chaise.

— Tu crois que c'est moi qui ai fait subir tout ça à Chantel ? Moi ? Bon sang, Quinn. Je pensais que nous nous connaissions bien.

— Je le pensais aussi. Où as-tu passé le week-end, Matt ?

Matt se détourna, furieux, et se mit à arpenter la pièce.

— Ça ne te regarde pas, figure-toi !

Quinn resta imperturbable.

— A ton aise. Si tu ne me le dis pas, je le trouverai moi-même. Et je veillerai à ce que tu disparaisses définitivement de la vie de Chantel.

Les poings serrés, les yeux étincelant de rage, Matt se tourna vers lui.

— Je suis son agent. Je suis son ami. Quand elle a eu des problèmes, j'étais là. Quand elle a touché le fond, j'étais là. Si j'avais été amoureux de Chantel, j'aurais pu profiter de la situation bien des fois. Comment oses-tu penser que je puisse ressembler à ce détraqué !

— Où étais-tu ce week-end ? répéta Quinn.

— C'est personnel, hurla Matt.

— Décidément, tu as beaucoup d'affaires personnelles à régler ces derniers temps. On ne t'a pas vu une seule fois de tout le tournage. Tu prétends être l'ami de Chantel, mais tu ne l'as vue que deux fois depuis que tu sais ce qui lui arrive.

Une lueur de culpabilité s'alluma dans les yeux de Matt, mais elle fut obscurcie par la colère.

— Si Chantel avait eu besoin de moi, elle m'aurait appelé.

— Pourquoi l'aurait-elle fait, puisque tu l'appelles tous les jours en murmurant des obscénités ?

Matt avait tellement pâli et ses poings s'étaient serrés si fort que Quinn crut qu'il allait le frapper. Mais il se domina.

— Tu es complètement fou, dit-il en se tournant vers le bar.

— Tu as utilisé une pince à billets, Matt. Une pince à billets en argent que t'a donnée Chantel. Le fleuriste s'en est souvenu.

Furieux, Matt plongea sa main dans sa poche et lança sur la table une liasse de billets maintenus par une pince.

— La voilà, ma pince à billets. J'imagine qu'elle correspond exactement à la description du fleuriste, hein ?

Quinn la prit entre ses doigts en fronçant les sourcils. Elle était en or, et non en argent. Les initiales de Matt y étaient gravées.

— Je l'utilise depuis deux mois, depuis que Marion me l'a offerte. Là, je l'ai dit.

Il vida son verre d'un trait.

— S'il n'y avait pas Chantel, je me ferais un plaisir de te virer, ajouta-t-il.

— Tu en as le droit, dit Quinn en reposant la pince à billets. Mais peut-être que tu ferais mieux de répondre à mes questions. Où étais-tu ce week-end ?

Matt étouffa un juron.

— A New York. A Brooklyn pour être exact. Marion voulait me présenter à ses parents. Marion Lawrence, elle a vingt-quatre ans et elle est institutrice.

Il s'interrompit un instant, passa une main sur son front.

— Vingt-quatre ans, répéta-t-il à mi-voix. Je l'ai rencontrée il y a environ trois mois. Elle a douze ans de moins que moi, elle est intelligente, innocente et confiante. J'aurais dû fuir. Au lieu de cela, je suis tombé amoureux.

Il décocha un regard furieux à Quinn et fouilla dans ses poches à la recherche d'une cigarette.

— Cette merveilleuse jeune femme a accepté de m'épouser et j'ai passé le week-end à faire de mon mieux pour convaincre ses parents que je n'étais pas une sorte de play-boy de Hollywood corrompu, lubrique et sans scrupules. C'était pire qu'un peloton d'exécution, dit-il en secouant la tête. Ecoute, Quinn, reprit-il, c'est vrai que je n'ai sans doute pas été assez présent pour Chantel ces derniers temps. Mais c'est parce que j'ai perdu la tête en tombant éperdument amoureux d'une institutrice. Regarde comme elle est belle.

Il ouvrit son portefeuille et le tendit à Quinn.

— Elle a presque l'air d'une écolière elle-même, tu ne trouves pas ? dit-il en souriant. Cela fait des semaines que je suis dans tous mes états.

Quinn le crut. Avec un mélange de soulagement et de frustration, il referma le portefeuille et regarda Matt avec sympathie.

— On se demande bien ce qu'elle te trouve.

Matt partit d'un rire nerveux et haussa les épaules.

— Elle dit qu'elle me trouve formidable. Elle est au courant pour mes dettes de jeu, elle sait tout, et elle me trouve quand même formidable. Va comprendre… Je veux l'épouser avant qu'elle se rende compte qu'elle se trompe.

— Dépêche-toi, alors.

Matt sourit d'un air gêné. Sa colère était partie. Mais il se sentait toujours coupable.

— Maintenant que nous avons réglé ce point, dis-moi où tu en es pour Chantel. Ce type lui a envoyé des fleurs à New York ?

— C'est exact.

— Et il me ressemble ?

— Je ne sais pas à quoi il ressemble.

— Mais tu as dit que…

— J'ai bluffé. Je voulais te faire avouer.

Matt secoua la tête.

— Tu as toujours été une canaille. Et Chantel, elle tient le coup ?

— Elle fait de son mieux. Elle sera très soulagée de savoir que tu n'y es pour rien.

Matt se massa la nuque.

— Laisse-moi t'accompagner chez elle. Je lui aurais parlé de Marion plus tôt, mais je suppose que j'avais peur qu'elle me trouve un peu ridicule. Ci-gît Matt Burns, agent des plus grandes stars, foudroyé par une femme qui apprend aux enfants à attacher les lacets de leurs chaussures !

Les cheveux mouillés et dénoués, Chantel entra dans le pavillon à côté de la piscine après avoir fait quelques longueurs. La fraîcheur de l'eau et l'exercice physique l'avaient aidée à calmer son esprit. Maintenant, tout ce qu'elle voulait, c'était apaiser son corps. Elle appuya sur l'interrupteur qui actionnait le mécanisme du Jacuzzi et l'eau se mit à bouillonner. Elle entra dans le bassin et s'étendit en soupirant d'aise.

Quinn n'allait pas tarder à rentrer, et quel que soit ce qu'il aurait découvert, ils viendraient à bout de cette histoire ensemble. Elle fit un effort pour se concentrer sur leur rencontre, et non sur les circonstances de celles-ci.

Les rayons du soleil couchant entraient par les fenêtres du pavillon. Le ciel était d'un bleu profond, déjà un peu sombre. Chantel ferma les yeux.

Elle était sur le point d'obtenir absolument tout ce qu'elle avait toujours désiré. Elle n'avait qu'une seule chose à faire : dire oui à Quinn. Il l'aimait. Il l'aimait pour ce qu'elle était, non pour ce qu'elle semblait être. Personne, hormis les membres de sa famille, ne l'avait jamais acceptée avec tous ses défauts, ses doutes, ses angoisses et ses erreurs.

Ce qui la retenait, c'était la crainte de ne pas pouvoir donner à Quinn tout ce qu'il désirait. De ne pas pouvoir lui donner une famille.

Elle voulait des enfants. Ses enfants. Qu'arriverait-il si elle le décevait sur ce point ? Elle n'avait pas le droit de le faire payer pour des erreurs qu'elle était seule à avoir commises. Si elle ne l'aimait pas autant, il aurait été plus facile de dire oui.

Elle aurait tant voulu qu'il soit déjà rentré. Qu'il soit avec elle en cet instant. S'il avait seulement pu la prendre dans ses bras, là, tout de suite, la réponse se serait imposée d'elle-même. Elle le savait. Quand il reviendrait, elle saurait. Et quelle que soit sa décision, ce serait la bonne, pour elle et pour lui.

Elle entendit un léger bruit au fond du pavillon, près de l'entrée. Elle se redressa et écarta quelques mèches mouillées de son visage.

— Quinn, ne dis rien. Viens.

C'est alors qu'elle entendit la musique, et son cœur faillit s'arrêter de battre.

Elle était cristalline, légère, avec ce tintement de clochettes que seules les meilleures boîtes à musique réussissent à reproduire. La nuit était presque tombée tandis que les notes de *La Sonate au clair de lune* s'égrenaient dans le pavillon, perturbées seulement par le clapotis de l'eau dans le Jacuzzi.

— Quinn ? répéta Chantel, tout en sachant déjà que ce n'était pas lui.

Les mains tremblantes, elle se retourna pour éteindre le mécanisme du Jacuzzi. La boîte à musique continuait de jouer. Chantel se leva.

— J'ai attendu cet instant si longtemps.

Le murmure familier faillit lui couper le souffle.

Respirer. Réfléchir. Vite. La porte. Il fallait l'atteindre. « Respire ! » s'ordonna-t-elle.

— Tu es si belle. Si incroyablement belle. Jamais je n'aurais pu imaginer ou créer quelque chose d'aussi beau. D'aussi parfait. Cette nuit, enfin, nous serons réunis.

La voix provenait de la porte du fond. Chantel se força à regarder. La silhouette se détachait à peine dans le jour qui tombait.

Elle serra les poings.

— Il y a des gardes à l'extérieur. Je pourrais crier.

— Il n'y a que le garde à la grille. Il est trop loin. Les autres, j'ai dû leur faire du mal, dit la silhouette d'une voix terrible. Parfois, on doit faire du mal quand on aime.

Elle évalua la distance qui la séparait de la porte principale.

— Comment êtes-vous entré ?

— J'ai escaladé le mur à côté du court de tennis. Tu n'utilises pas le court de tennis très souvent. Je t'ai observée, tu sais.

— Le système d'alarme ?

— Je m'en suis occupé. Je m'y connais un peu. A force de faire des recherches pour écrire des histoires plausibles, on finit par savoir un tas de choses.

La silhouette fit deux pas en avant, la boîte à musique dans les mains. Chantel leva les yeux.

Brewster.

— James. Pourquoi faites-vous cela ?

— Je t'aime.

Ses yeux semblaient voilés, elle n'y discerna aucune émotion tandis qu'il s'approchait.

— Dès que tu as commencé à prendre forme dans mon esprit, j'ai su qu'il fallait que tu sois à moi. Et te voilà, en chair et en os. Réelle. J'ai fait cela pour toi, dit-il en lui tendant la boîte à musique.

Chantel recula.

— N'aie pas peur de moi, Hailey.

— James, je suis Chantel. Chantel.

Il secoua légèrement la tête, comme pour chasser un insecte importun.

— Oui, oui, bien sûr.

Il sourit et déposa la boîte sur une table basse près du Jacuzzi.

— Chantel O'Hurley et son visage parfait. Je rêve de toi depuis des mois. Je ne peux plus écrire. Ma femme pense que j'ai des problèmes avec mon nouveau livre. Mais il n'y a pas de nouveau livre. Il n'y aura plus jamais de nouveau livre. Tu ne gardais jamais mes fleurs.

Quinn allait arriver d'un instant à l'autre. Il fallait gagner du temps. Elle se sentait trop vulnérable dans son maillot de bain. Elle attrapa une serviette et la roula autour de ses hanches.

— Je suis désolée. C'est à cause de la manière dont vous les avez envoyées, James. Cela m'a fait peur.

— Je n'ai jamais voulu te faire peur, Hailey, je…

— Chantel ! Je suis Chantel, dit-elle, un soupçon de panique dans la voix. James, je pense que nous devrions aller dans la maison et parler tranquillement de tout ça.

— Chantel ?

Pendant un instant, Brewster eut l'air perdu.

— Non, non. Je veux être seul avec toi. J'ai attendu cet instant trop longtemps. Cette nuit est parfaite. C'est la pleine lune. Cette musique, dit-il en regardant la boîte. C'est comme si elle avait été écrite pour toi.

— James, vous auriez pu venir me parler. Pourquoi ne l'avez-vous pas fait ?

— Tu m'aurais repoussé. Repoussé, répéta-t-il plus haut. Tu me prends pour un idiot ? Je t'ai vue avec ces hommes, tous jeunes, les muscles bandés, les visages parfaits. Aucun d'entre eux ne t'aime autant que moi. Tu m'as rendu fou à force de me faire attendre. Tu es obsédée par Brad. Il n'y en avait toujours que pour Brad.

— Brad n'existe pas ! hurla Chantel. C'est un personnage, James. Hailey n'existe pas. Vous les avez inventés ! Ils ne sont pas réels !

— Tu es réelle. Je t'ai vue avec lui. Je t'ai vue le regarder, le toucher, le laisser te toucher, quand c'est moi qui devrais te toucher. Mais j'ai été patient.

Il se dirigea vers elle.

— J'attendais cette nuit.

Chantel fonça vers la porte principale. Elle appuya frénétiquement sur la poignée et tira mais la porte resta fermée.

— Je l'ai fermée de l'extérieur, dit Brewster calmement. Je

savais que tu repousserais mon amour. Que tu essaierais de t'enfuir.

Chantel fit volte-face, plaquant son dos contre la porte.

— Vous vous trompez, James. Vous ne m'aimez pas. Je suis une actrice. Je ne suis pas Hailey.

Il gémit et porta ses mains à ses tempes.

— Cette vrille à l'intérieur de mon cerveau…, murmura-t-il.

Chantel tenta de se glisser vers la porte arrière.

— Non ! Ne fais pas cela, dit-il en lui barrant la route.

Il se baissa et ramassa quelque chose par terre.

— Je sais ce que j'ai à faire. Il est trop tard pour nous. Nous ne pouvons plus fuir maintenant, Hailey.

— Je ne suis pas Hailey !

Sourd à ce qu'elle disait, il lui lança un regard éperdu.

— Je déteste ce que tu as fait de moi.

Il porta ses mains à son front et des larmes emplirent ses yeux.

— Mais je ne peux pas laisser un autre homme te posséder, dit-il. Tu es à moi. Depuis le début, tu es à moi. Si seulement tu pouvais comprendre cela !

Chantel avait peur de le toucher, mais elle fit un pas vers lui.

— James, s'il vous plaît, venez avec moi dans la maison et nous parlerons de tout cela. J'ai froid, je suis mouillée. Je dois me changer. Ensuite, nous pourrons nous asseoir tous les deux dans le salon et parler.

Il la regarda, les yeux vides.

— Tu n'as pas le droit de me mentir. Je t'ai créée. C'est moi qui t'ai faite. Et toi, tu ne penses qu'à une chose, me faire enfermer. Mon docteur veut me faire enfermer, mais je sais ce que j'ai à faire. Pour nous deux. C'est la fin, Hailey.

Il leva le jerrycan, et Chantel sentit l'odeur de l'essence.

— Mon Dieu ! Non !

— Je voulais te faire mourir dans cet incendie avant. Mais je n'ai pas pu le faire. Maintenant je le dois.

Il retourna le jerrycan tandis qu'elle se jetait sur lui pour tenter de le lui arracher. Brewster la poussa, le jerrycan tomba et son contenu se déversa sur le sol de bois. Avant de tomber, Chantel l'entendit sangloter. Sa tête heurta la table à côté du Jacuzzi. Soudain, des étoiles dansèrent devant ses yeux.

— Je parie que Chantel voudra déboucher le champagne.

— Ce n'est pas moi qui l'en empêcherais ! Nous avons tous besoin d'un verre, je crois, dit Matt tandis qu'ils franchissaient la porte de la maison. J'aimerais que tu me laisses lui annoncer la nouvelle moi-même, d'accord ?

— C'est ton droit. C'était ton droit aussi de me coller un œil au beurre noir. Je l'aurais bien mérité.

Matt le regarda d'un air amusé.

— Je ne suis pas fou, tu mesures dix bons centimètres de plus que moi.

— Excuse-moi encore, Matt, je n'aurais pas dû te soupçonner. Mais je suis tellement à court de pistes que je me suis précipité sur la première qui avait l'air un peu plausible.

Quinn pensa à Chantel qui l'attendait en haut et à ce qu'il était prêt à faire pour la protéger.

— Je comprends. D'après ce que tu m'as dit, la description du fleuriste me correspondait en tout point.

— Il faut croire qu'elle correspond aussi à quelqu'un d'autre, dit Quinn en soupirant. Quelqu'un que je suis incapable d'identifier. Et j'en suis incapable parce que je suis trop impliqué émotionnellement dans cette histoire. La première chose qu'on apprend aux policiers au cours de leur formation, la règle d'or, c'est : ne vous impliquez pas.

— C'est un peu tard pour ça.

— Bien trop tard. Elle croyait en toi, ajouta Quinn. Je veux que tu saches que même après avoir appris tous les éléments qui t'accusaient, elle a continué à te défendre.

Touché, Matt baissa les yeux.

— C'est une femme exceptionnelle.

— C'est la femme la plus belle que j'aie jamais rencontrée, à l'intérieur comme à l'extérieur. Elle est intègre. Il m'a fallu un moment pour voir au-delà des apparences et découvrir l'intégrité, le courage et la loyauté qui la caractérisent. Peut-être que si j'avais un peu de la foi de Chantel en ses amis, je ne me serais pas engagé sur une fausse piste.

Quinn s'était peut-être trompé par excès de zèle, pensa Matt, mais lui-même s'était montré négligent, ce qui était plus grave. Au cours des dernières semaines, il avait été tellement absorbé par son propre univers qu'il avait été incapable de donner à Chantel toute l'attention qu'elle était en droit d'attendre de lui. Il tourna pensivement la bouteille de champagne dans ses mains. Il était bien décidé à se rattraper.

— Ecoute, Quinn, je pense que tu es aussi dingue de Chantel que je le suis de Marion. J'aurais probablement réagi de la même manière que toi.

Quinn leva les yeux vers l'escalier.

— Peut-être.

Il n'avait pas envie de boire du champagne. Il avait envie d'être seul avec Chantel. Mais elle avait besoin de voir Matt et de lui parler. Elle serait soulagée. Peut-être ne serait-elle pas aussi déçue que lui d'être revenue au même point.

— J'en ai assez que Chantel soit obligée de supporter tout ça, dit-il.

— Moi aussi, dit Matt en posant une main amicale sur l'épaule de Quinn. Au cours des derniers mois, j'ai compris que l'amour pouvait rendre fou. C'est exactement comme le disait Brewster dans cette interview.

Quinn fronça les sourcils.

— Quelle interview ?

— C'était dans le journal ce soir. Un article sur *Les Etrangers*, centré sur le personnage de Hailey. Brewster la décrivait avec une telle conviction qu'on aurait quasiment juré qu'il parlait de quelqu'un de réel. Il a dit quelque chose qui m'a semblé très juste : lorsqu'un homme aime vraiment une femme, il voit en elle des choses que personne d'autre ne voit et que, quel que soit ce qui se passe dans sa vie, quels que soient ses succès ou ses échecs, cette femme demeure au centre de son existence, la domine par le seul fait d'exister.

Matt baissa les yeux, un peu embarrassé.

— Je suppose que j'étais dans une humeur un peu sentimentale quand j'ai lu cette interview, dit-il. Mais j'ai eu l'impression de comprendre parfaitement ce qu'il disait. Un moment, il a même confondu le nom de Chantel et celui de Hailey.

Quinn tressaillit.

— Quoi ?

— Oui. Le journaliste a copieusement exploité ce détail. Il a dit que pour qu'un scénariste en arrive à confondre la comédienne vedette avec le personnage, c'est que l'oscar n'était pas loin.

— Quel idiot je suis ! dit Quinn en tapant du poing sur la table. Il m'a pratiquement tout avoué cet après-midi et je n'ai rien compris !

Il bondit de son siège et monta l'escalier quatre à quatre.

— Qu'est-ce que tu fais ? demanda Matt.

Mais Quinn avait déjà disparu.

— Appelle les pompiers ! cria Quinn en redescendant les marches à toute allure. Le pavillon près de la piscine est en flammes !

— Quoi ?

— Chantel est à l'intérieur, dit Quinn en fonçant vers la porte. Il la retient prisonnière, comme dans le scénario !

Comprenant soudain, Matt se précipita vers le téléphone.

Chantel secoua la tête pour tenter de dissiper son étourdissement. La pièce tournant autour d'elle, elle tenta péniblement de se remettre debout. La fumée lui piquait les yeux et la gorge, une fumée âcre et épaisse, semblable à celle que les techniciens avaient répandue sur le plateau l'après-midi.

Brewster était toujours debout devant la porte du fond, immobile, comme hypnotisé par les flammes qui grandissaient rapidement. Il n'essayait pas de s'enfuir. Il voulait mourir dans ce pavillon, avec Hailey.

Une fois debout, Chantel regarda frénétiquement autour d'elle. Sa tête tournait et ses tempes bourdonnaient, mais elle ne pouvait se permettre de s'évanouir. Les fenêtres étaient hors d'atteinte. Elle ne pourrait s'enfuir par-là. La porte principale était fermée. Il n'y avait qu'une issue, la porte du fond. Il fallait qu'elle réussisse à l'atteindre avant que le feu ne la rende inaccessible.

Elle fut prise d'une quinte de toux, mais Brewster ne l'entendait pas. Il avait les yeux fixés sur les flammes qui progressaient vers lui. La chaleur devenait suffocante. D'un geste rapide, Chantel empoigna une serviette et la plongea dans le Jacuzzi. Puis, s'en couvrant le bas du visage, elle regarda autour d'elle à la recherche d'une arme.

La boîte à musique était toujours sur la table. Elle s'en empara et passa derrière Brewster.

Il pleurait. Elle entendait ses sanglots tandis qu'elle levait la boîte à musique au-dessus de sa tête. Des larmes coulaient aussi sur le visage de Chantel, l'empêchant de voir clairement ce qu'elle faisait. Cela ressemblait tellement à la scène qu'elle avait répétée des dizaines de fois, qu'elle avait essayé de comprendre de l'intérieur.

Hailey, pensa-t-elle tandis que la fumée lui piquait les yeux. C'était le chalet, ils étaient en Nouvelle-Angleterre. Elle était Hailey et elle avait attiré des événements tragiques sur elle-même et sur ceux qui l'aimaient. Des erreurs passées, des amours passées, des vies passées. Si seulement elle n'avait pas donné son amour et son innocence à Brad… ou à Dustin ?

Les larmes brouillaient de plus en plus sa vision. Elle les essuya d'un revers de main afin de mieux voir. Il n'y avait pas de Brad. Il n'y avait que Quinn. Quinn était réel et elle était Chantel. Une O'Hurley. Les O'Hurley étaient des survivants.

Tout en sanglotant, elle abattit de toutes ses forces la boîte à musique sur la tête de Brewster.

Lorsqu'il s'écroula à ses pieds, ses genoux cédèrent sous elle et elle se retrouva accroupie, luttant pour respirer.

L'avait-elle tué ? Elle regarda la porte, cernée de flammes maintenant. Sa seule issue. Survivre. Il fallait survivre. Elle fit un pas en avant, puis s'arrêta et se tourna vers Brewster.

Il l'avait aimée. Fou ou pas, tout ce qu'il avait fait était lié à elle. Plus tard, elle essaierait de comprendre, mais elle ne pouvait sauver sa vie sans essayer de sauver la sienne.

Elle écarta la serviette de son visage et la jeta sur le sien. Le plafond craqua, mais elle n'osa pas regarder. Elle ne pensait plus. Ses gestes étaient mécaniques, déterminés par l'impérieuse nécessité de survivre. Elle glissa ses bras sous les aisselles de Brewster et commença à le traîner vers la sortie.

Elle était en train de perdre. Elle n'arrivait plus à respirer. Les flammes se rapprochaient de plus en plus.

A quelques centimètres de la porte, elle trébucha et tomba. Le manque d'oxygène l'affaiblissait. *Encore un peu plus loin*, se disait-elle, *j'y suis presque ! Encore un effort ! Un tout petit effort !*

Dans un craquement affreux, une poutre en flammes s'abattit dans le Jacuzzi.

Soudain, déjà à demi inconsciente, elle entendit une voix qui semblait provenir de très loin.

— Chantel !

Encouragée, elle réussit à avancer encore de quelques centimètres.

Quinn enfonça la porte principale et, tout d'abord, ne vit rien d'autre qu'un mur de flammes. Puis il la vit, ou pensa la voir, près de la porte du fond, derrière un rideau de flammes.

A toute allure, il ressortit et fit le tour du bâtiment, priant pour la première fois de sa vie d'adulte.

Elle y était presque arrivée. C'est la première chose qu'il pensa quand il la vit, effondrée sous le corps de Brewster, les mains sous ses aisselles, à quelques centimètres de la porte. Un morceau de bois brûlant tomba sur sa main lorsqu'il l'empoigna et la tira à l'air libre. Il étouffa un cri de douleur.

— Au nom du ciel ! cria Matt qui arrivait près d'eux en courant.

— Brewster est à l'intérieur, dit Quinn. Occupe-toi d'elle.

Quinn retourna dans la fournaise. Rampant sur le ventre, il avança sur le sol brûlant jusqu'à ce que ses mains réussissent à attraper Brewster par un bras. Il tira de toutes ses forces et réussit à le sortir sur l'herbe. Une seconde plus tard, le plafond du pavillon s'effondrait dans un affreux craquement, projetant des étincelles et des bouts de bois incandescents sur la pelouse.

Il rampa jusqu'à Chantel. Son visage était couvert de suie.

— Chantel !

Tandis qu'elle ouvrait lentement les yeux, Quinn entendit les sirènes des pompiers retentir au loin.

— Quinn, il…

— Il est hors de danger, ne t'inquiète pas. N'essaie pas de parler maintenant.

La chaleur demeurait intense, mais Chantel se mit à frissonner. Quinn enleva sa chemise et la déploya sur elle.

— Elle a inhalé de la fumée. Il faut la conduire à l'hôpital.

Matt enleva son pull et en couvrit les jambes de Chantel.

— J'ai demandé une ambulance. Elle va s'en sortir, c'est une coriace.

Quinn posa la tête de Chantel sur ses genoux et la caressa.

— Oui, murmura-t-il. Oui.

— Il pensait que j'étais Hailey, murmura Chantel.

— Je sais. Chut… Ne parle pas.

Il prit sa main et la serra doucement, sentant la brûlure sur sa propre main. Sa douleur était réelle. Chantel était réelle. Ils étaient en vie.

— Pendant un moment, là-dedans, continua Chantel, moi aussi j'ai cru que j'étais Hailey. Quinn, dis-moi qui je suis.

— Tu es Chantel O'Hurley. La seule femme que j'ai jamais aimée.

— Merci, murmura Chantel avant de s'évanouir.

*
* *

Lorsqu'on l'autorisa enfin à la voir, Quinn n'avait pas dormi depuis vingt-quatre heures. Il avait refusé de quitter l'hôpital pour se changer et se reposer. Ses vêtements étaient couverts de suie et sentaient la fumée. Il avait passé la nuit à faire les cent pas dans les couloirs.

Les médecins lui avaient déclaré qu'elle allait bien, et qu'elle n'avait besoin que de beaucoup de repos. Mais Quinn n'avait pas l'intention de partir sans s'être assuré lui-même que tout allait bien. Ni de partir sans elle.

A l'aube, vingt-quatre heures après l'incendie, Chantel se réveilla. En quittant sa chambre, le médecin regarda Quinn et secoua la tête à la vue de ses vêtements tachés et de sa main bandée.

— Vous pouvez la voir, maintenant. Je vais m'occuper des formalités de sortie, mais si vous avez une influence quelconque sur elle, vous devriez la convaincre de rester ici un jour de plus en observation.

— Je peux m'occuper d'elle à la maison.

— Peut-être. Monsieur Doran ?

Quinn s'arrêta devant la porte de la chambre de Chantel.

— Oui.

— Cette femme possède une volonté de fer.

Pour la première fois depuis des heures, Quinn sourit.

— Je sais.

Il ouvrit la porte et vit Chantel assise dans son lit, un petit miroir à la main, qu'elle contemplait les sourcils froncés.

— Je suis affreuse.

— La beauté n'est qu'une façade, dit-il tandis qu'elle baissait le miroir pour le regarder.

— Tant mieux, dit-elle en le contemplant d'un air moqueur. Parce que tu es encore pire que moi ! Oh, Quinn…, ajouta-t-elle en ouvrant les bras. Tu es là, tu es vraiment là !

Il la prit dans ses bras et elle le serra aussi fort qu'elle le pouvait.

— Tout va bien, maintenant, n'est-ce pas ? murmura-t-elle.

— Oui, tout va bien. C'est fini. J'aurais dû faire plus attention à toi.

Nichée au creux de ses bras, elle hocha la tête.

— Oui, tu parles d'un service ! Je vais devoir faire des retenues sur ton salaire.

— Je ne plaisante pas, Chantel, je me sens vraiment très coupable.

Elle s'écarta et le regarda dans les yeux avec une tendresse infinie.

— Tu m'as sauvé la vie, Quinn.

Il secoua la tête.

— Quand je pense à ce qui aurait pu arriver si…

Il fut incapable d'en dire davantage. Les larmes lui montèrent aux yeux.

Elle posa sa main sur sa joue.

— Tais-toi. Je ne veux plus penser à ce qui aurait pu arriver. Je suis en sécurité et toi aussi. C'est tout ce qui importe. Et… et James ?

— Il s'en sortira.

Quinn se mit à arpenter la chambre, les sourcils froncés.

— On va le soigner dans un endroit approprié, Chantel, je te promets que j'y veillerai.

— Il était tellement poignant, tellement perdu, Quinn. Il a créé un personnage qui l'a dépassé.

— Il a failli te tuer, Chantel. Il l'aurait fait.

— Il aurait tué Hailey, corrigea Chantel. Je ne ressens que de la pitié et de la compassion pour lui.

— Oublie Brewster, dit Quinn. Ta famille est en route pour te voir.

— Vraiment ? Tous ?

— Tes sœurs, tes parents. Personne ne sait où joindre Trace.

— Mais je ne veux pas écourter la lune de miel de Maddy, et tous les autres, ils…

— Ils veulent tous te voir et s'assurer que tu vas bien. C'est fait pour ça la famille, non ?

Chantel croisa ses mains sur ses genoux et sourit.

— Oui, tu as raison. Quinn, tu mérites une famille, une famille à toi.

Il se tourna vers elle, prêt à se battre pour la convaincre.

— Je sais ce que je veux, Chantel.

Chantel avait pris sa décision à l'instant où, couchée sur la pelouse près du pavillon en flammes, elle avait ouvert les yeux et vu le visage de Quinn.

— Oui, je crois que tu le sais. Quinn, avant que tout cela n'arrive la nuit dernière, je t'attendais. Quand j'ai ouvert les yeux et que je t'ai vu, quand tu as posé ma tête sur tes genoux et pris ma main dans la tienne, j'ai su que j'avais pris la bonne décision, pour nous deux.

Elle balaya la pièce du regard, puis s'empara du miroir et regarda son image. Elle fit une grimace et le posa sur la table de nuit.

— Le cadre n'est pas aussi romantique que je l'aurais imaginé, dit-elle en souriant, mais ça m'aiderait beaucoup si tu venais ici et que tu me serrais dans tes bras.

Il s'assit sur le lit à côté d'elle et l'attira à lui.

— Ecoute, il y a une chose qu'il faut que je te dise. Quand je suis arrivé chez toi la nuit dernière et que j'ai vu que le pavillon brûlait, j'ai su que tu étais à l'intérieur parce que mon cœur s'est arrêté. Si je t'avais perdue, il n'aurait jamais recommencé à battre.

— Quinn, murmura-t-elle en levant son visage vers le sien, cherchant ses lèvres.

Quand elle les eut trouvées, elle y trouva aussi les réponses à toutes ses questions.

— J'aimerais bien des fiançailles, dit-elle en souriant. Mais courtes, très courtes !

Deuxième partie

Prologue

— Bon sang, donne un peu de vie à cette musique, Tracey ! Où est passé ton sens du rythme ?

Debout sur la scène, Frank O'Hurley préparait la soirée d'ouverture. La tournée de trois jours prévue à Terre Haute n'allait peut-être pas être le fleuron de sa carrière, ni l'apogée de ses rêves, mais une chose était certaine : le public allait en avoir pour son argent. Frank peaufinait chaque figure. C'était la dernière répétition, en costume, avant le grand soir.

Battant la mesure, il se mit à danser, se laissant emporter avec l'enthousiasme d'un jeune homme. Frank O'Hurley frôlait la quarantaine, mais il avait gardé les jambes d'un garçon de seize ans.

Trace fronça les sourcils. Il connaissait trop cette mélodie, il en avait par-dessus la tête. Il soupira. Quand pourrait-il enfin jouer autre chose que ces airs rebattus, et ailleurs que dans ces lieux ringards ?

Au signal, sa mère vint les rejoindre sur la scène. Elle était rayonnante. Trace ne put s'empêcher de sourire, malgré sa mauvaise humeur. La routine de chaque tournée n'avait terni en rien l'affection qu'il éprouvait pour ses parents. Ce sentiment n'avait d'égal en lui que sa frustration. Il fronça les sourcils. Allait-il passer sa vie ainsi, à rythmer une musique de seconde catégorie, sur un piano de seconde catégorie ? A essayer de réaliser les grands rêves de son père, rêves qui n'avaient aucune chance de se concrétiser ?

Comme elle l'avait fait toute sa vie, sa mère, Molly, ajusta ses pas sur ceux de Frank. Tandis qu'elle glissait et tourbillonnait, elle laissa sa pensée dériver sur son fils. Trace n'était pas heureux, elle l'aurait juré. Il n'était plus un enfant, il prendrait bientôt son indépendance. C'était cette évidence toute simple qui terrifiait Frank au point qu'il refusait de voir les choses en face.

Molly soupira. Les discussions serrées entre le père et le fils s'étaient multipliées depuis quelque temps, rendant l'atmosphère tendue, presque irrespirable. Il fallait absolument éviter l'explosion, car elle ne serait peut-être pas capable de recoller les morceaux…

A l'autre bout de la scène, ses trois filles faisaient des claquettes. Toujours à l'unisson avec Frank, elle sentit que le cœur de son mari se gonflait de fierté. Ce serait détestable qu'il perde cette fierté, et ses espoirs. Grâce à eux, il était resté le jeune rêveur dont elle était tombée amoureuse bien des années plus tôt.

La musique d'ouverture se faisant entendre, elle sortit de scène avec Frank. Les triplées O'Hurley — Chantel, Abby et Maddy — se lancèrent dans une chanson à trois voix. Elles donnaient l'impression d'être nées en chantant.

Molly hocha la tête. Comme leur frère, elles n'étaient plus des enfants. Chantel usait déjà de ses charmes et de son esprit pour fasciner les hommes dans le public. Abby, stable et calme, était devenue une belle jeune fille. Quant à Maddy… elle avait beaucoup de talent. Peut-être trop pour se contenter des modestes tournées de la troupe familiale. Il fallait s'attendre à ce qu'elle ait bientôt envie de voler de ses propres ailes.

Cependant, c'était Trace qui lui causait le plus de souci. Il était assis au piano, mais à l'évidence, son esprit était ailleurs. Depuis quelque temps, il collectionnait les brochures vantant des lieux exotiques : Zanzibar, la Nouvelle Guinée, Mazatlán. Parfois, au cours des longs trajets en bus ou en train que la famille O'Hurley faisait d'une ville à l'autre, Trace parlait des mosquées, des grottes et des montagnes qu'il rêvait de visiter.

Et chaque fois, Frank balayait ces rêves comme des grains de poussière, s'accrochant désespérément à son propre rêve, et à son fils.

Sa voix la ramena brusquement à la réalité.

— Pas mal, mes chéries !

Frank arriva d'un bond au centre de la scène et donna une accolade chaleureuse à chacune de ses filles. Puis il se tourna vers son fils.

— Trace, tu penses à autre chose, tu n'es pas du tout dans la musique. Il faut absolument que tu te concentres !

— Ce numéro est usé jusqu'à la corde !

Quelques mois plus tôt, Frank se serait contenté de lui passer une main dans les cheveux en souriant d'un air indulgent. Mais maintenant, c'était autre chose. Il sentait l'aiguillon de la critique. Trace n'était plus un gamin. Il lui parlait d'homme à homme. Obstiné, Frank leva le menton.

— Il n'y a aucun problème avec cette chanson, et il n'y en a jamais eu… c'est ton interprétation qui n'est pas au point. Tu as perdu deux fois le tempo. J'en ai assez de te voir tirer une tête de six pieds de long devant ce piano.

Comme toujours, Abby vint à la rescousse de son frère. Depuis plusieurs semaines, la tension croissante entre le père et le fils mettait les nerfs de toute la famille à rude épreuve.

— Nous sommes tous un peu fatigués, dit-elle.

— Merci, Abby, mais je peux me défendre tout seul, dit Trace, les dents serrées.

Il s'écarta rageusement du piano.

— Et personne ne tire une tête de six pieds de long ! ajouta-t-il.

Frank soupira. Trace avait poussé comme un champignon ! Il était presque méconnaissable. Cependant, c'était toujours lui, Frank O'Hurley, le chef de famille. Il était grand temps que Trace s'en souvienne.

— Tu es d'une humeur massacrante depuis que je t'ai dit que je ne voulais pas que mon fils aille rouler sa bosse en Inde, ou Dieu sait où. Ta place est ici, avec ta famille. Tu as une responsabilité envers la troupe.

— Je n'ai aucune foutue responsabilité !

Frank fronça les sourcils.

— Fais attention à ton langage, mon gars. Aussi costaud que tu sois, je peux t'envoyer mordre la poussière.

Apparemment, les menaces paternelles n'eurent pas l'effet escompté. Trace fixait sur lui un regard furibond. Tout ce qu'il avait gardé sur le cœur pendant si longtemps se déversa de sa bouche comme un torrent.

— J'en ai assez de cette vie médiocre. Chaque année, nous jouons des airs minables dans des clubs de seconde zone.

Maddy lui lança un regard suppliant.

— Trace ! Tais-toi !

Mais il ne se laissa pas attendrir.

— Pourquoi ? Pourquoi ne veux-tu pas qu'il entende la vérité ? Je sais bien qu'il ne m'écoutera pas, mais au moins, j'aurai dit ce que je pensais. De toute façon, il y a trop longtemps que vous le protégez, toutes les quatre.

— Les disputes sont si pénibles, dit Chantel. On ferait mieux de reprendre la répétition.

Malgré ses nerfs à vif, elle arrivait à parler d'une voix neutre.

Tremblant d'indignation, Frank s'approcha de son fils.

— Non ! Vas-y, dis ce que tu as à dire !

— J'en ai assez de ces tournées en bus qui ne mènent nulle part, assez de faire comme si la prochaine étape allait nous apporter la gloire. Tu nous balades de ville en ville depuis des siècles.

— Je vous balade ?

Le visage de Frank était écarlate.

— C'est l'opinion que tu as de moi ?

Les yeux rivés sur son fils, Molly s'approcha de lui.

— Allons, calme-toi, Frank. Nous y allons tous de bon cœur, parce que c'est ce que nous avons toujours souhaité. Cependant, si l'un de nous n'en a plus envie, il a le droit de le dire, sans pour autant être méchant.

— Mais papa n'écoute pas ! hurla Trace. Il se fiche pas mal de ce que je souhaite.

Il se mit à tourner autour de son père.

— Chaque fois que j'essaie de te parler, c'est le même refrain : il faut que la famille reste unie, sinon ce sera la catastrophe. Mais la catastrophe, c'est cette tournée débile dans ce club merdique !

Frank serra les poings. Ce qu'il venait d'entendre était trop près de la vérité, trop près de ce qui lui faisait considérer sa vie comme un échec, alors que tout ce qu'il avait toujours voulu, c'était donner à sa famille ce qu'il y avait de mieux. La colère étant sa seule arme, il explosa.

— Tu es un ingrat, égoïste et stupide ! J'ai travaillé toute ma vie pour vous. Je vous ai ouvert toutes les portes, afin que vous n'ayez plus qu'à entrer. Ce n'est pas assez bon pour toi ?

Trace sentit des larmes lui brûler les paupières, mais il ne recula pas.

— Non, ce n'est pas assez bon pour moi. Parce que les portes que tu m'ouvres, je n'en ai rien à faire. Ce ne sont pas celles qui m'intéressent. Je veux autre chose, mais tu es tellement plongé dans ton propre délire que tu ne vois pas à quel point je déteste la vie que tu me fais mener. Plus tu me pousses à réaliser ton rêve à la place du mien, plus je suis à deux doigts de te détester.

Effrayé par ses propres paroles, il fit une pause. Il était allé trop loin, ce n'est pas ce qu'il voulait dire. Son père serra les mâchoires et parut se ratatiner sur lui-même. Trace baissa les yeux.

— Si c'est ainsi, va où tu dois aller. Réalise ton rêve, dit Frank d'une voix brisée. Mais ne t'avise pas de revenir, Trace O'Hurley. Ne compte pas sur ton père si tu as des ennuis. Il n'y aura pas de veau gras pour fêter le retour du fils prodigue.

Tournant les talons, il traversa la scène et disparut.

Abby prit son frère par le bras.

— Il ne le pense pas, dit-elle vivement. Tu sais bien qu'il ne le pense pas.

Malgré sa prédilection pour le drame, Chantel était secouée.

— Bon, il vaudrait mieux que tout le monde se calme ! Viens,

Trace, allons faire un tour ! dit-elle d'un air qu'elle aurait voulu plus enjoué.

— Non !

Avec un léger soupir, Molly secoua la tête.

— Vous les filles, vous allez reprendre la répétition. C'est moi qui vais parler à Trace.

Elle attendit qu'elles soient parties. Puis, se sentant soudain vieille et fatiguée, elle s'assit lourdement devant le piano.

— Je savais que tu étais malheureux, dit-elle doucement. Et que tu accumulais tout en toi jusqu'à un point de saturation. J'aurais dû faire quelque chose.

— Ce n'est pas ta faute.

— Si, c'est ma faute, autant que celle de ton père. Tu as été dur avec lui, tu lui as fait une blessure qui sera longue à se cicatriser. Je sais que tu as dit certaines choses sous le coup de la colère, mais il y en a que tu pensais sincèrement.

Elle leva les yeux sur lui et l'examina longuement.

— Je crois que tu as raison quand tu dis que tu risques de le détester s'il t'empêche de vivre ta vie.

— Maman…

— C'était d'autant plus difficile à dire que c'était la vérité. Tu veux partir.

Il ouvrit la bouche, prêt à rentrer une fois de plus dans sa coquille. Mais la rage qu'il éprouvait contre son père était encore vibrante, c'était effrayant.

Il hocha la tête.

— Oui, il faut que je parte.

— Alors, fais-le.

Elle se leva et posa tendrement les mains sur ses épaules.

— Et ne perds pas de temps, sinon il te fera du charme ou il essaiera de te faire honte pour que tu restes, et tu ne le lui pardonneras jamais. Suis ta propre voie. Nous serons là quand tu reviendras.

— Je t'aime, maman.

— Je le sais. Et je veux que cela continue.

Elle l'embrassa et s'éloigna précipitamment. Elle devait retenir ses larmes avant d'aller rassurer son mari.

Ce soir-là, Trace fit ses bagages — quelques vêtements, une flûte, et des dizaines de brochures. Il griffonna un petit mot : « Je vous écrirai. » Avec trois cent vingt-sept dollars en poche, il sortit du motel et se posta au bord de la route, le pouce levé.

1

Le whisky était bon marché et il était aussi mordant qu'une femme en colère. Aspirant une bouffée d'air entre ses dents, Trace se prépara au pire. Comme rien ne se passait, il fit lentement couler une énième rasade dans son verre et se renversa sur son siège pour mieux contempler le golfe du Mexique. Derrière lui, la cuisine de la petite auberge grouillait d'activité pour le repas du soir. Il entendait crépiter la friture d'*enchiladas*, et une forte odeur d'oignons vint lui chatouiller les narines, se mélangeant à celle du tabac et de l'alcool. Tout autour, les conversations en espagnol allaient bon train.

Il était seul, et ravi de l'être. Seul avec son verre de whisky et la vaste étendue de mer qui s'offrait à sa vue.

Le soleil ressemblait à un gros ballon rouge au-dessus de l'eau. Des nuages bas apportaient quelques nuances roses et mordorées au ciel d'un bleu profond. Trace plissa les paupières. Le whisky commençait à diffuser une chaleur réconfortante au creux de son estomac. Il était en vacances, et bien décidé à en profiter.

Les Etats-Unis n'étaient qu'à quelques heures de vol. Mais il avait cessé depuis des années d'y penser comme à son pays natal, du moins s'en était-il persuadé. Le jeune homme idéaliste qui était parti de San Francisco douze ans plus tôt, bourré de remords et guidé par ses rêves, avait séjourné longuement à Hongkong et à Singapour. Puis pendant un an, il avait voyagé en Orient, jouant en soirée dans des salons d'hôtels, sur des bateaux de croisières, et le jour, il s'était imprégné de l'odeur et de l'ambiance des pays étrangers.

Puis il y avait eu Tokyo. Il avait joué de la musique américaine dans un petit club, avec l'idée de faire son chemin en Asie.

Au fond, il ne s'agissait que d'être au bon endroit au bon moment. Sauf en ce fameux jour, où tout avait basculé. Bien sûr, une querelle de bar n'était pas chose rare. Son père ne s'était pas contenté de lui apprendre le rythme, mais aussi à savoir se retirer quand il le fallait.

Il n'avait pas eu l'intention de sauver la vie de Charlie Forrester. Et il ne savait surtout pas que Charlie était un agent américain.

Les yeux protégés par le large bord d'un chapeau défraîchi, il regarda le soleil flamboyant descendre à l'horizon. Il soupira. La fatalité ! C'était bien elle qui, par l'intermédiaire de sa main, avait fait dévier le couteau destiné à Charlie, ce fameux soir. Et c'était encore la fatalité, avec ses voies impénétrables, qui l'avait entraîné dans le jeu sinistre de l'espionnage. En fait, il avait bel et bien fait son chemin en Asie, et même au-delà. Mais il n'avait pas suivi la voie musicale qu'il espérait. Au lieu de cela, il s'était fait enrôler par les Services Secrets Internationaux.

Et maintenant, Charlie était mort.

Trace se servit un autre whisky et porta un toast à son ami et mentor. Ce n'était ni une balle ni une lame de couteau qui avait provoqué son décès, mais une attaque. Le corps de Charlie avait tout simplement décidé qu'il était temps de tirer sa révérence.

C'est ainsi que lui-même, Trace O'Hurley, faisait la veillée mortuaire de Charlie au fin fond de ce petit repaire de la côte mexicaine.

Les funérailles auraient lieu dans quatorze heures, à l'autre bout des Etats-Unis. Comme il n'était pas prêt à se rendre à Chicago, il allait rester à Mexico et boire au souvenir de son ami en méditant sur la vie. Il étira ses longues jambes gainées d'un jean kaki. Oui, Charlie aurait compris. Il n'avait jamais apprécié les cérémonies.

Trace sortit de la poche de son jean un paquet de cigarettes un peu avachi et chercha dans celle de sa chemise une boîte d'allumettes. Il avait de longues mains fines. A dix ans, il avait rêvé de devenir pianiste de concert. Mais à vrai dire, il avait fait tant de rêves !

Sa dernière mission l'avait obligé à rester souvent dehors, ce qui lui valait d'avoir le visage très hâlé. Ses cheveux étaient épais, et comme il n'avait pas pris la peine de les faire couper, ils étaient assez longs pour que des boucles blondes s'échappent du bord de son chapeau. Son visage mince était trempé de sueur. Il avait une petite cicatrice blanche sur la mâchoire gauche, vestige d'une rixe dans les rues de Hongkong. Et à seize ans, il avait eu une petite déviation nasale, qui lui était restée, après une bagarre au sujet d'une fille.

Il était assez maigre en ce moment, à cause du long séjour à l'hôpital qu'il venait de passer après avoir reçu une balle qui avait bien failli être mortelle. Sa barbe de trois jours, ses pommettes saillantes et son regard brûlant lui donnaient un air un peu inquiétant. Bien qu'il soit en congé, il ne se sentait pas vraiment au repos. Il ne pouvait s'empêcher de jeter régulièrement autour de lui un coup d'œil méfiant.

Quand le crépuscule tomba, le ciel devint plus calme, et les bruits de l'auberge s'estompèrent. D'une radio s'échappait un air mexicain, brouillé par des parasites. Quelqu'un cassa un verre. Deux hommes se mirent à discuter âprement de politique. Trace allongea paresseusement les jambes en se versant une autre rasade. Puis, posant la bouteille, il leva les yeux.

Il la vit dès qu'elle entra, malgré le nombre important de clients qui fréquentaient l'auberge à cette heure. Son métier lui avait appris à voir les détails sans avoir l'air de regarder. Cette femme devait être une touriste qui s'était trompée de destination. Elle avait une peau d'ivoire parsemée de taches de rousseur qui s'accordaient avec ses cheveux flamboyants. Trace eut envie de rire. Seigneur, quel massacre ! Elle allait griller au bout d'une heure sous le soleil du Yucatan ! Un léger sourire retroussant ses lèvres, il retourna à son whisky. Il y avait fort à parier que la belle inconnue allait faire demi-tour dès qu'elle verrait le lieu dans lequel elle s'était fourvoyée.

Mais apparemment, il se trompait. Elle se dirigea tout droit vers le bar. Croisant les chevilles, il décida de tuer le temps en l'observant avec discrétion. Ce qu'il fit, les paupières mi-closes.

Elle portait une large chemise mauve et un pantalon d'une blancheur immaculée malgré la poussière et la chaleur. Elle était mince, mais elle avait assez de courbes pour donner du style à ses vêtements. Ses cheveux, qui évoquaient la couleur du soleil couchant, étaient retenus en une tresse épaisse. D'où il se trouvait, il ne pouvait voir que son profil. Elle était plutôt classique. Peu intéressante, finalement. Le genre champagne et caviar.

Bien décidé à s'enivrer, il avala son whisky cul sec, à la mémoire de Charlie.

Il était en train de saisir la bouteille quand la jeune femme se tourna vers lui. Sous l'ombre de son chapeau, il rencontra son regard. Brusquement tendu comme une corde de violon, il se mit à verser l'alcool dans son verre tandis qu'elle traversait la salle et se dirigeait droit sur lui.

— Monsieur O'Hurley ?

Il haussa légèrement les sourcils. Elle avait un vague accent irlandais, le même que celui de son père quand il était joyeux ou en colère. Sirotant son whisky, il ne répondit pas.

— Etes-vous Trace O'Hurley ? interrogea-t-elle de nouveau.

Sa voix avait une intonation un peu nerveuse. De près, il vit de longs cils sombres qui frangeaient des yeux extraordinairement verts. Vert lagon. Elle serra les lèvres. Ses doigts tripotèrent la poignée du sac qu'elle portait à l'épaule. Posant son verre, Trace se rendit compte qu'il était trop soûl pour être agacé.

— Peut-être, répondit-il. Pourquoi ?

— On m'avait dit que vous étiez à Mérida. Je vous cherche depuis deux jours.

Elle le regardait d'un air interrogateur. Il correspondait exactement à ce qu'elle avait imaginé. Si elle n'avait pas été aussi désespérée, elle serait déjà repartie en courant. Il avait des vêtements sales, il sentait le whisky, et il était certainement capable de vous faire la peau sans verser une goutte de sang. Prenant une profonde inspiration, elle décida de courir le risque.

— Puis-je m'asseoir ?

Sans un mot, Trace poussa une chaise vers elle d'un coup de pied. Dieu seul savait ce que lui voulait cette inconnue, mais ce n'était certainement pas un agent. Un agent l'aurait approché différemment.

— Faites comme chez vous, finit-il par dire du bout des lèvres.

Posant une main sur le dossier de la chaise, elle hésita un instant. Pourquoi son père croyait-il que cet ivrogne, apparemment à demi-clochard, était la réponse à son problème ? Mais ses jambes n'étaient pas aussi sûres qu'elles auraient dû l'être, et elle dut se résoudre à s'asseoir.

— Je dois absolument vous parler en privé. C'est très important, dit-elle à voix basse.

Trace regarda du côté de la cuisine, derrière elle. Maintenant, l'auberge était pleine à craquer, et elle devenait plus bruyante de minute en minute.

— Nous pouvons très bien discuter ici. J'aimerais d'abord savoir qui vous êtes, si ce n'est pas trop vous demander. Et comment vous me connaissez. Et ce que vous attendez de moi.

Croisant ses doigts tremblants, elle répondit d'un trait :

— Je suis le docteur Fitzpatrick, Gillian Fitzpatrick. Charles Forrester m'a dit où vous vous trouviez, et je veux que vous sauviez la vie de mon frère.

Soulevant sa bouteille, Trace répondit d'une voix calme et plate :

— Charlie est mort.

— Je le sais.

Elle remua sur sa chaise. N'avait-elle pas aperçu un éclair d'humanité dans ses yeux ? Très bref. Il avait déjà disparu, mais elle y répondit malgré tout.

— Je suis désolée. Je sais que vous étiez très proches.

— J'aimerais savoir comment vous pourriez comprendre quoi que ce soit et pourquoi je devrais croire que Charlie vous a dit où vous pouvez me trouver ?

Gillian avait les mains moites. Elle les sécha sur son pantalon et se pencha vers son sac. Sans un mot, elle tendit à Trace une enveloppe cachetée.

Trace hésita. Quelque chose lui disait qu'il ferait mieux de ne pas la prendre. Qu'il ferait mieux de se lever, de sortir et de se perdre dans la chaude nuit mexicaine. Mais Gillian avait mentionné Charlie. Il se décida donc à prendre l'enveloppe. Il l'ouvrit d'un geste nonchalant et lut le petit mot qu'il trouva à l'intérieur.

Charlie avait utilisé le code avec lequel ils avaient communiqué au cours de leur dernière mission. Comme toujours, son message était bref : « Fais confiance à cette femme. Pas d'engagement avec l'organisation pour l'instant. Contacte-moi. »

Naturellement, il n'y avait plus aucun moyen de contacter Charlie maintenant. En soupirant, Trace replia la lettre. Apparemment, Charlie continuait à le guider, bien qu'il ne soit plus de ce monde. Il leva les yeux vers Gillian :

— Expliquez-moi.

— Charles Forrester était un ami de mon père. Je ne le connaissais pas très bien moi-même. Il y a environ quinze ans, ils ont travaillé ensemble sur un projet baptisé Horizon.

Trace repoussa la bouteille de whisky. En vacances ou pas, il ne pouvait pas se permettre de continuer à émousser ses sens.

— Quel est le nom de votre père ? interrogea-t-il.

— Dr Sean Brady Fitzpatrick.

Trace hocha la tête. Il connaissait ce nom, et il connaissait ce projet. Quinze ans plus tôt, quelques scientifiques parmi les plus renommés du monde avaient mené des recherches pour développer un sérum destiné à immuniser l'humanité contre les radiations ionisantes, l'un des pires effets secondaires d'une guerre nucléaire. Les Services Secrets Internationaux avaient été chargés de la sécurité. Le projet avait coûté des centaines de millions de dollars et avait abouti à un échec retentissant.

— Vous deviez être encore une gamine à cette époque, dit-il.

— J'avais douze ans.

Derrière eux, quelqu'un sortit précipitamment de la cuisine. Sursautant, Gillian se retourna nerveusement.

— Evidemment, à cette époque-là, je ne connaissais rien du projet, mais après...

L'odeur des oignons et de la liqueur était envahissante. Gillian avait envie de se lever et d'aller faire une longue promenade sur la plage, où l'air devait être chaud et pur. Cependant, elle se força à continuer.

— Le projet a été abandonné mais mon père n'a pas cessé d'y travailler. Il avait d'autres obligations mais dès qu'il en avait la possibilité, il recommençait ses expériences.

— Pourquoi ? Il n'a dû recevoir aucun fonds pour cela.

— Mon père croyait au projet Horizon. Le concept le fascinait, pas en tant que moyen de défense mais en tant que réponse au danger dont nous connaissons tous l'existence. Quant à l'argent, mon père en a suffisamment pour se permettre de financer les recherches dans lesquelles il croit.

Trace l'observa par-dessous le bord de son chapeau. Le père de Gillian était non seulement un scientifique, mais un scientifique riche. Et sa fille, à en juger par son apparence, avait dû suivre ses études dans une école religieuse au fin fond d'une ville suisse. C'était son attitude qui la trahissait.

— Continuez, dit-il.

— Quoi qu'il en soit, mon père a communiqué toutes ses notes et ses découvertes à mon frère il y a cinq ans, après avoir eu sa première attaque cardiaque. Depuis quelques années, mon père est trop malade pour poursuivre un travail de laboratoire intense. Et maintenant...

Faisant une pause, elle ferma les yeux. La terreur ajoutée à la fatigue du voyage commençait à prendre le dessus. En tant que scientifique, elle savait qu'elle avait besoin de nourriture et de repos. En tant que fille et sœur, elle devait terminer ses explications.

— Monsieur O'Hurley, puis-je avoir quelque chose à boire ?

Trace fit glisser la bouteille et un verre de l'autre côté de la table. Il n'était pas encore prêt à mordre à l'hameçon. Elle l'intéressait, sans aucun doute, mais il savait depuis longtemps qu'on pouvait être intéressé sans s'impliquer.

Gillian allait refuser le whisky. Elle aurait préféré une tasse de café mais ce Trace O'Hurley la regardait d'une curieuse manière. Il semblait lui jeter un défi. Relevant le menton, elle redressa les épaules. D'une main ferme, elle se versa un double whisky et l'avala cul sec. La gorge brûlante comme celle d'un cracheur de feu, elle reprit sa respiration. Elle cligna des paupières et dit dans un souffle :

— Merci.

Pour la première fois, un éclair d'humour traversa les yeux de Trace.

— Je vous en prie, dit-il, sarcastique.

Bien que chaud et amer, le whisky la réconforta.

— Mon père est très malade, monsieur O'Hurley. Il est trop malade pour voyager. Il a contacté Charlie Forrester mais il était incapable de partir lui-même à Chicago. Je suis donc allée voir Charlie à sa place, et il m'a adressée à vous. Il paraît que vous êtes l'homme de la situation.

Trace alluma une autre cigarette. L'homme de la situation ? Il l'avait rarement été depuis qu'il s'était retrouvé ensanglanté, le nez dans la poussière, avec une balle à deux centimètres du cœur.

— Ce qui signifie ? interrogea-t-il.

— Il y a environ une semaine, mon frère a été kidnappé par une organisation connue sous le nom du Hammer. En avez-vous déjà entendu parler ?

Trace tressaillit intérieurement. Seule l'habitude lui permit de garder une expression neutre, de cacher le mélange d'angoisse et de colère qui commençait à gronder en lui. C'était en infiltrant cette organisation qu'il avait failli être tué.

— J'en ai entendu parler, répondit-il d'une voix neutre.

— Tout ce que nous savons, c'est qu'ils ont enlevé mon frère dans sa maison, en Irlande, où il poursuivait ses recherches sur le projet Horizon. Il était à deux doigts de le terminer. Ils ont l'intention de garder Flynn jusqu'à ce qu'il ait mis au point le sérum. Vous comprenez quelles pourraient être les répercussions si un groupe comme celui du Hammer possédait la formule ?

Trace secoua la cendre de sa cigarette sur les lattes de bois.

— Je me suis laissé dire que j'avais une intelligence raisonnablement développée, persifla-t-il.

Agacée, elle se pencha vers lui et lui saisit le poignet. Elle venait d'un environnement masculin, où le contact physique était généralement réservé à la famille et à ceux qu'on aimait. Cependant elle se cramponna à Trace, le seul espoir qui lui restait.

— Monsieur O'Hurley, nous ne pouvons pas nous permettre de plaisanter à ce sujet.

— Je vous prie d'utiliser « nous » avec modération.

Trace attendit qu'elle desserre ses doigts, puis il demanda :

— Dites-moi, docteur Fitzpatrick, votre frère est-il un homme intelligent ?

— C'est un génie.

— Non, non, je veux dire, est-ce qu'il a deux grains de bon sens ?

Luttant pour ne pas poser la tête sur la table et sangloter, Gillian redressa encore les épaules. Elle répondit d'une voix sifflante :

— Flynn est un brillant scientifique, et dans des circonstances normales, il est capable de prendre soin de lui.

— C'est parfait, car seul un imbécile serait capable de croire qu'il pourrait sauver sa vie en donnant la formule à l'organisation. Les membres du Hammer se définissent eux-mêmes comme des terroristes, des libérateurs et des rebelles. En réalité, il s'agit d'une poignée de fanatiques désorganisés, dirigés par un homme aussi riche que fou. Ils tuent plus de gens par erreur qu'à dessein.

Il fronça les sourcils et passa une main sur son torse.

— Ils ont suffisamment de moyens pour continuer, mais au fond, ce sont des crétins. Et rien n'est plus dangereux que l'idiotie. Si j'avais un conseil à donner à votre frère, ce serait de leur cracher à la figure.

Le visage déjà pâle de Gillian devint livide.

— Ils ont pris son enfant, dit-elle d'une voix brisée.

Elle se leva et s'appuya d'une main sur la table pour se soutenir.

— Ils ont pris sa fille. Elle n'a que six ans !

Elle sortit précipitamment de la pièce.

Trace resta assis sans bouger. Cette affaire ne le regardait pas. Que Gillian Fitzpatrick trouve quelqu'un d'autre. Il tendit la main vers la bouteille de whisky. Que diable, il était en vacances. Il revenait de loin et il avait bien l'intention de profiter de la vie, et d'en profiter seul.

En jurant, il posa bruyamment la bouteille. Il se leva d'un bond et courut après la jeune femme.

Elle entendit qu'il l'appelait mais elle ne ralentit pas. La colère la submergeait. Fallait-il qu'elle soit idiote pour avoir cru qu'un homme comme lui pourrait l'aider ! Elle aurait mieux fait d'essayer de négocier directement avec les terroristes. Du moins avec eux, elle n'aurait aucune compassion à attendre.

Quand il l'attrapa par le bras, elle fit volte-face.

— Bon Dieu, je vous avais dit d'attendre une minute.

La fureur lui rendit l'énergie dont le manque de sommeil et de nourriture l'avait privée.

— Vous m'avez déjà donné votre opinion, monsieur O'Hurley. Apparemment la discussion est close. Je ne vois pas ce que Charlie Forrester vous trouvait. Je ne comprends pas pourquoi il m'a envoyée chercher de l'aide auprès d'un homme qui préfère rester avachi dans un repaire minable en cuvant son whisky plutôt que de sauver des vies humaines. Je croyais trouver un homme courageux et compatissant mais je n'ai trouvé qu'un ivrogne fatigué et sale qui ne se soucie de rien ni de personne.

Il réprima une grimace. Ces paroles l'avaient piqué au vif plus qu'il n'aurait cru.

— Avez-vous fini ? interrogea-t-il, vous êtes en train de me faire une scène.

— Mon frère et ma nièce sont aux mains d'un groupe de terroristes. Et vous, tout ce qui vous intéresse, c'est que personne ne vous dérange.

— Il me faut plus qu'une rouquine irlandaise pour me déranger, dit-il tranquillement. Mais j'ai pour principe de passer inaperçu. Je tiens à ma peau. Allons faire une promenade.

Gillian voulait se libérer et partir en courant. Sa fierté brûlait de le faire. Mais tout ce qu'il y avait d'amour en elle s'y opposa. En silence, elle descendit avec lui les planches étroites qui conduisaient vers l'eau.

Là, le sable blanc contrastait avec la mer sombre et avec un ciel plus sombre encore. Quelques bateaux étaient amarrés, attendant la partie de pêche ou les touristes du lendemain. L'air calme de la nuit leur apportait les accents de la musique jouée dans l'auberge. Quelqu'un chantait une chanson d'amour, dans laquelle il était question de l'infidélité d'une femme. Trace serra les dents. Il y avait toujours quelqu'un d'infidèle.

— Ecoutez, docteur Fitzpatrick, vous m'êtes tombée dessus à un mauvais moment. Je ne vois pas pourquoi Charlie vous a adressée à moi.

— Moi non plus.

Il s'arrêta, le temps de prendre une cigarette et de l'allumer.

— Je veux dire que cette situation devrait être prise en mains par les Services Secrets Internationaux.

Gillian avait retrouvé sa sérénité. Elle se moquait pas mal de perdre son sang-froid, au contraire, cela faisait un bien fou. Mais il n'en était pas moins vrai qu'on atteignait plus facilement son but en sachant maîtriser ses émotions.

— Les Services Secrets ont autant intérêt que le Hammer à

connaître la formule. Pourquoi devrais-je leur faire confiance et laisser la vie de mon frère et de ma nièce entre leurs mains ?

— Parce qu'ils sont du bon côté.

Gillian se tourna vers la mer. Elle reçut la gifle du vent en plein visage. C'était parfait pour éclaircir les idées.

— Les Services Secrets Internationaux sont une organisation essentiellement dirigée par des hommes. Certains sont bien, d'autres beaucoup moins, mais ils ont tous un point commun : l'ambition. Et chacun a sa propre conception de ce qui est nécessaire pour faire régner l'ordre et la paix. Pour l'instant, ma famille est ma seule préoccupation. Avez-vous une famille, monsieur O'Hurley ?

Trace tira longuement sur sa cigarette.

— Oui.

Oui, il en avait une. Elle vivait sur la moitié nord du continent, et il ne l'avait pas vue depuis sept ans, ou même huit ? Il ne savait plus très bien. Mais il savait que Chantel tournait un film à Los Angeles, et que Maddy avait le premier rôle dans une nouvelle pièce jouée à New York. Quant à Abby, elle élevait ses enfants et des chevaux en Virginie. Et leurs parents terminaient une tournée d'une semaine à Buffalo.

Il avait perdu la notion du temps, mais pas celle de la famille.

— Confieriez-vous la vie de votre famille à une organisation, en sachant qu'elle n'hésiterait pas à la sacrifier si elle jugeait cela nécessaire pour le bien de tous ? interrogea Gillian d'une voix glaciale.

Elle ferma les yeux. Le vent était une caresse divine, chaude, salée et forte.

— M. Forrester avait compris et reconnu que pour sauver mon frère et sa fille, nous avions surtout besoin d'un homme qui se soucierait davantage d'eux que de la fameuse formule. Il pensait que vous étiez l'homme qu'il fallait.

Trace jeta sa cigarette dans les vagues.

— Charlie savait que j'avais l'intention de me retirer. Il a trouvé ce moyen pour me faire remettre le pied à l'étrier.

— Etes-vous aussi doué qu'il le prétendait ?

Avec un petit rire, Trace se frotta lentement le menton.

— Certainement bien plus encore. Charlie n'était pas vraiment du genre à faire des compliments.

Se tournant face à lui, Gillian l'observa. Dieu sait qu'il n'avait pas l'air d'un héros, avec sa barbe hirsute et ses vêtements élimés. Mais quand il lui avait pris le bras, elle avait senti sa force, et une violence sous-jacente. Il devait être capable de devenir passionné pour obtenir ce qu'il voulait, que ce soit un but à atteindre, un rêve à réaliser, ou… une femme à séduire. En général, elle préférait les hommes ayant un esprit d'analyse, et qui s'attaquaient à un problème avec logique et patience. Mais dans ces circonstances particulières, ce n'était pas d'un scientifique dont elle avait besoin.

Fourrant les mains dans ses poches, Trace soutint son regard. Il était au supplice. De quel droit cette femme le dévisageait-elle ainsi avec son air supérieur ? Elle le regardait comme s'il était un rat de laboratoire, c'était intolérable ! Cependant, malgré son envie de décamper, il ne bougea pas. Peut-être à cause du léger accent irlandais de Gillian, ou des ombres qui soulignaient ses incroyables yeux verts ?

— Ecoutez, je vais contacter les Services Secrets. Le bureau le plus proche se trouve à San Diego. Vous pourrez déjà leur transmettre toutes les informations que vous avez. D'ici vingt-quatre heures, quelques agents secrets parmi les meilleurs au monde seront à la recherche de votre frère.

Elle secoua obstinément la tête.

— Je peux vous donner cent mille dollars.

Elle avait pris sa décision. Elle avait écarté la logique, au profit de l'instinct. Forrester lui avait affirmé que cet homme pouvait remplir cette mission. Et son père avait donné son accord. Elle se ralliait à eux.

— Le prix n'est pas négociable, car je vous offre tout ce que j'ai. Retrouvez mon frère et ma nièce, et avec cent mille dollars, vous pourrez prendre une retraite confortable.

Il la regarda pendant un long moment sans rien dire. Puis,

ravalant un juron, il se dirigea vers la mer. Cette femme était folle ! Il lui proposait les talents des meilleurs agents secrets, et elle lui jetait des billets de banque à la tête. Une somme rondelette…

Contemplant le ressac, Trace médita. Il n'avait jamais pu réunir plus que quelques centaines de dollars à la fois. Ce n'était pas dans sa nature de faire de l'argent. Mais cent mille dollars ! C'était différent. Cette fois il ne s'agissait plus de parler de la retraite mais de la prendre pour de bon.

Des embruns vinrent lui fouetter le visage. Il secoua la tête. Il ne voulait pas s'engager, et surtout pas avec cette femme, avec sa famille, et encore moins au sujet d'une quelconque formule capable ou non de sauver le monde du grand désastre.

Ce qu'il voulait, c'était retourner à son hôtel, commander un repas cinq étoiles et aller se coucher, l'estomac plein. Bon sang, il avait besoin de tranquillité. Le temps de savoir ce qu'il allait faire de sa vie.

— Si vous vous décidez, je peux vous donner quelques noms d'agents, finit-il par dire.

— Je ne veux pas quelques noms d'agents, je veux que vous preniez cette affaire en mains.

Quelque chose dans sa façon de prononcer ces mots lui noua l'estomac. De plus en plus déterminé à se débarrasser d'elle, il prit une profonde inspiration.

— Je viens juste de passer neuf mois au vert. Je suis brûlé, toubib. Il vous faut quelqu'un de jeune, et qui a les dents longues.

Pour la seconde fois, il se passa une main sur le visage.

— Je suis fatigué, marmonna-t-il.

— Espèce de dégonflé !

La dureté de sa voix le fit sursauter. Les cheveux au vent, Gillian fixait sur lui un regard accusateur. Son visage était d'une pâleur mortelle sous la lueur de la lune. Médusé, il la contempla un instant. Avec cette expression de fureur mêlée de désespoir, elle était la femme la plus renversante qu'il ait jamais vue. Mais il repoussa vite cette pensée. Gillian avançait sur lui, le regard étincelant.

— Dites-le tout de suite que vous ne voulez pas vous mouiller ! Vous ne voulez pas être responsable de la vie d'un homme et d'un enfant innocents. Vous préférez vous protéger. Charlie Forrester voyait en vous une espèce de chevalier moderne, un homme de principes et de compassion, mais il se trompait ! Vous êtes égoïste, vous ne méritiez pas un ami comme lui. Lui, il essayait d'aider les autres, et il est mort à cause de ses convictions.

Trace releva vivement la tête.

— De quoi parlez-vous ?

Ses yeux se mirent à scintiller dangereusement. D'un mouvement vif, il l'attrapa par les avant-bras.

— Que voulez-vous dire ? Charlie a eu une attaque cardiaque !

Gillian ne répondit pas. Son cœur battait follement dans sa gorge. Elle n'avait jamais vu quelqu'un capable de meurtre, comme l'était Trace en ce moment précis.

— Il essayait de m'aider. Ils me suivaient. Trois hommes..., finit-elle par dire, haletante.

— Trois hommes ? Qui était-ce ?

— Je n'en sais rien. Des terroristes, des agents, ce que vous voulez. Ils ont fait irruption dans sa maison pendant que j'étais avec lui.

Faisant un violent effort pour retrouver une respiration régulière, elle se concentra sur la douleur que les doigts de Trace infligeaient à ses bras.

— Charlie Forrester m'a cachée dans un faux mur, derrière sa bibliothèque. Je les entendais, de l'autre côté. Ils me cherchaient.

Elle fit une pause. L'atmosphère étouffante de cette cachette était toujours aussi présente à son esprit. Et l'obscurité.

— Il les poussait dehors, en leur disant que j'étais partie. Ils l'ont menacé, mais il a tenu bon. Apparemment, ils l'ont cru.

Sa voix tremblait maintenant. Trace ne la quittait pas des

yeux. Refoulant ses larmes, elle se mordit la lèvre inférieure avant de continuer :

— Puis tout est devenu très calme, ce qui était encore plus effrayant. J'ai essayé de sortir pour l'aider. Mais je n'ai pas pu trouver le mécanisme.

— Trente centimètres au-dessous du plafond.

— Je le sais maintenant. Mais j'ai passé presque une heure à chercher.

Elle n'ajouta pas qu'elle avait failli avoir une crise d'hystérie, ni qu'elle avait fini par se mettre à hurler en donnant de grands coups de poing contre la paroi. Elle était prête à se rendre plutôt que de suffoquer dans ce trou noir.

— Quand j'ai enfin réussi à sortir, il était déjà mort. Si j'avais été plus rapide, j'aurais peut-être pu faire quelque chose pour lui… Je ne le saurai jamais.

— Les Services Secrets ont parlé d'une attaque cardiaque.

— C'est le diagnostic qui a été fait. Cela peut être provoqué par une simple injection. Quoi qu'il en soit, c'est eux qui ont provoqué cette attaque, pendant qu'ils me cherchaient. Je dois vivre avec cette certitude accablante.

Quand Trace lui libéra les bras, elle s'agrippa au devant de sa chemise sans même s'en rendre compte.

— Et vous aussi. Si vous ne m'aidez pas par compassion ou par cupidité, vous le ferez peut-être pour venger Charlie.

Une fois de plus, il se détourna d'elle. Il avait accepté la mort de Charlie. Une attaque, une petite bombe à retardement dans le cerveau, programmée pour exploser à un moment bien précis. Le destin en avait décidé ainsi : « Charlie, tu as passé soixante-trois ans et cinq mois sur cette Terre. Et tu en as tiré le meilleur parti. » Cela, il l'avait accepté.

Et voilà que cette femme venait lui dire que la fatalité avait un visage, ou plutôt trois visages d'hommes. La fatalité, il pouvait vivre avec, il était assez irlandais pour cela. Mais il était possible de haïr des hommes, et de se venger. C'était une question à méditer. Cependant, il allait se contenter, pour l'instant, de commander un pot de café noir.

— Je vous ramène à votre hôtel, proposa-t-il à Gillian.

— Mais…

— Nous allons prendre un café et vous me raconterez tout ce que Charlie vous a dit, tout ce que vous savez. Ensuite, je vous dirai si je décide de vous aider.

Gillian hocha vaguement la tête.

— Je suis descendue au même hôtel que vous. Cela m'a paru plus pratique, dit-elle.

— Parfait.

Lui prenant le bras, il l'entraîna avec lui. Elle ne paraissait pas très solide sur ses jambes. Quel que soit le feu qui l'avait poussée aussi loin, il commençait à s'éteindre. Elle oscilla une fois, et il resserra son étreinte.

— Quand avez-vous mangé pour la dernière fois ? interrogea-t-il.

— Hier.

Il émit un petit ricanement.

— Quel genre de docteur êtes-vous ?

— Physicienne.

— Même une physicienne devrait connaître un minimum de choses sur les bienfaits de la nourriture, dit-il d'un ton ironique. Voilà comment cela fonctionne : vous mangez, et cela vous tient en vie. Vous ne mangez pas, et vous vous effondrez.

Il lui lâcha le bras et lui glissa le sien autour de la taille. Gillian fronça les sourcils. Si elle en avait eu l'énergie, elle l'aurait repoussé.

— Vous avez une odeur d'écurie, dit-elle.

— Merci. J'ai passé la plus grande partie de la journée à cavaler dans la jungle. Belle distraction. De quelle partie de l'Irlande êtes-vous originaire ?

Gillian ne répondit pas. La fatigue commençait à remonter de ses jambes à sa tête. Le bras de Trace paraissait si fort, si rassurant. Sans en prendre conscience, elle se laissa aller contre son torse en murmurant :

— Pardon ?

— De quelle partie de l'Irlande venez-vous ?

— Cork.

— Le monde est petit.

Il la fit entrer dans l'hôtel.

— Mon père est né dans cette région. Quel est le numéro de votre chambre ?

— Deux cent vingt et un.

— Nous sommes voisins. La mienne est juste à côté.

— J'ai donné cent pesos au réceptionniste.

Les ascenseurs étant minuscules et chauffés comme des fours, il emprunta l'escalier.

— Vous êtes une femme entreprenante, docteur Fitzpatrick.

— Comme la plupart des femmes. Mais nous vivons toujours dans un monde d'hommes.

Trace émit un petit son guttural. Il avait des doutes à ce sujet, mais ce n'était pas le moment de lancer une polémique.

— Vous avez la clé ? interrogea-t-il quand ils se retrouvèrent devant la porte.

Avec un violent effort pour repousser la faiblesse qu'elle éprouvait, elle plongea la main dans une poche. Elle n'allait pas s'évanouir, elle se l'était promis. Trace prit la clé et l'introduisit dans la serrure. En ouvrant la porte, il plaqua la jeune femme contre le mur du couloir.

— Qu'est-ce qui vous arrive ? demanda-t-elle.

Elle resta bouche bée. Trace venait de sortir un couteau de sa poche.

C'était tout ce qu'il avait sur lui. Emporter un revolver alors qu'il partait en vacances ne lui avait pas paru indispensable. Plissant les yeux, il entra lentement dans la pièce et poussa du pied quelques objets qui gisaient sur le sol.

— Oh, Seigneur ! s'exclama Gillian.

Prenant son courage à deux mains, elle se força à regarder. Ils n'avaient rien épargné. Même quelqu'un qui aurait manqué d'expérience en la matière l'aurait compris au premier coup d'œil. Sa valise avait été déchirée, et les vêtements jonchaient le plancher. Le matelas ainsi que les coussins du petit canapé avaient été éventrés, et des monceaux de rembourrage étaient éparpillés sur le parquet. Les tiroirs du bureau avaient été vidés.

Trace entra dans la salle de bains et vérifia les fenêtres. Apparemment, ils étaient entrés par la façade principale. D'après les dimensions de la chambre, ils n'avaient pas dû passer plus de vingt minutes pour fouiller partout.

— Vous êtes toujours suivie, docteur, dit-il tranquillement.

Sans ranger son couteau, il se tourna vers elle.

— Prenez ce dont vous avez besoin. Nous discuterons dans ma chambre.

Gillian soupira. Elle n'avait aucune envie de prendre ses vêtements, mais elle devait être raisonnable. Elle en avait besoin, et le fait que d'autres mains les aient touchés n'avait aucune importance. D'un geste rapide, elle rassembla pantalons, jupes et chemisiers.

— J'ai des produits de beauté dans la salle de bains.

Trace secoua la tête.

— Il ne reste rien. Ils ont cassé tous les flacons.

Il la prit de nouveau par le bras. Entrebâillant la porte, il jeta un coup d'œil prudent dans le couloir et l'entraîna rapidement vers la chambre adjacente. Une fois de plus, il la poussa contre le mur et ouvrit la porte. Ses doigts desserrèrent légèrement le manche du couteau. Parfait, ils n'étaient pas venus lui rendre visite. Se tournant vers elle, il lui fit signe d'entrer et referma la porte à double tour avant d'entreprendre une inspection minutieuse.

Il avait la vieille habitude, même lorsqu'il était en vacances, de laisser de-ci de-là quelques repères. Le livre posé sur le chevet dépassait toujours du bord du meuble de deux centimètres. Les cheveux qu'il avait abandonnés sur l'oreiller s'y trouvaient encore. Il tira les draps, s'assit au bord du lit et saisit le téléphone.

Dans un espagnol parfait, il commanda un repas et deux cafés.

— J'ai demandé un steak, dit-il après avoir raccroché. Mais

nous sommes au Mexique, je ne l'attends donc pas avant une heure, au moins. Asseyez-vous.

Ses vêtements toujours en boule dans ses bras, Gillian obéit. Trace s'assit plus haut, vers la tête du lit et croisa les jambes.

— Que cherchent-ils ?

— Pardon ?

— Ils ont pris votre frère. Pourquoi cherchent-ils à vous attraper vous aussi ?

— Il m'arrive de travailler avec Flynn. Il y a environ six mois, j'ai passé quelque temps avec lui sur le projet Horizon. Nous avons fait une découverte capitale.

Elle renversa la tête contre le coussin.

— J'ai emporté à l'Institut les notes que nous avons prises, pour pouvoir continuer à travailler. Sans elles, Flynn pourrait passer encore une année, peut-être plus, à recommencer l'expérience.

— En un mot, vous êtes la pièce manquante du puzzle ?

Gillian hocha la tête.

— J'ai le complément d'informations.

Elle parlait d'une voix hésitante tandis que ses yeux se fermaient d'eux-mêmes.

Trace lui jeta un regard incrédule.

— Etes-vous en train de me dire que vous transportez ces notes avec vous ?

Il se passa une main nerveuse dans les cheveux. Il en avait assez des amateurs !

— Oui, je les ai sur moi.

Elle souleva péniblement les paupières.

— Excusez-moi, dit-elle d'une voix à peine audible.

Et elle s'endormit.

Trace l'examina un instant. Dans d'autres circonstances, il aurait trouvé la situation plutôt comique : une femme, jeune et séduisante, et qu'il connaissait depuis quelques heures à peine, s'endormant dans sa chambre au milieu d'une conversation. Mais pour le moment, son sens de l'humour était un peu émoussé.

Gillian était d'une pâleur mortelle. Visiblement, elle était épuisée. Le halo flamboyant de ses cheveux évoquait un tempérament fort et passionné. Elle avait gardé ses vêtements sur ses genoux, et son sac était à moitié écrasé entre sa hanche et le dossier de la chaise. Sans hésiter, il se leva et le retira doucement. Gillian ne bougea pas tandis qu'il en vidait le contenu sur le lit.

Il écarta une brosse à cheveux et un poudrier en argent. Trouvant un petit dictionnaire de poche, il hocha la tête. Tiens, Gillian ne connaissait pas l'espagnol. En guise de marque-page, le talon d'un ticket d'avion pour un vol en provenance de O'Hare. Un relevé bancaire indiquait un crédit de cent vingt-huit dollars et quatre-vingt-trois cents. La photographie de son passeport était plutôt bonne, mais elle ne rendait pas vraiment l'expression volontaire de la jeune femme. Elle avait posé avec les cheveux longs, une avalanche de boucles cascadant sur ses épaules.

Il fronça légèrement les sourcils. Décidément, il aurait toujours un faible pour les chevelures féminines longues et luxuriantes.

Elle était née à Cork, vingt-sept ans plus tôt, au mois de mai. Elle avait gardé la nationalité irlandaise, bien que son adresse soit à New York.

Trace posa le passeport et prit le portefeuille un peu défraîchi de la jeune femme. Son permis de conduire arrivait bientôt à expiration. La photographie offrait la même expression grave que celle du passeport. Il trouva aussi trois cents dollars en liquide, et deux mille en chèques de voyage, une liste d'emplettes et une contravention, qui datait de plusieurs jours.

Trace découvrit une autre photographie de Gillian, en salopette et T-shirt. Elle avait les cheveux rejetés en arrière, et elle riait, ses bras entourant les épaules d'un homme qui devait avoir vingt ans de plus qu'elle. Son père, sans doute. Elle paraissait heureuse, et elle ne ressemblait pas du tout à l'idée qu'on se faisait d'une scientifique. Plissant les paupières, Trace examina la photographie suivante.

C'était le frère de Gillian, à coup sûr. Il avait les mêmes

cheveux roux, presque acajou, et les mêmes grands yeux verts, la même bouche pulpeuse. Il tenait dans ses bras une petite fille qui devait avoir trois ans.

Avant qu'il ait le temps de s'en rendre compte, Trace sourit en approchant la photographie de la lumière. Si un cliché pouvait raconter une histoire, il était prêt à parier son dernier dollar que cette gamine était un petit diable. Il avait toujours éprouvé une faiblesse pour les enfants qui avaient cette lueur espiègle dans les yeux. Poussant un petit juron, il rangea les photographies.

Le contenu du sac de Gillian lui avait appris une ou deux choses sur elle, mais il ne lui avait rien appris de précis. Quelques coups de téléphone rempliraient les vides en ce qui concernait le Dr Gillian Fitzpatrick. Il lui jeta un coup d'œil. Elle dormait à poings fermés. En soupirant, il remit toutes ses affaires dans son sac. Il n'avait plus qu'à attendre le lendemain matin pour obtenir d'elle d'autres renseignements.

2

Quand Gillian se réveilla, la chambre était plongée dans la pénombre. Elle resta allongée sans bouger, attendant que son esprit s'éclaircisse. Bientôt, tous les événements de la journée lui revinrent à la mémoire, dans l'ordre chronologique. Le vol tumultueux de Mexico à Mérida, qui lui avait porté sur les nerfs. La peur et la fatigue. La recherche de cet homme en qui elle avait mis tous ses espoirs pour sauver son frère et sa jeune nièce. La petite auberge modeste où elle l'avait enfin trouvé.

Elle tourna lentement la tête. Elle était dans la chambre de Trace O'Hurley, dans son lit même ! Elle poussa un léger grognement. Il dormait à côté d'elle, et il y avait toutes les chances pour qu'il soit aussi nu que le jour où il était venu au monde. Le drap le recouvrait jusqu'à la taille. Son visage, un peu moins dur, un peu moins autoritaire dans le sommeil, n'était qu'à quelques centimètres du sien. Comme la veille au soir, quand elle l'avait vu pour la première fois, elle eut le sentiment que ce visage était celui d'un homme avec lequel une femme ne serait jamais en sécurité.

Et pourtant… elle avait passé la nuit près de lui, et elle était saine et sauve. Sauvée de lui, et de toutes les forces qui la pourchassaient. Mais le plus significatif, c'était le moment où elle était entrée dans cette pièce et où elle avait fini par poser son fardeau. Elle avait éprouvé un soulagement intense, en même temps qu'une confiance spontanée en lui. Trace allait l'aider, peut-être à contrecœur, peut-être en la maudissant, mais il allait l'aider.

En soupirant, elle se tourna dans le lit pour se lever. Et sentit aussitôt la main de Trace se refermer sur son poignet. Elle tourna la tête vers lui. Il ouvrit les yeux. Elle se figea. Après tout, elle n'était peut-être pas autant en sécurité qu'elle s'était plu à le croire.

Trace posa sur elle un regard bien réveillé. Sous ses doigts, il sentit le pouls de la jeune femme s'accélérer. Elle avait dû dormir comme une souche, sans bouger, car ses cheveux étaient à peine décoiffés. Le sommeil avait supprimé les ombres qu'elle avait sous les yeux, la veille. Mais elle le regardait d'un air circonspect.

— Vous avez dormi comme un bébé, dit-il doucement en relâchant son bras.

— Ce voyage était épuisant.

Son cœur sautait dans sa poitrine, comme si elle avait monté trois étages quatre à quatre. Décidément, cet homme était dangereux, et il était beaucoup trop près d'elle. Ce devait être le fait d'être un peu désorientée qui lui faisait éprouver cette vague attirance pour lui.

Avant même de songer à résister, elle le regarda. Son cou puissant, son torse large. Et elle se figea de nouveau. Une longue cicatrice rouge traversait sa peau hâlée, jusqu'à la droite du cœur. On aurait dit qu'il avait eu le thorax déchiré, puis raccommodé. Et cela, tout récemment.

— Ceci me semble… sérieux, dit-elle dans un souffle.

— Ceci ressemble à une cicatrice.

Il parlait d'une voix neutre. Horrifiée, elle garda les yeux sur la blessure, qui ne devait pas être très ancienne.

— Les cicatrices vous posent un problème, docteur ? demanda-t-il.

— Non.

Elle se força à détourner les yeux, à les poser sur le visage de Trace. Il était devenu aussi dur et aussi dénué d'expression que sa voix. Elle prit une profonde inspiration. Après tout, ce n'était pas son problème. Manifestement, cet homme était un violent, qui vivait de façon dangereuse. Et c'était exactement ce qu'il lui fallait pour l'instant. Se levant, elle lissa ses vêtements d'un geste gauche.

— Je vous remercie de m'avoir laissée dormir ici. Je suis sûre que nous aurions pu installer un lit de camp…

— Le fait de partager mon lit ne m'a jamais posé de problèmes.

Elle était encore très pâle, ce qui lui donnait l'apparence délicate de la porcelaine, et elle le rendait nerveux.

— Vous vous sentez mieux ? demanda-t-il.

— Oui.

Elle porta une main à ses cheveux, comme si elle se sentait brusquement mal à l'aise.

— Merci, ajouta-t-elle.

— Parfait. Nous avons beaucoup de choses à faire aujourd'hui.

La regardant du coin de l'œil, il rejeta le drap. Gillian eut un recul instinctif. Il sentit sa propre gêne se transformer en amusement. Il portait un caleçon noir, qui laissait peu de place à la pudeur et à l'imagination. Se levant sans montrer le moindre signe d'embarras, il lui adressa un lent sourire satisfait. Gillian ne détourna pas les yeux.

Mmm, il aimait cela. Quelles que soient ses pensées, elle restait là où elle se trouvait, et elle continuait à le regarder.

Gillian avait la gorge sèche, mais elle arriva à afficher un air indifférent.

— Voulez-vous commander le petit déjeuner pendant que je prends une douche ? proposa-t-il avec un sourire amusé.

Il se dirigea vers la salle de bains.

— Monsieur O'Hurley…

— Pourquoi ne m'appelez-vous pas Trace, mon cœur ? dit-il en lui jetant un coup d'œil par-dessus son épaule. Après tout, nous avons dormi ensemble.

L'eau se mit à couler dans la baignoire avant qu'elle n'arrive à libérer l'air emprisonné dans ses poumons. Prise d'un léger vertige, elle s'assit au bord du lit. Ce genre de comportement la dépassait. C'était typiquement masculin de se donner ainsi en spectacle. Le lion avait sa crinière, le paon, son plumage. Les mâles passaient leur temps à faire la roue pour impressionner les femelles. Mais qui aurait pu croire que les hommes agissaient de la même façon ?

Secouant la tête, Gillian prit le récepteur téléphonique. Après tout, peu importait la façon dont Trace O'Hurley agissait, pourvu qu'il l'aide à retrouver Flynn et Caitlin.

Trace prit une douche froide, pour rattraper le court sommeil de trois heures qu'il s'était octroyé. Et aussi, pour calmer les ardeurs qu'il sentait poindre sous ses bonnes résolutions. Il poussa un profond soupir. Pourquoi fallait-il que Gillian ait cette apparence fragile, vulnérable ? C'était bien sa chance. Il se barbouilla le visage de savon et commença à se raser sous la douche. Il n'avait jamais pu résister au besoin de secourir les jeunes femmes en détresse. Ce qui avait failli le faire passer de vie à trépas, à Santo Domingo. Et le faire passer du statut d'homme libre à celui d'homme marié, à Stockholm. Quant à dire ce qui aurait été le pire, il n'en savait fichtrement rien.

Et pourquoi fallait-il que Gillian soit belle, par-dessus le marché ? Voilà qui ne l'aidait pas non plus ! Les belles femmes avaient un sérieux avantage, quoi que puissent dire les philosophes modernes au sujet de l'intellect. Il admirait l'intelligence, mais, c'était sa faiblesse, il la préférait bien emballée.

Et Dieu lui était témoin, Gillian semblait correspondre point par point à cette préférence. De plus, elle l'avait attiré dans un pétrin d'ampleur internationale, alors qu'il ne désirait qu'une chose : aller visiter quelques ruines, prendre du bon temps, faire de la plongée sous-marine. Et pourquoi diable fallait-il aussi que ce soit l'organisation du Hammer qui ait enlevé les Fitzpatrick ? Il croyait en avoir fini avec cette bande de renégats. Il avait mis plus de six mois pour les infiltrer à la base. Il avait fait du bon boulot, gardant un profil bas, imitant un accent slave. Il s'était teint les cheveux en noir corbeau et il avait porté une barbe postiche pour achever son déguisement.

A quinze kilomètres du Caire, il avait eu le malheur de découvrir que l'homme avec lequel il travaillait sur une affaire de trafic d'armes s'était lui-même livré à de petits trafics personnels.

Trace eut un sourire amer. Il s'en moquait éperdument, et il avait essayé de le faire comprendre à son collègue. Mais celui-ci n'avait pas pris la peine d'écouter. Terrifié, il lui avait troué la poitrine, le laissant pour mort. Il avait préféré cette solution, de crainte d'être livré à la police.

Trace esquissa une petite moue dégoûtée. Tout cela pour rien. Les mois de travail, la programmation minutieuse, tout cela pour rien, à cause d'un Egyptien à moitié fou qui avait la gâchette sensible.

Il secoua la tête. Résultat, il avait frôlé la mort, d'assez près pour avoir envie, maintenant, de prendre son temps. D'apprécier la vie. De s'enivrer, de faire l'amour avec une femme consentante, de s'étendre sur du sable fin en regardant le ciel bleu. Il avait même commencé à envisager de rendre visite à sa famille.

Mais voilà que le Dr Gillian Fitzpatrick était venue se fourrer dans ses pattes.

Ah, les scientifiques ! Trace se passa une main sur le menton. Disparue, sa barbe de trois jours. Sa peau était douce comme celle d'un bébé. Faisant couler l'eau sur sa tête, il rit doucement. Les scientifiques avaient complètement chamboulé l'ordre des choses depuis l'époque du Dr Frankenstein. Pourquoi ne se contentaient-ils pas de chercher un remède à la grippe ?

Il ferma les robinets et s'empara de deux petites serviettes. Deux appels téléphoniques, la veille, lui avaient appris assez de choses sur Gillian Fitzpatrick pour qu'il soit satisfait. Elle était sincère, mais il s'était trompé au sujet de l'école suisse. C'étaient les bonnes sœurs irlandaises qui lui avaient appris les bonnes manières. Elle avait terminé ses études à Dublin, puis elle avait travaillé pour son père avant de signer un contrat avec le très respectable Institut Random-Frye, à New York.

Elle était célibataire, bien qu'il y ait un lien entre elle et un certain Dr Arthur Steward, chef des recherches et du développement chez Random-Frye. Et trois mois plus tôt, elle avait passé six semaines en Irlande, dans la ferme de son frère.

Ce n'était pas vraiment des vacances, si elle avait travaillé sur le projet Horizon.

Il n'avait aucune raison de ne pas croire ce qu'elle lui avait dit, et de refuser de faire ce qu'elle lui demandait. Il retrouverait Flynn Fitzpatrick et la petite fille au visage de lutin. Et tant qu'à faire, il trouverait aussi les hommes qui avaient tué Charlie. En retour, il obtiendrait cent mille dollars pour la première opération, et une infinie satisfaction pour la seconde.

Il retourna dans la chambre. Gillian était en train d'enlever ce qui lui restait de vêtements.

— La douche est à vous, Jill.

Elle le rappela à l'ordre :

— Je m'appelle Gillian !

Un quart d'heure de tranquillité l'avait aidée à retrouver ses esprits. Puisqu'elle allait être obligée de faire affaire avec Trace O'Hurley, mieux valait voir en lui un instrument qu'un homme.

— Je n'ai pas de brosse à dents, dit-elle.

— Prenez la mienne.

Ouvrant un tiroir de la commode, il capta son regard dans le miroir et sourit.

— Désolé, doc, je n'en ai pas d'autres. C'est à prendre ou à laisser.

— Ce n'est pas hygiénique !

— Oui, mais c'est pareil quand un homme et une femme s'embrassent, s'ils le font bien.

Sans faire de commentaire, Gillian attrapa ses vêtements et battit en retraite dans la salle de bains.

Elle se sentit presque humaine quand elle en ressortit. Ses cheveux étaient humides, ses vêtements froissés, mais l'odeur de la nourriture et du café vint lui chatouiller agréablement les narines. Trace lisait le journal tout en mangeant. Quand elle s'approcha de la table, il ne prit pas la peine de lever les yeux.

— Je ne savais pas ce que vous aimiez, dit-elle.

— C'est parfait, merci, dit-il en mâchant ses œufs brouillés.

— J'en suis très heureuse, murmura-t-elle avec un petit rire de dérision.

Ce sarcasme le laissa indifférent. Comme elle mourait de faim, elle s'intéressa à son assiette et lui retourna le compliment en l'ignorant à son tour.

Trace continua la lecture de son journal tout en mangeant son petit déjeuner. Au bout de quelques minutes, il leva les yeux. Il eut le souffle coupé. Il connaissait exactement la sensation produite par un grand coup de poing dans le plexus solaire. Le corps se contractait, l'air faisait défaut dans les poumons, la tête se mettait à tourner. Jusqu'à présent, il n'avait pas imaginé qu'il connaîtrait cette sensation en regardant une femme.

Les cheveux de Gillian tombaient en boucles de feu sur ses épaules. Sa peau ivoire était teintée de rose. Par-dessus le bord de sa tasse, ses yeux, d'un vert aussi profond que celui des collines irlandaises, plongèrent dans les siens un regard interrogateur.

Il soupira imperceptiblement, essayant de chasser de son esprit les images de sirènes qui se présentaient à lui. Et de tentation. Elle fronça légèrement ses fins sourcils arqués.

— Quelque chose ne va pas ? s'enquit-elle.

Trace semblait avoir reçu un coup sur la nuque. Elle était presque tentée de lui prendre le pouls.

— Trace, vous allez bien ?

— Pardon ?

— Etes-vous malade ?

Elle tendit la main vers lui, mais il recula comme si elle l'avait piqué.

— Non, je vais bien, répondit-il.

Baissant les yeux, il sirota son café. Quel imbécile il faisait ! Il ne devait pas la voir comme une femme, mais comme son passeport pour une retraite anticipée et une douce revanche. S'il commençait à se laisser attendrir, l'opération pour laquelle

elle lui avait promis cette belle somme risquait fortement d'être compromise. Posant sa tasse, il se racla la gorge.

— Nous devons éclaircir quelques questions, dit-il. Quand ont-ils emmené votre frère ?

Soulagée, Gillian se détendit.

— Vous acceptez de m'aider ?

Beurrant une tranche de pain grillé, il répondit :

— N'oubliez pas, vous m'avez dit cent mille.

La gratitude qu'il avait lue dans ses yeux s'évanouit. La voix de Gillian devint glaciale. Mais c'était beaucoup mieux ainsi.

— C'est exact, dit-elle. L'argent est sur un compte auquel je n'ai pas touché depuis mes vingt-cinq ans. C'était un héritage. Je n'en avais pas besoin. Je peux contacter mon avocat et le faire transférer sur votre compte.

— Parfait. Quand ont-ils enlevé votre frère ?

— Il y a six jours.

— Comment connaissez-vous les auteurs de cet enlèvement, et leurs motivations ?

Ignorant l'agacement provoqué par le ton de Trace, elle ne répondit pas aussitôt. Après tout, peu importait que ce type soit un mercenaire. La seule chose qui comptait, c'était qu'il sauve sa famille.

— Flynn venait d'enregistrer quelques notes quand ils sont arrivés chez lui. Il avait laissé le magnétophone tourner. Je suppose que personne ne s'en est rendu compte pendant qu'il se débattait pour leur échapper.

Retenant un sanglot, elle posa une main sur sa bouche. Les bruits de la bagarre étaient très nets sur la bande. Et les cris de sa nièce.

— Il ne s'est pas laissé emmener sans réagir, continua-t-elle. Au bout d'un moment, l'un des hommes a menacé de trancher la gorge de Caitlin. C'est sa fille. Flynn leur a dit de se calmer, qu'il allait les suivre.

Elle fit une pause. Elle avait la gorge sèche. Le déjeuner qu'elle avait pris avec tant de plaisir lui pesait sur l'estomac.

— L'homme a dit qu'il la tuerait si Flynn refusait de coopérer.

Quand Flynn leur a demandé ce qu'ils voulaient, ils lui ont dit qu'ils travaillaient pour le Hammer. Ils lui ont ordonné d'emporter avec lui toutes ses notes sur le projet Horizon. Flynn leur a dit qu'il allait venir avec eux, qu'il ferait tout ce qu'ils voudraient, pourvu qu'ils laissent la petite. L'un des hommes a dit qu'ils n'étaient pas inhumains, que ce serait trop cruel de séparer une enfant de son père. Et il s'est mis à rire.

Trace hocha la tête. Visiblement, Gillian était très affectée. Mais il ne pouvait se permettre, pour lui comme pour elle, de lui apporter du réconfort. De la même voix distante, il demanda :

— Où est la bande magnétique ?

— La gouvernante de Flynn était au marché quand ils ont été enlevés. En rentrant, elle a trouvé le laboratoire sens dessus dessous, et elle a appelé la police. La police m'a contactée. Le magnétophone de Flynn est muni d'un arrêt automatique quand la bande arrive à sa fin. La police ne s'en était pas occupée. Moi, si.

Elle croisa ses mains et observa Trace. Il alluma une cigarette.

— A votre avis, comment connaissent-ils votre existence ?

— Il leur suffisait de lire les notes de Flynn. Elles prouvent que je participais à ses recherches, et que j'avais emporté une partie du projet avec moi.

— Les hommes qui ont été enregistrés à leur insu, ils parlaient en anglais ?

— Oui. Avec un accent… méditerranéen, il me semble. Sauf celui qui a ri. Celui-là avait plutôt un accent slave.

— Quelqu'un a prononcé un nom ?

— Non.

Prenant une profonde inspiration, elle se passa les deux mains dans les cheveux.

— J'ai écouté la bande des dizaines de fois, en espérant capter un détail intéressant. Mais ils n'ont rien laissé filtrer de l'endroit où ils comptaient les emmener. Ils ont seulement donné la raison de l'enlèvement.

— D'accord.

Se renversant sur son dossier, Trace souffla la fumée de sa cigarette vers le plafond.

— Je crois que nous pourrons les retrouver.

— Comment ?

— Ils vous veulent, vous aussi. Ou du moins, les notes, corrigea-t-il.

Gillian le regardait d'un air angoissé. Après quelques secondes de silence, il continua :

— Vous avez dit que vous les aviez sur vous. Je ne les ai pas trouvées dans votre sac.

Dans les yeux de Gillian, la tristesse fit place à la colère.

— Vous avez fouillé dans mes affaires ?

— Cela fait partie de mon travail. Où sont ces notes ?

Furieuse, Gillian se leva et s'approcha de la fenêtre. Elle soupira. Rien ne semblait plus lui appartenir en propre. Rien de sa vie ne pouvait rester privé.

— Charlie Forrester les a détruites.

— Vous avez dit que vous les aviez sur vous, répéta-t-il.

— C'est la vérité.

Se tournant vers lui, elle posa un doigt sur sa propre tempe.

— Elles sont ici. Dans ma mémoire. Si cela s'avère nécessaire, je peux toutes les dupliquer.

— Eh bien, c'est ce que vous allez faire, docteur. En y apportant quelques modifications.

Plissant les paupières, il réfléchit à son plan. Cela pouvait fonctionner, mais la réussite tenait à Gillian.

— Est-ce que vous avez du cran ? interrogea-t-il.

Elle s'humecta les lèvres.

— Ce n'est pas quelque chose que j'ai eu l'occasion de tester. Mais si vous avez l'intention de m'utiliser comme appât pour trouver l'endroit où Flynn et Caitlin sont retenus, je suis d'accord.

— Je n'aurai pas besoin de grands sacrifices.

Il écrasa sa cigarette avant de se lever et de s'approcher d'elle.

— Me faites-vous confiance ?

Elle le dévisagea dans la lumière dure et éclatante du soleil mexicain. Il s'était lavé et rasé de près, mais il paraissait encore plus dangereux que l'homme qu'elle avait rencontré à l'auberge.

— Je ne sais pas, répondit-elle d'une voix sourde.

— Alors vous feriez mieux de réfléchir.

Il lui prit le menton entre deux doigts.

— Parce que si vous tenez à la vie, vous allez être obligée de me faire confiance.

Le trajet jusqu'à Uxmal fut long. Ils restèrent la plupart du temps silencieux. Trace avait fait en sorte que tout le monde à l'hôtel sache qu'ils partaient. Il avait demandé des brochures, et des directions, en anglais et en espagnol ; puis il était passé à la boutique de souvenirs acheter un autre guide et quelques pellicules. Il avait demandé à un employé quelles étaient les distances, s'ils rencontreraient des restaurants sur la route, et où il pouvait se procurer des sprays antimoustiques. D'une manière générale, il s'était fait passer pour un touriste enthousiaste et il avait fait en sorte de ne pas passer inaperçu.

Tous ceux qui chercheraient Gillian sauraient ainsi qu'ils pourraient la trouver dans les ruines d'Uxmal.

De chaque côté de la route, la végétation drue finissait par devenir monotone. La Jeep était couverte, sans climatisation. Gillian essaya plusieurs fois de se désaltérer, mais la citronnade s'était réchauffée. Cependant, elle but encore quelques gorgées, pour la sensation fugitive de rafraîchissement que cela procurait. Elle posa la bouteille en soupirant. Serait-elle encore vivante à l'heure du trajet retour ?

— Je ne crois pas que nous aurions pu trouver un endroit plus proche.

— Uxmal est un lieu touristique.

La route était étroite et toute droite. Depuis qu'ils étaient partis, Trace avait gardé un œil sur le rétroviseur.

— Nous aurons un peu de compagnie, mais pas assez, à mon avis, pour semer ceux qui nous suivent. De plus, une des raisons pour lesquelles je suis là, c'est que je veux visiter les ruines.

La supercherie était de premier ordre. Trace remua sur son siège et ajusta ses lunettes de soleil.

— Ce n'est pas aussi grand ni aussi populaire que Chichén Otzé, mais c'est le site le plus impressionnant sur la route de Puuc.

— Je n'aurais pas cru qu'un homme tel que vous s'intéresse aux civilisations passées et aux pyramides.

— Cela m'arrive.

En réalité, ce sujet l'avait toujours fasciné. Il avait séjourné deux mois en Egypte et en Israël, où il s'était fait passer pour un anthropologue débutant. Ce qui lui avait autant donné le goût de l'histoire que celui du danger.

— Si vous suivez les ordres, tout devrait se passer au mieux, dit-il.

— J'ai accepté, non ?

Son fin chemisier et son pantalon léger ne l'aidaient pas à supporter l'atmosphère étouffante. Elle se concentra sur la chaleur pour oublier un peu son angoisse.

— Et s'ils sont armés ? dit-elle.

Trace détourna un instant son regard de la route et lui adressa un coup d'œil à la fois triste et amusé.

— Laissez-moi cette inquiétude. Vous me payez pour que je me charge des détails.

Regardant par la vitre, Gillian resta silencieuse. Elle devait être folle de remettre sa vie et celle de sa famille entre les mains d'un homme qui s'intéressait plus à l'argent qu'à ses congénères. Prenant une autre gorgée de citronnade douceâtre, elle essaya de se réconforter en se remémorant ce que Charles Forrester lui avait dit au sujet de Trace O'Hurley.

« Il est un peu renégat sur les bords, mais si vous cherchez quelqu'un capable de trouver une aiguille dans une botte de foin, et si vous ne craignez pas qu'il y ait un peu de foin retourné dans l'opération, il est l'homme qu'il vous faut. En ce qui me concerne, si je devais choisir un agent pour me sauver la vie, parmi tous ceux avec lesquels j'ai travaillé, je choisirais Trace O'Hurley sans hésiter », avait-il affirmé.

Et maintenant, elle venait de remettre sa vie entre les mains de cet homme qu'elle connaissait depuis moins de vingt-quatre heures. Il était rude, plutôt brut de décoffrage. Depuis qu'elle l'avait rencontré, il ne lui avait pas adressé la moindre parole de sympathie, et il n'avait accordé qu'un vague intérêt à une formule qui pouvait changer à jamais l'équilibre du pouvoir dans le monde.

Et cependant… il y avait la façon dont il l'avait soutenue, avec sa force tranquille, en glissant un bras autour de sa taille quand elle avait chancelé de fatigue.

Qui était-il au juste ? Une vague de panique lui monta à la gorge quand la question explosa dans sa tête. Qui était cet homme auquel elle avait décidé de faire confiance ?

— Depuis quand êtes-vous espion ?

Il tourna brièvement les yeux vers elle avant d'éclater de rire. C'était la première fois qu'elle entendait un rire sortir de sa bouche. C'était un rire spontané, et plus attirant qu'elle n'aurait cru.

— Ma chère, nous ne sommes pas dans un film de James Bond. Je travaille dans l'espionnage, ou si vous préférez, dans l'Intelligence Service.

Elle le regarda du coin de l'œil. Si elle ne se trompait pas, il venait de prononcer ces mots avec une certaine amertume.

— Vous n'avez pas répondu à ma question.

— Dix ans, environ.

— Pourquoi ?

— Pourquoi avoir choisi ce genre de travail ? dit-il d'un air rêveur.

Prenant l'allume-cigare, il ignora la petite voix qui, tout au fond de son esprit, lui rappelait qu'il avait déjà beaucoup trop fumé.

— C'est une question que je me suis posée récemment. Et vous, pourquoi êtes-vous devenue physicienne ?

Elle n'était pas assez folle pour croire que cela l'intéressait vraiment. A l'évidence, il n'avait rien trouvé de mieux pour changer de sujet de conversation.

— Tradition familiale, répondit-elle. De plus, j'avais des dispositions. Je suis pratiquement née dans un laboratoire.

— Vous ne vivez pas en Irlande ?

— Non, on m'a offert un poste à Random-Frye. C'était une excellente opportunité.

Oui, tout cela, il le savait déjà.

Elle fit une pause. Ce poste lui avait surtout offert l'occasion de s'éloigner de l'ombre de son père.

— Vous aimez les Etats-Unis ?

— Beaucoup. Au début, j'avais l'impression que tout était bien trop rapide, mais j'ai vite pris le rythme. Et vous, d'où venez-vous ?

Il jeta sa cigarette par la vitre.

— De nulle part.

— Tout le monde vient de quelque part.

Les lèvres de Trace se retroussèrent légèrement, comme s'il pensait à une bonne plaisanterie.

— Non, pas forcément.

Puis, prenant un ton presque dur :

— Nous allons bientôt arriver.

Gillian prit une profonde inspiration. Apparemment, il avait décidé que ce n'était plus le moment de bavarder.

Le parking était à moitié plein. Dès que l'hiver serait terminé, les ruines, qui se trouvaient à deux heures de route de Cancún, redeviendraient un lieu touristique très fréquenté. Son appareil photo à l'épaule, Trace prit Gillian par la main. Elle essaya de se libérer, mais il resserra son étreinte.

— Essayez de prendre un air romantique. Nous sommes censés passer pour un couple inséparable.

— Vous comprendrez qu'il m'est difficile d'avoir l'air follement amoureuse.

— Faites au moins semblant d'être intéressée par ce lieu magique.

Il sortit le guide de sa poche.

— Il date du VIe siècle. C'est réconfortant.

— Je ne vois pas pourquoi.

— Il a plus de mille ans et nous n'avons pas réussi à le détruire. Prête à grimper ?

Elle le regarda, mais elle ne put voir ses yeux derrière les verres fumés.

— Je suppose.

Main dans la main, ils entamèrent la montée de la pyramide du Magicien. Gillian fit un effort pour se détendre. Malgré la sueur qui lui coulait dans le dos, et son cœur qui battait trop vite sous l'effet de la peur, elle était émue par ce lieu. Tant de vieilles pierres qui avaient été superposées à mains d'hommes pour honorer des dieux anciens. D'en haut, elle contempla ce qui avait été le lieu de vie d'une communauté disparue. Elle garda un long moment le silence pour savourer la vue qui s'offrait à ses pieds. La scientifique qui était en elle s'effaçait pour laisser ses ancêtres faire surface, des ancêtres qui croyaient aux lutins et aux farfadets. Ce site dégageait une atmosphère puissante.

— Sentez-vous la même chose que moi ? interrogea-t-elle à mi-voix en fermant les yeux.

Trace hocha la tête. Le réaliste qu'il était en grande partie n'avait jamais réussi à effacer complètement le rêveur. Il voyait très bien ce que Gillian voulait dire. Pourtant, il demanda :

— De quoi parlez-vous ?

— De la vie qu'il y avait ici, et qui s'est arrêtée. La vie et la mort. Le sang et les larmes.

— Vous m'étonnez.

Elle ouvrit les yeux. Ils étaient encore plus verts, sous le coup de l'émotion.

— Ne gâchez pas cet instant, dit-elle. Des sites comme celui-ci ne perdent jamais leur puissance. Vous pourriez éliminer ses pierres, poser des fils de fer barbelés, ce serait toujours un lieu sacré.

— Est-ce une opinion scientifique, docteur ?

— Vous allez tout gâcher !

Il se laissa fléchir. Pourtant, son instinct lui disait qu'il ferait mieux de garder ses distances.

— Connaissez-vous Stonehenge ? s'enquit-il.

— Oui.

Elle sourit et il sentit sa main se détendre dans la sienne.

— Là-bas, si vous restez dans l'ombre d'une pierre, les yeux fermés, vous pouvez entendre le chant.

Il avait entrelacé ses doigts aux siens, de façon intime, mais elle ne semblait pas en être consciente.

— En Egypte, vous pouvez passer la main sur les pierres des pyramides et sentir le sang des esclaves et l'encens des rois. Au large des côtes de l'Ile de Man, il y a des sirènes qui ont les mêmes cheveux que vous.

Gillian tourna la tête vers lui. Les yeux de Trace étaient toujours invisibles derrière ses lunettes, mais sa voix était devenue douce, envoûtante. La main qu'il venait de poser sur ses cheveux envoya dans tout son corps une série d'ondes qui la fit frissonner. Le petit accès de désir qu'elle avait éprouvé le matin même devint presque douloureux.

Elle se pencha vers lui. Leurs corps s'effleurèrent. Brusquement, une voix les fit sursauter.

— J'espère que la vue en vaut la peine, Harry. Je transpire comme un phoque !

Un couple d'âge moyen montait péniblement les dernières marches de la pyramide.

— C'est un amas de pierres, dit la femme en s'éventant avec son chapeau de paille.

Elle était écarlate. Elle continua :

— Dieu seul sait pourquoi nous sommes venus à Mexico pour grimper sur un tas de vieilles pierres.

La magie du lieu s'évanouit aussitôt. Gillian se tourna de nouveau vers les ruines.

— Jeune homme, voulez-vous nous photographier, ma femme et moi ?

L'homme avait un fort accent de l'Oklahoma. Hochant la tête, Trace prit l'appareil qu'il lui tendait. C'était bien le moins qu'il pouvait faire. Après tout, l'irruption de ces deux touristes l'avait sans doute empêché de faire une bêtise. S'il laissait son esprit vagabonder vers des sujets plus personnels, en dehors du but qu'il s'était fixé, il n'aurait jamais sa revanche, et il ne rendrait pas sa famille à Gillian.

— Rapprochez-vous un peu plus l'un de l'autre, dit-il au couple.

Il appuya sur le petit bouton et leur rendit l'appareil.

— Merci beaucoup. Voulez-vous que j'en prenne une de vous avec la dame ?

— Pourquoi pas ?

Après tout, c'était un comportement typiquement touristique de se faire photographier dans des ruines. Après avoir tendu à l'inconnu son propre appareil, Trace enlaça la taille de Gillian. Elle se raidit brusquement.

— Souriez, mon cœur.

Il n'en aurait pas mis sa main au feu, mais ce qu'il entendit sortir de la bouche de Gillian ne lui parut pas très flatteur.

Quand ils redescendirent, Trace se débrouilla pour que le sac de Gillian se trouve entre eux. Du haut de la pyramide, il avait aperçu trois hommes qui entraient ensemble dans le site. Puis ils s'étaient séparés.

— Restez près de moi, marmonna-t-il.

Serrant les dents, Gillian obéit. Elle aurait préféré mettre la plus grande distance possible entre elle et lui, mais elle n'avait pas le choix. Incrédule, elle secoua la tête. Ce devait être le soleil qui l'avait ramollie, tout à l'heure. Ce qu'elle avait cru éprouver n'avait certainement rien à voir avec une véritable attirance. Coup de soleil. Si elle ajoutait cela au fait qu'elle avait toujours été sensible à l'atmosphère d'un lieu chargé d'histoire, elle pouvait s'expliquer pourquoi elle avait failli tomber dans les bras de Trace O'Hurley.

— Ce n'est pas le meilleur moment pour rêver éveillée.

Passant un bras autour de ses épaules, Trace l'attira contre lui et l'entraîna sous un arc dans le Quadrangle des Nonnes.

De là, la vue était fantastique. La grande place était flanquée sur ses quatre côtés de structures qui n'étaient ni plus ni moins que des pièces intérieures et des portes. Elle était assez ouverte, tout en étant abritée si c'était nécessaire.

— J'ai repéré nos amis. Restez calme. Vous êtes censée apprécier les sculptures sur les pierres, dit-il.

Gillian ravala une petite boule de panique.

— Les arcs et les façades sont d'une architecture Maya classique. La construction Puuc est reconnaissable dans les pierres finement gravées, débita-t-elle.

— Très bien, murmura Trace.

Il vit l'un des trois hommes se glisser dans le quadrangle. Un seul. Ainsi, comme il l'avait espéré, ils s'étaient séparés pour chercher Gillian. Se tournant vers elle, il la serra contre une colonne et fit courir ses mains sur son corps.

— Qu'est-ce qui vous prend… arrêtez !

— Gillian, dit-il doucement. Il faut jouer le jeu. Aussi désagréable soit-il, ajouta-t-il avec un sourire malicieux. Là, je suis en train de vous faire une suggestion érotique.

Elle dut se contenter de le fusiller du regard.

L'attitude de Trace était le signal pour qu'elle agisse, mais elle était paralysée. Le corps de Trace était dur et chaud, et pour une raison qu'elle ne voulait pas analyser, elle se sentait en sécurité contre lui.

— Une suggestion très érotique, Gillian, répéta-t-il. Et qui a à voir avec vous et moi, nus dans une grande bassine de crème fouettée.

— Ce n'est pas érotique, c'est pathétique.

Elle prit une profonde inspiration.

— Vous êtes un porc, avec vos idées répugnantes.

Pour les besoins de la cause, elle lui envoya une gifle bien claquante. Et bien plus forte qu'elle ne le souhaitait. Puis, elle le repoussa et remit ses cheveux en ordre.

— Ce n'est pas parce que j'ai accepté de venir avec vous que j'ai l'intention de passer la nuit à jouer à vos petits jeux révoltants, reprit-elle.

Les yeux étrécis, Trace se passa une main sur la joue. Bon sang, elle avait du punch ! Mais ils en discuteraient plus tard.

— Parfait, mon cœur. Vous pouvez retourner seule à Mérida, si cela vous chante. J'ai mieux à faire que de perdre mon temps avec une mégère maigrichonne et totalement dépourvue d'imagination.

Faisant volte-face, il la laissa seule et passa devant l'homme qui se tenait à deux mètres et qui examinait ostensiblement la structure d'un arc.

Gillian se mordit la langue pour ne pas appeler Trace. Il lui avait demandé si elle avait du cran, et maintenant, elle était bien forcée d'admettre qu'elle en avait moins qu'elle n'avait espéré. Les mains tremblantes, elle serra ses bras contre elle.

— Vous allez bien, mademoiselle ?

Et voilà. C'était bien la voix qu'elle avait entendue sur la bande magnétique de son frère. Le cœur battant follement, elle se tourna vers lui et se força à répondre avec un sourire :

— Oui, je vais bien, merci.

Il était brun, pas beaucoup plus grand qu'elle. Une peau olivâtre, et une expression étonnamment agréable. Elle fronça les sourcils.

— J'ai bien peur que mon compagnon ne s'intéresse pas autant à l'architecture maya qu'il le prétendait.

— Je peux vous raccompagner ?

— Non, je vous remercie, mais…

Sa voix se brisa. Elle sentit la pointe d'un couteau contre ses côtes, juste au-dessus de la taille.

— Je pense que vous devriez accepter, docteur Fitzpatrick.

La terreur la paralysa. Faisant un violent effort, elle se rappela les instructions qu'elle devait suivre. Elle devait gagner du temps. Pour laisser le plus de chances possibles à Trace.

— Je ne comprends pas, dit-elle.

— Vous comprendrez bientôt. Votre frère vous envoie ses meilleures pensées.

— Flynn !

Oubliant le couteau, elle agrippa la chemise de l'homme.

— C'est vous qui avez enlevé Flynn et Caitlin ! Dites-moi comment ils vont ! Je vous en supplie !

— Votre frère et sa fille sont en bonne santé, et ils y resteront tant que nous pourrons coopérer, vous et moi.

Passant son bras gauche autour de ses épaules, il se mit à marcher, le couteau toujours pointé sur elle. Désespérée, Gillian s'écria :

— Je vous donnerai tout ce que vous voulez si vous me promettez de ne pas leur faire de mal. J'ai un peu d'argent. Combien… ?

— Nous ne voulons pas d'argent.

La pointe du couteau la poussait à avancer. Si le visage de cet homme avait une expression de gentillesse, la main qui tenait l'arme semblait impitoyable.

— Nous voulons les notes et les comptes rendus de vos expériences.

— Je vous les donnerai. Je les ai là.

Elle empoigna la bride de son sac.

— Mais je vous en prie, ne me faites pas de mal. Ni à ma famille.

— Bravo ! Vous êtes plus facile à persuader que votre frère.

— Où est Flynn ? Je vous en supplie, dites-moi où il se trouve.

— Vous serez près de lui bien assez vite.

Trace trouva le deuxième homme derrière le palais du Gouverneur. Apparemment absorbé par les clichés qu'il prenait, il put se glisser derrière lui et lui pressa le visage sur l'une des vingt milles pierres gravées du site.

— Fascinant, n'est-ce pas ?

Maintenant, vus de l'extérieur, ils semblaient se donner une accolade toute fraternelle. Cependant, l'homme savait que s'il faisait un mouvement un peu vif, il aurait les vertèbres brisées.

— Si vous voulez garder l'usage de votre bras gauche, ne regardez pas autour de vous, lui conseilla Trace. Allons, dépêchons-nous pendant que nous avons un peu de tranquillité. Où cachez-vous Flynn Fitzpatrick ?

— Je ne connais personne du nom de Flynn Fitzpatrick.

Trace lui tordit le bras dans le dos.

— Vous me faites perdre mon temps. Et je n'aime pas du tout cela.

Il jeta un bref coup d'œil autour d'eux et sortit un couteau de sa poche, dont il appuya la pointe acérée contre une artère jugulaire de l'homme.

— Et Van Gogh, tu connais ? Sais-tu qu'il ne faut qu'une seconde pour découper une oreille ? Ce n'est pas mortel, sauf si tu saignes comme un cochon. Alors, on recommence ? Où est Flynn Fitzpatrick ?

— Ils ne nous ont pas dit où ils l'emmenaient.

La pointe s'enfonça dans sa chair.

— Je le jure ! On nous a seulement dit de le conduire à l'aéroport, avec la gamine, et de les livrer à d'autres. Après, on nous a ordonné de chercher la femme, sa sœur.

— Et ensuite ?

— Un avion privé attend à l'aéroport de Cancún. On ne nous a pas parlé de la destination finale.

— Qui a tué Forrester ?

— Abdul.

Comme le temps pressait, Trace retira son couteau, se privant du plaisir de faire souffrir l'homme.

— Fais dodo ! dit-il en lui enfonçant la tête entre deux pierres disjointes.

*
* *

Où Trace était-il passé ? Comme son kidnappeur l'entraînait près d'une camionnette blanche, elle trébucha et sentit le couteau lui effleurer la peau en perçant son chemisier. Dieu seul savait où elle allait se retrouver, si Trace ne revenait pas immédiatement.

— S'il vous plaît, dites-moi au moins où vous m'emmenez ! Je ne me sens pas bien. Laissez-moi me reprendre un instant.

Elle s'appuya lourdement contre le capot de la voiture. L'homme ouvrit une portière.

— Montez ! Vous vous reposerez dans la voiture.

— J'ai mal au cœur.

Il la tira en arrière par les cheveux. Au même instant, le poing de Trace l'envoya rouler dans la poussière.

— Elle est peut-être un peu garce, dit-il tranquillement, mais je ne supporte pas de voir une femme maltraitée par un homme. Ecoute, ma douce, je voulais juste qu'on s'offre un peu de bon temps, toi et moi. Rien d'extraordinaire.

Gillian laissa le sac lui glisser des mains avant de s'enfuir.

Se tournant vers l'homme qui se frottait la mâchoire, Trace lui adressa un sourire ironique.

— Tu auras plus de chance la prochaine fois.

L'homme se mit à jurer. Trace connaissait assez d'arabe pour comprendre le sens général de ses vociférations. Et quand on brandissait un couteau devant lui, il était prêt. Il avait une furieuse envie de sortir le sien, de se battre au corps à corps avec ce type, le meurtrier de son meilleur ami. Mais ce n'était pas le moment, et l'endroit était mal choisi. De plus, il n'allait pas se contenter de celui qui n'avait été que l'instrument du crime, il voulait coincer celui qui avait donné les ordres. Les yeux rivés sur la lame, il leva les bras et recula.

— Ecoute, tu la voulais, celle-ci ? Elle est à toi. En ce qui me concerne, une femme ou une autre, je ne vois pas de différence. Toutes les mêmes.

Quand l'homme cracha à ses pieds, il se baissa comme pour

essuyer ses chaussures. Se relevant, il exhiba un 45 automatique.

— Heureux de te rencontrer, Abdul !

La lumière vaguement amusée dans ses yeux était devenue une flamme mortelle.

— Je me suis déjà occupé de tes deux copains. Si je ne te colle pas une balle dans la tête, c'est uniquement parce que je veux que tu portes un message à ton patron. Dis-lui que El Gatto va lui rendre une petite visite.

Voyant les yeux de l'autre s'élargir, il sourit.

— On dirait que ce nom te dit quelque chose ? Parfait. Parce que je veux que tu connaisses le nom de celui qui te tuera. Va lui livrer mon message, Abdul, et mets de l'ordre dans tes affaires. Il ne te reste plus beaucoup de temps.

Abdul avait gardé le couteau dans la paume de sa main, mais une balle était plus rapide qu'une lame, même maniée adroitement. Et El Gatto était encore plus rapide que la plupart des bons tireurs.

— La chance d'El Gatto ne sera pas éternelle, comme celle de son maître, marmonna-t-il.

Trace leva le revolver vers un point situé au-dessous du menton d'Abdul.

— Peut-être, mais la tienne va bientôt arriver à sa fin. J'ai le doigt qui me démange salement, Abdul. Tu ferais mieux de déguerpir.

Il attendit que l'homme se soit installé au volant et que la voiture se soit éloignée. Puis il baissa son arme en soupirant. Il n'aurait pas fallu le pousser beaucoup. Il avait vraiment failli prendre sa revanche sans autre forme de procès. Il se redressa. Quand il aurait retrouvé son sang-froid, la vengeance serait encore plus délectable.

Il pivota rapidement sur ses talons. Des bruits de pas se faisaient entendre derrière lui.

C'était Gillian.

Elle avait déjà vu ce regard, quand elle avait dit à Trace que Forrester avait été assassiné. Elle croyait l'avoir revu dans les yeux de l'homme, quand il l'avait attrapée par les cheveux. Mais maintenant, alors qu'elle le voyait pour la troisième fois, elle eut la chair de poule.

— Je croyais vous avoir dit de rester dans la foule, dit Trace d'une voix cassante.

Elle ramassa son sac. Elle n'allait pas se ridiculiser en lui disant qu'elle était restée tout près, au cas où il aurait eu besoin d'aide.

— Je ne savais pas que vous étiez armé.

— Vous pensiez que j'allais récupérer votre frère en faisant du charme à ses ravisseurs ?

Elle haussa les épaules. Elle ne pouvait pas le regarder dans les yeux pour l'instant. Bien qu'elle ne l'apprécie pas, elle avait eu l'impression de comprendre l'homme à l'air désabusé, paraissant revenu de tout, qu'elle avait rencontré la veille. Ensuite, elle avait presque apprécié, et de nouveau compris cet homme un peu frimeur avec lequel elle avait pris son petit déjeuner. Mais celui-là, cet étranger au regard dur qui avait la mort dans sa main, elle ne le comprenait pas du tout.

— Est-ce que vous… les deux autres, est-ce que vous les…

— Est-ce que je les ai tués ? dit-il tranquillement.

Il la prit par un bras et la ramena vers la Jeep. Il avait vu la révulsion et la peur dans ses yeux.

— Non. Il est parfois préférable de laisser les gens vivre, surtout quand on sait que leur vie va devenir un enfer. Je n'ai pas obtenu grand-chose d'eux. Ils ont laissé votre frère et sa fille à l'aéroport et ils se sont mis à votre recherche. Ils ne savent pas où Flynn et Caitlin sont retenus.

— Comment pouvez-vous être sûr qu'ils vous ont dit la vérité ?

— Parce qu'ils ne font qu'exécuter les ordres. Ils n'ont pas assez de matière grise pour mentir, surtout après avoir compris qu'ils risquaient de se retrouver découpés en rondelles.

Gillian eut une poussée d'adrénaline.

— Seigneur ! Alors, comment allons-nous retrouver mon frère ?

— J'ai quelques pistes. Et je les suivrai seul. Dès que j'aurai trouvé une adresse sûre pour vous, vous irez vous y mettre à l'abri.

— Certainement pas !

Elle s'arrêta devant la Jeep. Son visage était trempé de sueur, mais elle avait retrouvé des couleurs. Trace releva un sourcil.

— Si vous le dites… Mais nous en parlerons plus tard. Pour l'instant, je voudrais boire quelque chose.

— Et tant que vous travaillerez pour moi, vous boirez avec modération, dit-elle d'une voix ferme.

Il poussa un juron, mais en prenant une expression plutôt agréable.

— Nommez dix Irlandais de votre connaissance qui boivent avec modération, dit-il.

— Vous, pour commencer.

Elle voulut faire le tour de la Jeep pour s'asseoir sur le siège du passager, mais il l'attrapa par un bras en poussant un juron retentissant, et il sortit son chemisier de son jean.

— Bon sang, vous êtes fou. Qu'est-ce que vous faites ?

— Vous saignez.

Avant qu'elle puisse protester, il baissa son pantalon assez bas pour découvrir ses hanches. La blessure n'était pas très profonde, mais elle était assez longue. Le sang s'était infiltré et avait taché son chemisier. Pendant un bref instant — mais même un bref instant est parfois trop long —, il vit rouge.

— Pourquoi ne m'avez-vous pas dit que vous étiez blessée ? grommela-t-il.

— Je ne m'en étais même pas rendu compte.

Elle baissa la tête pour examiner sa blessure.

— J'essayais de le calmer et j'ai trébuché. Il m'a donné un coup de couteau, pour m'impressionner, je suppose. La blessure est superficielle. Elle ne saigne presque plus.

— Taisez-vous, dit Trace d'un ton sec.

Il fronça les sourcils. Superficielle ou pas, c'était une blessure. Et c'était le sang de Gillian qui coulait.

Il la fit monter dans la Jeep et ouvrit la boîte à gants.

— Restez tranquille, ordonna-t-il.

Il ouvrit la trousse de premiers secours.

— Bon sang, je vous avais bien dit de ne courir aucun risque.

— Mais je... Pour l'amour du ciel, votre attitude est plus blessante que le coup de couteau. Allez-vous arrêter de faire tout ce raffut ?

— Je nettoie cette blessure, bon sang, et vous, vous allez vous taire.

D'une main vive et vigoureuse, il nettoya et pansa la plaie.

— Félicitations, docteur, dit-elle ironiquement.

Il leva vers elle un regard coléreux. Elle sourit.

— Je n'aurais jamais cru qu'un homme tel que vous puisse se mettre dans tous ses états à la vue d'une goutte de sang. En réalité, j'aurais plutôt parié que...

Elle fit une pause forcée. La bouche de Trace se posa comme un bâillon sur la sienne. Stupéfaite, elle ne bougea pas tandis que la main de Trace montait vers sa gorge, puis dans ses cheveux. C'était la promesse, ou plutôt la menace, qu'elle avait aperçue du haut de la pyramide.

Les lèvres de Trace, dures et affamées, ne tentaient pas de la persuader doucement, mais se montraient fermement possessives. Elle aurait pu protester au nom de son sens de l'indépendance, qui faisait partie intégrante d'elle-même, mais le désir et la volupté causée par ce baiser triomphèrent.

Trace n'en revenait pas. Pourquoi diable faisait-il cela ? Sa bouche semblait avoir une vie propre, et prendre des décisions que sa tête réfutait. Il avait eu peur en voyant couler le sang de Gillian. Et il n'était pas habitué à avoir peur. Pas pour les autres, en tout cas. Il avait eu envie de la caresser, de l'apaiser, et il avait combattu ce désir imbécile en la soignant avec des mains rudes, et en lui donnant des ordres.

Mais bon sang, pourquoi l'embrassait-il ? Et pourquoi Gillian ne le repoussait-elle pas ? Voulait-elle mettre sa mission en péril ? Ce n'était jamais bon de mélanger les choses… Bientôt, les lèvres de Gillian s'entrouvrirent sous les siennes et il ne se posa plus de questions.

Elle avait le même goût que les odeurs qu'elle dégageait : parfums de prairies, de fleurs sauvages et de lever de soleil sur la fraîche rosée du matin. Rien d'exotique, tout cela était doux et bien réel. Cela lui faisait penser à son pays. Comment était-ce possible ?

Ce qu'il avait ressenti au sommet de la pyramide était multiplié au centuple. Fascination, douceur, étonnement.

Gillian n'eut aucun mouvement de recul. Au contraire, elle leva une main vers son visage. L'écho de son cœur palpitant résonnait si fort dans sa tête qu'elle ne pouvait entendre rien d'autre. La bouche de Trace était si exigeante qu'elle n'avait conscience que de ce contact vertigineux. Brusquement, il recula, aussi abruptement qu'il l'avait embrassée. Elle cligna des paupières pour éclaircir sa vue troublée.

Baissant les yeux, il fourra nerveusement ses mains dans ses poches. Il allait devoir se débarrasser de Gillian, et vite.

— Je vous avais dit de vous taire, aboya-t-il.

Il contourna la Jeep d'un pas rapide.

Gillian ouvrit la bouche pour parler, mais elle la referma aussitôt. Après tout, tant qu'elle n'aurait pas les idées plus claires, elle ferait peut-être mieux de suivre son conseil.

3

Trace serrait une canette de bière entre ses mains. Si Abdul était assez intelligent, le message serait délivré au bon destinataire avant la tombée de la nuit. Il avait bien l'intention d'être sorti de Mexico dans une heure. Il accorda une brève pensée aux délices de la plongée sous-marine dans les eaux chaudes des Caraïbes, puis, en soupirant, il prit le récepteur du téléphone.

— Rendez-vous utile, faites les bagages, Jill, dit-il à Gillian.

Elle se tourna vers lui.

— Je m'appelle Gillian.

— Je sais… Eh bien, fourrez tout ça dans ma valise. Nous allons partir aussi vite que… Rory ? Comment vas-tu, mon vieux ? C'est Colin.

Gillian releva des sourcils étonnés. Colin ? Mais ce n'était pas tout : au milieu de la phrase, la voix de Trace avait perdu son accent américain pour prendre l'intonation musicale du terroir irlandais. Elle croisa les bras.

— Oui. Je vais bien. En pleine forme. Comment va Bridget ? Non ! Encore ? Mon Dieu, Rory, est-ce que vous avez envie de repeupler l'Irlande rien qu'à vous deux ?

En écoutant Rory, il leva brièvement les yeux sur elle en lui indiquant le bureau d'un signe de la main. De mauvaise grâce, en faisant le maximum de bruit, elle commença à remplir sa valise tout en lui jetant des regards agacés.

— Je suis heureux de l'entendre. Non, je ne sais pas quand

je pourrai revenir. Non, rien de grave, en tout cas, mais je me suis demandé si tu pourrais me rendre un service.

Observant Gillian, qui entassait une pile de vêtements, il but une gorgée de bière.

— Je te revaudrai cela. Un avion, probablement privé, s'est envolé de l'aéroport de Cork il y a une dizaine de jours. Ne me demande pas qui était à bord. Tu as compris ? Parfait. Contente-toi d'aller jeter un coup d'œil et essaie de trouver sa destination. Si tu ne peux pas, essaie de découvrir où il a pu se poser pour refaire le plein.

Il fit une pause.

— Non, rien à voir avec l'IRA. C'est plutôt une question personnelle. Non, je suis en voyage. Je te rappellerai. Embrasse Bridget pour moi, et calmez-vous un peu, pour les bébés.

Il raccrocha et regarda les vêtements mis en boule dans la valise.

— Beau travail.

— Qu'est-ce que c'est que cette histoire de Colin ? interrogea Gillian.

— Cette histoire, comme vous dites, concerne votre frère. Vous feriez mieux de mettre tout ce que vous voulez emporter dans ma valise. Nous vous en trouverons une plus tard.

Il se leva et rangea son équipement de plongée dans un fourre-tout.

— Pourquoi cet accent et ce faux nom ? J'ai pourtant eu l'impression que cet homme était un ami.

— C'est vrai.

Trace alla chercher ses affaires de toilette dans la salle de bains. Gillian le suivit et demanda, obstinée :

— S'il est votre ami, pourquoi ne connaît-il pas votre véritable identité ?

Levant les yeux, Trace vit son propre reflet dans la glace. Son propre visage. Ses propres yeux. Il lui arrivait souvent de ne pas se reconnaître. Il mit un tube de dentifrice et une boîte d'aspirine dans une trousse de voyage.

— Je ne travaille jamais sous mon véritable nom.

— Vous vous êtes présenté à moi sous le nom de Trace O'Hurley.

— Je suis en vacances.

— Si cet homme est un de vos amis, pourquoi lui mentez-vous ?

Il prit son rasoir, dont il examina la lame avec soin avant de le poser à son tour dans la trousse.

— Je l'ai connu il y a quelques années. C'était encore un gamin. Il était dans de sales draps. Une histoire de trafic d'armes.

— Vous faisiez référence à cela en parlant de l'IRA ?

— Savez-vous, docteur, que vous êtes beaucoup trop curieuse ?

— Je vous confie les personnes qui comptent le plus pour moi. J'ai le droit de poser des questions.

D'un geste impatient, il fit glisser la fermeture du sac.

— J'étais en mission quand je l'ai connu, et j'avais pris le nom de Colin Sweeney.

— Il doit vous apprécier beaucoup pour accepter de vous rendre ce service sans vous poser la moindre question.

Trace hocha pensivement la tête. Il lui avait sauvé la vie, mais il n'avait pas envie de penser à cela. Il avait sauvé d'autres vies, et il en avait pris d'autres. Il ne voulait penser à rien de tout cela pour le moment.

— C'est vrai. Maintenant, pouvons-nous terminer les bagages et sortir de là avant que quelqu'un nous rende visite ?

— J'ai encore quelque chose à vous demander.

Il laissa échapper un petit rire.

— Vous m'étonnez !

— Comment avez-vous nommé cet homme, cet après-midi ?

— Rory… C'est un surnom que j'avais entendu quelques années plus tôt en Italie.

Il voulut sortir de la salle de bains, mais elle ne le laissa pas passer.

— Pourquoi lui avez-vous attribué ce surnom ?

— Je n'ai pas trouvé de meilleur moyen pour qu'il soit sûr que les ordres que je lui envoie émanent bien de moi.

Forçant le passage à la porte de la salle de bains, il laissa tomber le reste de ses affaires dans sa valise, dont il fit claquer le couvercle.

— Allons-y.

Il se dirigea vers la porte d'entrée, qu'il ouvrit avant de se retourner vers elle. Elle se figea. Le regard de Trace était à la fois fascinant et effrayant.

— Et ne posez plus de questions, dit-il d'une voix dure.

Il avait toujours su qu'un jour, il retournerait aux Etats-Unis. Il se l'était imaginé plusieurs fois quand il s'était trouvé dans la jungle, dans un désert ou dans une chambre d'hôtel sinistre, au fond d'une ville que Dieu lui-même semblait avoir oubliée : le retour du fils prodigue, accueilli en fanfare. Mais c'était l'aspect théâtral qui avait pris le dessus. Il avait cela dans le sang.

Parfois, il se voyait revenir en douce dans son pays natal, de la même façon qu'il en était sorti, un million d'années plus tôt.

Et puis, il y avait ses sœurs. Il se mettait à penser à elles aux moments les plus inattendus. Il avait alors une telle envie de les voir qu'il réservait aussitôt une place d'avion. Il l'annulait à la dernière minute. Maintenant, ses sœurs étaient des femmes, elles avaient leur vie, et pourtant, il se les rappelait comme elles étaient la première fois qu'il les avait vues : trois minuscules nouveau-nés, venues au monde dans une précipitation surprenante, nichées dans l'incubateur derrière une paroi de verre à la maternité.

Elles étaient très liées, ce qui était normal pour des triplées, et cependant, il ne s'était jamais senti exclu. Elles avaient tout fait ensemble, du jour de leur naissance jusqu'au moment où il avait pris la route.

Depuis, il ne les avait revues qu'une seule fois, mais il avait gardé le contact. Comme pour ses parents.

Les O'Hurley n'avaient jamais rencontré le gros succès

commercial dont son père avait rêvé, mais ils avaient fait leur chemin. En moyenne, ils jouaient à guichet fermé trente semaines par an. Leur situation financière était saine. Grâce à sa mère. Elle avait toujours eu le don de faire durer cinq dollars aussi longtemps que dix.

Trace eut un sourire nostalgique. C'était sa mère, il l'aurait juré, qui avait glissé cent dollars en coupures de cinq et de dix dans la poche de sa valise quand il était parti, une douzaine d'années plus tôt. Molly n'avait pas pleuré, elle ne lui avait pas fait la morale, elle ne l'avait pas supplié, mais elle avait fait ce qu'il fallait pour lui faciliter la vie.

Mais son père... Trace ferma les yeux tandis que la carcasse de l'avion se mettait à trembler dans une turbulence. Son père ne lui avait jamais pardonné — et il ne lui pardonnerait jamais — non pas d'être parti sans laisser un mot, mais d'être parti tout court.

Il n'avait jamais compris son désir, et son besoin, de vivre autre chose. Ou alors, il avait compris mais il n'avait jamais accepté.

Trace soupira. La seule fois où il était retourné dans sa famille, en espérant se faire pardonner, Frank l'avait accueilli les lèvres pincées, sans chercher à cacher sa désapprobation.

— Alors tu es revenu !

Frank était resté de glace dans la petite loge qu'il partageait avec Molly. Trace n'avait pas su qu'à cause de sa présence, son père avait vu cette loge telle qu'elle était : une petite pièce mal éclairée dans un club de seconde catégorie.

— Cela fait trois ans que tu es parti, et tu n'as écrit qu'une ou deux fois. Je te l'avais dit, quand tu es parti : si tu reviens, il n'y aura pas de veau gras pour fêter ton retour.

— Je n'en attendais pas tant.

Mais il avait espéré un peu de compréhension. A l'époque, il portait une barbe, qu'il avait laissée pousser pour une mission à Paris, où il avait mis le doigt sur un gigantesque trafic d'œuvres d'art.

— Comme c'est l'anniversaire de Maman, j'ai pensé… enfin, j'ai eu envie de la voir.

Il avait eu envie d'ajouter : et de te voir aussi. Mais les mots n'avaient pas pu franchir ses lèvres.

— Et après, tu repartiras, pour qu'elle verse encore plus de larmes !

— Elle a très bien compris la raison de mon départ.

— Tu lui as brisé le cœur.

« Et le mien », semblait dire son regard. Mais Frank aurait certainement préféré être frit dans l'huile bouillante que de l'admettre.

— Tu ne vas pas recommencer à lui faire du mal. Soit tu te conduis comme un fils avec elle, soit tu n'es plus son fils.

— Dis plutôt, le fils que tu aimerais que je sois, ou rien, avait-il corrigé.

Il avait arpenté nerveusement la petite pièce encombrée.

— Apparemment, ce que je ressens, ce dont j'ai besoin, et ce que je suis, cela ne compte toujours pas pour toi.

— Tu ne peux pas savoir ce qui compte pour moi. Je crois que tu ne l'as jamais su.

Frank avala péniblement la boule qui lui obstruait la gorge. Un sentiment d'amertume mêlée de honte s'empara de lui.

— La dernière fois que je t'ai vu, tu m'as dit que je n'avais pas fait ce qu'il fallait pour toi. Que je ne pourrais jamais te donner ce que tu attendais. Comment un homme pourrait-il oublier ce genre de paroles venant de son fils ?

Trace avait vingt-trois ans. Il avait couché avec une prostituée à Bangkok, il était tombé ivre mort en buvant de l'ouzo à Athènes, et il avait huit points de suture à l'épaule droite, dus à un coup de couteau. Et pourtant, devant son père, il avait eu l'impression d'être un gamin injustement accusé.

— Je suppose que ce sont les seules paroles venant de moi que tu aies jamais entendues, avait-il dit d'une voix pleine d'amertume. Rien n'a changé ici. Rien ne changera jamais.

— Tu as choisi ta voie, Trace.

Frank avait le regard sombre. Il n'allait pas laisser entendre à son fils qu'il avait une folle envie de lui ouvrir les bras, de reprendre ce qu'il avait cru perdu pour toujours. Pour que Trace le repousse !

— Et maintenant, il faut que tu tires le meilleur de la situation. Mais cette fois, aie au moins la décence de dire au revoir à ta mère et à tes sœurs.

Les yeux pleins de larmes, Frank lui avait tourné le dos. Trace était sorti de la loge et il n'était jamais revenu.

Il ouvrit les yeux. Gillian l'observait intensément. Elle était très différente, avec cette perruque brune aux cheveux courts qu'il lui avait demandé de porter. Dieu merci, elle avait cessé de s'en plaindre. Les lunettes cerclées la changeaient aussi beaucoup. Quant à sa petite robe brun foncé, elle était taillée dans un tissu épais, qui lui donnait une allure mal fagotée. Mais il ne pouvait s'empêcher de penser à ce qu'il y avait dessous. Quoi qu'il en soit, Gillian allait se fondre dans le décor, et pour l'instant, il n'en demandait pas plus.

Personne n'allait reconnaître dans la femme assise à côté de lui le Dr Gillian Fitzpatrick.

A San Diego, il avait changé leur itinéraire, réservant des places d'avion sur d'autres compagnies aériennes. Et il avait réglé les billets avec une carte de crédit qui portait un de ses noms d'emprunt.

A Dallas, il avait encore modifié leur trajet, et il avait acheté la casquette de base-ball qu'il portait maintenant. Dans l'avion pour Chicago, ils ressemblaient à un couple de touristes parmi tant d'autres.

Il n'y avait qu'un problème : à travers les verres de Gillian, il voyait ses yeux vert foncé, intenses, profonds.

— Vous avez un problème ? interrogea-t-il.

— J'allais vous poser la même question. Je vous vois ruminer depuis que nous sommes montés dans l'avion.

Trace sortit un stylo de sa poche et le fit tourner entre ses doigts.

— Je ne vois pas de quoi vous voulez parler.

— Je parle du fait que vous semblez prêt à mordre quelqu'un

si je me permets de vous demander le sel. Est-ce à cause de cette perruque hideuse, et de cette robe très à la mode, que je porte ?

— Tout cela me semble parfait.

— Alors, qu'y a-t-il ?

— Rien, dit-il entre ses dents. Maintenant, taisez-vous.

Mais elle ne s'avoua pas battue. Elle se mit à siroter le vin blanc que le steward leur avait servi.

— Il y a certainement quelque chose qui ne va pas, dit-elle. C'est moi qui devrais être angoissée, et je ne le suis pas, car ce qui compte pour moi, c'est que nous ayons entrepris cette action. Mais s'il y a un problème… j'apprécierais que vous m'en parliez.

Il pianota sur l'accoudoir qui était entre eux.

— Vous ne vous arrêtez jamais de harceler les gens ? interrogea-t-il d'un air agacé.

— Non, quand l'enjeu est important. Il y a des vies qui sont en jeu, des vies qui représentent tout pour moi. Si vous avez une inquiétude, j'ai besoin de le savoir. Et j'en ai le droit.

— Cela n'a rien à voir avec votre affaire. C'est personnel, rétorqua-t-il.

Espérant se débarrasser de la question, il inclina son siège en arrière et ferma les yeux.

— Plus rien n'est personnel en ce moment. Ce que vous ressentez risque d'avoir une incidence sur votre comportement pendant l'enquête. Je me considère comme votre employeur, et en tant que tel, je refuse que vous gardiez des secrets pour vous.

Ouvrant un œil, il poussa un juron bref, mais particulièrement coloré.

— Je ne suis pas retourné chez moi depuis des lustres. Et j'ai l'audace d'avoir des souvenirs, dit-il, ironique. Ils ne regardent que moi.

— Je suis désolée.

Elle prit une profonde inspiration.

— Je n'arrive pas à détourner mes pensées de Flynn et de

Caitlin. Il ne m'est jamais venu à l'esprit que ce voyage pouvait être pénible pour vous.

Elle lui jeta un coup d'œil. Il ne ressemblait pas à un homme qui éprouve des émotions sincères ou des sentiments profonds. Cependant, il avait eu un regard douloureux quand elle lui avait parlé de Forrester.

— Chicago... est-ce une ville où vous avez des souvenirs particuliers ?

— J'ai joué à Chicago quand j'avais douze ans, et une autre fois à seize ans.

— Joué ?

— Peu importe.

Il secoua la tête et essaya de se détendre.

— J'y ai passé quelques jours avec Charlie, il y a quelques années. L'aéroport de O'Hare est le dernier endroit que j'ai vu des Etats-Unis.

Elle hocha lentement la tête.

— Et aujourd'hui, ce sera le premier que vous allez revoir.

Elle avait un magazine sur les genoux. Mais au lieu de l'ouvrir, elle passa son pouce sur la tranche.

— Je ne connais rien de l'Amérique, excepté New York. J'ai toujours eu envie de visiter ce pays. Flynn m'y a emmenée, avec Caitlin, il y a deux ou trois ans, après la mort de sa femme.

Elle poussa un profond soupir.

— Ils étaient comme deux âmes en peine. Nous sommes montés en haut de l'Empire State Building, et nous sommes allés au Rockefeller Center, puis nous avons pris un thé au Plaza. Flynn a acheté pour Caitlin un petit chien mécanique à un vendeur de rue. Elle ne l'a plus quitté. Elle dort toutes les nuits avec lui.

L'émotion la prit par surprise, et elle ne put la bloquer.

— Oh, mon Dieu !

Elle pressa ses deux mains sur son visage.

— Oh, mon Dieu, elle n'a que six ans.

Cela faisait longtemps qu'il n'avait pas eu l'occasion de

réconforter une femme, mais il n'avait pas oublié comment s'y prendre. Il lui passa un bras autour des épaules.

— Calmez-vous. Ne vous inquiétez pas, ils ne feront pas de mal à votre nièce. Ils ont trop besoin de la coopération de votre frère.

— Mais ce qu'ils lui font moralement… elle doit avoir terriblement peur. L'obscurité… elle ne peut toujours pas dormir dans le noir. Est-ce qu'ils lui laissent de la lumière ?

— Je suis sûr que oui.

La main de Trace lui caressa les cheveux, tout comme sa voix caressait ses frayeurs.

— Tout ira bien, Gillian.

Bien qu'elle lutte pour les retenir, de grosses larmes roulèrent le long de ses joues.

— Excusez-moi. La dernière chose dont j'ai envie, c'est de me ridiculiser devant vous.

— Vous pouvez pleurer. Cela soulage. Ne vous gênez surtout pas pour moi.

Il se mit à lui masser les épaules. Essayant de faire contre mauvaise fortune bon cœur, elle prit une longue inspiration et lutta contre les larmes.

— J'essaie de ne pas trop penser à elle, et de me concentrer sur Flynn. Il est très fort, et très doué.

— Et il se trouve près d'elle. Il prend soin d'elle.

— Oui, ils prennent soin l'un de l'autre.

Elle aurait besoin d'y croire tant qu'elle ne les aurait pas revus sains et saufs.

— Nous allons les retrouver, n'est-ce pas ?

Il n'y avait pas de promesses possibles dans ce genre de situation. Trace le savait plus que quiconque. Mais Gillian le regardait avec des yeux scintillant de larmes, et avec une confiance si absolue. Il n'avait pas le choix.

— Je n'en doute pas. Charlie vous a bien dit que j'étais le meilleur, non ?

— Tout à fait.

Elle laissa échapper un petit soupir. Elle retrouvait le contrôle de ses émotions, mais pas encore avec la fermeté qu'elle souhaitait. Si elle ne se forçait pas à penser à autre chose, chaque minute allait durer une heure.

— Parlez-moi de votre famille. Avez-vous des frères ?

— Non.

Il retira son bras. Cela aurait été bien trop facile de le laisser sur les épaules de Gillian.

— J'ai des sœurs.

— Combien ?

— Trois.

— Vous avez dû avoir une enfance intéressante.

— Elles étaient très bien.

Ses lèvres se retroussèrent légèrement tandis qu'il évoquait ses souvenirs.

— Chantel était le vilain petit canard.

— Chaque famille en a un, commença-t-elle.

Brusquement, elle se redressa.

— Chantel O'Hurley ? C'est votre sœur ? J'ai vu ses films. Elle est magnifique !

Trace éprouva une fierté plus intense qu'il n'aurait cru.

— C'est la plus belle femme que j'ai jamais vue.

— Et elle le sait.

— Alors Maddy O'Hurley est votre sœur, elle aussi ?

Stupéfaite, Gillian secoua la tête.

— Je l'ai vue jouer à Broadway il y a quelques mois. Elle a un talent fou. Et une présence qui éclipse tous les autres comédiens.

Trace eut un petit rire. Il en avait toujours été ainsi avec Maddy.

— Elle a été nominée pour un oscar, dit-il.

— Elle le mérite. J'ai cru que le plafond allait tomber sous les applaudissements du public, à la fin du premier acte. Vous auriez dû la voir…

Elle fit une pause. Oui, il aurait dû voir sa sœur dans cette pièce, mais pour des raisons qu'elle ne connaissait pas encore, il ne l'avait pas vue.

— Et votre troisième sœur ? s'enquit-elle.

— Abby élève des chevaux en Virginie.

Il se sentit nerveux. Comment diable en était-il arrivé à parler de sa famille ?

— Oui, j'ai lu un article sur elle, dans le *Times*. Elle vient de se marier avec l'écrivain Dylan Crosby. Oh, mais bien sûr, vos sœurs sont des triplées !

— Je croyais que les scientifiques étaient trop occupés à provoquer et à vaincre tous les maux de la terre pour lire les commérages.

Gillian releva un sourcil. Elle n'allait pas être vexée par ces paroles. Du moins, pas avant d'apprendre tout ce qu'elle voulait savoir.

— Je n'ai pas la tête coincée dans une éprouvette, répliqua-t-elle. L'article expliquait que vos sœurs avaient grandi dans le monde du spectacle, et qu'elles avaient passé leur enfance à voyager aux quatre coins des Etats-Unis. Vos parents continuent à le faire. Mais je ne me rappelle pas avoir lu quoi que ce soit sur vous.

— Rappelez-vous, je suis parti il y a longtemps.

— Mais n'avez-vous pas voyagé avec eux ?

Intriguée par cette idée, elle sourit et remua dans son fauteuil.

— Est-ce que vous avez chanté et dansé, vous aussi ?

— A vous entendre, cette vie banale paraît très palpitante, dit Trace.

Il sentit un petit creux dans l'estomac. L'avion amorçait sa descente.

— C'est comme si vous alliez au cirque et que vous ne voyiez que les paillettes et les lumières. Mais derrière le chapiteau, vous avez des bouses d'éléphant qui vous arrivent jusqu'aux chevilles.

Ignorant sa remarque désabusée, elle continua :

— Donc, vous avez bien voyagé avec eux. Aviez-vous une spécialité ?

Trace soupira.

— Dieu me garde des voyages en avion en compagnie d'une femme curieuse ! Voilà douze ans que je ne vis plus avec eux.

Il boucla sa ceinture de sécurité.

— Je préfère penser à l'avenir.

— Quand j'étais petite, je voulais être chanteuse. Je me voyais toujours sous les projecteurs.

Avec un petit soupir, elle remit le magazine dans la poche du fauteuil.

— Avant que j'aie le temps de dire ouf, je me suis retrouvée assistante de laboratoire de mon père. C'est étrange, mais j'ai l'impression que notre route est tracée par nos parents bien avant qu'ils nous mettent au monde.

La maison de Charlie était abritée derrière un mur de deux mètres de hauteur, et équipée d'un système de sécurité sophistiqué. Charlie laissait derrière lui une sœur plus âgée, qui vivait à Palm Beach, et un neveu, qui, installé dans un lieu perdu du Midwest, dirigeait une société de courtage.

Gillian resta dans la voiture de location pendant que Trace composait le digicode installé à côté du portail, qui s'ouvrit instantanément. Il ne lui avait plus adressé la parole pendant le trajet entre l'aéroport et la maison de Charlie. Elle l'avait vu aux aguets, épiant d'éventuels signes de filature. Maintenant, c'était le chagrin qui le réduisait au silence, et Trace allait être obligé de l'affronter à sa manière.

Les arbres commençaient à se dénuder à l'approche de l'hiver, mais ils avaient gardé des touches de couleurs. Le vent gémissait dans les branches, agitant follement les feuilles. Les ormes devaient ombrager l'allée pendant l'été, et donner à la vieille maison de briques une allure majestueuse, imposante. Lors de sa première visite, Gillian ne l'avait pas remarqué.

Curieusement, la maison ne paraissait pas avoir été désertée. Elle donnait plutôt l'impression d'attendre le retour de son propriétaire. Gillian soupira. Quand elle était venue voir

Charlie, il l'avait écoutée, il lui avait offert un verre de cognac et un peu d'espoir.

— Il était fou de cette maison, murmura Trace.

Il coupa le contact et regarda les deux étages de briques délavées.

— Chaque fois qu'il s'éloignait, il parlait sans arrêt de son retour ici. Je suis sûr qu'il aurait aimé mourir dans sa maison.

En soupirant, il ouvrit sa portière.

— Allons-y.

Il avait les clés que Charlie lui avait confiées, un jour.

— Sers-t'en de temps à autre, avait dit son ami. Tout le monde a le droit d'avoir une maison.

Mais il ne les avait pas utilisées, pas une seule fois jusqu'à présent. Il glissa la plus grosse dans la serrure. Elle tourna en produisant un petit déclic.

Le couloir était sombre, mais Trace n'éclaira pas les lumières. Il se souvenait bien de la disposition des pièces. Mais surtout, il n'avait pas le cœur à voir de trop près les affaires de Charlie.

Gillian le suivit dans la bibliothèque, où flottait une odeur de citron et de cuir. Les radiateurs étaient éteints. Personne n'avait plus besoin de chaleur.

— Vous pouvez m'attendre ici, dit-il.

— Où allez-vous ?

— Je vous ai dit que je venais ici pour trouver où ils ont emmené votre frère. Je vais le trouver, et vous, vous allez m'attendre ici.

— Je croyais vous avoir dit que je veux participer à tout ce qui concerne Flynn et Caitlin. De plus, je pourrais sans doute vous aider.

— Si j'ai besoin d'une physicienne, je vous le ferai savoir. Lisez un livre.

— Je ne resterai pas ici !

Elle était à deux pas derrière lui quand il atteignit le bas de l'escalier.

— Ecoutez, doc, la sécurité nationale, ça vous dit quelque

chose ? J'ai déjà enfreint le règlement parce que Charlie semblait croire que cela en valait la peine.

— Vous n'avez qu'à l'enfreindre un peu plus.

Elle lui prit le bras.

— Les secrets d'Etat et les affaires internationales ne m'intéressent pas. Tout ce que je veux, c'est découvrir l'endroit où ils ont emmené mon frère et ma nièce. J'ai travaillé sur des sujets sensibles, Trace. Je suis à la hauteur.

— Si vous continuez à marcher sur mes plates-bandes, cela risque d'être beaucoup plus long.

— Je ne crois pas.

— Comme vous voulez. Mais au moins, taisez-vous, pour une fois.

Il monta l'escalier en soupirant. Au point où il en était, autant se convaincre qu'il ne faisait pas une bêtise en la laissant venir.

La moquette avait été changée depuis qu'il était venu, mais le papier peint était le même. Ainsi que la pièce dans laquelle Charlie travaillait, au bout du couloir. Sans hésiter, Trace se dirigea vers le bureau et enfonça un bouton sous le second tiroir, faisant pivoter un panneau mural d'un mètre cinquante de largeur.

— Encore un tunnel ? interrogea Gillian.

Elle sentait son courage s'évanouir à vive allure.

— Son lieu de travail.

Trace entra. Il alluma la lumière. Apparemment, Charlie avait renouvelé son équipement. Des horloges alignées contre le mur opposé indiquaient l'heure dans chaque partie du monde. Le système informatique était installé juste au-dessous et formait un L le long du mur adjacent. Avec l'équipement radio juste en face, Charlie pouvait contacter n'importe qui, depuis le disc-jockey local jusqu'au Kremlin.

— Asseyez-vous, doc, cela risque d'être un peu long.

Gillian sursauta légèrement quand le panneau se referma en glissant silencieusement derrière eux.

— Qu'avez-vous l'intention de faire ?

— Si vous voulez éviter la paperasserie, je vais entrer dans les dossiers informatiques des Services Secrets Internationaux.

— Vous pensez qu'ils savent où Flynn a été emmené ?

— Peut-être, peut-être pas.

Il alluma le terminal et s'assit.

— Mais ils doivent avoir une idée de l'endroit où se trouve le nouveau quartier général de l'organisation du Hammer.

Il enfonça une série de boutons. Quand l'ordinateur demanda le code d'accès, il donna celui de Charlie.

— Voyons ce que cet animal peut nous indiquer, marmonna-t-il.

Le silence n'était rompu que par le cliquetis des touches. Trace débloqua un code de sécurité, puis un autre. Gillian l'observait. C'était étonnant de voir la patience dont il pouvait faire preuve. A chaque code franchi, il récoltait un peu plus de données. Elle commençait à trouver un rythme aux chiffres et aux symboles qui apparaissaient sur l'écran. Tandis qu'il travaillait, elle tourna et retourna le système dans sa tête.

— Bon sang, je n'en étais pas loin, grommela Trace en essayant un autre code. Le problème, c'est qu'il y a assez de variantes pour que j'y passe une semaine.

— Peut-être, si vous…

— Je travaille seul.

— Je voulais juste dire que…

— Pourquoi n'allez-vous pas dans la cuisine préparer du café, chérie ?

La façon dont il lui parlait était inadmissible. Plissant les paupières, Gillian ravala les paroles blessantes qui lui chatouillaient la langue. Mieux valait pour l'instant simuler l'indifférence.

— D'accord, dit-elle.

Elle se retourna, face au panneau mural.

— Comment ouvre-t-on la porte ?

— Le bouton est sur la gauche. Il suffit d'appuyer dessus.

Elle ouvrit la bouche pour le remettre à sa place, mais elle se ravisa. Serrant les dents, elle enfonça le bouton.

Quelle tête de cochon, ce Trace O'Hurley ! Ce n'était qu'un mâle égocentrique. N'avait-elle pas passé presque toute sa vie avec un spécimen du même acabit, essayant de lui être toujours agréable ? Pourquoi fallait-il que, dans cette affaire si capitale pour elle, elle soit encore enchaînée à un homme qui préférait ignorer ses opinions ?

En soupirant, elle entra dans la cuisine. S'il se permettait encore de l'appeler « chérie », elle lui donnerait ce que les hommes comme lui méritaient : une bonne gifle.

Elle se mit à préparer le café, trop énervée pour se sentir mal à l'aise dans la cuisine d'un homme qui venait de mourir.

Trace n'avait aucun droit de la mettre de côté. Pas plus qu'il n'en avait de l'embrasser de cette manière. Elle avait eu l'impression d'être dévorée. Pourtant, elle était restée entière. Et cette sensation d'être droguée… cependant, sa pensée était restée claire, ses sens aiguisés.

Désormais, elle ne se sentirait plus jamais la même. Elle pouvait au moins admettre cela, c'était inutile de se leurrer. Elle avait réagi dans les bras de Trace avec beaucoup plus d'émotion qu'elle n'aurait souhaité, mais il s'agissait d'elle, de ses sentiments, elle n'allait pas les nier. Elle sentait encore sur ses lèvres la douceur et la chaleur de celles de Trace. Elle n'était pas près d'oublier. Pourtant, elle était capable de se ressaisir, Dieu merci. Ce baiser avait été agréable, certes, mais il ne se renouvellerait pas !

Trace travaillait encore quand elle revint dans le bureau. Sans cérémonie, elle posa bruyamment une tasse près de lui. Il la remercia avec un vague grognement. Fourrant les mains dans ses poches, elle se mit à arpenter la pièce. C'était la meilleure formule pour garder son calme.

— Accès, numéro 38537/Baker. Code d'accès, 5. Séries ARSS28.

Elle cracha littéralement ces paroles, comme si elle avait dit une obscénité.

— Si vous n'êtes pas trop entêté pour essayer, cela peut

fonctionner. Sinon, intervertissez la première séquence de chiffres et la seconde.

Trace leva lentement sa tasse. Mmm, elle avait eu le bon goût de ne pas le sucrer. Et curieusement, elle l'avait réussi.

— Qu'est-ce qui vous fait croire que vous pouvez trouver le code d'accès de l'un des systèmes informatiques les plus sophistiqués au monde ?

— Parce que cela fait une heure que je vous regarde travailler, et que je fais un peu de piratage informatique à mes heures !

— Un peu de piratage…

Il faillit s'étrangler.

— Vous avez ouvert quelques comptes bancaires suisses ? dit-il en l'observant d'un œil moqueur.

Elle traversa la pièce. Lentement. Avec une maîtrise digne d'admiration.

— Il s'agit de ma famille, vous n'avez pas oublié ? Et vous n'avez pas oublié non plus que je vous paie pour ce travail ? Le moins que vous puissiez faire serait d'essayer ma suggestion.

— Très bien.

Voulant faire un effort pour lui rendre sa bonne humeur, Trace tapa la séquence qu'elle lui avait indiquée.

Accès refusé

Avec un petit sourire suffisant, il fit un signe fataliste en direction de l'écran.

— Essayez de transposer les chiffres, dit Gillian.

Impatiente, elle s'approcha de lui et se mit à taper elle-même sur le clavier. Remuant le nez, Trace lui jeta un coup d'œil en coin. C'était curieux, mais le shampoing qu'il lui avait prêté n'avait pas du tout la même odeur sur elle que sur lui.

Dossier demandé

Gillian exultait. Mais préférant avoir le triomphe modeste, elle se pencha sur l'appareil et déclara d'une voix calme :

— C'est à peu près la même chose que d'installer un système

pour jouer au black-jack. Le semestre dernier, je me suis amusée à faire cela avec un professeur.

— Rappelez-moi de vous emmener avec moi la prochaine fois que j'irai à Monte Carlo, dit-il, mi-sarcastique, mi-admiratif.

Ils s'étaient rapprochés. D'un pas. Souriante, elle tourna son visage vers lui.

— Et maintenant ? demanda-t-elle.

Trace était tétanisé. Les yeux de Gillian étaient d'un vert aussi pur que celui des émeraudes. Et brillants. Tandis qu'il s'y perdait, il les vit changer d'expression. Attente, inquiétude.

— Vous parlez de l'ordinateur ? interrogea-t-il d'une voix un peu rauque.

La bouche sèche, elle répondit :

— Naturellement.

Se tournant vers l'ordinateur, Trace laissa échapper un soupir silencieux. Il se mit à pianoter sur le clavier, et en quelques secondes, une base de données apparut sur l'écran.

Il passa d'un dossier à l'autre. Après tout, il en connaissait un rayon sur l'organisation du Hammer. Il avait eu un briefing corsé avant d'être envoyé en mission, et il en avait encore appris un rayon quand il s'était fait embaucher au plus bas niveau, comme employé de livraison dans l'organisation. Durant cette mission, il avait réussi à procurer des noms, des adresses et des dates de rendez-vous aux Services Secrets. Et il était sur le point d'être transféré à la base principale, juste avant de recevoir cette fichue balle.

Fronçant les sourcils devant l'écran, il passa un doigt sur sa cicatrice.

Il avait été suspendu entre la vie et la mort pendant plusieurs jours. Il lui avait fallu deux mois d'hôpital pour se remettre d'aplomb. Il avait été débriefé, la mission avait été annulée, et il était parti pour de longues vacances, censées être paisibles. Il eut un petit rire silencieux. Il avait connu des congés plus relaxants…

Il se força à se concentrer. C'était incroyable de voir tous les changements qui pouvaient se produire en deux ou trois mois. Charlie, étant Charlie, s'y serait adapté.

Il passa rapidement les données de base. L'organisation Hammer avait vu le jour au Moyen-Orient, au début des années soixante-dix. Avec un mélange de chance et de moyens financiers, et un mépris total pour la vie d'autrui, elle avait commis beaucoup d'attentats, et pris de nombreux otages. Son dernier exploit était un détournement d'avion qui avait fini dans un bain de sang. Quatre-vingt-cinq personnes innocentes et six terroristes y avaient trouvé la mort.

— Husad, dit Gillian, repérant un nom sur la liste qui défilait à l'écran. C'est bien lui, le leader ?

— C'est lui qui a l'argent. Jamar Husad, réfugié politique, autoproclamé général, et fou dangereux.

Il secoua la tête.

— Allons, Charlie, dit-il à l'ordinateur, donne-moi une bonne information.

— Vous regardez à peine, fit remarquer Gillian.

— Je sais déjà tout cela.

— Comment le savez-vous ?

— J'ai travaillé pour eux pendant six mois, dit-il à voix basse.

— Vous avez quoi ?

Gillian recula.

Une lueur agacée traversa les yeux de Trace quand il les leva sur elle.

— Détendez-vous, chérie, c'était pour la bonne cause. J'ai infiltré l'organisation.

— Mais si vous les avez vus de l'intérieur, vous devriez savoir où ils ont emmené Flynn et Caitlin. Pourquoi perdons-nous notre temps avec cet ordinateur pendant que…

— Parce qu'ils ont changé d'adresse. Ils venaient juste de s'installer dans un nouveau lieu quand ils ont voulu m'abattre.

— Vous abattre ? s'écria Gillian.

La stupeur qu'elle avait d'abord éprouvée se transforma en horreur.

— Ils vous ont tiré dessus ?

— C'est un des risques du métier.

— Vous avez failli être tué… Une cicatrice comme celle-ci…

Sa voix se brisa. S'approchant de lui, elle posa une main sur son épaule.

— Vous avez failli être tué par ces gens, et malgré tout, vous avez accepté de m'aider !

Il haussa les épaules. Elle enleva sa main. C'était le but recherché. Il ne pouvait pas se permettre d'accepter sa compassion. Il risquait trop ensuite de se laisser attendrir par elle.

— J'ai fait un choix personnel. Il y a cent mille dollars à gagner. C'est ma clé pour le paradis.

Gillian enfonça ses ongles dans la paume de sa main.

— Vous voulez vraiment me faire croire que vous faites cela uniquement pour l'argent ?

— Croyez ce que vous voulez, mais gardez-le pour vous. Je n'ai jamais rencontré quelqu'un capable de poser autant de questions. J'essaie de me concentrer. Oui, oui, marmonna-t-il. Je sais qu'ils étaient au Caire… Très bien, je savais que je pouvais compter sur Charlie.

Trace se renversa contre son dossier.

— Nouvelle base des opérations : le Maroc.

— Le Maroc ? Vous croyez qu'ils peuvent y avoir emmené Flynn et Caitlin ?

— Je suppose que c'est un des endroits les plus sûrs pour eux. Là-bas, l'organisation Hammer doit avoir des alliés sous la main.

Il continua de faire défiler les bases de données jusqu'à la fin du dossier.

— Rien sur votre frère.

Il imprima les pages qui l'intéressaient et se tourna vers Gillian.

— Il suffirait que j'appelle les Services Secrets pour les mettre sur cette affaire. J'aimerais que vous y réfléchissiez.

Gillian fronça les sourcils. Elle y avait déjà pensé, et elle s'en était inquiétée.

— Pourquoi Charlie Forrester ne l'a-t-il pas fait ?

— J'ai mon idée sur la question.

— Mais naturellement, vous n'avez aucune intention de m'en faire part.

— Pas encore. Comme vous me l'avez seriné, il s'agit de votre famille. C'est à vous de faire un choix.

Gillian s'éloigna de lui. Oui, ce serait bien plus logique de faire appel aux Services Secrets. Ils avaient un équipement sophistiqué, de la main-d'œuvre, un poids politique. Cependant…

Son instinct lui disait de continuer avec cet homme, uniquement avec lui. Cet homme que Charlie Forrester avait traité de renégat. Croisant les mains, Gillian se tourna vers lui. Certes, il n'avait vraiment pas l'air d'un héros. Mais elle avait toujours fonctionné à l'instinct.

— Cent mille dollars, monsieur O'Hurley. A condition que je vous suive à chaque étape.

— Je vous ai déjà dit que je travaillais seul.

— Vous ne m'avez pas encore vue dans mes meilleurs moments, mais je suis une femme forte, et capable. S'il le faut, j'irai seule au Maroc.

— Vous ne pourrez pas survivre un seul jour.

— Il est possible que les agents du Hammer soient à ma recherche. S'ils me trouvaient, ils me conduiraient vers mon frère. Je saurais au moins, de cette manière, si Flynn et sa fille vont bien. Mais il est vrai que j'aimerais mieux l'apprendre d'une autre façon.

Trace se leva et arpenta nerveusement la pièce. Si Gillian l'accompagnait, elle allait ralentir son action, mais pas tant que ça, au fond. Et si elle restait avec lui, il veillerait sur elle. Elle avait tenu le coup à Mexico, il ne pouvait pas le nier. S'il devait encore jouer le même jeu, il pourrait encore se servir d'elle.

— Si nous y allons ensemble, cela ne signifie pas que nous sommes partenaires, mais que vous obéissez à mes ordres.

Sans un mot, Gillian hocha la tête.

— Quand le moment sera venu pour moi de bouger, vous resterez à l'écart. Je n'aurai pas le temps de me soucier de vous à ce moment-là.

— Vous n'aurez pas à vous soucier de moi.

Elle prit une profonde inspiration.

— Parfait, monsieur O'Hurley, que faisons-nous maintenant ?

Il eut un petit rictus de frustration. Inutile de lui répéter qu'elle ferait mieux de l'appeler Trace.

— J'appelle d'abord Rory, répondit-il.

Il se dirigea vers le téléphone.

— J'ai aussi l'impression que nous allons prendre un avion.

4

Casablanca. Bogart et Bergman. Pirates et intrigues. Aéroports brumeux et plages inondées de soleil. Le nom de cette ville faisait naître des images de danger et d'amour. Gillian soupira. Le danger, elle était bien déterminée à le courir, mais le second… elle préférait l'éviter à tout prix.

Trace avait réservé deux chambres adjacentes dans l'un des hôtels les plus chic, près de la place des Nations unies. Elle l'observa discrètement pendant qu'il parlait au réceptionniste dans un français impeccable. Sur son passeport, il s'appelait maintenant « André Cabot ». Il portait un costume trois pièces et des chaussures luisantes de cirage. Ses cheveux châtain clair étaient un peu en désordre, après le voyage, mais il s'était rasé. Il n'avait pas la même attitude physique, non plus. Il se tenait très droit, comme s'il venait d'une académie militaire. C'était étonnant, mais il ne semblait plus avoir la même personnalité. Il s'était glissé sans effort dans la peau d'un homme d'affaires un peu collet monté. Elle aurait presque pu croire qu'elle l'avait perdu en route et qu'elle avait rencontré quelqu'un d'autre.

Pour la seconde fois, elle eut l'impression d'avoir remis sa vie entre les mains d'un parfait étranger.

Mais les yeux de Trace n'avaient pas changé. Elle éprouva un petit choc quand il se tourna vers elle et qu'il lui jeta ce regard sombre et intense auquel elle n'était pas encore habituée.

Elle resta silencieuse quand il lui prit le bras pour l'entraîner vers les ascenseurs. Elle avait gardé sa perruque, mais elle n'avait pas mis les lunettes, et elle avait remplacé la robe terne qu'elle portait l'autre jour par un élégant tailleur de soie, qui correspondait mieux à l'image de la maîtresse d'André Cabot. Vingt étages plus haut, ils entrèrent dans leur suite. Trace n'avait toujours pas prononcé un mot. D'un geste lent et méthodique, il remit quelques billets au groom.

Gillian entra en poussant un soupir imperceptible. Dès que la porte se serait refermée derrière eux, elle allait certainement retrouver Trace O'Hurley. Mais il n'en fut rien.

— Pour une suite à ce prix, les draps devraient être brodés de fils d'or, dit-il.

— Qu'est-ce…

— Regardez si le bar est fourni, chérie.

Il fit le tour de la pièce, vérifia les lampes, souleva les gravures accrochées aux murs. Se tournant vers elle, il lui jeta un bref regard d'avertissement.

— Je boirais bien un vermouth avant d'avoir le plaisir de dénuder ton corps adorable.

Prenant le téléphone, il dévissa le microphone et, après une rapide vérification, il le remit en place.

Hochant la tête, Gillian eut un rire un peu crispé.

— Vraiment ? dit-elle.

Il jouait encore le personnage d'André Cabot tant qu'il n'était pas sûr qu'il n'y avait pas de micros dans la suite. C'était horripilant, mais elle n'avait pas le choix : elle devait accepter de jouer ce petit jeu. Cependant, il aurait pu trouver autre chose que cette pseudo relation amoureuse entre eux. Prenant une profonde inspiration, elle se dirigea vers le petit bar, au fond du salon.

— Heureuse de te préparer un verre, chéri.

Elle observa sa réaction. Il releva un sourcil, puis il se tourna vers le lit et souleva le matelas.

— Mais pour le reste, j'avoue que je suis un peu fatigué, continua-t-elle.

— Il faudra voir ce que l'on peut faire pour te rendre ton énergie, ma douce.

Satisfait de constater qu'il n'y avait pas de micros dans la première chambre, Trace se dirigea vers elle. Ils restèrent un long moment silencieux, puis il finit par prendre le verre qu'elle lui tendait.

— Allons dans l'autre chambre, murmura-t-il.

Il tourna les talons et Gillian le suivit.

— Peut-être n'es-tu pas aussi fatiguée que tu le crois, dit-il à haute et intelligible voix.

Comme il commençait la même inspection dans cette pièce, Gillian s'assit au bord du lit.

— Si, je suis épuisée. Le voyage a été long.

— Alors, repose-toi. Laisse-moi t'aider.

Soulevant une photographie, il fit glisser ses longues mains fines sur l'arrière du cadre.

— Tu te détendras mieux si tu te déshabilles.

Gillian ôta ses chaussures et se massa la plante des pieds.

— J'ai l'impression que tu as une idée fixe, dit-elle avec un petit rire.

— Il faudrait être fou pour penser à autre chose en étant seul avec toi.

Gillian réfléchit un instant. Peut-être pourrait-elle finir par apprécier cet André Cabot. Elle leva son verre et but une gorgée. Il s'était approché d'elle pour vérifier la tête du lit. Faisant une pause, il baissa les yeux sur elle. Un sourire de défi aux lèvres, Gillian soutint son regard.

— Ta peau me fait penser à une rose blanche, qui devient encore plus douce et plus chaude quand on la touche.

Du revers de la main, il lui effleura la cuisse. Elle tressaillit. La couvant des yeux, Trace tâta le matelas.

— Tes cheveux sont de la soie et du feu, continua-t-il, et quand je t'embrasse… Quand je t'embrasse, ma belle, tes lèvres sont brûlantes.

Se penchant vers elle, il posa une main sur son cou. Elle retint son souffle.

— Quand je te touche, comme cela, je sens que tu me désires. Et quand je te regarde, je vois que tu as peur.

Hypnotisée, elle essaya de détourner le regard, mais elle

en fut aussi incapable que de bouger. Le souffle court, elle balbutia :

— Je n'ai pas peur de toi.

— Ah non ? Tu as tort.

Sa voix avait changé, elle était redevenue celle de Trace O'Hurley. Mais elle eut à peine le temps de s'en rendre compte avant qu'il pose sa bouche sur la sienne. Ce fut la même chaleur, la même puissance que la première fois. Elle sentit son corps se liquéfier et se glisser sous le sien. Abandonnant toute raison, et ignorant délibérément les conséquences, elle noua ses bras autour du cou de Trace. Pourquoi cela paraissait-il si simple ? Les lèvres de Trace étaient fermes et chaudes, ses mains audacieuses. Cela paraissait si facile d'être avec lui maintenant, si naturel. Si familier. Elle avait l'impression d'être en plein pays de connaissance. Si elle faisait courir ses mains sur son dos, elle savait exactement quelle puissance elles allaient rencontrer. Et la douceur de sa peau… et son odeur, qu'elle semblait aussi connaître depuis toujours.

Elle ne connaissait peut-être son visage que depuis quelques jours, mais il y avait là quelque chose qu'elle avait toujours su.

Trace n'en revenait pas. Il devait être en train de devenir fou, mais avec Gillian… c'était comme si elle avait toujours été avec lui. Et comme si elle serait toujours là. La sensation qu'il éprouvait en sentant son corps souple sous le sien n'avait rien à voir avec ce qu'il avait connu jusqu'à présent. C'était une sensation unique, qui ne pouvait être procurée que par une femme unique. Il connaissait déjà le soupir qu'elle allait pousser, et il savait ce qu'il allait éprouver quand elle poserait sa main sur son visage.

Il savait tout cela, et cependant, il était stupéfait.

Il sentit son pouls s'accélérer, son sang se précipiter en une course folle dans ses veines. Il entendit sa propre voix murmurer le nom de Gillian tandis qu'il arrachait ses lèvres à sa bouche pour les poser avidement sur son visage et sa gorge. Puis un violent désir enfla en lui, tel qu'il n'en avait jamais éprouvé pour une autre femme.

Il la voulait tout entière, corps et âme. Maintenant, tout de suite. Et pour toujours.

Cependant… cette idée était de la folie à l'état pur. Pour lui, le mot « toujours » ne pouvait avoir de signification. Moins que tout autre, il n'avait pas d'avenir garanti, surtout dans le jeu qu'il avait choisi de jouer. Il avait appris à vivre au jour le jour. Demain était toujours aléatoire. Oui, il fallait qu'il se ressaisisse. Tout cela n'avait aucun sens. La seule chose qui comptait était de retrouver le frère et la nièce de Gillian. Ensuite, il empocherait ses cent mille dollars et tout serait dit.

Il avait mal. Il aurait pu la haïr pour cela, mais il s'éloigna d'elle avec une nonchalance qui la laissa sans voix.

— Il n'y a pas de micros dans cette pièce.

Il prit le verre de vermouth qu'il vida d'un trait. Il fit une petite grimace. Dommage que ce ne soit pas du whisky.

Gillian était abasourdie. Elle avait le souffle coupé, les jambes en coton. Elle n'y pouvait rien, pas plus qu'elle ne pouvait supporter le désir impérieux qui montait en elle. Mais elle pouvait au moins haïr Trace O'Hurley. Le haïr de tout son cœur et de toute son âme.

— Espèce de salaud !

— C'est vous qui l'avez voulu, chérie.

Sortant une cigarette de sa poche, il fit un violent effort pour se concentrer sur sa mission.

— J'ai des choses à faire. Profitez-en pour dormir un peu.

Malgré lui, il tourna les yeux vers elle. Elle sortit lentement du lit, avec ce regard qu'il avait déjà remarqué. Dieu merci, il n'y avait aucune arme à portée de sa main !

Gillian écumait de rage. Elle avait déjà été rejetée par ce type, et humiliée. Maintenant, elle était échaudée. Elle ne le laisserait plus jamais s'approcher d'elle. Plus jamais !

— Ne vous avisez plus de me toucher ! Je suis obligée d'accepter vos manières brutales, je ne peux pas faire autrement. Mais ne posez plus jamais vos sales pattes sur moi !

Trace plissa les yeux. La colère avait tendance à le faire réagir avec imprudence. Il attira Gillian contre lui, jouissant de la fureur qui luisait dans ses yeux tandis qu'elle se débattait pour lui échapper, et il plaqua sa bouche sur ses lèvres. Elle était hors d'elle, un volcan prêt à exploser. Jamais elle n'avait été aussi dangereuse. Et plus elle l'était, plus il risquait de perdre pied. Pourquoi ne pas l'entraîner sur le lit, et laisser la violence alimenter la violence ? Mais avant qu'il accumule les erreurs, il se ressaisit et la laissa s'échapper de ses bras.

— Je n'accepte pas que vous me donniez des ordres, Gillian. Souvenez-vous-en.

Furibonde, elle serra les poings, prête à se jeter sur lui. Mais le peu de sang-froid qui lui restait la ramena à la raison. C'était inutile de se battre avec lui, elle n'aurait pas le dessus.

— Vous ne perdez rien pour attendre, dit-elle d'une voix sifflante. Vous me le paierez !

— Probablement. Mais pour l'instant, je sors. Et vous, vous allez rester ici.

Quand la porte se referma derrière lui, elle laissa déborder son trop-plein de rage en un chapelet de malédictions.

Dans l'ensemble, Casablanca était telle que dans son souvenir, avec ses petites boutiques pour les touristes, le long du Boulevard Hansali. Le port était toujours grouillant de monde, et encombré de bateaux européens. C'était émouvant de retrouver la vieille ville, avec ses remparts, mais il n'avait pas le temps de faire du tourisme. Il poussa jusqu'au bidonville, où il retrouva son contact. Il lui laissa quelques dirhams pour qu'il fasse courir la rumeur qu'un bateau américain transportant des armes avait été détourné.

Au bout d'une heure, il revint à l'hôtel et prit l'ascenseur en sifflotant. Jusque-là, tout s'était bien passé. Il allait maintenant enchaîner avec la seconde étape. Au vingtième étage, il frappa vaguement à la porte de la suite et entra sans attendre la réponse. Gillian n'était pas là. Portant instinctivement la main à son revolver, il fit le tour des pièces. Les portes menant aux balcons étaient verrouillées de l'intérieur. Parfait. Il n'y avait pas de quoi paniquer. Gillian avait dû descendre acheter des cigarettes, ou du vernis à ongles. Heureusement, il savait rester calme en toutes circonstances, cela faisait partie de son entraînement, tout comme ses bras faisaient partie de son corps. Gillian avait sorti ses vêtements de la valise et les avait disposés en piles bien nettes dans les tiroirs et sur les étagères. Les produits de beauté qu'elle avait achetés pour remplacer ceux qu'elle avait perdus étaient alignés sur l'étagère de la salle de bains. Il y avait des sels couleur d'écume de mer, et derrière la porte, une petite robe en coton rouge orangée, accrochée à la patère.

Son sac n'était pas là, ni les notes qu'il contenait. Trace déglutit péniblement. Les martèlements lents et réguliers qui résonnaient dans ses tempes se firent de plus en plus envahissants.

Prenant une profonde inspiration, il inspecta attentivement les lieux. Aucun signe de bagarre. A l'évidence, une femme comme Gillian ne se serait pas laissé embarquer sans se débattre. De plus, il était difficile de croire que quelqu'un pouvait les avoir repérés aussi vite.

Au bout de dix minutes, il reconnut les premiers assauts de panique. Bon sang, où diable était-elle passée ? Il se passa une main dans les cheveux. Voyons, il fallait réfléchir calmement. S'ils l'avaient enlevée… s'ils l'avaient enlevée… eh bien, il…

Il se mit à arpenter nerveusement la pièce. Comment rester calme en pensant à la façon dont Abdul avait traîné Gillian par les cheveux ? Il n'avait pas non plus oublié ce qu'il avait ressenti quand le sang de la jeune femme avait coulé sur sa main.

Brusquement, il y eut un bruit de clé dans la serrure. Trace fit volte-face. En un dixième de seconde, il retrouva son sang-froid et se précipita vers la porte, revolver au poing, tous ses sens en alerte. Dès que la porte s'ouvrit, il saisit un poignet. Celui de Gillian. Il l'attira à l'intérieur et la prit dans ses bras.

— Mais où étiez-vous passée ? Vous allez bien ?

Terrifiée, Gillian faillit se mettre à hurler. Mais la collision avec Trace lui coupa le souffle. En guise de réponse, elle réussit à hocher vaguement la tête. Puis, sentant Trace tendu comme un arc, elle le rassura :

— Je vais bien. S'est-il passé quelque chose ? Je ne suis sortie que quelques minutes.

Il resta muet. Pendant ces quelques minutes, son imagination s'était emballée. La peur qu'il avait éprouvée fit place à la colère.

— Je vous avais dit de ne pas bouger d'ici ! gronda-t-il. Mais qu'est-ce que vous avez dans la peau !

Furieux de s'être affolé à cause d'elle, il la repoussa.

— Je n'ai pas le temps de faire du baby-sitting. Quand je vous donne un ordre, vous êtes priée de m'obéir !

Gillian avait la gorge sèche. Dire qu'elle avait été à deux doigts de se laisser attendrir en croyant qu'il s'était inquiété pour elle ! Lui jetant un regard glacial, elle déclara de sa voix la plus coupante :

— Je vous ai engagé pour que vous retrouviez mon frère, pas pour que vous passiez votre temps à me donner des ordres et à me hurler après.

— Si vous aviez un peu de cervelle, je ne serais pas obligé de crier. Vous avez déjà été blessée une fois.

Ce souvenir allait peut-être ébranler Gillian, autant qu'il l'ébranlait lui-même ? C'était à espérer.

— Gardez cela à la mémoire. La prochaine fois, je ne serai peut-être pas près de vous pour m'assurer que ce n'est pas plus grave.

— Vous n'êtes pas mon garde du corps. Quoi qu'il en soit, c'est vous qui êtes parti sans me dire où vous alliez ni dans combien de temps vous comptiez revenir.

— Ecoutez-moi, mon ange. La seule raison pour laquelle vous êtes ici avec moi, c'est que je pourrais éventuellement me servir de vous pour retrouver votre frère. Mais s'ils s'emparent de vous, vous ne me serez plus d'aucune utilité.

— Personne ne va s'emparer de moi ! rétorqua-t-elle en jetant son sac sur le lit. Je suis là, que voulez-vous de plus ?

— Je vous avais dit de ne pas sortir, répéta-t-il un peu plus doucement. Si vous êtes incapable de faire ce que je vous demande, vous allez vous retrouver dans le premier avion pour New York.

— J'irai où je voudrai, quand je voudrai.

Le regardant d'un œil farouche, elle se campa fermement sur ses pieds. Trace O'Hurley n'avait qu'à bien se tenir, sinon il allait voir à qui il avait affaire !

— Mais si vous voulez tout savoir, je ne suis pas sortie !

— C'est curieux. Je jurerais que vous êtes entrée par cette porte il y a quelques minutes.

— C'est vrai, et vous avez failli me démettre l'épaule.

Elle tira un petit flacon du sac en papier qu'elle avait gardé à la main.

— Je suis allée acheter de l'aspirine, O'Hurley. J'avais mal à la tête. Dieu merci, il y a une pharmacie à l'arrière de l'hôtel. Maintenant, si vous permettez, je crois que je suis prête à vider le flacon tout entier.

Elle traversa la pièce d'un pas vengeur et entra dans la salle de bains, dont elle fit violemment claquer la porte.

Trace pénétra dans la chambre adjacente en soupirant. Ah, les femmes ! En général, il ne se faisait pas plus de souci pour elles qu'elles ne le méritaient, mais dans le cas de Gillian… disons que c'était… l'exception qui confirmait la règle.

Après une dizaine d'années sur le terrain, il avait la chance d'être encore en vie. Et il avait envie que cela dure encore quelque temps. C'était une bonne raison pour songer à prendre sa retraite, prématurée certes, mais bien méritée. La loi des moyennes était contre lui. Il croyait au destin. Tôt ou tard, la chance finissait par frapper à votre porte. La chance, ou la malchance… comme celle qui avait frappé Charlie.

Allumant une cigarette, il se planta devant la fenêtre et contempla les lumières de Casablanca. La dernière fois qu'il était venu dans cette ville, c'était pour une affaire de contrebande. Il avait failli avoir la gorge tranchée, mais la chance ne l'avait pas abandonné. Pour cette mission aussi, il s'appelait Cabot, l'homme d'affaires français qui ne méprisait pas un petit deal, de temps à autre, pourvu qu'il soit profitable.

Pensif, il souffla une bouffée de fumée au plafond. Encore une fois, sa couverture allait le tirer d'affaire. Mais surtout, il fallait que ses nerfs tiennent, et ils tiendraient tant qu'il n'oublierait pas que cette femme, dans la pièce adjacente, n'était pour lui qu'un moyen pour arriver à ses fins, et rien de plus.

Entendant l'eau couler dans la baignoire de Gillian, il consulta sa montre. Il allait lui laisser une heure pour tremper dans son bain. Ensuite, ils se mettraient au travail.

Gillian était capable de mettre sa fureur en sourdine et de la ressortir quand cela l'arrangeait. Pour l'instant, elle était très fière d'elle. Elle avait pu s'arrêter juste avant d'exploser. Cela lui donnait de l'énergie tout en offrant un rempart à sa peur. Après tout, ce qui se passait dans la pièce voisine ne la regardait en aucune façon. En chantonnant tout bas, elle sortit de son bain, se sécha lentement et se glissa dans une jupe et un chemisier de coton.

Trace O'Hurley avait probablement l'intention de la boucler dans sa chambre pendant tout leur séjour à Casablanca. Fronçant les sourcils, elle passa autour de sa taille une large ceinture. Qu'elle soit damnée si elle restait enfermée dans ce trou comme une souris prise au piège ! Elle ne voyait pas très bien comment, mais il y avait certainement un moyen pour qu'elle aide Flynn et Caitlin. Trace O'Hurley serait bien obligé d'accepter qu'elle fasse partie de cette mission. Et cela, sans plus attendre.

Elle se dirigea vers la porte qui séparait les deux chambres et faillit entrer en collision avec lui.

— Je venais voir si vous faisiez toujours la tête, dit-il.

Elle pointa le menton.

— Je ne fais jamais la tête !

— Bien sûr que si. Mais apparemment, vous avez fini, alors nous pouvons y aller.

Elle ouvrit la bouche pour parler mais la referma aussitôt. Trace avait bien dit « nous » ?

— Aller où ? interrogea-t-elle.

— Voir un de mes amis.

Les yeux étrécis, il recula pour l'observer.

— Vous allez sortir habillée comme ça ?

Gillian baissa les yeux sur la vaste jupe et le chemisier qu'elle avait choisis.

— Oui. Il y a un problème ?

— Il n'y en aurait pas si vous alliez prendre le thé avec des collègues.

Comme elle bredouillait, il déboutonna deux boutons de son chemisier et recula pour voir l'effet produit. Fronçant les sourcils, il hocha la tête.

— C'est un peu mieux ainsi.

— Je n'ai pas envie de m'exhiber pour vous faire plaisir, dit-elle d'un air farouche.

— Personnellement, je me fiche pas mal que vous soyez vêtue de panneaux en carton, mais vous avez un rôle à jouer. Vous n'avez pas de boucles d'oreilles tapageuses ?

— Non.

— Nous allons en acheter. Et aussi, un rouge à lèvres plus vif, marmonna-t-il avant de faire un pas en arrière. Vous ne pouvez pas faire quelque chose pour vos yeux ?

— Mes yeux ? Qu'est-ce qu'ils ont qui ne vont pas, mes yeux ?

Sous son regard médusé, Trace entra dans sa salle de bains.

— La maîtresse de Cabot ne sort pas du couvent, si vous voyez ce que je veux dire.

Il commença à farfouiller dans ses produits de beauté.

— Non. Que voulez-vous dire au juste ?

— Je veux dire que vous avez besoin d'un peu plus de peinture sur le visage, d'un chemisier plus échancré, et d'un peu moins de classe.

Prenant une ombre à paupières gris fumé, il l'examina et la lui tendit.

— Tenez, avec une bonne couche de celle-ci, vous aurez l'air d'une…

Il fit une pause. Le fusillant du regard, Gillian laissa éclater son indignation.

— Croyez-vous vraiment que je vais me maquiller pour que vous puissiez m'afficher comme une…

La rage menaçait de l'étouffer.

— Comme une…

— Comme une poule ? Ne vous énervez pas. Je voulais dire que vous serez plus sophistiquée. Comme une ravissante idiote, si vous préférez.

S'emparant d'un flacon de parfum, il en aspergea quelques gouttes sur son poignet et le respira. L'odeur était plus voluptueuse sur Gillian. Il soupira silencieusement. Mieux valait penser à autre chose.

— Celui-ci, c'est pour fréquenter les salons. Vous n'en avez pas un autre ?

Les yeux flamboyant de colère, elle marmonna entre ses dents :

— Non.

— Bon. Il faudra bien qu'il fasse l'affaire.

Il dirigea le spray sur elle.

— Maintenant, passons à vos cheveux, doc.

Instinctivement, elle porta une main à sa perruque.

— Qu'est-ce qu'ils ont ?

— Ils doivent être moins apprêtés. Le type chez qui nous allons doit s'attendre à me voir avec une femme sexy, et qui a la tête aussi vide qu'une baudruche. C'est généralement le genre de femme qui plaît à Cabot.

— Ah oui ?

— Absolument. Et vous devez lui ressembler. Vous n'avez rien de plus aguichant à vous mettre ?

— Non, je n'ai rien de plus aguichant.

Avec une petite moue, elle se tourna vers le miroir.

— Je n'ai pas entrepris ce voyage avec l'idée de jouer les Messaline.

— Je ne connais aucune femme qui n'ait pas un seul vêtement aguichant.

Si un regard avait suffi à tuer, il serait tombé raide mort.

— Eh bien, maintenant, vous en connaissez une !

En une enjambée, Trace s'approcha d'elle et tendit la main vers son corsage.

— Peut-être avec encore un bouton de moins…

— Bas les pattes !

Elle serra son chemisier contre sa poitrine.

— Je ne veux pas parader à moitié nue pour que vous puissiez garder votre image de sale Cabot ! Fichez-moi la paix ! Je ne veux plus vous voir tourner autour de moi !

— Je vous laisse cinq minutes !

Les mains enfoncées dans les poches, il sortit de la salle de bains. Gillian réapparut dix minutes plus tard. Les mains toujours dans les poches, il l'observa sans rien dire. La colère lui avait déjà donné des couleurs, et elle les avait accentuées avec du rouge aux joues. Elle avait mis de l'ombre à paupières et de l'eye-liner, qui lui agrandissait les yeux.

Il l'avait voulue flamboyante, et elle avait joué le jeu. Alors, pourquoi se sentait-il en colère ?

— Je suis assez vulgaire pour vous, monsieur Cabot ?

— C'est parfait, dit-il, la main sur la poignée de la porte. Allons-y.

Elle se sentait ridicule, mais elle ressemblait à son personnage. C'était ce qui comptait. Elle soupira. Alors pourquoi devait-elle se rappeler sans arrêt que Trace ne l'avait pas laissée derrière lui ? Qu'elle n'aurait pas à s'inquiéter pour lui, comme cela aurait été le cas si elle était restée à l'attendre pendant qu'il cherchait où se trouvait Flynn ? Prenant une profonde inspiration, elle se redressa. Si elle devait jouer un rôle, autant qu'elle le joue jusqu'au bout.

Tandis qu'ils sortaient de l'hôtel, elle donna le bras à Trace et s'appuya contre lui. Il la regarda brièvement du coin de l'œil et parut inquiet. Elle ne put s'empêcher de sourire.

— Est-ce que je suis censée être folle de vous ?

— Surtout de mon argent.

— Oh, je vois. M. Cabot est riche ?

— Bourré de fric.

Montant dans un taxi, elle jeta un coup d'œil par-dessus son épaule.

— Alors, pouvez-vous m'expliquer pourquoi je ne porte pas le moindre bijou ?

— Bonne question. Parce que vous ne les avez pas encore gagnés, chérie, dit-il en posant la main sur sa cuisse.

Sursautant, elle se tourna vers lui. Aucun maquillage au monde n'aurait pu masquer la lueur furibonde qui jaillit dans ses yeux. Avec un immense sentiment de satisfaction, Trace se glissa dans le taxi. Il avait eu le dernier mot, il se sentait beaucoup mieux maintenant. Il donna l'adresse au conducteur et demanda à Gillian :

— Parlez-vous français ?

— Assez pour savoir si je commande du sauté de veau ou du poulet au restaurant.

— Dans ce cas, vous resterez muette. Laissez-moi parler. De toute façon, vous n'êtes pas censée être très intelligente.

Gillian se raidit. Il lui avait demandé un peu trop souvent de se taire.

— J'ai déjà compris à quel point vous appréciiez les femmes qui font la une des magazines pour hommes.

— Tant qu'elles ne parlent pas trop. Si vous devez dire quelque chose, oubliez l'irlandais. Vous avez vécu assez longtemps à New York pour prendre l'accent américain.

Ils sortirent du quartier des hôtels et des grandes boutiques touristiques. Face au port, la médina, la ville d'origine entourée de murs, était un vrai labyrinthe de ruelles étroites. Dans d'autres circonstances, Gillian aurait été fascinée. Elle aurait voulu aller partout, fureter, elle se serait délectée en respirant le mélange d'encens et d'épices. Mais pour l'instant, il ne s'agissait que d'un lieu où elle espérait trouver un indice.

Trace, ou plutôt Cabot — il fallait qu'elle s'habitue à ce nom — paya le taxi. Elle en descendit et regarda les touristes qui se pressaient dans les petites échoppes, et qui n'hésitaient pas à marchander pour le moindre achat.

Cet endroit était plein de charme. Couleurs exotiques, bazars, hommes en djellaba. L'avenue était ombragée, les vitrines étaient surchargées de souvenirs, de vêtements de soie et d'objets artisanaux. La plupart des femmes étaient des Européennes en pantalon. La brise apportait les effluves marins, mêlés aux odeurs de poubelles qui attendaient un peu trop longtemps d'être vidées.

— C'est si différent, soupira-t-elle.

Glissant de nouveau un bras sous celui de Cabot, elle se remit à marcher.

— J'ai beau avoir lu des livres sur ces pays, je suis surprise et émerveillée. C'est tellement… exotique.

Trace hocha vaguement la tête. L'après-midi, il avait vu un bidonville, les cahutes des squatters, à un jet de pierre des beaux quartiers. Un taudis restait un taudis, quels que soient le langage et la culture du pays.

— Entrons dans cette boutique, dit-il.

Il s'arrêta devant la vitrine d'un joaillier.

— Souriez et prenez un air stupide.

Gillian releva un sourcil.

— Je ne suis pas sûre d'être très douée, mais je fais de mon mieux.

Une clochette se mit à tintinnabuler quand ils ouvrirent la porte. Derrière le comptoir, un homme au teint d'amande grillée et aux cheveux blancs discutait avec des clients.

Croisant ses mains derrière lui, Trace attendit patiemment, tandis que Gillian se penchait sur une vitrine.

La boutique ne mesurait guère plus de trois mètres sur douze, avec une arrière-salle séparée par un rideau de perles. Une radio diffusait en sourdine un air pastoral joué à la flûte. Une forte odeur de clous de girofle et de gingembre régnait, brassée par un ventilateur qui tournait lentement au plafond.

Le sol était recouvert de lattes de bois éraflées. Bien que les bijoux soient tous plus scintillants les uns que les autres, la plupart des vitrines étaient ternies et portaient des traces de doigts. Se rappelant le rôle qu'elle devait jouer, Gillian essaya un collier de perles rouges et bleues. Elle soupira. Comme Caitlin serait heureuse d'être ici !

— Bonsoir.

Sa transaction achevée, le vendeur se frotta les mains l'une contre l'autre.

— Cela fait longtemps que je n'ai pas eu le plaisir de votre visite, mon ami, continua-t-il en français. Je ne m'attendais pas à vous revoir dans ma boutique.

Trace-André Cabot lui tendit la main.

— Je ne pouvais pas venir à Casablanca sans passer voir un vieil ami, Al-Aziz.

Le marchand inclina la tête.

— Vous êtes en voyage d'affaires ?

— En partie.

Il indiqua Gillian d'un signe de tête.

— Un peu de travail, et un peu de plaisir.

— Vous avez toujours eu bon goût.

— Oui, elle est jolie. Et pas assez maligne pour poser trop de questions.

— Vous voulez lui acheter une babiole ?

— Peut-être. Mais j'ai aussi quelque chose à vendre.

Faisant semblant d'être vexée qu'il la tienne à l'écart, Gillian s'approcha de lui. Elle lui passa un bras autour de la taille en souriant. Pourvu que la pose soit assez sexy ! Elle imita l'accent new-yorkais de son assistante, à l'Institut.

— J'aurais mieux fait de rester à l'hôtel si tu parles toujours français, dit-elle avec une moue boudeuse.

— Mille pardons, mademoiselle, dit Al-Aziz en anglais.

Trace donna une petite tape intime sur la joue de Gillian.

— Inutile de vous excuser, dit-il.

Il avait encore décelé une légère trace d'accent irlandais dans la voix de Gillian, mais il fallait vraiment le chercher pour l'entendre.

— Chérie, choisis un bijou.

Gillian lui adressa son sourire le plus godiche en papillonnant des paupières.

— Oh, André, tu es un amour ! Je peux vraiment choisir ce que je veux ?

— Absolument, chérie. Prends ton temps.

Gillian se pencha sur le comptoir et regarda les bijoux avec les yeux d'un enfant qui convoite une crème glacée. Jusque-là, elle avait été excellente, décida-t-elle.

— Nous pouvons parler librement, mon ami, continua Trace.

Il s'appuya au comptoir.

— Ma compagne ne comprend pas le français. Je suppose que vous êtes toujours… bien connecté.

— Je suis un homme chanceux.

— Vous vous souvenez qu'il y a quelques années, nous avons fait un marché qui nous a été profitable à l'un comme à l'autre. Je suis venu vous faire une proposition tout aussi intéressante.

— Je suis toujours heureux de parler affaires.

— J'ai une cargaison identique. Quelque chose qui a été libéré par nos amis capitalistes. Je trouve ce chargement… disons… trop explosif pour l'entreposer longtemps. D'après mes sources, je sais qu'une certaine organisation s'est installée au Maroc. Elle pourrait être intéressée par le matériel que j'ai à lui proposer — au taux actuel du marché, naturellement.

— Naturellement. Vous êtes bien conscient que l'organisation dont vous parlez est aussi explosive que la marchandise que vous souhaitez vendre ?

— Cela m'importe peu, si la marge de bénéfice est intéressante. Voulez-vous que nous entamions les négociations ?

— Je garde une commission de dix pour cent, comme d'habitude ?

— Absolument.

— Je peux vous aider. Laissez-moi deux jours. Où puis-je vous joindre ?

— C'est moi qui vous contacterai, Al-Aziz.

En souriant, Trace se passa un doigt sur le menton. C'était un tic que Cabot avait pris.

— Il y a une rumeur que je trouve intéressante, continua-t-il. Il paraît qu'un certain scientifique est, comment dirais-je… employé par cette organisation. Si j'avais plus de renseignements sur lui, votre profit pourrait s'accroître considérablement. Peut-être de vingt pour cent.

Al-Aziz devint livide. D'une voix blanche, il dit :

— On ne peut pas se fier aux rumeurs.

— On peut s'y fier suffisamment pour essayer d'en tirer profit.

Portant la main à sa poche, il en sortit son portefeuille dont il tira quelques billets de banque. Ils disparurent comme par magie dans les plis du vêtement d'Al-Aziz.

— De telles choses sont rarement impossibles.

— Oh, chéri ! Est-ce que je peux avoir celles-ci ? s'écria brusquement Gillian.

Elle saisit Trace par la main et l'entraîna vers une vitrine où brillait une paire de longues boucles d'oreilles en or incrustées de pierres rouges.

— Des rubis, dit-elle avec un long soupir d'envie. Je vais faire crever d'envie toutes mes copines !

Elle gloussa en posant sur Trace un regard liquide.

— S'il te plaît, mon chou, est-ce que je peux les avoir ?

— Huit cents dirhams, dit le vendeur avec un sourire complaisant. Mais en l'honneur de la dame, ce sera seulement six cents.

— S'il te plaît, mon chou, je les adore !

Pris à son propre piège, Trace hocha la tête à l'intention d'Al-Aziz. Et il se débrouilla pour pincer le bras de Gillian pendant que le marchand sortait les boucles de la vitrine.

— Oh, je vais les mettre tout de suite !

Elle les fixa à ses oreilles pendant que Trace comptait les billets.

— Je reviendrai dans deux jours, dit-il en français.

Le marchand leur adressa un sourire obséquieux.

— Venez avec votre dame.

Trace hocha la tête et se dirigea vers la sortie, entraînant Gillian.

— Vous auriez pu choisir des perles de verre !

Gillian posa un doigt sur une boucle et la fit tournoyer.

— Une femme comme celle que vous voulez avoir suspendue à votre bras ne pourrait en aucun cas se satisfaire de bijoux de pacotille. Par contre, elle serait assez bécasse pour prendre du verre coloré pour des pierres précieuses. J'ai voulu faire du bon travail.

— Oui…

Il l'observa du coin de l'œil. Les boucles avaient beaucoup de style aux oreilles de Gillian.

— Bien joué, dit-il.

Posant une main sur son bras, Gillian se serra contre lui.

— Attendez un peu. Votre compliment m'a pratiquement coupé le souffle.

— Ressaisissez-vous.

— Voilà, je vais mieux. Maintenant, allez-vous me dire de quoi vous parliez, avec ce Al-Aziz ?

Trace secoua lentement la tête.

— Si nous faisions une promenade ?

5

Ils s'arrêtèrent dans un club bruyant et enfumé, où la musique faisait trembler les murs. Gillian soupira. C'était toujours mieux que d'être coincée dans une chambre d'hôtel. Faisant tourner un verre de vin entre ses mains, elle observa les clients. Ils étaient jeunes, dans l'ensemble, et encore une fois, européens pour la plupart.

Elle avait plus voyagé au cours des deux dernières semaines que pendant tout le reste de sa vie. Elle aurait aimé pouvoir se laisser aller à cette atmosphère bruyante et joyeuse. Mais le cœur n'y était pas. Elle s'appuya contre Trace.

— Vous devez me mettre au courant. C'est mon droit le plus absolu, dit-elle.

Il avait choisi ce club parce que la clientèle était trop occupée à s'amuser pour épier leur conversation. Quoi qu'ils puissent se dire, rien ne s'échapperait au-delà de la table à laquelle ils étaient assis. Mais il avait une autre raison pour ce choix : il préférait retarder le plus possible leur retour à l'hôtel, où il se retrouverait seul avec Gillian.

— Al-Aziz est un homme d'affaires. Cabot aussi.

Il grignota quelques pistaches.

— Je lui ai fait une proposition d'affaires.

— Qu'est-ce que cela a à voir avec Flynn ?

— Al-Aziz est intéressé. Avec un peu de chance, grâce à lui, l'organisation Hammer va être intéressée aussi. Nous allons organiser une rencontre, qui me permettra de découvrir plus de renseignements que je n'en ai récolté jusqu'à aujourd'hui.

— Vous avez l'intention de voir ces gens ?

Pour une raison inconnue, son sang se glaça dans ses veines à cette idée. Mais non, elle devait être honnête avec elle-même. Ce n'était pas pour une raison inconnue. C'était pour Trace. Elle avait peur pour lui.

— Ils savent qui vous êtes, continua-t-elle.

Trace sirota son whisky et fit une petite grimace. Dans combien de temps pourrait-il boire de nouveau un whisky digne de ce nom ?

— Abdul sait qui je suis. Les crétins comme lui ne sont généralement pas tellement dans le coup pour faire des transactions d'armes.

— Oui, mais… Des armes ?

Sa voix prit un accent passionné.

— Vous allez leur vendre des fusils ?

— Du moins vont-ils le croire.

— C'est de la folie. Faire semblant de vendre des armes à des terroristes ! Il y a certainement une meilleure solution.

Il eut un sourire ironique.

— Certainement. Par exemple, j'aurais pu entrer dans la boutique de Al-Aziz en lui disant que vous étiez le Dr Gillian Fitzpatrick, et que votre frère a été enlevé par le Hammer. J'aurais pu faire appel à son humanité. Et avant le lever du jour, vous vous seriez retrouvée dans la même situation que votre frère. Quant à moi, je serais déjà mort.

Les yeux rivés sur son verre de vin, Gillian fronça les sourcils.

— C'est tout de même une façon de s'y prendre qui est drôlement compliquée.

— Tenez-vous-en à vos théories, doc, et moi je m'en tiens aux miennes. Dans quelques jours, je devrais pouvoir parler au leader du Hammer, en chair et en os. J'ai le sentiment que, quel que soit le lieu où il se trouve, votre frère est dans son voisinage immédiat.

— Vous croyez que Flynn est dans les parages ?

Se penchant vers lui, elle lui prit la main.

— J'aimerais en être sûre. J'aimerais pouvoir sentir où il se trouve.

— Selon les données relevées sur l'ordinateur, il serait au Maroc. Rory m'a confirmé que l'avion avait été affrété pour Casablanca. Même s'il est ailleurs maintenant, il s'est d'abord trouvé ici. C'est donc à partir d'ici qu'il faut entreprendre nos investigations.

Gillian resta un instant silencieuse. Trace paraissait si sûr de lui, et de son plan. Elle ne souhaitait rien plus intensément que de croire à son efficacité.

— Vous aviez déjà rencontré Al-Aziz, n'est-ce pas ? Il semblait vous connaître.

Trace hocha vaguement la tête.

— Oui, nous nous sommes déjà rencontrés.

— Vous vous êtes déjà servi de lui pour vendre des armes ?

— Ce sont les Services Secrets Internationaux qui se sont servis de lui, rectifia Trace.

Pensif, il déposa quelques pistaches dans le creux de sa main. Quelques années plus tôt, les SSI avaient infiltré l'organisation. Cabot avait fait un joli profit, Al-Aziz avait eu sa commission, et la démocratie avait fait un grand pas en avant.

Les yeux rivés sur lui, Gillian remua sur son siège. Bien sûr, elle savait que de telles choses existaient. Elle avait grandi dans un pays divisé par la guerre, mais cela ne rendait pas pour autant ce marché acceptable.

— Ce n'est pas bien, murmura-t-elle.

— C'est le monde réel. Et la plupart du temps, il n'est pas très brillant.

— Est-ce la raison pour laquelle vous faites cela ?

Malgré son envie de s'approcher plus près de lui, elle se renversa contre son dossier.

— Pour refaire le monde ? interrogea-t-elle encore.

Trace eut un petit rictus ironique. Il y avait une époque, très lointaine, où il avait été assez idéaliste pour croire à ce genre de choses. Quand et où avait-il perdu ses illusions, il n'aurait su le dire.

— Je me contente de faire mon travail, Gillian. Ne me prenez surtout pas pour un héros.

— Cela ne m'était pas venu à l'esprit, dit-elle sèchement.

Il sourit.

— Je croyais seulement que ce serait plus facile si j'arrivais à vous comprendre, continua-t-elle.

— Il n'y a qu'une chose à comprendre : je vais tirer d'affaire votre frère et sa fille.

— Et ensuite ?

Elle fit un effort pour se détendre. Elle était obligée d'attendre, elle n'avait pas le choix. Attendre, et essayer de déceler ce qui se cachait sous le vernis de l'homme qui tenait sa vie entre ses mains.

— Vous prendrez votre retraite ?

— C'est une excellente idée, chérie.

Ils étaient enveloppés de fumée. Cigarettes turques et françaises. La musique était forte, la boisson à peu près acceptable. Trace but une gorgée. Quand avait-il commencé à se dire qu'il avait passé trop de temps dans des lieux comme celui-ci ? Il refréna une envie de rire. Qu'il le veuille ou non, il était né dans un lieu comme celui-ci. Plusieurs fois, au cours de l'année passée, il s'était rendu compte qu'il rêvait de changer de vie, aussi intensément que cela lui était arrivé douze années plus tôt.

— Trace ?

— Pardon ?

Elle ne savait pas très bien où il s'était évadé, mais ce n'était pas le moment de lui poser la question.

— Que ferez-vous… quand vous aurez pris votre retraite ?

— J'irai sur une île. Aux Canaries, il suffit de tendre la main pour cueillir des fruits délicieux, et il y a toujours un hamac où un homme peut dormir avec une jolie femme. L'eau est transparente comme le verre, et le poisson vous saute directement dans les mains.

Il but une longue gorgée.

— Avec cent mille dollars, je pourrai y mener une vie de roi.

— Si vous ne mourez pas d'ennui.

— J'ai eu assez d'excitation dans ma vie pour les trente ou quarante années à venir.

Il sourit.

— Des femmes à la peau couleur de miel.

Il trinqua avec elle.

— Je vais enfin pouvoir profiter de la vie !

— André !

Trace tourna la tête et se retrouva bâillonné par un long baiser brûlant. Essayant de respirer, il retrouva la mémoire. Oui, il ne connaissait qu'une seule femme qui avait un parfum de fleur exotique et qui embrassait comme un vampire.

— Désirée !

Trace caressa son bras nu tandis qu'elle s'asseyait sans façon sur ses genoux.

— Toujours à Casablanca ?

— Bien sûr.

Elle eut un petit rire de gorge et rejeta en arrière sa noire chevelure léonine.

— Je suis associée au patron de ce club.

— Félicitations.

Elle avait une peau brillante comme les feuilles de magnolia, mais son cœur se nourrissait joyeusement de poison. Malgré cela, il avait gardé pour elle une affection distante.

— Je me suis mariée avec Amir. Il est dans l'arrière-salle. Heureusement, parce que s'il te voyait me tripoter comme tu le fais, il te trancherait la gorge.

— Apparemment, rien n'a changé ici.

— Toi non plus.

Ignorant Gillian, Désirée passa ses longs doigts fuselés sur le visage de Trace.

— Oh, André, j'ai attendu ton retour pendant des semaines.

— Au moins quelques heures, j'espère.

Elle sourit malicieusement.

— Tu vas rester longtemps ?

— Quelques jours. Je montre à mon amie les charmes de l'Afrique du Nord.

Désirée jeta un coup d'œil en coin sur Gillian.

— Il y a eu une époque où tu te contentais de mes charmes.

— Tes charmes seraient suffisants pour n'importe quelle armée.

Levant son verre, Trace riva les yeux sur la porte du fond. Désirée ne plaisantait pas au sujet de Amir.

— J'ai du travail, ma belle. Est-ce que tu écoutes toujours aussi bien aux portes ? demanda-t-il avec un sourire charmeur.

— Qu'est-ce que je ne ferais pas pour toi… surtout si tu ne m'oublies pas.

— Il s'agit de Flynn Fitzpatrick. Un scientifique irlandais. Il a une petite fille. Combien cela va-t-il me coûter pour savoir s'ils sont à Casablanca ?

— Pour un vieil ami comme toi… cent dollars.

Trace la fit descendre de ses genoux avant de sortir son argent.

— En voici la moitié pour l'instant. Histoire de t'inciter à travailler.

Elle prit l'argent et le glissa dans une de ses chaussures.

— C'est toujours un plaisir de te voir, André.

— C'est un plaisir pour moi aussi, chérie.

Il tendit une main vers elle et lui effleura les lèvres du bout des doigts.

— Ne transmet pas mes amitiés à Amir.

Avec un éclat de rire, Désirée disparut dans la foule.

— Vous avez des amis fascinants, commenta Gillian d'un ton aigre-doux.

— Oui. Je trouve aussi. Bon, allons-y !

Gillian se faufila derrière lui entre les tables et ils se retrouvèrent dans la nuit étoilée.

— Que disiez-vous ?

— Rien, je pensais au bon vieux temps.

Elle arqua un sourcil.

— Je suis sûre qu'il était formidable.

Il ne put s'empêcher de sourire. Désirée avait le cœur sec, mais quelle imagination en amour !

Le front rembruni, Gillian lutta pour rester calme. Elle demeura un instant silencieuse. Puis, n'y tenant plus :

— Je suppose que cette femme aguicheuse est exactement votre genre.

Trace connaissait les femmes. Ce n'était pas le moment de rire. Il fit semblant de tousser.

— Disons plutôt qu'elle a un certain style.

— Je l'ai bien vu. Et je doute qu'elle soit toujours aussi séduisante quand elle enlève ses trois couches de maquillage.

— Inutile d'être jalouse, chérie.

— Jalouse ?

Elle voulut prendre un ton ironique, mais elle n'y arriva pas. Vexée, elle continua :

— Je ne serai jamais jalouse d'une femme que vous... que vous...

— Allez-y, ne vous gênez pas. Crachez le morceau !

Elle rejeta le bras qu'il avait nonchalamment posé autour de ses épaules.

— Peu importe. Pour quel service l'avez-vous payée ?

— Pour qu'elle me donne quelques renseignements.

— Comment diable une femme comme elle pourrait-elle en être capable ?

Trace la dévisagea. Visiblement, elle parlait avec le plus grand sérieux. Il secoua la tête.

— Secret diplomatique, marmonna-t-il.

Gillian se tournait et se retournait dans son lit. Impossible de dormir. Son énergie, qui lui avait fait si cruellement défaut quelques jours plus tôt, était revenue, décuplée. Tout était si étrange. Elle se trouvait en Afrique, sur un continent qu'elle avait découvert par les livres. Le Sahara était au sud. L'Atlantique n'était qu'à quelques kilomètres, mais vu de ce côté-ci du monde, il semblait être un océan différent. Même les étoiles semblaient différentes.

Cependant, ce n'était pas l'étrangeté qui la dérangeait. Dans son enfance, elle avait souvent rêvé d'aller dans des pays lointains, mais jusque-là, elle avait dû se satisfaire de ses lectures. Et un beau jour, son besoin d'une nouvelle vie avait été si fort qu'elle s'était décidée à émigrer aux Etats-Unis. Là, elle était devenue une femme indépendante, ce qu'elle n'aurait jamais pu être si elle était restée en Irlande auprès de son père. Elle était partie en Amérique pour réaliser ses propres projets, pour vivre sa vie. Et voilà que maintenant, son père était malade, et que son frère avait disparu.

Elle se leva et enfila son peignoir avant de se planter devant les portes vitrées ouvrant sur la terrasse. Elle soupira. Les choses auraient-elles été différentes pour son père si elle était restée en Irlande ? Cela paraissait stupide de croire cela. Et pourtant, le doute continuait à la ronger.

Allons, ce n'était pas le moment d'avoir des pensées négatives. Elle se trouvait en Afrique, avec un homme qui changeait d'identité en un clin d'œil. Ce serait grâce à lui, et grâce à sa propre détermination, que tout rentrerait dans l'ordre.

Elle sortit sur la terrasse et s'accouda à la balustrade. La nuit était douce et parfumée. Elle observa les lumières et les ombres de Casablanca. Trace prétendait qu'il ne cherchait pas à changer le monde, qu'il ne faisait que son travail. Pourquoi ne le croyait-elle pas ? Ce qu'il disait semblait correspondre parfaitement à sa personnalité. Elle poussa encore un profond soupir. Ce qui était intolérable, c'étaient les sentiments qu'elle éprouvait pour lui.

Presque dès le premier instant, elle s'était sentie à la fois attirée et repoussée. Parfois, mais très rarement, elle avait perçu dans ses yeux une lueur de gentillesse, voire de compassion. Et il l'avait regardée d'une façon si troublante, quand ils étaient en haut de la pyramide du Magicien. Il était à la fois rêveur et implacablement réaliste. Comment pouvait-on combiner des traits de personnalité aussi opposés ?

Ce qu'il était, ce qu'il faisait la mettaient mal à l'aise. Toute sa vie, elle avait cru à la justice et à l'injustice, au bien et au mal. Avant de rencontrer Trace, elle n'avait pas pensé qu'il puisse y avoir beaucoup de nuances entre ces deux extrêmes. Elle n'avait jamais imaginé non plus qu'elle pourrait être attirée par un homme qui vivait dans ces zones indéfinies.

Et cependant, c'était un fait. Pas une théorie, pas une hypothèse, mais un fait : elle était attirée par Trace O'Hurley, alias André Cabot. Cela, elle devait le reconnaître. Elle ne pouvait pas faire analyser ses émotions dans un laboratoire, les faire disséquer. Pour la première fois de sa vie, elle se trouvait face à un problème qu'aucune expérience ni aucune logique ne pouvait résoudre. Et ce problème portait un nom : Trace O'Hurley.

Elle avait éprouvé une jalousie cuisante, au club, quand cette femme était venue s'installer sur les genoux de Trace. En la voyant lui murmurer des mots intimes en français, et promener ses mains sur son corps, elle avait eu une envie presque irrésistible de l'attraper par ses cheveux laqués. Pourtant, ce n'était pas sa nature, ou du moins, elle l'avait ignorée jusqu'à ce jour.

Il lui était arrivé d'être jalouse de Flynn de temps à autre, mais de la façon dont une sœur peut être jalouse d'un frère qui est le favori de ses parents. Et son amour pour lui avait toujours triomphé. A l'université, il lui était arrivé aussi d'envier des filles aux cheveux blonds et aux yeux bleus. Mais c'était un sentiment très superficiel, dénué de passion.

En revanche, la jalousie qu'elle avait ressentie ce soir avait été violente, difficile à contrôler. Ce n'était pas l'allure exotique de la jeune femme qui avait provoqué sa réaction, mais le fait qu'elle avait enroulé ce corps autour de Trace, et qu'elle l'avait embrassé comme si elle avait voulu le dévorer vivant.

Et le pire était qu'apparemment, Trace avait beaucoup aimé cela.

Gillian croisa les bras sur sa poitrine et contempla les lumières qui scintillaient encore sur la ville. Elle haussa les épaules. Au fond, il ne fallait pas donner à sa réaction plus d'importance qu'elle n'en avait.

Un grattement sec tout près d'elle la fit sursauter. Elle tourna la tête vers l'endroit d'où venait le bruit. La flamme d'une allumette jaillit à côté d'elle.

Trace se tenait dans l'ombre. Elle détourna les yeux. Depuis combien de temps était-il là, à la regarder en silence ?

— Je ne savais pas que vous étiez ici.

Et elle ne l'aurait pas su s'il ne s'était pas manifesté.

— Je n'arrivais pas à dormir, ajouta-t-elle.

Comme il ne disait rien, elle tripota nerveusement la ceinture de son peignoir et s'éclaircit la gorge.

— Je croyais que vous étiez couché.

— Le décalage horaire perturbe le rythme biologique.

— Oui, je suppose, dit-elle en posant tremblante une main sur la balustrade.

Elle soupira imperceptiblement. Si cela pouvait être aussi simple !

— Nous avons changé si souvent de fuseau horaire, depuis quelques jours. Je pensais que vous vous y étiez habitué, dit-elle.

— J'aime la nuit.

Ce qui était la vérité. Mais il était venu sur la terrasse parce qu'il était agité, et parce qu'il pensait à elle.

— Parfois, je monte sur le toit de mon immeuble. A New York, c'est le seul moyen de voir les étoiles.

Gillian leva les yeux vers le ciel.

— En Irlande, il suffit de sortir de chez soi.

Elle secoua la tête et reporta son regard sur Casablanca.

— Est-ce que cela vous manque ? interrogea-t-elle.

— Quoi donc ?

— Votre maison, à New York.

Il tira sur sa cigarette, et le rougeoiement éclaira un instant son visage.

— Je vous l'ai déjà dit. Je n'en ai pas.

Elle se déplaça vers le bord de la terrasse.

— Mais les îles Canaries ? Combien de temps un homme peut-il vivre de poissons et de fruits ?

— Assez longtemps.

La température s'était rafraîchie, mais Trace était torse nu. Gillian frissonna. Elle n'avait pas oublié la sensation presque sauvage qu'elle avait éprouvée quand il l'avait serrée contre ce torse puissant. Et le vide vertigineux, après, quand il l'avait repoussée. Non, les émotions ne pouvaient pas être décortiquées, mais il était toujours possible d'en analyser les sources.

— Je me demande ce que vous fuyez, finit-elle par dire après un long silence.

— Je ne fuis pas. Je cours après quelque chose. Une vie luxueuse, chérie, peuplée de femmes à moitié nues.

— Je ne crois pas que vous y arriverez. Vous avez déjà donné une partie de votre vie à votre pays. Il vous manquerait.

— J'en doute.

Il resta silencieux. Le parfum de Gillian était doux. La brise le transportait jusqu'à lui.

— Savez-vous ce que m'a dit Charlie Forrester à votre sujet ? interrogea-t-elle.

Il ne répondit pas.

— Il m'a dit que si vous suiviez plus régulièrement les règles du jeu, vous pourriez diriger les Services Secrets Internationaux.

— Charlie avait la folie des grandeurs.

— Il était terriblement fier de vous.

— Il m'avait recruté. Il m'avait formé.

D'un pas nerveux, Trace s'approcha de la balustrade.

— Il voulait s'assurer qu'il avait fait du bon boulot avec moi.

— Je crois que c'était plus que cela. L'affection et la fierté ne vont pas toujours ensemble.

Elle soupira. Son père était un bon exemple.

— Vous devriez avoir la satisfaction de savoir qu'il aimait ce que vous êtes, autant que ce qu'il a fait de vous. Je sais qu'il comptait pour vous, et que vous avez accepté cette mission autant pour sa mémoire que pour l'argent. Vos raisons ne devraient pas avoir d'importance pour moi. Et pourtant, elles en ont. Trace ?

Il resta muet. Il ne voulait pas regarder Gillian pour le moment. Son parfum flottait dans l'air et ses cheveux étaient baignés par le clair de lune. Il garda les yeux rivés sur la rue.

— Je sens que tout finira bien pour Flynn et Caitlin, grâce à vous, dit-elle d'une voix à peine audible.

Elle aurait aimé qu'il soit plus près d'elle. Elle aurait posé une main sur son bras. Mais il valait mieux qu'il en soit ainsi.

— Et quand ils seront de retour, je ne serai pas capable de vous remercier suffisamment. C'est pourquoi je veux vous dire que, quoi qu'il arrive, je vous suis infiniment reconnaissante.

— Je vous le répète : je ne fais que mon boulot, grommela-t-il entre ses dents.

La voix lente et chaude de Gillian avait tendance à le lui faire oublier.

— Ne me considérez pas comme un héros, Gillian.

— Je ne vous considère pas comme un héros, mais je commence à comprendre qui vous êtes, Trace.

Elle se dirigea vers la porte de la terrasse.

— Bonne nuit.

Elle n'attendait pas de réponse. Aussi referma-t-elle la porte sur son silence.

— Comment pouvez-vous espérer que je vais aller fureter dans les boutiques et faire des photographies, comme si j'étais une simple touriste ?

Trace entraîna Gillian près d'une autre vitrine.

— Parce qu'aujourd'hui, vous n'êtes rien de plus qu'une touriste. Montrez un peu plus d'enthousiasme.

— Mon frère et ma nièce sont prisonniers. J'ai bien peur d'avoir du mal à m'enthousiasmer pour un plat en céramique.

— C'est de l'art nord-africain authentique.

— Nous perdons notre temps. N'avez-vous rien de plus important à faire ?

— Vous avez une suggestion ? dit-il à voix basse.

Devant les boutiques, des objets étaient présentés sur des tables protégées du soleil par des auvents aux couleurs vives. L'air était chargé d'odeurs de cuir et de chevaux.

— Vous voulez que je déboule armé jusqu'aux dents dans le lieu où votre frère est retenu ?

Elle lui jeta un regard noir. Décidément, il était très doué pour lui donner le sentiment qu'elle était ridicule. Elle haussa les épaules.

— Cela me paraît plus logique que d'acheter des bibelots et de faire des photographies.

— Primo, je ne sais pas où ils le retiennent. Difficile de débarquer dans un lieu indéterminé. Secundo, si je me lançais dans cette tactique bonne pour la télévision, je gagnerais un passeport pour l'au-delà, et votre frère ne serait pas mieux servi.

Il la prit par le bras.

— Allons nous asseoir.

Ils s'installèrent à la terrasse d'un petit café.

— Pourquoi ne me dites-vous pas ce qui vous perturbe ?

Gillian remonta ses lunettes de soleil sur son nez.

— Oh, je ne sais pas, dit-elle d'un ton cassant et ironique. Je suppose que c'est lié à la situation dans laquelle se trouvent Flynn et Caitlin. Bizarre, non ? Ou alors, je me suis simplement levée du mauvais pied.

— Le sarcasme ne vous va pas bien.

Il commanda deux cafés et étira ses longues jambes.

— Vous avez bien joué votre rôle hier, dit-il.

Baissant les yeux sur ses mains, elle contempla le jeu du soleil sur l'or de son bracelet-montre, jusqu'à ce que le serveur apporte les cafés.

— J'ai très mal dormi. J'ai passé presque toute la nuit éveillée, à attendre que le jour se lève. J'avais l'impression bizarre que quelque chose ne tournait pas rond, et que j'allais arriver trop tard pour pouvoir y remédier.

Elle leva les yeux sur lui. S'il se mettait à rire, elle allait le mépriser.

— Vous vivez des moments très pénibles depuis quelques jours, dit-il d'une voix neutre. Ce ne serait pas normal que vous dormiez sur vos deux oreilles.

— Je suppose, mais si j'avais au moins l'impression que nous faisons quelque chose d'efficace.

— C'est ce que nous faisons.

Il posa une main sur les siennes et la retira aussitôt.

— Buvez votre café.

Le contact avait été bref, mais il le regrettait déjà.

— Cela vous rend nerveux d'être gentil, dit-elle.

— Je ne suis pas gentil.

Il alluma une cigarette. Il valait mieux qu'il occupe ses mains.

— Si, vous l'êtes.

Un peu plus détendue, Gillian leva sa tasse.

— Vous préféreriez ne pas l'être, mais c'est difficile de changer de nature. Vous pouvez vous faire passer pour un autre.

Elle fit une pause et sirota son café. Il était chaud et corsé, c'était exactement ce dont elle avait besoin.

— Mais vous ne pouvez pas changer ce que vous êtes vraiment au fond de vous. Quel que soit le nom que vous prenez, sous la surface, vous êtes un homme bon.

— Vous ne me connaissez pas.

Il aspira la fumée à pleins poumons.

— Et vous ne savez rien en ce qui me concerne.

— En tant que scientifique, j'ai un grand sens de l'observation, et une capacité d'analyse, disons un peu au-dessus de la moyenne. Voulez-vous connaître les hypothèses que j'ai faites à votre sujet ?

— Non.

Gillian secoua la tête. La tension qui s'était accumulée dans ses muscles pendant la nuit se relâcha.

— Vous aimez l'aventure et l'exaltation qu'elle procure, et vous avez certainement été servi dans ce domaine. Je pense que vous croyez à la liberté individuelle, et aux droits de l'homme, assez en tout cas pour passer une bonne partie de votre vie à vous battre pour eux. Vous avez eu des désillusions et vous avez failli perdre la vie. Je ne sais pas ce qui vous dérange le plus. Je crois que vous étiez sincère en me disant que vous en aviez assez de mener cette vie, Trace. Mais vous mentez chaque fois que vous dites que vous remplissez cette mission uniquement pour l'argent.

Trace resta silencieux. Gillian était près, beaucoup trop près du cœur du problème. Il avait découvert que la vie était plus facile si l'on gardait des distances.

— Vous voulez savoir ce que je suis ? Je suis un menteur invétéré, un voleur, un tricheur et un tueur. Il n'y a rien de glorieux ni d'idéaliste dans ce que je fais. J'exécute des ordres.

— A mon avis, la question n'est pas tant vos actes que vos motivations.

Poussant un petit soupir, elle prit une décision temporaire : pour l'instant, il valait mieux qu'elle cesse de se demander pourquoi c'était si important pour elle de croire cela.

— Vos motivations sont devenues moins évidentes, c'est pourquoi vous avez envie de vous retirer dans une petite île où vous n'aurez plus à y penser.

Trace écrasa sa cigarette.

— Vous êtes physicienne, pas psychiatre, si j'ai bien compris ?

— Je ne fais qu'appliquer la logique la plus élémentaire. Je suis quelqu'un de très logique.

Elle posa sa tasse sur la soucoupe.

— De plus, il y a votre attitude… Apparemment, vous êtes attiré par moi.

Il fronça les sourcils.

— Vous croyez ?

Elle sourit. C'était toujours plus rassurant de parler ouvertement.

— Je pense que ce serait idiot de nier cette attirance. C'est un fait, non une théorie. Cependant, même en partant de ce fait, votre comportement est contradictoire. Chaque fois que vous en avez tenu compte, vous avez choisi de favoriser la frustration.

Trace fronça les sourcils. Il avait l'impression d'être disséqué comme un crapaud. Il attendit que le serveur ait rempli leurs tasses, puis il se pencha vers elle.

— Vous devriez m'en être reconnaissante, dit-il.

Leurs visages étaient très près l'un de l'autre au-dessus de la petite table ronde. Gillian avait la bouche sèche. Son cœur battait la chamade, mais ce n'était pas une sensation désagréable.

— Parce que vous êtes un homme dangereux ? interrogea-t-elle avec un demi-sourire.

— Je suis l'homme le plus dangereux que vous puissiez rencontrer.

Elle n'allait pas discuter ce point-là.

— Je vous ai déjà dit que j'étais assez grande pour prendre soin de moi.

Elle tendit la main vers sa tasse de café, mais, d'une poigne ferme, Trace la saisit au passage. Elle plissa les paupières.

— Vous ne sauriez pas par où commencer avec moi, doc. Et surtout, vous ne sauriez pas où en finir. Vous feriez mieux de remercier votre bonne étoile.

— Ma famille a été kidnappée, j'ai vu un homme mourir, et j'ai senti un couteau sur ma peau. Il n'y a pas grand-chose que vous puissiez faire pour m'effrayer.

Elle libéra sa main. Avec un calme apparent, elle porta sa tasse à ses lèvres. Son cœur palpitait jusque dans sa gorge.

— Vous vous trompez, dit-il.

Cette fois, il lui adressa un sourire satisfait.

— Si je décide de vous avoir, vous verrez à quel point vous vous serez trompée, continua-t-il en plongeant un regard brûlant dans le sien.

Elle posa sa tasse un peu brutalement sur la soucoupe.

— Je suis prête ! rétorqua-t-elle en se levant.

— Restez assise.

Brusquement, la voix de Trace venait de changer. Elle obéit.

— Buvez votre café, dit-il doucement en s'emparant de son appareil photo.

— Qu'est-ce que vous faites ?

— Al-Aziz a de la visite.

L'appareil photo était un des rares objets qu'il appréciait parmi l'équipement fourni par les SSI. Il enfonça un bouton, et l'objectif vint cadrer un homme qui descendait d'une voiture noire. Trace sourit. Il avait vu ce visage sur les diapositives projetées lors des briefings. Kendesa était le bras droit du leader du Hammer, un homme intelligent qui contrebalançait le fanatisme du général Husad.

— Vous le connaissez ? demanda Gillian.

Trace prit deux clichés.

— Oui.

Il baissa son appareil.

— Vous pouvez m'expliquer ? dit-elle.

— Rien de plus simple : ils ont déjà mordu à l'hameçon.

Faisant un effort pour garder son calme, Gillian s'humecta les lèvres.

— Et maintenant, que faisons-nous ?

Trace alluma une autre cigarette.

— Nous attendons.

Le visiteur d'Al-Aziz resta vingt minutes dans la boutique. Quand il en ressortit, Trace se leva. Au moment où Kendesa montait dans la voiture, Trace et Gillian prirent un taxi.

— Suivez cette voiture, mais à distance, ordonna Trace au conducteur en sortant des billets de banque.

Le chauffeur empocha l'argent avant de démarrer. Gillian chercha la main de Trace et la garda dans la sienne.

— Vous pensez qu'il sait où se trouve Flynn ?

— Oui.

— Qu'allez-vous faire ?

— Rien.

— Mais s'il…

— Nous allons déjà voir où il va.

La voiture noire s'arrêta devant l'un des hôtels les plus chic du quartier des affaires. Trace attendit que Kendesa soit à l'intérieur.

— Attendez-moi ici, dit-il à Gillian.

— Mais je veux…

— Restez dans ce taxi, répéta-t-il en s'éloignant.

Les minutes passèrent, et la contrariété fit bientôt place à l'inquiétude. N'y tenant plus, Gillian allait ouvrir sa portière quand Trace réapparut.

— Vous vouliez aller quelque part ?

Il se glissa à côté d'elle et claqua la portière. Puis il donna au conducteur le nom de leur hôtel.

— Alors ? s'enquit Gillian d'une voix un peu chevrotante.

— Il est arrivé ce matin. Il n'a pas indiqué le jour de son départ. Apparemment, il a l'intention de rester jusqu'à ce que tout le travail soit accompli.

— Vous allez le voir et lui demander où est Flynn, je suppose ?

Trace lui jeta un regard oblique.

— Bien sûr. Je vais frapper à sa chambre, et quand il ouvrira, je le maîtriserai d'une main, et de l'autre, j'assommerai ses trois gardes. Puis je le torturerai pour obtenir la vérité. Ensuite, je n'aurai plus qu'à aller délivrer votre frère. Cela me paraît d'une facilité enfantine.

Piquée au vif par son sarcasme, elle répliqua sèchement :

— Je vous paie pour cela !

— Vous me payez pour le sauver.

Le taxi s'arrêta le long du trottoir, et Trace tendit quelques billets au conducteur. Puis il se tourna vers Gillian :

— Laissez-moi faire, conclut-il d'une voix sèche.

Gillian ravala ses protestations. C'était inutile de s'énerver. De toute façon, Trace n'en ferait qu'à sa tête. Une fois dans leur suite, elle retrouva la parole :

— Si vous avez un plan, j'aimerais en être informée.

Ignorant sa requête, Trace se dirigea vers le lit et sortit d'une sacoche un appareil qui ressemblait à un minilecteur de CD.

— Ce n'est pas le moment d'écouter de la musique, fit-elle remarquer.

Comme il continuait à se taire, elle se rua vers lui, furibonde.

— Trace, je veux savoir ce que vous avez derrière la tête. Je refuse que vous me laissiez dans l'incertitude pendant que vous écoutez de la musique. Je veux savoir.

— Taisez-vous !

Il enclencha l'appareil. Des voix s'en élevèrent. Bien qu'elles ne soient pas très audibles, Gillian entendit qu'elles parlaient en arabe. Il ajusta le volume.

— Qu'est-ce que c'est ? interrogea-t-elle.

— Nos amis... j'ai pu les enregistrer avec le petit micro que j'avais installé hier dans la boutique d'Al-Aziz.

— Vous... je ne vous ai pas vu installer quoi que ce soit.

— Tant mieux. Cela me rassure.

Il enroula la bande jusqu'au début.

— Je ne vois pas où vous pouvez l'avoir fixé, s'obstina Gillian.

— Je l'ai laissé bien en vue. Les gens trouvent les choses plus vite si on les cache. Vous n'avez jamais lu Edgar Poe ? Maintenant, taisez-vous.

Se penchant vers le magnétophone, il tendit l'oreille. Il reconnut la voix d'Al-Aziz. Après les formules de politesse, qu'il comprit facilement, il déchiffra quelques passages. Il entendit prononcer le nom de Cabot, et il comprit que les hommes se livraient à des négociations financières.

— Que disent-ils ? demanda impatiemment Gillian quand il enroula encore une fois la bande en arrière.

— Je ne connais pas assez bien l'arabe pour tout comprendre.

— Oh !

Elle essaya d'ignorer sa déception. Passant ses mains sur son visage, elle s'assit sur le lit à côté de Trace.

— Vous espériez qu'ils parleraient en français ou en anglais ?

— Cela aurait été plus pratique.

Trace retira la bande de l'appareil et la glissa dans sa poche.

— Maintenant, allons chercher un interprète.

Gillian laissa tomber ses mains sur ses genoux.

— Vous connaissez quelqu'un qui peut nous aider ? s'enquit-elle d'une voix lasse.

— N'importe qui nous aidera contre une somme d'argent.

Il consulta sa montre.

— Le club doit être très calme en ce moment. Je crois que je vais aller voir Désirée.

— Je viens avec vous.

Il allait refuser, puis il se ravisa.

— Pourquoi pas ? Vous pourrez toujours me servir de prétexte si Amir est dans les parages. Si vous vous pendez à mon cou, il ne pensera pas que j'attise les fantasmes de sa femme.

Gillian lui adressa un sourire mi-soulagé, mi-ironique.

— Je suis si heureuse de me rendre utile.

Ils trouvèrent Désirée dans l'appartement situé au-dessus du club. Bien qu'il soit près de midi, elle avait les paupières lourdes de sommeil. Son peignoir presque transparent laissait voir une épaule dénudée. Ses yeux se mirent à briller quand elle vit Trace.

— André ! Quelle bonne surprise.

Voyant Gillian, elle fit une petite moue et s'effaça pour les laisser entrer.

— Avant, tu venais me voir seul, fit-elle remarquer en français, d'une voix boudeuse.

— Et toi, tu étais célibataire.

Trace jeta un coup d'œil circulaire dans la grande pièce mal éclairée, où régnait un désordre coloré. La chambre était surchargée de meubles, eux-mêmes jonchés d'objets en tout genre. Les possessions matérielles avaient toujours été primordiales pour Désirée.

— Tu as fait ton chemin, chérie, dit-il avec un hochement de tête faussement appréciateur.

— Chacun fait le chemin qu'il peut.

Elle se dirigea vers une table où elle prit une cigarette dans un étui de verre.

— Si tu viens pour avoir ton renseignement, laisse-moi te dire une chose : tu ne m'as pas laissé assez de temps.

Elle attendit qu'il lui allume sa cigarette.

— A vrai dire, je suis venu pour autre chose.

Elle avait gardé l'odeur du parfum qu'elle portait la veille.

— Ton mari est là ?

Elle releva un sourcil en regardant Gillian.

— Tu n'as jamais été très partant pour les jeux de groupe.

— Il ne s'agit pas de jouer.

Il lui prit la cigarette des doigts, l'alluma et tira une bouffée.

— Amir, est-ce qu'il est là ? répéta-t-il patiemment.

— Il avait du travail. C'est un homme très occupé.

— Tu parles arabe à la perfection, Désirée…

Il tira la bande magnétique de sa poche.

— Je t'offre cinq cents dollars pour la traduction de cette bande, à condition que tu l'oublies aussitôt après.

Désirée prit la bande et la retourna entre ses doigts.

— Cinq cents pour la traduction, et mille supplémentaires pour l'oublier, marchanda-t-elle.

Elle lui sourit.

— Une femme doit gagner sa vie quand elle en a l'occasion.

Trace hocha lentement la tête. A une époque, il aurait pris plaisir à négocier avec elle. Mais bizarrement, cette époque semblait révolue.

— Marché conclu, dit-il.

— En liquide, chéri.

Elle tendit la main.

— Tout de suite.

Quand il lui eut donné l'argent, elle alla chercher un magnétophone.

— Amir bichonne ses jouets, dit-elle en installant la bande.

Elle le mit en route et augmenta le volume. Trace et Gillian avaient les yeux rivés sur elle. Presque aussitôt, son expression changea. Du bout de son doigt manucuré, elle appuya sur une touche et le silence revint.

— Kendesa… Tu ne m'avais pas dit qu'il s'agissait de Kendesa !

— Tu ne m'as rien demandé.

Trace s'assit et fit signe à Gillian de l'imiter.

— Si tu fais ce que je te demande, Désirée, tu peux être tranquille. Je ne prononcerai jamais ton nom.

— Tu as de très mauvaises fréquentations, André, très mauvaises.

Mais elle garda l'argent dans sa main. Après un moment d'hésitation, elle l'introduisit dans sa poche et remit le magnétophone en marche, puis elle l'interrompit.

— Kendesa dit bonjour à ce porc d'Al-Aziz. Il lui demande si les affaires sont bonnes.

Faisant une pause, elle écouta la suite et arrêta de nouveau le magnétophone.

— Ils parlent de toi. « Cabot, le Français, a une proposition intéressante pour l'organisation de Kendesa. » Al-Aziz dit qu'il a humblement accepté de servir de lien entre le Hammer et lui.

Elle fit tourner la bande, écouta attentivement et l'arrêta encore.

— Kendesa est très intéressé par ton produit. Ses sources lui ont confirmé que tu es en possession d'une cargaison d'armes américaines destinées à leurs alliés du Moyen-Orient. Une cargaison de cette dimension et de…

Elle chercha le mot approprié.

— … cette qualité intéresse beaucoup les supérieurs hiérarchiques de Kendesa.

Elle enfonça une touche et alluma une nouvelle cigarette pendant que les deux voix murmuraient dans les amplificateurs. Elle tira une bouffée, remit l'appareil sur « arrêt ».

— Ta réputation est satisfaisante, mais Kendesa est prudent. Son organisation est plus intéressée par un autre projet, en ce moment. Cependant, ta proposition les tente beaucoup. Kendesa accepte que Al-Aziz organise un rendez-vous avec toi. Ils discutent de la commission de Al-Aziz.

Elle écouta encore attentivement et, brusquement, elle leva la main.

— Maintenant, cela devient franchement intéressant ! Al-Aziz parle d'un certain Fitzpatrick. Il dit à Kendesa qu'il a entendu des rumeurs. Kendesa lui recommande de s'occuper de sa boutique et de tenir sa langue.

Désirée actionna encore le magnétophone et la bande s'éjecta doucement.

— Dis-moi, André, est-ce que tu t'intéresses vraiment aux armes et à cet Irlandais ?

— Tous les gros profits m'intéressent.

Il se leva et reprit l'enregistrement.

— Et ta mémoire, Désirée ?

Elle tripota les billets au fond de sa poche.

— J'ai déjà tout oublié.

En souriant, elle lui caressa les pectoraux.

— Reviens boire un verre ce soir, chéri. Seul, susurra-t-elle.

Lui prenant le menton entre les doigts, Trace déposa un baiser sur ses lèvres. Il secoua la tête.

— Merci. Amir est trop doué dans le maniement du couteau. Contentons-nous de nos bons souvenirs.

Elle soupira. Trace se dirigea vers la porte.

— André ! L'Irlandais, ce Fitzpatrick… il était à Casablanca.

Trace s'arrêta brusquement et saisit Gillian par le bras avant qu'elle puisse dire un mot.

— Et maintenant ?

— Il a été emmené vers l'est, dans la montagne. C'est tout ce que je sais.

— Il y avait un enfant avec lui.

— Une petite fille. Elle est toujours avec lui.

Elle fit une pause. Après un instant d'hésitation, elle dit :

— Je pourrais poser d'autres questions, maintenant que je sais qui est impliqué.

— Tu en as assez posé.

Il sortit encore des billets de sa poche et les déposa sur la petite table près de la porte.

— Oublie cela aussi, Désirée, et amuse-toi bien avec ton mari.

Quand il eut refermé la porte, Désirée réfléchit un long moment, avant d'aller vers le téléphone.

Dès qu'ils furent dehors, Gillian s'écria :

— Ils étaient ici ! Si près de nous ! Il doit bien y avoir moyen de trouver où ils ont été emmenés !

— Ne vous montez pas la tête. Les montagnes orientales, ce n'est pas une adresse très précise.

— Mais c'est encore une étape de franchie. Qu'allons-nous faire maintenant ?

— Nous allons déjeuner. Et nous allons attendre que Kendesa bouge.

6

— Je veux aller avec vous.

Trace rectifia son nœud de cravate. Il détestait porter cet accessoire ridicule.

— C'est hors de question !

Les sourcils froncés, Gillian se planta devant lui.

— Pourquoi ? Je veux savoir pourquoi !

Il était si élégant. Etait-ce vraiment le même homme que celui qu'elle avait rencontré à la petite auberge ? Elle soupira. Si on lui avait dit un jour qu'elle préférerait l'homme rude et mal rasé dont elle avait fait connaissance quelques jours plus tôt !

— Je ne suis pas obligé de vous donner mes raisons. Je vous dois seulement des résultats.

Elle eut une petite moue amère. De ce côté-là, il n'avait pas changé. Elle continua à lui tenir tête.

— Je vous ai expliqué dès le début que je voulais participer à chaque étape de cette affaire, insista-t-elle.

— Eh bien, chérie, vous allez manquer celle-ci.

Trace attacha ses boutons de manchettes en or.

— Vous allez rester sagement ici, et garder la lumière allumée près de la fenêtre.

Se tournant vers elle, il lui donna une petite tape amicale sur la joue.

— Vous ressemblez à un agent de change, maugréa-t-elle.

— Vous n'avez aucune raison de m'insulter.

Trace attrapa un attaché-case rempli de papiers qu'il avait passé la moitié de la nuit à réunir.

— Vous allez rencontrer Kendesa. Je devrais être avec vous.

— C'est un rendez-vous d'affaires, d'affaires peu recommandables. Si vous m'accompagnez à un rendez-vous où il sera question de vente d'armes à des terroristes, Kendesa va se poser des questions. Il se renseignera sur vous. Et il apprendra très vite que ma petite amie est la sœur de l'homme que le Hammer a enlevé.

Il fit une pause pour lacer une chaussure.

— Ce n'est vraiment pas une bonne idée, comme vous voyez.

Gillian serra les dents. Trace avait raison, elle était obligée d'en convenir, mais c'était si frustrant. Lui tournant le dos, elle alla se camper devant la fenêtre.

— Je ne suis pas votre petite amie ! lança-t-elle d'un ton véhément.

— Il vaut mieux qu'ils le croient.

— J'aimerais mieux être enterrée jusqu'au cou dans du sable brûlant.

Il lui jeta un regard narquois.

— Je ne l'oublierai pas. Mais en attendant, vous pourriez passer quelques heures à réfléchir à une alternative ? Cela vous rendrait peut-être votre bonne humeur.

Il ouvrit la porte. Elle se tourna vers lui, des paroles cinglantes sur le bout de la langue. Mais au lieu de vitupérer, elle murmura :

— Soyez prudent.

Il fit encore une pause. Avec un sourire en coin, il commenta :

— Vous vous inquiétez. Je suis touché.

— Cela n'a rien de personnel.

Mais elle avait les mains moites.

— S'il vous arrivait quelque chose, il faudrait que je reparte de zéro.

Avec un petit rire, il sortit.

— Restez tranquillement ici, doc.

A l'instant où la porte se referma derrière lui, Trace O'Hurley laissa la place à André Cabot. Il éprouvait une certaine affection pour chacun de ses personnages. Sans cela, il aurait eu des difficultés à jouer ses rôles de façon convaincante pendant des périodes qui pouvaient parfois être longues. André Cabot était exigeant, souvent pompeux, mais il avait des goûts très raffinés, et une chance extraordinaire avec les femmes.

Il secoua la tête. Oui, Cabot avait de la chance avec les femmes, sauf avec Gillian. Son charme n'avait en rien entamé les défenses de la jeune femme. Apparemment, elle n'aimait pas les Français. Elle préférait les scientifiques américains dépourvus d'imagination, comme cet Arthur Steward avec lequel elle passait tant de temps à New York. L'homme avait quinze ans de plus qu'elle, et il aimait mieux les oies blanches que les histoires d'amour. Trace hocha la tête. Oui, il avait fait sa petite enquête. Mû par des motifs purement professionnels, bien entendu. Rien de personnel.

Il changea son attaché-case de main. Il devait se concentrer sur ce rendez-vous. La seule chose qui intéressait André Cabot, c'étaient les gros profits. Jamais un homme comme lui n'aurait pensé à Gillian, une fois qu'il ne l'avait plus sous les yeux. Oui. Cependant, le problème n'était pas pour André Cabot, mais pour Trace O'Hurley. Il pensait beaucoup trop souvent à elle.

Gillian représentait encore une énigme et, pourtant, il savait observer les femmes sous tous les angles. Elle et lui partageaient la même suite, mais elle donnait à cet arrangement un aspect innocent. Elle était vulnérable et passionnée, effrayée et déterminée. Elle était logique, et en même temps assez rêveuse pour comprendre et ressentir jusqu'au bout des ongles la puissance d'une ruine Maya. Elle parlait avec aisance, et même de façon clinique, du fait qu'il était attiré par elle. Pourtant, il avait senti un feu, brûlant et vital, quand il l'avait embrassée.

Elle avait raison sur un point : il la désirait, sérieusement. Mais il y avait une chose qu'elle ignorait, et qu'il était incapable d'expliquer : il était terrifié à l'idée de ce qui pouvait arriver s'il satisfaisait ce besoin.

Quand le taxi s'arrêta devant l'hôtel, il se ressaisit. Lui aussi avait raison sur un point : il pensait beaucoup trop souvent à Gillian.

Comme aurait fait Cabot, il compta les billets avec soin. Avec une réticence ostentatoire, il ajouta un pourboire ridicule. Il ajusta sa veste et entra dans l'hôtel où l'attendait Kendesa.

Il aperçut un des gardes du corps, mais il se dirigea directement vers les ascenseurs. Il arriva à l'heure précise, à la minute près. C'était encore une des caractéristiques de Cabot. L'ascenseur l'emmena au dernier étage, vers la grande suite souvent réservée aux dignitaires et aux chefs d'Etat en visite.

A peine avait-il frappé à la porte qu'elle fut ouverte par un garde du corps qui paraissait gêné aux entournures dans son costume sombre.

— Votre arme, monsieur, dit-il en français d'un air guindé.

Trace sortit de la poche de sa veste un 25 automatique. Cabot préférait toujours porter un petit revolver, pour ne pas risquer de déchirer sa doublure.

Après l'avoir empoché, le garde lui fit signe d'entrer dans le salon. Une bouteille de vin ouverte trônait sur la table basse, à côté d'un bouquet de roses. La pièce était insonorisée et climatisée. En allant s'asseoir, Trace remarqua au passage que les portes des terrasses étaient non seulement fermées, mais verrouillées. Kendesa ne le fit pas attendre.

Malgré sa petite taille, c'était un homme impressionnant. Quelles que soient les passions qui l'agitaient, il les gardait soigneusement à l'abri d'un regard neutre et d'un visage impassible. Vêtu de façon traditionnelle, il ne portait ni bijoux, ni couleurs vives.

Au cours des dix-huit derniers mois, il avait été responsable de l'exécution de trois otages politiques.

— Monsieur Cabot !

Il lui tendit la main.

— C'est un plaisir de vous rencontrer !

— Monsieur. Les affaires me font toujours plaisir.

Avec un sourire poli et intéressé, il lui fit signe de s'asseoir.

— Notre ami commun m'a dit que vous aviez des fournitures qui pouvaient m'intéresser. Voulez-vous un peu de vin ? Je crois qu'il vous plaira.

Kendesa remplit deux verres. Trace en prit un, mais il laissa boire son hôte le premier.

— En effet, j'ai récemment acquis certaines fournitures militaires que votre organisation pourrait trouver utiles, dit-il.

Il but une gorgée de vin et hocha la tête. Il était sec et léger. Ce que Cabot préférait. Il sourit. Kendesa se comportait en hôte accompli.

— Mes sources m'ont indiqué que ces fournitures étaient destinées aux Sionistes, avant d'être détournées.

Trace haussa une épaule. Apparemment, l'argent qu'il avait semé dans le bidonville avait porté ses fruits.

— Je suis un homme d'affaires, monsieur. Je ne fais pas de politique, seulement une marge de profit. Les fournitures pourraient encore être transportées par bateau là où les Américains les destinaient, si le prix était acceptable.

— J'aime votre franchise.

Kendesa tapota son verre de vin.

— Les Etats-Unis n'ont pas admis ouvertement que ces fournitures étaient… confisquées. En fait, il est même difficile de prouver qu'elles ont réellement existé.

— C'est assez embarrassant. Je préfère que tout cela reste entre nous jusqu'à ce que les dernières transactions soient effectuées.

Posant son verre, Trace ouvrit son attaché-case.

— Voici la liste des armes que mes associés détiennent. Je peux vous affirmer qu'elles sont de la meilleure qualité. J'ai moi-même vérifié des échantillons.

Sans le quitter des yeux, Kendesa prit la liste.

— Votre réputation dans ce domaine n'est plus à faire, dit-il d'une voix suave.

— Merci.

André Cabot observa son hôte. Parcourant la liste des yeux,

Kendesa arqua légèrement les sourcils. Trace refréna une envie de rire. Il l'avait soignée, cette liste, elle était irrésistible.

— D'après mes sources, le TS-35 ne devait pas être achevé avant plusieurs mois, fit remarquer Kendesa.

— Cette arme a été terminée et testée il y a cinq semaines, affirma Trace. C'est une belle pièce. Très légère, et compacte. Les Américains sont très doués dans certains secteurs.

Il exhiba une autre feuille de papier.

— Mes associés et moi nous sommes mis d'accord sur un prix.

— Il me paraît élevé.

— Beaucoup de frais. Et puis, il ne faut pas oublier l'inflation.

Il leva les mains en un geste fataliste.

— Je suis sûr que vous comprenez !

Kendesa hocha pensivement la tête.

— Je suis un homme prudent. Avant d'entamer des négociations, il me paraît nécessaire d'examiner une partie de votre production.

— Naturellement.

Trace passa une main sur sa joue en réfléchissant.

— Je préfère que cela se passe dans un lieu que vous aurez sécurisé. Par les temps qui courent, les transactions de cette nature sont de plus en plus délicates.

— Un tel marché ne peut être fait sans l'approbation du général.

— Je comprends. Je suis bien conscient que l'achat et la vente sont votre domaine, mais je préférerais discuter de ce sujet avec le général.

— Vous allez m'apporter vos échantillons dans une semaine, trancha Kendesa.

Dans une semaine, il aurait un rapport complet sur Cabot et sur son entreprise.

— Le général a établi ses quartiers à l'est de Sefrou, une zone qu'il a baptisée el Hasad. J'arrangerai un rendez-vous entre lui et vous à Sefrou. De là, on s'occupera de votre transport.

Trace hocha la tête.

— Je vais contacter mes associés, mais je ne vois aucun problème avec cet arrangement.

Il se leva.

— Nous nous reverrons dans une semaine, donc.

Kendesa se leva à son tour.

— Encore une question, monsieur. Vous avez fait une enquête sur un scientifique qui vient de rejoindre notre organisation. J'aimerais savoir en quoi il vous intéresse.

— Toujours la même chose : le profit que je peux en tirer. Cela ne vous surprendra pas. Il y a plusieurs personnes intéressées par M. Fitzpatrick et ses talents. Le projet Horizon, une fois achevé, peut générer des revenus considérables.

— Il n'y a pas que l'argent qui nous intéresse.

— Moi si, dit Trace avec un sourire glacial. Je vous conseille de réfléchir à la valeur de ce scientifique, si vous pouvez le convaincre d'achever son projet. Les armes qui font aujourd'hui l'objet de nos négociations ne seraient que des jouets, en comparaison.

Il croisa les mains, et l'or de son bracelet-montre jeta un éclair un peu froid.

— Si votre organisation trouve le bon associé, vous pourriez non seulement vous enrichir, mais devenir aussi puissant d'un point de vue politique que n'importe quel pays industriel, continua-t-il.

Kendesa se frotta lentement le menton.

— Cela mérite réflexion, reconnut-il.

— Naturellement, il ne s'agit que de spéculation, monsieur, à moins que vous puissiez convaincre cet homme de travailler pour vous.

Kendesa balaya ces paroles d'un geste de la main. C'était un homme qui avait l'habitude de la coopération, ou de la soumission.

— Ce n'est qu'une question de temps. Je vais en parler au général.

Il accompagna Trace à la porte.

— Permettez-moi de vous dire, monsieur Cabot, que vous devriez être plus prudent quand vous choisissez vos associés.

— Je vous demande pardon ?

— Je parle de cette Française, Désirée. Elle a cru qu'elle pourrait faire un plus grand profit en vous doublant. Elle s'est trompée.

Trace se contenta de relever un sourcil. Mais il sentit son estomac chavirer.

— Elle est aussi cupide que belle, dit-il d'un ton complice.

— Elle l'était. A l'heure qu'il est… elle a eu un malheureux accident. Bon après-midi, monsieur.

Trace inclina légèrement la tête. Il colla au personnage de Cabot jusqu'à ce qu'il ait rejoint sa chambre d'hôtel. Puis, la colère gagnant le dessus, il donna un grand coup de poing dans le mur.

— Pauvre idiote ! s'écria-t-il.

Elle n'avait pas pu se contenter de l'argent qu'elle avait gagné facilement avec lui. Elle avait signé son arrêt de mort. Oui, elle était responsable de sa propre mort. Et cependant, il sentit sur ses épaules la responsabilité d'une autre vie perdue.

Pendant un bref instant, il ferma les yeux et appela de toutes ses forces une image de l'île de ses rêves. Douces brises, fruits parfumés, femmes exquises. Dès qu'il aurait l'argent de cette mission, il partirait.

Il sortit du bar une bouteille de whisky, se servit une double rasade et effaça de son palais le goût du vin de Kendesa. Mais le whisky ne lui fut d'aucun secours. Posant bruyamment le verre sur la table de salon, il entra dans la pièce voisine pour dire à Gillian qu'ils avaient franchi une étape supplémentaire.

Assise sur le lit, elle se tenait très droite, les mains croisées sur ses genoux. Elle ne leva pas les yeux quand il entra, mais continua de regarder par la fenêtre.

— Vous boudez encore ?

L'alcool ne l'avait pas aidé, mais s'il déversait un peu de sa colère sur elle…

— Je ne sais pas ce qui est le plus ennuyeux : vous entendre jacasser ou subir votre mauvaise humeur, continua-t-il.

Il dénoua sa cravate, qu'il jeta sur une chaise.

— Ne faites plus la tête, doc, si vous voulez savoir ce que j'ai appris au sujet de votre frère.

Elle le regarda, mais il ne vit aucune récrimination ni mauvaise humeur dans ses yeux. Il n'y avait pas non plus l'impatience à laquelle il s'attendait, mais de la tristesse. Il ôta lentement sa veste.

— Qu'y a-t-il ?

— J'ai appelé mon père.

Sa voix était ferme, mais à peine plus élevée qu'un murmure. Trace allait lui faire remarquer qu'elle n'aurait pas dû téléphoner d'une ligne insécurisée, mais le ton de sa voix l'en empêcha. Il releva la tête.

— J'ai pensé qu'il devait savoir que nous allions bientôt retrouver Flynn, je voulais lui donner un peu d'espoir et de réconfort. Il était très déprimé de ne pas venir lui-même et de m'envoyer à sa place.

Elle ferma les yeux et attendit que ses forces reviennent.

— C'est son infirmière qui a répondu. Elle restait à domicile pour s'occuper de lui. Il est mort il y a trois jours.

Elle décroisa ses doigts et les croisa de nouveau.

— Trois jours… il a été enterré ce matin.

S'asseyant près d'elle, Trace posa un bras réconfortant autour de ses épaules. Elle se raidit un bref instant, puis elle se laissa aller contre lui. Elle n'arrivait pas à pleurer. C'était incompréhensible, alors qu'une bonne crise de larmes l'aurait soulagée.

— Il est mort seul. Personne ne devrait mourir seul, Trace.

— Vous m'aviez dit qu'il avait été malade.

— Il était très malade. Il le savait et il ne voulait vraiment pas vivre dans l'état où il était. Faible et dépendant. Tout son travail, toute son intelligence n'ont pas pu l'aider. Il ne désirait plus qu'une chose : que je ramène Flynn à la maison avant qu'il meure. Maintenant, c'est trop tard.

— Vous allez quand même ramener Flynn à la maison.

— Mon père l'aimait tant. Moi, je l'ai beaucoup déçu, mais Flynn… c'était son rêve réalisé. L'angoisse de ces derniers jours a aggravé son état. Je voulais qu'il ait une mort douce, Trace.

— Vous avez fait ce que vous avez pu. Et en ce moment, vous faites ce qu'il souhaitait.

— Je n'ai jamais fait ce qu'il souhaitait.

Elle avait les yeux brillants et les joues brûlantes.

— Il ne m'a jamais pardonné de partir en Amérique, de le laisser. Il n'a jamais compris que j'avais besoin de respirer, de vivre ma vie. Il n'a vu qu'une chose : je partais, donc je le rejetais, lui et les projets qu'il avait bâtis pour moi. Je l'aimais.

Sa voix se brisa.

— Mais je n'ai jamais pu m'expliquer auprès de lui. Et maintenant, c'est fini, je ne pourrai jamais. Oh, mon Dieu, je n'aurai même pas pu lui dire au revoir !

Elle ne résista pas quand Trace la serra contre lui. Silencieux, il se mit à la bercer tendrement et bientôt, elle laissa couler ses larmes. Il comprenait le chagrin, la colère et la douleur qu'il engendrait. Ce n'étaient pas les mots qui pouvaient apaiser, c'était le temps. La tenant toujours dans ses bras, il s'allongea à côté d'elle et elle donna libre cours à ses sanglots.

Gillian se sentait coupable, il le savait. Ils étaient aussi différents l'un de l'autre que le jour et la nuit, mais lui aussi, il avait eu un père qui avait fait des projets pour lui, qui n'avait pas compris et qui ne lui avait pas pardonné. Et le sentiment de culpabilité rendait la douleur de la séparation encore plus atroce que l'amour.

Il posa un baiser léger sur sa tempe.

Quand elle fut plus calme, il continua de lui caresser les cheveux. Comme la lumière qui entrait dans la pièce était encore violente, il voulut se lever pour tirer les rideaux. Mais Gillian se serra contre lui.

— Ne partez pas, murmura-t-elle. Je ne veux pas rester seule.

— Je vais fermer les rideaux. Vous pourrez dormir.

— Restez un moment près de moi.

Elle s'essuya les yeux du revers de la main. Elle avait toujours été sujette aux crises de larmes quand elle avait une forte émotion. Encore quelque chose que son père n'avait jamais compris.

— Mon père était un homme dur. Il l'a été encore plus après la mort de ma mère. Ma mère savait l'attendrir. Je regretterai toujours de ne pas en avoir été capable.

Prenant une longue inspiration, elle ferma les yeux.

— Flynn et Caitlin sont la seule famille qu'il me reste. Il faut que je les retrouve, Trace, il faut que je sache qu'ils sont sains et saufs.

— Je crois savoir où ils sont.

Elle hocha la tête. Tous ses espoirs étaient liés à Trace maintenant.

— Dites-le-moi.

Il lui fit un petit résumé de sa rencontre avec Kendesa, mais il s'abstint de parler de Désirée. Il avait sa mort sur la conscience. Gillian l'écouta sans bouger, la tête toujours posée sur son épaule, la main sur son torse. Pendant qu'il parlait, une porte secrète qu'il avait fermée depuis longtemps en lui commença à s'entrouvrir. Il n'aurait pas pu dire pourquoi il se sentait plus fort en ayant Gillian dans ses bras. Pas plus qu'il n'aurait su expliquer pourquoi, malgré tout ce qui l'attendait dans les jours à venir, il se sentait presque léger, avec les cheveux de Gillian contre sa joue.

— Vous croyez que Flynn et Caitlin sont avec ce général Husad ?

— J'en mettrais ma main au feu.

— Et vous allez le rencontrer dans une semaine ?

— C'est le plan prévu.

— Mais il va s'attendre à ce que vous apportiez quelques armes avec vous. Que va-t-il se passer quand il verra que vous n'en avez pas ?

— Qui a dit que je n'en aurais pas ?

Elle se releva lentement et le regarda en face. Trace avait les yeux à moitié fermés, mais sa bouche avait gardé une expression amère.

— Trace, je ne comprends pas. Vous leur avez fait croire que vous aviez toute une cargaison d'armes américaines. Mais c'est faux. Comment allez-vous leur montrer des échantillons de ce que vous n'avez pas ?

— Je vais acheter quelques M-16, des lance-grenades de 40 millimètres et d'autres bricoles de ce genre.

Elle ne put s'empêcher de prendre un ton ironique.

— Vous pensez les trouver dans les grands magasins ?

— Au marché noir. J'ai quelques filières.

Il resta un instant silencieux.

— Gillian, il est temps de passer cette affaire aux SSI.

— Pourquoi ? Pourquoi maintenant ?

— Parce que j'ai mis au point une couverture, j'ai établi des contacts. Cela va les agacer, mais ils seront bien obligés d'accepter. Si quelque chose tourne mal, ils auront besoin de vos informations pour pouvoir continuer.

Gillian resta un instant silencieuse.

— Vous voulez dire… si vous vous faites tuer.

— Si le Hammer s'en prend à moi, cela fera perdre un temps fou pour retrouver votre frère, sauf si les SSI reprennent l'affaire.

— Pourquoi vous feraient-ils du mal ? Nous leur vendons les armes qu'ils convoitent.

Trace secoua la tête. Le Hammer n'avait pas hésité à tuer Désirée.

— Les armes, c'est une chose. Le projet Horizon en est une autre. Ces gens ne sont pas des hommes d'affaires, et ils n'ont même pas le sens de l'honneur d'un gang de Manhattan. S'ils pensent que j'en sais un peu trop sur eux, ou que je peux empiéter sur leur territoire, ils protégeront leurs intérêts en m'éliminant. C'est un coup de poker. Vous ne voudriez pas risquer la vie de votre frère sur un coup de poker ?

Gillian baissa la tête. Non, elle ne voulait pas, mais elle ne voulait pas non plus que Trace risque la sienne. Brusquement, cela lui sautait aux yeux, tandis qu'ils étaient côte à côte, sans passion, sans colère : maintenant, elle s'inquiétait autant pour lui que pour sa propre famille.

Il n'était plus un simple instrument qu'elle utilisait pour libérer son frère et sa nièce. C'était un homme qui comptait pour elle.

Elle regarda ses mains, posées sur le torse de Trace, agrippées à quelque chose qui ne leur appartenait pas.

— Il vaudrait peut-être mieux que les SSI vous remplacent tout de suite, dit-elle à voix basse.

— Ne nous emballons pas.

S'écartant de lui, elle s'assit. Elle en voulait davantage maintenant. Elle voulait qu'il la prenne dans ses bras, non pour la rassurer, mais parce qu'elle le désirait.

— Plus j'y pense, et plus cela me paraît fou que vous y alliez seul. Tout peut arriver à Flynn et à Caitlin… et à vous.

— J'ai déjà travaillé seul, et je m'en suis tiré indemne.

— Vous oubliez que la dernière fois, vous avez failli mourir.

A son tour, il s'assit et la prit par les épaules.

— Ne croyez-vous pas au destin, Gillian ? Nous croyons agir pour nous en protéger, mais au bout du compte, c'est lui qui a le dessus.

— Nous parlions seulement de risques.

— Oui, et je ne vois pas de contradictions là-dedans. Si j'ai de la chance et que je doive m'en tirer, je m'en tirerai.

— Vous n'êtes pas fataliste.

— Cela dépend des jours. Mais je suis toujours réaliste. Ce travail, je dois le faire seul, pour un tas de raisons.

Il fit une pause. Gillian n'était pas la moindre de ses raisons.

— Mais je suis assez lucide pour savoir quand je dois demander du renfort.

— Je ne veux pas qu'il vous arrive quelque chose, dit-elle rapidement.

C'était ridicule et inutile de tenir de tels propos.

Le regard de Trace s'aiguisa. Avant qu'elle puisse se détourner, il lui prit le menton dans sa main en coupe et plongea un regard pénétrant dans le sien.

— Pourquoi ? interrogea-t-il.

— Parce que… je me sentirais responsable.

Ce n'était pas très sage d'insister, mais il n'était pas toujours très sage.

— Pour quelle autre raison ?

— Parce que je me retrouverais seule, et que je me suis presque habituée à vous, et…

Sa voix se brisa. Levant les yeux vers lui, elle porta une main à sa joue.

— Et puis, il y a cela…, murmura-t-elle en posant ses lèvres sur sa bouche.

Bien qu'encore allumées, les lumières lui parurent plus douces, et elle perdit la notion du temps. L'émotion violente qu'elle avait déjà éprouvée revint au triple galop, prenant un tournant inattendu, la laissant étourdie et exaltée. Elle se serra contre lui.

Trace la reprit dans ses bras. Gillian était aussi chaude et douce que ce qu'il pouvait imaginer. Elle était réelle, et vitale. Plus qu'il n'avait jamais désiré la liberté, la santé ou la tranquillité d'esprit, il la désirait, elle. Sa raison céda la place à la pulsion qui croissait en lui. Il recula. Désirer trop fort quelque chose équivalait au risque de perdre.

Mais les mains de Gillian étaient si douces, si apaisantes. Lui caressant les cheveux, il l'attira de nouveau contre lui. C'était de la folie, il le savait, pour tous les deux. Le parfum de Gillian ressemblait à une promesse l'incitant à croire qu'il pouvait la posséder et la garder. Il avait un tel besoin de la toucher, de sentir son corps frémir sous ses mains. C'était presque douloureux.

Mais la réalité s'imposa cruellement à lui : il n'y avait aucune promesse. Ni pour elle, ni venant d'elle. C'était impossible.

Quand il s'écarta d'elle, elle tendit les mains vers lui. Faisant un violent effort, il la maintint éloignée.

— Ecoutez-moi. Nous ne devons pas, vous le savez.

— Non, je ne le sais pas.

— Alors, vous êtes idiote.

Elle savait comment affronter le rejet. Elle prit une profonde inspiration.

— Vous ne voulez pas de moi ?

Il poussa un juron.

— Bien sûr que si. Vous êtes belle. Vous êtes intelligente et courageuse. Vous êtes tout ce que j'ai toujours désiré.

— Alors pourquoi ?

Il l'entraîna hors du lit. Avant qu'elle ait le temps de protester, il s'arrêta devant le miroir.

— Regardez-vous, vous êtes aussi belle que cultivée. Vous venez d'un milieu aisé, vous avez fait de longues études…

Sentant la moutarde lui monter au nez, Gillian baissa les yeux. Elle n'allait pas se laisser aller à la colère.

— Regardez-moi, Gillian.

Il la secoua. Elle releva la tête, et son regard rencontra le sien dans la glace.

— Moi, j'ai passé la plus grande partie de ma jeunesse à jouer du piano dans des clubs minables. Je n'ai jamais fréquenté une vraie école plus de quelques jours par an, et je ne suis jamais resté longtemps avec la même femme. Voulez-vous aussi que je vous dise combien de personnes j'ai tuées en douze ans ? Voulez-vous savoir combien il y a de façons de tuer ?

— Taisez-vous.

Elle fit volte-face.

— Vous essayez de me faire peur. Mais vous n'y arrivez pas.

— Alors, c'est que vous êtes stupide.

— Peut-être, mais au moins, je suis honnête. Pourquoi n'admettez-vous pas que vous ne voulez pas vous engager ? Que vous ne voulez rien éprouver pour moi ?

Il sortit une cigarette de son étui.

— C'est vrai.

Rejetant la tête en arrière, elle le défia du regard.

— Mais vous éprouvez quelque chose pour moi. Et vous avez peur.

Il souffla la fumée vers le plafond. Gillian venait de marquer un point. Cependant, il préférait être damné plutôt que de l'admettre.

— Parlons franc, chérie. Je n'ai pas le temps de vous offrir des fleurs. Nous avons une priorité, qui a la forme des montagnes, là-bas à l'est. Nous ferions mieux de nous concentrer là-dessus.

— Vous ne pourrez pas fuir éternellement.

— Quand je cesserai, vous prierez Dieu que je continue à fuir. Excusez-moi, j'ai du travail.

Il sortit de la chambre.

Hors d'elle, Gillian prit un vase de fleurs vide et le jeta violemment par terre.

7

— Après le nombre d'années de service que vous avez derrière vous, agent O'Hurley, je suis sûr que vous êtes conscient du fait qu'il existe une procédure.

Le capitaine Addison, britannique, chauve et SSI pur sang, était assis dans la chambre de Trace. Il sirotait un café et paraissait agacé. Son travail consistait à superviser et coordonner les opérations dans cette partie du monde. Après une quinzaine d'années passées sur le terrain, il ne détestait pas se retrouver derrière un bureau. Et dans ces circonstances précises, il avait reçu l'ordre de s'occuper directement de la mission. Cette interruption dans ses habitudes ne lui plaisait pas du tout.

Maintenant, il était au fond du Maroc, au milieu d'un incident qui allait vraisemblablement le tenir éloigné de sa tourte à la viande pendant quelque temps encore. Agacé, il demanda à Trace :

— Je suppose que vous avez une explication valable ?

— J'étais en vacances, capitaine.

Trace aspira nonchalamment une bouffée de cigarette. Les types comme Addison l'amusaient plus qu'ils ne l'énervaient. C'était la crainte de devenir collet monté, comme lui, qui l'avait tenu à l'écart des bureaux et de la paperasse.

— Je suis tombé sur quelque chose de passionnant. J'ai cru que les SSI seraient intéressés, dit-il.

— Vous êtes tombé…, répéta Addison.

Poussant ses lunettes en haut de son nez, il lui lança un regard froid.

— Vous savez aussi bien que moi que le hasard n'a rien à faire ici, agent O'Hurley.

Il haussa les épaules.

— En fait, vous avez agi de votre propre chef, sans notre accord.

— La femme est venue me demander de l'aide.

Inutile de donner trop d'explications. Les hommes de la trempe d'Addison aimaient que les agents en bavent.

— J'ai suivi une histoire intéressante, et j'ai obtenu quelques informations qui l'étaient encore plus. Si vous n'en voulez pas, cela m'est égal. Il me reste encore une semaine avant de retourner voir l'organisation.

— Vous auriez dû nous informer dès que le Dr Fitzpatrick est venue demander vos services.

Addison croisa les mains.

— Votre dossier est bourré d'infractions à la procédure, fit-il remarquer durement.

— Suis-je congédié ? demanda Trace d'un ton arrogant.

Habitué à l'ordre et à l'obéissance, Addison tressaillit.

— Heureusement, ou malheureusement — cela dépend du point de vue — votre dossier contient aussi un fort pourcentage de missions accomplies avec succès. Pour être franc, O'Hurley, il m'importe peu que vous jouiez les m'as-tu-vu, mais l'intérêt du projet Horizon, de Flynn Fitzpatrick et de sa fille doivent l'emporter sur votre vanité.

Trace hocha la tête. On ne pouvait pas dire que l'ordre d'importance lui avait échappé.

— Dois-je en conclure que je ne suis pas viré ?

— Vous allez continuer sous la couverture d'André Cabot, mais à partir d'aujourd'hui, vous allez rester constamment en contact avec la base madrilène des SSI. Vous me ferez directement vos rapports.

Addison soupira. Cela n'avait rien d'agréable non plus. Il n'était pas facile d'avoir à l'œil un agent subversif comme Trace O'Hurley.

— Une caisse d'armes américaines vous sera livrée à Sefrou

dans quatre jours. Votre contact là-bas est l'agent Breintz. Une fois que vous aurez confirmé le lieu où est détenu Flynn Fitzpatrick et que vous aurez évalué la situation, vous recevrez de nouveaux ordres. Si vous vous trouvez dans le repaire de Husad, ce sera le code bleu.

Trace hocha la tête. Là encore, il n'y avait rien d'inattendu. Le code bleu signifiait que si sa couverture ne tenait pas, les SSI détruiraient ses dossiers et son identité. Ce serait comme si Trace O'Hurley n'avait jamais existé.

— Il me faut un TS-35 dans la caisse d'armes.

— Un…

Addison posa les mains sur les accoudoirs de son fauteuil.

— Vous leur avez parlé du TS-35 ?

— Son existence sera connue de tous avant la fin du mois. Si j'en montre un à Husad, il va penser que je peux être un allié utile. Il risque de se détendre un peu au sujet de Fitzpatrick et de me faire visiter les lieux, surtout si je lui raconte que mes associés souhaitent financer Horizon.

— Ce sont peut-être des fous, mais pas des imbéciles. S'ils avaient un prototype, il ne leur faudrait pas longtemps pour reproduire l'arme.

— Si nous ne libérons pas Fitzpatrick et si nous ne sécurisons pas le projet Horizon, le TS-35 ne vaudra guère plus qu'un lance-pierre.

Addison fronça les sourcils. Il se leva et se mit à arpenter la pièce. En soupirant, il se posta devant la fenêtre. Il n'aimait pas ça. Il n'aimait pas O'Hurley. Il n'aimait pas que ce type empiète sur ses projets. Cependant, il n'avait pas atteint sa position sans savoir quel était le bon moment pour abattre ses cartes.

— Je vais arranger cela. Mais l'arme devra être rapportée ou détruite.

— Entendu.

Avec un hochement de tête, Addison se tourna vers lui.

— Maintenant, parlons un peu de cette femme…

Il jeta un coup d'œil à la porte qui les séparait de la chambre de Gillian.

— Puisque l'agent Forrester a jugé bon de lui parler de vous, et qu'elle est au courant de l'opération, il faudra la débriefer.

Trace se servit une tasse de café.

— Bonne chance, marmonna-t-il.

— Je voudrais lui parler tout de suite.

Haussant les épaules, Trace se leva et se dirigea vers la porte. Il l'entrebâilla et passa la tête.

Gillian faisait les cent pas dans le couloir. Elle s'arrêta et se tourna vers lui.

— C'est à vous, dit-il.

La gorge sèche comme du parchemin, elle avala péniblement sa salive, essuya ses mains moites sur son pantalon et entra dans la pièce.

— Docteur Fitzpatrick…

Affichant le premier sourire agréable que Trace lui ait jamais vu, Addison tendit la main à Gillian.

— Capitaine Addison. Enchanté de vous connaître.

— Enchantée.

— Asseyez-vous, je vous en prie. Désirez-vous une tasse de café ?

— Oui, merci.

Elle s'assit, très droite, le menton relevé, tandis que Trace étirait nonchalamment les jambes.

— De la crème ? demanda Addison.

— Non, café noir. Merci.

Addison lui tendit la tasse avant de retourner s'asseoir.

— Docteur Fitzpatrick, je dois vous dire que les Services Secrets Internationaux sont très soucieux du bien-être de votre famille. Notre organisation se consacre à défendre la liberté et les droits de l'homme n'importe où dans le monde. De plus, un homme comme votre frère est très important pour nous.

— Il l'est encore plus pour moi.

— Naturellement.

Il lui adressa encore un sourire, presque paternel.

— Nous pensons que l'agent O'Hurley et vous avez agi

impulsivement, et que nous pouvons tourner ces impulsions à notre avantage.

Gillian jeta un coup d'œil à Trace. Comme il haussait les épaules, elle se tourna vers Addison.

— J'ai agi dans l'intérêt de mon frère et de sa fille, capitaine.

— Bien sûr, je n'en doute pas. Je peux vous affirmer qu'en ce moment même, les SSI emploient toutes leurs capacités et leur expérience pour les libérer. Nous espérons qu'ils réussiront dans les plus brefs délais. En attendant, je voudrais que vous veniez avec moi à Madrid, où vous serez sous la protection des SSI.

— Il n'en est pas question.

— Pardon ?

— Je vous remercie pour votre proposition, capitaine, mais je reste avec l'agent O'Hurley.

Posant ses avant-bras sur la table, Addison se croisa les doigts.

— Docteur Fitzpatrick, pour votre propre sécurité, et pour le bon déroulement de l'opération, je dois insister.

— Mon frère et ma nièce sont dans les montagnes. Je ne vais pas aller attendre à Madrid. Je suis certaine que l'agent O'Hurley peut me protéger, si vous sentez que ma protection est obligatoire. Quant au bon déroulement de l'opération, je m'y suis engagée longtemps avant vous ou avant les Services Secrets, capitaine.

— Les ordres que j'ai reçus sont formels. Je dois vous emmener à Madrid.

— Cela ne me regarde pas, capitaine, dit-elle avec aplomb.

Le ton qu'elle prenait l'avait déjà aidée à s'assurer la position supérieure à l'institut.

— Je n'ai aucun lien avec les SSI, ni avec personne d'autre que ma famille. Je sais que le général Husad veut m'enlever aussi. Tant que cela sera un moyen de faire libérer Flynn et Caitlin, je veux prendre le risque.

— Docteur Fitzpatrick, je vous comprends, et j'apprécie votre courage, mais c'est tout simplement impossible.

— Si, c'est possible, sauf si les SSI se permettent eux aussi de kidnapper des citoyens.

Se renversant contre son dossier, Addison réfléchit. Il devait y avoir une autre tactique. Il fallait qu'il en trouve une.

— L'agent O'Hurley est formé pour affronter n'importe quelle situation, c'est certainement un de nos meilleurs agents.

Relevant un sourcil, Trace jeta un regard étonné et amusé à Addison. Ce compliment avait dû lui arracher la gorge.

— Cependant, toute son énergie sera portée sur cette mission.

— La mienne aussi. Je me rendrai utile.

— L'agent O'Hurley vous dira lui-même que ce n'est pas légal de faire participer une personne civile.

— Allez à Madrid, Gillian, dit doucement Trace.

Se faisant une promesse à lui-même, il posa une main sur la sienne. Ce n'était pas une question de légalité, mais c'était le mieux, et le moins dangereux pour elle.

Gillian fronça les sourcils.

— N'y comptez pas. Je viens avec vous. C'est le marché que nous avons conclu.

— Ne soyez pas obstinée. Les événements risquent de s'envenimer à partir de maintenant.

— Et alors ?

Il retira sa main. Oui, il comprenait Gillian. Cependant… Il se leva et se dirigea vers la fenêtre. Il alluma une cigarette. Que diable avait-il bien pu faire pour mériter ainsi sa confiance ? Il ne connaissait pas la réponse, pas plus qu'il ne savait comment lui faire entendre raison.

— Je vous l'ai déjà dit, je n'ai pas le temps de faire du babysitting.

— Et je vous ai déjà dit que je suis assez grande pour m'occuper de moi.

Elle se tourna vers Addison.

— Je me suis fait passer pour la maîtresse de Cabot. Pourquoi ne pourrais-je pas l'accompagner jusqu'à Sefrou ? Il n'y a aucune raison pour que l'on se pose des questions. Si je dois attendre là-bas, j'attendrai. Je partirai avec lui, à moins que vous n'ayez l'intention de me retenir par la force, ce qui vous ferait une très mauvaise publicité, je peux vous l'affirmer.

Addison n'en revenait pas. Il n'avait jamais rencontré de résistance dans sa carrière déjà longue. Le dossier de Gillian lui avait appris qu'elle se consacrait corps et âme à la science, qu'elle avait une existence paisible et qu'elle avait l'habitude de se conformer aux lois.

— Je n'ai pas l'intention de vous retenir par la force, docteur Fitzpatrick, mais permettez-moi de vous poser une question. Que se passera-t-il si Husad vous démasque et s'empare de vous ?

— Je trouverai le moyen de le tuer.

Elle avait pris cette décision le matin même, après avoir passé la nuit à essayer de comprendre les sentiments nouveaux qui l'agitaient. Trace tourna vers elle un regard stupéfait. Sans sourciller, elle continua :

— Je ne lui permettrai jamais d'utiliser mes découvertes contre moi. Le projet Horizon n'a jamais été mis sur pied pour un homme comme lui. L'un de nous mourrait avant qu'il s'en empare.

Addison ôta ses lunettes et se mit à les nettoyer avec de grands gestes lents. Visiblement, il faisait un violent effort pour garder son calme.

— J'admire votre détermination, docteur, et j'apprécie vos sentiments à leur juste valeur. Cependant, l'agent O'Hurley va être très occupé pendant les quelques jours à venir.

N'y tenant plus, Trace intervint :

— Elle peut m'être utile.

— C'est une personne civile. Et la nouvelle cible du Hammer.

— Elle peut m'être utile, répéta Trace.

Il riva son regard dans celui de Gillian.

— Cabot va voyager avec sa maîtresse du moment. Comme il l'a toujours fait.

— Il n'en est pas question. Nous allons désigner un autre agent.

— Gillian est décidée à y aller, avec ou sans l'autorisation des SSI, alors autant essayer de tirer le meilleur parti de la situation.

Addison rangea son mouchoir dans sa poche et secoua la tête. Après tout, si Gillian Fitzpatrick voulait risquer sa vie, c'était son problème. Elle pourrait être utile aux SSI.

— Très bien. Je ne peux pas vous en empêcher, mais je ne vous approuve pas. J'espère que vous ne regretterez pas votre décision, docteur.

— Je ne la regretterai pas.

— Les notes. Puisque vous refusez de venir à Madrid avec moi, j'insiste pour que vous me donniez vos notes sur le projet Horizon, afin que je les mette en sécurité.

— Naturellement. Je les ai écrites en…

Trace l'interrompit.

— Elle les a écrites en termes techniques.

Il lui coula un long regard. Elle attendit qu'il continue.

— Vous ne pourrez sans doute pas en tirer grand-chose.

— Je crois que notre équipe scientifique sera capable de les interpréter. Si vous voulez bien me les communiquer…

— Naturellement.

Gillian quitta la pièce. Addison se tourna vers Trace.

— Elle est sous votre responsabilité, dit-il à voix basse. Je ne veux pas d'accident sur une personne civile.

— Je veillerai sur elle.

— J'y compte bien.

Addison se leva et ramena en arrière les quelques touffes de cheveux qui lui restaient.

— Sans ses notes, elle ne pourra pas rendre la situation pire qu'elle n'est déjà.

Gillian revint, une liasse de feuilles à la main. Elle la tendit à Addison.

— Merci, docteur.

Addison les glissa prestement dans son attaché-case. Il remit le code et se redressa.

— Si vous changez d'avis, il vous suffira de demander à O'Hurley de nous contacter.

— Je ne changerai pas d'avis.

— Alors au revoir, docteur. J'espère que tout va bientôt rentrer dans l'ordre et que vous et votre frère pourrez recommencer à travailler en paix sur le projet Horizon.

Il hocha brièvement la tête en direction de Trace.

— J'attends votre rapport toutes les six heures.

Gillian attendit que la porte se soit refermée avant de s'asseoir au bord du lit.

— Il n'est vraiment pas facile Avez-vous souvent travaillé avec lui ?

— Non, Dieu merci. Tous les gars des SSI ne lui ressemblent pas.

— C'est une bonne nouvelle pour la démocratie, dit Gillian.

Trace se mit à arpenter la pièce d'un pas nerveux. Elle attendit qu'il l'ait traversée deux fois avant de dire :

— J'ai quelques questions à vous poser.

— Suis-je censé être surpris ?

— J'aimerais que vous vous asseyiez.

Elle fit un geste agacé en direction d'une chaise.

— Là. Il n'y aura pas de danger que vous me touchiez accidentellement, à distance.

Il fit une pause et plongea un regard brûlant dans le sien.

— Je ne vous touche jamais accidentellement.

— Raison de plus.

Elle attendit. Les nerfs à vif, il prit la chaise.

— Pourquoi avez-vous changé d'avis ? s'enquit-elle.

— A quel sujet ?

— Pour que je vous accompagne.

— Je ne pouvais pas être d'accord avec Addison. C'est viscéral.

Gillian croisa ses mains sur ses genoux. S'exhortant à la patience, elle reprit :

— Je crois que je mérite une réponse claire.

— C'est une réponse claire.

Il alluma une cigarette.

— De plus, je pensais ce que j'ai dit : je crois que vous vous débrouillerez très bien.

— Vos paroles flatteuses me laissent sans voix.

— Après tout, c'est vous qui avez le plus gros enjeu dans cette histoire. Cela vous donne le droit de vous impliquer jusqu'au bout.

Il l'observa à travers la fumée.

— Voilà la réponse complète.

Elle hocha la tête. Oui, et c'était tout ce qu'elle pouvait espérer pour l'instant. Autant l'accepter.

— Très bien. Maintenant, vous allez m'expliquer pourquoi vous n'avez pas voulu qu'Addison sache que mes notes avaient été falsifiées.

— Parce que les vraies sont dans votre tête. Et elles doivent y rester.

— Addison est votre supérieur hiérarchique. N'êtes-vous pas obligé de jouer franc jeu avec lui ?

— Je m'occupe du règlement quand mes missions sont accomplies.

Gillian resta quelques secondes silencieuse. Elle respectait Trace, et ce qu'il avait dit, parce qu'il le pensait sincèrement. N'était-ce pas la raison pour laquelle elle avait décidé de lui faire confiance ?

— Un jour, vous m'avez dit que vous compreniez pourquoi Charlie Forrester ne s'était pas adressé directement aux Services Secrets. Il serait temps que vous m'en parliez.

Trace fit tomber les cendres de sa cigarette. Le soleil avait entrepris sa lente descente, le crépuscule serait bientôt là.

— Pourquoi ne voulez-vous pas que le Hammer ait la formule ? demanda-t-il.

— C'est une question ridicule. Hammer est un groupe de

terroristes dirigé par un fou. S'ils entraient en possession du sérum, la guerre nucléaire serait pratiquement inévitable.

Elle fit une pause. Il l'observa longuement.

— Vous ne comparez certainement pas les Services Secrets Internationaux avec l'une des organisations les plus radicales de la planète ? continua-t-elle. Ils sont là pour assurer la loi et l'ordre au niveau international, pour sauver des vies, pour protéger la démocratie.

Cette fois, c'est elle qui se leva pour arpenter la pièce.

— Je n'ai pas à vous dire ce qu'ils représentent. Vous en faites partie, dit-elle.

— Oui, j'en fais partie. N'est-ce pas vous qui avez dit que c'était une organisation dirigée par des hommes, certains bons, d'autres moins ?

— Oui.

Elle soupira. Ses nerfs menaçaient de la lâcher. Etait-ce dû à la lumière, plus tamisée, plus douce ?

— Mais je continue à croire que si j'étais allée les voir en premier recours, le projet Horizon serait passé au premier plan, mon frère et ma nièce, au second. Le fait d'avoir rencontré le capitaine Addison ne m'a pas incitée à changer d'opinion. Cependant, le projet a été élaboré sous leurs auspices, et il a toujours été question qu'ils le récupèrent une fois fini. Mon père croyait en ce système.

Trace tira une longue bouffée de sa cigarette.

— Et vous ? interrogea-t-il.

— Ma famille est prioritaire. Quand elle sera en sécurité, il sera temps de s'occuper du projet.

— De l'achever et de le passer aux SSI ?

— Oui, bien sûr.

Un peu pâle, elle se tourna vers lui.

— C'était le but de mon père. Je ne vois pas ce que vous voulez dire, Trace ?

— Je me disais que les intentions des Services Secrets, c'est une chose, et que les résultats peuvent en être une autre. Pensez-y, Gillian. Un sérum qui protège des effets des retombées nucléaires. Un miracle, un bouclier, une formidable découverte scientifique. Une fois cette invention commercialisée, ne craignez-vous pas qu'il soit mille fois plus facile d'appuyer sur le bouton ?

— Non.

Elle serra ses bras autour d'elle.

— Horizon est un moyen de défense, uniquement. Cela pourrait sauver des millions de vies. Mon père… enfin, ni lui ni moi n'avons pensé que cela pouvait être destructeur.

— Pensez-vous que les scientifiques impliqués dans le projet Manhattan s'attendaient à Hiroshima ?

— Nous créons un moyen de défense, pas une arme.

— Oui, un moyen de défense. Il y a cinquante ans, certains physiciens allemands s'amusaient à faire des expériences. Auraient-ils continué s'ils avaient su qu'ils avaient trouvé la base d'une arme qui pouvait éliminer toute vie de la planète ?

— Mais l'arme atomique existe, Trace, nous ne pouvons pas revenir en arrière et empêcher son invention.

Elle se tourna vers lui. La lumière qui venait de la fenêtre était devenue d'un rose pur.

— Le projet horizon veut contrebalancer cela, assurer la continuité de la vie si un fou finit par appuyer sur le fameux bouton. Horizon est une promesse de vie, pas une menace.

— Qui prendra la décision d'attribuer le sérum, Gillian ?

Elle s'humecta les lèvres.

— Je ne vois pas ce que vous voulez dire.

— Pensez-vous que tout le monde pourra en profiter ? C'est pratiquement impossible. Il n'y aura peut-être que les pays des Nations unies qui le recevront. Mieux encore, juste les pays dont les idées politiques correspondent aux nôtres. Sera-t-il administré aux personnes âgées ou aux malades en fin de vie ? Cela reviendra très cher. Et qui paiera ? Les contribuables. Et croyez-vous que les contribuables auront envie de payer la note pour vacciner les criminels ? Est-ce que les tueurs en série auront droit à leur piqûre ou serons-nous sélectifs ?

— Il n'est pas obligatoire que cela se passe ainsi.

— Cela ne devrait pas, mais en général c'est ce qui arrive. Le monde n'est pas parfait, doc. Il ne le sera jamais.

Gillian soupira. Elle s'était posé ces mêmes questions, elle avait eu les mêmes doutes pendant longtemps.

— Mon père a consacré la plus grande partie de sa vie à Horizon. Mon frère risque de perdre la sienne à cause du même projet. Que me demandez-vous de faire ?

— Je ne vous demande rien, je ne fais que de la théorie.

Elle s'approcha de lui. Il allait certainement prendre des distances, quelle que soit l'envie qu'elle avait de combler le vide qu'il y avait entre eux.

— Trace, qu'est-ce qui vous a fait perdre vos illusions ? Pourquoi avez-vous cessé de croire que vos actions peuvent changer les choses ?

— Parce que c'est une utopie. Peut-être que cela fonctionne de temps en temps, mais à long terme est-ce que tout cela est utile ?

Faisant un geste pour prendre une autre cigarette, il décida finalement de mettre le paquet de côté.

— Je n'ai pas honte de ce que j'ai fait mais je n'en suis pas fier non plus. J'en ai assez, je suis fatigué de tout cela.

Elle s'assit en face de lui. Elle n'était plus très sûre de ses propres pensées, de ses propres buts.

— Je suis une scientifique, pas une politicienne. Mon père ne m'a pas fait part de tous ses espoirs. Je sais qu'il espérait, qu'il rêvait que son travail apporte quelques bonnes choses dans ce monde, pour garantir cette paix que nous réclamons tous mais pour laquelle nous faisons peu de choses.

— On n'obtient pas la paix avec un sérum, doc.

— Non, peut-être pas. Les questions que vous vous êtes posées je me les suis posées moi-même et cela ne m'a pas menée très loin. Je n'ai peut-être pas assez vécu pour perdre mes illusions.

Elle ferma les yeux un instant. Brusquement, plus rien ne lui paraissait clair, et surtout pas sa propre vie.

— Je n'en sais pas assez sur vos actes pour comprendre mais

je crois que si vous n'êtes pas satisfait, c'est peut-être parce que vous êtes plus rêveur que vous ne voulez l'admettre. C'est vrai, vous ne pouvez pas changer le monde, personne ne le peut, mais chacun peut agir pour en modifier certains aspects.

Elle fit une pause, et refréna l'envie de tendre la main vers lui. S'il la rejetait encore, elle n'arriverait pas jusqu'au bout de ce qu'elle voulait lui dire.

— Ces quelques jours passés avec vous ont changé beaucoup de choses pour moi.

Il hocha pensivement la tête. Il ne demandait qu'à la croire.

— Vous faites encore preuve de romantisme, doc.

— Non, je suis honnête et aussi logique que la situation le permet. Vous avez changé ma façon de penser et d'agir.

Elle serra les lèvres. Trace avait-il la moindre idée de la difficulté qu'elle avait à se mettre à nu devant lui ? Elle s'éclaircit la gorge. Après tout, cela n'avait pas d'importance.

— Je ne m'étais jamais jetée à la tête d'un homme.

— Etes-vous en train de le faire ?

D'une main nerveuse, il prit une cigarette, qu'il se contenta de rouler entre ses doigts. Il aurait aimé se détendre, mais il sentait une douleur croître en lui.

— Ce serait évident aux yeux de tout le monde, dit-elle.

Il fallait qu'elle se lève, qu'elle bouge. Pourquoi fallait-il toujours qu'elle mendie de l'affection ?

— Je ne vous ai pas demandé de vous engager. Je ne vous ai pas demandé de me promettre amour et fidélité, continua-t-elle.

Mais elle, elle le lui promettrait s'il le lui demandait.

— Je vous ai seulement demandé d'être assez honnête pour… pour…

— Pour coucher avec vous ?

Il écrasa la cigarette entre ses doigts et jeta les morceaux dans le cendrier.

— Je vous ai déjà expliqué pourquoi cela ne figurait pas dans mes plans.

— Vous m'avez débité un paquet d'idioties sur nos différences. Je ne veux pas que vous soyez mon jumeau.

Elle prit une profonde inspiration.

— Je veux que vous soyez mon amant.

Il dut faire un violent effort pour s'approcher d'elle. Il devait être bref et cruel pour les sauver tous les deux de la catastrophe.

— Une rapide partie de jambes en l'air, c'est bien cela ? Du sexe à l'état pur, sans paroles romantiques ?

Gillian rougit mais elle soutint son regard.

— Je n'attends pas de parole romantique de votre part.

— Tant mieux, parce que je n'en ai aucune à vous offrir.

Glissant deux doigts dans son corsage, il l'attira vers lui.

— Vous vous trompez, doc. Une seule nuit torride, ce n'est pas votre style.

Elle voulut reculer mais elle s'obligea à ne pas bouger.

— Qu'est-ce que cela peut vous faire ? Vous m'avez dit que vous me désiriez.

— Bien sûr, je pourrais même vous apprendre un peu ce qu'est la vie. Cependant, vous êtes du genre « permanent » : si je me mets à rêver d'une maison dans un bel environnement, je vous appellerai. En attendant, vous n'êtes pas mon type.

Les yeux de Gillian s'agrandirent de colère. Il avait voulu être explicite, il avait réussi.

Ravalant les paroles furibondes qui lui montaient aux lèvres, elle se dirigea vers sa chambre. Alors qu'elle posait la main sur la poignée, elle entendit Trace se servir à boire.

C'en était trop ! Toute sa vie, elle avait accepté ce genre de critique sans broncher. Elle avait grandi avec. Mais maintenant, elle était une femme. Elle redressa les épaules. Il était temps qu'elle cesse de se figer dès qu'elle entendait ce genre de propos, et qu'elle affronte la situation.

S'attendant à une explosion de fureur, Trace sirota son whisky. C'était dommage que Gillian ne soit pas entrée dans sa chambre. Il aurait préféré qu'elle claque la porte, mais apparemment, elle voulait contre-attaquer. Eh bien, s'il en était ainsi… Il but encore une longue gorgée et leva les yeux. Il faillit s'étrangler.

— Que diable êtes-vous en train de faire ?

Gillian finit tranquillement de déboutonner son chemisier, qu'elle laissa glisser par terre.

— Je vais vous prouver que vous avez tort.

Elle ouvrit la fermeture de son pantalon.

— Arrêtez. Bon sang, Gillian, rhabillez-vous et fichez le camp !

Elle se débarrassa de son pantalon.

— Nerveux ?

Son slip était d'un blanc virginal, sans dentelle, sans froufrous. Ses longues cuisses étaient d'un blanc crémeux. Malgré le whisky, Trace sentit sa bouche devenir sèche comme de la poussière.

— Je ne suis pas d'humeur à subir une de vos expériences.

Les mains moites, il prit une cigarette.

— Aucun doute, vous êtes nerveux, dit-elle en souriant.

Le dévorant du regard, elle ramena ses cheveux en arrière. Une bretelle de soutien-gorge glissa de son épaule.

— Vous faites une erreur, dit-il d'une voix rauque.

— Très probablement.

Elle se campa devant lui, le dos à la fenêtre, les dernières lueurs du jour jouant dans sa chevelure.

Trace serra très fort son verre de whisky. Bon sang, s'il avait déjà vu une femme aussi belle, il ne s'en souvenait pas. Et s'il en avait désiré une plus ardemment, il l'avait oublié aussi. Mais il était sûr d'une chose : il n'avait jamais eu aussi peur de quelqu'un que de cette femme adorable, à moitié nue, aux cheveux flamboyants.

— Je ne vous toucherai pas, affirma-t-il d'une voix qu'il aurait voulue plus ferme.

Elle le fixait toujours de ses yeux de jade. Il leva son verre et but la dernière gorgée. Sa main tremblait. Gillian n'en demandait pas plus pour renforcer sa propre assurance.

— Alors, c'est moi qui le ferai, dit-elle.

Elle n'avait pas de guide, pas de formule standard en la

matière. Son expérience avec les hommes n'était pas inexistante, mais elle était plutôt limitée par une éducation stricte et une carrière absorbante. Mais même si elle avait connu des centaines d'hommes, ce serait différent avec Trace. Se fiant à son instinct et à son désir, elle s'approcha de lui.

Ses mains étaient plus fermes que celles de Trace quand elles effleurèrent son torse. Sans le quitter des yeux, elle jouit de la sensation de ses muscles, qui tressaillirent sous ses doigts. Elle dut se hisser sur la pointe des pieds pour l'embrasser sur la bouche, et ses lèvres se firent pressantes. Elle se serra contre lui. Le cœur de Trace battait la chamade.

Il était tendu comme un arc. Malgré lui, il leva la main vers elle, mais il la laissa aussitôt retomber. Il connaissait assez Gillian. S'il ne réagissait pas, elle se sentirait humiliée et elle abandonnerait.

Cependant, il n'avait pas envisagé qu'elle commençait elle aussi à le connaître.

Faisant jouer ses lèvres sur les siennes, Gillian commença à lui déboutonner sa chemise et glissa ses mains fines sur sa peau. Son propre cœur menaçait d'exploser dans sa poitrine et ses yeux se voilaient. Si elle avait été une séductrice accomplie, elle n'aurait pas fait mieux.

— Je vous veux, Trace.

Ses lèvres se promenèrent sur sa joue, puis sur sa gorge.

— Je vous désire depuis notre première rencontre. J'ai pourtant lutté.

Frissonnante, elle lui enlaça la taille, et fit courir ses mains sur son dos.

— Faites-moi l'amour.

Il posa les doigts sur ses épaules avant qu'elle recommence à l'embrasser. Si leurs lèvres se rencontraient une seconde fois, il allait perdre la raison.

— Ce n'est pas un jeu auquel vous pouvez gagner, dit-il d'une voix plus ferme.

Les mots lui brûlèrent la gorge.

— Laissez-moi, Gillian, avant qu'il soit trop tard.

La chambre était maintenant plongée dans la pénombre. Il ne voyait que le scintillement de ses yeux.

— Vous m'avez dit que vous croyez au destin. Ne me reconnaissez-vous pas, Trace ? Je suis à vous.

C'était peut-être cela, et cela uniquement qui l'effrayait le plus. Gillian était aussi incontournable que le destin, aussi insaisissable qu'un rêve. Et à cet instant précis, elle s'enroulait autour de lui comme une promesse.

— Alors je suis à vous. Bonne chance.

Penchant la tête vers elle, il l'embrassa avec tout le feu, toute la force et la fureur qu'il avait retenus. Il avait voulu la sauver, et se sauver lui-même. Maintenant, ils étaient entre les mains du destin, et de la chance. Quelles que soient les promesses qu'il s'était faites, il n'allait pas les tenir. Il allait la toucher, il allait s'enivrer d'elle.

Ses mains fiévreuses suivirent les courbes lascives de son corps. Ses paumes glissèrent sur le fin tissu de son slip. Elle avait la peau fraîche, souple et veloutée. Fasciné, il introduisit deux doigts sous le tissu et trouva un volcan. Gillian enfonça ses ongles dans son dos. La serrant contre lui, il la souleva dans ses bras et la déposa sur le lit.

— Je vais vous faire tout ce que j'ai imaginé depuis que je vous connais, murmura-t-il.

Les cheveux de Gillian s'étalèrent sur l'oreiller comme un éventail de flammes. Les premiers rayons de lune vinrent éclairer son visage, et une brise marine souleva les rideaux.

— Je peux vous emmener là où vous n'êtes jamais allée, là où, demain, vous souhaiterez peut-être n'être jamais allée.

Elle le croyait. Excitée, effrayée, elle tendit une main vers lui.

— Emmenez-moi, dit-elle, le souffle court.

Comment avait-elle pu vivre sans savoir qu'il était possible d'être embrassée de cette façon ? Avant, Trace lui avait prouvé sa passion, son caractère, et sa retenue. Maintenant, il n'avait plus aucune retenue. Il l'avait remplacée par des talents dévastateurs. Sa langue la tourmentait, attisant le feu qui faisait déjà rage au fond d'elle, ses dents la provoquaient. Elle lui répondit avec une fougue qu'elle n'aurait jamais imaginée.

Il avait les mains d'un musicien, et il savait comment en jouer sur une femme. Du bout des doigts, il la caressa, s'attardant jusqu'à ce qu'elle en perde le souffle. Elle commença à murmurer doucement son nom, mais bientôt, sa voix devint urgente, puis délirante. Ses doigts fébriles firent glisser la fermeture de son pantalon, exigeants, submergés par la force du désir qui semblait être née de l'instant présent. Elle était prête à se donner entièrement, à lui rendre ce plaisir fou qui atteignait son apogée. Les doigts de Trace découvrirent une place secrète. Elle se tendit comme un arc, poussa un long gémissement.

Trace avait raison, elle n'était jamais montée à de telles hauteurs. Elle avait les membres si lourds, et la tête si légère ! Elle sentit ses lèvres sur sa gorge et sur le bout des seins, ses mains qui sculptaient son corps.

C'était ainsi qu'il l'avait désirée, ramollie de plaisir, attisée de désir. Il pouvait goûter sa peau, partout où il voulait. Quelle douceur. Même chaude et humide, elle restait d'une telle douceur. Il aurait pu s'en nourrir pendant des jours. Gillian frissonnait sous ses doigts. Elle gémissait. Ses soupirs formaient une musique à ses oreilles.

Ils roulèrent l'un sur l'autre, pris d'un désir qui allait être bientôt rassasié. Impatiemment, elle finit de le déshabiller, et cette fois, il ne protesta pas.

Quand il plongea en elle, elle poussa un cri étranglé. Le saisissant par les cheveux, elle attira sa bouche sur la sienne et laissa son corps s'adapter à son rythme. Leurs cœurs semblaient battre à l'unisson. Elle sentit plus qu'elle n'entendit qu'il prononçait son nom contre sa bouche, elle entendit son souffle s'accélérer tandis que l'émotion se fondait avec la passion. Ouvrant les yeux, elle les plongea dans le regard intense de Trace.

Puis il enfouit son visage dans ses cheveux et ils se donnèrent sans retenue l'un à l'autre.

8

Il avait fait une erreur en restant avec elle. En passant toute la nuit avec elle. En se réveillant près d'elle le matin. Quand ils s'étaient lovés l'un contre l'autre, il avait su qu'il devrait payer. Un homme doit toujours payer pour les erreurs qu'il a commises.

Il y avait un problème : c'était une erreur drôlement agréable.

En dormant, Gillian était aussi douce, aussi chaude, aussi souple qu'elle l'était dans ses élans passionnés. Elle avait blotti sa tête contre son épaule, comme si c'était le seul endroit où elle pouvait la poser.

Un autre problème avait surgi : son désir pour elle ne s'était pas dissipé. Il avait toujours envie d'elle, avec la même acuité que la veille, quand elle avait posé ses mains sur lui pour la première fois.

Il voulait la serrer dans ses bras, la réveiller doucement, érotiquement, et s'envoler avec elle là où ils étaient montés avant que le sommeil ne réclame son dû. Il aurait voulu lui caresser les cheveux, et absorber son excitation en somnolant près d'elle toute la matinée.

Il soupira. Il ne le pouvait pas. Bien qu'il n'ait jamais considéré qu'il avait des sentiments nobles, il pensait à Gillian. Il était de ces hommes qui faisaient les choses comme ils l'avaient décidé. Il travaillait dur, et il n'avait aucune attache. Mais pour Gillian, c'était une autre affaire. Il était évident qu'elle attachait beaucoup d'importance au foyer et à la famille. Sans aucun doute, elle se consacrait entièrement à son travail, mais tout au fond d'elle, elle rêvait d'une maison entourée d'un jardin. Lui qui n'avait jamais eu de foyer, qui ne voulait pas en avoir, ne pouvait que lui compliquer la vie.

Cependant, c'était si bon de la sentir serrée contre lui.

Comme il s'écartait d'elle un peu brusquement, elle remua en prononçant quelques paroles inintelligibles. Il se leva pour enfiler son pantalon. Il n'avait pas besoin de se tourner vers elle pour savoir qu'elle s'était réveillée et qu'elle le regardait.

— Tu peux dormir encore un moment, dit-il. Moi, j'ai du boulot.

Gillian s'assit en tirant le drap sur elle.

— Je viens avec toi.

— Les dames n'ont pas leur place, là où je vais.

Gillian eut un petit frisson. La chaleur et la sécurité qu'elle avait ressenties depuis la veille s'évanouirent pour faire place à une sensation de froid et de solitude. Les doigts crispés sur le drap, elle dit d'une voix assez calme :

— Je croyais que nous allions travailler ensemble.

— Quand le moment sera venu, chérie.

Elle fit pianoter ses doigts sur le lit.

— Quand le moment sera venu pour qui ?

— Pour moi.

Il prit une cigarette et se tourna vers elle. Oui, c'était bien ce qu'il avait pensé. Elle était encore plus belle ce matin. Ses cheveux roux encadraient son visage au doux ovale, sa peau était plus pâle que d'habitude. Elle avait les paupières lourdes, les pupilles dilatées.

— Tu me gênerais, ajouta-t-il pour toute explication.

— Apparemment, je te gêne déjà.

Ignorant l'humiliation qu'il lui faisait encore subir, elle se leva et récupéra ses vêtements épars sur le carrelage. Les plaquant contre elle, elle s'arrêta devant Trace et le regarda longuement. Il allait savoir ce qu'elle pensait. Elle avait trop souvent fait preuve de faiblesse, dans le passé, en recevant un choc émotionnel. Plus jamais elle ne courberait la tête.

— Je ne sais pas de quoi vous avez peur, O'Hurley, excepté de vous-même et de vos propres sentiments, mais vous n'avez aucune raison de vous comporter de la sorte.

— Je me comporte selon ma nature.

Il tira sur sa cigarette. Elle était aussi amère que ses pensées.

— Si vous commandez le petit déjeuner, je prendrai du café. En attendant, je vais sous la douche.

— Vous avez le droit de regretter ce qui s'est passé. C'est votre privilège.

Elle fit une pause. Non, elle n'allait pas pleurer. Pas devant lui.

— Vous n'avez pas besoin d'être cruel. Croyez-vous que je m'attendais à un serment d'amour éternel ? Croyez-vous que je m'attendais à vous voir tomber à genoux devant moi, et à vous entendre dire que j'avais changé votre vie ? Je ne suis pas aussi idiote que vous le pensez.

— Je n'ai jamais pensé que vous étiez idiote.

— Parfait. Je ne m'attendais à rien de tout cela de votre part, mais je ne m'attendais pas non plus à ce que vous me jetiez comme une denrée périmée. C'est peut-être là que j'ai eu tort.

Elle rentra précipitamment dans sa chambre et jeta ses vêtements sur son lit. Relevant la tête, elle se dirigea vers la douche. Non, elle n'allait pas pleurer à cause de Trace O'Hurley. Elle n'allait pas verser une seule larme. Tout ce qu'elle voulait, c'était avoir chaud, de nouveau, se laver pour effacer son odeur de sa peau, évacuer le goût de ses lèvres sur les siennes. Ensuite, elle serait de nouveau en pleine forme.

Elle n'était pas stupide. Elle était simplement une femme qui avait fait une erreur de jugement et qui devait s'en accommoder. Elle était adulte, elle avait toujours pris des décisions elle-même et elle en avait toujours accepté les conséquences.

Faisant couler l'eau tiède sur son visage, Gillian soupira. Si, malheureusement, elle était stupide. Complètement stupide. Elle posa les paumes de ses mains sur ses yeux. Que Trace O'Hurley aille au diable, et elle avec ! Il fallait être vraiment idiote pour tomber amoureuse d'un homme qui ne lui donnerait jamais rien en retour.

Quand le rideau à douche fut tiré brusquement, elle releva la tête. Elle jeta sur Trace un regard faussement indifférent. Mieux valait être pendue que de lui faire comprendre qu'elle souffrait.

— La douche est occupée, dit-elle froidement.

— Mettons les choses au point. Si je ne vous ai pas tenu de beaux discours ce matin, cela ne signifie pas que je vous considère comme si je vous avais ramassée dans la rue.

Gillian prit la savonnette, qu'elle passa en cercles lents sur ses épaules. Apparemment, il était en colère. Sa voix était plus grave, ses yeux plus sombres. Voilà qui était satisfaisant.

— Vos excuses ridicules ne m'intéressent pas, O'Hurley. Pensez ce que vous voulez, je m'en moque royalement, et à cause de vous, l'eau est en train de couler par terre.

Elle lui arracha le rideau des mains pour le remettre en place. Mais elle n'en eut pas le temps. Trace le rouvrit aussitôt.

Il posa sur elle un regard furibond. Mais sa voix devint étrangement posée et calme.

— Ne me fermez jamais la porte au nez !

Gillian ravala une envie de rire.

— Ce n'est pas une porte, mais un rideau de douche. Une porte serait plus efficace, mais je suis obligée de me contenter de ce rideau.

Elle le referma. D'un geste violent, Trace l'arracha de la tringle. Gillian rejeta ses cheveux mouillés en arrière.

— Quel geste spectaculaire ! persifla-t-elle. Quand vous aurez fini de vous défouler sur un objet inanimé, vous pourrez me laisser tranquille.

— Mais bon sang, qu'est-ce que vous voulez à la fin ?

— Pour l'instant, je souhaite me laver les cheveux en paix. Merci.

Malgré sa détermination, elle ne put s'empêcher de pousser un petit cri quand il enjamba le bac à douche. En un clin d'œil, son pantalon trempé se colla à ses jambes. L'eau ricocha sur eux avant de finir sa course sur le sol.

— Je n'ai pas le temps de m'amuser à ce petit jeu de la culpabilité. J'ai un travail à faire, et nous allons alléger l'atmosphère pour que je puisse m'y consacrer.

— L'atmosphère ne peut pas être plus légère, dit-elle en posant le savon sur son support. Tu veux l'absolution ? Je te la donne !

— Je n'ai aucune raison de me sentir coupable.

Il vint plus près d'elle.

— C'est toi qui t'es jetée à ma tête.

— C'est vrai. Tu t'es battu comme un tigre, mais j'ai eu le dernier mot.

Elle lui donna une petite tape sur la poitrine.

— Tu ferais mieux de t'éclipser, O'Hurley, avant que je me jette de nouveau sur toi.

Il ouvrit la bouche pour répliquer, mais l'air lui manqua au moment où le poing de Gillian s'enfonça dans son estomac. Pendant que l'eau coulait sur eux, ils se regardèrent, aussi surpris l'un que l'autre. Puis brusquement, Gillian éclata de rire.

— Qu'y a-t-il de drôle ?

— Rien. Rien du tout, mais nous n'avons vraiment pas l'air malins, tous les deux !

Riant toujours, elle tourna son visage vers le jet de la douche.

— Dégagez, Trace O'Hurley, avant que je vous fasse un mauvais sort !

Il porta une main à son estomac, puis il la posa sur l'épaule de Gillian. Brusquement, il ne se sentait plus en colère.

— Vous avez un sacré punch, doc !

Elle lui jeta un coup d'œil en biais. C'était peut-être son imagination, mais elle avait bien l'impression qu'il voulait parler d'autre chose que de son coup de poing.

— Merci, dit-elle.

— L'eau est trop chaude, fit-il remarquer.

— Je suis d'humeur volcanique.

— Mmm…

Il lui effleura la joue, passa le pouce sur ses légères taches de rousseur. Apparemment, il voulait se faire pardonner.

— Et si je te frottais le dos ? proposa-t-il.

— Non.

Il l'enlaça.

— Alors, tu peux frotter le mien.

— Trace…

Elle leva les mains en un geste de défense.

— Ce n'est pas une réponse.

— C'est la seule que j'ai.

Baissant la tête, il posa ses lèvres sur les siennes.

— Je te désire. N'est-ce pas ce que tu avais envie d'entendre ?

Elle détourna le regard. Si seulement cela pouvait être aussi simple ! Si seulement il était moins important pour elle. Posant une joue contre celle de Trace, elle poussa un soupir.

— La dernière nuit était spéciale. Je peux accepter que cela n'ait aucune signification pour toi, mais je ne peux pas me permettre d'aller plus loin, parce que pour moi, c'était important.

Il resta un instant silencieux. Puis il prit une profonde inspiration avant de se jeter à l'eau.

— Pour moi, aussi, c'était important, Gillian. C'était fichtrement important.

Elle sentit son cœur palpiter comme un oiseau en cage.

— Et cela te rend les choses plus difficiles, dit-elle.

— Difficiles pour moi, et peut-être impossibles pour toi.

Il laissa retomber ses mains.

— Je ne suis pas bon pour toi.

— Non.

Elle sourit tandis qu'il passait un bras autour de sa taille.

— Le gâteau au chocolat, ce n'est pas bon pour moi non plus. Pourtant, je n'y résiste jamais, dit-elle.

*
* *

Ce n'était certainement pas raisonnable d'emmener Gillian dans le bidonville, mais maintenant, il était presque convaincu que c'était nécessaire. Elle comprendrait mieux jusqu'où il devait aller, pour son travail, et elle verrait le genre de personnes auxquelles il avait parfois affaire. Ce qui s'était passé entre eux ne changeait pas son état d'esprit au sujet de leur relation : elle était tout simplement insensée, ils étaient trop différents. Cependant, il devait bien admettre qu'il y avait un lien entre eux, qu'il le veuille ou non. C'était à lui de s'assurer que Gillian savait exactement dans quoi elle se lançait.

Il l'emmena sur une route détournée, jusqu'à ce qu'il ait semé la filature de Kendesa, et celle du détective payé par Addison. Le premier, il s'y attendait, il faisait partie du jeu. Mais le second lui prouvait que les Services Secrets Internationaux, ou peut-être Addison tout seul, ne voulait pas lui laisser carte blanche. Il n'avait plus qu'à la prendre malgré eux.

Une fois certain d'avoir semé les deux lascars, il fit encore un détour avant de se diriger vers les baraquements du bidonville.

Comme il voulait y arriver à pied, il avait glissé un revolver dans la poche de sa veste, un autre dans un étui plaqué sur sa cuisse, et un couteau à cran d'arrêt dans la poche arrière de son pantalon. Il connaissait cet environnement, et trois précautions n'avaient rien d'excessif.

Un grand nombre d'hommes oisifs traînaient dans les ruelles. Mais ils ne s'approchèrent pas d'eux. Trace ne déambulait pas comme un touriste qui aurait perdu son chemin, ou qui serait venu voir une curiosité et prendre en photo l'autre aspect de Casablanca.

Gillian marchait en silence près de lui, essayant d'ignorer les odeurs putrides qui s'élevaient des poubelles. Trace les sentait-il ? Il y avait aussi, par-dessus, celle de la colère et de la haine. Elle avait été témoin de la pauvreté en Irlande, elle avait vu les sans-abri et les déshérités à New York, mais elle n'avait jamais vu une telle misère.

Les hommes posèrent sur elle un regard dur.

Trace s'approcha d'une cabane. Impossible de l'appeler autrement, bien qu'il y ait une fenêtre et un semblant de courette. Un chien famélique attaché à une chaîne retroussa les babines, mais Trace l'ignora et continua d'avancer.

Il frappa à la porte, puis il balaya la rue du regard. Des gens les observaient, ce qui n'avait rien de surprenant, mais au moins, ce qui se passait dans le bidonville n'en sortait jamais. Kendesa ne serait pas au courant de sa visite ici. Trace eut un petit sourire. Sauf s'il se débrouillait lui-même pour qu'il l'apprenne.

Une femme vêtue d'une robe et d'un voile noirs leur ouvrit la porte. Une brève lueur de frayeur traversa ses yeux quand elle vit Trace.

— Bonjour, madame, j'aimerais parler à votre mari, dit-il dans un arabe élémentaire.

La femme jeta un coup d'œil à droite et à gauche, puis elle ouvrit la porte en grand.

— Entrez, et asseyez-vous.

Si l'extérieur était un cloaque, l'intérieur était impeccable. Le sol et les murs brillant de propreté laissaient échapper une odeur de savon noir. Les meubles étaient rares, mais dépourvus du moindre grain de poussière. Au milieu de la pièce, un petit garçon en couche-culotte était assis par terre. Il leur sourit et se mit à taper le sol avec une cuillère de bois.

— Je vais chercher mon mari, dit la femme.

Elle prit l'enfant dans ses bras et disparut par la porte de derrière.

Gillian ramassa la cuillère de bois.

— Pourquoi a-t-elle peur de vous ? demanda-t-elle.

— Parce qu'elle est plus intelligente que vous. Asseyez-vous, doc, et prenez un air ennuyé. Ce ne sera pas long.

La cuillère à la main, Gillian s'assit sur une chaise un peu branlante.

— Que faisons-nous ici ? Pourquoi sommes-nous venus dans un endroit pareil ?

— Parce que Bakir a quelque chose pour moi. Et que je suis venu le chercher.

Quand la porte s'ouvrit, il glissa une main dans sa veste. Voyant que l'homme était seul, il se détendit.

Bakir avait une faible constitution, des yeux petits et sombres dans un visage étroit. En souriant, il laissait voir des dents éclatantes de blancheur. Il était vêtu d'une djellaba grise, aussi propre que la pièce.

— Bonjour, mon ami, je ne vous attendais pas avant demain, dit-il en tendant la main à Trace.

— L'inattendu est parfois préférable.

Ils s'exprimaient en anglais, mais Gillian s'abstint de parler. Posant la cuillère sur la table, elle poussa un soupir silencieux. Que faisait-elle dans cette galère ? Trace avait raison, elle aurait mieux fait de l'attendre. Surtout que, depuis que Bakir était entré, ce lieu paraissait beaucoup moins sûr.

— Vous êtes pressé de finir votre travail ? interrogea Bakir.

— Avez-vous la marchandise ? J'ai d'autres choses à régler aujourd'hui.

— Naturellement, vous êtes un homme très occupé.

Il jeta un coup d'œil à Gillian et, avec un sourire, se mit à parler arabe. Le regard de Trace se durcit. Il répondit en murmurant, mais Bakir pâlit. Poussant une table, il leva une partie du plancher, révélant une grande trappe.

— Aidez-moi, s'il vous plaît.

Trace s'exécuta et, à eux deux, ils arrivèrent à extraire une longue caisse de bois. Gillian retint son souffle. Trace sortit un premier fusil. A l'évidence, il en avait déjà utilisé, si elle en jugeait par l'aisance avec laquelle il le manipulait. Il l'examina.

— Il est comme neuf, dit Bakir.

Au lieu de l'admettre, Trace remit l'arme en place et en prit une autre. Il l'examina tout aussi soigneusement, et continua son examen sur les autres. Chaque fois qu'il en sortait une, Gillian sentait son cœur chavirer.

Trace semblait tellement à l'aise avec un fusil entre les mains.

Ces mains qui l'avaient caressée quelques heures plus tôt. C'était le même homme. Pourtant, il paraissait très différent dans cette pièce, à manipuler ces armes.

Trace finit par hocher la tête. Tout était parfait.

— Vous ferez livrer la marchandise à cette adresse, à Sefrou.

Il tendit une feuille de papier à Bakir.

— Embarquement demain.

Il plongea la main dans sa poche d'où il tira une enveloppe matelassée de billets donnés par les SSI. Quelle serait la réaction d'Addison s'il était au courant ?

L'enveloppe disparut dans les plis des manches de Bakir.

— Comme vous voudrez. Vous serez peut-être intéressé par le fait que certaines autorités ont offert de grosses récompenses contre des informations sur El Gatto.

— Occupez-vous de l'embarquement de ces armes, Bakir. Et n'oubliez pas qu'il n'est pas conseillé de s'occuper des affaires d'El Gatto.

Bakir se contenta de sourire.

— J'ai une excellente mémoire, dit-il.

— Je ne comprends pas.

Ils descendaient une ruelle étroite. Gillian restait le plus près possible de Trace.

— Où avez-vous trouvé cet argent ? continua-t-elle.

— Chez les contribuables.

Il regarda autour de lui.

— A partir d'aujourd'hui, cette mission est financée par les SSI.

— Mais vous lui avez donné de l'argent pour ces fusils. Je croyais que le capitaine Addison s'en chargeait.

— C'est vrai.

Il la prit par le bras pour tourner au coin d'une rue.

— Si c'est Addison qui s'en charge, pourquoi avez-vous donné cet argent à Bakir ?

— Par sécurité. Si les choses ne tournaient pas comme Addison l'espère, je ne me verrais pas libérer votre frère avec un revolver et un charmant sourire.

Le nœud qu'elle avait déjà au creux de l'estomac se durcit.

— Je vois. Dans ce cas, les armes seraient pour vous.

— Exact, chérie.

La voyant hésiter, il ordonna :

— Continuez de marcher.

— Trace, que feriez-vous de ces armes, en étant seul ?

— Vous m'avez embauché pour cela.

— Oui.

Elle serra les lèvres et accéléra le pas.

— Oui, mais…

— Vous avez des regrets ?

Elle avait plus que des regrets. Mais comment pouvait-elle lui expliquer que les jours passés avaient changé beaucoup de choses pour elle ? Comment lui dire qu'il était devenu aussi important pour elle que l'homme et la fillette qu'elle désirait si désespérément sauver ? Il serait agacé, ou pire encore, il lui rirait au nez.

— Je ne sais plus, murmura-t-elle. Plus cette histoire dure, plus elle me paraît irréelle. Quand tout a commencé, j'ai cru savoir exactement ce qu'il fallait faire. Maintenant, je ne suis plus sûre de rien.

— Alors, laissez-moi agir.

Un homme en djellaba apparut en face d'eux. Gesticulant en direction de Gillian, il marmonna quelques mots incompréhensibles d'une voix d'ivrogne. Instinctivement, Trace sortit son couteau de sa poche, en signe d'avertissement. Avec un sourire édenté, l'homme leva les mains en un geste pacifique et s'éloigna en titubant.

— Ne regardez pas derrière vous, dit Trace.

— Il voulait de l'argent ?

Trace releva un sourcil. Cela faisait longtemps qu'il ne croyait plus personne capable d'une telle naïveté.

— Pour commencer, répondit-il.

— C'est un endroit horrible.

— Il y a pire.

Elle leva les yeux sur lui. Les battements de son cœur commençaient à ralentir.

— Vous savez comment vous comporter ici, comment parler aux gens, mais cela ne fait pas de vous un homme comme celui que nous avons vu.

— Nous gagnons notre vie, lui et moi.

Ils tournèrent au coin d'une autre rue et entrèrent dans le quartier commerçant.

— Je sais ce que vous aimeriez : que je vous croie comme lui. Ce serait plus confortable pour vous, dit-elle.

— Peut-être. Nous allons prendre un café, et traîner un peu dans les boutiques, le temps que les hommes qui nous suivent nous retrouvent.

— Trace…

Elle avait honte, mais depuis qu'ils s'étaient éloignés de ces rues sordides et puantes, elle se sentait de nouveau en sécurité.

— Est-ce que vous repoussez tous ceux qui s'approchent trop de vous, ou est-ce uniquement moi ?

Trace serra les dents. Comment lui répondre ? Mais surtout, il ne pouvait pas se permettre de trop approfondir la question pour trouver la bonne réponse.

— Il me semble que nous étions très près l'un de l'autre, la nuit dernière, grommela-t-il.

Elle plongea dans ses yeux un regard clair et serein.

— Oui, et vous ne vous en êtes pas encore remis.

— J'ai beaucoup de choses en tête, doc.

Il s'installa à la terrasse d'un petit café. Gillian hésita quelques secondes et s'assit en face de lui.

— Moi aussi. Plus que je n'en veux.

Elle le laissa commander les cafés. Dieu merci, elle allait bientôt se retrouver dans sa chambre. Elle pourrait tirer les rideaux, fermer les yeux, et oublier un peu cette matinée impossible.

— J'ai encore une question…

— Chérie, je ne vous imagine pas sans cela.

Elle posa une main sur la sienne avant qu'il allume une cigarette.

— Cet homme, ce Bakir, il ne vous connaissait pas sous le nom de Cabot.

— Non. J'ai utilisé ses services pour une opération, il y a quelques années.

— C'est un agent ?

Trace se mit à rire mais il attendit que les cafés soient servis avant de continuer :

— Non, doc, c'est un serpent. Mais les reptiles ont leur utilité.

— Il sait qui vous êtes ! Mais si, au lieu de livrer les armes, il gardait l'argent que vous lui avez donné ? Et s'il allait raconter à Husad qui, et où, vous êtes ?

— Il ne le fera pas. Il sait que si Husad ne réussissait pas à me tuer, je viendrais lui trancher la gorge.

Levant sa tasse, il lorgna la rue du coin de l'œil. Un des hommes qui les suivaient les avait retrouvés.

— C'est un des risques du métier.

Gillian regarda son café. Il était noir, épais. Si elle le buvait, elle n'aurait plus cette sensation de frisson. Mais elle n'y toucha pas.

— J'ai été élevée dans le respect de la vie d'autrui, dit-elle calmement. De toute forme de vie. J'ai travaillé dur pour essayer de la protéger, de l'améliorer. Je reconnais que la science a fait beaucoup d'erreurs, mais le but a toujours été de préserver et de prévenir. Je n'ai jamais fait de mal intentionnellement à quiconque. Ce n'est pas que je sois une sainte, mais je n'ai jamais été confrontée à ce choix.

Elle entoura la tasse de ses deux mains.

— Quand le capitaine Addison m'a demandé ce que je ferais si Husad m'enlevait, j'ai dit la vérité. Je sais au fond de moi que je serais capable de tuer. Et cela me terrifie.

— Vous n'aurez jamais l'occasion d'être obligée de passer ce test.

Il lui effleura les mains. Malgré tous ses efforts, il ne pouvait pas s'empêcher de lui offrir du réconfort.

— Je l'espère. Parce que non seulement je sais ce que je ferais, mais je sais aussi que je pourrais continuer à vivre, après. Au fond, je veux dire que nous ne sommes pas si différents l'un de l'autre, après tout.

Il détourna le regard. Il éprouvait un besoin brûlant de croire qu'elle avait raison.

— A votre place, je ne ferais pas de pari sur cette question.

— C'est déjà fait, murmura-t-elle.

Elle commença à siroter son café.

9

Le voyage à Sefrou la rapprochait encore de Flynn. Elle sentait la présence de son frère et de sa nièce au milieu de ce paysage étranger.

C'était rare, maintenant, qu'elle reste seule pendant un long moment. La solitude lui laissait trop le loisir de penser avec lucidité à ce qui était arrivé à sa famille et à la tournure tragique que les événements risquaient de prendre. La peur d'intervenir trop tard la tenaillait, mais elle se gardait bien d'en parler à Trace.

Elle ne passait pas ses nuits à pleurer. Les larmes, qui auraient pu la soulager, n'auraient pas été d'un grand secours pour Flynn. Il y avait aussi ces horribles cauchemars, chargés de violence, qui revenaient pratiquement chaque nuit. Dieu merci, elle avait pu jusque-là dominer son angoisse en se réveillant, sans perturber le sommeil de Trace. C'était déjà une bonne chose. Il n'était pas question que Trace se doute de cette faiblesse, qui la mettait dans tous ses états dès qu'elle s'endormait. Il devait voir en elle une femme forte. Sinon, il allait changer d'avis et l'empêcher de jouer son rôle pour libérer sa famille.

Elle s'accouda à la fenêtre. Le brouhaha montait de la rue, contrastant avec le silence de la chambre d'hôtel. Elle soupira. C'était étrange, mais elle commençait à connaître Trace plutôt bien.

A des moments comme celui-ci, quand elle était seule, elle se concentrait intensément sur les aspects pratiques de la libération de Flynn. Mais c'était parfois difficile, la pensée de Trace s'imposant de plus en plus souvent à son esprit.

Quels secrets cachait-il au fond de son cœur ?

Il ne lui avait pas révélé grand-chose sur lui, et cependant, elle avait appris à le connaître. Plus d'une fois, elle avait imaginé qu'ils se donnaient rendez-vous à New York, pour dîner ensemble, aller à un spectacle ou à un cocktail. Quel que soit le lieu où ils se seraient rencontrés, ils seraient devenus amants, elle le savait. Mais dans d'autres circonstances, ils auraient été plus prudents, plus circonspects.

Le destin... Avant de rencontrer Trace, elle n'avait jamais réfléchi au sien. Maintenant, elle croyait, comme lui, que certains événements étaient prévus longtemps à l'avance. Leur rencontre, par exemple. Mais combien de temps Trace allait-il lutter contre ses sentiments pour elle ? Des sentiments qu'elle devinait chaque fois qu'il la prenait dans ses bras.

Il ne fallait pas qu'elle compte sur des paroles, il avait depuis trop longtemps fermé en lui les portes de l'affectivité. Ce qui devait avoir un rapport avec sa famille.

S'il y avait une chose à laquelle elle était habituée, c'était bien les mâles réticents. Avec Trace, elle se sentait capable d'attendre, aussi longtemps qu'il le faudrait, qu'il s'ouvre à elle. Et elle était assez optimiste pour penser qu'il le ferait un jour.

Se redressant, elle s'étira. Trace... elle l'aimait tant. Toute sa vie, elle avait espéré éprouver ce sentiment qui lui faisait battre le cœur plus vite et lui donnait le vertige. Et qui lui donnait la sensation de vivre pleinement. Mais elle ne s'attendait pas à rencontrer l'amour au beau milieu de la pire crise de sa vie. Pourtant, crise ou non, le sentiment était là, énorme, envahissant, et merveilleux.

Bien sûr, elle allait devoir attendre pour le partager. Un jour viendrait où elle en parlerait librement. Elle n'avait pas espéré toute sa vie tomber amoureuse pour qu'on lui refuse le plaisir de s'exprimer. Mais elle pouvait faire preuve de patience.

Un jour, quand Flynn et Caitlin seraient en sécurité, quand la violence et la peur ne seraient plus qu'un mauvais souvenir, elle vivrait avec Trace. Jusqu'à la fin de ses jours. Elle ne pouvait pas se permettre d'en douter. Ce qui s'était passé au cours des dernières semaines lui avait donné une belle leçon : le bonheur, il fallait le saisir à pleines mains quand il se présentait. Et tout faire pour le garder.

Oui, elle attendrait que l'heure sonne, et elle accepterait son destin.

Elle soupira encore. Trace n'allait pas tarder à revenir. Le temps paraissait si long sans lui. Elle détestait qu'il la laisse seule.

Naturellement, il avait un rôle à jouer, et une mission à accomplir. Ni la maîtresse de Cabot ni le Dr Gillian Fitzpatrick n'auraient eu leur place à la réunion matinale qui avait lieu en ce moment au Maroc entre Trace et son contact des Services Secrets. L'agent allait s'assurer qu'André Cabot avait bien reçu les armes, tout comme Bakir allait constater qu'El Gatto recevait les siennes.

Elle n'avait pas le choix : elle devait attendre que l'homme qu'elle aimait entre, armé jusqu'aux dents, dans le nid de frelons.

Se retirant de la fenêtre, elle regarda autour d'elle. Il fallait absolument qu'elle trouve quelque chose à faire, sinon ses nerfs allaient craquer. Elle avait déjà vidé sa valise et rangé ses affaires. Celle de Trace était ouverte sur le lit, mais ses vêtements étaient encore à l'intérieur. Il n'avait pris que ce dont il avait besoin ce matin. Faute de mieux, elle replia méticuleusement chaque T-shirt, chaque chemise, les imaginant portés par Trace. Où les avait-il achetés ? Il avait des goûts très éclectiques en matière vestimentaire : jeans, pantalons à la coupe impeccable, chemises de coton, de soie ou de lin, costumes de grandes marques flambant neufs, habits d'occasion parfois usés jusqu'à la corde. Ces vêtements étaient-ils censés habiller seulement Trace O'Hurley et André Cabot ? Ou étaient-ils destinés encore à d'autres personnages ? Elle secoua la tête. Trace avait-il du mal à s'y retrouver lui-même parfois ?

Sa main heurta un objet dur au fond de la valise, sous une chemise bleu marine. C'était une flûte, enveloppée dans un étui de feutre. Souriant, elle la porta à ses lèvres et se mit à jouer. Les notes s'élevèrent, claires et douces, dans la chambre silencieuse.

Trace venait d'une famille de musiciens. Apparemment, il ne l'avait pas oublié, bien qu'il ait essayé de lui faire croire le contraire. Il devait jouer de la flûte quand il se sentait seul, dans un lieu inconnu. Cela devait lui rappeler le foyer qu'il n'avait pas, la famille qu'il avait choisi de ne plus revoir pendant des années.

Elle avait toujours eu un faible pour la musique, mais son père avait refusé qu'elle prenne des leçons de piano. Pour lui, c'était tout simplement inutile, du temps perdu. Un jour, peut-être, Trace lui apprendrait à jouer une mélodie, un air sentimental du pays qu'elle avait laissé derrière elle.

Elle posa l'instrument sur le lit sans le remettre dans son étui. Il y avait aussi des livres dans la valise : Yeats, Bernard Shaw et Oscar Wilde. Gillian en prit un et le feuilleta, relisant des passages familiers. C'était étonnant qu'un homme qui se décrivait lui-même dans des termes aussi durs transporte un recueil de poèmes de Yeats en même temps qu'un revolver. Elle avait senti cette dualité en lui, bien avant d'en avoir eu la preuve. En fait, elle était tombée amoureuse de toutes les facettes qui composaient l'énigmatique Trace O'Hurley.

Détendue, oubliant ses peurs, elle posa les livres sur la petite table de chevet. En fredonnant, elle sortit le dernier T-shirt de la valise. Alors qu'elle allait la refermer, elle remarqua un petit cahier qui dépassait d'une poche latérale. Sans réfléchir, elle le sortit et le posa sur le bord de la coiffeuse. Puis elle rangea la valise de Trace près de la sienne dans le placard, vérifia que les pantalons n'allaient pas se froisser, et elle retourna devant la fenêtre. En passant devant la coiffeuse, elle fit tomber le petit cahier. Les mots et les notes de musique lui sautèrent aux yeux quand elle se pencha pour le ramasser.

« Le soleil se lève, le soleil se couche, mais j'attends de rêver.

» Les nuits sont trop longues pour les passer seul.

» Les journées passent sans douceur dans la lumière du soleil qui s'écoule à flots.

» Les nuits sont trop sombres pour les passer loin de chez soi. »

Enchantée, elle s'assit sur le bord du lit. Sa main se posa sur la flûte.

Trace avait travaillé avec Breintz quelques années auparavant. Ils avaient eu un petit boulot à faire ensemble au Sri Lanka, cinq ou six ans plus tôt, puis ils avaient perdu contact. Breintz avait changé. Ses cheveux s'étaient éclaircis, son visage élargi. De minuscules rides soulignaient ses yeux, ce qui lui donnait une tête de chien battu. Une boucle en saphir était accrochée à son oreille, et il portait le vêtement du désert.

Après une heure de discussion, Trace fut rassuré. Breintz avait changé en apparence, mais à l'intérieur, il était resté le même agent intelligent et cynique avec lequel il avait eu la chance de collaborer dans le passé.

— La cargaison ne prendra pas le trajet habituel.

Trace hocha la tête.

— Ce serait trop risqué, continua Breintz. Un autre groupe de terroristes pourrait la repérer, ou un employé des douanes trop zélé pourrait créer des problèmes. J'ai utilisé mes contacts. La cargaison arrivera par avion privé, sur une aire d'atterrissage située à quelques kilomètres à l'est d'ici. Ceux qui devaient être payés l'ont déjà été.

Il lui tendit un paquet de cigarettes turques. Trace se servit. Du fond de la salle de restaurant presque vide, l'odeur de la viande qui rôtissait vint lui chatouiller les narines.

— Quand la cargaison arrivera, je ferai ce qu'il faudra. Tout devrait être terminé d'ici une semaine, dit-il.

— Si Dieu le veut.

— Toujours superstitieux ?

Les lèvres de Breintz se retroussèrent. Il souffla en trois fois la fumée de sa cigarette et regarda les cercles se former et disparaître.

— C'est la quatrième année que je travaille en association avec des terroristes dans cette partie du monde oubliée de tous. Certains sont des fanatiques religieux, d'autres ont des ambitions politiques. Ce qui est certain, c'est que Husad est un fou, un fou intelligent et magnétique, mais un fou. S'il découvre votre couverture, il vous tuera, en choisissant un de ses nombreux moyens particulièrement déplaisants.

Trace tira sur sa cigarette.

— Vous avez raison, j'en suis bien convaincu. Je vais libérer le scientifique et sa fille. Puis je tuerai Husad.

— Les tentatives d'assassinat sur sa personne ont toutes échoué.

— Pas la mienne.

Breintz ouvrit les mains.

— Je suis à votre service.

Hochant la tête, Trace se leva.

— Je vous contacterai bientôt.

Dieu merci, il allait enfin venir à bout de cette histoire dans quelques jours. Depuis sa première mission avec les Services Secrets, il avait accepté le fait que tout contrat signé avec eux pouvait déboucher sur sa mort. Ce n'était pas de gaieté de cœur. Après tout, il avait toujours tenu à la vie. Mais jamais autant que depuis quelques jours.

Non pas qu'il ait changé d'avis au sujet de Gillian et de lui. Il soupira. Non, mais il devait enfin admettre qu'il voulait passer plus de temps avec elle. Il voulait du temps pour l'entendre rire, ce qu'elle avait fait si rarement depuis qu'il la connaissait. Il voulait la voir détendue, comme cela lui arrivait à de trop rares exceptions, quand elle se laissait aller quelques instants. Mais ce qu'il désirait par-dessus tout, même si c'était difficile à reconnaître, c'était qu'elle se préoccupe de lui avec la même profondeur et la même dévotion qu'elle le faisait pour sa famille.

Evidemment, c'était stupide. Et ce n'était certainement pas ce qu'il fallait à Gillian. Mais lui, c'était bel et bien ce qu'il désirait.

Il allait libérer son frère, et la fillette dont elle murmurait parfois le nom dans son sommeil. Il allait remplir la mission pour laquelle il était venu au Maroc. Et ensuite, il passerait une nuit blanche avec elle. Une longue nuit, sans les tensions, sans les peurs et les doutes qui la hantaient en ce moment. Apparemment, elle croyait qu'il ne s'en rendait pas compte. Mais c'était faux. Il voulait lui rendre la sérénité.

Elle n'avait pas demandé sa sympathie, et il ne la lui avait pas offerte. La passion qu'il éprouvait était teintée de la douleur la plus aiguë et la plus douce qu'il ait jamais connue. Il brûlait de lui donner plus, toujours plus, et de prendre plus que ce qui lui était donné. Il voulait faire des promesses, et en recevoir.

Bien sûr, c'était impossible, mais il passerait une nuit entière avec elle quand sa famille serait sauvée et que la menace ne serait plus qu'un mauvais souvenir. Ensuite, il lui ferait un cadeau : il disparaîtrait de sa vie.

Pour pouvoir vivre cette nuit et s'éloigner ensuite de Gillian, enrichi intérieurement, tout ce qu'il avait à faire était de rester en vie.

Kendesa arrêta sa filature dans l'hôtel. Trace soupira. C'était rassurant de voir qu'il prenait tant de précautions. Et c'était aussi un soulagement de savoir que sa rencontre avec Breintz ferait l'objet d'un rapport. Trace parcourut le couloir jusqu'à sa chambre. Dieu merci, il allait enfin se débarrasser de cette cravate et de ce costume étouffants.

Il ouvrit la porte et resta bouche bée. Puis la colère le submergea.

Gillian leva la tête vers lui. Elle avait les yeux humides, et un sourire radieux.

— Trace, je suis si heureuse que tu sois là. Ces chansons sont absolument adorables. Je les ai déjà lues deux fois, et je ne sais toujours pas laquelle je préfère. Il faut que tu les joues pour moi, afin que je puisse…

— Bon Dieu, qu'est-ce qui te prend ? Tu fouilles dans mes affaires ?

Sa voix dure la prit par surprise. Elle le regarda d'un air étonné, le cahier de poèmes posé sur ses genoux. Il traversa la pièce à grands pas et le saisit d'un geste rageur. Elle ne broncha pas. Elle resta assise, immobile.

— Il ne t'est pas venu à l'idée que j'ai encore le droit de garder mon jardin secret, même si je couche avec toi, même si je travaille pour toi ?

Elle devint très pâle, comme chaque fois que le stress la submergeait.

— Je suis désolée, finit-elle par dire doucement. Tu es parti si longtemps, j'avais besoin de faire quelque chose, alors j'ai eu l'idée de ranger tes affaires. Je suis tombée sur ta flûte, et sur ce cahier…

— Tu n'as pas pensé que ce qui était dans ce cahier pouvait être confidentiel ?

Il la fusilla du regard. Ce qu'il avait écrit était venu du fond du cœur, et il n'avait jamais eu l'intention de le faire lire à qui que ce soit.

— Je te demande pardon, dit-elle d'une voix un peu sèche.

A quoi bon lui expliquer que ce cahier était tombé, et qu'il s'était ouvert ? A l'évidence, la seule chose qui l'intéressait, c'était le résultat.

— Tu as raison, je n'avais pas à m'occuper de tes affaires.

Il avait espéré une dispute. Une bonne engueulade l'aurait débarrassé de l'embarras qui le paralysait. Jamais il n'avait été aussi gêné. Mais Gillian venait de s'excuser. C'était pire que tout. Maintenant, il ne savait plus où se mettre, et il se trouvait complètement idiot. Ouvrant un tiroir, il y fourra le cahier et le referma violemment.

— La prochaine fois que tu t'ennuieras, lis un livre.

Elle se leva. Elle commençait à en avoir assez. Elle avait pris un tel plaisir, un plaisir si innocent, en lisant ces poèmes. Maintenant, il la punissait d'avoir découvert cette part secrète de sa personnalité. Elle ouvrit la bouche pour faire une réplique acide, mais elle la referma aussitôt. Après tout, c'était son secret, et il avait le droit le plus absolu de le garder pour lui.

— Je ne peux que répéter que je suis désolée, sincèrement. Je te promets que je ne ferai plus ce genre d'erreur.

Il soupira. C'était raté, elle n'allait pas se disputer avec lui. Se penchant vers le lit, il enveloppa la flûte dans son étui de feutre. Elle paraissait très choquée, à cause de sa réaction excessive. Après tout, elle avait lu ce cahier en toute innocence.

— N'en parlons plus, dit-il en se radoucissant.

Il déposa l'instrument dans le tiroir, près du livre.

— Ma rencontre avec Breintz s'est passée comme prévue. Les armes sont là. Je suppose que Kendesa va prendre contact demain, ou après-demain au plus tard.

— Je vois.

Elle regarda éperdument autour d'elle. Que pouvait-elle bien faire ? Il fallait qu'elle s'occupe les mains. Elle finit par les croiser et les poser sur ses genoux.

— Et tout sera bientôt fini, dit-elle.

— Oui, très bientôt.

Pour une raison qui lui échappait, il eut envie de lui présenter des excuses. De la prendre dans ses bras, et de lui dire qu'il était navré d'avoir réagi aussi bêtement. Au lieu de cela, il enfouit ses mains dans ses poches.

— Si nous descendions manger un morceau ? Il n'y a pas grand-chose à voir dans ce coin, mais cela te permettra de sortir un moment de cette chambre.

— En fait, j'ai envie de m'allonger, maintenant que tu es de retour et que je sais que tout va bien. J'étais plus inquiète qu'affamée.

Elle fit une pause. Elle n'aurait jamais cru éprouver de nouveau cette envie, mais elle souhaitait désespérément se retrouver seule.

— Très bien. Je te rapporterai quelque chose, dit-il d'une voix distante.

— Des fruits, s'il te plaît, répliqua-t-elle sur le même ton.

S'il espérait qu'elle allait faire le premier pas, il se trompait grossièrement.

— Je n'ai jamais beaucoup d'appétit quand je voyage, ajouta-t-elle.

Il hocha la tête. Pendant la première soirée qu'il avait passée avec elle, elle s'était endormie sans avoir dîné. Elle était livide quand il l'avait emportée sur le lit. Et maintenant, elle était devenue aussi pâle. Il éprouva un besoin cuisant de rendre la couleur à ses joues.

— Je reviens tout de suite, dit-il.

— Prends ton temps.

Elle attendit qu'il soit parti puis elle s'allongea en chien de fusil sur le lit. C'était une position qui la réconfortait toujours. Elle ne voulait pas pleurer. Elle ferma les yeux et essaya de chasser toute pensée de son esprit. Elle n'allait pas laisser ses émotions prendre le dessus, comme le jour où elle avait cru faire une belle surprise à son père.

Elle avait rangé son bureau, astiqué les meubles et fait briller les vitres. Résultat : il avait été furieux, lui aussi. Elle soupira. Mieux valait ne pas évoquer ce genre de souvenir. Il lui avait reproché d'empiéter sur son espace privé, d'avoir touché à ses affaires. Elle aurait pu casser quelque chose, déplacer quelque chose. Elle n'avait rien fait de tel, mais il n'avait rien voulu entendre.

Sean Brady Fitzpatrick était un homme dur, et le fait de l'aimer avait été une longue frustration. Elle poussa encore un long soupir. Apparemment, elle n'en avait tiré aucune leçon.

Il n'avait rien mangé. Il n'avait pas non plus fini le whisky qu'il avait commandé. Il n'avait jamais rencontré de femmes comme Gillian. Elle avait tort, mille fois tort, et c'était lui qui se sentait coupable. Ces chansons, il ne les avait écrites pour personne. Il n'en avait pas honte, il s'était fait plaisir en les écrivant. Elles reflétaient ses pensées et ses sentiments les plus intimes, et ses rêves. Il ne supportait pas l'idée que Gillian sache ce qu'il y avait au fond de lui, et c'était pourtant ce qu'il espérait pendant ses longues nuits solitaires. Ces chansons pourraient gommer les différences et la distance qu'il y avait entre eux, qu'il le veuille ou non.

Il n'aurait pas dû la blesser. Il n'y avait que les crétins ou les gens sans cœur qui faisaient du mal aux êtres sans défenses. Un goût amer dans la bouche, il secoua la tête. Peut-être était-il les deux à la fois ? Il aurait voulu que ce soit elle qui en porte la responsabilité, mais une fois la colère passée, il était trop lucide.

Il posa la rose sur le petit panier de fruits avant d'ouvrir la porte.

Gillian dormait. Dommage. Si elle avait été réveillée, il aurait pu se faire pardonner tout de suite. Il avait grandi dans un entourage de femmes, et il savait qu'elles avaient le pardon facile, parfois en cachette, comme s'il fallait s'attendre au comportement balourd des hommes.

Il posa le panier sur la coiffeuse et s'approcha du lit sur la pointe des pieds. Gillian était roulée en boule, comme pour se protéger d'un coup. Se protéger de lui ? Marmonnant un juron, il tendit le drap sur ses épaules. Elle avait laissé la lumière allumée. En l'éteignant, il produisit un petit déclic qui la fit remuer.

— Caitlin…

Bien que sa voix ne soit rien de plus qu'un murmure, il perçut une nuance de peur. Ne sachant que faire, il s'assit au bord du lit et se mit à lui caresser doucement les cheveux.

— Tout ira bien, Gillian, j'en suis sûr. Ce n'est plus que l'affaire de quelques jours.

Cependant, ses caresses et ses paroles rassurantes provoquèrent une réaction inattendue. Gillian se mit à trembler. Il lui massa les tempes, mais elle commença à avoir des sueurs froides. Visiblement, elle luttait contre un cauchemar. Son visage se crispa. Il la prit par les épaules et la redressa.

— Gillian, réveille-toi.

Elle poussa un cri.

— Réveillez-vous, doc. Chassez ce mauvais rêve.

Elle ouvrit de grands yeux terrifiés. Il la maintint par les épaules jusqu'à ce qu'elle se réveille complètement.

— Tu vas bien ?

Elle prit une profonde inspiration.

— Oui, oui, je vais bien.

Mais elle ne put s'arrêter de trembler. C'était la première fois. D'habitude, elle arrivait toujours à maîtriser ces tremblements.

— Je suis désolée.

— Tu n'as pas à t'excuser d'avoir fait un cauchemar. Tu veux boire un peu d'eau ?

— Oui, je vais en chercher, répondit-elle.

— Ne bouge pas, j'y vais !

Il se sentait ridicule. Ouvrant rageusement le robinet, il remplit un verre d'eau froide. Gillian s'assit sur le lit, luttant contre les larmes. Il n'aurait plus manqué que cela pour couronner son humiliation. Elle ignora les gargouillements de son estomac.

— Bois un coup et détends-toi.

Mais ses mains tremblaient et elle n'arriva qu'à les asperger.

— Je suis…

— Arrête de t'excuser !

Il lui prit le verre des mains. Se sentant maladroit comme il ne l'avait jamais été avec une femme, il glissa un bras autour de ses épaules.

— Détends-toi, et parle-moi. En général, c'est d'un grand secours.

Elle soupira. Comme ce serait bon de poser sa tête sur son épaule. Qu'il la serre contre lui en murmurant des paroles douces et folles jusqu'à ce que sa frayeur s'envole. Mais autant demander un miracle. En tant que scientifique, elle savait qu'il valait mieux ne pas s'y attendre.

— Ce n'était qu'un rêve désagréable comme tous les autres.

Il prit son visage entre ses mains et le tourna vers lui.

— Quels autres ? Est-ce que tu fais des cauchemars depuis le début ? Cela n'a rien d'étonnant. L'inconscient…

Il poussa un juron et resserra son étreinte. Il n'avait pas oublié la façon dont elle tremblait et les gouttes de sueur qui perlaient sur sa peau, ni la peur qu'il avait lue dans ses yeux.

— Pourquoi ne m'as-tu rien dit ?

— Je n'en voyais pas l'intérêt.

Il s'écarta lentement d'elle et se leva. Si elle lui avait envoyé un coup sur le plexus solaire, elle n'aurait pas été plus efficace. Il eut un petit rire désabusé.

— Je suppose que je l'ai bien cherché.

Gillian baissa les yeux. Une nouvelle frayeur l'envahissait, comme un avertissement qu'elle risquait d'être brusquement et violemment malade physiquement. Elle avait trop peur pour essayer de se lever, mais elle était trop agitée pour rester immobile.

— Si je t'avais parlé, cela t'aurait agacé, comme tu l'es maintenant, et moi, cela m'aurait gênée comme je le suis maintenant.

Elle se tourna et posa une main sur son estomac.

— Laisse-moi tranquille, va-t'en, dit-elle.

Il y avait un temps pas si lointain où il aurait été trop heureux d'obtempérer. Au lieu de ça, il la prit dans ses bras et la serra contre lui. Il sentit plus de surprise que de résistance, mais après tout il l'avait bien mérité.

— Je ne m'attendais pas à trouver en toi une superwoman, je sais ce que tu traverses et je sais qu'une personne aussi forte que toi a besoin d'exutoire. Laisse-moi t'aider.

Elle serra ses bras autour de lui et ses larmes coulèrent lentement.

— J'ai besoin de toi.

Son corps absorbait la chaleur de celui de Trace tandis que sa tension s'envolait.

— J'ai essayé si fort de ne pas avoir peur, de croire que tout allait bien se terminer, mais il y a ces rêves… Ils tuent tous mes espoirs et je ne peux pas les empêcher de se produire.

— La prochaine fois que tu en feras un, souviens-toi que je suis près de toi.

Elle aurait pu croire au miracle quand il passa doucement ses doigts dans ses cheveux en lui effleurant la tempe du bout des lèvres.

— Je suis venu à bout de situations plus difficiles.

Il posa les lèvres sur son front. Comme cela pouvait être réconfortant de la rassurer !

— De plus, ma retraite dépend de cette mission, ajouta-t-il.

Elle eut un petit sourire.

— Ah oui, les îles Canaries.

Il hocha la tête. Mais bizarrement, il ne pouvait plus imaginer les palmiers et les lagons.

— Je ne vais pas te laisser tomber, Gillian.

Elle posa une main sur son visage.

— Quand tout cela sera fini, je me demande si je serai une intruse en allant te voir là-bas quelques jours.

— Ma foi, je pourrais me satisfaire d'être en bonne compagnie.

Il attira la tête de Gillian dans le creux de son épaule.

— Gillian…

— Oui.

— Je suis… Tout à l'heure je n'avais pas à être aussi dur avec toi.

— Et moi, je n'ai pas pensé avant d'agir, ce qui est toujours une erreur.

— Pas toujours. Quoi qu'il en soit, j'ai réagi un peu fort sur un sujet qui n'avait pas une telle importance.

— Tes poèmes sont vraiment intéressants.

Il passa une main douce sur sa nuque. Gillian sentit son cœur fondre. Il y avait en lui un besoin indéniable de protéger. Combien de temps mettrait-il à reconnaître cette évidence ?

— Je sais que tu n'es pas content que je les aie lus, mais je ne le regrette pas. Ils sont si beaux.

— Ils sont seulement… tu le penses vraiment ?

Cette question était touchante. Gillian se déplaça pour pouvoir le regarder en face. Alors lui aussi, il pouvait douter de lui-même, sous ses airs satisfaits ? Et il avait besoin d'être rassuré ?

— De temps à autre, très brièvement, j'ai entrevu une véritable sensibilité en toi. Un don réel pour voir les choses en profondeur. J'aime beaucoup cet homme. Après avoir lu ces chansons, je me suis sentie plus proche de lui.

Mal à l'aise, il remua les épaules.

— Tu recommences à voir en moi quelqu'un que je ne suis pas.

— Non, je constate simplement que tu as plusieurs facettes.

Elle l'embrassa tendrement.

Trace ferma les yeux. Gillian l'émouvait trop profondément. Il la repoussa doucement. Il savait pourtant qu'ils avaient renversé les dernières barrières.

Il soupira.

— Je vais te décevoir, dit-il.

— Impossible. Je suis prête à t'accepter tel que tu es.

— Je suppose que je perdrais mon temps si je te disais que tu fais une bêtise ?

— Absolument, dit-elle en tendant les lèvres vers lui.

Il ne l'avait jamais embrassée de cette façon. Un baiser léger, tranquille. Rempli d'une tendresse dont elle avait rêvé toute sa vie, mais qu'elle n'avait jamais espéré recevoir. Se rendait-il compte du cadeau merveilleux qu'il lui faisait ? Elle en avait eu si désespérément besoin. Elle poussa un profond soupir de gratitude mêlée de plaisir.

Il la déshabilla lentement, savourant les sentiments nouveaux qui s'agitaient en lui. Des sentiments forts, stables, et auxquels il ne pouvait plus échapper. Ils lui donnaient une sensation de sérénité et de puissance.

Il pouvait aimer et être aimé. Il pouvait donner et recevoir de l'amour, le savourer, s'en délecter. Pendant une journée entière, il avait le droit de croire qu'une femme comme Gillian lui était destinée, qu'il pourrait la garder et la chérir jusqu'à la fin de ses jours.

Cependant, la nécessité lui imposait de ne pas perdre complètement de vue l'avenir. Il ne pouvait jamais se permettre de faire des projets à long terme. Aussi, même en cet instant précieux où il la tenait toute chaude et frémissante dans ses bras, il refusait de reconnaître les lendemains. Aujourd'hui était à eux, entièrement, et il ne l'oublierait jamais.

Maintenant, il avait des mains d'artiste. Habiles, et sensuelles. Elle n'aurait jamais cru qu'un homme puisse aimer une femme avec une telle retenue. Elle se mit à le dévêtir lentement. Son corps lui était désormais familier, et elle savait où le toucher, où le caresser, où s'attarder. C'était en soi une aventure de découvrir qu'elle pouvait l'exciter, faire frémir sa peau dorée, ses muscles puissants. Et c'était fascinant de voir que même lorsqu'il était au plus haut de son désir, il pouvait encore faire attention à elle.

Il l'aima d'une autre façon, et bien que la différence soit subtile, ce fut un plaisir nouveau. Le désir prenait des aspects si fabuleux quand il était accompagné d'émotion. Tandis que les lèvres de Trace se promenaient sur son corps, il murmura son nom, qui résonna à ses oreilles comme une musique. En la caressant, il chuchotait des paroles douces qui semblaient autant de promesses.

Il l'aimait. Elle avait envie de rire et de crier son triomphe, mais les mots devaient venir de lui, à sa façon, et quand il serait prêt.

Tant de patience ! C'était difficile d'imaginer qu'il pouvait faire preuve d'une telle patience pour une femme. Pour elle. C'était pourtant vrai. Elle sentit son corps s'épanouir entre les mains de Trace. Tout ce qu'elle avait, tout ce qu'elle éprouvait et tout ce qu'elle avait espéré éprouver un jour, tout cela était à lui. Elle le lui offrait.

Trace soupira de plaisir. Tant de générosité. Il n'avait jamais pensé qu'une femme pourrait lui en faire cadeau avec une telle liberté. Tout ce qu'il pouvait donner, tout ce qui revenait à la vie en lui était destiné à Gillian. Et uniquement à elle.

Oui, parfois, des miracles se produisaient.

La lumière ténue qui s'infiltrait dans la chambre n'arrivait pas encore à chasser les ombres. Trace s'étira. Il ne s'était jamais autant senti à l'aise avec quiconque. Ils avaient dormi quelques minutes seulement, mais ce sommeil avait été très réparateur. Roulant sur le ventre, il posa un bras en travers du corps nu de Gillian. La meilleure chose à faire était d'utiliser cette énergie toute fraîche pour recommencer à faire l'amour.

— Tu te souviens de la douche que nous avons prise l'autre jour, quand tu faisais la tête ?

Elle se retourna paresseusement et s'étendit à moitié sur lui, la joue sur son dos.

— Je ne me rappelle pas avoir fait la tête. Je me rappelle avoir été légitimement contrariée.

— Peu importe, le résultat était le même.

Il soupira en fermant les yeux quand elle se mit à lui masser la nuque.

— Tu étais si adorable, toute chaude et mouillée.

Elle posa les lèvres sur son omoplate, puis elle leur fit suivre le même chemin que ses mains, le long de son dos.

Brusquement, elle fit une pause.

— Trace, pourquoi as-tu un scarabée tatoué sur une fesse ?

Il ouvrit un œil.

— C'est un scorpion.

— Pardon ?

— C'est un scorpion !

Voulant lui laisser le bénéfice du doute, elle examina le tatouage de plus près.

— Je veux bien reconnaître qu'il n'y a pas beaucoup de lumière, mais enfin… Non, c'est bel et bien un scarabée. Un scarabée écrasé, si tu préfères.

Elle y déposa un baiser léger.

— Crois-moi. Après tout, je suis une scientifique, non ?

— C'est un scorpion. Symbole d'une piqûre rapide.

Elle posa une main sur sa bouche pour étouffer un petit éclat de rire.

— Je vois… Comme c'est astucieux. Et tellement bien placé. Cependant, j'ai une vue bien meilleure que la tienne, permets-moi de te dire que ton très séduisant postérieur est orné d'un scarabée écrasé.

Trace sourit. Il n'allait pas se sentir offensé pour si peu. Et puis, les mains de Gillian étaient si soyeuses.

— L'artiste était un peu ivre. Disons que son dessin est un peu fantaisiste.

Gillian s'assit et posa une main sur sa hanche.

— Tu as été assez fou pour confier cette partie très sensible de ton corps à un tatoueur ivre ?

Trace roula sur le dos. Puis, d'un mouvement rapide, il se posta sur elle.

— Moi aussi, j'étais soûl, doc. Si j'avais été à jeun, crois-tu que j'aurais laissé le premier venu s'approcher de moi avec une aiguille ?

— Tu es fou.

— Oui. J'avais vingt-deux ans.

Il se mit à l'embrasser longuement sur les épaules, sur les seins.

— Je soignais un cœur brisé et une épaule luxée.

— Tu avais le cœur brisé ?

Curieuse, elle leva le visage vers lui.

— Etait-elle jolie ?

— Magnifique, répondit-il sans hésiter.

Mais au fond, il ne s'en souvenait pas très précisément.

— Avec un corps aussi fantastique que son imagination.

Gillian plissa les paupières. Il resta impassible.

— C'est vrai ? questionna-t-elle.

— Sans doute. En tout cas, j'ai bel et bien eu l'épaule luxée.

— Hum… hum…

Gillian porta une main menaçante vers ses épaules.

— Tu pourrais bien en avoir une autre…

— Des menaces ?

Il lui adressa un sourire radieux.

— Savez-vous, doc, que vous parlez comme une femme jalouse ?

Une flamme traversa les yeux de Gillian.

— Je ne vois pas de quoi vous parlez, O'Hurley. Il ne me viendrait jamais à l'idée de gaspiller une bonne jalousie salutaire sur un type comme vous.

— Et maintenant, doc, vous vous énervez !

— Il n'y a pas de quoi, peut-être ? Je suis au lit avec un homme qui est assez goujat pour me parler d'une autre femme !

Trace roula jusqu'au bord du lit et se leva. Ignorant ses protestations, il la prit dans ses bras et la posa en travers de son épaule. Elle se débattit furieusement.

— Qu'est-ce que tu fais ?

— Maintenant que tu es furieuse, il est temps que nous prenions une douche.

Gillian posa le pouce et l'index de chaque côté du scarabée et serra très fort.

— Salaud !

— J'adore quand tu emploies des mots doux !

En riant, il l'emporta dans la salle de bains.

10

Quand les dispositions furent prises pour que Trace rencontre les hommes de Husad et qu'ils l'emmènent dans les montagnes, Gillian se trouva prise entre deux feux. Elle souhaitait de toutes ses forces qu'il retrouve Flynn, qu'il le voie, qu'il revienne lui dire que son frère et sa petite nièce étaient sains et saufs, et qu'il avait trouvé un moyen simple et sans danger de les libérer.

Mais existait-il vraiment un moyen simple et sans danger ? Non, bien sûr, et c'était pour cela qu'elle voulait lui dire de ne pas y aller, de ne pas courir le risque de se faire enlever à son tour, ou pire, de se faire tuer. Après tout, si elle n'était pas venue lui forcer la main, Trace aurait passé les semaines qui venaient de s'écouler à se prélasser sous le soleil du Mexique. Tout ce qui pouvait lui arriver désormais, elle en serait responsable. Quand elle avait essayé de lui en parler, il avait balayé ses paroles d'un geste de la main.

— Personne n'a jamais été responsable de mes actions, ma douce. Ce n'est pas toi qui vas commencer.

Elle avait donc gardé ses peurs pour elle. A quoi bon les lui faire partager ? A l'évidence, il ne voulait rien savoir.

Quand ils faisaient l'amour, c'était avec un désespoir sans retenu, révélant ce que ni l'un ni l'autre n'avait jamais dit tout haut. Chaque fois était peut-être la dernière ? Elle aurait voulu qu'il lui fasse des promesses, mais elle se contentait de ses caresses frénétiques. De son côté, Trace brûlait de lui faire un serment, mais il se grisait de sa chaleur et de sa générosité. Gillian n'avait certainement aucune idée des risques qu'il allait courir quand il entrerait dans l'arène, avec un mensonge pour toute arme. Bien sûr, un mensonge pouvait se révéler une arme redoutable, mais en l'occurrence, il aurait mille fois préféré la froide compagnie de son 45.

Cependant, sous l'identité d'André Cabot, il n'irait pas loin avec un revolver ou une arme blanche. Et sous celle d'El Gatto... Mais El Gatto devrait attendre. Trace hocha la tête. Il irait dans le quartier général de Husad, et il en reviendrait avec Flynn et Caitlin Fitzpatrick. Ou il n'en reviendrait pas.

Se retournant, il entendit la respiration tranquille de Gillian. Elle ne semblait pas faire de cauchemars. Dans un jour ou deux, tout serait achevé. Elle pourrait retourner à sa vie new-yorkaise. Elle retrouverait son institut, ses expériences. Elle n'aurait plus de raisons de faire des cauchemars quand tout son petit monde serait rentré dans l'ordre.

Lui caressant les cheveux d'une main légère pour ne pas la réveiller, il la regarda dormir. Il ne lui avait jamais posé de questions sur son travail. S'il l'avait fait, cela l'aurait rapproché d'elle encore un peu. Mais c'était intéressant de l'imaginer penchée sur des calculs effroyablement complexes. Il l'imagina en blouse blanche par-dessus un tailleur à la coupe impeccable, les cheveux attachés, le regard concentré.

Elle croyait vraiment qu'elle pouvait changer le monde grâce à la connaissance, à la science et à la logique. Il joua doucement avec ses cheveux soyeux. Après tout, c'était peut-être beaucoup mieux qu'elle refuse la dure réalité, que rien ne pouvait réellement changer. Elle n'en tirerait que de la tristesse, et elle y perdrait cette naïveté qui faisait partie de son charme. Il voulait se souvenir d'elle telle qu'elle était : forte et remplie d'espoir.

Mais comment lui dire ce qu'elle représentait pour lui ? Et, s'il avait été différent, ce qu'ils auraient représenté l'un pour l'autre ? Avec un soupir silencieux, il retira sa main.

Gillian était réveillée, mais elle faisait semblant de dormir. Quand Trace la croyait endormie, il avait une façon si tendre et si douce de la toucher. Comment se priver de ce bonheur intense ? Cela lui ferait un souvenir auquel se raccrocher, le lendemain, quand il partirait terminer sa mission.

S'il ne pouvait pas dormir, elle allait le prendre dans ses bras, il pourrait peut-être se reposer. Mais Trace se leva et décrocha le téléphone. Elle resta immobile.

Impossible de comprendre ce qu'il disait à son interlocuteur, il parlait en français. Puis il fit une pause et alluma une cigarette.

— O'Hurley à l'appareil, numéro 8372B. Transmettez cet appel de Paris à New York. Code trois, phase douze.

Il fallait qu'il passe cette communication, bien que ce soit contre le règlement quand il était en mission, mais en transitant par Paris, l'appel serait sécurisé. Le téléphone n'était pas sous écoute, et si Kendesa retraçait ses appels, il saurait seulement que Cabot avait appelé Paris. Ensuite, la communication serait brouillée.

Maintenant, il n'y avait plus qu'une chose à espérer : qu'elle soit chez elle.

— Allô !

— Maddy.

Le son de sa voix le fit sourire.

— Pas de spectacle ce soir ?

— Trace ?

Son rire communicatif traversa les océans.

— Comment vas-tu, Trace ? Où es-tu ? Je me demandais si j'aurais de tes nouvelles. Je suis si heureuse, Trace ! J'ai un tas de choses à te raconter. Es-tu à New York ?

— Non, je ne suis pas aux Etats-Unis. Oui, oui, je suis en pleine forme. Comment ça se passe à Broadway ?

— C'est formidable ! Je me demande ce qu'ils vont devenir sans moi quand je vais prendre mon année sabbatique !

— Une année ? Tu vas partir voyager avec Reed ?

— Je ne sais pas encore. Trace, je vais avoir un bébé…

Elle était surexcitée.

— Dans six mois et demi. En fait, je vais passer des examens complémentaires parce que, apparemment, je n'en attends pas qu'un seul…

Un bébé. Il eut la vision de sa diablesse de sœur. Elle avait toujours débordé d'énergie, bien qu'elle n'ait jamais été plus épaisse qu'un chat écorché. Mais quelle vitalité ! Elle était encore adolescente la dernière fois qu'il l'avait vue. Et maintenant… elle allait avoir un bébé. Peut-être le verrait-il plus souvent que ses autres neveux, les fils d'Abby, qu'il n'avait pas encore rencontrés ?

— Tout va bien ? interrogea-t-il.

— Je n'ai jamais été en meilleure forme !

Il sourit. Cela aurait été si bon d'être à côté d'elle pour le constater de ses propres yeux.

— Trace, j'aimerais tant que tu viennes à la maison, ne serait-ce que quelques jours, et que tu rencontres Reed. Il est vraiment formidable. Je me demande comment il fait pour me supporter ! Et Abby serait si heureuse elle aussi. Elle va avoir son bébé bientôt. Il faut la voir depuis qu'elle s'est mariée avec Dylan, elle est plus belle que jamais. Ses fils poussent comme de la mauvaise herbe. As-tu reçu les photographies qu'elle t'a envoyées ?

— Oui.

Il les avait reçues. Et après avoir longuement contemplé le visage de ses neveux, il les avait déchirées. Si quelque chose devait lui arriver, il ne pouvait rien garder derrière lui qui puisse permettre aux terroristes de remonter jusqu'à sa famille.

— Ce sont des garçons superbes, dit-il. Le plus petit sera un bourreau des cœurs.

— C'est parce qu'il te ressemble !

Il secoua la tête. Si Maddy savait à quel point cette idée l'émouvait. Il ferma un instant les yeux, essayant de retrouver le visage qui était sur la photographie. Oui, bien sûr, Maddy avait raison. Les liens de famille avaient beau être presque invisibles, ils n'en étaient pas moins forts.

— As-tu des nouvelles de Chantel ? s'enquit-il.

— Oui, et j'en ai une sacrément étonnante à t'apprendre.

Elle fit une pause pour ménager le suspens.

— Notre grande sœur va se marier ! annonça-t-elle triomphalement.

— Quoi ?

Il faillit s'étouffer avec la fumée de sa cigarette. Il y avait eu des rumeurs au sujet de ce mariage, mais d'une manière générale, il n'était pas homme à se laisser envahir par les rumeurs. Et concernant Chantel, il n'y avait tout simplement pas cru.

— Tu veux bien répéter ? dit-il, riant à moitié.

— Tu as bien entendu : Chantel, la femme fatale, la star de l'écran et de la scène, a rencontré sa moitié. Elle se marie dans quelques semaines. Elle voulait que nous te l'apprenions, mais nous ne savions pas où te joindre.

— Oui… J'ai été…

Faisant une pause, il jeta un coup d'œil à Gillian.

— … très occupé. Quoi qu'il en soit, je suis curieux de connaître le type qui va lui faire faire le grand saut.

— Il est parfait, c'est exactement l'homme qu'il lui faut. Un peu rude, et assez cynique pour qu'elle ne s'ennuie pas. Tu la connais. Trace, elle est absolument folle de lui.

— Où l'a-t-elle rencontré ?

— Ce n'est pas banal. Ecoute un peu : d'après ce que j'ai cru comprendre, elle était harcelé par un écrivain obsédé par sa personne. Il ne la lâchait pas d'une semelle. Pour résumer, elle a embauché Quinn comme garde du corps, et quand son écrivain fou l'a laissée respirer, elle s'est mise à faire des projets de mariage.

— Elle va bien ?

— Elle est resplendissante de santé.

Il hocha la tête. Il voulait en savoir plus. Il pourrait utiliser ses contacts et ses sources pour connaître les détails que Maddy laissait de côté. Mais cela devrait attendre qu'il revienne des montagnes… s'il en revenait jamais.

— Trace, il faut que tu viennes à son mariage. Il y a si longtemps…

— Je sais. Et moi aussi, j'aimerais te revoir, vous revoir tous. Mais je ne me sens pas bien dans la peau du fils prodigue.

— Tu n'as pas à jouer les fils prodigues.

Elle fit une pause. Cela ne servirait à rien d'exercer une pression sur Trace, mais l'occasion ne se présenterait peut-être pas de sitôt.

— Les choses ont bien changé ici, reprit-elle. Nous avons tous changé. Tu manques terriblement à maman. Elle a gardé la petite boîte à musique que tu lui avais envoyée d'Autriche. Quant à papa…

Elle hésita. Là, le terrain était plus glissant.

— Papa donnerait n'importe quoi pour te revoir. Naturellement, il ne l'admettra jamais, tu le connais, mais je vois bien son expression, chaque fois que ton nom est prononcé. Trace, chaque fois que nous nous réunissons tous, il reste une place vide… c'est la tienne, elle t'attend.

— Maman et papa continuent à faire des tournées ?

Il connaissait déjà la réponse, mais cela permettait de détourner la conversation.

— Oui.

Maddy soupira. Décidément, Trace était aussi têtu que son père.

— Ils ont fait une émission télévisée. Danse folklorique et musique traditionnelle. Papa est aux anges.

— J'imagine… Il va… il va bien ?

— Il rajeunit de jour en jour. Apparemment, la musique est une véritable source de jouvence pour lui. Viens voir toi-même.

— J'essaierai. En attendant, dis à Abby et à Chantel que j'ai appelé. Et à maman.

— Je n'y manquerai pas. Peux-tu me dire où nous pouvons te joindre ?

— Je te le ferai savoir.

— Trace, je t'aime. Nous t'aimons tous.

— Je sais.

Il aurait aimé en dire plus, mais les mots refusaient de sortir.

Quand il eut raccroché le téléphone, il resta un long moment immobile.

Le lendemain matin, Trace enfila le costume classique d'André Cabot. Les nerfs à vif, Gillian l'observa en silence pendant qu'il choisissait une cravate assortie.

Elle avait envie de hurler. Pourquoi mettait-il une telle obstination à choisir cet accessoire grotesque ? Quelle importance la couleur d'une cravate pouvait-elle avoir, d'une manière générale, et dans cette situation en particulier ? Trace glissa le petit revolver de Cabot dans sa poche. « Inutile de se leurrer, il ne lui servira à rien », pensa-t-elle, au comble du désespoir. Trace le prenait uniquement parce que cela correspondait à l'image du personnage dont il endossait les vêtements. Si le besoin s'en faisait sentir, ce revolver serait aussi efficace qu'un pistolet à eau.

Tandis qu'il se tournait vers elle, elle sentit son sang se figer dans ses veines. L'homme qui l'avait aimée toute la nuit avec une telle fougue était devenu méconnaissable. Tiré à quatre épingles, il avait le regard froid et le cheveu gominé. Elle savait que cet instant arriverait, mais elle avait essayé d'y penser le moins possible. Cependant, l'heure était venue où elle était bien obligée de l'affronter.

— Il y a peut-être une autre solution, dit-elle d'une voix étranglée par l'angoisse.

— Non, il n'y en a pas.

La veille, quand il avait parlé à sa sœur au téléphone, il avait eu le même ton implacable, mais avec cependant une nuance de regret, qu'il n'avait pas dû pouvoir masquer à cause de la fatigue. Mais ce matin, il était de nouveau en pleine possession de ses moyens.

— Tu ne peux vraiment pas m'emmener avec toi ? demanda-t-elle, le regard suppliant.

— Non, tu le sais bien.

Elle serra les lèvres. C'était odieux de se sentir inutile alors que tous ceux qu'elle aimait risquaient leur vie.

— Il y a peut-être un moyen pour que je contacte cet agent, si les choses…

— Tu n'auras pas à le contacter.

— Alors, je n'ai rien d'autre à faire qu'à attendre ?

— Exactement.

Il hésita.

— Gillian, je sais que cette attente sera le moment le plus difficile.

Il ne put s'empêcher de prendre ses mains dans les siennes. Il soupira. Tout était allé si vite. Pour la première fois depuis une dizaine d'années, c'était douloureux de partir. Il plongea son regard brûlant dans celui de Gillian.

— Je vais les tirer d'affaire, promit-il.

— Fais attention à toi.

Elle serra doucement ses doigts.

— Tu me le promets ?

— Je te le promets.

Dans ce genre de situation, les mensonges étaient souvent nécessaires.

— Quand tout sera fini, continua-t-il en se penchant vers elle, nous prendrons des vacances. Quelques semaines… tu n'as qu'à choisir l'endroit.

— N'importe où ?

— N'importe où. Pourvu que ce soit toi qui choisisses.

Il lui effleura le front du bout des lèvres. S'il l'embrassait vraiment, s'il la prenait dans ses bras, il risquait de ne plus pouvoir partir. Mais il s'offrit un long moment pour mémoriser son visage, sa peau laiteuse parsemée de taches de rousseur, ses grands yeux vert foncé, sa bouche, qui pouvait être si douce, si passionnée.

Lâchant ses mains, il saisit son attaché-case.

— Tu as deux gardes du corps fournis par les Services Secrets, doc. Mais ne va pas faire de tourisme. Je devrais être de retour dans deux ou trois jours.

— Je t'attendrai.

Comme il s'éloignait vers la porte, elle essaya de tenir la promesse qu'elle s'était faite à elle-même. Elle s'était juré de ne pas le lui dire. Mais il partait déjà et, dans quelques secondes, il ne serait plus là.

— Trace…

Il s'arrêta et se retourna d'un mouvement impatient.

— Je t'aime.

Son expression changea. Son regard s'élargit, s'approfondit. Gillian sentit son cœur battre plus vite. Trace allait venir vers elle, il allait l'embrasser. Mais il se ressaisit vite et adopta une expression neutre. Ouvrant la porte, il sortit sans prononcer un mot.

Elle aurait pu se jeter sur le lit et sangloter. Elle aurait pu casser tout ce qui était fragile dans cette chambre. La tentation était grande de faire les deux, mais au lieu de cela, elle resta où elle était et attendit que le calme redescende en elle.

Au fond, Trace avait réagi exactement comme elle l'avait prévu. Mais maintenant, il n'était plus là, et rien ne pouvait arrêter la voiture qui l'emmenait au cœur du danger. Elle allait prier, mais avant, il y avait encore quelque chose qu'elle pouvait faire. Même si les lendemains paraissaient plus qu'incertains, il valait mieux faire des projets.

Elle prit le téléphone et demanda au standard le numéro que Trace avait appelé la veille. Le cœur battant un peu trop vite, elle attendit. Une voix masculine, ensommeillée et furieuse, finit par répondre.

— Allô, j'aimerais parler à Madeline O'Hurley, je vous prie.

L'homme poussa un juron, puis une voix féminine se fit entendre :

— Savez-vous quelle heure il est ?

— Non.

Roulant les yeux, Gillian eut un petit rire nerveux. Trace était en route pour retrouver Husad, et elle n'avait pas la moindre idée de l'heure qu'il était à New York.

— Je suis désolée, je ne suis pas aux Etats-Unis.

Trace allait la tuer en découvrant qu'elle avait appelé sa sœur.

— Si je pouvais parler un instant à Madeline O'Hurley…

Il y eut un silence, puis des marmonnements. Enfin, une voix de femme, affolée :

— Allô, il est arrivé quelque chose à Trace ?

— Non, rassurez-vous.

Elle se mordit la lèvre inférieure. Pourquoi n'avait-elle pas été capable d'attendre ?

— Non, Trace va bien.

Du moins l'espérait-elle.

— Je suis Gillian Fitzpatrick. Une amie.

— Trace est en Irlande ?

— Non.

Bien que son interlocutrice ne puisse pas la voir, elle eut un petit sourire.

— Madame O'Hurley, je vais vous parler franchement. Je suis amoureuse de votre frère, et je crois que cela lui ferait le plus grand bien d'aller vous voir. J'ai pensé que vous pourriez peut-être m'aider à arranger sa visite.

A l'autre bout de la ligne, Maddy éclata de rire. Cette Gillian Fitzpatrick était l'envoyée du ciel !

— Dites-moi ce que je peux faire ! dit-elle sans hésiter.

Trace restait silencieux à l'arrière de la voiture. Il avait d'abord donné l'ordre au chauffeur de rouler en direction de l'entrepôt où Breintz avait fait déposer les armes livrées par les Services Secrets. Il n'avait rencontré aucune difficulté pour les retirer. Il lui avait suffi de signer quelques reçus et de distribuer quelques billets de banque. Maintenant, il se trouvait en pleine montagne, sur une route escarpée et chaotique. Dans le plus pur style d'André Cabot, il grommela quelques vociférations mais il n'engagea pas la conversation avec le chauffeur, qui resta d'une discrétion absolue. De derrière ses verres fumés, Trace observa chaque détour de la route.

Au bout d'un moment, il consulta sa montre. La puce électronique qu'elle contenait allait transmettre sa position à Breintz. Avec un peu de chance, les agents de sécurité de Husad n'y verraient que du feu. Sinon… eh bien, il ferait face.

Par moments, il valait mieux ne pas trop réfléchir à ce qui risquait d'arriver. Cela ne faisait que plomber le présent. Or c'était toujours l'instant présent auquel il fallait s'affronter. C'est pourquoi il ne devait pas non plus penser à Gillian. Ni au regard qu'elle avait tourné vers lui, ni à ce qu'elle lui avait dit.

Et surtout, ne pas se demander si ses dernières paroles avaient été sincères.

Gillian l'aimait. Trace sentit l'émotion l'envahir, chaude, forte, et un peu effrayante. Oui, Gillian était sincère. Il l'avait lu dans ses yeux. Mais brusquement, il fronça les sourcils. N'avait-il pas plutôt pris ses désirs pour des réalités ?

Quand elle avait fait cet aveu, il avait eu envie de la prendre dans ses bras, de la serrer contre lui et de ne plus jamais s'éloigner d'elle. Il avait eu envie de lui faire des promesses. Mais n'étant pas sûr de pouvoir les tenir, il avait préféré s'abstenir.

Il n'avait jamais aimé une femme. Il découvrait les tiraillements entre ses réactions égoïstes et son envie de générosité. Et aussi, une partie de lui rêvait de prendre ce qu'elle voulait si ardemment lui offrir. Mais d'un autre côté, ce ne serait pas bien, ce serait même un péché pour un homme comme lui, de recevoir un don aussi pur et généreux alors qu'il ne savait plus lui-même comment donner en retour.

Ne voyant pas d'autre moyen, il décida d'incorporer cet aspect de la situation à sa mission générale. Il allait faire ce que Gillian attendait de lui. Et quand elle aurait récupéré sa famille, eh bien… il serait toujours temps de voir.

La voiture entama une descente, et ils se retrouvèrent face au quartier général de Husad. Une gigantesque construction à même la falaise.

Trace repéra vite les hommes armés stationnés sur la crête. Le conducteur signala leur arrivée en composant un code sur une boîte fixée à un poteau. Ils attendirent quelques secondes, puis une gigantesque grille s'ouvrit dans la roche. La voiture se remit en route.

Il était arrivé. Ajustant ses manchettes, il glissa un doigt sur sa montre et enfonça le minuscule bouton relié à la puce. Breintz devait déjà savoir exactement où il se trouvait. Sinon... il n'aurait qu'à se débrouiller tout seul. Descendant lentement de voiture, il regarda autour de lui. Le sol et les murs étaient en pierre. Le tunnel, froid et mal éclairé, semblait s'étirer sans fin. Derrière eux, la porte s'était déjà refermée, laissant de l'autre côté les rayons et la chaleur du soleil. Un léger grincement métallique se fit entendre. Sans doute le système d'aération. Bientôt, des pas résonnèrent, une porte s'ouvrit. Kendesa apparut.

— Vous êtes ponctuel. J'espère que votre voyage n'a pas été trop pénible ?

Trace inclina la tête.

— Les affaires ne se font pas toujours dans le plus grand confort matériel. Les routes ici ne sont pas encore aussi civilisées que celles d'Europe.

— Désolé. Puis-je vous offrir un rafraîchissement ? J'ai un excellent chardonnay qui vous fera oublier vos désagréments.

— Voulez-vous d'abord voir les échantillons ?

Kendesa fit un geste et deux hommes surgirent, paraissant sortir directement de la paroi de pierre.

— Si vous n'y voyez pas d'inconvénient, ils seront portés directement chez le général.

Trace hocha la tête.

Kendesa donna un autre signal et la caisse qui se trouvait dans le coffre de la voiture fut soulevée par quatre bras puissants. Kendesa fit signe à Trace d'avancer.

— Je crains que vous ne trouviez notre établissement un peu rudimentaire. Vous comprenez, bien sûr, que nous sommes une organisation militaire et que nous ne cherchons pas le confort, mais la révolution.

— Je comprends, bien que, en ce qui me concerne, je préfère le confort !

Kendesa le conduisit dans une petite pièce dont les murs avaient été tapissés de bois clair. Le sol était recouvert de tapis. Les meubles étaient rares, mais l'ensemble ne manquait pas de goût.

— Nous recevons rarement, dit Kendesa en souriant.

Il ouvrit une bouteille.

— Quand le général sera plus largement accepté, cela changera.

Il remplit deux verres.

— J'avoue que j'ai un faible pour les belles choses, et pour le confort et le plaisir qu'elles procurent.

— Buvons au profit ! dit Trace en levant son verre. Car c'est l'argent qui permet d'obtenir le plus grand confort.

Kendesa eut un rire sardonique.

— Vous êtes un homme intéressant, Cabot.

Kendesa sirota son vin. Au cours des derniers jours, il avait employé les meilleurs éléments à sa disposition pour faire des recherches dans le passé de Cabot. Ce qu'il avait trouvé lui avait fait le plus grand plaisir. Un homme comme lui, sans parler de ses relations, lui serait très utile quand son heure serait venue de remplacer le général.

— Vous avez atteint un niveau de puissance et de richesse dont la plupart des hommes ne peuvent que rêver. Et cependant, vous aimeriez en avoir encore plus, dit-il sans cacher son admiration.

— J'en aurai encore plus, corrigea Trace avec un sourire confiant.

— Je vous crois. Vous comprendrez que, avant de faire des affaires avec vous, j'ai été obligé de m'assurer de votre situation financière et de vos activités.

Trace but une gorgée avant de commenter :

— Procédure normale.

— En effet. Ce qui me fascine, Cabot, c'est que vous ayez atteint ce niveau de richesse tout en restant presque un inconnu.

— Je préfère la subtilité à la célébrité.

— Très sage. Dans notre propre organisation, certains critiquent le général parce qu'il maintient un profil haut. Le pouvoir atteint tranquillement est parfois plus stable.

— Le général est un homme politique, contrairement à moi, dit nonchalamment Trace.

Il se remit à siroter lentement son vin. Où diable Kendesa voulait-il en venir ?

— Nous sommes tous des hommes politiques, même si la politique a la couleur de l'argent. Vous avez exprimé votre intérêt pour le projet Horizon.

— C'est exact.

— Vous êtes intéressé dans le profit que peut générer Horizon. Moi, je suis intéressé par le pouvoir qu'il peut me donner.

— Et le général ?

Kendesa leva son verre. Il était bientôt prêt à abattre ses cartes.

— C'est la révolution qui l'intéresse.

— En jouant sur une espèce de partenariat, nous pourrions y gagner tous les trois.

Kendesa l'examina longuement en silence.

— Pourquoi pas ? finit-il par dire.

Un coup résonna à la porte.

— Entrez.

— Le général vous attend.

Hochant la tête, Kendesa posa son verre.

— Je vais vous y conduire. Le général ne parle pas français, mais il est très fier de son anglais. Vous l'obligerez en vous exprimant dans cette langue.

— Certainement.

Trace posa doucement son verre près de celui de Kendesa. La partie allait être serrée.

Gillian attendait depuis quelques heures, des heures qui lui paraissaient aussi longues que des journées entières. Elle avait essayé, sans succès, de passer le temps en lisant les livres de Trace. Chaque fois qu'elle commençait, elle pensait à lui. C'était impossible de se concentrer.

Jetant le livre sur une table, elle se mit à arpenter la pièce. Au bout de quelques minutes, elle se rassit et se remémora sa conversation avec Maddy. Elle allait ramener Trace aux Etats-Unis. Ce faisant, elle lui rendrait ce que lui-même lui avait promis quelques jours plus tôt : sa famille.

Elle se raccrocha à cette idée. Dans quelques jours, une semaine au plus, Trace et elle se retrouveraient dans leur famille respective.

Et après où iraient-ils ?

Dans les îles Canaries ? Elle faillit éclater de rire. Que dirait Trace si elle lui annonçait qu'elle était prête à se retirer du monde avec lui pendant les cinquante prochaines années ?

Elle n'allait pas le perdre maintenant. Rien ni personne ne le lui enlèverait, ni Husad, ni les Services Secrets, ni l'entêtement de Trace lui-même. S'il voulait passer le restant de ses jours dans un hamac, eh bien, ce serait un hamac pour deux.

Elle hocha la tête. Depuis quelques semaines, elle avait appris beaucoup de choses sur elle-même. Elle était capable de faire ce qu'il fallait, et d'affronter la situation. Mais surtout elle pouvait changer ce qui avait besoin de l'être pour trouver le bonheur qui lui avait toujours échappé.

Brusquement la peur revint l'assaillir. Que ferait-elle si Trace ne repassait jamais cette porte ? Elle continuerait certainement à vivre. C'était incompréhensible, mais on pouvait perdre ceux qu'on aimait et continuer à vivre. Cependant, dans ce cas, rien ne devait plus être comme avant. Elle ne pouvait pas se préparer à perdre Trace. Il avait ouvert des portes en elle. Il avait fait s'épanouir en elle l'amour qui, à son tour, l'avait poussée à ouvrir des portes en lui. Elle ne le perdrait pas. Elle se le promettait.

Pendant quelques minutes interminables, elle garda les yeux rivés sur l'horloge.

Elle finit par commander un repas, plutôt pour faire quelque chose que par réelle envie de manger. Un quart d'heure plus tard, elle était sur le point d'annuler sa commande quand un coup fut frappé à la porte.

L'expérience lui avait enseigné la prudence. Malgré les gardes du corps, elle vérifia par le judas qu'il s'agissait bien du serveur de l'hôtel. Rassurée, elle ouvrit la porte et jeta un coup d'œil indifférent au plateau.

— Posez-le là, dit-elle en montrant la table.

Elle n'était pas certaine qu'il parle anglais. Cependant un chèque était un chèque dans n'importe quelle langue. Elle se pencha pour le signer.

La douleur fugitive provoquée par la piqûre dans son bras lui fit faire volte-face. Chancelante, elle empoigna le couteau de cuisine, mais l'action du somnifère fut rapide. Tout se brouilla autour d'elle avant qu'elle ait le temps de penser à Trace.

11

Le général Husad aimait les belles choses lui aussi. Il aimait les contempler, les toucher, les porter. Ce qui n'empêchait pas que l'austérité de son quartier général lui plaise. Il fallait une certaine atmosphère dans une base militaire. La vie d'un soldat ne pouvait pas être douce, sinon la discipline était impossible. Il y croyait même lorsqu'il s'habillait de soie et qu'il admirait les émeraudes de sa femme.

C'était un homme dans la force de l'âge, de petite taille, avec une voix envoûtante, et une lueur dans les yeux qui passait soit pour l'expression du génie soit pour celle de la folie. Il s'était autoproclamé général et, bien qu'il ait participé à plusieurs guerres, il s'était attribué lui-même la plupart des médailles accrochées sur sa poitrine. Selon son humeur, il traitait ses hommes en père indulgent ou en dictateur. Ils ne l'aimaient pas mais ils le craignaient assez pour exécuter ses ordres sans poser de questions.

Pour son rendez-vous avec Cabot, il avait revêtu une cape dorée attachée au cou, et qui laissait voir l'uniforme constellé de médailles et les deux revolvers qu'il portait à la ceinture.

Son lieu de travail était plus meublé que celui de Kendesa. Un gigantesque bureau de chêne trônait au centre de la pièce. Il était entouré de canapés et de fauteuils disposés en cercle. Trois bibliothèques et deux petits cabinets de curiosités complétaient l'ameublement. Trace examina les lieux avec un air faussement détaché.

Pas de fenêtre et une seule porte.

Une paire d'épées croisées sur le mur dominait un immense aquarium dans lequel des poissons aux couleurs tropicales scintillaient dans une eau bleue et transparente.

— Enchanté, monsieur Cabot !

Husad lui tendit la main avec l'enthousiasme et la sincérité d'un vendeur de voitures qui aurait pratiquement atteint son quota mensuel.

— Soyez le bienvenu.

— Mon général.

Trace lui serra la main et observa le visage de l'homme qu'il s'était promis de tuer. Les yeux noirs brillaient de lueurs étranges. Une lueur de la folie, sans aucun doute.

— J'espère que le voyage n'a pas été trop pénible.

— Pas du tout.

— Asseyez-vous, je vous prie.

Trace obéit et attendit. Le général resta debout, les mains croisées dans le dos. Silencieux, Kendesa se posta près de la porte. Pendant quelques instants, Husad arpenta la pièce, la moquette absorbant le bruit de ses bottes étincelantes de propreté.

— La Révolution a besoin d'alliés et d'armes…, commença-t-il.

Husad fit une pause et Trace déclara :

— Pardonnez-moi, mon général, mais je ne suis ni soldat ni patriote, mais homme d'affaires.

Trace croisa les mains sur ses genoux et continua :

— Vous avez besoin d'armes et je peux vous les procurer. Elles ont un prix.

— Votre prix est élevé, dit le général en se dirigeant vers son bureau.

— Mon prix inclut le facteur risques pour garder la marchandise dans un lieu sûr, et pour la livrer. Ce serait le même prix pour n'importe quel autre client.

Husad se pencha et se releva en brandissant le fusil dernier modèle. Trace se figea tandis que Kendesa avait un petit mouvement de surprise derrière lui.

— Je trouve cette arme particulièrement intéressante, dit Husad.

Il le leva pour l'examiner, et le pointa tout droit sur le front de Trace.

Trace sentit une sueur froide lui couler dans le dos. Mourir ici maintenant serait pitoyable et ridicule.

— Avec tout le respect que je vous dois, général Husad, cette arme ne vous appartient pas encore, vous ne l'avez pas payée.

L'index de Husad s'attarda un instant sur la détente puis se retira. Avec un sourire charmant, le général baissa le fusil.

— Naturellement, nous sommes des guerriers honnêtes. Nous acceptons votre cargaison, monsieur Cabot, mais nous vous demandons de faire un effort, au nom de notre toute nouvelle amitié : baissez votre prix d'un demi-million.

Trace avait les mains moites. Il alluma une cigarette. Pour sa survie, il voulait accepter et en finir avec cette mission. Mais André Cabot n'aurait jamais accepté aussi facilement. De plus, ni Husad ni Kendesa ne s'y seraient attendus.

— Un quart de million, mon général, c'est ma dernière offre.

L'arme était sur le bureau de Husad. Le général la caressa comme il aurait caressé un petit enfant ou un animal familier.

— Nous vous ramènerons à Sefrou. Dans trois jours, vous vous occuperez personnellement de la livraison.

— Avec plaisir, dit Trace en se levant.

— On m'a dit que vous vous intéressiez à notre hôte, dit Husad en souriant. Intérêt personnel ?

— Les affaires sont toujours un sujet personnel pour moi, mon général.

— Cela vous intéresserait peut-être de voir le Dr Flynn Fitzpatrick ? Kendesa va arranger cela. Je vous laisse avec lui.

Kendesa ouvrit la porte et s'effaça pour les laisser sortir.

Faisant signe à deux hommes armés de s'écarter, il sortit une clé de sa poche et ouvrit une porte. Trace entra.

Aucun laboratoire de recherche et de développement n'aurait pu être mieux équipé. L'éclairage était parfait, chaque surface, impeccable. Trace repéra deux caméras de surveillance avant de tourner son attention vers le frère de Gillian.

C'était bien l'homme qu'il avait vu sur la photographie, mais il était amaigri et il paraissait plus vieux. Des lignes sillonnaient son visage et des zones d'ombre soulignaient ses yeux. Il était rasé mais ses cheveux plus sombres et plus fournis que ceux de Gillian étaient ébouriffés. Sa blouse blanche, trop grande pour lui, laissait entrevoir un jean et une chemise bleu clair.

Flynn repoussa le microscope et se leva. Croisant son regard, Trace se sentit soulagé. Flynn avait une expression haineuse, ce qui signifiait qu'il n'avait pas capitulé, pas plus qu'il n'était résigné. Tant mieux. S'il avait gardé assez de force pour haïr, il en aurait assez pour s'échapper.

— Docteur Fitzpatrick, votre travail a-t-il bien avancé aujourd'hui ? s'enquit Kendesa.

— Je n'ai pas vu ma fille depuis deux jours !

— Nous avons parlé de la raison pour laquelle vous ne la voyez pas quotidiennement. C'est pour vous inciter à travailler plus assidûment, docteur.

Flynn serra les poings. Il avait tout supporté, depuis le début. Mais ils l'avaient menacé d'enfermer Caitlin dans une petite pièce sombre. Et ils savaient bien que seule cette peur pouvait l'obliger à travailler dans le laboratoire.

— Eh bien, vous devriez être content, je travaille, dit-il avec son accent rogue d'Irlandais. Vous m'avez promis que si je coopérais, aucun mal ne serait fait à ma fille et que je pourrais la voir tous les jours.

— Le général trouve que vos travaux avancent un peu lentement. Quand vous aurez fait des progrès, nous vous amènerons votre fille. En attendant, je vais vous présenter M. Cabot. Lui aussi s'intéresse à votre travail. En amateur.

Flynn foudroya Trace du regard.

— Allez au diable !

Trace mourait d'envie de l'encourager, mais il dut se contenter d'un hochement de tête un peu raide.

— Votre travail ici vous rendra célèbre dans les livres d'histoire, monsieur Fitzpatrick, dit-il.

Il regarda autour de lui, faisant semblant de s'intéresser au laboratoire. En réalité, il cherchait une autre issue.

— C'est fascinant. Mon organisation a le sentiment que les profits tirés de votre sérum seront énormes. Quand pensez-vous avoir terminé vos recherches ?

Fitzpatrick répondit entre ses dents :

— Je n'ai aucun compte à vous rendre.

— A vrai dire, le lien manquant est la sœur de M. Fitzpatrick, dit Kendesa. Elle a un certain nombre de notes en sa possession, indispensables pour achever ce travail. Elle va bientôt vous rejoindre, docteur.

Trace fit un violent effort pour refréner un cri. Il avait le souffle coupé. Avant qu'il puisse prononcer trois mots intelligibles, Flynn s'élança vers Kendesa, les poings serrés.

— Gillian ? Qu'est-ce que vous lui avez fait ?

— Calmez-vous, Fitzpatrick ! Personne n'a fait de mal à votre sœur.

Il adressa un sourire bizarre à Trace.

— Aviez-vous conscience, monsieur, de voyager avec la sœur de ce bon docteur ?

— Moi ?

Trace releva un sourcil faussement étonné. Il pouvait choisir entre deux attitudes. Mais s'il adoptait la première, l'instinct et l'attaque, Flynn Fitzpatrick allait y laisser sa peau.

— Je crains que vous ne fassiez une erreur, poursuivit-il d'une voix ferme.

— La femme qui vous a accompagné à Casablanca est Gillian Fitzpatrick.

Trace fit semblant d'étouffer une envie de rire.

— La femme que j'ai emmenée avec moi à Casablanca est une petite idiote que j'ai rencontrée à Paris. Elle est séduisante, et elle a une cervelle de moineau.

— Détrompez-vous, monsieur. Elle est plus intelligente que vous ne sauriez l'imaginer. Elle s'est servi de vous.

Trace fronça les sourcils. Pour une fois, il bénissait les Services Secrets, qui lui avaient fourni une couverture en béton.

— Vous vous trompez, dit-il avec une note de fureur intentionnelle dans la voix.

— Je suis désolé, mais c'est vous qui vous trompez. Cette femme ne vous a pas rencontré par hasard. Elle espérait que vous alliez la rapprocher de son frère et de nous. Je dois dire qu'elle vous a joué un bon tour.

Trace prit une profonde inspiration. C'était le moment de faire croire que cette nouvelle le mettait hors de lui.

— En effet, elle m'a joué un bon tour, si vous ne vous trompez pas, dit-il d'une voix grinçante.

— Sans aucun doute. Il y a peu de temps, elle était au Mexique, où elle a loué les services d'un agent secret. Nous pouvons affirmer que c'est lui qui l'a orientée vers vous. Le nom d'El Gatto vous dit-il quelque chose, monsieur Cabot ?

Faisant semblant de réfléchir, Trace sortit une cigarette de son étui. Parfait, sa main tremblait légèrement. C'était exactement ce qu'il voulait.

— Oui, répondit-il d'une voix tendue.

— Il veut se venger du général. Pour cela, il vous utilise, vous et cette femme.

— Qui est ce El Gatto ?

— Désolé, je n'ai pas cette information.

Sous son calme apparent, Kendesa laissa passer un bref accès de mauvaise humeur.

— Malheureusement, le général est allé un peu vite en besogne en faisant exécuter trois hommes qui auraient pu l'identifier. Mais cette femme le connaît, et elle nous le dira.

Trace prit un regard dur.

— Où est-elle ? demanda-t-il.

Il souffla la fumée de sa cigarette avant de continuer :

— Je ne supporte pas l'idée d'avoir été utilisé par une femme.

— Elle va bientôt arriver ici, si ce n'est déjà fait. Vous pourrez lui parler quand vous reviendrez. Une fois que nous aurons obtenu les notes qu'elle détient, et qu'elle aura identifié El Gatto, je considère que ce sera un geste de bonne volonté de notre part de la remettre entre vos mains.

Flynn bondit vers lui, le poing levé.

— Ordure !

Il aurait frappé Kendesa si Trace n'avait pas été aussi vif que l'éclair. Lui saisissant le bras, il le lui tordit dans le dos et le maintint fermement. Leurs visages n'étaient séparés que de quelques centimètres.

— Votre putain de sœur a une dette envers moi, dit-il d'une voix menaçante. Elle me la paiera, je vous le garantis, et vous aussi, docteur Fitzpatrick.

Il le repoussa violemment.

— J'en ai assez vu, dit-il sèchement.

Il se dirigea vers la porte.

— Laissez-moi voir Caitlin. Je veux voir ma fille, espèce de salaud ! cria Flynn.

— Demain, peut-être, dit calmement Kendesa. Demain, toute votre famille sera réunie.

Avec un grand geste calme, il ouvrit la porte et la referma derrière lui, un sourire satisfait aux lèvres. C'était bon de voir l'impassible André Cabot dans tous ses états.

— Il n'y a pas de raison que vous soyez gêné, mon ami, lui dit-il. Cette femme était une formidable ennemie.

Trace se tourna vers lui. En un clin d'œil, il le plaqua contre le mur. Ignorant le cliquetis des armes que les gardes brandissaient, il prit la clé dans la poche de Kendesa.

— Je ne veux pas qu'elle risque encore de me ridiculiser.

Kendesa fit signe aux gardes de s'écarter. Trace relâcha son étreinte. Un muscle tressaillit dans sa joue.

— Quand je reviendrai, dans trois jours, je veux l'avoir. Obtenez d'elle les informations qu'il vous faut, Kendesa. Ensuite, remettez-la-moi. Le prix de la cargaison peut être encore réduit d'un quart de million…

Kendesa leva un sourcil.

— Le prix de votre fierté est élevé, dit-il d'un ton narquois.

— Elle va regretter que vous ne l'ayez pas tuée, continua Trace, les dents serrées.

Il rajusta sa veste et parut retrouver le contrôle de lui-même.

— Je suppose que l'enfant est encore en vie.

— Elle est gardée au second niveau. On lui a administré des calmants pour qu'elle reste tranquille. Ces Irlandais sont des passionnés.

— En effet.

Trace aperçut le car et le chauffeur qui l'attendaient là où il les avait laissés.

— Je ferai un rapport à mes associés. Si les papiers sont en ordre, notre affaire sera terminée dans huit jours.

Trace s'installa sur le siège arrière, et se mit à réfléchir rapidement.

Il allait perdre un temps précieux en retournant à Sefrou, en contactant Breintz et en récupérant les armes. Tandis que le conducteur entamait la montée, il hésita. Il pourrait lui demander de faire demi-tour. Mais il n'irait pas loin, avec un malheureux revolver.

Il soupira et consulta sa montre. Il réactiva automatiquement la puce, mais c'était surtout l'heure qui l'intéressait. Il pourrait être de retour, armé jusqu'aux dents, au crépuscule.

Gillian tiendrait le coup. Elle était forte et courageuse. Il allait revenir la tirer de ce mauvais pas.

Un filet de sueur froide lui coula sur les tempes. C'était terrible de craindre pour sa propre vie. Mais c'était encore pire quand la vie d'un être aimé était en jeu.

Quand le pneu éclata, il fut projeté sur le côté de la voiture. Jurant à haute voix, il se redressa. Instinctivement, il porta la main à sa poche en descendant de voiture. Le chauffeur sortit, se tourna vers la roue endommagée et s'effondra comme une pierre.

Trace brandit son revolver. Apparemment, ils étaient tombés dans une embuscade. Entendant un bruit derrière lui, il fit volte-face. Breintz surgit de derrière un rocher. Soulagé, Trace rengaina son arme.

— Ils ont pris Gillian, dit-il d'une voix étranglée par l'émotion.

— Je sais. L'un de ses gardes du corps a survécu assez longtemps pour me contacter.

Breintz se laissa glisser du rocher et se pencha sur le chauffeur pour examiner ses vêtements.

— Voilà qui va vous procurer un déguisement parfait, dit-il.

Trace hocha la tête. Puis, prenant une profonde inspiration, il dit d'une voix aussi calme que possible :

— Dès que le crépuscule sera là, nous y retournons. Vous conduirez. Nous pouvons renverser les gardes, à l'entrée, et nous servir de leurs armes. Le plan de leur casemate est assez simple. Nous sortons Fitzpatrick, et nous trouvons Gillian et la gamine.

— D'accord.

Breintz lui fit signe de le suivre. Avec l'agilité d'une chèvre, il grimpa sur les rochers et revint en portant des munitions.

— J'ai déjà travaillé avec vous.

Il lui tendit une ceinture munie de grenades.

— Et ici, je suis dans mon pays. Je dois dire en toute modestie que j'ai d'excellents contacts.

Trace se débarrassa rapidement de la veste de soie sauvage de Cabot, qu'il laissa tomber dans la poussière, et il mit en bandoulière le fusil que Breintz lui tendait.

Breintz s'assit et croisa les jambes.

— Nous avons moins d'une heure à attendre, dit-il.

— Vous n'avez pas reçu l'ordre d'agir à côté de moi.

— Non, en effet.

Breintz ferma les yeux et se mit à méditer.

— Charles Forrester était un homme bon, dit-il.

— Merci.

Espérant trouver la même sérénité, Trace s'assit près de lui. Et tous les deux attendirent le coucher du soleil.

Gillian se réveilla lentement. Elle avait mal à la tête, et l'esprit embrumé. Pendant une ou deux minutes, elle se sentit un peu plus lucide, mais elle retomba aussitôt dans une espèce de trou noir. Tout près d'elle, quelqu'un pleurait doucement. Qui était-ce ?

Elle sentit quelque chose de chaud sur le côté, puis le long du bras. Instinctivement, elle tendit la main.

— Tante Gillian, réveille-toi ! Tante Gillian, réveille-toi, j'ai si peur !

La même chose que dans son cauchemar. Brusquement, elle se retrouva trempée de sueur. Elle essaya de se raisonner. Voyons, ce n'était qu'un mauvais rêve, comme d'habitude. Mais les plaintes de Caitlin étaient de plus en plus claires à ses oreilles. Elle ouvrit les yeux. Sa nièce était devant elle.

— Je croyais que tu étais morte ! dit la fillette en pleurant.

Les yeux rouges et gonflés, Caitlin enfouit son visage dans les cheveux de sa tante.

— Ils t'ont laissée tomber sur le lit et tu n'as pas bougé.

Elle se remit à sangloter.

— Allons, allons, calme-toi. Tu vois, je vais bien.

Gillian voulut se lever, mais elle faillit s'évanouir. N'étant pas encore sûre d'être éveillée ou de rêver, elle effleura le visage de Caitlin du bout des doigts.

— Oh, ma chérie, c'est toi. C'est vraiment toi !

Prenant l'enfant dans ses bras, elle la berça doucement.

— Tu vas me ramener à la maison ?

Gillian éprouva un coup au cœur. A la maison ? Elles n'y étaient donc pas ? Mais alors, où étaient-elles ? Jetant un regard circulaire sur la pièce plongée dans une semi-obscurité, elle se souvint brusquement de tout : le serveur, la sensation de la piqûre. Elle ferma les yeux. Elle avait été complètement stupide.

Pourquoi ne s'était-elle pas méfiée ? Avaient-ils capturé Trace aussi ? Trace était-il tombé entre leurs mains ?

— Est-ce qu'on peut rentrer à la maison ? Je veux rentrer à la maison !

— Oui, bientôt, ma chérie. Il faut être encore un peu patiente. Caitlin, essuie tes yeux, et parle-moi.

Caitlin renifla en hochant la tête.

— Tu ne vas pas me laisser ?

— Non, non, je ne te laisserai jamais, dit Gillian.

Il faudrait qu'ils la tuent d'abord s'ils voulaient les séparer.

— Où est ton papa ? interrogea-t-elle doucement.

— Il est en bas, dans le laboratoire.

— Est-ce qu'il va bien ? Ne pleure plus, ma chérie. Dis-moi s'il va bien ?

— Il y a longtemps que je ne l'ai pas vu. La dernière fois, il avait l'air malade.

Elle essuya ses joues du revers de la main.

— Une fois, il a pleuré.

— Tout va s'arranger, je te le promets. Il y a un…

Elle fit une pause. Il valait mieux ne pas trop en dire, au cas où il y aurait des micros. Ce qui était plus que probable. Elle ne pouvait ni parler de Trace, ni la rassurer en lui disant que quelqu'un allait se porter à leur secours.

— Il y a certainement un moyen, dit-elle. Nous devons être patientes. Maintenant, nous sommes toutes les deux, ce sera plus facile.

Elle posa rapidement un doigt sur ses lèvres pour faire comprendre à Caitlin de ne pas parler. Le plus silencieusement possible, elle examina la pièce.

Par chance, elle trouva immédiatement le micro. Elle résista à l'envie de le détruire. Mais cette petite manifestation de dépit aurait été trop satisfaisante pour ses geôliers. Elle se força à réfléchir calmement. Laissant le micro, elle retourna dans le lit.

— J'ai rencontré un homme à Mexico, dit-elle à voix haute.

Celui ou ceux qui l'écoutaient étaient déjà au courant.

— Il m'a promis de nous aider. Il a un nom rigolo, Caitlin. Il s'appelle El Gatto. Cela signifie le chat.

— Est-ce qu'il ressemble à un chat ?

Gillian eut un petit sourire.

— Non, mais il pense comme un chat. Quand il verra que je ne le contacte pas demain, il viendra nous chercher.

— Et il nous ramènera à la maison ?

— Oui, ma chérie. Sais-tu où nous sommes ?

— C'est comme une grande cave avec plein de tunnels.

— Je vois. Est-ce qu'ils t'ont déjà laissée sortir ?

— Non, et il n'y a pas de fenêtre.

Caitlin se recroquevilla en entendant la porte s'ouvrir. Un homme avec un fusil en bandoulière entra, portant un plateau. Il le posa sur le bord du lit, fit un vague geste et ressortit aussitôt.

— Une fois, je l'ai mordu, dit Caitlin.

— C'est très bien, ma chérie.

— Il m'a donné une gifle.

— Il ne recommencera pas, je te le promets.

Gillian examina le contenu du plateau. Il y avait du riz et des morceaux de viande, et deux verres de lait. Elle le renifla.

— Est-ce que la nourriture est bonne ?

— Non. Et chaque fois que je mange, je m'endors tout de suite après.

Gillian lui chuchota à l'oreille :

— Ils ont mis quelque chose dans tes repas pour que tu dormes. Ne mange pas, mais fais semblant de dormir pour qu'ils ne comprennent pas que nous n'avons pas mangé. Fais exactement ce que je te dis. Si un des hommes revient, reste étendue pour qu'ils ne comprennent pas qu'on les a trompés.

Caitlin hocha la tête.

— Ne me laisse pas, tante Gillian.

— Je ne te laisserai pas, ma chérie.

Prenant l'enfant dans ses bras, elle fixa le plafond et continua à établir des plans.

*
* *

Le crépuscule flamboyant teintait les montagnes de rose tirant sur le violet et transformait le sable en poussière d'or. Profitant des dernières lueurs, Breintz changea le pneu éclaté et endossa les vêtements du conducteur pendant que Trace chargeait les armes dans le coffre de la voiture.

Maintenant ils étaient silencieux. Tout avait été dit. Tandis que le soleil finissait de disparaître derrière les sommets élevés, Trace s'allongea à l'arrière de la camionnette et Breintz se mit au volant. Une ultime fois, ils prirent la direction de l'est.

Breintz conduisait en sifflotant. Quelques minutes plus tard, ils arrivèrent devant le portail. Suivant les instructions de Trace, Breintz composa le code et attendit que la grille se soulève.

Une fois à l'intérieur, il arrêta la voiture et baissa la tête pour cacher autant que possible son visage. La grille se referma derrière eux et un garde se pencha vers lui.

— Vous avez fait vite, dit-il.

Breintz lui envoya un coup de coude dans la gorge. Trace bondit de l'arrière et les entraîna vers le laboratoire.

Vingt mètres plus loin, deux autres gardes furent réduits au silence. Trace prit une profonde inspiration. Ils devraient agir rapidement une fois à l'intérieur du laboratoire, où ils seraient trahis par les caméras. Trace s'écarta tandis que Breintz avançait en titubant légèrement.

— Une cigarette ? demanda-t-il en arabe d'une voix un peu avinée. Quel bienfait peut avoir le vin sans tabac ?

Comme l'un des gardiens cherchait une cigarette en souriant, Trace et Breintz agirent rapidement. Il n'y eut pas un seul coup de feu.

— Vous avez gardé la main légère, dit Breintz.

Trace glissa la clé dans la serrure.

— La vôtre s'est raffermie.

Ils pénétrèrent dans le laboratoire. Flynn sursauta.

— Continuez à travailler, dit Trace à voix basse, et gardez autant que possible le dos tourné aux caméras.

— Que faites-vous là ?

— Pour l'amour du ciel, si vous voulez retrouver votre fille, continuez à travailler, je ne veux pas que les caméras révèlent quelque chose d'anormal.

D'une main rageuse, Flynn s'empara d'une éprouvette.

— Espèce de salaud !

— Peut-être, mais je suis là pour vous faire sortir, vous, votre fille et votre sœur. Faites comme si de rien n'était.

Il jeta un coup d'œil à la première caméra.

— Suivez mes ordres.

Quelque chose dans la tonalité de sa voix obligea Flynn à obéir mais à l'évidence bien malgré lui.

— Je croyais que vous étiez français.

— Je suis aussi irlandais que vous, Fitzpatrick, dit Trace d'un ton rassurant. Et nous allons sortir de cet endroit maudit.

Flynn hocha la tête et Trace continua :

— Très bien. Allez aussi loin que possible sur la gauche au bord de la rangée de caméras, et faites semblant de travailler sur ces papiers.

Flynn posa ses éprouvettes et obéit.

— Comment nous avez-vous trouvés ? demanda-t-il.

— Grâce à votre sœur. Si vous avez la moitié du cran dont elle a fait preuve, nous y arriverons. Continuez à lire. Je vais neutraliser les caméras. Vous fuirez aussitôt avec Breinz pendant que j'irai chercher votre fille et Gillian.

Trace détruisit les caméras d'un seul coup de feu. Flynn passa la porte. Breintz l'attendait.

— Je ne pars pas sans Caitlin, dit Flynn.

— Partez. Moi, je vais la chercher.

Trace le poussa vers Breintz.

— C'est vous leur principal otage. S'ils remettent la main sur vous, aucun de nous ne sortira vivant de cette aventure.

— Mais c'est ma fille. Je ne la laisserai pas derrière moi.

Trace fronça les sourcils. Le temps pressait.

— Et vous êtes le frère de Gillian, marmonna-t-il.

Il lui fourra un fusil dans les mains.

— Savez-vous au moins vous en servir ?

Une lueur d'espoir illumina le regard de Flynn.

— Avec plaisir.

Entendant la porte s'ouvrir, Gillian glissa une main vers une des assiettes qu'elle avait laissées par terre. Pendant l'heure qu'elle avait passée dans l'obscurité, elle avait tout envisagé, et surtout le pire. Trace avait disparu. Ils avaient découvert la supercherie, ils l'avaient tué et, elle, ils l'avaient kidnappée. Elle voulait crier sa douleur et sa rage. Mais, avant, elle allait prendre sa revanche et libérer sa famille.

Les yeux entrouverts, elle vit l'homme qui se penchait vers elle. Retenant son souffle, elle brandit l'assiette et la lui assena sur l'arête du nez.

Le cartilage craqua, le sang jaillit. Profitant de l'aveuglement de son geôlier, elle s'empara de l'autre assiette et frappa de nouveau. Il chancela mais il réussit à lui saisir le bras. Malgré la douleur, elle se rappela le conseil que son voisin de New York lui avait donné : « Vise toujours les yeux. »

Cette fois, il poussa un cri. Elle sentit la crosse de son fusil dans ses côtes, tandis qu'il essayait de le remettre en place. Et elle commença à lutter pour la vie. Voyant rouge de colère et de douleur, elle entendit Caitlin qui commençait à pleurer. Exactement comme dans ses cauchemars. Galvanisée, Gillian se débattit comme une folle. Elle s'agrippa au fusil. Un coup partit, produisant le son le plus terrifiant qu'elle eût jamais entendu.

Elle se retrouva debout, brandissant le fusil tandis que l'homme qu'elle n'avait jamais vu était à ses pieds.

— Tante Gillian.

Sortant du lit, Caitlin s'accrocha à ses jambes.

— Est-ce qu'il est mort ? Est-ce qu'il est mort ?

— Je crois, je ne sais pas.

Elle chancela comme si la drogue la submergeait de nouveau.

— Je ne sais pas, mais nous devons partir tout de suite.

C'est à ce moment qu'elle entendit le coup de feu, tout près.

Cachant la fillette derrière elle, elle leva son arme. Elle avait les mains trempées de sueur.

Trace prit une profonde inspiration et s'élança, prêt à tirer. La balle de Gillian l'atteignit à l'épaule gauche. Il était trop choqué pour en sentir l'impact.

— Bon sang !

— Trace !

Baissant son fusil, elle s'élança vers lui.

— Oh, Trace, je te croyais mort !

— J'ai bien failli !

Il passa une main sur sa manche, rouge de sang.

— Flynn !

Dans un sanglot, Gillian tomba dans les bras de son frère.

— Papa !

Volant à travers la pièce, Caitlin lui sauta au cou.

— Nous n'avons pas une minute à perdre, dit Trace. Il faut partir.

Ils avaient provoqué des dommages considérables. Trace était satisfait. Le général semblait devenu fou furieux. Tirant à tort et à travers, il ne faisait qu'augmenter le nombre de victimes parmi ses hommes. Trace leva son fusil mais le général tomba avant qu'il ait le temps de presser la détente.

Kendesa se tenait au-dessus du corps, vêtu de la cape dorée.

— Gagnez la grille principale !

— Trop tard ! lança Trace en quittant sa cachette. Vous avez perdu, Kendesa. Vous avez cru que cette femme m'avait dupée, alors que c'est nous qui vous avons bien eu !

— Cabot !

— Oui, je suis Cabot quand cela m'arrange !

Kendesa prit une expression triomphale.

— El Gatto ! Je te tiens enfin !

— Notre petite affaire est terminée, Kendesa. Et ceci pour raisons personnelles.

Mais il n'eut pas le temps de mettre son projet à exécution. Le sol se mit à vibrer violemment. Trace pensa tout d'abord à Breintz. Son collègue avait dû mettre la charge à feu plus tôt que prévu. Vif comme l'éclair, il attrapa Gillian par la main et se mit à courir. Une autre secousse les projeta tous les deux contre la paroi rocheuse.

— Tremblement de terre, dit Trace en essayant de retrouver son souffle. Un vrai de vrai. Tout ce coin va disparaître.

— Est-ce que Flynn et Caitlin…

— Ils ont dû avoir le temps de sortir.

Ils s'élancèrent le long d'un passage pour se retrouver face à un mur. Gillian entendit des cris tandis que la poussière l'aveuglait.

Faisant demi-tour, Trace l'entraîna le long d'un autre passage.

— Il y a certainement plus d'un moyen de gagner la sortie.

Une fois de plus, il suivit son instinct et se dirigea vers les appartements du général.

— Il doit y avoir un passage secret, dit-il en logeant une balle dans la serrure.

Il attira Gillian à l'intérieur.

— Cherche un bouton, un mécanisme quelconque, cria-t-il en commençant à chercher dans la bibliothèque.

Tout près, des blocs de pierre s'effondraient et un incendie avait éclaté. Des deux mains, il balaya les étagères de la bibliothèque. Le bouton était là. Le panneau glissa lentement.

De l'autre côté, le corridor était étroit et tout vibrant des secousses souterraines, mais il n'y avait pas de garde. Priant pour que la chance les accompagne encore, il poussa Gillian dans cette ouverture. Quelques secondes plus tard, ils se retrouvèrent dehors dans la nuit.

Sans se soucier de couvrir leur fuite, Trace s'élança, tenant toujours Gillian par la main. Personne ne chercha à les rattraper.

Gillian n'en pouvait plus. Elle avait l'impression d'avoir parcouru déjà des kilomètres. Puis, brusquement, Breintz surgit de derrière un rocher.

Avec son calme habituel, il tendit à Trace des jumelles à infrarouge. Trace les orienta vers la direction d'où ils venaient.

— Il ne reste pas grand-chose, dit-il.

Trace baissa les jumelles.

— Dieu merci, l'organisation du Hammer est anéantie.

Il lui rendit les jumelles.

— Vous aurez une promotion, Breintz.

— Vous aussi.

— Moi, j'ai terminé.

Il s'assit, le dos tourné au rocher, et regarda Gillian qui retrouvait sa famille.

— Je vous dois tout, dit Flynn.

Il prit sa fille sur ses genoux et serra sa sœur contre lui.

— Je n'ai fait que mon boulot, commenta Trace d'un ton laconique.

Caitlin s'élança vers lui.

— Mon papa dit que vous nous avez sauvé la vie.

— S'il le dit…

Elle était plus fine que sur la photographie et ses yeux paraissaient immenses dans son petit visage livide. Incapable de résister, Trace tendit la main vers elle et tira doucement sur une boucle de ses cheveux roux tout emmêlés.

— Tout ça est fini maintenant.

— Est-ce que je peux vous faire une bise ?

Avec un large sourire, il répondit :

— Bien sûr !

Il leva les yeux sur Gillian.

— On ne peut pas changer le monde, sauf des petits morceaux, murmura-t-elle. Mais cela en vaut la peine.

Craignant de se mettre à pleurer, elle se leva et s'écarta un peu de lui. Il la suivit.

— Tout va bien maintenant, tout va bien.

Il tendit une main vers ses cheveux, mais il la laissa retomber.

— Il y aura un avion à Sefrou qui t'emmènera à Madrid. Les Services Secrets prendront soin de toi.

— J'ai cru qu'ils t'avaient tué.

C'est la colère plutôt que les larmes qui fit étinceler ses yeux quand elle se tourna vers lui.

— Je te croyais mort et tout ce que tu trouves à faire, c'est de me parler d'avion et des Services Secrets !

Avec un petit rire de dérision, Trace effleura le sang qui séchait sur son épaule.

— La seule blessure que j'aie vient de toi.

— Oh, j'avais oublié.

Elle s'élança vers lui.

— J'aurais pu te tuer.

— Pas en visant comme ça.

— Trace, veux-tu faire quelque chose pour moi encore une fois ?

— Peut-être.

Dans son désarroi, elle faillit se mettre à rire. Décidément, il était toujours aussi prudent.

— Si ce n'est pas trop te demander, veux-tu me prendre dans tes bras, cela m'éviterait de pleurer.

— Viens-là, murmura-t-il en l'enveloppant de ses bras.

Ce cauchemar était fini et elle était saine et sauve. Peut-être, mais peut-être seulement, pourraient-ils vivre ensemble des jours meilleurs.

— Pleure si tu veux, cela ne fait pas de mal.

Elle avait chaud contre lui et la nuit était redevenue calme.

— Je n'en ai plus envie maintenant.

12

— Après tout ce que nous avons vécu, je ne comprends pas que cela te rende si nerveux.

— Je ne suis pas nerveux.

Trace tira encore une fois sur le nœud de sa cravate.

— Je me demande bien pourquoi je me suis laissé convaincre d'y aller.

Très contente d'elle, Gillian était assise à côté de lui dans la voiture qui les avait pris à l'aéroport de Los Angeles.

— Tu m'as donné ta parole que nous irions où j'aurais envie d'aller. Et il se trouve que j'avais envie d'aller au mariage de ta sœur.

— Vous me jouez un sale tour, doc, alors que je vous ai sauvé la vie.

Elle sourit. C'était bien précisément à cause de cela qu'elle était décidée à sauver celle de Trace, ou du moins une petite partie.

— Trace, ne sois pas fâché, c'est un jour magnifique, je crois que je n'ai jamais été aussi heureuse de ma vie. Je n'arrive pas à croire que tout soit terminé.

Malgré sa mauvaise humeur, Trace ne put s'empêcher de poser une main sur la sienne.

— Si, tout est fini. Ton frère et sa fille peuvent retourner en Irlande et laisser tout cela derrière eux.

Addison n'était pas content que le projet Horizon ait été détruit et que Flynn refuse d'essayer de le dupliquer.

Trace eut un petit rire. Il s'était peut-être trompé au sujet des scientifiques ou, du moins, de certains d'entre eux. Fitzpatrick était resté ferme face à Addison, refusant ses offres les plus généreuses, ses tentatives de corruption et ses menaces. Gillian avait adopté la même attitude et avait laissé Addison et les Services Secrets avec une poignée de notes falsifiées. Pour le meilleur et pour le pire, le projet Horizon était fini.

Ils étaient arrivés dans une avenue bordée de palmiers.

Poussant un soupir de bien-être, Gillian passa une main sur le tissu de sa robe. Elle était tombée amoureuse de cette soie d'un vert profond. C'était un style un peu plus élaboré que ce qu'elle avait l'habitude de porter, mais après tout, elle allait au mariage de Chantel O'Hurley.

— Regarde comme ces palmiers sont hauts. Et quel temps magnifique ! A New York, il doit faire un froid de canard.

— Je suppose que cette ville te manque ?

Elle se tourna vers lui.

— New York ? Je n'y ai pas pensé depuis un bon moment. J'imagine que là-bas tout le monde doit penser que je me suis évanouie dans la nature.

Elle soupira.

— D'une certaine façon, c'est ce que j'ai fait.

— C'est surtout Arthur Steward qui doit s'inquiéter.

Gillian sourit. Elle n'était ni surprise ni agacée qu'il soit au courant pour Arthur. Après tout, elle savait tout sur son scarabée écrasé.

— Il faut que je lui envoie une carte postale.

— Mais tu seras là-bas dans quelques jours.

— Je ne sais pas, je n'ai pas encore décidé.

Ce qui était sûr, c'est qu'elle n'irait pas à New York, ni nulle part ailleurs, sans lui, mais il ne le savait pas encore.

— Et toi ? Vas-tu t'envoler vers les îles ?

Il lui jeta un regard du coin de l'œil. Pourquoi se sentait-il si mal à l'aise quand elle souriait ainsi ? C'était comme si elle lisait dans ses pensées. Ou du moins, comme si elle comprenait qu'il essayait de se cacher certaines choses à lui-même.

— J'ai d'abord un petit travail à terminer à Chicago. Pour une raison que lui seul connaissait, Charlie m'a laissé sa maison.

Gillian eut un sourire ravi.

— Je vois. Finalement, tu n'es pas vraiment un vagabond.

— Je ne connais rien à l'immobilier, marmonna-t-il.

Ils entrèrent dans Beverly Hills, avec ses riches demeures et ses haies parfaitement taillées. Trace soupira. C'était le genre d'endroit dont son père avait toujours rêvé. Les O'Hurley avaient fait leur chemin. Ou du moins certains d'entre eux. Il tira de nouveau nerveusement sur son nœud de cravate.

— Ecoute, doc, nous pouvons encore faire demi-tour et prendre le premier vol pour la Nouvelle-Zélande. C'est magnifique, là-bas.

Gillian résista à l'envie de lui faire la morale ou de le rassurer. Elle se contenta de dire :

— Une promesse est une promesse.

— Je n'ai pas envie de tout gâcher pour Chantel, ou les autres.

— Naturellement. Et c'est bien la raison pour laquelle tu y vas.

— Tu ne comprends pas, Gillian.

Jusqu'à présent, il ne s'était jamais résolu à expliquer ce qui le tracassait.

— Mon père ne me pardonnera jamais d'être parti. Il n'a jamais compris.

Gillian resta un long moment silencieuse. Puis elle se mit à parler vite sans le regarder.

— Mon père ne m'a jamais pardonnée non plus, il ne m'a jamais comprise. Je n'ai jamais correspondu à ce qu'il souhaitait. Est-ce que ton père t'aimait, Trace ?

— Bien sûr. Mais…

— Mon père ne m'a jamais aimée.

— Gillian !

— Non, écoute-moi. Il y a une différence entre l'amour et le sens du devoir. Il ne m'aimait pas, c'est un fait que je peux accepter. Mais ce que je ne peux pas accepter, c'est de n'avoir pas pu faire la paix avec lui. Et maintenant, c'est trop tard.

Elle tourna vers lui des yeux remplis d'émotion.

— Ne fais pas la même erreur, Trace. Tu le regretterais.

Il ne sut que répondre. Il était là parce qu'il en avait fait la promesse, mais surtout, parce qu'au fond de lui, il avait voulu venir. Les idées — ou les rêves ? — qui avaient commencé à se former dans sa tête ne pouvaient porter leurs fruits tant qu'il n'aurait pas comblé le fossé avec sa famille. Avec son père. Gillian avait raison.

Se garant devant le portail de la propriété de Chantel, il finit par dire :

— Vous êtes une femme têtue, doc.

— Je sais.

Un gardien s'approcha de la voiture.

— Vous êtes en avance, monsieur. Puis-je voir votre invitation ?

Gillian eut un coup au cœur. Elle avait pensé à tout sauf à cela. Elle ouvrit la bouche pour parler, mais elle la referma aussitôt. Trace venait de sortir une carte de sa poche.

— McAllister, agent de sécurité.

La carte était tout ce qu'il y avait de plus officielle.

— Entrez, je vous prie, dit le gardien.

Tandis que Trace introduisait la voiture dans l'allée, Gillian se tourna vers lui avec des yeux ronds.

— McAllister ?

Il rempocha sa carte.

— Les vieilles habitudes ont la vie dure. Bon sang, quel endroit !

La gigantesque maison était toute blanche. Les pelouses ondoyantes venaient d'être tondues. Trace sourit. Rien à voir avec les chambres d'hôtel qu'ils avaient partagées dans leur enfance, les repas que son père avait cuisinés à la diable, les loges étouffantes.

— C'est magnifique, murmura Gillian, le souffle coupé.

— Chantel s'était promis d'arriver à vivre ainsi.

Il éprouva une fierté bien plus profonde qu'il ne s'y attendait.

— Sacrée môme. Elle a fait son chemin !

Un homme en uniforme les accueillit devant la maison. Gillian sourit, mais elle se sentait brusquement aussi nerveuse que Trace. Elle aurait mieux fait de le laisser venir seul. Elle n'était pas prête à rencontrer des têtes couronnées, même si ce n'étaient que des reines d'Hollywood. Et puis, la famille de Trace risquait de ne pas apprécier sa présence…

Trace descendit et contourna la voiture. Se penchant vers elle, il lui tendit la main.

— Trace, il vaudrait peut-être mieux que je ne…

La porte d'entrée s'ouvrit brusquement. Une femme à la chevelure bouclée, vêtue d'une ravissante robe bleu saphir, dégringola l'escalier. Poussant une exclamation qui ressemblait à un cri de triomphe, elle se jeta littéralement dans les bras de Trace.

— Tu es venu ! Tu es vraiment là ! Je savais que tu viendrais, mais je n'osais pas y croire !

Visiblement, Trace était sur le point d'étouffer sous son étreinte. Faisant un effort pour respirer, il balbutia :

— Maddy…

Il s'écarta légèrement et la prit par les épaules. Des larmes de joie ruisselaient sur les joues de sa sœur. Elle avait un sourire radieux. Et son sourire était exactement comme il se le rappelait.

— Bonjour, Maddy !

Elle tira le mouchoir qu'il portait à la poche de sa veste et se moucha bruyamment. Puis elle éclata de rire.

— Chantel va me tuer si j'ai le nez rouge ! Suis-je présentable ?

— Tu es splendide. Maddy, je suis si heureux.

Passant un bras autour de ses épaules, il soupira. Si cela pouvait être aussi facile avec le reste de la famille !

Elle eut un petit sanglot.

— Cette fois, tu restes ?

— Oui.

Il posa un baiser sur ses cheveux.

— Oui, cette fois, je crois que je vais rester.

Il regarda Gillian.

— Maddy, laisse-moi te présenter Gillian Fitzpatrick.

Reniflant encore, Maddy tourna la tête.

— Je suis enchantée de vous connaître !

Gillian se retrouva enveloppée dans une accolade exubérante. Maddy s'écarta un peu et serra de nouveau Gillian sur son cœur.

— Vous êtes magnifiques, tous les deux. Tout simplement magnifiques !

Les prenant par le bras, elle les entraîna vers l'escalier.

— Je suis impatiente de vous présenter Reed. Oh, le voilà !

Dans le couloir apparut un homme mince aux cheveux plus foncés que ceux de Trace. Il semblait aussi à l'aise dans son smoking qu'un poisson dans l'eau. Reed Valentine, directeur de la maison de disques du même nom. Riche, belle éducation. Trace sourit. A côté de sa sœur, Reed paraissait si conformiste !

— Reed, je te présente Trace.

Maddy embrassa encore son frère sur la joue et s'élança vers son mari.

Enveloppant les épaules de Maddy d'un bras protecteur, Reed posa sur Trace des yeux scrutateurs. Trace soutint son regard. Reed ne se gênait pas pour l'évaluer, littéralement.

— Maddy attendait impatiemment de vous revoir, finit-il par dire.

Il lui tendit la main. Trace la lui serra.

— Félicitations.

— Merci.

— Allons, Reed, ne sois pas coincé. Nous allons tuer le veau gras, finalement.

Voyant l'expression qui se dessinait sur le visage de Trace, Reed sourit.

— J'ai la vague impression que Trace préférerait un bon verre, dit-il.

Puis il se tourna vers Gillian avec un sourire plein de charme.

— Bonjour !

— Oh, je suis désolée, dit Maddy. Je te présente Gillian. Elle accompagne Trace. Si nous allions nous asseoir ? Il faut que je voie si tout le monde est arrivé. Il y a un peu de confusion dans l'air.

Mais au même instant, Dylan apparut. Le mari d'Abby. Après les présentations, Dylan annonça :

— Je suis heureux que vous ayez pu venir. Abby n'a pas cessé de montrer à nos fils tous les coins de la planète que vous avez parcourus.

Ravi de le rencontrer, Trace lui serra chaleureusement la main. Abby sortit en coup de vent de la cuisine. En voyant son frère, elle poussa un hurlement de joie.

— Oh, Trace ! Tu es là ou je rêve ?

Il lui ouvrit les bras.

— C'est une si belle surprise ! dit Abby sans chercher à retenir des larmes de joie.

Trace lui essuya la joue.

— Désolé, Maddy m'a déjà volé mon mouchoir !

Abby se mit à rire.

— Comment es-tu venu ? D'où viens-tu ? Je veux que tu me racontes tout ce qui t'est arrivé depuis dix ans.

Comme cela risquait d'être long, Maddy intervint prudemment :

— Abby, je te présente Gillian. C'est elle qui l'a amené.

Voyant que Trace levait un sourcil étonné, Maddy lui adressa un sourire espiègle.

— Je voulais dire… il l'a amenée.

Se promettant d'éclaircir plus tard ce mystère, Abby embrassa Gillian sur les deux joues.

— Quel bonheur que vous soyez là, tous les deux. Et j'ai hâte de voir la tête que Chantel va faire !

— Pourquoi attendre ?

En riant, Maddy passa un bras sous celui de Trace.

— Elle est là-haut, elle essaie de se faire encore plus belle.

— Je vois que rien n'a changé, commenta Trace en souriant.

— Venez aussi, Gillian. Chantel sera ravie de vous connaître.

— Je pourrais peut-être…

— Ne soyez pas timide.

Abby la prit par la main et ils grimpèrent l'escalier.

Maddy gratta à la porte de Chantel. La réponse ne se fit pas attendre :

— Je ne veux voir personne, sauf s'il y a une bouteille de champagne.

— Ce que nous t'amenons est mieux que du champagne ! s'exclama Maddy.

Elle entrouvrit la porte et passa la tête.

— Abby et moi t'apportons ton cadeau de mariage !

— J'aurais préféré du champagne pour l'instant, s'obstina Chantel. Je me sens nerveuse.

— Je te promets que cela va te faire oublier le champagne !

Avec un grand geste théâtral, Maddy ouvrit toute grande la porte.

Chantel était assise devant sa coiffeuse. Elle avait déjà passé sa robe blanche, et ses cheveux blond très clair étaient réunis en torsades compliquées sur sa tête. Voyant Trace dans le miroir, elle se tourna très lentement vers lui.

— Voyez-vous cela, dit-elle de sa voix profonde.

Il était évident qu'elle n'en croyait pas ses yeux.

Trace l'observait, un sourire béat aux lèvres. Elle était aussi belle que dans son souvenir. Peut-être plus encore.

— Tu sembles en pleine forme, dit-il.

— Mmm… Tu n'as pas l'air d'aller mal non plus. Peut-être un peu brut de décoffrage.

Il fourra ses mains dans ses poches.

— Belle maison.

— Nous l'aimons beaucoup.

Puis elle poussa un long soupir.

— Petit salaud. Tu m'en as fait gaspiller, du maquillage.

Elle s'élança vers lui et il la prit dans ses bras pour la faire tourner.

— Je suis si heureuse que tu sois venu, et en même temps, je te déteste. Quand j'ai su que tu allais être parmi nous, j'ai pleuré toutes les larmes de mon corps. Et maintenant, je ressemble à une sorcière.

— Une sorcière !

Il s'écarta d'elle pour l'observer d'un œil admiratif.

— Aucun risque, conclut-il.

— Trace…

Elle repoussa une mèche de cheveux qui tombait sur le front de son frère.

— Nous avons toujours su que ce jour viendrait. Mais tu n'aurais pas pu en choisir un meilleur. Bon sang, tu n'as pas un mouchoir ?

— Maddy l'a volé la première.

Chantel se mit à rire.

— Je me demande bien pourquoi !

Elle s'essuya les yeux du revers de la main.

— Et voici Gillian, claironna Maddy en poussant la jeune femme dans la pièce.

Toujours prudente, Chantel releva un sourcil.

— Enchantée.

— Enchantée. Je ne voulais pas vous déranger…

Le sourcil de Chantel se releva un peu plus. Cet accent, elle le connaissait. Une lueur amusée traversa ses yeux.

— Je pense que je devrais descendre, sinon…

— Elle accompagne Trace, précisa Abby.

— Vraiment ? Tu as un goût exquis.

Prenant les mains de Gillian dans les siennes, elle ajouta avec un clin d'œil :

— Désolée de ne pas pouvoir en dire autant de votre choix, Gillian. Vous êtes très courageuse. Quoi qu'il en soit, le champagne s'impose.

— Je vais le chercher ! s'écria Maddy.

— Pour l'amour du ciel, laisse travailler les serveurs ! Tu ne vas pas passer ton temps à monter et descendre l'escalier dans ton état ! Emmène tout le monde dans le salon. J'arrive dans une minute, le temps de refaire mon maquillage, et je suis à vous.

Ses deux sœurs entraînèrent Gillian dans leur sillage.

— Toi, Trace, reste un peu avec moi, chuchota-t-elle en posant une main sur son bras.

— Bien sûr.

— Tu nous as manqué, dit-elle dès qu'ils furent seuls. Est-ce que tu comptes rester ?

— Je ne sais pas encore.

Trace pensa à Gillian.

— J'aimerais bien.

Elle sourit.

Sans prévenir, Molly entra alors dans la pièce.

Elle paraissait à peine plus âgée que lorsqu'il était parti, douze ans plus tôt. Il avait cru être prêt à revoir sa mère. Mais il eut un coup au cœur.

— Maman !

Elle resta immobile. Elle ne voulait pas fondre en larmes. Surtout pas avant d'avoir prononcé un seul mot. Ce serait ridicule. Elle prit une profonde inspiration.

— Laisse-moi te regarder, dit-elle en tendant les mains vers lui.

Il était mince, mais ce n'était pas nouveau. Comme son père. Il ressemblait tant à son père.

— C'est bon que tu sois de retour, dit-elle.

S'avançant vers lui, elle le prit dans ses bras.

— Oh, Trace !

Trace avait la gorge serrée. Il retrouvait l'odeur de Molly, ce léger parfum de citronnelle qu'il avait toujours connu. Elle était plus délicate maintenant, et paraissait un peu plus petite. Enfouissant le visage dans ses cheveux, il dit :

— Toi aussi, tu m'as manqué, maman. Je suis désolé.

— Pas de regrets ! dit-elle d'une voix presque dure. Inutile d'avoir des regrets. Et pas de questions.

Elle s'écarta pour l'examiner encore en souriant.

— Du moins, pas tout de suite. Je vais danser avec mon fils au mariage de ma fille.

Elle tendit une main vers Chantel. Parfois, il y avait des prières qui étaient exaucées.

Brusquement, une voix de stentor résonna dans l'escalier.

— Molly ? Pour l'amour du ciel, où es-tu passée ? Ces prétendus musiciens ne connaissent rien à la musique irlandaise !

Molly sentit Trace se raidir dans ses bras.

— Ne recommence pas les mêmes erreurs, chuchota-t-elle avec la gravité dont il se souvenait bien.

— Molly, où diable es-tu passée ? Quelle idée d'engager ces musiciens amateurs !

Frank O'Hurley surgit dans la chambre de Chantel comme il surgissait sur la scène : sûr de lui, et paraissant toujours prêt à se mettre à danser.

Se ruant vers la porte, Chantel s'empressa de dire :

— Je vais m'occuper du champagne. Viens avec moi, maman, je veux te présenter quelqu'un.

Molly se tourna vers son mari et plongea les yeux dans les siens.

— Je t'aime. Ne me déçois pas, Frank, dit-elle tranquillement.

Frank s'éclaircit la gorge tandis que la porte se refermait derrière lui. Un homme ne devrait pas se sentir maladroit avec son propre fils. Mais il n'y pouvait rien, quels que soient les efforts qu'il fournissait.

— Nous ne savions pas que tu allais venir.

— Je ne le savais pas moi-même.

— Toujours le nez au vent, hein, Trace ?

Trace tressaillit.

— C'est ce qu'on dirait, en effet.

— C'est ce que tu as toujours désiré.

Ce n'était pas du tout ce qu'il avait envie de dire, mais les mots semblaient être animés d'une vie propre. Et il ne pouvait pas les arrêter.

— Tu n'as jamais su ce que je voulais, dit Trace.

Il fronça les sourcils. Pourquoi fallait-il que cette scène se répète ?

— Ce que tu voulais, reprit-il pourtant, c'était que je sois ton double, et pour moi, c'était impossible.

— C'est faux. Je n'ai jamais désiré qu'une chose : que tu sois toi-même.

— Tant que je pouvais correspondre à tes critères.

Trace voulut sortir de la pièce. Mais brusquement, les paroles de Gillian lui revinrent à la mémoire. Il devait faire la paix, ou du moins essayer. Passant une main nerveuse dans ses cheveux, il s'arrêta.

— Je ne te demanderai pas de m'excuser pour ce que je suis, ou pour quoi que ce soit que j'ai fait. Mais je suis désolé de t'avoir déçu.

Frank leva une main.

— Attends un peu.

Une seconde plus tôt, il avait encore peur de perdre de nouveau son fils. Il avait passé des années à regretter.

— Qui a dit que j'étais déçu ? Je n'ai jamais dit que j'étais déçu. J'étais en colère, je me sentais blessé, mais tu ne m'as jamais déçu. Je ne veux plus t'entendre dire cela.

— Que veux-tu m'entendre dire ?

— Tu as dit ce que tu avais sur le cœur, il y a douze ans. Maintenant, c'est à mon tour.

Il releva le menton. Lui aussi portait un smoking, mais sur son dos, ce vêtement avait l'air d'un costume de théâtre. Trace eut envie de sourire.

— D'accord, mais avant que tu parles, je veux te dire que je ne suis pas venu pour gâcher le mariage de Chantel. Si nous ne pouvons rien faire d'autre, observons au moins une trêve pour aujourd'hui.

Frank posa sur lui un regard agréablement surpris.

Cette force tranquille qui émanait de son fils lui était inconnue.

Visiblement, Trace avait grandi. Il se sentit tiraillé entre la fierté et le remords.

— Ce n'est pas la guerre que je veux, Trace. Je ne l'ai jamais souhaitée.

A son tour, Frank porta une main à ses cheveux.

— Je… j'avais besoin de toi, dit-il.

Il trébucha sur les mots, puis il s'éclaircit la gorge.

— Tu es mon premier né, et j'avais besoin que tu sois fier de moi, que tu me regardes comme si je pouvais te donner toutes les réponses. Et quand tu as voulu trouver les réponses toi-même, j'ai refusé d'écouter. J'ai compris que tu me considérais comme un raté.

— Non !

Horrifié, Trace s'approcha de lui.

— C'est faux ! renchérit-il.

— Tu as envoyé de l'argent à ta mère, lui rappela Frank.

— C'était la seule chose que je pouvais lui donner. Je n'étais pas près d'elle.

Mais la vieille blessure de Frank avait du mal à se fermer.

— Je ne vous ai jamais donné ce que je vous avais promis, à aucun de vous quatre.

— Nous n'avons jamais manqué de rien, papa.

Mais Frank secoua la tête.

— Un homme doit procurer à sa famille tout ce dont elle a besoin, et laisser un héritage à son fils. Mes promesses étaient trop démesurées. Quand tu es parti, je ne pouvais qu'être amer après avoir entendu ce que tu avais à dire. Si je ne l'avais pas été, je n'aurais pas supporté l'idée que je n'avais pas été le père que tu voulais.

— Tu as toujours été le père que je voulais. Je ne croyais pas…

Faisant une pause, Trace poussa un profond soupir, qui ne réussit pourtant pas à raffermir sa voix.

— Je ne croyais pas que tu voulais me voir revenir.

— Il ne s'est pas passé un seul jour sans que je souhaite te voir revenir, mais je ne savais pas comment te le dire. Et bon sang, je ne savais même pas où tu étais, la plupart du temps. Je t'ai mis dehors, Trace, je le sais. Maintenant, tu es revenu. Tu es un homme, et j'ai perdu toutes ces années.

— Nous en avons beaucoup devant nous, toi et moi.

Frank posa la main sur les larges épaules de son fils.

— Quand tu partiras, je ne veux pas que ce soit dans un accès de colère. Je veux aussi que tu saches…

Il se racla la gorge.

— Rien qu'en te regardant, je suis fier de ce que tu es devenu.

— Je t'aime, papa.

Pour la première fois en douze ans, il embrassa son père.

— Je vais rester.

Il ferma les yeux. C'était bon d'avoir pu parler, un vrai soulagement.

— J'ai besoin de toi. J'ai besoin de vous tous. J'ai mis trop longtemps à le comprendre.

Frank tira un mouchoir de sa poche et se moucha bruyamment. Puis, regardant autour de lui :

— Pas une seule bouteille ici. C'est pourtant ce qu'il nous faudrait !

— Nous allons en trouver une, papa !

Trace plongea le regard dans les yeux humides de son père.

— J'ai toujours été fier de toi. Tu m'as donné le meilleur. Mais j'avais besoin de savoir ce que j'étais capable de faire par moi-même.

— Cette fois, mon fils, nous allons le tuer, le veau gras !

Il passa un bras autour de ses épaules.

— Et nous allons trinquer, rien que toi et moi. Je suis prêt à déchaîner les foudres de ta mère et à me payer une bonne cuite. Un homme a le droit de faire la fête quand on lui rend son fils.

— A vrai dire, je n'ai rien contre !

Les yeux bleus de Frank étincelèrent.

— Tu es bien mon fils ! Alors, tu as vu tous les endroits que tu voulais voir ?

— Et encore plus.

Trace sourit.

— Il m'est même arrivé de chanter pour gagner mon repas.

— C'est bien, mon fils.

La fierté se lisait sur son visage.

— Tu es digne des O'Hurley !

Il lui donna une petite bourrade amicale.

— Tu as toujours eu une bonne voix. Je suppose que tu as des tas d'histoires à raconter.

Il lui adressa un clin d'œil.

— Commence par les femmes !

Trace se mit à rire. Décidément, rien n'avait changé. Mais bizarrement, ce n'était pas agaçant, bien au contraire.

— Cela risque d'être un peu long, dit-il.

— Nous avons tout notre temps.

Ils descendirent l'escalier. Arrivé au milieu, Trace aperçut encore un homme vêtu d'un smoking. Il était au téléphone.

— Je vais vérifier, dit-il avant de raccrocher.

La voix de Frank aurait pu faire trembler les murs.

— Quinn, mon garçon, je te présente mon fils !

— Ravi de vous connaître, dit Quinn en tendant la main. Chantel doit être folle de joie que vous soyez venu.

— C'est intéressant de rencontrer tous mes beaux-frères en même temps.

— Allons prendre un verre avant que les invités n'arrivent. Ils ne vont pas tarder ! dit Frank.

Trace tapota l'épaule de son père.

— Sers-m'en un bien tassé.

— Allons, dépêchons-nous, il faut encore que j'aille briefer ces musiciens.

*
* *

Les O'Hurley la submergeaient. Jamais elle n'avait rencontré des gens pareils. Elle se retrouva assise avec eux pour la photographie de famille, sous une large canopée de soie blanche. L'hiver californien était d'une douceur exquise. Et le nombre d'invités était ahurissant. Cinq cents, au bas mot. Le champagne coulait à flots, il y avait des fleurs partout, et les larmes de joie semblaient intarissables.

Pendant des heures, Gillian se laissa entraîner dans ce tourbillon. La tête commençait à lui tourner. Elle finit par chercher discrètement un coin à l'écart pour se reposer cinq minutes. Dans le salon, la musique serait moins envahissante.

— Tu bas en retraite ?

Sursautant, elle porta une main à son cœur.

— Tu m'as fait une peur bleue.

Trace vint s'asseoir près d'elle. Elle se détendit.

— Il ne faut pas arriver en douce derrière les gens.

— C'est ce que j'ai fait pendant des années, rétorqua-t-il.

Otant ses chaussures, Gillian poussa un soupir de soulagement.

— Mal aux pieds ? demanda doucement Trace.

— Je me demande si j'en ai encore. J'ai dansé comme une folle.

Elle se mit à rire.

— Ton père ne s'arrête jamais ?

— Cela se saurait, répondit-il avec un sourire moqueur.

Gillian se blottit contre les coussins.

— Je crois qu'il m'aime bien.

— Naturellement. Tu es irlandaise. Cela signifie que tu peux danser d'une façon tout à fait respectable.

— Respectable ? Je vais vous dire, Trace O'Hurley. Votre père prétend que je peux faire partie de leurs spectacles dès que je veux.

— Alors, ça y est, tu vas faire la route ?

Elle se redressa en soupirant.

— Je crois que je ne serais pas à la hauteur. Tes parents

sont merveilleux. Autant l'un que l'autre. Merci de m'avoir emmenée.

— Je crois avoir compris qui a emmené qui.

Lui prenant la main, il l'embrassa dans la paume.

— Merci.

— Je t'aime. Je voulais que tu sois heureux.

Quand il abandonna sa main, elle serra les doigts dans la paume qu'il avait embrassée.

Il se leva et s'approcha de la fenêtre pour regarder la foule des invités.

— Tu me l'as déjà dit.

— Que je voulais te voir heureux ?

— Que tu m'aimais.

— Vraiment ?

Elle examina ses ongles laqués.

— C'est intéressant… Si je me souviens bien, tu n'as pas trop réagi…

— J'avais d'autres choses en tête.

— Oh oui. Sauver mon frère et Caitlin. Nous avons encore un petit compte à régler.

Prenant son sac, elle en sortit un chèque, qu'elle lui tendit.

— Les cent mille dollars promis.

Comme il ne bougeait pas, elle se leva et le lui fourra dans les mains.

— Il est certifié.

Trace fronça les sourcils. Brusquement, il avait envie de le lui faire avaler, son chèque.

— Parfait, murmura-t-il, sarcastique.

— Voilà. Notre contrat est achevé. Tu as gagné ta retraite, ta maison, et tu as retrouvé ta famille.

Se détournant, elle prit une profonde inspiration. Elle se sentait tout à coup des envies de meurtre. Se forçant à rester calme, elle interrogea :

— Où comptes-tu aller, Trace ? Tout droit vers les îles ?

— Pourquoi pas ?

Froissant le chèque, il le glissa dans sa poche.

— J'ai réfléchi.
— Voilà une bonne nouvelle !
— Attention à ce que tu dis, Gillian Fitzpatrick. Mieux encore, boucle-la une minute.
La prenant par les épaules, il lui plaqua un baiser à lui couper le souffle. Gillian eut le vertige. Pourquoi avait-il attendu si longtemps ?
La porte s'ouvrit. Abby entra et s'arrêta net.
— Oh, je suis désolée.
Elle ressortit aussitôt.
Trace poussa un juron.
— Tu es peut-être amoureuse de moi, et c'est peut-être complètement stupide.
— Peut-être.
Cette fois, c'est elle qui jura. Il releva un sourcil étonné. Elle allait s'écarter, mais il la reprit dans ses bras. C'était fou comme la panique pouvait s'emparer de lui facilement. Lui qui avait passé plus d'une décennie à vivre dangereusement.
— Ne te détourne pas de moi.
— Ce n'est pas moi qui me détourne, Trace.
Bon sang, elle l'avait eu. Il avait de nouveau les paumes moites.
— Ecoute, je ne sais pas à quel point tu es attachée à New York. Si elle ne convenait pas, je pourrais vendre la maison de Chicago.
Gillian ravala un rire de triomphe.
— Si elle convenait ?
— Bon sang, Gillian ! Je veux…
Cette fois, ce fut Maddy qui entra comme une bombe dans la pièce.
— Oh, bonjour !
Voyant l'expression de Trace, elle roula les yeux.
— Vous ne m'avez pas vue, dit-elle en faisant demi-tour. Je ne suis jamais entrée dans ce salon. Et d'ailleurs, je suis déjà partie.
Et elle disparut. Trace soupira.

— Il y a vraiment des choses qui ne changeront jamais dans cette famille. Je n'ai jamais eu une minute d'indépendance avec ces trois-là.

— Trace !

Posant une main sur sa joue, Gillian attira son visage vers le sien.

— Es-tu en train de me demander en mariage ?

— J'aimerais faire cela à ma façon, si ce n'est pas trop te demander.

— Naturellement.

Très dignement, elle alla s'asseoir sur l'appui de la fenêtre.

— Je vous en prie, continuez, monsieur O'Hurley, dit-elle sur un ton faussement cérémonieux.

Trace se racla la gorge. Gillian croyait-elle qu'elle lui rendait les choses plus faciles en lui coulant un de ses longs regards ? Il aurait pu écrire ce qu'il éprouvait, ou le transformer en musique. Mais pour l'instant, les mots avaient du mal à sortir.

— Gillian. Je crois que tu fais une grosse erreur. Mais si tu as pris ta décision, nous pouvons faire un essai. J'ai une vague idée de mes futures occupations, maintenant que je ne travaille plus pour les Services Secrets.

Ne sachant que faire de ses mains, il les plongea dans ses poches.

— Je pourrais reprendre quelques-unes de mes chansons…

Avant que Gillian puisse émettre un mot, il continua :

— Mais la question n'est pas là. La question est de savoir si tu pourrais vraiment supporter… si tu le désires vraiment… enfin, ce que je veux dire, c'est que ce n'est pas forcément une bonne affaire de mêler ta vie à la mienne.

— Maintenant, tu vas te taire.

— Attends une minute.

— Tais-toi, et viens près de moi.

Il fronça les sourcils, mais il obtempéra. Indiquant la place à côté d'elle, elle dit sur un ton péremptoire :

— Assieds-toi.

Quand il fut assis, elle prit ses mains dans les siennes.

— Maintenant, je vais te dire exactement où est la question. Je t'aime, Trace, de tout mon cœur, et je ne désire rien plus ardemment que de passer ma vie avec toi. Peu importe où. Ce que je veux, c'est que tu sois heureux.

Trace sentait son cœur battre violemment. Il n'y avait personne comme Gillian sur cette terre. Et pour lui, il n'y aurait jamais personne d'autre. Il aurait aimé trouver les mots justes, à cet instant précis. Des mots doux et tendres. Un jour, peut-être lui viendraient-ils facilement.

— La première fois que nous nous sommes rencontrés, je t'ai dit que j'étais fatigué. C'était la vérité. Je n'ai plus besoin de gravir des sommets, Gillian. Je sais ce que je trouverais en arrivant. Je ferai sans doute un fichu mari, mais je te donnerai ce que j'ai de meilleur.

— Je le sais.

Elle prit son visage entre ses mains et l'embrassa doucement.

— Pourquoi voulez-vous m'épouser, Trace O'Hurley ?

— Parce que je vous aime.

C'était beaucoup plus facile à dire qu'il n'aurait cru.

— Je vous aime, Gillian Fitzpatrick, et j'ai attendu assez longtemps pour créer un foyer.

Elle posa la tête sur son épaule.

— Ce foyer, nous allons le créer ensemble.

DANS LA MÊME COLLECTION

Par ordre alphabétique d'auteur

MARY LYNN BAXTER	*La femme secrète*
MARY LYNN BAXTER	*Un été dans le Mississippi*
JENNIFER BLAKE	*Une liaison scandaleuse*
BARBARA BRETTON	*Le lien brisé*
MEGAN BROWNLEY	*La maison des brumes*
CANDACE CAMP	*Le bal de l'orchidée*
CANDACE CAMP	*Le manoir des secrets*
CANDACE CAMP	*Le château des ombres*
CANDACE CAMP	*La maison des masques*
ELAINE COFFMAN	*Le seigneur des Highlands*
ELAINE COFFMAN	*La dame des Hautes-Terres*
JACKIE COLLINS	*Le voile des illusions*
PATRICIA COUGHLIN	*Le secret d'une vie*
MARGOT DALTON	*Une femme sans passé*
EMMA DARCY	*Souviens-toi de cet été*
WINSLOW ELIOT	*L'innocence du mal*
SALLY FAIRCHILD	*L'héritière sans passé*
ELIZABETH FLOCK	*Moi & Emma*
GINNA GRAY	*Le voile du secret*
KATHRYN HARVEY	*La clé du passé*
FIONA HOOD-STEWART	*Les années volées*
FIONA HOOD-STEWART	*A l'ombre des magnolias*
FIONA HOOD-STEWART	*Le testament des Carstairs*
RONA JAFFE	*Le destin de Rose Smith Carson*
PENNY JORDAN	*Silver*
PENNY JORDAN	*L'amour blessé*
PENNY JORDAN	*L'honneur des Crighton*
PENNY JORDAN	*L'héritage*
PENNY JORDAN	*Le choix d'une vie*
PENNY JORDAN	*Maintenant ou jamais*
PENNY JORDAN	*Les secrets de Brighton House*
PENNY JORDAN	*La femme bafouée*
HELEN KIRKMAN	*Esclave et prince*
ELAINE KNIGHTON	*La citadelle des brumes*

... / ...

DANS LA MÊME COLLECTION

Par ordre alphabétique d'auteur

CATHERINE LANIGAN	*Parfum de jasmin*
RACHEL LEE	*Neige de septembre*
RACHEL LEE	*La brûlure du passé*
LYNN LESLIE	*Le choix de vivre*
MERLINE LOVELACE	*La maîtresse du capitaine*
MARGO MAGUIRE	*Seigneur et maître*
ANN MAJOR	*La brûlure du mensonge*
ANN MAJOR	*Le prix du scandale**
CURTISS ANN MATLOCK	*Sur la route de Houston*
CURTISS ANN MATLOCK	*Une nouvelle vie*
MARY ALICE MONROE	*Le masque des apparences*
EMILIE RICHARDS	*Le temps d'un été*
EMILIE RICHARDS	*Mémoires de Louisiane*
NORA ROBERTS	*Retour au Maryland*
NORA ROBERTS	*La saga des Stanislaski*
NORA ROBERTS	*Le destin des Stanislaski*
NORA ROBERTS	*L'héritage des Cordina*
NORA ROBERTS	*Love*
NORA ROBERTS	*La saga des MacGregor*
NORA ROBERTS	*L'orgueil des MacGregor*
NORA ROBERTS	*L'héritage des MacGregor*
NORA ROBERTS	*La vallée des promesses*
NORA ROBERTS	*Le clan des MacGregor*
NORA ROBERTS	*Le secret des émeraudes*
NORA ROBERTS	*Un homme à aimer**
NORA ROBERTS	*Sur les rives de la passion*
NORA ROBERTS	*La saga des O'Hurley*
NORA ROBERTS	*Le destin des O'Hurley*
ROSEMARY ROGERS	*Le sabre et la soie*
ROSEMARY ROGERS	*Le masque et l'éventail*
JOANN ROSS	*Magnolia*
JOANN ROSS	*Cœur d'Irlande*
EVA RUTLAND	*Tourments d'ébène*

... / ...

DANS LA MÊME COLLECTION

Par ordre alphabétique d'auteur

DALLAS SCHULZE	*Un amour interdit*
DALLAS SCHULZE	*Les vendanges du cœur*
JUNE FLAUM SINGER	*Une mystérieuse passagère*
ERICA SPINDLER	*L'ombre pourpre*
ERICA SPINDLER	*Le fruit défendu*
ERICA SPINDLER	*Trahison*
ERICA SPINDLER	*Le venin*
CHARLOTTE VALE ALLEN	*Le destin d'une autre*
CHARLOTTE VALE ALLEN	*L'enfance volée*
CHARLOTTE VALE ALLEN	*L'enfant de l'aube*
LAURA VAN WORMER	*Intimes révélations*
SUSAN WIGGS	*Un printemps en Virginie*
SUSAN WIGGS	*Les amants de l'été*
BRONWYN WILLIAMS	*L'île aux tempêtes*
SHERRYL WOODS	*Refuge à Trinity*
SHERRYL WOODS	*Le testament du cœur*
KAREN YOUNG	*Le passé meurtri*

* *titres réunis dans un volume double*

6 NOUVEAUTÉS À PARAÎTRE EN OCTOBRE 2007

Composé et édité par les
éditions Harlequin
Achevé d'imprimer en juillet 2007
par
LIBERDÚPLEX

Dépôt légal : août 2007
N° d'éditeur : 12948

Imprimé en Espagne